Denis Diderot

# BRIEFE AN SOPHIE VOLLAND



1986

Verlag Philipp Reclam jun. Leipzig

Herausgegeben von Rolf Geißler
Aus dem Französischen
Übersetzung von Gudrun Hohl

ISBN 3-379-00001-9


Übersetzung nach: Denis Diderot, Correspondance, publiée par Georges Roth et Jean Varloot, Les Editions de Minuit, Paris 1955–1970

Reclams Universal-Bibliothek Band 1161
1. Auflage
Reihengestaltung: Lothar Reher
Gesetzt aus Garamond-Antiqua
Printed in the German Democratic Republic
Lizenz Nr. 363. 340/90/86 · LSV 7353 · Vbg. 21,9
Gesamtherstellung:
Grafischer Großbetrieb Völkerfreundschaft Dresden
Bestellnummer: 661 304 8
00300

# DIDEROT · BRIEFE AN SOPHIE VOLLAND

Universal-Bibliothek

BELLETRISTIK

Freitagmorgen[1] (11. Mai 1759)[2]
Wir sind gestern um acht nach Marly[3] gefahren. Halb elf kamen wir dort an. Wir bestellten ein großes Diner und schwärmten in die Gärten aus. Was mir dort am meisten auffiel, das war der schroffe Gegensatz zwischen der zarten Kunst der Bogenlauben und der Lustwäldchen einerseits und der urwüchsigen Natur des dicken Gesträuchs und der großen, dichtbelaubten Bäume andererseits, die alles beherrschen und den Hintergrund bilden. Die verstreut liegenden, halb im Wald versteckten Pavillons muten wie Wohnstätten für die verschiedensten rangniedrigen Genien an, deren Herr den mittleren bewohnt. Das gibt dem Ganzen einen zauberhaften Anhauch, der mir gefällt.
Es dürfen nicht viele Statuen in einem Garten sein, und dieser hier schien mir ein wenig übervölkert zu sein. Man muß die Statuen als Wesen ansehen, die die Einsamkeit lieben und sie suchen, wie Dichter, Philosophen und Liebende, und solchen Wesen begegnet man nicht auf Schritt und Tritt. Einige schöne Statuen in den verborgensten Winkeln, weit voneinander entfernt, die mich herbeilocken, die ich suche oder auf die ich stoße, die mich zum Verweilen auffordern und mit denen ich lange plaudere – und weiter keine und auch keine anderen.
Ich schweifte umher und trug schwer an der melancholischen Seele in mir. Die anderen gingen uns mit großen Schritten voraus, und wir folgten ihnen langsam, der Baron von Gleichen und ich. Ich fühlte mich wohl an der Seite dieses Mannes. Tief in uns spürten wir ein und dasselbe heimliche Gefühl. Es ist unglaublich, wie empfindsame Seelen einander verstehen, ohne viel zu reden. Ein entschlüpftes Wort, eine nachdenkliche Miene, eine undeutliche, zusammenhanglose Bemerkung, ein halbes Bedauern, eine Andeutung, der Tonfall, der Gang, der Blick, die Aufmerksamkeit, das Schweigen – all dies entdeckt sie einander. Wir redeten wenig; wir empfanden viel; wir litten alle beide; doch er war mehr zu bedauern als ich. Ich wandte von Zeit zu Zeit meine Blicke zur Stadt hin; die seinen waren oft auf den Boden geheftet; sie suchten dort etwas, das nicht mehr ist.[4]
Wir kamen zu einem Kunstwerk, dessen Einfachheit, Stärke und Erhabenheit mich tief beeindruckte. Es ist ein Kentaur, der ein Kind auf seinem Rücken trägt. Dieses Kind streckt

seine Fingerchen nach dem Kopf des wilden Tieres aus und lenkt es an einem Haar. Man muß das Gesicht des Kentauren gesehen haben; seine Kopfhaltung; seine sehnsuchtsvolle Miene; seine Ehrfurcht vor dem tyrannischen Kind. Er blickt es an, und man könnte meinen, er fürchte, einen Schritt zu gehen.

Ein anderes bereitete mir noch größeres Vergnügen; es ist ein alter Faun, und er blickt voller Rührung auf das neugeborene Kind, das er in seinen Armen hält. Die Statue der Agrippina im Bade ist unter ihrem Rufe, oder vielleicht hatte ich einen schlechten Standort, so daß ich nicht besser urteilen konnte. Wir teilten unseren Spaziergang in zwei Hälften. Vor dem Diner durchstreiften wir das untere Ende.

Wir aßen alle mit Appetit. Der Baron[5], unseren meine ich, war ausgelassen wie nie. Er ist originell in seinem Lebensstil wie auch in seinen Ideen. Stellen Sie sich einen heiteren, geistreichen, frivolen und muskulösen Satyr inmitten einer Gruppe keuscher, verweichlichter und schwächlicher Gestalten vor. So wirkte er unter uns. Er hätte meine Sophie weder in Verlegenheit gebracht noch beleidigt, weil meine Sophie Mann oder Frau ist, ganz wie es ihr gefällt. Er hätte meinen Freund Grimm weder beleidigt noch in Verlegenheit gebracht, weil dieser eine ausschweifende Phantasie zuläßt und ihm nur unpassende Worte mißfallen. Oh, wie sehr vermißte man ihn, diesen Freund! Wie wohltuend war jener Augenblick während unserer Mahlzeit, als sich unsere Seelen öffneten und wir anfingen, unsere abwesenden Freunde zu schildern und zu loben! Welche Wärme in unserer Ausdrucksweise, in unseren Gefühlen und Gedanken! Welche Begeisterung! Wie glücklich waren wir, über sie sprechen zu können! O mein Grimm! Wer wird Ihnen berichten, was ich sagte?

Unser Diner war lang, aber nicht langweilig. Wir durchstreiften den oberen Teil des Parks. Ich erwähnte, daß von allen Kaskaden keine so schön ist wie jene, deren Wasser unaufhörlich herabfällt oder dahinfließt, doch solche Wasserkünste waren nirgendwo angelegt. Wir unterhielten uns über Kunst, Poesie, Philosophie und Liebe; von der Größe und der Nichtigkeit unserer Unternehmungen; von dem Gefühl oder den Würmern der Unsterblichkeit; von den Menschen,

Göttern und Königen; von Raum und von Zeit; vom Tod und vom Leben. Es war ein Konzert, aus dessen Mitte man alles, was unser Baron sagte, wie Dissonanzen heraushörte. Als sich der Wind erhob und der Abend kühler zu werden begann, gingen wir zu unserem Wagen.

Der Baron von Gleichen ist viel gereist. Er war es, der auf der Rückfahrt die Unterhaltung bestritt. Er erzählte von den Inquisitoren des Staates Venedig, die stets den Beichtvater und den Henker neben sich haben; von der Unkultur des sizilianischen Hofes, der einen antiken Triumphwagen mit seinen Bildhauerarbeiten und Rossen Mönchen überlassen hatte, die ihn geschmolzen und Glocken daraus gegossen hatten. Er kam auf dieses Thema, weil eine Kaskade von Marly zerstört worden ist, deren Marmor jetzt die Kapellen von Saint-Sulpice ziert. Ich sagte wenig. Ich hörte zu oder träumte. Zwischen acht und neun stiegen wir an der Tür unseres Freundes ab. Ich ruhte mich bis zehn Uhr aus.

Ich bin vor Müdigkeit und Kummer eingeschlummert. Ja, meine Freundin: und vor Kummer. Ich verspreche mir nicht viel von der Zukunft. Die Seele Ihrer Mutter liegt unter den sieben apokalyptischen Siegeln. Auf ihrer Stirn steht geschrieben: Geheimnis. Ich habe in Marly zwei Sphinxen gesehen und wurde sofort an sie erinnert. Sie hat uns, sie hat sich selber mehr versprochen, als sie zu halten vermag. Doch ich tröste mich, und ich lebe in der Gewißheit, daß nichts unsere Seelen trennen kann. Das wurde so oft schon gesagt, geschrieben, geschworen. Möge es doch wahr sein, wenigstens dieses eine Mal. Sophie, an mir soll es nicht liegen.

Monsieur de Saint-Lambert lädt uns ein, den Baron und mich, einige Zeit bei Madame d'Houdetot in Epinay zu verbringen. Ich lehne ab und tue gut daran, nicht wahr? Wehe dem, der Zerstreuungen sucht; er wird sie finden; er wird von seinem Herzeleid genesen, ich aber will meines bis zu jenem Augenblick behalten, da alles endet. Ich fürchte mich davor, Sie zu besuchen; dennoch muß es sein; das Schicksal behandelt uns, als sei der Kummer für die Dauer unserer Verbindung besiegelt.

Adieu, meine Freundin. Ein paar Worte bitte über Lanau[6]. Übrigens, nutzen Sie die Ergebenheit Ihrer Schwester[7] möglichst wenig aus; erzählen Sie ihr von Ihnen und mir nur dann, wenn Sie Ihre Gefühle nicht zurückhalten können oder

wenn sie Sie darum bittet. Unseren Freunden, selbst den liebevollsten, kann so etwas kaum wichtig sein. Man muß gelernt haben, Liebende anzuhören und sie zu bedauern. Sie kann es noch nicht; möge es ihr immer erspart bleiben!
Ich küsse den Ring, den Sie trugen.

1 Die von Diderot selbst stammenden Datierungshinweise am Anfang oder am Schluß eines Briefes werden vollständig wiedergegeben, die in Klammern stehenden Daten wurden von den Herausgebern der Gesamtausgabe der *Correspondance* Diderots ermittelt.
2 Vgl. Denis Diderot, Correspondance, éd. G. Roth, Bd. 3, 1957, Additions et corrections au tome II, S. 361.
3 Kleines Schloß bei Paris, ursprünglich von Jules Hardouin Mansart (1646–1708) für Ludwig XIV. erbaut, später zerstört. Vgl. auch den Brief vom 23. September 1762.
4 Anspielung auf den Tod der Markgräfin von Bayreuth, der Schwester Friedrichs II., am 14. Oktober 1758, der den Baron von Gleichen tief bewegt hatte. Dieser war Gesandter des Markgrafen in Paris und hatte 1755 die Markgräfin auf einer Italienreise begleitet.
5 Baron d'Holbach, wird von Diderot häufig nur mit dem Titel bezeichnet.
6 Vermutlich ein Diener.
7 Madame Legendre.

(7. Juni 1759)

Guten Tag, meine Freundin. Ich habe Sie gestern nicht gesehen. Der Baron, der manchmal sehr seltsam mit seinen Freunden umgeht, dinierte gestern nicht zu Hause. Ich ging ins Palais-Royal und trug dem Portier unseres Freundes auf, falls ein Brief für mich eintreffe, ihn in Empfang zu nehmen. Ich verbrachte den Abend dort; kein Brief.
Ich werde Sie auch heute nicht sehen, es sei denn gegen Abend. Käme jetzt stürmisches Wetter auf, mit viel Regen, dunklen Wolken, ich wollte mich sogleich in einen Fiaker werfen, und schon wäre ich am Ziel. Käme doch nur solches Wetter auf! Könnte ich Sie endlich sehen! Sagen Sie mir, warum finde ich Sie von Tag zu Tag liebenswerter? Verbargen Sie einen Teil Ihrer guten Anlage vor mir, oder nahm ich sie nicht wahr? Ich kann Ihnen nicht beschreiben, welchen Eindruck Sie vorgestern in dem kurzen Augenblick unseres Zusammenseins auf mich machten. Ich glaube, Sie lieben mich mehr, das wird es sein.

Anbei das Billett, das ich soeben vom Baron erhielt, sowie ein Brief, der mir gestern für Madame Legendre übergeben wurde. Empfehlen Sie mich ihr. Und Sie, meine Sophie, halten Sie mich auf ewig für das, was ich unverkennbar für Sie bin.
Beiliegend auch einige Papiere, die Sie zu sehen wünschten.

(15. Juni? 1759)

Anbei Grimms Brief. Ich las ihn noch einmal, bevor ich ihn an Sie absende. Stellen Sie sich vor, was er empfinden wird, wenn er erfährt, daß jener Mensch nicht mehr ist, der ihn vor einigen Monaten mehrmals umarmte und zu ihm sagte: „Das ist für meinen Sohn, das ist für meine Tochter, das ist für meine Enkelin." Er ist in den Armen zweier seiner Kinder eingeschlafen, ohne Schmerz, ohne Todeskampf und ohne Pein. Mein Vater war kein Mensch, den man wieder vergaß, wenn man ihn kennengelernt hatte. Grimm wird seiner gedenken und wird ihn beweinen.[1]
Sie werden mir die Gedanken der Erinnerung, die ich bewahre, erleichtern. Nicht einmal an Ihrer Seite werden sie mich verlassen; doch alles Rührende und Melancholische, das die Erinnerung in sich birgt, wird sich mit der Empfindung von Zärtlichkeit und Begierde vermischen, die Sie in mir wecken, und diese Gefühlsmischung wird einen ganz und gar köstlichen Zustand herbeiführen. Ach, könnte er doch zur Gewohnheit werden! Es geht nur darum, ein guter Geliebter und ein guter Sohn zu sein, ein überaus dankbarer, zärtlicher Mann, und mir scheint, daß ich diese beiden Eigenschaften besitze. Wir würden nicht mehr diesen Freudenrausch erleben. Die Seelen öffneten sich nur noch von Zeit zu Zeit; doch der Strahl der Fröhlichkeit, der sich herausstähle wie ein Sonnenstrahl, der an einem nebligen, wolkenverhangenen Tag vom Himmel fällt, gewönne nur an Glanz und Wirksamkeit.
Der Eindruck, den unsere Traurigkeit auf die anderen ausübt, ist seltsam. Haben Sie manchmal auf dem Lande das plötzliche Verstummen der Vögel wahrgenommen, wenn bei heiterem Wetter eine Wolke über den Ort zieht, den sie mit ihrem Gesang erfüllten? Ein Trauerkleid in der Gesellschaft, das ist die Wolke, die im Vorüberziehen das augen-

blickliche Verstummen der Vögel verursacht. Sie zieht vorüber, und der Gesang beginnt von neuem ...
Wie geht es Ihnen heute? Haben Sie gut geschlafen? Schlafen Sie manchmal so wie ich, mit ausgebreiteten Armen? Wie zärtlich waren gestern Ihre Blicke! Wie sehr sind sie es seit einiger Zeit! Ach, Sophie, Sie haben mich nicht genug geliebt, wenn Sie mich heute noch mehr lieben.
Falls Sie mir ein Wörtchen geschrieben haben, werde ich erfahren, wie der Rest des gestrigen Abends verlaufen ist.
Doch lesen Sie die Geschichte mit diesem Abbé de Prades.[2] Was für ein abscheulicher Mensch! Unglücklicherweise gibt es viele, die wie er sind. Leben Sie wohl, meine zärtliche Freundin! Ich küsse Sie, oh, ich küsse Sie gut, nicht wahr? Und es bereitet mir immer dasselbe Vergnügen ... immer. Niemand glaubt so etwas; aber es wird allen Sprichwörtern zum Trotz so bleiben, und sollten sie auch von Salomon stammen. Jener hatte zu viele Frauen, um etwas von der Seele eines redlichen Mannes zu verstehen, der nur eine verehrt und nur eine liebt.

1 Didier Diderot, der Vater des Philosophen, starb am 3. Juni 1759. Erst im März 1759 hatte Grimm auf einer Reise nach Genf in Langres haltgemacht und ihn aufgesucht.

2 Der Abbé de Prades hatte 1751 mit der Verteidigung seiner theologischen Dissertation an der Sorbonne einen Skandal ausgelöst. Seine Thesen wurden als des Atheismus verdächtig an der Sorbonne verurteilt. In dem darüber entbrennenden Streit verteidigte Diderot de Prades in der *Suite de l'apologie de l'abbé de Prades* (1752). Der Verhaftung entzog sich de Prades durch die Flucht nach Preußen, wo ihm Friedrich II. eine Pension gewährte. Doch bald schon kam es zum Zerwürfnis: De Prades verlor seine Stellung als Kanonikus und wurde 1757 zeitweilig in der Festung von Magdeburg inhaftiert. Diese letztere „Geschichte" ist hier offenbar von Diderot gemeint. (Vgl. den Hinweis Jean Varloots in seiner Ausgabe von Diderots *Lettres à Sophie Volland*, Paris 1984, S. 375, Anm. 15.)

(10. oder 12. Juli? 1759)

Ich schreibe, ohne etwas zu sehen.[1] Ich bin hergekommen. Ich wollte Ihnen die Hand küssen und wieder gehen. Ich werde wieder gehen, aber ohne diesen Lohn. Doch werde ich nicht schon genügend belohnt, wenn ich Ihnen gezeigt habe, wie sehr ich Sie liebe? Es ist neun Uhr. Ich schreibe Ihnen, daß ich Sie liebe; ich will es Ihnen wenigstens schreiben; aber ich weiß nicht, ob die Feder sich meinem Wunsche fügt. Kommen Sie denn wirklich nicht, damit ich es Ihnen sagen und dann davoneilen kann?

Adieu, meine Sophie, guten Abend. Sagt Ihnen Ihr Herz nicht, daß ich hier bin? Es ist das erste Mal, daß ich im Dunkeln schreibe. Dieser Umstand müßte mir die zärtlichsten Gedanken eingeben. Ich habe nur einen einzigen, nämlich daß ich nicht weiß, wie ich wieder weggehen soll. Die Hoffnung, Sie auf einen Augenblick zu sehen, hält mich zurück, und ich spreche weiter zu Ihnen, ohne zu wissen, ob ich Buchstaben bilde. Überall, wo nichts auf dem Blatt steht, sollten Sie lesen, daß ich Sie liebe.

1 Diesen Brief schrieb Diderot, als er in der Wohnung der Vollands im Dunkeln vergeblich auf Sophie wartete.

(Langres, 31. Juli 1759)

Kaum vier Tage bin ich hier, doch es scheint mir, als seien es vier Jahre.[1] Die Zeit wird mir lang. Ich langweile mich.

Ich werde Sie ein wenig mit unseren Familienangelegenheiten unterhalten, da Sie es mir erlaubten. Zunächst, es ist unmöglich, sich drei Wesen mit unterschiedlicheren Charakteren vorzustellen, als meine Schwester, meinen Bruder und mich. Sœurette ist lebhaft, arbeitsam, fröhlich, entschlossen, schnell beleidigt, langsam wieder ausgesöhnt, unbesorgt um Gegenwart und Zukunft, sie läßt sich weder durch Dinge noch durch Menschen etwas aufzwingen; sie ist frei in ihrem Handeln und noch freier in ihrer Rede; sie ist eine Art weiblicher Diogenes. Ich bin der einzige Mann, den sie je mochte; und sie mag mich sehr. Meine Freude entzückt sie; mein Kummer würde sie umbringen.

Der Abbé ist von Natur aus empfindsam und heiter. Er könnte geistvoll sein; doch die Religion hat ihn zaghaft und kleinmütig gemacht. Er ist traurig, schweigsam, vorsichtig und verdrießlich. Er trägt ständig eine unbequeme Richtschnur mit sich herum, an der er das Verhalten der anderen und sein eigenes mißt. Er macht verlegen und ist verlegen. Eine Art christlicher Heraklit ist er und stets geneigt, die

Torheit seiner Mitmenschen zu betrauern. Er spricht wenig. Er hört viel zu; er ist selten zufrieden.
Sanft, gefällig, nachsichtig – zu nachsichtig vielleicht –, wie ich bin, nehme ich, so scheint es mir, ziemlich genau die Mitte zwischen beiden ein. Ich bin sozusagen das Öl, das die harten Zahnräder am Ächzen hindert, wenn sie sich berühren. Doch wer wird ihren Lauf mäßigen, wenn ich nicht mehr da bin? Wie quält mich diese Sorge! Ich habe Angst, sie einander näherzubringen, denn trennten sie sich eines Tages dann, so erregten sie großes Aufsehen. Den Gerechtigkeitssinn und die Uneigennützigkeit, diese zwei Eigenschaften haben wir miteinander gemein. Gott sei Dank, alles wird bald und gut abgewickelt sein, ohne daß ich mich einmischen muß. Mein Vater hat uns Rentenbankscheine im Werte von 30 000 Francs hinterlassen, achthundert Scheffel Korn im Werte von 40 000 Francs, ein Stadthaus, zwei hübsche Landhäuschen, Weinberge, Waren, ein paar Kreditbriefe und ein Mobiliar, wie es in etwa einem Mann seines Standes geziemt. Mein Bruder und meine Schwester werden besser wegkommen als ich, und darüber freue ich mich. Mögen sie sich alles aneignen, was ihnen zusagt, und mich wieder wegschicken. Wieso gab ich mich früher ohne weiteres mit diesem Leben zufrieden, das man hier führt, und wieso kann ich es heute nicht ertragen? Weil, meine Sophie, weil ich damals nicht liebte und jetzt liebe.
Die Dinge sind für sich genommen nichts. Sie sind nicht wirklich süß oder bitter. Was sie dazu macht, das ist unsere Seele; und die meine ist für sie schlecht vorbereitet. Alles, was mich umgibt, langweilt mich, macht mich traurig und mißfällt mir. Doch man soll mir nur meine Freundin ankündigen, sie soll sich hier zeigen, und ihre Gegenwart verschönert plötzlich alles. Wenn sich die Dinge für mich veränderten, so bin auch ich für sie nicht mehr derselbe. Man findet mich ernst, müde, verträumt, unaufmerksam, zerstreut. Kein Wesen, das mich gefangennimmt; nie ein Wort, das mich interessiert; es ist eine Gleichgültigkeit, eine Geringschätzung, die nichts ausschließt. Dennoch erhebt man hier wie anderswo bestimmte Ansprüche, und ich erkenne, daß ich überall ein heimliches Gefühl des Gekränktseins hinterlasse. Je mehr man mich schätzt, desto mehr leidet man unter meiner Teilnahmslosigkeit; und ich, ich kann mich nicht

genug wundern, wie töricht sich die anderen unserer Launen wegen selbst anschuldigen oder beglückwünschen. Ob sie gut ist oder schlecht, sie rechnen es sich an und sind doch gar nicht verantwortlich. Oh, hätte ich das Herz, sie ihrem Irrtum zu entreißen, so sagte ich zu ihnen: „Ihr würdet mir alle gefallen, hätte ich meine Sophie hier bei mir; und doch würde sie euch in den Schatten stellen. Der Vergleich zwischen euch und ihr wäre nicht zu eurem Vorteil; aber ich wäre glücklich, und ein glücklicher Mensch ist nachsichtig." Kommen Sie her und söhnen Sie mich mit dieser Stadt aus. Doch das kann nicht sein. Ich muß sie hassen bis zu dem Augenblick, da ich sie verlassen werde, um zu Ihnen zurückzukehren. Ich fühle im voraus, daß der Gedanke daran die letzten Tage verschönern wird.
Ich habe Ihre beiden Briefe zu gleicher Zeit erhalten. Alles, was Sie darin beschreiben – ich empfinde es ebenfalls. Ich habe dem Wasser und der Luft dieses Landes Tribut gezollt; aber vielleicht geht es mir deshalb um so besser. Müssen die Briefe nach Isle[2] nicht an Monsieur Desmarets[3] adressiert werden? Ich werde also mit Ihrer Mutter zurückkehren. Ich erwartete schon so etwas. Nicht über Roger erhoffte ich ein paar Worte von Ihnen zu erhalten; aber ich habe in dem Paket Ihrer Mutter und in den Wagentaschen danach gesucht und war verwundert, nichts darin zu finden.
Grimm weiß, daß ich hier bin; warum schrieb er mir noch nicht? Er vernachlässigt mich. Meine Freundin, machen Sie seinen Fehler wieder gut. Erzählen Sie mir von sich. Erzählen Sie mir von Ihrer lieben Schwester. Sollten Sie während meiner Abwesenheit hin und wieder zum Schlößchen[4] zurückkehren, werde ich in Gedanken bei Ihnen sein. Ich träume meinerseits auch davon, es noch schöner einzurichten, und ich finde, daß wir jemanden brauchten, der für alle eine Vertrauensperson wäre und die Rolle eines allgemeinen Vermittlers übernähme. Wie denken Sie darüber? Wenn ich es recht bedenke, so wäre es mir lieber, diese Funktion einer Frau anzuvertrauen und nicht einem Mann.
Adieu, meine gute, meine zärtlich geliebte Freundin. Ich schließe Sie in meine Arme und wiederhole Ihnen alle Schwüre, die ich Ihnen jemals leistete. Sie sollen mein Zeuge sein, Sie, liebe Schwester[5]. Vergehe ich mich jemals an ihrem Glück, dann hassen Sie, dann verachten Sie mich; hassen

Sie, verachten Sie alle Männer. Sophie, ich liebe Sie von ganzem Herzen, und ich verehre Ihre Schwester ebensosehr, wie ich Sie liebe. Wann werde ich Sie beide wiedersehen? Bald. Bald.

PS: Lassen Sie mich nicht Monsieur de Prysie vergessen sowie den Abbé[6] und Monsieur Gaschon, wenn er noch bei Ihnen verkehrt; und empfehlen Sie mich Mademoiselle Boileau. Sind Sie immer noch so grausam, daß Sie mir nichts von dem Kind[7] berichten? Ich sehe es vor mir. Ich sehe auch seine Mutter vor mir, und dieses Bild rührt mich immer.

Ich habe, seit ich hier bin, alle Pächter meines Vaters kennengelernt, und ich habe keinen einzigen gesehen, dem nicht die Tränen in den Augen gestanden hätten. Wie schmerzlich wird dieser Mensch vermißt!

Sie würden meine Schwester sehr liebhaben. Sie ist das originellste und energischste Geschöpf, das ich kenne, und die Güte selber, doch mit eigentümlicher Prägung. Sie wäre die richtige Haushälterin im Schlößchen. Ich will dort keinen Hauskaplan haben.

Adieu, meine Sophie. Adieu, ehrwürdige und bewundernswerte Schwester meiner Sophie. Wenden Sie Ihre Augen ein wenig zur Seite und reichen Sie mir Ihre Hand.

1 Diderot war zur Regelung der Erbschaftsangelegenheiten nach dem Tod seines Vaters in seinen Heimatort Langres gereist, wo er im Elternhaus bei seinem Bruder, dem Abbé Didier-Pierre Diderot, und seiner unverheirateten Schwester Denise, von ihm meist Sœurette (Schwesterchen) genannt, wohnte.
2 In Isle-sur-Marne hatten die Vollands ihren Landsitz.
3 Jean-Etienne Desmarets war Steuerbeamter in Vitry-le-François und diente als Mittler beim Briefwechsel von Diderot und Sophie.
4 Dieses „Schlößchen" („petit château"), ein Phantasieprodukt, galt den Liebenden als Symbol einer idealen Heimstatt, auf das sie in ihrer Korrespondenz häufig zurückkommen.
5 Madame Legendre.
6 Abbé Lemonnier.
7 Emilie, das kranke Töchterchen Madame Legendres.

(Langres, 3. August 1759)

Hier ist, meine zärtlich geliebte Freundin, mein vierter Brief. Der erste war an Sie adressiert. Der zweite, in einem Umschlag, an Monsieur Berger, Obersteuereinnehmer im

Salzsteueramt. Der dritte an Madame Legendre. Ich erhielt drei von Ihnen; zwei zu gleicher Zeit. Mein Bruder hat den letzten geöffnet; aber er hat nur ein paar Zeilen gelesen, die glücklicherweise nichts enthielten, was ihn kopfscheu hätte machen können. Es war der ausführliche Bericht über das neue Krankheitsbild Ihrer lieben Kleinen. Um in Zukunft eine Verwechslung auszuschließen, die den Gottesmann verwirren könnte, kennzeichnen Sie mich doch bitte durch meinen Titel ‚Mitglied der Akademie von Berlin'[1].
Das arme Mädchen, wie sehr bedaure ich es doch! Wie sehr bedaure ich auch seine Mutter! Ohne die Krankheiten der Kinder, so sagt man, bliebe die Zärtlichkeit der Mutter verborgen. Was für ein Geschwätz! Man müßte also ein unschuldiges, empfindungsfähiges Wesen opfern, um das Mitgefühl eines anderen zu erregen; man müßte seinem Munde Klagen und Seufzer entreißen, sie alle beide unglücklich machen, damit man sieht, daß der eine gut ist; man müßte ein Unrecht begehen, damit sich die Tugend übe, sich dem Vorwurf aussetzen, um des Lobes würdig zu sein; sich in den eigenen Augen herabsetzen, um in den Augen der Mitmenschen und den unseren Ehre einzulegen. Welch seltsames Verfahren! Was würde man von einem Herrscher denken, der nach diesem Prinzip regierte? Gibt es zweierlei Gerechtigkeit, eine für den Himmel und eine für die Erde? Wenn es so wäre, was würde dann aus dem Begriff Gerechtigkeit werden? Verliert man die Kleine, so hat sie die wenigen Augenblicke, die sie lebte, gelitten. Behält man sie, so wurde sie gezüchtigt, obgleich sie nicht fehlte. Wenn auch nicht sie, wird man hinzufügen, so doch ihr Vater. Oh, die Toren, sie bemerken nicht, daß ihre Antwort mit der aus der Fabel vom Wolf und dem Lamm[2] identisch ist, die aus derselben Quelle, einer unter dem anderen, tranken, und daß es der Wolf ist, dem sie huldigen; und ohne diese Fabel, ruft der erhabene Pascal aus, ist das Universum ein unlösbares Rätsel, und deine Fabel, werde ich ihm antworten, ist eine Gotteslästerung.
Seit das Eis nun gebrochen ist, spitze ich den Mund zum Kuß; ich lege meine Finger an meine Lippen und sende Ihnen Küsse, wie Emilie ihrer Mama. Wir werden wieder zusammen sein, meine Freundin, wir werden wieder zusammen sein; und ich werde meine Lippen wieder auf

den Mund drücken, den ich liebe. Unterdessen gestehe ich Ihren Mund nur Ihrer Schwester zu. Ich leide nicht darunter, ich möchte fast sagen, daß ich ihn ihr gern überlasse. Mir scheint, ich schiebe jetzt ihre Seele zwischen die Ihre und die meine. Eine Schneeflocke, die sich vielleicht zwischen zwei glühenden Kohlen auflöst. Wie liebenswürdig war sie an dem Tag, als wir uns trennten! Wie verstand sie unseren Kummer so gut! Ihr Herz schnürte sich zusammen. Sie haben nicht bemerkt, wie sie beinahe alle Farbe verlor. Ich aber habe es gesehen; ich erinnere mich daran, und ich sage mir: Oh, wie innig wird der Sterbliche geliebt werden, den sie lieben wird! Oh, wie schwer werden wir leiden, meine Sophie und ich, sollten wir jemals die Zeugen ihres Abschieds sein! Empfehlen Sie mich ihr mit den allerschönsten Worten! Was sie mit dem größten Vergnügen hören wird, was mir ihre höchste Achtung einbringen wird, was in ihren Augen am meisten ihre freundliche Gesinnung zu mir rechtfertigen wird, das ist, daß Sie mich lieben und daß ich Sie bis zum Wahnsinn liebe und nie damit aufhören werde; wiederholen Sie ihr dies von morgens bis abends.
Ich bin sehr froh, daß es Gaschon besser geht und daß sich sein Rivale mit Theatermaximen abspeisen läßt. Mehr ist das auch nicht wert.
Ich weiß nicht, warum meine Briefe noch nicht in Ihren Händen sind. Geben Sie mir darüber Bescheid.
Wir haben hier einen entzückenden Spazierweg. Es ist eine lange Allee mit dichtbelaubten Bäumen, die zu einer unsymmetrischen und regellosen Baumgruppe führt. Dort findet man Kühle und Einsamkeit. Auf einer Holztreppe steigt man zu einer Quelle hinab, die einem Fels entspringt. Ihr Wasser, das in einer Schale aufgefangen wird, strömt herab und bildet ein erstes Bassin; dann strömt es weiter und füllt ein zweites; schließlich fließt es, durch Kanäle geführt, zu einem dritten, aus dessen Mitte es als Springbrunnen aufsteigt. Die Schale und diese drei Bassins sind an einem Hang in ziemlich großer Entfernung untereinander angeordnet. Das letzte ist von alten Linden umstanden. Sie sind gerade in voller Blüte. Unter den Linden hat man eine Steinbank aufgestellt. Dort bin ich tagtäglich um fünf Uhr. Meine Augen schweifen über die schönste Landschaft der Welt. Es ist eine Gebirgskette, die durch Gärten und Häu-

ser unterbrochen wird; darunter schlängelt sich ein Bach dahin, der die Wiesen bewässert und, durch das Wasser des Springbrunnens und anderer Quellen angewachsen, sich in einer Ebene verliert. Ich verbringe dort so manche Stunde, ich lese, denke nach, betrachte die Natur und träume von meiner Freundin. Ach! Wie gut man zu dritt auf dieser Steinbank säße! Es ist das Plätzchen, an dem sich die Liebenden dieses Landstrichs treffen, und es ist meines. Sie kommen abends dorthin, wenn das Ende des Tages ihre Arbeiten unterbricht und sie einander zurückgibt. Der Tag muß ihnen sehr lang erschienen sein, und der Abend wird ihnen sehr kurz vorkommen. Während ich dort bin, ordnen mein Bruder, meine Schwester und ein Freund unsere Angelegenheiten. Ich sehne mich danach, daß sie endlich fertig sind.
Ein denkwürdiges Ereignis bewegt mich und wird auch Sie bewegen. Mein Vater hatte eine Freundin. Es war eine Verwandte, eine arme, gute Frau, etwa gleichen Alters wie er. Sie erkrankten beinahe zur selben Zeit. Mein Vater starb am Pfingsttag. Sie erfuhr von seinem Tod und starb tags darauf. Meine Schwester drücke ihr die Augen zu, und man hat sie nebeneinander bestattet.
‚Die Augen zudrücken' ist in Paris nichts anderes als ein bildhafter Ausdruck; hier ist es ein Akt wirklicher Menschlichkeit. Meine Schwester erzählte mir gestern, einmal habe ein Sohn am Bett seines sterbenden Vaters geglaubt, es sei Zeit, ihm diesen letzten Dienst zu erweisen. Er täuschte sich. Der Vater spürte die Hand, öffnete die Augen noch einmal und sagte zu ihm: „Mein Sohn, noch einen Augenblick."
O meine Freundin, welch schwere Aufgabe hat mir mein Vater gestellt, wenn ich je das ehrenvolle Gedächtnis verdienen soll, das man ihm bewahrt. Wir haben hier nur ein schlechtes Porträt von diesem guten Menschen; aber es ist nicht meine Schuld. Hätte sein geschwächter Gesundheitszustand ihm erlaubt, nach Paris zu fahren, so hätte ich mein Vorhaben ausgeführt, ihn an seiner Werkbank malen zu lassen, in seiner Arbeiterkleidung, barhäuptig, die Augen zum Himmel gerichtet und die Hand auf der Stirn seiner Enkelin, um den Segen über sie zu sprechen. Wir werden einander im Schlößchen die Augen zudrücken; und der letzte wird sehr zu bedauern sein, nicht wahr?

Seit ich diese Stadt verlassen habe, sind alle, die ich kannte, gestorben. Ich traf lediglich eine Frau wieder, die Freundin eines jungen Mädchens, das ich einst liebte und das nicht mehr ist. Ich sah diese Frau mit Freuden wieder. Wir plauderten ein wenig über unsere alten Zeiten. Ich muß Ihnen etwas von ihr erzählen, das Sie rühren wird. Kurze Zeit nach dem Tode ihrer und meiner Freundin reiste ich in die Provinz. Eines Tages trat ich aus meinem Haus und sie gerade aus dem ihren. Sie lud mich ein, sie zur Kirche zu begleiten. Ich reichte ihr den Arm. Als wir auf dem Friedhof ankamen, wandte sie ihren Kopf seitwärts und wies mit dem Finger auf die Stelle, an der die, welche wir beide geliebt, ruhte. Sie werden sich vorstellen können, wie tief mich ihr Schweigen und diese Handbewegung beeindruckt haben.
Ich freue mich jetzt ein bißchen mehr meines Lebens. Ich habe das Gute getan, das ich wollte. Ich habe meinen Bruder und meine Schwester versöhnt. Wir haben uns alle drei umarmt. Ihre Tränen vermischten sich miteinander. Sie werden zusammen leben; mögen sie glücklich werden! Und was sollte sie daran hindern? Sie sind empfindsam und gütig. Aber genügt das? Ich täusche mich, sosehr ich kann, über ihre verschiedenartigen Charaktere hinweg. Das muß ich, soll ich nicht blutenden Herzens von hier gehen.
Adieu, meine Freundin. Teure Schwester[3], ich lege Ihnen ihre Gesundheit ans Herz. Und vernachlässigen Sie die Ihre nicht zu sehr. Tausend gute Wünsche dem lieben Kind[4]. Ich warte auf ein Wort von Ihnen, um an Ihre Mutter zu schreiben. Adieu. Adieu.
Vergessen Sie nicht, mich dem Abbé, Monsieur Gaschon und de Prysie zu empfehlen. Sagen Sie Mademoiselle Boileau, was Ihnen passend erscheint; ich bin sicher, daß ich jedes Ihrer Worte gutheiße. Und ihre Pläne, was ist aus ihnen geworden? Sie flieht Ihre Nähe. Sie achtet Sie deshalb nicht weniger, davon bin ich überzeugt; und auch nicht mehr.
Ich habe immer noch nichts von Grimm gehört. Was macht er? Woran denkt er? Geht es ihm gut? Ist er krank? Ich weiß nicht, was ich von seinem Schweigen halten soll. Es ist unmöglich, daß er mich noch in Paris glaubt.
Adieu, meine Freundin; ich führe meine Lippen an die Ihrigen; ich küsse sie; ob ich auf ihnen eine Spur finde,

welche die Küsse Ihrer Schwester hinterließen? Aber nein, es ist nichts da. Ihre Küsse sind ein leichter, ein zarter Hauch.

1 Diderot war seit 1751 Mitglied der Berliner Akademie der Wissenschaften.
2 Vgl. Jean de La Fontaine, Fabeln, Reclam, Leipzig 1976, S. 10.
3 An Madame Legendre gewandt.
4 Madame Legendres Tochter Emilie.

(Guémont bei Vignory, 16. August 1759)

O glückliches Land, wo es weder Feder noch Tinte, noch Papier gibt, sieht man von dem ab, das der Pfarrer braucht, um die Namen der Kinder einzutragen, die man dort macht. Ich bin zwölf Meilen von Langres entfernt, in einem Dorf, und verdanke der Gefälligkeit des Pfarrers das Vergnügen, mit meiner Sophie zu plaudern. Vielleicht weilte nie ein Liebender hier, zumindest kein so zärtlicher. Der heilige Mann, der mir seinen einzigen Federstummel lieh, glaubt mich mit irgendeiner wichtigen Angelegenheit beschäftigt; und hat er nicht recht? Welche Angelegenheit könnte für mich wichtiger sein, als Sie wissen zu lassen, daß ich zu Ihnen mit einer Freude zurückeile, deren Übermaß sich nur mit dem Schmerz vergleichen läßt, den ich erlitt, als ich Sie verließ? Ich werde Sie also wiedersehen. Doch noch ein Wort über diesen Pfarrer, dessen Feder ich verwende, um Ihnen zu sagen, daß ich wie toll in Sie verliebt bin, dieselbe Feder, die die Predigten kritzelt, in denen er seine armen Toren verdammt, weil sie auf ihre Herzen hören, die ihnen besser predigen als er.

Früh um fünf habe ich mich Sœurettes Armen entwunden. Wie oft haben wir uns geküßt, wie bitterlich hat sie geweint; wie bitterlich habe auch ich geweint! Ich liebe sie sehr, und ich glaube wahrhaftig, daß Sie mich nicht mehr lieben als sie. Der Abbé sah dies und war gerührt. Ich habe ihm das Glück dieser teuren Schwester ans Herz gelegt und ihr das ihres Bruders. Sie wird diese Pflicht bestimmt gut erfüllen. Ich habe mich als Vermittler bei ihren kleinen Zwistigkeiten angeboten, wenn es zu solchen kommen sollte; und der Abbé, der, wie er mir sagte, Grund hat, eher auf meine Gerechtigkeit als auf meine Zuneigung zu zählen, hat mich akzeptiert. Er war im Unrecht, so zu reden; denn in Wirklichkeit gibt es keinen Mann seines Standes, den ich mehr achte als ihn. Er ist gefühlsstark, macht sich allerdings daraus einen Vorwurf; er ist ehrsam, aber hart. Er wäre ein guter Freund, ein guter Bruder gewesen, wenn Christus ihm nicht den Auftrag erteilt hätte, alle Nöte mit Füßen zu treten. Er ist ein guter Christ, der mir jeden Augenblick beweist, daß es besser ist, ein guter Mensch zu sein, und daß die sogenannte gottesfürchtige Vollkommenheit nichts anderes ist als die düstere Kunst, die Natur zu ersticken, die in ihm vielleicht genauso stark gesprochen hätte wie in mir.

Oh, wie freue ich mich! Es ist noch früh am Morgen, und ich habe Zeit, mit Ihnen gemütlich zu plaudern. Was werde ich Ihnen alles sagen, während diese guten Leute ein ungewürztes Hühnerfrikassee bereiten, das ich mit großem Appetit essen werde. Ihr guten Leute, nur nicht so schnell; ich habe zwar Hunger wie ein Wolf, aber ich möchte lieber noch mit meiner Sophie plaudern als essen. Was macht sie? Was sagt sie? Was denkt sie? Wo glaubt sie mich? Wo auch immer auf der Welt sie mich vermutet, sie liebt mich.

Ich hatte Bruder und Schwester miteinander ausgesöhnt. Ich beglückwünschte mich zu meinem Werk. Ich freute mich darüber. Wir schwammen alle drei in eitel Wonne, als ein belangloses Ereignis alles zerstören sollte. Gestern, gestern abend kommt er[1] heim; er sieht die zum Teil schon gepackten Koffer, er behauptet, ich hätte es nicht einmal für nötig gehalten, ihn von meiner Abreise zu unterrichten; dies sei ein Komplott zwischen Sœurette und mir; man lasse ihn links liegen; man habe Geheimnisse vor ihm; man verschweige ihm alles; man liebe ihn nicht; er erkenne dies in den kleinsten Dingen; und dann ist der Mann tief betrübt, er unterdrückt die Seufzer, kann weder trinken noch essen, noch sprechen; und ich nehme seine Hände in die meinen, ich umarme ihn, beteure, wieviel ich für ihn empfinde, vielleicht mehr, als ich empfinden kann. Sein Zustand jammert mich. Ich bangte um Sœurettes Schicksal, sie sagte zu mir: „Siehst du, das ist das Leben, das er mir bereitet; es wird nottun, daß ich mir tagtäglich den Kopf zerbreche, wie ich den seinen wieder zurechtrücke.“ Und diese und ähnliche Worte, die sie nur gar zu gern anbringt, entfesseln von neuem den Gewittersturm, der sich gerade zu verziehen begann; und der Philosoph in mir weiß nicht mehr ein und aus inmitten dieser Menschen, die einander unnachgiebig angreifen, bis sie sich schließlich in eine Ecke zurückziehen, jeder in seine, zum großen Erstaunen der Hausangestellten, die beim Auftragen des Soupers sprachlos drei stumme Wesen anstarren, jedes zehn Fuß vom Tisch entfernt, das eine stützte traurig den Kopf auf die Hände – nämlich ich –, das andere lag im Sessel wie jemand, der schlafen möchte – meine Schwester –, und das dritte rutschte auf seinem Stuhl hin und her, als suchte es einen bequemen Platz, fände aber keinen.

Doch nachdem ich die Hausangestellten fortgeschickt hatte, ergriff ich das Wort; ich erinnerte sie daran, was sie ihrem Vater auf dem Totenbett versprochen hatten; ich beschwor sie, um der Freundschaft willen, die sie für mich empfanden, und um des Schmerzes willen, den sie mir bereiteten, einen Zustand zu beenden, der mich quälte; ich nahm Sœurette bei der Hand, doch sie wehrte ab: „Nein, mein Bruder, dieser Mensch war, ist und wird sein ganzes Leben lang ungesellig sein; ich will schlafen gehen." – „Nein, liebe Schwester, Sie werden mich nicht mit diesem Kummer wieder wegschicken." – „Ich weiß nicht, mit wem dieser Mensch zusammen gelebt hat; er argwöhnt hinter allem sogleich ein Komplott." – „Mein Bruder, lassen Sie sie gehen. Sie sehen doch, daß sie mich, selbst wenn wir einander umarmen, nicht mehr liebt als bisher."

Dennoch zog ich Sœurette hinter mir her, und sie ließ es mit sich geschehen. Wir kamen schließlich zum Priester, und ich versöhnte sie miteinander. Wir aßen unser kaltes Souper, dabei hielt ich beiden eine sehr schöne Predigt. Ich war selbst gerührt. Ich weiß nicht, was ich ihnen sagte; doch das Ende von allem war, daß sie über den Tisch hinweg einander die Hände hinstreckten und sie ergriffen, daß sie sie mit Tränen in den Augen einander drückten; und nachdem sie ganz offen ihr Unrecht eingestanden hatten, baten sie mich tausendmal um Verzeihung und überhäuften mich mit Zärtlichkeiten. Es waren keine zusammenhängenden Reden, sondern nur abgerissene Worte, doch die liebreichsten und ausdrucksstärksten Beweise der Zuneigung.

Der Abbé ist frühzeitig aufgestanden. Er kam als erster in

mein Zimmer und sagte ein paar Sätze, halb Religion, halb Vernunft, die nicht allzu schlecht waren; er gab mir zu verstehen, sobald das Herz parteiisch sei, wäre es unmöglich, trotz aller Vorsicht, dies in den Handlungen zu verbergen. Was sollte ich darauf antworten? Daß ich wenig mit ihm zusammen gelebt hätte; daß ich ihn nicht so gut kenne wie Sœurette, nebst anderen schönen Worten, die man vorbringt, um keine Antwort schuldig bleiben zu müssen, die aber nur diejenigen täuschen, welche uns lieben und sie deshalb gern glauben wollen. Doch was sollte ich sonst tun? Was Sœurette anbelangte, sie schlief, mit sich selber und mit mir zufrieden.

Indes wartet mein Hühnerfrikassee noch immer; mein Appetit und meine gute Bäuerin werden ungeduldig; also ganz schnell essen und dann den Faden wiederaufnehmen, um das fortzuführen, was Sie vielleicht gar nicht lesen können, aber was tut's! Ich werde Ihnen dennoch schreiben; es wird wie an jenem Abend sein, als ich Ihnen im Dunkeln schrieb.[2]

Mein Frikassee war vorzüglich und das Wasser köstlich. Oh, meine Sophie, hätten Sie mich essen sehen! Aber wie töricht bin ich! Ich bilde mir ein, alles, was ich tue, sei für Sie von Interesse. Die armen Leute haben sich so geschämt, mir kein Dessert vorsetzen zu können, daß sie es fast nicht zu sagen wagten. Sie halten mich mindestens für irgendeinen großen Pfründenbesitzer. Zwar habe ich eine Kutsche und Pferde, aber keinen einzigen Lakaien. Sie wissen es erst seit kurzem, doch sie achten mich deshalb nicht weniger.

Übrigens, die Katzen auf dem Lande trauen sich nicht, von Tellern zu fressen. Sie müssen von Natur aus Spitzbuben sein; sie tun so, als müßten sie stehlen, was man ihnen gibt. Viele Leute verhalten sich ebenso. Aber wo war ich stehengeblieben? Oh, das gute Wasser! Auf Ihre Gesundheit, meine Sophie! Madame, Sie erlauben doch? – Ja.

Dann kam der schreckliche Augenblick: der Abschied. Sie sind sehr zärtlich gewesen. Ich schlang meine Arme um den Hals des Abbé; ich küßte Sœurette hundertmal. Ich sprach mit dem Abbé, doch an Sœurette richtete ich kein einziges Wort. In Wahrheit haben wir alle drei eine recht gute Veranlagung; aber es ist unmöglich, noch unterschiedlichere Charaktere zu haben. Ach, wenn sie doch einander lieben wollten, wie beide mich lieben! Hätten sie mir das gesamte

Haus auf den Rücken laden können, ich hätte es zu Ihnen gebracht. Eine Eigenschaft haben wir gemeinsam: die Gefühlsstärke und die Uneigennützigkeit. Der Abbé hängt sein Herz an nichts, auch nicht ans Geld.
Ich vergaß, Ihnen zu sagen, daß er, als er meine Briefe an den Vater überflog, auf ein paar Worte stieß, die ihn beleidigten. Er beklagte sich bitter darüber, und zwar gleich in den ersten Tagen. Ich sagte zu ihm: „Ich weiß nicht, was in diesen Briefen steht. Ich weiß aber, daß ich weder etwas Boshaftes schrieb noch Schlimmes im Schilde führte. Doch, mein Bruder, wenn ich Ihnen, unbeabsichtigt zwar, irgendein Unrecht zufügte, so bitte ich Sie um Verzeihung." Sœurette muß auf mich stolz gewesen sein; ich hörte, wie sie vor sich hin brummelte: „Das ist sehr demutsvoll für einen älteren Bruder." So bekam meine Entschuldigung noch größeres Gewicht.
Sie sind Feuer und Flamme für mich, sie wie auch alle, die in irgendeiner Weise mit unseren Angelegenheiten zu tun haben. Es ist die einhellige Meinung aller, und ich kann die Freude darüber nicht verhehlen. Sie sind miteinander nicht so zufrieden, wie ich es mit ihnen bin und sie es mit mir sind. Sagen Sie, meine Sophie, die Sie so oft in dieser Lage sind, ist dies nicht wohltuend? Sie loben mich jetzt, da ich fern von ihnen bin. Sie machen sich insgeheim leichte Vorwürfe, und ich bewundere mich selbst. Aber ich glaube, mein Kutscher betrinkt sich mit dem Gastwirt, denn sie sprechen von Krieg und Religion. Ich höre sie schreien: „Ist nicht Gott der Herr und der König? Und trotzdem spricht man noch von Steuern!"
Mögen sie sich betrinken; ist dies nicht ihr Trost? Sie haben vom Wein einen Rausch und ich von der Liebe; ich habe nicht den Mut, sie zu rügen. Morgen werden sie für ihre Trunkenheit büßen; sie wird vorüber sein, und meine wird andauern. Doch wenn ich so weitermache, werde ich nie fertig. Um so besser, nicht wahr, meine Sophie, weil Sie mich dann länger lesen können.
Ich bin weitergereist; eben war ich in Chaumont, dann in Berthenet[3], das ist ein Dörfchen auf dem Gipfel eines Hügels, dessen Fuß die Marne benetzt. Ein schöner Platz! Und jetzt bin ich in Vignory.
Meine Sophie, was für ein Fleckchen ist dieses Vignory! Die

teure Schwester[4] soll mir nie wieder von ihren Sofas erzählen, von ihren weichen Kissen, ihren Wandteppichen, ihren Spiegeln, von all dem kalten Plunder der Wollust. Was für ein Unterschied zwischen jenem künstlichen Flitterkram und all dem, was ich gesehen habe. Stellen Sie sich etwa hundert Hütten vor, ringsum von Wasser umgeben, alte unermeßliche Wälder, Hügel, Wiesen mit Alleen, die diese Hügel voneinander trennen, als seien sie dort mit Vorbedacht angelegt, und schließlich Bäche, die diese Alleen durchfurchen. Nein, um der Ehre der dortigen Burschen willen möchte ich mich lieber nicht davon überzeugen, ob es eine einzige Jungfrau gibt, die älter als vierzehn Jahre ist. Ein Mädchen kann keinen Fuß vor die Tür setzen, ohne daß ihr der Kopf verdreht wird; und dann die frische Luft, die Verschwiegenheit, die Einsamkeit, die Stille, das Herz, das spricht, die Sinne, die drängen ...

Doch die Pferde jagen dahin; ich bin schon weit von diesem Ort entfernt. In Provenchères bin ich jetzt. Ein neuer Zauber. Noch nie habe ich eine so schöne Reiseroute gehabt. Sie ist beschwerlich für die Wagen; ständig geht es auf und ab, aber sie ist sehr angenehm für den Reisenden.

Nun bin ich in Guémont[5]; von da schreibe ich Ihnen mit der Feder des Priesters alles auf, was mir durch den Kopf geht. Morgen beizeiten Joinville; Mittag in Saint-Dizier; von Saint-Dizier nach Isle, wenn möglich noch am selben Tag oder aber Sonnabendmorgen, wenn heute Donnerstag ist, wie ich denke; denn ich weiß nie genau, welcher Tag gerade ist. Ich liebe Sie an jedem Tag und merke lediglich dann auf, wenn ich mich noch mehr geliebt fühle.

Es ist etwa zehn Uhr abends. Mein Bett ist überzogen. Man hat mir weiße Bettwäsche versprochen. Die Leute hier werden mich nicht täuschen. Ich werde also gleich schlafen. Gute Nacht, meine Sophie. Gute Nacht, teure Schwester. Wenn morgen Posttag in Joinville oder in Saint-Dizier ist, wird dieses Gekritzel abgehen. Ich denke nicht, daß ich in Isle zurückgehalten werde. Man scheint sich gar zu sehr danach zu sehnen, Sie wiederzusehen. Gott gebe, daß diese Bereitwilligkeit anhält. Wenn sie echt ist, so mußte sie durch den Aufschub meines Besuches noch verstärkt werden; aber darin kennt man sich nie richtig aus. Übermorgen wird mich Circe[6] in ihrer Gewalt haben. Nein, nein, meine Sophie wird mich

schützen, und wen meine Sophie schützt, der ist gut beschützt. Gute Nacht, Sie beide. Übrigens, stehen Ihre Bettchen noch nebeneinander? Ich würde dies gerne wissen. Ich könnte in Isle ein schlechtes Gewissen bekommen, und dies würde mir helfen, es wieder loszuwerden.
Mir fährt ein recht närrischer Gedanke durch den Kopf, nämlich daß man mich vielleicht in Ihrem Zimmer schlafen läßt. Sie ist zu diesem Meisterstück fähig. Sagten Sie nicht, es habe Parkettfußboden?
Aber ich werde morgen noch hier sitzen, wenn ich mich so festbeiße. Es ist gerade, als sei ich bei Ihnen; wie oft bin ich um neun aufgestanden und habe Ihnen gute Nacht gesagt und war doch Mitternacht noch nicht gegangen! Bei Liebenden ist nichts zu begreifen. Sie scheinen weder dazu geschaffen, ständig zusammen zu sein, noch vertragen sie eine Trennung. Sind sie immer beieinander, so kommt es, sagt man, zum Verschleiß; und voneinander getrennt, leiden sie zu sehr. Doch nun und zum letzten Mal:

Gute Nacht!

1 Der Abbé Diderot.
2 Vgl. den Brief vom 10. Juli 1759.
3 Gemeint ist der Ort Brethenay bei Chaumont.
4 Madame Legendre.
5 Heute schreibt man Gudmont.
6 Madame Volland.

(Saint-Dizier, 17. August 1759)

Nun habe ich das Dorf mit dem Namen Guémont verlassen. Ich habe kein Auge zugetan. Irgendwelche Tierchen, ich weiß nicht, was für welche, haben mich heute nacht fast aufgefressen; wir sind um sechs aufgestanden, nicht früher. Die Dienerschaft macht mit mir beinahe, was sie will. Wir haben unsere vier Meilen hinter uns gebracht und dann eine Ruhepause eingelegt. Auf der Fahrt lag Joinville zu unserer Linken; es thront auf einem Felsen, dessen Fuß die Marne beleckt, und wirkt sehr schön. Die Marne ist eine gute Begleiterin; man verliert sie aus den Augen, findet sie wieder, um sie aufs neue zu verlieren; und stets gefällt sie einem. Man fährt zwischen ihr und den schönsten Hügeln dahin. Ausgeruht haben wir in einem Dorf mit Namen Lachécourt[1].

Ich habe mich dort daran ergötzt, mit einem neunzigjährigen Greis zu plaudern. Ich liebe Kinder und Greise. Für mich sind die Greise Wesen, die schon viel ertragen haben, und ich verehre sie als besondere Wesen, die das Schicksal verschont hat. Die Wirtin hier ist eine lustige Person, sie behauptet *‚Alle Wetter!‘* wäre kein Fluch. Wenn sie flucht, weiß ich nicht mehr, was sie sagt.
Man muß in diesem Landstrich sehr ärmlich leben. Oh, wie wird man gesegnet wegen drei Sous Trinkgeld! Man hält mich immer für einen Kirchenmann; ich wurde *Eure Hoheit* genannt. Ich habe dem ersten geantwortet: „Nicht ich, sondern das Pferd ist hoch.“ Ich meide seit langem solchen Firlefanz, ich tue es jetzt um so mehr. Mein Herz überkommt die süßeste Empfindung, wenn die Meinen mich segnen.
Das Schlößchen, das wird ein segenbringendes Haus sein! Dort werden wir ohne Spiegel, ohne Gemälde, ohne Sofas die glücklichsten Sterblichen sein, allein durch das Gute, das wir tun und das die anderen über uns sagen. Und wenn sie nun schweigen sollten, wären wir deshalb weniger gut? Wäre eine gute Handlung, die nur dem Himmel bekannt ist und uns, nicht sogar noch schöner? Ich möchte zu Ehren der Menschheit gern glauben, daß der Erdball mit unzähligen Menschen bevölkert ist und sein wird, die Gutes tun. Ich liebe die Philosophie, welche die Menschheit emporhebt. Sie herabzuwürdigen bedeutet, die Menschen zum Laster zu ermuntern. Setze ich die Menschen mit dem unermeßlichen Raum über ihren Köpfen und unter ihren Füßen ins Verhältnis und mache auf diese Weise Ameisen aus ihnen, die auf einem Hügel hin und her laufen, so scheint es mir, als verkleinerten sich ihre Tugenden und Laster in derselben Proportion und schrumpften zu einem Nichts zusammen.
Nun bin ich in Saint-Dizier. Es ist erst halb zwei. Wäre meine Sophie in Isle, käme ich bestimmt heute abend bei ihr an. Aber sie ist nicht dort, und ich werde sicherlich in Vitry oder anderswo übernachten, von wo aus ich ihr noch ein paar Worte kritzeln werde. Morgen werde ich Ihrer Frau Mutter die Morgenaufwartung machen. Mein Herz hämmert schon im voraus.
Man bereitet mein Diner zu, und unterdessen werde ich Sie an einem kleinen Abenteuer teilhaben lassen, das ich in Langres in den letzten Tagen erlebte. Wir haben dort eine

Marquise de la Farre, sie ist nicht gerade die geistloseste, aber eine der närrischsten unserer Damen, die allesamt ziemlich närrisch sind. Sie hieß einst Mademoiselle de Rouvre. Eines Morgens kam sie mich besuchen. Am Morgen, an mein Bett, denken Sie nur! Wir verliebten uns Hals über Kopf. Wir malten uns unser Leben aufs angenehmste aus. Sie würde neun Monate in Paris verbringen. Die drei sich anschließenden würden wir in Langres oder in Rouvre verleben, ganz nach unserem Belieben. Am Tag nach dieser Zusammenkunft schrieb sie mir ein zärtliches Billett, um mich an meine Versprechungen zu erinnern und um ein paar Verse für eine ihrer Freundinnen, die Frau des Gerichtspräsidenten, zu erbitten, deren Geburtstagsfeier am nächsten Tag stattfinden sollte. Ich schrieb ihr darauf so geistvoll und gefühlskalt wie möglich und mit jener versteckten Bosheit, die man nicht bemerkt. Also etwa: „Befehlen Sie mir alles, was Ihnen gefällt, aber befehlen Sie mir nicht, ebensoviel Geist zu haben wie Sie. Erwärmen Sie meinen Geist und meine Sinne, und ich werde mir dann ein Herz fassen, Ihnen zu gehorchen." Um Ihnen die Bedeutung dieses ‚ich werde mir ein Herz fassen' zu erklären, muß ich Ihnen sagen, daß diese Marquise einen ausschweifenden Gatten hat, dem man eine schlechte Gesundheit nachsagt. Darauf spielte meine Schwester an, als sie von ihr gefragt wurde „Mademoiselle, warum heiraten Sie nicht?" und sie antwortete „Madame, weil die Ehe ungesund ist".

Heute abend noch ein paar Zeilen, meine Freundin. Ich werde zwei frische Eier essen und eine Taube verschlingen; denn ich habe Appetit. Die Reise tut mir gut; trotzdem ist das Reisen eine komische Sache. Ebensowohl könnte ich ein Mann sein, der eine charmante Gefährtin in einem Winkel seines Hauses hat und den ganzen Tag damit zubringt, vom Boden in den Keller und vom Keller zum Boden zu steigen. Dieses ganze Gekritzel aus der Herberge, aus dem Sie nie schlau werden können, wird morgen von Vitry aus unter Monsieur Bergers Adresse an Sie abgehen.

Da bin ich aber schön dumm gewesen. Ich dachte, man müßte von Saint-Dizier aus durch Vitry fahren; aber weit gefehlt! Ich stehe an der Haustür; in zwei Stunden werde ich mit Ihrer Mutter sprechen. Mein Herz schlägt stürmisch. Was werde ich zu ihr sagen? Was wird sie zu mir sagen?

Aber erst einmal ankommen. Adieu, meine Sophie. Ich empfehle mich Ihren Wünschen. Bis Freitag.
Ich vergaß, Ihnen zu sagen, daß ich die erbetenen Verse nicht verfaßte und daß ich abreiste, ohne meiner Marquise einen Gegenbesuch abzustatten.

1 Diderot meint hier Rachecourt.

(Isle, 17. oder 18. August 1759)

Nun bin ich, Mademoiselle, an dem Ort, an dem ich so lange auf mich warten ließ. Die liebe Mama hatte die größte Lust, mit mir zu schelten, das heißt, den größten Drang, es Ihnen gleichzutun; doch Sie wissen, wie sie gleichzeitig nachsichtig und gut ist. Ich nannte ihr meine Gründe; sie hat sie nicht zurückgewiesen, und wir waren beide befriedigt.
Es war etwa sechs Uhr, als die Kutsche in die Allee einbog. Ich ließ anhalten. Ich stieg ab. Mit offenen Armen lief ich auf sie zu; sie empfing mich, wie Sie es an ihr kennen, daß sie jemanden empfängt, den sie gerne sieht. Wir unterhielten uns ein Weilchen in abgerissenen Sätzen, wie es bei solchen Gelegenheiten stets der Fall ist. „Ich habe Sie an dem und dem Tag erwartet ..." – „Ich wollte kommen, aber es war mir nicht möglich ..." – „Und am anderen Tag dann?" – „Wie konnte ich ihn einem Bruder, einer Schwester verweigern, die um ihn baten ..." – „Ist es Ihnen sehr warm gewesen?" – „Ja, vor allem ab Perthes, weil mir die Sonne ins Gesicht schien ..." – „Sehr müde?" – „Ein wenig ..." – „Ihre Gesundheit scheint gut zu sein." – „Ich finde, Sie sehen im Gesicht besser aus ..." – „Und Ihre Verpflichtungen?" – „Es ist alles erledigt." – „Alles erledigt? Aber Sie möchten vielleicht allein sein; kommen Sie, ich werde Sie auf Ihr Zimmer führen."
Ich reichte ihr die Hand und wurde in das Klavierzimmer geführt, in dem ich mich ein Weilchen aufhielt, dann ging ich wieder in den Salon, in dem ich die liebe Mama mit Mademoiselle Desmarets über einer Arbeit vorfand. Die Sonne war herabgesunken. Das schöne Ende des Tages. Wir nutzten es. Zunächst besichtigten wir das gesamte Erdgeschoß. Der Anblick des Hauses hatte mir gefallen; dasselbe kann ich auch vom Inneren sagen. Vor allem der Salon kann gar

nicht schöner sein. Ich liebe Täfelwerk, ganz besonders schlichtes Täfelwerk. Dieses ist schlicht. Die Luft der Gegend muß gesund sein, denn das Holz schien mir überhaupt nicht beschädigt zu sein. Dann eine Tür zur Allee, eine weitere zum Garten und zur Pappelpromenade. Das kann man alles gar nicht schöner machen. Wenn Madame Legendre in ihrem Schlößchen mehr braucht, so nur, weil ihr Geschmack verdorben ist und weil ihr der Prunk gefällt. Hören Sie, Madame, da Sie eine so empfindsame und so zarte Seele haben, die sich vom Bericht eines sittsamen Gespräches, einer guten Tat so köstlich rühren läßt, werfen Sie Ihre Kissen aus den Fenstern und verdienen Sie sich eine Segnung mehr.
Im Anschluß daran sind wir das große Geviert auf der rechten Seite abgeschritten, die Scheunen, die Wirtschafts- und Viehhöfe, das Gärgewölbe, das Kelterhaus, die Schafställe, die Pferdeställe. Ich bekundete viel Vergnügen, all diese Örtlichkeiten anzuschauen, weil ich tatsächlich welches empfand und weil mich alles interessierte. Die Patriarchen, deren Geschichte man nie zu lesen vermag, ohne ihrer Zeit und ihren Sitten nachzutrauern, haben nur unter Zelten und in Ställen gelebt. Darin war nicht der Schimmer eines Kanapees, doch ganz frisches Stroh, und sie fühlten sich trotzdem pudelwohl, und das ganze Land wimmelte von Kindern.
Mama läuft wie ein Hase. Sie scheut weder Dornensträucher noch Stacheln, noch den Misthaufen. All das bremst ihre Schritte ebensowenig wie die meinigen, beleidigt ihren Geruchssinn ebensowenig wie den meinen. Ich sage Ihnen, für eine redliche Nase, die sich ihre natürliche Unschuld bewahrt hat, stinkt nicht eine Ziege, sondern vielmehr eine nach Moschus oder Ambra riechende Frau. Was ich sage ist hart, aber es stimmt. Unterdessen fuhren die mit Heu und Getreide beladenen Wagen ein, und dies gefiel mir ebenfalls. Oh, ich bin ein Bauernlümmel und rechne es mir zur Ehre an, meine Damen. Danach machten wir einen Rundgang durch den Garten, den ich klein fand. Ich hatte mich von der Tür aus, die nach hintenhinaus gegenüber dem Salon ist, täuschen lassen; ich wußte nicht, daß diese zur Pappelpromenade führt und daß sich diese Promenade dort befindet. Wir gingen sie entlang, wir wechselten über die beiden Brücken hinüber. Wieder einmal begrüßte ich die Marne, meine Landsmännin und treue Reisebegleiterin.

Diese Promenade entzückt mich. Dort möchte ich wohnen; dort möchte ich träumen, dort könnte ich zart empfinden, zärtlich sprechen, herzlich lieben; am Fuße eines jeden Baumes opferte ich Pan und der Venus der Felder, wenn man es wünschte und man mir Zeit dazu gäbe. Sie werden vielleicht sagen, es stünden dort viele Bäume; doch sooft ich mir Hoffnung auf ein glückliches Leben mache, stelle ich es mir lang vor. Was für ein schönes Fleckchen ist diese Promenade! Wie können Sie, die Sie es doch im Gedächtnis haben, den Anblick Ihrer symmetrischen Tuilerien[1] ertragen und den Spaziergang durch Ihr geschmackloses Palais-Royal, wo alle Bäume zu Kohlköpfen verunstaltet sind und wo man kaum atmen kann, obgleich man so vorsorglich war auszuästen, zu beschneiden, einzuknicken und zu verstümmeln, um ein wenig Luft und Raum zu schaffen?
Was treiben Sie dort, wo Sie sind? Sie täten besser daran, zu uns zu kommen, als uns zu sich zu rufen. Der Urwüchsigkeit dieser Promenade und aller Plätze, die von der Natur bepflanzt wurden, wohnt eine Erhabenheit inne, welche die Hand des Menschen verniedlicht, sobald sie daran rührt. O frevelnde Hand, du wurdest zu einer solchen, als du den Spaten beiseite legtest, um nach Gold und Edelsteinen zu greifen.
Ich sah ihn, wir haben darin gesessen, wir plauderten in dem kleinen Pavillon, den Sie durch Ihre Gedanken geheiligt haben; denn man erzählte mir, Sie, Madame[2], zögen sich oft in ihn zurück, um mit sich allein zu sein. So kommen Sie doch, nehmen Sie hier Ihre Zuflucht. Der Sterbliche, der Sie am meisten schätzt und achtet, wird vorübergehen, ohne Sie zu stören. Kommen Sie; Sie brauchen nur einen einzigen Augenblick an diesem einsamen Ort zu weilen, um zu begreifen, daß das ewige Wesen, das die Natur rings um Sie belebt, gut ist, sofern es überhaupt existiert, und daß ihm weit mehr an der Reinheit unserer Seelen als an der Richtigkeit unserer Ansichten gelegen ist. Ach, was kümmert es dieses Wesen schon, was wir von ihm denken, solange es bei all unserem Tun in uns seine Abbilder und seine Kinder erkennt. Kommen Sie, niemand wird Sie stören; meine weltzugewandte Sophie und ich werden fern von Ihnen umherschweifen und darauf warten, daß Uranie uns herbeiwinkt. Unterdessen wacht die liebe Mama über das Glück jener,

die in Nachdenken versunken ist, wie auch über das derer, die umherschweifen. Schauen Sie nur, welche Wirkung das Landleben auf mich hat. Ich bin zufrieden mit dem, was ich schreibe; oder vielmehr, ich schreibe und bin zufrieden, und ich spüre, daß ich mich in der Stadt, statt mich dem Zauber der Natur hinzugeben, mit der feinen Nuance beschäftigen würde, welche die Ausdrücke *Scheinheiligkeit* und *Falschheit* voneinander unterscheidet.

Wir kehrten ziemlich spät zurück. Der Tau – Ihnen vielleicht unbekannt – benetzt gegen Abend die Pflanzen und erfrischt sie von der Hitze des Tages. Wäre er nicht gewesen, hätten wir unseren Spaziergang möglicherweise noch länger ausgedehnt. Wir ruhten uns im Salon ein wenig aus. Unterwegs erzählte ich Ihrer Mutter von meiner Vermittlerrolle in der Familie. Wir plauderten von ihren lieben Töchtern; voller Rührung sprachen wir über die Mutter und das Kind. Ich beschrieb ihr jene heißen Tage, als man Mühe hatte, sich selbst zu ertragen, die Mutter aber ihr fieberheißes Kind in die Arme nahm, um es Stunde für Stunde an ihre Brust zu drücken; ich sah ihre Augen feucht werden, und wir sagten: „Sie hat ihre Pflicht so treulich erfüllt, sie kann mit sich selbst so zufrieden sein, daß sie nur wieder zu sich selbst kommen muß, um getrost zu sein."

Die liebe Mama, der ich meine Besorgnis über Ihre Gesundheit ausdrückte, übergab mir zwei Ihrer Briefe. Heute erhalte ich noch einen dritten, zusammen mit Federn, Tinte und Papier, um darauf zu antworten, und ich tue es nicht. Ich schiebe alles beiseite, um Ihnen statt dessen mitzuteilen, wieviel Freude es mir macht, an dem Ort zu weilen, an dem Sie lebten. Werden wir niemals uns alle hier zusammenfinden, mit friedlichen, miteinander verbundenen Seelen? Dann wäre es errichtet, wäre es fertig, das Schlößchen unserer Phantasie.

Wir haben uns zeitig schlafen gelegt. Das Bett erschien mir vorzüglich, und es lag nur an Ihnen, daß ich darin nicht die beste Nacht verbrachte. Doch dieser Gerichtsbeschluß, von dem ich noch nichts gehört hatte, spukte in meinem Kopf und bereitete mir Unruhe. Wären Sie nicht in der Stadt, hätte man ihn vergessen können. Sodann der Anblick des Leides, das Sie umgibt und das meine Einbildung noch vergrößert; sodann dieser Bruder von Monsieur de Prysie und die vielen anderen Opfer, die Nation, die Steuern. Doch wir werden zurückkehren, an diesen Ort des Aufruhrs und der Besorgnis. Morgen Châlons, wo Monsieur Legendre uns erwartet; und Mittwochmorgen hoffe ich in Paris zu sein, und trotz alles Üblen, das ich über diese Stadt denke und sage, ist sie für mich der Ort des Glücks. Bis Dienstag, Madame; bis Dienstag, Mademoiselle. Dienstag werde ich Ihnen die liebe Mama zurückbringen, und Sie werden mich von Herzen lieben. Diese liebe und aufmerksame Mama erschien bei mir, um den Vormittag mit mir zu verbringen. Sie kam mir damit zuvor, und wir plauderten von Ihnen. Wir werden unterwegs oft von Ihnen sprechen; dies ist ein Gesprächsthema, das uns beiden gleichermaßen angenehm ist.

1 Gemeint ist der von Lenôtre angelegte „französische" Park am Tuilerienpalast in Paris, bis Ende des 17. Jahrhunderts Sitz der französischen Könige. Der Palast wurde 1871 zerstört.
2 Hier wendet sich Diderot an Madame Legendre, die er im weiteren oft Uranie nennt.

(Isle, 18. August 1759)

Da ich noch einen Augenblick Zeit habe, will ich, Mademoiselle, Ihre Briefe beantworten. Sie brauchen mich nicht zur Eile zu ermahnen, zu Ihnen zurückzukommen, oder aber Sie müssen uns Flügel schicken. Ich habe alle Freuden genossen, die Sie mir ausmalten, und dennoch habe ich bei weitem nicht die Körperfülle, die Sie bei mir vermuten; doch ich fühle mich wohl und hoffe, die verlorene Zeit wieder aufzuholen, ohne meiner Gesundheit zu schaden.
Was übrigens meine Arbeit anbelangt, so wird mir vielleicht das neue Hindernis, das sich den Verlegern in den Weg stellt und das für sie ein neuer Gegenstand der Verärgerung sein wird, nichts mehr zu tun übriglassen.[1]
Doch dabei ist vielleicht mehr zu gewinnen als zu verlieren; dies zumindest bewies mir die liebe Mama aufs schönste, und sie fügte noch hinzu: „Dieser Beschluß ist möglicherweise nichts weiter als ein Gerücht; Sie kennen Mademoiselle Volland; für Neuigkeiten hat sie nur wenig Talent."
Und ich mache mir diese Gedanken zu eigen, weil sie mich beruhigen und mein Seelenfrieden mir teuer ist, wie Sie wissen, obgleich Sie sich oft ein Vergnügen daraus machten, mir

diesen zu nehmen. Ohne die Einzelheiten zu kennen, weshalb wir in Ungnade gefallen sind, können wir uns sehr wohl die Verzweiflung vorstellen, die sie verursachte; doch Sie sind am Ort, Sie müssen sie ansehen, und das ist etwas anderes. Bald werden wir ebenso unglücklich sein wie Sie. Doch nicht im ersten Augenblick. Der wird süß sein. Er wurde so sehr herbeigesehnt!

Ich glaube, der Plan, den Luxus zu verringern, den Geschmack an nutzbringenden Dingen wieder zu beleben, die Geister auf den Handel, die Landwirtschaft, die Bevölkerung auszurichten, ist weder so schwierig noch so gefährlich, wie Sie meinen.[2] Und wenn ein augenblicklicher Nachteil daraus entstünde, was machte das schon aus? Einen Kranken heilt man nicht, ohne ihm eine Wunde beizubringen, ohne ihn aufschreien zu lassen, manchmal sogar, ohne ihn zu verstümmeln. Ich höre mit Vergnügen, daß sich Madame Legendres Gesundheit wieder bessert. Wenn das Leben selbst etwas Schlechtes ist, so ist doch wenigstens die Vernunft, die uns seinen Wechselfällen unterwirft, als etwas Gutes anzusehen. Setzen Sie Ihre Spaziergänge im Palais-Royal fort; zerstreuen Sie die liebe Schwester; zerstreuen Sie sich selbst. Rufen Sie mich auf der Bank in der Allee d'Argenson hin und wieder zu sich, und sagen Sie denen, die dort sitzen, sie gehöre der lieben Mama, und sie sollten sich davonscheren.

Ja, meine Sophie, ja, unsere Spaziergänge werden mir stets köstlich sein; ja, wir werden sie wieder aufnehmen; wir werden unsere Seelen befragen, und ob wir nun zufrieden oder unzufrieden sind mit ihrer Antwort, wir werden zumindest die Überzeugung mitnehmen, nichts verborgen zu haben. Ist die Ihrige immer noch rein? Wäre etwas in ihr, das ich Ihnen verzeihen müßte, ich täte es ohne Zweifel; aber es kostete mich viel. Ich bin so daran gewöhnt, Sie unschuldig zu finden. Dies ist ein seltsames Wort. Doch woher kommt es eigentlich, daß die lautersten Ausdrücke fast lächerlich geworden sind? Wahrhaftig, wir haben alles verdorben, sogar die Sprache, sogar die Worte. Mitten in der Leinwand ist offenbar ein Ölfleck, der sich so sehr ausgebreitet hat, daß er bereits den Rand erreicht. Jetzt bin ich wieder bei dem Gerichtsbeschluß. Was haben wir doch für Feinde! Wie hartnäckig sie sind! Und wie boshaft! Wirklich, wenn ich die

Gefühle der Freundschaft mit denen des Hasses vergleiche, so finde ich sie kümmerlich, klein, schwächlich. Wir verstehen zu hassen, doch nicht zu lieben; und ich bin es, ich, meine Sophie, der dies sagt. Sollte es also tatsächlich wahr sein?
Was das Gerücht betrifft, ich sei, David auf dem Fuße folgend, nach Holland gereist, um dort unser Werk zu vollenden, so hatte ich damit gerechnet. Mademoiselle, zweifeln Sie an allem, woran Sie wollen, Sie Pyrrhonikerin, wenn Sie nur die zärtlichen Gefühle ausschließen, die ich Ihnen weihe. Sie sind echt wie am ersten Tag.
Ihr lateinischer Sinnspruch hat viel Witz. Ich muß einen verbildeten Geist haben, denn ich höre bei allem Bosheit heraus. Ich habe alles pünktlich erhalten. Wir verbringen den Tag hier zu Hause. Wir haben ihn angenehm begonnen, wie ich Ihnen schon erzählte. Morgen werden wir nach Vitry zur Messe fahren und den Rest des Tages im Heim der lieben Schwester[3] verbringen. Ich habe die Plätze gern, an denen zärtlich geliebte Menschen weilten; ich berühre gern, was sie in der Hand hatten; ich atme gern die Luft ein, die sie umgab. Wären Sie sogar auf die Luft eifersüchtig?
Sie verzeihen mir also, daß ich einen Postwagen überging, ohne Ihnen zu schreiben; das wird Ihnen nicht schwerfallen. Es ist übrigens immer dasselbe. Es sind die Fehler, die ich nicht begehe, bei denen ich Sie nachsichtig erlebe. Wie hitzig klagt mich Ihre Schwester an! Wie sie spricht! Welchen Klang ihre Ausdrücke haben! Wie spräche sie, wenn sie liebte! Wie liebte sie! Doch zum Glück oder Unglück muß dieses besondere Wesen erst geboren werden. Ich war dort nicht unvorsichtig. Sie können sich darauf verlassen. Bei manchen Äußerungen habe ich gelächelt, aber das war alles. Sie haben den Baron im Palais-Royal gesehen, also ist er in Paris. Dieser Mann rennt hin und her; es steht schlecht um ihn; so ist es nun einmal, wenn man nirgends gut angeschrieben ist. Ich mache mir Vorwürfe, ihm weder meine Abreise noch meinen Aufenthaltsort, noch meine Vermittlungsbemühungen, noch meine Lebensweise, noch meine Rückkehr mitgeteilt zu haben. Grimm und meine Sophie haben alles erfahren, aber vielleicht hat er es nicht einmal gemerkt? Von Zeit zu Zeit plage ich mich mit Dingen herum, die ich empfinde, aber ich ganz allein.

Warum diese Neugierde in bezug auf Grimms Brief? Wiegen Sie sich in der Hoffnung, darin eine Entschuldigung für Ihre Schwester und für sich selbst zu finden?
*Hören Sie, machen Sie keine Fehler mehr; denn sobald Sie sie berichtigen wollen, verschlimmern Sie sie noch mehr.*[4]
Darauf war ich gefaßt, darauf war ich gefaßt; ich kann Ihnen nicht sagen, wie sehr mich dieser Vorwurf berührt. Was ist denn dabei, wenn ich Sie frage, wer die schöne Dame ist, die sich für mich interessiert, für die ich mich aber doch wohl kaum interessiere, da ich mich nicht an sie erinnere? Doch es gibt eine andere, die mich bis hierher verfolgte. Ich brauche Ihnen den Namen nicht zu nennen. Ihre Mutter sprach gestern bei Tisch von ihr und sah mich dabei prüfend an, wie ich glaube; und ich glaube auch, daß aus meinen Worten und aus meiner Miene einige Verwirrung sprach. Weil ich keine Halbheiten sagen kann; ich muß alles sagen oder nichts.
*Er sagt mir zärtliche, süße Dinge; er fühlt sie; er denkt sie; doch sagt er sie nur zu mir?* Schöne Gelegenheit zum Heucheln! Aber warum diese Fragen? Mich kommt die Lust an, Ihren leichtfertigen Ton zu übernehmen; doch ich kann nicht. Nein, Mademoiselle; ich liebe nur Sie, ich werde stets nur Sie lieben, und ich werde niemals eine andere glauben machen, daß ich sie liebenswürdig finde, ohne mir dies vorzuwerfen. Werden Sie nun vielleicht von diesem Satz sagen, daß er gleichermaßen für den Unschuldigen wie für den Schuldigen gelte? Die Bemerkung, die Sie über die Vorsicht der Bösen fallenlassen, ist nicht richtig, und wenn sie es wäre, was geht es mich an! Ich war nicht vorsichtig; ich habe mich ganz einfach gehenlassen, und so handeln die Bösen nicht. Ich freue mich sehr, daß Sie, Madame Legendre und Mademoiselle Boileau, mich zu sehen wünschen, doch nur, wenn es nicht darum geht, Sie zu versöhnen. Ich verstehe mich weder auf Falschheit noch auf Scheinheiligkeit. Ich erinnere mich, einmal auf dem Tisch eines Doktors an der Sorbonne diese beiden Worte gelesen zu haben: *Unterwürfigkeit* – armselige Tugend; *Scheinheiligkeit* – Laster, auf das sich unschwer ein Loblied anstimmen läßt. Sie haben sie alle schon erlebt. Sie werden sie noch so manches Mal erleben; oh, ich mache mir darum keine Sorgen. Adieu, Madame. Adieu, Mademoiselle. Auch ich werde nicht schließen, ohne die Be-

teuerungen zu wiederholen, die schon so oft aus meinem Munde kamen und die Sie ebensogern hörten, wie ich sie Ihnen sagte, weil sie wahr sind und es immer sein werden. Ob ich Sie innig liebe? Erinnern Sie sich an alles und geben Sie sich selbst die Antwort.
Meine Empfehlungen an Mademoiselle Boileau.
Alles, was Sie wollen, an Madame Legendre; ich wage kaum noch, sie anzusprechen. Ich könnte zuviel sagen oder auch zuwenig, und diese Worte eignen sich vielleicht für einen solchen Fall.

1 Diderots Arbeit an der *Encyclopédie* war in Frage gestellt, weil das Werk laut Gerichtsbeschluß vom 8. März 1759 in Frankreich verboten wurde. Ungeachtet dessen arbeitete Diderot aber im stillen weiter an der Fertigstellung dieses umfangreichsten und bedeutendsten Unternehmens der Aufklärung, dessen noch fehlende Bände aber erst 1765 erscheinen konnten.
2 Anspielung auf die vom „contrôleur général des finances" Silhouette vorgeschlagenen Steuerreformen.
3 In Châlons.
4 Die kursiv gesetzten Zeilen stammen wahrscheinlich aus einem Brief Sophies.

(Grandval, 1. Oktober 1759)

Was halten Sie von meinem Schweigen? Glauben Sie, ich wäre aus freiem Willen verstummt? Ich bin also Mittwoch morgen abgereist. Elf Uhr war schon vorüber, doch weder mein Gepäck noch der Wagen standen bereit. Madame[1] war ein wenig erstaunt, wieviel Bücher, Kleidungsstücke und Wäsche ich mitnahm. Sie glaubt nicht, daß ich es länger als acht Tage fern von Ihnen aushalte.
Eine halbe Stunde bevor man sich zu Tisch setzte, traf ich ein. Ich wurde erwartet. Wir umarmten uns, der Baron[2] und ich, als wäre nie etwas zwischen uns gewesen. Wir haben uns seitdem nicht mehr gesprochen. Madame d'Aine[3] und Madame d'Holbach[4] haben mich mit dem größten Vergnügen begrüßt. Letztere vor allem. Ich glaube, sie empfindet Freundschaft für mich.
Man hat mich in einem kleinen abgeschiedenen Zimmer untergebracht, in dem es sehr ruhig, sehr hell und sehr warm ist. Dort verbringe ich zwischen Horaz, Homer und dem

Porträt meiner Freundin die Stunden mit Lesen, Nachdenken, Schreiben und Seufzen. Dies ist meine Beschäftigung von sechs Uhr morgens bis ein Uhr. Halb zwei bin ich angezogen und gehe in den Salon hinunter, wo ich alle versammelt finde. Zuweilen besucht mich der Baron; er handhabt das wunderschön. Sieht er mich beschäftigt, begrüßt er mich mit Handschlag und zieht sich wieder zurück. Trifft er mich müßig an, setzt er sich, und wir plaudern. Die Hausherrin macht nie ihre Aufwartung und verlangt derlei auch nicht von uns. Man ist zu Hause und nicht bei ihr.

Hier ist eine Madame de Saint-Aubin, die früher ziemlich schöne Augen hatte. Sie ist die beste Frau der Welt. Gewöhnlich spielen wir eine Partie Tricktrack zusammen, entweder vor oder nach dem Diner. Sie spielt besser als ich; sie gewinnt gern; ich dagegen, ich mache mir nichts daraus, wenn ich verliere; sie gewinnt also; ich verliere nur sowenig wie möglich, und wir sind alle beide zufrieden. Wir dinieren, und zwar gut und lang. Der Tisch ist hier wie in der Stadt gedeckt, vielleicht sogar noch üppiger. Es ist unmöglich, maßzuhalten, und es ist unmöglich, nicht maßzuhalten und sich dennoch wohl zu fühlen. Nach dem Diner plaudern die Damen; der Baron schlummert auf einem Kanapee, und ich tue, was mir gerade einfällt. Zwischen drei und vier nehmen wir unsere Stöcke und gehen spazieren; die Frauen in ihre Richtung, der Baron und ich in unsere. Wir machen ausgedehnte Ausflüge. Nichts schreckt uns zurück: weder Hügel noch Wälder, noch Schlammlöcher, noch ungepflegte Felder. Das Schauspiel der Natur gefällt uns beiden. Beim Gehen sprechen wir von Geschichte oder Politik, von Chemie oder Literatur, von Physik oder Moral. Der Sonnenuntergang und die Abendkühle treiben uns wieder nach Hause zurück, wo wir kurz vor sieben eintreffen.

Die Frauen sind bereits zu Hause und haben sich umgekleidet. Die Lampen brennen, die Karten liegen auf dem Tisch. Wir verschnaufen einen Augenblick; dann beginnen wir ein Pikettspiel. Der Baron spielt allein gegen uns alle. Er ist ungeschickt, hat aber Glück. Gewöhnlich unterbricht das Souper unser Spiel. Wir soupieren. Nach Tisch beenden wir unsere Partie. Es ist halb elf. Wir plaudern bis elf. Um halb zwölf sind wir alle eingeschlafen oder kurz davor. Am nächsten Tag fangen wir von vorne an.

So ist unser Leben; und Ihres, wie ist es? Geht es Ihnen gut? Schont man Sie? Denken Sie manchmal an mich? Lieben Sie mich noch immer? Wenn Sie nichts von mir hörten, so ist es, glauben Sie mir, nicht meine Schuld. Grandval ist zweieinhalb Meilen von Charenton entfernt und ebenso weit von Gros-Bois. Es gibt keine nähere Poststation. Ich hoffte immer, jemand käme hierher, dem ich einen Brief für die Rue des Vieux Augustins[5] mitgeben könnte. Aber es ist uns noch niemand unter die Augen gekommen, und wir befinden uns hier nicht etwa in einem Dorf. Das soll mich nicht daran hindern, in Zukunft ein wenig pünktlicher zu sein. Ein Hausdiener, der sich mir nützlich macht, wird meine Briefe nach Charenton bringen. Sie werden Ihre an den Direktor der Poststation, zu meinen Händen, adressieren, und derselbe Diener wird sie mitnehmen. So soll es sich abwickeln. Morgen erfahre ich den Namen dieses Direktors. Er wird informiert. Mittwoch oder Donnerstag erfahren Sie meine Adresse, und wir werden uns bemühen, die verlorene Zeit wieder aufzuholen.
Madame d'Houdetot ist von Villeneuve-le-Roi hergekommen. Sie ist eine Schwester[6] von Madame d'Epinay. Wir haben ein wenig von ihr und von Grimm geschwatzt. Es hat nicht den Anschein, daß ich meinen Freund so bald, wie ich hoffte, wiedersehe; das stimmt mich traurig. Wäre er hergekommen, hätte ich jemanden, dem ich mein Herz öffnen und von Ihnen erzählen könnte. Dieses Herz ist krank; es ist angefüllt mit Gefühlen, die nicht entweichen können und die es bedrücken. Ich sehe schon, die Langeweile und der Schmerz werden mich bald übermannen, und ich werde leiden oder aber zurückkehren müssen.
In Valence in der Dauphiné wohnt ein Monsieur d'Aumont, der mir einen großen Dienst erwiese, wenn er nur wollte. Ich warte seit zwei Monaten auf Schriften von ihm, um zwei von den sechzehn Buchstaben[7] zu vervollständigen, die ich noch an die Verleger abzuliefern habe. Ich bat Le Breton, mich sogleich zu unterrichten, wenn diese Schriften eintreffen. Geld einkassieren, Arbeit abliefern: gute Vorwände, um nach Paris zurückzufahren! Kommen denn diese Schriften nie?
Ich arbeite viel, aber es macht mir Mühe. Ein Gedanke ist es, der ständig in mir auftaucht und die anderen vertreibt:

der Gedanke, daß ich nicht dort bin, wo ich sein möchte. Meine Freundin, nur an Ihrer Seite gibt es für mich Glück. Ich habe es Ihnen hundertmal gesagt, und nichts ist wahrer. Wäre ich dazu verdammt, lange hier bleiben zu müssen und Sie nicht sehen zu können, dann wäre ich sicher, dies nicht zu überleben. Ich ginge auf diese oder jene Weise zugrunde. Die Stunden erscheinen mir lang; die Tage nehmen überhaupt kein Ende; die Wochen dauern ewig. Ich habe an nichts wirklich Interesse. Wenn Sie ebenso leiden – wie muß ich Sie beklagen! Aber was treibt bloß Grimm in Genf? Was hält ihn dort zurück? Noch einmal, hätte ich ihn doch bei mir!
Es besteht nicht der geringste Zweifel, wenn Ihre Mutter mit mir so umginge, wie ich es verdiente, so wäre ich entweder überhaupt nicht hierhergefahren oder bereits wieder abgereist. Aber so sage ich mir: Wäre ich in Paris, was sollte ich dort tun? Näher bei ihr, könnte ich sie dennoch nicht häufiger sehen und müßte noch größere Qualen leiden. Vielleicht würde ich durch irgendeinen unbesonnenen Besuch ihre Pein vermehren? Ihre Mutter hat zwar erlaubt, daß ich sie in ihrem Zimmer besuche, aber sie wüßte ganz genau, daß wir die Freiheit nutzten, die sie uns gewährt, und sie kann es nicht ohne Verstimmung hinnehmen. Jetzt, da sie uns voneinander getrennt weiß, muß sie sehr zufrieden sein. Wenn es so ist, dann sagen Sie es mir wenigstens, um mich zu trösten.
Und Ihre kleine Schwester, haben Sie Nachricht von ihr? Wie geht es ihr? Ihre durch den erlittenen Kummer ohnehin schon zerrüttete Gesundheit . . .

[Der Rest des Briefes fehlt.]

1 Diderots Frau. – Wie der folgende Satz zeigt, war sie über das Verhältnis ihres Gatten zu Sophie Volland unterrichtet.
2 Der Baron d'Holbach empfing auf seinem Schloß Grandval bei Paris Diderot oft als Gast.
3 Die Schwiegermutter d'Holbachs.
4 D'Holbachs Frau.
5 In dieser Straße befand sich die Pariser Wohnung der Vollands.
6 Vielmehr die Schwägerin.
7 Es handelt sich um die Fertigstellung der *Encyclopédie*, deren Artikel in alphabetischer Folge angeordnet waren.

(12. Oktober? 1759)

Ich bin bei meinem Freund[1], und ich schreibe derjenigen, die ich liebe. Ach, meine Teure, haben Sie bemerkt, wie glücklich Sie mich machen; wissen Sie endlich, wie stark die Bande sind, die mich an Sie fesseln? Zweifeln Sie noch, daß meine Gefühle ebenso lang währen wie mein Leben? Als ich unter den Gästen erschien, war ich ganz von der zärtlichen Liebe erfüllt, die Sie mir einflößten; sie glänzte in meinen Augen; sie glühte in meinen Reden; sie beherrschte meine Gesten; sie trat überall zutage. Ich wirkte genial, inspiriert, göttlich. Grimm hatte nicht genug Augen, mich anzublicken, nicht genug Ohren, mich anzuhören; alle waren erstaunt; ich selbst war es, ich empfand eine innere Befriedigung, die ich Ihnen nicht zu beschreiben vermag. Es war, als brenne ein Feuer auf dem Grunde meiner Seele, das Flammen in meiner Brust entfachte, sich dann auf die anderen ausbreitete und sie entzündete. Wir haben einen Abend edler Begeisterung verbracht, deren Brennpunkt ich gewesen bin.

Nicht ohne Bedauern verläßt man eine solch angenehme Atmosphäre. Dennoch mußte es sein. Die Stunde meiner Verabredung rief mich. Ich bin hingegangen. Ich habe mit d'Alembert wie ein Engel gesprochen. Ich werde Ihnen diese Unterhaltung in Grandval wiedergeben.[2] Als ich die Alleé d'Argenson wieder verließ, wo ich Sie nicht angetroffen hatte, kehrte ich zu Montamy zurück, der sich nicht enthalten konnte, beim Abschied zu bemerken: „Ach, mein lieber Monsieur, welche Freude haben Sie mir bereitet!" Und ich antwortete dem kühlen Mann, dessen Herz ich gerührt hatte, ganz leise: „Das war nicht ich, es war sie, sie war es, die in mir wirkte." Um acht habe ich ihn verlassen. Nun bin ich wieder bei ihm[3]; ich warte auf ihn, und während ich warte, erstatte ich Ihnen Bericht über die angenehmen Augenblicke, die sie Ihnen verdanken und die ich Ihnen verdanke. Doch jetzt ist er gekommen. Adieu, meine Sophie; adieu, geliebte Frau. Ich brenne vor Verlangen, Sie wiederzusehen, und bin doch kaum erst von Ihnen weggegangen. Morgen um neun werde ich beim Baron sein. Ach, wäre ich an Deiner Seite, wie sehr würde ich Dich lieben! Ich sterbe vor Leidenschaft und Begierde. Adieu. Adieu.

1 Bei Grimm.

2 Siehe den folgenden Brief vom 14. Oktober 1759.
3 Bei Grimm.

(Grandval) Sonntag (14. Oktober? 1759)

Ich merke, meine zärtlich geliebte Freundin, Grimm hat seinen Auftrag nicht gerade pünktlich ausgeführt. Ich schrieb Ihnen aus seinem Hause vorgestern abend; Sie müßten meinen Brief gestern am frühen Morgen erhalten und so erfahren haben, daß ich um neun Uhr beim Baron eintreffe; Sie hätten mir also ein paar Worte zum Abschied sagen können.
Wir haben bei Montamy in fröhlicher Stimmung diniert, wie ich Ihnen schrieb. Um sechs war ich in der Alleé d'Argenson. Ich schaute mehrere Male zu einer bestimmten Bank. Ich blickte mich in der Umgebung um; doch ich sah weder die, welche ich herbeisehnte, noch jene, welche ich fürchtete,[1] und ich dachte mir, das ungewisse, kalte Wetter müsse Sie beide im Hause zurückgehalten haben, Sie plauderten daheim mit dem dicken Abbé[2], und dieser stellte vielleicht Ihrer Mutter Fragen, auf die Sie freundlicherweise für sie antworteten.
Ich habe Ihnen die Einzelheiten des Gespräches zwischen d'Alembert und mir versprochen; und hier sind sie nun beinahe Wort für Wort. Er begann mit einem einschmeichelnden Thema. Es war das erste Zusammentreffen seit dem Tode meines Vaters und meiner Reise in die Provinz. Er plauderte mit mir über meinen Bruder, meine Schwester, meine Vermittlerrolle in der Familie, mein kleines Vermögen und alles, was mich interessieren und günstig stimmen könnte, ihm wohlwollend zuzuhören.[3] Dann fügte er hinzu, denn er mußte auf ein Thema kommen, dem ich mich boshaft verweigerte: *„Diese Abwesenheit hat doch wohl Ihre Arbeit ein wenig verzögert?“* – „Allerdings, doch seit zwei Monaten habe ich die verlorene Zeit wieder aufgeholt, sofern man es Zeit verlieren nennen kann, wenn man sein zukünftiges Auskommen sichert.“ – *„Sie sind also gut vorangekommen?“* – „Ja, sehr gut. Meine philosophischen Artikel sind alle fertig; und das sind weder die leichtesten noch die kürzesten, und die Mehrzahl der anderen ist entworfen.“ – *„Ich sehe, es wird Zeit, daß ich mich damit vertraut mache.“*

– „Wann immer Sie wollen." – *„Wann die Verleger wollen. Ich habe sie aufgesucht. Ich habe ihnen vernünftige Vorschläge gemacht. Wenn sie sie annehmen, widme ich mich wieder der Enzyklopädie wie ehedem. Wenn nicht, mache ich mich von jeglichen Verpflichtungen frei. Das Werk wird dadurch nicht besser; aber sie können nichts mehr von mir verlangen."* – „Wie auch immer Sie sich entscheiden, ich werde einverstanden sein." – *„Meine Situation wird allmählich unangenehm. Man zahlt uns hier unsere Pensionen nicht aus. Die preußischen sind beschlagnahmt; von der Académie française erhalten wir keinen Sou mehr. Im übrigen habe ich, wie Sie wissen, nur ein sehr bescheidenes Einkommen. Ich schulde niemandem meine Zeit und Mühe, und ich bin nicht mehr geneigt, sie diesen Leuten zu schenken."* – „Ich mache Ihnen keinen Vorwurf. Jeder muß an sich selbst denken." – *„Es sind noch sechs bis sieben Bände. Sie haben mir, glaube ich, 500 Francs pro Band gegeben, sobald gedruckt wurde; das müssen sie mir auch weiterhin geben. Eintausend Taler wird es sie kosten; da haben sie Grund zum Klagen! Aber sie können auch damit rechnen, daß vor Ostern nächsten Jahres der Rest meiner Arbeit fertig ist."* – „Das also verlangen Sie von ihnen?" – *„Ja. Wie denken Sie darüber?"* – „Ich denke, statt den Tollkopf zu spielen, wie Sie es vor sechs Monaten taten, als wir uns versammelten, um über die Fortführung des Werkes zu beratschlagen, hätten Sie den Verlegern diese Vorschläge unterbreiten sollen; sie hätten sie auf der Stelle angenommen. Heute aber, da sie die stärksten Gründe haben, Ihrer überdrüssig zu sein, ist das etwas anderes." – *„Und welche Gründe sind das?"* – „Danach fragen Sie mich?" – *„Allerdings."* – „Dann will ich sie Ihnen sagen. Sie haben einen Vertrag mit den Verlegern. Ihr Honorar ist vertragsmäßig vereinbart. Darüber hinaus können Sie nichts fordern. Haben Sie mehr gearbeitet, als Sie sollten, so taten Sie's im Interesse des Werkes, aus Freundschaft zu mir, aus Rücksicht auf sich selber. Solcherlei Motive werden nicht mit Geld bezahlt. Trotzdem haben sie Ihnen noch 40 Louisdor für jeden Band gezahlt. Das sind 140 Louis, die Sie erhalten haben, ohne daß man sie Ihnen schuldete. Sie planen eine Reise nach Wesel[4] gerade in einer Zeit, in der man Sie hier dringend gebraucht hätte. Man hält Sie nicht zurück, im Gegenteil. Es fehlt Ihnen an Geld, es wird Ihnen welches geboten. Sie nehmen 100 Louisdor von ihnen an. Sie vergessen diese Schuld zwei oder drei Jahre lang. Nach Verlauf dieses ziemlich langen Zeitraumes denken Sie daran, zu bezahlen. Was machen sie? Sie schicken Ihnen Ihren Schuldschein zerrissen zurück und scheinen hocherfreut zu sein, Ihnen einen Dienst erwiesen zu haben. Das ist ein merkwürdiges Verhalten; und es steht Ihnen eher an, sich Ihres guten Benehmens zu erinnern, als ihnen, es an den Tag zu legen. Trotzdem verlassen Sie ein Unternehmen, in das jene ihr gesamtes Vermögen steckten; ein Geschäft von zwei Millionen ist eine Bagatelle, die die Aufmerksamkeit eines Philosophen wie Sie nicht verdient. Sie bringen ihre Arbeiter in Gefahr. Sie stürzen sie in ein Chaos, aus dem sie sich nicht so bald wieder befreien können. Sie sehen nur die kleine Genugtuung, daß man einen Augenblick lang von Ihnen spricht. Die Verleger stehen vor der Notwendigkeit, sich an die Öffentlichkeit zu wenden; es ist erstaunlich, wie sehr man Sie dabei schont und wie ich geopfert werde." – *„Das ist eine Ungerechtigkeit."* – „Allerdings; aber es steht Ihnen nicht zu, ihnen dies vorzuwerfen. Das ist noch nicht alles. Es kommt Ihnen in den Sinn, verschiedene, in der Enzyklopädie verstreute Artikel zusammenzustellen. Nichts kann ihrem Interesse mehr widersprechen. Sie machen Ihnen ihre Einwände geltend. Doch Sie bestehen darauf. Die Ausgabe erscheint;[5] sie schießen Ihnen die Kosten vor, und Sie teilen sich mit ihnen in den Profit. Mir scheint, nachdem Ihr Werk zweimal bezahlt wurde, waren jene im Recht, es als das ihre anzusehen. Doch Sie sprechen weit weg von hier bei einem Verleger vor und verkaufen ihm bunt durcheinander alles, was Ihnen gehört, und alles, was Ihnen nicht gehört." – *„Sie haben mir tausendmal Anlaß zur Unzufriedenheit gegeben."* – „Nichts als Ausreden! Zwischen Freunden gibt es keine Kleinlichkeit. Alles besitzt innere Größe, denn die Freundschaft ist eine Beziehung der Reinheit und des Taktgefühls. Sind die Verleger nun Ihre Freunde, und prüfen Sie ihr Betragen nicht gar zu streng? Sollten sie Ihre Freunde sein, so ist Ihr Verhalten ihnen gegenüber schrecklich. Sollten sie es nicht sein, so haben Sie ihnen nichts vorzuwerfen!

Wissen Sie, d'Alembert, wem es zusteht, zwischen den Verlegern und Ihnen zu urteilen? Der Öffentlichkeit. Meinen

Sie, man spräche sich zu Ihren Gunsten aus, wenn die Verleger ein Manifest verfaßten und die Öffentlichkeit als Schiedsrichter anriefen? Nein, mein Freund; man würde alle Kleinlichkeiten beiseite räumen, und Sie ernteten nur Schimpf und Schande." – *„Was, Diderot, gerade Sie ergreifen die Partei der Verleger?"* – „Das Unrecht, das sie mir zufügten, hindert mich nicht daran, zu erkennen, was Sie ihnen angetan haben. Sie werden zugestehen, nach dieser Zurschaustellung Ihres Stolzes ist die Rolle, die Sie zur Zeit spielen, mehr als erbärmlich. Wie dem auch sei, Ihre Forderung erscheint mir zwar verachtenswert, aber gerecht. Wäre es nicht so spät, würde ich sogleich mit ihnen sprechen. Morgen fahre ich aufs Land; ich werde ihnen von dort aus schreiben. Bei meiner Rückkunft werden Sie ihre Antwort erfahren. Unterdessen arbeiten Sie ruhig weiter. Sollten sie Ihnen die 1000 Taler verweigern, um die es geht, gebe ich sie Ihnen." – *„Sie machen sich lustig. Erwarten Sie, daß ich sie annehme?"* – „Ich weiß nicht, doch sie werden Sie nicht beleidigen, wenn sie aus meiner Hand kommen." – *„Schreiben Sie ihnen, daß ich mich nur für mein Teil verbürge."* – „Weiter wollen sie ja nichts und ich auch nicht." – *„Keine Vorreden mehr."* – „Sie sollten sie auch weiterhin verfassen, wennschon Sie nicht mehr die Leitung innehaben." – *„Und warum das?"* – „Weil die vorangegangenen uns allen den Haß zugezogen haben, den wir ernten. Wer etwa wird nicht angegriffen?" – *„Ich werde wie gewöhnlich die Korrekturbögen durchsehen, vorausgesetzt, daß ich da bin. Maupertuis*[6] *ist tot. Die Sache mit dem König von Preußen ist nicht hoffnungslos. Kann sein, daß er mich zu sich ruft."* – „Es heißt, er habe Sie zum Präsidenten seiner Akademie ernannt." – *„Er hat mir geschrieben; aber sonst nichts."*[7] – „Kommt Zeit, kommt Rat. Guten Abend."
Es war halb acht. In der Allee war es kühl geworden. Der Koch von Monseigneur erwartete mich zurück. Ich hatte Grimm versprochen, er würde mich zwischen acht und neun wiederhaben. Also trennten wir uns. Ich kehrte ins Palais-Royal zurück, ich plauderte etwa eine Dreiviertelstunde mit Montamy. Die Sitten waren unser Thema. Ich sagte wunderschöne Dinge darüber, an die ich mich nicht mehr erinnere, außer daß die Menschen eine seltsame Meinung von der Tugend haben. Sie glauben, sie stünde stets zu ihrer Ver-

fügung und man könne von heute auf morgen ein ehrenwerter Mensch werden. Sie werden aber ihre schmutzige Wäsche nicht los, solange sie Schlechtigkeiten begehen können; und die begehen sie ihr Leben lang, weil man eine lasterhafte Gewohnheit nicht wie ein Hemd ablegen kann. Sie ist schlimmer als die Haut des Kentauren Nessos. Man vermag sie nicht ohne Schmerzen und Wehgeschrei abzureißen; ja man tut besser daran, zu bleiben, wie man ist.

O meine Freundin, mögen wir nie schlecht handeln. Lieben wir einander, um bessere Menschen zu werden. Seien wir auch fürderhin einander strenge Kritiker. Machen Sie mich Ihrer würdig. Flößen Sie mir jene Arglosigkeit, jene Offenheit, jene Sanftmut ein, die Ihnen angeboren sind. Der Schritt von unserem jetzigen Stadium der Unschuld zu einem ersten Vergehen ist viel größer als der von einem ersten Vergehen zu einem zweiten und von diesem zu einem dritten. Würde ich Sie einmal betrügen, könnte ich Sie tausendmal betrügen; doch ich werde Sie nie betrügen. Sie wachen auf dem Grunde meines Herzens. Sie sind da, und nichts Unehrenhaftes kann sich Ihnen nähern. Montamy fragte mich, *wer ein glücklicher Mensch in dieser Welt zu nennen sei.* Ich habe ihm geantwortet: „Derjenige, dem die Natur einen gesunden Verstand, ein gerechtes Herz und ein seinem Stande angemessenes Vermögen gewährte." – *„Ihre Antwort"*, erwiderte er mir, *„ist dieselbe wie die, welche mir einmal Monsieur de Silhouette*[8] *gab. Damals war er alles andere als reich. Vom Amt des Finanzministers war er noch weit entfernt. Alle seine Wünsche beschränkten sich auf 30 000 Livres Rente; und er rief aus: ‚Sollte ich sie jemals bekommen, werde ich ein viel ehrenwerterer Mensch sein.'"*

Hätte ich Silhouettes Worte mit eigenen Ohren gehört, so hätte ich vielleicht geschlußfolgert, er sei ein Schurke. Bei manchen Behauptungen riskiert man nichts, wenn man ein bißchen übertreibt. Nicht jedermann besitzt meine Aufrichtigkeit. Rede ich schlecht über mich selbst, verwende ich nicht gerade schonende Worte. Ich sage das Schlimmste, was man sagen kann. Ich lasse meinen Zuhörern nichts übrig, was sie hinzufügen könnten, und ich schere mich sehr wenig darum, wenn sie alles für bare Münze nehmen. Sie vor allem, meine Freundin, ich will nicht, daß Sie etwas abschwächen. Ist das Laster, dessen ich mich anklage, nicht in

meinem Herzen, so muß es ein anderes in meinem Geist geben. Erscheint Ihnen dieses Prinzip richtig, dann werden Sie mich auch richtig einschätzen, und Sie sind morgen, übermorgen, in zehn Jahren noch ebenso zufrieden oder unzufrieden mit mir. Gewöhnen Sie sich an meine Fehler; ich bin zu alt, um mich zu bessern; es fiele Ihnen leichter, noch eine Tugend zu gewinnen, als mir, ein Laster abzulegen.
In mancher Beziehung habe ich einen gewissen Wert. Zum Beispiel habe ich Geist, zumindest im Verhältnis zu dem, den man gemeinhin hat. Ihre Schwester hat ihn zuweilen außerordentlich angeregt. Mit Ihnen fühle ich, liebe ich, höre ich, sehe ich, liebkose ich; ich habe eine Daseinsform, die ich jeder anderen vorziehe. Sobald Sie mich in Ihre Arme nehmen, genieße ich ein Glück, das durch nichts übertroffen werden kann. Vor vier Jahren erschienen Sie mir schön;[9] heute finde ich Sie noch schöner. Das ist der Zauber der Beständigkeit, der schwierigsten und seltensten unserer Tugenden.
Vom Palais-Royal aus ging ich zu Grimm. Er war nicht da; während ich wartete, schrieb ich an Sie. Er kam bald. Wir sprachen über Sie, über Ihre Mutter, über mich. Er kann diese Frau nicht begreifen. Ich habe Ihr Tagebuch mit hierhergenommen. Führen Sie es weiter für mich. Ich werde eins für Sie schreiben. Es wird vielleicht ein wenig eintönig sein, insbesondere wenn die Tage weiterhin so regnerisch sind; doch was tut's? Sie sehen daran zumindest, daß die köstlichsten Augenblicke für mich jene sind, in denen ich an Sie denke.
Den ganzen Morgen über war ich mit Heloise und Abälard beschäftigt.[10] Sie sagte: „Ich bin lieber die Geliebte meines Philosophen als die Frau des größten Königs der Erde."
Und ich, ich sagte: Wie wurde dieser Mann geliebt!
Adieu, meine Sophie. Ich umarme Sie von ganzem Herzen.
Ihr Geliebter und Freund

Diderot

1 Weder Sophie noch Madame Volland.
2 Abbé Lemonnier.
3 D'Alembert, Mitherausgeber der *Enzyklopädie*, hatte sich nach deren Verbot von der Leitung dieses Unternehmens zurückgezogen und Diderot, der das Werk trotz des ergangenen Urteils

unbedingt fortführen wollte, seit 1758 die alleinige Verantwortung und die gesamte Arbeit überlassen. Hier unternimmt d'Alembert den Versuch, sich Diderot wieder zu nähern.

4 1752 hatte der preußische König Friedrich II. bei seinem Aufenthalt in Wesel d'Alembert eingeladen, ihn dort zu treffen.

5 Es handelt sich um die *Mélanges de littérature, d'histoire et de philosophie*, 2 Bde., Berlin 1753.

6 Er starb am 27. Juli 1759.

7 Friedrich II. hat sich sehr bemüht, d'Alembert als neuen Präsidenten für seine Akademie zu gewinnen. Dieser schlug jedoch im Interesse seiner Unabhängigkeit das Angebot aus.

8 Etienne de Silhouette war „contrôleur général des finances" vom März bis 21. November 1759.

9 Dies ist ein Hinweis darauf, daß ihr Verhältnis 1755 begann.

10 Die unglückliche Liebe zwischen dem scholastischen Philosophen und Theologen Abälard (1079–1142) und Heloise ist durch ihren berühmten Briefwechsel dokumentiert, der unter anderem Rousseau als Modell zu seinem Briefroman *Julie, ou la Nouvelle Héloïse* (1761; Julie oder die Neue Heloise) diente.

(Grandval, 15. Oktober? 1759)

Jetzt schicke ich zum dritten Mal nach Charenton – und immer noch keine Nachricht von meiner Freundin. Sophie, warum schreiben Sie mir nicht? Der Hausdiener hat sich gestern halb drei Uhr auf den Weg gemacht. Ich hatte ihn gebeten, meine Briefe in die Kommode zu legen, an der ich den Schlüssel stecken lassen würde. Um sechs dachte ich, er könnte zurück sein. Noch nie ist mir ein Abend länger erschienen. Ich stieg hinauf. Ich öffnete das Schubfach; kein Brief. Ich ging wieder hinunter. Meine Miene spiegelte Unruhe wider. Man bemerkte es, denn alles, was in meinem Herzen vorgeht, ist in meinem Gesicht zu lesen. Man plauderte. Ich beteiligte mich wenig am Gespräch. Man schlug mir vor, ein Spiel zu machen. Ich willigte ein. Mitten in der Partie lief ich weg. Ich sah noch einmal nach, und ich fand nichts. Ich sagte mir: Wahrscheinlich hat sich dieser Schurke mit Trinken die Zeit vertrieben und kommt erst ganz spät zurück; um so besser; ich werde mich zurückziehen; ich werde allein sein; ich werde zu Bett gehen, den Kopf aufs Kissen legen und lesen. Ich versprach mir davon ein großes Vergnügen. Ungeduldig wartete ich, daß aufgetragen und soupiert wurde und ein jeder auf sein Zimmer ging. Endlich

kam der Augenblick. Ich lief zur Kommode. Ich zweifelte nicht im geringsten daran, zu finden, was ich suchte, und es war für mich ein wahrhaft großer Kummer, als ich mich wiederum in meiner Erwartung getäuscht fand.
Was hat Sie wohl daran gehindert, sich der Adresse zu bedienen, die ich hinterließ? Sollten Ihre Briefe verlorengegangen sein? Oder wollen Sie sich für mein Schweigen rächen? Zielen Sie darauf ab, daß ich denselben Schmerz empfinden soll, den Sie empfanden? Gibt es einen noch ungewöhnlicheren Grund, den ich nicht erkenne? Ich weiß nicht, was ich denken soll.
Wir erwarten heute abend einen Boten. Er kommt aus Paris. Er wird durch Charenton fahren. Man hat ihn beauftragt, auf der Poststelle nachzusehen, ob für Grandval etwas bereitliegt. Er wird gegen sieben Uhr hiersein. Jetzt ist es vier. Ich werde mich also noch drei Stunden gedulden, und unterdessen plaudere ich mit meiner Freundin, als wäre ich gutgelaunt, obwohl das Gegenteil der Fall ist.
Gestern habe ich den ganzen Morgen vertan, oder vielmehr habe ich ihn gut genutzt. Ich erhielt ein Billett, das mich nach Sussy rief. Der Absender war ein armer Teufel, der ein Finanzprojekt ausgeklügelt hat und dazu meine Meinung wissen wollte. Es ist eine überaus sinnvolle Kombination von Lotterie und Aktien. Ich ärgere mich nur, daß er es nicht vor den Edikten vorgestellt hat. Nichts daran ist zu mißbilligen. Es könnte für die Dauer oder nur vorübergehend eingeführt werden. Auf den König kämen 120 Millionen. Die Reichen brauchten nicht verärgert zu sein; und die Armen wären die Eigentümer eines Handelsfonds, mit Hilfe dessen sie einen kleinen Gewinn erzielen könnten.
Man war ziemlich überrascht, mich schon so früh am Morgen angekleidet und aufbrechen zu sehen. Ich zweifle nicht, daß unsere Frauen eine kleine Geschichte um diesen Ausflug gesponnen haben. Ich kam zum Diner zurück. Es war windig und kalt, so daß wir im Haus zurückgehalten wurden. Ich spielte drei Partien Tricktrack mit der Frau, die einst so schöne Augen hatte.[1] Hinterher setzten sich Vater Hoop, der Baron und ich um einen großen brennenden Stubben und fingen an, über die Freude und den Kummer, über das Gute und das Schlechte im Leben zu philosophieren. Unser melancholischer Schotte hängt wenig an seinem. „Deshalb“, so

sagte Madame d'Aine zu ihm, „habe ich Ihnen ein Zimmer gegeben, dessen Fenster direkt auf den Graben geht. Aber Sie haben keine Eile, meine Aufmerksamkeit zu nutzen." Der Baron fügte hinzu: „Sie mögen sich vielleicht nicht ertränken; wenn Ihnen das Wasser zu kalt ist, Vater Hoop, dann könnten wir uns duellieren." Und der Schotte: „Sehr gern, mein Freund; doch unter der Bedingung, daß Sie mich töten."
Man sprach dann von einem Monsieur de Saint-Germain[2], der einhundertfünfzig bis einhundertsechzig Jahre alt sei und sich stets verjünge, sobald er sich alt finde. Man sagte, sollte dieser Mann tatsächlich das geheime Mittel besitzen, das in die Lage versetzt, sich um eine Stunde zu verjüngen, so könnte er, indem er die Dosis verdoppelte, sich um ein Jahr, um zehn Jahre verjüngen und so schließlich wieder in den Schoß seiner Mutter zurückkehren. „Wenn ich dahin einmal zurückkehrte, so glaube ich nicht, daß man mich wieder herausbrächte."
Bei dieser Bemerkung kam mir ein Paradoxon in den Sinn, über das ich, wie ich mich erinnere, einmal mit Ihrer Schwester ein Gespräch führte, und ich sagte zu Vater Hoop – diesen Beinamen haben wir ihm gegeben, weil er wie ein welker, vertrockneter Greis aussieht –: „Sie sind sehr zu bedauern; doch Sie wären es noch weit mehr, wenn das zuträfe, worüber ich nachdenke." – „Das schlimmste ist, zu existieren, und ich existiere." – „Das schlimmste ist nicht, zu existieren, sondern für immer zu existieren." – „Ich schmeichle mir aber mit der Hoffnung, daß daraus nichts wird." – „Vielleicht. Sagen Sie mir, haben Sie je ernsthaft darüber nachgedacht, was ‚leben' ist? Begreifen Sie richtig, daß ein Wesen nie vom Zustand des Nichtlebendigseins zum Zustand des Lebendigseins übergehen kann? Ein Körper wächst oder nimmt ab, bewegt sich oder ruht; doch er lebt nie von selbst; meinen Sie, irgendeine Veränderung, welche auch immer, könnte ihm Leben verleihen? Leben ist nicht gleich sich bewegen; es ist etwas anderes. Ein Körper in Bewegung trifft auf einen Körper im Ruhezustand, und schon bewegt sich dieser. Doch Sie können einen nicht lebenden Körper anhalten oder fortstoßen, Sie können etwas hinzufügen oder abschneiden, Sie können ihn ordnen, das heißt seine Teile so umgruppieren, wie es Ihnen gerade in den Sinn kommt. Wenn sie tot sind, werden sie in der einen Position

ebensowenig leben wie in der anderen. Wollte man annehmen, man könne neben ein totes Teilchen ein, zwei oder drei tote Teilchen legen und daraus das System eines lebenden Körpers bilden – es wäre, wie mir scheint, der reinste Unsinn, oder aber ich kenne mich in alledem nicht aus. Wie denn – das Teilchen a, das links neben dem Teilchen b seinen Platz hatte, war sich also seiner Existenz nicht bewußt, es fühlte nichts, war untätig und tot; und nun – da das linke nach rechts und das rechte nach links gesetzt wurde, lebt das Ganze, kennt sich, fühlt sich? Das kann nicht sein. Was macht hier rechts oder links aus? Gibt es im Raum die eine oder die andere Seite? Ja, wenn Bewußtsein und Leben nicht davon abhingen. Alles, was diese Eigenschaften hat, hat sie immer gehabt und wird sie immer haben. Das Bewußtsein und das Leben sind ewig. Alles, was lebt, hat immer gelebt und lebt ohne Ende. Der einzige Unterschied, den ich zwischen dem Tod und dem Leben sehe, ist, jetzt leben Sie als Ganzes, und in zwanzig Jahren in Moleküle aufgelöst und zerstreut, sozusagen stückweise."[3] – „In zwanzig Jahren, das ist in weiter Ferne!"
Und Madame d'Aine: „Man wird also gar nicht geboren? Man stirbt also gar nicht? Ein teuflischer Wahnsinn!" – „Nein, Madame." – „Obgleich man gar nicht sterben kann, will ich auf der Stelle tot umfallen, wenn ich Ihnen das glauben soll." „Warten Sie. Thisbé[4] lebt doch, nicht wahr?" – „Ob meine Hündin lebt? Ich antworte Ihnen darauf: sie denkt, sie liebt, sie urteilt; sie hat Geist und Urteilsvermögen." – „Erinnern Sie sich noch an die Zeit, als sie nicht dicker war als eine Ratte?" – „Ja." – „Könnten Sie mir sagen, wie sie so rundlich geworden ist?" – „Bei Gott, weil sie sich mit Fressen vollgestopft hat wie Sie und ich." – „Sehr gut; lebte das, was sie fraß, oder nicht?" – „Welche Frage! Bei Gott nein, es lebte nicht." – „Was denn! Ein Etwas, das nicht lebt, wird einem Etwas hinzugefügt, das lebt, und wird dadurch lebendig – und das verstehen Sie?" – „Bei Gott, ich muß es eben verstehen." – „Ich möchte mir doch gern von Ihnen sagen lassen, ob ein Mann, den man Ihnen tot in die Arme wirft, wieder zum Leben erweckt würde." – „Auf Ehre, wenn er richtig tot wäre, richtig tot . . . Aber lassen Sie mich in Ruhe, sonst bringen Sie mich noch dazu, daß ich etwas Törichtes sage . . ."

Der Rest des Abends verging damit, daß ich mit meinem Paradoxon aufgezogen wurde. Man bot mir schöne Birnen an, die lebten, Trauben, die dachten; und ich, ich sagte: „All jene, die sich in ihrem Leben liebten und sich nebeneinander bestatten lassen, sind vielleicht gar nicht so närrisch, wie man denkt. Vielleicht drängt sich ihrer beider Asche zusammen, vermischt sich und vereinigt sich. Was weiß ich? Vielleicht haben sie nicht jegliche Empfindung, jegliche Erinnerung an ihren einstigen Zustand verloren? Vielleicht haben sie einen Rest Wärme und Leben in sich und genießen sie auf ihre Weise tief in der kalten Urne, die sie umschließt. Wir urteilen über das Leben der Elemente nach dem Leben der oberflächlichen Masse. Vielleicht sind das ganz verschiedene Dinge. Man glaubt zum Beispiel, man hätte nur einen Polyp vor sich; und warum sollte die gesamte Natur nicht dieselbe Ordnung besitzen? Wenn der Polyp in hunderttausend Teilchen zertrennt wird, ist das ursprüngliche, das Grundtier nicht mehr vorhanden; doch alle seine Bestandteile sind lebendig."
O meine Sophie, es bliebe mir also eine Hoffnung, Sie berühren, Sie fühlen, Sie lieben, Sie suchen zu können, um mich mit Ihnen zu vereinigen, zu vermischen, sobald wir einmal nicht mehr sein werden! Wenn es doch so wäre, daß in unseren Bestandteilen das Gesetz der Anziehungskraft herrscht, daß es uns vorbehalten ist, ein gemeinsames Wesen zu bilden, daß ich in den folgenden Jahrhunderten ein Ganzes mit Ihnen werde, daß die Moleküle Ihres aufgelösten Geliebten unversehens in Aufruhr geraten und sich vorwärts bewegen, um Ihre, überall in der Natur verstreuten Teilchen zu suchen! Lassen Sie mir diese Lieblingsidee; sie ist mir süß; sie sichert mir die Ewigkeit in Ihnen und mit Ihnen.
Doch nun ist es sieben Uhr, und dieser verfluchte Bote taucht immer noch nicht auf. Ich bin in größter Unruhe. Soviel ist sicher, morgen gehe ich selbst nach Charenton, es sei denn, eine Sintflut hindert mich daran.
Heute war Madame d'Houdetot beim Diner zu Gast. Sie ist aus Paris hierhergekommen. Sie kehrt wieder zurück und reist dann nach Epinay weiter. Das werden gut und gern elf Meilen sein. Dieser Feldzug gegen England[5] hat sie in einen grausamen Schrecken versetzt; sie ist eine Frau mit

viel Herz und Gefühl. Man sprach über den anhaltenden Wind, der unsere Zimmer hier zum Ächzen bringt. Ich sagte, mir mißfalle dieses Getöse keineswegs, man spüre dann besser die Geborgenheit des Obdachs, es schläfere ein und rege zum sanften Träumen an. „Das stimmt zwar“, antwortete sie, „doch ich kann diesen Wind nicht hören, ohne daran zu denken, daß er vielleicht die Engländer von der Meeresenge wegtreibt und wir Franzosen diesen Augenblick nutzen, um aus unseren Häfen auszulaufen und zweiundzwanzigtausend Unglückliche nach England zu verschleppen, von denen kein einziger zurückkehrt.“
Sie müssen wissen, unter diesen zweiundzwanzigtausend Mann befindet sich ein Monsieur de Saint-Lambert, den sie mich oft lobend erwähnen hörten und der sich allein aus Dankbarkeit an den Prince de Beauvau gebunden fühlt, weshalb er ihm auf Schritt und Tritt folgt. Sein Verlust, wenn es dazu käme, wäre für uns alle sehr schmerzlich, und sie kostete er viele Tränen.
Es ist neun Uhr. Wir haben ein Pikettspiel gemacht, bei dem ich, nebenbei bemerkt, ein einziges Mal auszuspielen versuchte: 14 vom As herab, 14 vom König herab, eine Treppe von sechs Karten, ein Neunziger und zuletzt kein Stich. Inzwischen haben wir soupiert. Unser Bote ist zurück. Alle haben Post erhalten, nur ich nicht. Weder eine Zeile von Grimm noch von Sophie. Es ist doch unmöglich, daß Sie mir nicht schreiben. Entweder hat der Hausdiener mich getäuscht und ist gar nicht nach Charenton gegangen, oder aber der Postdirektor hat dem Boten meine Briefe nicht ausgehändigt, oder er hatte keine Möglichkeit, sie sicher aufzubewahren. Ich gehe allen möglichen Vermutungen nach, die mich beruhigen könnten. Ich klage alles an und jeden, nur Sie nicht.
Aus Lissabon wurde unserem Nachbarn Monsieur de Sussy mitgeteilt, der König von Portugal habe den Jesuiten vorgeschlagen, sich zu säkularisieren; fünfzig akzeptierten, hundertfünfzig, deren Schicksal keiner kennt, wurden auf ein Schiff gebracht, dessen Bestimmungsort unbekannt ist, und vier werden noch gefangengehalten und sollen hingerichtet werden.[6] Wußten Sie das? Aber mögen die Jesuiten ungestraft Könige töten oder nicht, mag aus ihnen und den Königen werden, was will – ich möchte etwas von meiner

Freundin hören! Wo ist sie? Was macht sie? Wenn meine Briefe nicht dasselbe Schicksal ereilen wie ihre, müßte sie vorgestern zwei zu gleicher Zeit erhalten haben. Sie wird diesen hier morgen abend haben, und vielleicht ... Doch ich wage nicht mehr, mir irgendwelche Hoffnungen zu machen.
Meine Freundin, ich bin hierhergekommen, um zu arbeiten. Bis jetzt habe ich ziemlich viel geschafft. Aber wenn der Kopf nicht mehr anwesend ist, was soll ich dann mit der Zeit anfangen? Was soll aus mir werden? Wenn doch der Regen, den uns dieser tosende Wind androht, heute nacht niedergehen wollte! Ich soll also den morgigen Tag ohne ein Wort von Ihnen verbringen? Der Baron befragt mich über chemische Krankheitsursachen. Er sieht, daß ich bekümmert bin. Er liest mir ein paar historische Episoden vor. Er versucht, mein Interesse zu wecken; aber es gelingt nicht, ich bin anderswo. Ich beschwöre Sie, meine Freundin, geben Sie mich dem Lande, meinen Arbeiten, der Gesellschaft, dem Zeitvertreib, meinen Freunden, mir selber wieder zurück. Ich kann hier nicht fort, und es ist mir unmöglich, hier zu leben, wenn Sie mich vergessen.
Adieu, grausame und schweigsame Sophie. Adieu.

1 Madame de Saint-Aubin.
2 Abenteuerer, der vorgab, ein Lebenselixier zu besitzen. Zwischen 1750 und 1760 erregte er in Paris und Versailles Aufsehen, mußte dann nach London flüchten und erlangte dort wiederum Berühmtheit.
3 Diderot erkannte die Unzulänglichkeiten des mechanischen Materialismus, der die Umwandlung von unbelebter in belebte Materie in Anlehnung an die bereits in der Antike von Demokrit und Epikur entwickelte atomistische Theorie aus einer Umgruppierung der Materieteilchen erklärte. Seine spinozistisch gefärbte Konzeption von der Allbeseelung der Materie entwickelt er dann vor allem im *Rêve de d'Alembert* (1769, D'Alemberts Traum) weiter.
4 Hündin von Madame d'Aine.
5 Im Rahmen der Kampfhandlungen, die während des Siebenjährigen Krieges (1756–63) zwischen Frankreich und England stattfanden, plante der Minister Ludwigs XV., Choiseul, 1759 eine Invasion in England.
6 Auf Betreiben seines der Aufklärung zugeneigten Premierministers Pombal ließ König Joseph I. am 3. September 1759, dem Jahrestag des 1758 gegen ihn gerichteten Attentats, die Jesuiten aus Portugal verbannen. Es soll sich dabei um 600, nicht nur um 150, gehandelt haben.

(Grandval, 30. Oktober 1759)

Hier, meine Freundin, ist der Brief, den ich Ihnen versprach. Verlieren Sie nicht die Geduld, sondern lesen Sie ihn bis zu Ende; Sie finden darin vielleicht Dinge, die Ihnen nicht mißfallen werden.

Sonntag war es den ganzen Tag über schön. Wir gingen am Ufer der Marne spazieren. Wir begleiteten sie vom Fuße unserer Hügel bis nach Champigny.

Dieses Dorf krönt die Höhe wie ein Amphitheater. Unten schlängelt sich die Marne durch ihr Bett, das sich teilt und eine Gruppe von kleinen, mit Weiden bestandenen Inseln bildet. Die Fluten breiten sich fächerförmig aus und eilen durch die engen, sie trennenden Flußarme dahin. Die Bauern haben Fischplätze eingerichtet. Ein wahrhaft romantischer Anblick. Auf der einen Seite im Tale Saint-Maur; auf der anderen oben auf den Höhen Chennevière und Champigny; die Marne, Weinberge, Wälder, Wiesen dazwischen. Die Phantasie hätte Mühe, mehr Pracht und Vielfalt zu ersinnen, als die Natur dort bietet. Wir haben uns vorgenommen, noch einmal hinzugehen, obgleich wir halbtot zurückkamen. Ich stieß mir einen Dorn in den Zeh. Der Baron zog sich einen steifen Hals zu, und bei unserem melancholischen Schotten kündigte sich eine Gallenkolik an.

Es wurde Zeit, daß wir wieder in den Salon kamen. Und nun waren wir endlich da; die Frauen saßen wie aufgereiht im Hintergrund, die Männer waren um die Feuerstätte gruppiert. Hier wärmt man sich; dort will man ein wenig verschnaufen. Noch herrscht Schweigen, doch es wird nicht für lange sein. Madame d'Holbach ist es, die als erste spricht, sie sagt: „Mama, spielen Sie eine Partie mit?" – „Nein, ich möchte lieber ausruhen und plaudern." – „Wie Sie wollen. Also ruhen wir aus und plaudern..." Es erübrigt sich, Ihnen im folgenden die Gesprächspartner zu nennen. Sie kennen sie alle.

„Nun, Philosoph, wie weit sind Sie mit Ihrer Arbeit?" – „Ich bin bei den Arabern und Sarazenen."[1] – „Bei Mohammed, dem besten Freund der Frauen?" – „Ja, und dem größten Feind der Vernunft." – „Das ist eine ungebührliche Äußerung." – „Madame, das ist keine Äußerung, das ist eine Tatsache." – „Noch eine Grobheit." – „Die Herren haben einen feinen Ton angeschlagen." – „Diese Völker haben erst kurz vor der Hedschra die Schreibkunst kennengelernt." – „Hedschra![2] Was für ein Tier ist denn das?" – „Madame, das ist das große geschichtliche Ereignis der Muselmanen." – „Nun bin ich aber viel klüger. Ich verstehe sein geschichtliches Ereignis nicht besser als seine Hedschra, und seine Hedschra nicht besser als sein Ereignis. Das kommt mir alles spanisch vor." – „Vor diesem Ereignis waren sie primitive Götzendiener. Derjenige, den die Natur mit einer gewissen Redegewandtheit ausgestattet hatte, besaß alle Macht über sie. Jene Männer, denen sie den Ehrennamen ‚Chated' zugestanden, waren gleichzeitig Hirten, Sterndeuter, Musiker, Dichter, Ärzte, Gesetzgeber und Priester, sie bekleideten also Würden, die man wohl nur bei unzivilisierten und wilden Völkern in einer Person vereinigt findet." – „Ganz richtig." – „So wie Orpheus bei den Griechen, Moses bei den Hebräern, Numa bei den Römern."

„Keine Nachricht aus Paris. Meine Buchsbäumchen können also diesen Herbst nicht gepflanzt werden. Dieser Berlize[3] ist ein Hanswurst. Ich brauche hundertfünfzig Kübel, und er schickt mir achtzig." – „Die Rabatten werden sich sehr gut ausnehmen. Was meinen Sie?" – „Wunderschön." – „Ich wünschte mir, Charon[4] könnte seinen Garten wiedersehen." – „Die ersten Gesetzgeber der Völker waren damit betraut, den Willen der Götter zu interpretieren, sie in Notzeiten zu beschwichtigen, Kriegszüge zu befehligen, Siege zu feiern, Belohnungen zu verteilen, Strafen aufzuerlegen, Ruhe- und Arbeitstage festzusetzen, zu verbinden und zu lösen, zu versammeln und zu zerstreuen, zu bewaffnen und zu entwaffnen, Hand anzulegen, um zu helfen oder um zu vernichten." – „Je kultivierter ein Volk wird, desto gründlicher werden diese Funktionen getrennt. Einer befiehlt, ein anderer opfert; ein dritter heilt; ein vierter, noch ehrwürdigerer, macht sie unsterblich und macht sich selber unsterblich."

„Madame, was dort gesagt wird, ist sehr hübsch." – „Was kümmert's mich, worüber sie sprechen. Ich denke an meine Buchsbäumchen. Es ist lange her, daß wir die ‚Vollkommene Einheit'[5] zu Gesicht bekamen." – „Um so besser." – „Sie sind doch aber in Saint-Maur." – „Und sollen dort bleiben." – „Diese Frau ist mehr Frau als alle Frauen zusammen." – „Sie weiß nie, was sie will." – „Verzeihen Sie mir, aber sie ist nie mit dem zufrieden, was sie hat." – „Ich finde sie eher unglücklich als verrückt. Nichts ist unbequemer als die Begierde, es sei denn die Besessenheit." – „Trotzdem muß man sie haben, oder man ist ein Versager." – „Eine ziemlich traurige Notwendigkeit . . ."

„Ein gewisser Moramere ist es gewesen, der das arabische Alphabet erfand, und von da an war das Volk gespalten in Gelehrte, das heißt Leute, die lesen konnten, und Dummköpfe." – „Der heilige Prophet konnte weder lesen noch schreiben." – „Daher also der Haß der Muselmanen auf jede Art von Wissen und dessen Verachtung, die sich bis zum heutigen Tag erhielt, daher auch der zähe Fortbestand ihres religiösen Betruges. Es ist eine recht allgemeine Beobachtung, daß die Religion in dem Maße verliert, wie die Philosophie gewinnt. Daraus kann man über die Nutzlosigkeit der einen oder die Wahrheit der anderen schlußfolgern, was man will."

„Ihre Madame de Charmoy hatte uns doch zugesagt. Was zum Teufel macht sie in Paris?" – „Sie ärgert sich." – „Worüber denn? Sie hat eine gute Figur; sie hat Geist; jeder liebt sie." – „Und was sogar noch mehr zählt, sie liebt niemanden." – „Mama, Sie müssen wieder spotten." – „Ich denke daran, was für eine Figur ihr häßlicher Affe abgibt." – „Finden Sie nicht auch, daß er wie das Griffbrett einer Bratsche aussieht? Stellen Sie sich mal diesen Pinsel zwischen den Beinen seiner Frau vor." – „Nur Mut, meine Damen!" – „Bei Gott, mein Schwiegersohn, lassen Sie uns ein wenig über unseren Nächsten lästern. Ich bin sicher, man verfährt mit uns ebenso, ohne daß ich mich darüber ärgere. Weil ich mich nämlich über gar nichts ärgere." – „Und dann, wie soll man die Fehler seiner Freunde verzeihen, wenn man sie nicht kennt?" – „Meine Frau . . . Was haben Sie dazu zu sagen?" – „Daß Sie jetzt Ihre Mandore[6] nehmen und uns ein paar Lieder vorspielen. Diese Töne werden weniger unangenehm und unschuldsvoller sein." – „Meine Tochter, ich bitte dich, davon abzulassen. Ich wüßte nicht, was so unfreundlich wäre wie dein Mann, wenn er krank ist." – „Genau wie die anderen, wenn sie gesund sind." – „Ach, zum Teufel, faseln Sie über Ihre Philosophie, und mischen Sie sich nicht bei uns ein. Sie waren in den Serails, verschwinden Sie wieder dahin." – „Auf dem kürzesten Weg."

„Nun, Philosoph, Sie sagten also, je mehr Denker in Konstantinopel, desto weniger Wallfahrten nach Mekka?" – „Ja." – „Ich bin auch seiner Meinung." – „Ich denke sogar, wenn in einer Hauptstadt alljährlich eine große religiöse Feier stattfindet, so kann man diese als sicheren Gradmesser für das Fortschreiten der Ungläubigkeit ansehen, für den Verfall der Sitten und die Abnahme des nationalen Aberglaubens." – „Wie das?" – „Nun so: Nehmen wir beispielsweise an, 1700 hätte es dreißigtausend Wallfahrten nach Mekka gegeben oder dreißigtausend Kommunionen in einer Gemeinde, und 1750 wären es nur noch zehntausend Wallfahrten und zehntausend Kommunionen gewesen. Dann ist es doch sicher, daß der Glaube und alles, was daran hängt, um zwei Drittel schwächer geworden ist."

„Mademoiselle Anselme."[7] – „Madame." – „Sie haben den häßlichsten Po, den man sich denken kann." – „Wirklich, Schwiegermutter, Sie haben den Verstand verloren." – „In die Serails, mein Schwiegersohn!" – „O ja, Mademoiselle, einen ganz häßlichen Po." – „Ich kümmere mich nicht um ihn. Ich sehe ihn nicht." – „Aber er ist schwarz, runzelig, mager, klapperdürr, klein, faltig, derb wie Leder! Wüßte der heilige Petrus davon, er würde ihn ein wenig aufbessern." – „Sie hat ein so hübsches Gesicht. Wie kann sie da einen so häßlichen Po haben?" – „Das ist mein Philosoph, der mich vor sich sieht und vom Gesicht auf den Po schließt. Wie dem auch sei, ihrer ist ganz häßlich, wenn ich meinen Augen trauen kann, denn ich habe ihn gesehen." – „Sie haben ihn gesehen, Madame?" – „Ja, ich habe ihn gesehen ... die ganze Nacht, im Traum."

„Nun, Philosoph?" – „Ich weiß nicht mehr, wo ich stehengeblieben bin." – „Ei, kümmern Sie sich doch nicht um diese Verrückten." – „Auf Ehre, sie sprechen von einem Po, der mir den Kopf verdreht hat." – „Sie waren bei der alljährlich stattfindenden religiösen Feier und bei der Abnahme des nationalen Aberglaubens." – „Ich weiß wieder. Ich denke, diese Abnahme wird ein Ende haben. Dem Fortschreiten der Aufklärung sind Grenzen gesetzt. Sie erreicht kaum die Vorstädte. Das Volk dort ist zu dumm, zu unglücklich und zu beschäftigt. Sie gelangt nicht bis zu ihm. Also ist die Zahl derer, die bei der alljährlichen Zeremonie ihre Schuldigkeit tun, gleich der Zahl derer, die – mitten in der Revolution der Geister – blind oder aufgeklärt, unheilbar oder unbestechlich bleiben, wie es Ihnen beliebt." – „Ja, das ist die Herde der Kirche." – „Sie kann anwachsen, aber nicht abnehmen." – „Die Zahl des Pöbels ist fast immer gleich groß."

„Hören Sie nur, Madame, hören Sie." – „Ich langweile mich ohnedies schon genug. Jetzt fehlt mir nur noch die Socoplie[8]. Ich bin dieses Jahr dazu verurteilt, häßliche Pos zu sehen ... Vor zwei Monaten war ich allein hier. Ich wußte nicht, was aus mir werden sollte. Ich ließ mich nach Bonneuil fahren; und zwar hoppla-hopp! Da kam ein Mann im Kabriolett angebraust, als wäre der Teufel hinter ihm her ... Kennen Sie die Kurve vor der Kirche? Dort ritt eine Frau auf einem Esel, rechts und links einen Korb; und die Radnabe des Kabrioletts blieb – ratsch! – an einem Korb hängen, und schon lag auf der einen Seite der Esel, alle vier Hufe in der Luft, und auf der anderen lagen die Körbe und die Frau, alle vier Hufe in der Luft. Ein Menschenauflauf. Man stellt die Körbe wieder hin. Man zieht den Esel am Schwanz wieder hoch. Doch diese arme Frau ließ man liegen, und sie schrie wie eine, der man den Rock hochhebt." – „Es gibt aber auch welche, die kein großes Geschrei machen." – „In die Serails!" – „Ja, oder auch woandershin."

„Der Koran war jahrhundertelang das einzige Buch des Volkes. Man verbrannte die anderen, entweder weil sie überflüssig waren, wenn darin nichts anderes stand als das, was im Koran enthalten war; oder weil sie schädlich waren, wenn sie etwas anderes enthielten als das, was im Koran stand. Dieser Überlegung entsprechend heizte man sechs Monate lang die Bäder von Alexandria mit den Werken vergangener Zeiten. Der Betrüger[9] war nicht mehr am Leben, als die von seinem Geist erfüllten Fanatiker über den Kalifen Al Mamon den Stab brachen, weil er die Wissenschaft unterstützt hatte, zum Schaden für die heilige Unwissenheit der treuen Gläubigen. Sie sagten: Sollte jemand ihn nachzuahmen wagen, so wird er gepfählt und von Volksstamm zu Volksstamm getragen, und ein Herold wird vorangehen und rufen: So wird es jedem Gottlosen ergehen, der die weltliche Philosophie der göttlichen Tradition und die Vernunft dem wunderbaren Koran vorzieht."[10] – „Aber die Omaijaden ...?" – „... taten wenig für die Gelehrten." – „Die Abbasiden ...?" – „... wagten mehr. Einer unter ihnen ordnete Wallfahrten an, ließ Tempel bauen, schrieb öffentliche Gebete vor und zeigte sich so religiös, daß er, ohne die Frömmler in Harnisch zu bringen, einen Sterndeuter und zwei christliche Ärzte in seinen Dienst nehmen konnte." – „Keine Religion ist den Muselmanen so verhaßt wie die christliche. Trotzdem waren die Gelehrten, die die letzten Abbasiden an ihren Hof riefen, alle Christen. Das Volk gab darauf nicht acht." – „Weil es eben unter ihrer Regierung glücklicher war. Ich würde gern zu einem Fürsten sagen ..." – „Sagt man denn etwas zu einem Fürsten? Aber lassen Sie uns hören, Vater Hoop, was Sie sagen würden."[11] – „Seien Sie gut; seien Sie gerecht; seien Sie siegreich; Ihre Untertanen mögen Sie ehren, Ihre Nachbarn sollen Sie fürchten." – „Nichts weiter?" – „Ich würde hinzufügen: Eine starke Armee soll Ihnen zu Befehl stehen; und Sie werden die allgemeine Toleranz einführen; Sie werden die Zufluchtsstätten der Unwissenheit, des Aberglaubens und der Nutzlosigkeit zerstören!" – „Wollen Sie wohl schweigen! Wissen Sie denn nicht, daß ich in Grandval ein Kloster gründen will?" – „Ein schönes Projekt ... Sie werden diese Männer von Gottes Gnaden, die ständig ihre auf Einbildung beruhenden Vorrechte Ihrer Autorität entgegenstellen, auf den einfachen Stand von Staatsbürgern herabsetzen; Sie werden sich zurückholen, was sie dem Schwachsinn Ihrer Vorgänger abpreßten, Sie werden Ihren unglücklichen Untertanen den Reichtum wiedergeben, in dem diese gefährlichen Müßiggänger schwimmen; Sie werden Ihre Einnahmen verdoppeln, ohne die Steuern zu erhöhen. Sie werden ihren dünkelhaften Anführer zu seiner Angel und zu seinem Netz zurückschicken. Sie werden verhindern, daß unermeßliche Summen in einem fremden Schlund verschwinden, aus dem sie nie wieder herauskommen. Sie werden in Reichtum und Frieden leben, und Sie werden regieren und diese großen Dinge vollbringen, ohne eine Klage auszustoßen, ohne einen Tropfen Blut zu vergießen." – „Bei Gott, ein schönes Instrument ist sie, die Zunge. Wie er das wieder eingefädelt hat!" – „Aber vor allem müßte ein Souverän völlig davon überzeugt sein, daß die Liebe seines Volkes die einzige wahre Stütze seiner Macht ist. Verschafft er sich aus Furcht, die Mauern seines Palastes könnten außen einfallen, stützende Balken, so wird man sie früher oder später von innen einreißen. Ein kluger Souverän wird seine Wohnstätte vom Sitz der Götter trennen. Stehen diese beiden Gebäude zu nahe beieinander, wird der Thron durch den Altar, der Altar durch den Thron gestört, und eines Tages passiert es dann, daß sie heftig aneinandergeraten und alle beide ins Schwanken kommen." – „Es wäre für einen politisch aufgeschlossenen Fürsten nicht schwer, die hohe Geistlichkeit gegen die Kurie in Rom aufzuwiegeln, sodann die niedrige Geistlichkeit gegen die hohe und schließlich die ganze Körperschaft niederzudrücken." – „Da gibt es welche, die sich ausmalen, wie man die heilige Kirche Gottes in den Schmutz ziehen könnte! Wollt ihr wohl schweigen, ihr garstigen Atheisten! Aber da fällt mir ein, der kleine Schwarzkittel Sussy kommt wohl heute nicht zum Souper?" – „Bei Gott, mein Schwiegersohn, wenn er kommt, dann schonen Sie ein wenig seine Ohren; wie soll er denn die Messe lesen können, wenn er über Ihre Zoten gelacht hat?" – „Dann soll er sie eben nicht lesen!" – „Es fällt ihm nicht so leicht, davon zu lassen, wie Ihnen, sie anzuhören." – „Ich zweifle keineswegs daran, daß dies eines Tages passieren könnte." – „Bei Gott, ich wünschte es mir; er ist ein guter kleiner Mann; er lacht so herzlich gern." – „Es geht nur darum, die Bischöfe zu überzeugen, daß sie sich freiwillig vom Papst trennen, und die Pfarrer, mit den Bischöfen gemeinsame Sache zu machen." – „Lassen Sie mich jetzt in Ruhe, er zieht schon eine ungeduldige Miene ... Mademoiselle Anselme, hören Sie doch: wenn Sie nicht wollen, daß ich Sie mit diesem häßlichen Po meines Traumes sehe, zeigen Sie uns doch einmal, was für einen Sie haben."

„Die Muselmanen sind in unglaublich viele Sekten zerspalten. Man hat bis zu vierundsiebzig gezählt. Sie haben Jansenisten, Molinisten, Pyrrhonisten, Skeptiker, Deisten, Spinozisten, Atheisten." – „Da sind sie vom Schicksal begünstigt! Das ist wie bei uns. Eine hübsche Brut!" – „Sie sind der Kreuzung zwischen Religion und Philosophie entsprossen ..." – „Diese Philosophie verdirbt alles!" – „... als sie das scharfe Schwert ablegten, mit dem sie die Göttlichkeit des Korans bewiesen hatten, und ihre Vernunft zu benutzen begannen." – „Das ist auch so eine schlechte Sache, die Vernunft; deshalb gebrauche ich sie sowenig wie möglich ..." – „Das merkt man mitunter." – „Bei anderen merkt man es nicht; das kommt auf dasselbe heraus." – „Sie haben auch so eine Art Manichäer[12] und Optimisten. Einer der ersteren sagte eines Tages zu seinem Gegner: Ein Vater hatte drei Kinder ..." – „Meine Damen, eine Geschichte, Sie sollten sie sich anhören." – „Eines der Kinder lebte gottesfürchtig." – „... und tat gut daran. Heutzutage gibt es kaum noch solche Kinder. Man weiß nicht mehr, was aus der Welt werden soll. Die Kinder sind genauso böse wie die Alten." – „Das zweite lebte verbrecherisch, und das dritte starb in jungen Jahren. Welches Schicksal wird ihnen im anderen Leben zuteil werden? Der Optimist antwortete, das erste werde im Himmel belohnt, das zweite in der Hölle bestraft, und das dritte erhalte weder Lohn noch Strafe. Doch wenn nun, wendete der Manichäer ein, das letzte zu Gott sagte: Herr, es hing nur von dir ab, mich länger leben zu lassen, so daß ich nun im Himmel neben meinem Bruder sitzen könnte; das wäre für mich besser gewesen. Was würde der Herr ihm antworten? Er würde antworten: Ich sah voraus, daß du dem Verbrechen anheimfallen würdest, wenn ich dir ein längeres Leben gewährte, und also am Tag meines Gerichts die Strafe des Fegefeuers erleiden müßtest. Doch, gab der Manichäer zu bedenken, hören Sie nicht das zweite, das dem Herrn entgegnet: Nun, warum nahmst du mir dann nicht in meiner Kindheit das Leben? Warum gewährtest du mir die unseligen Tage, die du meinem Bruder verweigert hast? Darf ich mich schon nicht mit meinem älteren Bruder im Himmel freuen, so könnte ich wenigstens in Frieden neben meinem jüngeren Bruder schlummern; das wäre für mich und für ihn gleichermaßen gut. Wie soll sich der Herr da herauswinden?" – „Auf Ehre, ich weiß es einfach nicht; das kann ihn verrückt machen. Aber wir werden es wissen, wenn wir dort sein werden; früher oder später werden wir alle gehen ..." – „Er wird zu ihm sagen: Ich habe dein Leben verlängert, damit du die ewige Seligkeit gewinnst, und du wirfst mir eine Gunst vor, die ich dir gewährt habe. Wenn das eine Gunst war, wird das dritte sagen, warum hast du sie dann nicht auch mir erwiesen?" – „Das sind drei sehr unbequeme Kinder; sie müssen ihren Eltern großen Kummer bereitet haben, aber man muß eben das Schlechte wie das Gute nehmen. Wollen wir erst einmal soupieren."

„Es gibt Leute, die jede Beziehung des Schöpfers zum Geschöpf leugnen. Nach ihrer Meinung ist Gott gerecht, weil er allmächtig ist. Seine Eigenschaften haben nichts mit unseren gemein, und wir wissen nicht, nach welchen Maßstäben wir vor seinem Richterstuhl beurteilt werden." – „Mama, um so besser für Ihre Freundin Madame de Pressigny[13]." – „Reden wir nicht davon. Lassen wir unseren Nächsten in Frieden. Die Tochter ist schwarz wie ein Maulwurf, aber mein Sohn d'Aine[14] behauptet, sie hätte weiße Füße." – „Weiß oder schwarz, das geht mich nichts an. Was die Mutter betrifft, so wäre sie besser beraten gewesen, auf ihre guten und schönen Augen aufzupassen, die sie hatte, und ihren Mann gehörig durchprügeln zu lassen. Aber was geschehen ist, ist geschehen." – „Weiter sagen sie: Was ist ein vergängliches, kurzlebiges Wesen gegenüber einem ewigen, unendlichen Wesen? Was wären die anderen Menschen in den Augen eines Auserwählten, dem Gott als einzigem ein ewiges Leben gewährte? Meint man, er hätte die geringsten Bedenken, alles zu opfern, was sich ihm entgegenstellte? Würde er nicht zu seinen Opfern sagen: Was seid ihr im Vergleich zu mir? Binnen kurzem wird keine Rede mehr von euch sein, als wärt ihr nie gewesen. Ihr werdet euch nicht mehr freuen, ihr werdet auch nicht mehr leiden. Aber bei mir handelt es sich um eine Ewigkeit. Ich muß mich mir selbst und euch erhalten, und das hat seinen Grund in dem, was ich bin und was ihr seid. So geht also zugrunde, ohne zu klagen. Ich bin gerecht . . ." – „Es ist unglaublich, was aus ihren Köpfen alles hervorsprießt. Wirklich, das bringt meinen durcheinander." – „Trotzdem, wieviel größer ist der Abstand zwischen Gott und einem Menschen als zwischen einem – wie auch immer ausgestatteten – Menschen und einem anderen! Er soll unsterblich sein, will ich einmal annehmen; bleiben ihm nicht noch viele Krankheiten, die ihn dem Zustand der Allgemeinheit annähern? Jeder Rechtsbegriff zwischen einem Menschen und seinem Nächsten löst sich durch das Vorrecht einer einzigen göttlichen Eigenschaft in nichts auf, und wir wagen Gerechtigkeit zwischen Gott und dem Menschen anzunehmen!" – „Nur der Brahmane, der Angst hatte, der Ameise etwas zuleide zu tun, könnte zu Gott sagen: Herr, verzeih mir. Wenn ich meine Gedanken bis zu dir erhoben habe, so habe ich sie auch bis zur Ameise hinabgleiten lassen. Behandle mich, wie ich das verachtungswürdigste Insekt behandelt habe."

„Unter den Anhängern dieser Sekten gibt es welche, die sich über alles lustig machen ..." – „Sie sind darum weder glücklicher noch klüger." – „Madame de Saint-Aubin, Sie haben eine Kammerfrau, die man kaum als solche bezeichnen kann." – „Was kümmert's mich?!" – „Bei Gott, das machte mir an Ihrer Stelle etwas aus. Ich will mir sagen können, daß alle, die mich anrühren, jederzeit saubere Hände haben." (Darauf schallendes Gelächter überall im Salon.) „Was nennen Sie saubere Hände?" – „Eben saubere Hände, Madame ... Ich weiß, was ich gesehen habe, und ich weiß, was ich sage."

„Es gibt Unduldsame unter ihnen, so wie Madame ..." – „Bei Gott, ich habe nichts einzuwenden, wenn ich nichts bemerke. Wie zum Beispiel bei Madame Dingsda ... Meine Tochter, hilf mir doch, den Namen zu finden." – „Mama, das muß nicht gesagt werden." – „Sie kommen hierher. Ich bringe sie Tür an Tür unter ..." – „Vater Hoop, bitte fahren Sie fort." – „Ein unduldsamer Mohammedaner hatte versucht, einen Philosophen ins Jenseits zu befördern, dessen Gläubigkeit er anzweifelte. Dieser Philosoph hatte viel Macht. Er hätte den Mohammedaner bestrafen oder ihn durch seinen Einfluß zugrunde richten können; doch er begnügte sich, ihn mit sanften Worten zu tadeln und zu ihm zu sagen: Deine Prinzipien befehlen dir, mich ums Leben zu bringen; meine befehlen mir, dich besser zu machen, wenn ich kann." – „Auf Ehre, das ist hübsch." – „Was meinen Sie, was er ihn lehrte?" – „Seinen Katechismus; denn wenn er auch Priester war, so kannte er ihn doch nicht." – „Die Arithmetik und die Geometrie ..." – „So müßte man vielleicht mit allen Völkern verfahren, die man bekehren will; man müßte dem Missionar den Mathematiker vorausschicken." – „Und warum nicht auch den Chemisten mit seinen Sidellierkolben?"[15] – „Madame, das wäre ebenfalls nicht schlecht. Damit sie zuerst die einfachen Elemente verbinden lernen; danach läßt man sie schwierigere Gedanken miteinander verbinden." – „Sieh da, das ist das Beste, was Sie am ganzen Abend gesagt haben. Findet dieser Plan Anklang, so wird mein Liebster Montamy nach Kochinchina fahren, und ich wäre nicht einmal verstimmt. Aber wir wollen dabei das Essen nicht vergessen; und wenn der kleine Schwarzkittel durchaus nicht kommen will, mag er sich zum Teufel scheren."

Und so, meine Freundin, vergeht also die Zeit. Ich kann Ihnen nur von meiner zärtlichen Liebe und von unseren Unterhaltungen erzählen. Mitten in diesen halb ernsten und halb scherzhaften Unterhaltungen seufze ich zuweilen und flüstere leise: Ach, wären meine Sophie und ihre Schwester hier! Und dann seufze ich noch einmal.

Monsieur de Berlize ist gestern nach Paris abgereist; er wird Ihnen einen Brief bringen. Ich habe ihn bis nach Charenton begleitet, wo ich hoffte, einen Brief von Ihnen vorzufinden, und meine Hoffnung wurde nicht getäuscht. Ich kam um sieben zurück. Man wartete schon mit dem Pikett auf mich. Ich spielte fröhlich und glücklich.

Morgen verlieren wir den Schotten[16]. Das tut mir ein wenig leid; er ist ein guter Mensch, der über Verstand und Wissen verfügt. Seine Melancholie hat ihn in alle Winkel der Erde getrieben, und ich habe Nutzen aus diesen Reisen gezogen.

Madame d'Aine ist die beste Frau der Welt. Sie ist die Zuvorkommenheit in Person; aber sie verstümmelt alle Namen. Sie nennt einen Chemiker Chemist, einen Destillierkolben Sidellierkolben, die Enzyklopädie Socoplie und so weiter. Die ‚Vollkommene Einheit' ist eine Madame de Back, die den Einfall hatte, ein Damenkränzchen unter diesem Namen zu gründen. Madame de Pressigny Mutter ist die Frau eines Steueramtdirektors in Bordeaux, dem sie in einem Volksaufstand das Leben gerettet hat. Sie hat sich mitten unter die Aufständischen geworfen. Eine zerzauste, schreiende Frau, die sich dem Steinhagel aussetzte, verblüffte die Aufrührer und erstickte ihre Wut. Sie war in einem kritischen Zustand. Sie verlor ihr Augenlicht; und seitdem haben sich der infame Ehemann und die abscheuliche Tochter miteinander gegen sie verbündet und die Unglückliche gequält. Schon seit Jahren rollen bittere Tränen aus diesen Augen, die nicht mehr sehen.

Der kleine Schwarzkittel ist der Schloßkaplan von Monsieur de Sussy. Er liest sonntags die Messe, die restliche Woche über treibt er nur Possen. Er hatte einen Spaziergang gemacht. Zum Souper hätte er dasein müssen, aber er kam erst später. Wir hatten tüchtig gegessen, die Frauen ganz besonders. Wir waren gerade in der Stimmung, närrisches Zeug zu sagen und zu machen, als der liebe kleine Priester eintrat. „Oh, da bist du ja, Abbé. Weißt du eigentlich, daß ich es nicht gerne habe, wenn man mir fernbleibt?“ – „Madame ist noch nicht daran gewöhnt?“ – „Keineswegs.“ Der Schwarzkittel ist den Frauen nicht abhold; er erweist ihnen gern diese Ehre. Madame de Saint-Aubin saß mit aufgestützten Ellbogen an einem Tisch. Er beugte sich über den Tisch und stützte sich in derselben Weise auf, und zwar genau ihr gegenüber, denn er steht mit allen auf vertrautem Fuße. Durch seine lässige Haltung und seinen breiten Rücken gereizt, nimmt Madame d'Aine einen Sessel, schiebt diesen an ihn heran und sagt zu ihm: „Abbé, halt dich tapfer!“ Und mit einem Sprung setzt sie sich rittlings auf den Abbé, ein Bein hier, ein Bein da, gibt ihm die Sporen, treibt ihn durch Zurufe und Klapse an; und er wiehert, schlägt aus, bäumt sich auf, und sein Rock rutscht bis zu den Schultern empor, und die Unterröcke der Dame schieben sich vorne und hinten immer höher, so daß sie fast nackt auf ihrem Pferd sitzt, und das Pferd unter ihr ist beinahe ebenso bloß; und wir lachen; und die Dame lacht und lacht immer stärker und immer noch stärker und hält sich die Seiten, und schließlich streckt sie sich auf dem Abbé nach vorn und schreit: „Erbarmen, Erbarmen, ich kann es nicht mehr halten, es wird gleich losgehen! Abbé, steh still!“ Und der Abbé, der noch nicht begreift, bleibt nicht stehen und läßt sich von einer Flut warmen Wassers überschwemmen, die durch den Hosenbund in seine Schuhe läuft, so daß er seinerseits schreit: „Zu Hilfe, zu Hilfe; ich ertrinke.“ Und alle fallen wir auf die Kanapees und ersticken fast vor Lachen. Unterdessen ruft Madame d'Aine, immer noch im Sattel, ihre Kammerfrau zu sich: „Anselme, Anselme, ziehen Sie mich von diesem Priester herunter. Abbé, mein kleiner Abbé, tröste dich, du hast keinen Tropfen verloren.“ Der Abbé regte sich nicht weiter auf und tat gut daran. Aber Mademoiselle Anselmes Gesicht muß man gesehen haben! Sie ist die Unschuld, Schamhaftigkeit und Schüchternheit in Person. Sie schlug ihre großen Augen auf, starrte auf die riesige Pfütze am Fußboden und sagte bestürzt: „Oh, aber Madame ...“ – „Oh, aber ja ... Das war ich, das war der

Abbé, das waren wir alle beide ... Das hat mich sehr erleichtert ... Schuhe, Strümpfe, Unterröcke, Wäsche ...“
Madame d'Aine weiß, was sich gehört. Der kleine Priester ist arm. Schon am nächsten Morgen wurde der Auftrag erteilt, einen kompletten Anzug zu kaufen. Wie finden Sie das, meine Stadtdamen? Wir, die ungeschliffenen Bewohner von Grandval, haben alles, um uns zu amüsieren, tagaus, tagein.

Ja, meine Freundin, ja, ich habe alle Ihre Briefe erhalten. Ich bin beruhigt. Ich bin glücklich, soweit man es sein kann, wenn man fern von derjenigen weilt, die man von Herzen liebt. Ich wünsche Ihnen, daß Ihnen die Lektüre des *Esprit*[17] weiterhin gefällt. Da der Verfasser Grimms Beifall nicht fand, Sie aber gut kennt, so wird er sich ein wenig mit Ihrer Zustimmung trösten. Ich sehe Sie vor mir, Sie und Ihre Mutter. Ich höre von hier aus die spärlichen Worte, die von Zeit zu Zeit das Schweigen Ihres Hauses brechen. Sie täuschen sich. Madame de Saint-Aubin denkt nicht mehr an mich. Sie hat nach dreißig Jahren herausgefunden, daß der Lärm des Tricktrackspiels ihr Kopfweh bereitet, und so spielen wir nicht mehr. Ich gebe Ihnen Wort für Wort alles wieder, was sich hier zuträgt, und Sie können sich dann darüber amüsieren, denn es ist Ihr Freund, der es Ihnen erzählt.

Es stimmt, ich habe ungeduldig auf Berlize gewartet. Er hat seine Funktion wichtig genommen und in aller Heimlichkeit ausgeführt. Er übergab mir Grimms Brief im Beisein aller; und er wartete, bis wir allein waren, um mir Ihren auszuhändigen. Noch einen kleinen Augenblick, und ich werde zu Ihnen eilen, ich bringe Ihnen einen unschuldigen Mund und ebensolche Lippen sowie Augen, die seit einem Monat nichts zu sehen bekamen. Wie werden wir uns freuen, wenn wir uns wiederhaben!

1 Diderot war gerade dabei, im Rahmen seiner philosophiegeschichtlichen Artikel für die *Encyclopédie* den Artikel *Sarrasins* (Sarazenen) zu verfassen, aus dem ganze Sätze und Passagen fast wörtlich hier zitiert werden.

2 Bezeichnung für die Übersiedlung Mohammeds von Mekka nach Medina im Jahre 622, mit der die mohammedanische Zeitrechnung beginnt.

3 Verwalter des Barons d'Holbach.

4 Früherer Besitzer von Grandval.

5 Madame d'Aine nannte so eine ihrer Nachbarinnen: Madame de Back.
6 Eine Art Laute.
7 Kammerfrau von Madame d'Aine.
8 So bezeichnete Madame d'Aine die *Enzyklopädie.*
9 Gemeint ist Mohammed.
10 Dieser ganze Abschnitt findet sich mit geringen Abweichungen im Artikel *Sarrasins.*
11 Die sich hier anschließende, vom Vater Hoop an die Fürsten gerichtete Mahnung ist fast wörtlich noch in den Druckfahnen des Artikels *Sarrasins* enthalten, wurde aber vom Verleger Le Breton ohne Wissen Diderots gestrichen.
12 Anhänger des Manichäismus, einer von Mani (216–277) begründeten Religion, die auf dem babylonischen Gnostizismus basierte und unter anderem buddhistische und christliche Vorstellungen verarbeitete. Sie ist gekennzeichnet durch den Dualismus von Licht und Finsternis, Geist und Körper, Gut und Böse. Die Erlösung der Seele aus der irdischen Finsternis über den Weg der Selbsterkenntnis und der Askese bleibt den „Auserwählten" (Electi) vorbehalten, während die Laien („Hörer", Auditores) nur auf eine höhere Wiedergeburt hoffen können.
13 Vgl. weiter unten in diesem Brief.
14 Mit der Bezeichnung „mein Sohn d'Aine", die auch Diderot wiederholt verwendet, ist der Bruder Madame d'Holbachs gemeint.
15 Madame d'Aine meinte den Chemiker mit seinen Destillierkolben.
16 Vater Hoop.
17 Gemeint ist das materialistische Werk *De l'Esprit* von Helvétius, das bei seinem Erscheinen 1758 einen Skandal auslöste.

(1. November 1759)

Auf dem Lande geht man fast zu jeder Tages- und Jahreszeit spazieren. Läßt sich ein Sonnenstrahl blicken, nutzt man ihn. Ich arbeite viel und mit Vergnügen. Meine Arbeit nähert sich ihrem Ende. Von einer recht großen Anzahl philosophischer Artikel sind nur noch drei zu erledigen, allerdings lange und schwierige. Es ist die Untersuchung des Platonismus und des Pythagorismus, verbunden mit der Geschichte der Philosophie bei den Etruskern und den Römern. Ich gehe von den Arabern und den Sarazenen aus, wo ich interessantere Dinge fand, als ich gedacht hätte. Diese Völker haben ein eigentümliches Wesen. Sicher werden sie schon von jenen orientalischen Frömmlern gehört haben, deren religiöse Praxis sich darauf beschränkt, auf einem Bein

Pirouetten zu drehen, bis sie zu Boden fallen, bewußtlos, empfindungslos, völlig betäubt, fast tot. Würden Sie glauben, daß dieses närrische Verhalten das Ergebnis eines theosophischen Systems ist, das den erhabensten Wahrheiten sehr nahe kommt? Sie behaupten: da dieser Taumel alle Zerstreuungen des göttlichen Teilchens aufhebe, verbinde es sich noch inniger mit dem ewigen Wesen, von dem es herrührt. In diesem Zustand stiller, einfacher und reiner geistiger Dumpfheit, die eins ist wie das ewige Wesen, höre es dessen Stimme und genieße ein Glück, das den Uneingeweihten unbekannt sei, weil sie es nie empfanden. Die Verehrung der Idioten durch die Muselmanen ist die Folge dieses Prinzips. Sie betrachten sie als privilegierte Wesen, denen die Natur die glückselige Einfalt schenkte, jene Einfalt, welche die anderen allein durch den heiligen Taumel erlangen. Ich würde Ihnen alle Einzelheiten erklären, hätte ich die Zeit dazu, und Sie würden sehen: der Mohammedaner, der regungslos im Hintergrund einer dunklen Höhle sitzt – die Ellbogen auf die Knie, den Kopf in die Hände gestützt, die Augen auf die Nasenspitze gerichtet –, dieser Mohammedaner, der ganze Tage in der Erwartung der beseligenden Vision verbringt, ist ein ebenso großer Philosoph wie der hochmütige Europäer, der mitleidsvoll auf ihn herabschaut und voller Stolz einherschreitet, weil er entdeckte, daß wir nur in Gott etwas zu sehen vermögen.
Der heilige Prophet ahnte, daß die Leidenschaft der Frauen allzu natürlich, heftig und allgemein ist und der Versuch, sie im Zaume zu halten, zum Scheitern verurteilt wäre, und so paßte er lieber seine Gesetzgebung an, als daß er in Kauf nahm, die Zahl der Übertretungen zu vergrößern, indem er sie der nützlichsten und süßesten Neigung der Natur entgegengestellt hätte. Wenn er die Menschen durch die Aussicht auf zukünftige Sinnenlust zur Tugend ermunterte, so sprach er zu ihnen von einer Glückseligkeit, die ihnen nicht fremd war. Er schrieb Waschungen und einige nebensächliche, willkürlich ausgewählte Übungen vor, wie es sie in allen Religionen der Welt gibt, Übungen, die das Volk braucht, die aber den einigermaßen glaubensstarken Menschen nicht weiter lästig fallen, so zum Beispiel bei den Muselmanen, zum Pissen der Sonne den Rücken zu kehren, oder bei uns, das Skapulier zu tragen. Er wollte eine Reli-

gion für die Menge machen, da er genau wußte, daß es nichts Lächerlicheres gibt als eine Religion, die nicht für die Menge bestimmt ist. Er predigte das Dogma des Fatalismus, das zu Kühnheit und Todesverachtung auffordert, denn in den Augen des Fatalisten ist die Gefahr stets gleich groß, ob man nun auf dem Schlachtfeld die Waffe in die Hand nimmt oder ob man im Bett liegt; der Augenblick des Todes ist unwiderruflich und jede menschliche Vorsicht vor dem Ewigen nichtig, da dieser alle Dinge durch ein Band verknüpft hat, das er auch bei bestem Willen weder straffer ziehen noch lockerer lassen kann.
Ob meine Beschäftigungen lohnen oder nicht, beurteilen Sie bitte nach diesem Brief und nach dem Gedicht des Poeten Sadi, das ich Ihnen übersetze; es wird Ihnen Vergnügen bereiten, weil es mir Vergnügen bereitete, weil es schön ist, weil es empfindsam, erhaben und zartfühlend ist. Sadi schrieb in der Mitte des zwölften Jahrhunderts. Die Natur hatte ihm einen scharfen Verstand geschenkt, den er noch weiter ausbildete. Er besuchte die Schule in Bagdad. Er unternahm Reisen. Er war in Syrien, als er in die Hände der Christen fiel, die ihn in Ketten legten und zu öffentlichen Arbeiten verurteilten. Sein zarter Charakter und seine edle geistige Anlage verschafften ihm einen Gönner, der ihn loskaufte und ihm seine Tochter gab. Sein Gedicht trägt die Überschrift *Gulistan* oder *Der Rosengarten.* Es beginnt folgendermaßen: „Eines Nachts rief ich mir die Tage in Erinnerung zurück, die ich bislang verbracht hatte. Ich sah, wieviel Augenblicke ich verloren hatte; und darüber war ich sehr betrübt, ich vergoß heiße Tränen. Und je länger meine Tränen flossen, desto mehr, so schien es mir, schmolz mein hartes Herz, und ich schrieb diese Verse, die meinem Zustand entsprachen:
In jedem Augenblick entflieht ein Teil meines Ichs. Ach, wie wenig ist mir geblieben! Unglücklicher, du bist fünfzig Jahre alt und schläfst immer noch. Wach auf! Die Natur hat dir eine Aufgabe gestellt; willst du dich davonmachen, ohne sie erfüllt zu haben? Der Trommelwirbel des Tamburins und das Schmettern der Trompete ist zu vernehmen, und der säumige Soldat hat sein Kriegsgepäck nicht vorbereitet. Die Morgenröte zeigt sich, und die Augen des trägen Reisenden sind nicht geöffnet. Willst du diesen Toren

gleichen? Einer kam, fing ein Gebäude an und ging wieder. Ein anderer führte es fort und ging wieder. Ein dritter beschäftigte sich ebenfalls mit dem Monument der Nichtigkeit und ging wieder wie die ersten. Läßt dich die Zähigkeit, mit der diese Menschen auf einer nichtigen Sache beharren, nicht erröten? Du würdest keinen betrügerischen Menschen zum Freund nehmen, und du siehst nicht, daß nichts so sehr betrügt wie die Welt. Die Welt vergeht. Der Tod entführt ohne Unterschied den Bösen wie den Guten; doch auf den letzteren wartet ein Lohn. Unselig ist derjenige, der stirbt, ohne zu bereuen. Bereue also! Bessere dich! Beeile dich, daß du in deiner Grabstätte deinen Reiseproviant hinterlegst! Die Zeit drängt. Das Leben ist wie der Schnee. Was bleibt davon am Ende des Monats August zurück? Es ist spät, aber du kannst es noch erreichen, wenn du dich nicht gefangennehmen läßt von den Reizen der Wollust. Wohlan, Sadi, rüttele dich auf!"

Weiter fügt der Dichter hinzu: „Ich habe all dies reiflich erwogen. Ich erkannte, daß es die Wahrheit war, und ich zog mich an einen einsamen Ort zurück. Ich verließ die Gesellschaft der Menschen. Ich löschte in meinem Geist alle frivolen Reden, die ich je gehört hatte. Ich nahm mir vor, in Zukunft nichts Unnützes mehr zu sagen. Ich hatte diesen Entschluß in meinem Inneren gefaßt und dementsprechend zu leben begonnen, als ein alter Kamerad, der im Gefolge einer Karawane mit seinem Gepäck und seinem Maultier nach Mekka zog, in meine Einsiedelei geführt wurde. Es war ein Mann mit einem überaus angenehmen Charakter und einem heiteren, fröhlichen Gemüt. Er versuchte, mit mir ins Gespräch zu kommen. Vergeblich; ich sagte kein einziges Wort. Wenn ich in den folgenden Augenblicken dann doch den Mund öffnete, so nur, um ihm meinen Plan zu enthüllen, fern von den Menschen, friedlich, ruhmlos und unbekannt die wenigen Tage zu verbringen, die mir zu leben blieben, indem ich Gott in der Stille anbetete und alle meine Handlungen diesem Ziel unterwarf. Doch der verführerische Freund stellte mir so reizvoll und überzeugend vor Augen, wie nützlich es sei, sein Herz einem guten Menschen zu öffnen, dem man begegnet, daß ich mich umstimmen ließ. Ich stieg mit ihm in meinen Garten hinab. Es war Frühling. Die Rosen standen in voller Blüte. Die Luft war von dem köstlichen Duft geschwängert, den sie gegen Abend ausströmen. Am folgenden Tag begaben wir uns in einen anderen Garten, um spazierenzugehen und uns zu unterhalten. Er war ebenfalls mit Rosen bepflanzt und von ihrem Duft geschwängert. Wir verbrachten die Nacht dort. Bei Tagesanbruch begann mein Freund, Rosen zu pflücken, die er auf seinen Schoß legte. Ich sah ihm zu, und sein ergötzlicher Zeitvertreib gab mir ernste Gedanken ein. Ich sagte mir: Das ist die Welt, das sind ihre Freuden, das ist der Mensch, das ist das Leben; und ich nahm mir vor, ein Werk zu schreiben, das ich *Der Rosengarten* nennen wollte; ich vertraute diese Idee meinem Freund an, und er hieß sie gut; und ich ergriff die Feder und begann mein Werk, das vollendet war, noch ehe die Rosen im Schoß meines Freundes verwelkten."

Die Sarazenen haben Lebensregeln, deren Kraft und Feinheit ziemlich ungewöhnlich sind. Kein Volk ist so reich an Sprichwörtern. Ihre Fabeln entzücken mich wegen ihrer Einfachheit. Hier einige Beispiele:

Zur Zeit des Isa reisten drei Männer gemeinsam. Unterwegs fanden sie einen Schatz. Darüber freuten sie sich sehr. Sie setzten ihren Weg fort; doch Müdigkeit und Hunger überwältigten sie, und einer von ihnen sagte zu den anderen: „Wir müßten etwas zu essen haben. Wer geht uns etwas holen?" – „Ich", antwortete der eine. Er ging weg, er kaufte Speisen; aber während er sie kaufte, kam ihm der Gedanke, wenn er sie vergiftete, würden seine Reisegefährten daran sterben und der Schatz ihm allein gehören. Und er vergiftete die Speisen.

Doch die beiden anderen hatten während seiner Abwesenheit den Plan geschmiedet, ihn zu töten und den Schatz unter sich aufzuteilen. Er kam zurück; sie töteten ihn; sie aßen die Speisen, die er gebracht hatte; sie starben, und der Schatz gehörte niemandem.

Ein ehrbarer und zärtlicher junger Mann liebte ein kluges und schönes junges Mädchen. So habe ich es gelesen.[1] Einmal reisten sie in einem Schiff übers Meer. Unglückselige Reise! Das Schiff wurde gegen die Felsen getrieben und zerschellte, und sie wären beinahe umgekommen, wenn nicht ein Matrose dem jungen Mann zu Hilfe geeilt wäre und ihm die Hand gereicht hätte. Doch der junge Mann schrie ihm mitten aus den Fluten zu: „Lassen Sie mich; retten Sie meine Freundin." Ein jeder fand diese Handlung großmütig und bewunderte sie. Als viel später dann dieser Mann im Sterben lag, hörte man ihn, bevor er sein Leben aushauchte, sagen: „Ihr Frauen, verschließt dem betrügerischen Mann euer Ohr, der seine Freundin in widrigen Zeiten vergißt."

Der junge Mann und seine Freundin hatten gemeinsam eine glückliche Zeit verlebt, beide hatten zärtlich geliebt und waren ebenso geliebt worden.

Lernen Sie diese Liebeslektion von einem, der sich auskennt. Es ist der Dichter Sadi. Er ist es, der sich im Leben und in den Gewohnheiten der Liebenden auskennt. Die Doktoren von Bagdad kennen sich in der arabischen Sprache nicht besser aus. Er ist es auch, der sagt: „Wenn du eine Freundin hast, so hänge deine ganze Seele an sie; wenn du eine Freundin hast, so soll sie die einzige auf der Erde sein, für die du Augen hast. Kämen Leila und Metshnunus noch einmal auf die Welt, ich lehrte sie zu lieben."

Josephs grausamer Sohn wendete sich an einen Mönch von Bagdad und sagte zu ihm: „Heiliger Mann, bete für mich." Und sogleich erhob der heilige Mann Hände und Augen zum Himmel und sagte: „Allmächtiger Gott, nimm diesem König das Leben." Als Josephs Sohn dies hörte, sagte er zornig zu jenem: „Unglückseliger, was für ein Gebet hast du da gesprochen?" – „Das beste für uns und für dich. Ist es nicht besser, wenn du nicht mehr bist, als daß du ein Unterdrücker bist?"

Ein frommer Mann hatte eine Erscheinung: er sah einen König im Paradies und einen Mönch in der Hölle. Über ihrer beider Schicksal erstaunt, das so völlig anders war, als er vermutet hätte, fragte er die Weisen, wie es dazu hatte kommen können. Und sie antworteten ihm: „Das ist so, weil der König mit Mönchen und der Mönch mit Königen verkehrte."

Das sind, meine Freundin, die Männer, die ich seit einigen Tagen eifrig studiere. Davor waren es die Phönizier, davor die Bewohner von Malabar, davor die Inder.

Ich habe die ganze Weisheit der Völker kennengelernt und mir dabei gedacht, daß sie den süßen Wahnsinn nicht aufwiegt, den mir meine Freundin einflößt. Ich habe ihre erhabenen Gespräche gehört und mir dabei gedacht, daß ein Wort aus dem Munde meiner Freundin meine Seele in eine viel größere Erregung versetzt, als sie es können. Sie haben mir die Tugend geschildert, und ihre Bilder entflammten mich; doch noch lieber hätte ich meine Freundin gesehen, um sie schweigend zu betrachten und eine Träne zu weinen, die ihre Hand trocknete oder die ihr Lippenpaar auffinge. Sie versuchten, die Wollust, die trunken macht, zu verschreien, weil sie vergänglich und trügerisch sei, und ich brenne vor Verlangen, sie in den Armen meiner Freundin wiederzufinden, weil sie sich erneuert, wenn es ihr gefällt, und weil ihr Herz redlich und ihre zärtliche Liebe aufrichtig ist.

Sie sagten zu mir: Du wirst alt werden, und ich antwortete mir selber: ihre Jahre werden mit meinen vergehen. Ihr werdet alle beide sterben; und ich fügte hinzu: Stirbt meine Freundin vor mir, werde ich sie beweinen, und ich werde glücklich sein beim Weinen. Heute ist sie mein Glück; morgen wird sie mein Glück sein und übermorgen auch und überübermorgen und immer, weil sie sich in keiner Weise verändern wird, weil die Götter sie mit einem hohen Sinn ausgestattet haben und mit Redlichkeit, Empfindsamkeit, Freimütigkeit, Tugend, Aufrichtigkeit, die sich allesamt nicht verändern. Und so verschloß ich den sittenstrengen Ratschlägen der Philosophen mein Ohr; und ich tat gut daran, nicht wahr, meine Sophie?

1 Diderot weist hier auf eine Abänderung hin; denn im *Gulistan* (Kap. V, Erzählung 21) heißt es: „Ein junger Mann . . . war in *einen schönen Knaben* verliebt.“

(Grandval, 3. November 1759)

Vater Hoop hat uns verlassen; doch zum Ersatz ist eine Dame bei uns eingetroffen. Sie hat keine üble Figur. Nach ihrem Tonfall, ihren Gedankengängen und ihrer Ausdrucksweise zu urteilen, hat sie einen unverbildeten Geist und einen feinen Charakter. Ich müßte mich sehr täuschen, wenn sie nicht schon viel gelitten hätte, obgleich sie noch jung ist. Alle, die jemals tiefen Schmerz empfanden, tragen ein Mal, an dem sie einander erkennen.

Die letzten Neuigkeiten, die uns aus Paris erreichten, haben dem Baron Sorgen bereitet. Er hat beträchtliche Summen in Staatspapieren angelegt. Er sagte zu seiner Frau: „Höre, Frau, wenn das so weitergeht, schaffe ich die Equipage ab, kaufe dir einen schönen Kapuzenmantel und einen hübschen Regenschirm, und wir preisen unser Leben lang Monsieur de Silhouette[1], der uns von den Pferden, Lakaien, Kutschern, Kammerfrauen, Köchen, großen Diners, falschen Freunden, Langweilern und allen anderen Privilegien des Reichtums befreite."

Und ich, ich dachte: Für einen Mann, der weder Frau noch Kind, noch sonst eine jener Bindungen hat, die den Reichtum wünschenswert und den Überfluß unmöglich machen, wäre es beinahe gleichgültig, ob er nun arm ist oder reich. Wäre er arm, wanderte er aus und verbüßte jene uralte Strafe, welche die Natur über das Menschengeschlecht verhängt hat: er verdiente sein Brot im Schweiße seines Angesichts.

Dieses Paradoxon geht von der Gleichheit aus, die ich zwischen den Ständen ansetze, und dem geringen Unterschied, der für mich zwischen dem Glück des Hausherrn und dem seines Portiers besteht.

Bin ich an Leib und Seele gesund, habe ich ein sittsames Herz und ein reines Gewissen, kann ich das Richtige vom Falschen unterscheiden, meide ich das Böse und tue das Gute, empfinde ich vor mir selbst Achtung, bestehe ich vor meinen eigenen Augen, bin ich fern meiner Heimat jenen Menschen unbekannt, deren Gegenwart mich vielleicht erröten ließe, so mag man mich ganz nach Belieben nennen: ‚Mylord' oder ‚Sirrah'. ‚Sirrah' im Englischen bedeutet Schurke, ein Titel, den ein übelgelaunter Stutzer seinem Diener gibt.

Das Gute tun, das Wahre erkennen, das ist es, was einen Menschen vom anderen unterscheidet. Der Rest ist nichts. Das Leben ist so kurz, seine wahren Bedürfnisse sind so gering, und wenn man scheidet, bedeutet es so wenig, ob man jemand oder ob man niemand war. Am Ende braucht man nur ein schlechtes Tuch und vier Fichtenbretter.

Vom frühen Morgen an höre ich Arbeiter unter meinem Fenster. Kaum beginnt der Tag zu grauen, schon haben sie den Spaten in der Hand, heben Erde aus und fahren sie

mit der Schubkarre weg. Sie essen ein Stück Schwarzbrot; sie löschen ihren Durst am nahen Bach; mittags schlafen sie eine Stunde auf dem blanken Erdboden; bald darauf nehmen sie ihre Arbeit wieder auf. Sie sind fröhlich; sie singen; sie machen derbe Späße, die sie erheitern: Sie lachen. Am Abend kehren sie wieder zurück zu ihren nackten Kindern am verräucherten Herd, zu einer häßlichen, unsauberen Bauersfrau und einem Bett aus getrocknetem Laub; und dennoch, ihr Los ist weder schlechter noch besser als das meine.
Da Sie doch Gutes wie Böses erfahren haben, sagen Sie mir, erscheint Ihnen die Gegenwart härter als die Vergangenheit?
Ich quäle mich schon den ganzen Morgen damit, einem Gedanken auf die Spur zu kommen, der mir entfallen ist. Betrübt bin ich hinabgestiegen; ich hörte, daß man von den landläufigen Übeln sprach; ich setzte mich ohne Appetit an einen üppigen Tisch; mein Magen war noch angefüllt mit den Speisen des Vorabends; ich überfüllte ihn mit den vielen, die ich wiederum zu mir nahm. Ich ergriff einen Spazierstock und lief los, um sie hinabrutschen zu lassen und mir Erleichterung zu verschaffen. Als ich zurückkam, setzte ich mich an einen Spieltisch, um den Stunden zu entwischen, die mir schwer auf der Seele lagen. Ich hatte einen Freund, von dem ich nichts hörte.[2] Ich war fern von einer Freundin, nach der ich mich zurücksehnte. Kummer auf dem Lande; Kummer in der Stadt; Kummer überall. Wer den Kummer nicht kennt, ist nicht zu den Menschenkindern zu zählen. Alles wird aufgewogen: das Gute durch das Schlechte, das Schlechte durch das Gute, und das Leben ist nichts.
Morgen abend oder Montag früh fahren wir vielleicht auf einen Tag in die Stadt[3]. Ich werde sie also sehen, die Freundin, nach der ich mich sehne; ich werde also den schweigsamen Freund wiederhaben, von dem ich nichts hörte. Doch schon am nächsten Tag werde ich sie wieder verlieren; und je mehr ich das Glück genoß, an ihrer Seite zu weilen, desto mehr werde ich darunter leiden, mich von ihnen trennen zu müssen. Das ist der Lauf der Welt; man mag es drehen oder wenden, wie man will, keine Rose ist ohne Dornen.
Ich liebe eine Sophie. Die zärtliche Liebe zu ihr schwächt jedes andere Interesse. Für mich gibt es ein einziges Unglück in der Welt. Doch dieses Unglück vervielfältigt sich und tritt

mir unter hundert Aspekten entgegen. Vergeht ein Tag, ohne daß sie mir schreibt – was ist mit ihr, sollte sie krank sein? Und dann geistern die Hirngespinste in meinem Kopf herum und quälen mich. Hat sie mir geschrieben, so lege ich ein belangloses Wort falsch aus und gerate gleich in Harnisch. Der Mensch kann sein Schicksal weder verbessern noch verschlechtern. Sein Glück und sein Elend sind von einem mächtigen Stern vorgezeichnet. Je mehr Menschen ihm etwas bedeuten, desto weniger empfindet er für den einzelnen. Ist es nur ein einziger, so fließen alle Empfindungen zu ihm hin. Er ist der Schatz des Geizigen.

Doch ich sehe, daß ich schlecht verdaue und daß diese ganze traurige Philosophie aus einem verdorbenen Magen hervorgeht. Ob überschwenglich oder düster, melancholisch oder heiter, Sophie, ich liebe Sie immer gleichermaßen; doch die Färbung meines Gefühls ist nicht immer die gleiche. Ich habe nach Charenton geschickt, um Ihnen einen Band von mir bringen und mir eine Zeile von Ihnen holen zu lassen. Während ich nun warte, trete ich von einer Stelle auf die andere und verfluche den langsamen Boten. Liebe und schlechte Verdauung. Vergeblich sage ich mir: Dieser Schurke ist in irgendeiner Kneipe hängengeblieben. Er kann keinen Efeukranz über einer Tür hängen sehen, ohne daß er eintritt. Ich glaube mir selbst nicht. Welche Vernunft ist da am Walten, die sich durch nichts beirren läßt, die mich beschuldigt und meinen Diener freispricht? Ist man denn weise und närrisch zugleich?

Ich habe heute fast nichts geschafft. Der Morgen ist – ich weiß nicht, wie – verflogen, und heute abend nun schreibe ich Ihnen ein paar Zeilen, um mich mit mir selber wieder auszusöhnen. Der Tag ist nicht verloren, wenn ich nur eine Viertelstunde nutze, um mit Ihnen zu plaudern.

Adieu, meine Sophie. Bis morgen abend oder Montag früh, wenn schönes Wetter ist und wenn sich des Barons Pläne nicht ändern, die freilich unbeständiger sind als das Wetter. Heben Sie die Briefe Ihrer Schwester auf, und wenn Sie ihr schreiben, vergessen Sie mich nicht. Drücken Sie in meinem Namen Monsieur de Prysie die Hand. Versichern Sie Mademoiselle Boileau meiner Ergebenheit und meiner Hochachtung. Lassen Sie mich Ihre Mutter vergessen, weil sie es so will.

In diesem Augenblick läuft unsere Neuangekommene singend durch meinen Korridor. Mir scheint, sie hat Stimme. Adieu, meine Freundin, seien Sie immer schön vernünftig. Ich meinerseits befolge die Ratschläge, die ich gebe. Ich habe Ihnen oft gesagt, und Tag für Tag spüre ich deutlicher, daß ich es zu Recht gesagt habe: Es gibt für mich nur eine Frau auf der Welt und wird stets nur eine geben. Und diese Frau, wer ist sie? Es ist meine Sophie. Es ist diejenige, die an mich denkt, aber keine Zeile an mich schreibt; denn mein Bote ist aus Charenton zurück, ohne Briefe.

Ich bin schlecht gelaunt, ich werde mich ins Bett legen, aus Angst, unangebracht herumzuzanken und selbst alle Spottnamen zu verdienen, die ich meinem Diener geben würde; denn schließlich ist nicht er schuld, wenn in Paris nicht geschrieben wird und ich deshalb ärgerlich bin.

1 Etienne de Silhouette (1709–1767) hatte als Finanzminister Ludwigs XV. extreme Sparmaßnahmen angeordnet, um die im Verlauf des Siebenjährigen Krieges erschöpfte Staatskasse wieder aufzufüllen. So sollten zum Beispiel die Franzosen ihr silbernes Tafelgeschirr zu staatlich festgesetzten Preisen bei der Münze abgeben.

2 Gemeint ist Grimm.

3 Nach Paris.

La Chevrette, Montag, den 15. September 1760

Gestern war Jahrmarkt in La Chevrette[1]. Ich fürchte die lärmende Menge. Also hatte ich beschlossen, nach Paris zu fahren und den Tag dort zu verbringen. Aber Grimm und Madame d'Epinay hielten mich zurück. Sehe ich, daß sich der Blick meiner Freunde umwölkt und ihre Gesichter immer länger werden, so weicht jeder Widerstand in mir, und man kann dann mit mir machen, was man will.

Seit Samstag abend haben die Jahrmarktsleute in der Allee große Leinwandbahnen von Baum zu Baum gespannt und sich darunter eingerichtet. Am Morgen versammelten sich die Bewohner der Umgebung; man hörte Geigen; am Nachmittag spielte, trank, sang und tanzte man; es war eine buntgemischte Menge von sauber herausgeputzten jungen Bäuerinnen und vornehmen Damen aus der Stadt, mit Wangenrouge und Schminkpflästerchen, mit Schilfrohrstöckchen in der Hand, einem Strohhut auf dem Kopf und einem Kavalier

am Arm. Gegen zehn Uhr waren die Schloßherren in die Kalesche gestiegen und ins flache Land hinaus gefahren. Mittags kam Monsieur Villeneuve hier an.
Wir hielten uns gerade, auf unterschiedliche Weise beschäftigt, in dem traurig-prachtvollen Salon auf und gaben ein sehr angenehmes Bild ab. Am Fenster, das auf die Gärten geht, ließ sich Grimm malen, und Madame d'Epinay stützte sich auf die Stuhllehne des Mannes, der ihn malte. Ein Zeichner, der etwas tiefer auf einem Schemel saß, zeichnete ihr Profil mit Bleistift. Es ist entzückend, dieses Profil. Eine jede Frau wäre versucht nachzuprüfen, ob es ihr wirklich ähnlich sei.
Monsieur de Saint-Lambert las in einem Winkel die letzte Broschüre, die ich Ihnen schickte.
Ich spielte mit Madame d'Houdetot Schach.
Die gute alte Madame d'Esclavelles, Madame d'Epinays Mutter, hatte alle Kinder rings um sich versammelt und plauderte mit ihnen und ihren Erziehern.
Zwei Schwestern jenes Mannes, der meinen Freund malte, stickten, die eine ohne, die andere mit Stickrahmen.
Und eine dritte versuchte auf dem Klavier ein Stück von Scarlatti.
Monsieur de Villeneuve begrüßte die Hausherrin und setzte sich neben mich. Wir wechselten ein paar Worte. Madame d'Houdetot und er kannten sich. Einigen beiläufigen Bemerkungen entnahm ich, daß er sich ihr gegenüber unkorrekt verhalten hatte.
Die Zeit des Diners kam. An der Tafelmitte saßen Madame d'Epinay auf der einen und Monsieur de Villeneuve auf der anderen Seite. Sie gaben sich viel Mühe, und dies mit dem feinsten Anstand. Wir speisten üppig, fröhlich und lange. Eis, oh, meine Freundinnen, was für Eis! Sie hätten dasein müssen, um das gute Eis zu genießen, Sie, die Sie es so sehr mögen.
Nach dem Diner wurde ein wenig musiziert. Die Dame, von der ich Ihnen bereits erzählte, jene, die so anmutig und kunstreich Klavier spielte, setzte uns alle in Erstaunen, die anderen durch ihr einmaliges Talent, mich aber durch den Zauber ihrer Jugend, durch ihre Sanftheit, Bescheidenheit, Grazie und Unschuld; ohne zu übertreiben, das war Emilie[2] mit fünfzehn Jahren. Der Beifall, der sich rings um sie

erhob, trieb ihr die Röte ins Gesicht und setzte sie in Verlegenheit, ganz allerliebst. Man bat sie zu singen; und sie sang ein Lied, das in etwa lautete: *Ich folge der Neigung, die mich berückt; ich kann mein Herz nicht halten.*

Aber ich will tot umfallen, wenn sie etwas von alledem verstand. Ich betrachtete sie, und ich dachte tief in meinem Herzen, daß sie ein Engel sei und daß man erbärmlicher als der Satan sein müsse, wollte man sich ihr mit einem unschicklichen Gedanken nähern. Ich sagte zu Monsieur de Villeneuve: „Wer wollte wagen, an diesem Werk etwas zu verändern? Es ist so gut." Doch wir haben, Monsieur de Villeneuve und ich, nicht dieselben Prinzipien. Wenn er Unschuldige träfe, täte er nichts lieber, als sie zu unterweisen. Er sagt, dies sei eine andere Art Schönheit.

Er saß neben mir. Wir sprachen von Ihnen, von Ihrer Frau Mutter, von Madame Legendre. Er teilte mir mit, daß er drei Monate auf dem Lande verbracht habe, wo Sie sich aufhalten. „Drei Monate, das ist mehr Zeit, als man braucht, um sich in Madame Legendre zu verlieben." – „Allerdings, aber sie ist so wenig mitteilsam." – „Ich kenne kaum eine Frau, die soviel auf sich hält wie sie." – „Sie tut recht daran ... Madame Volland ..." – „Ist eine Frau mit seltenen Vorzügen." – „Und ihre ältere Tochter ..." – „Sie hat Geist wie ein Dämon." – „Sie hat viel Geist; doch es ist vor allem ihre Offenheit, die mir gefällt. Ich möchte fast wetten, daß sie wissentlich noch nie gelogen hat, seit sie die Kinderschuhe ausgezogen hat."

Unsere Jäger kehrten gegen sechs Uhr zurück. Man ließ die Geigenspieler kommen und tanzte bis zehn. Mitternacht stand man vom Tisch auf. Um zwei spätestens hatten wir uns alle zurückgezogen; und der Tag war ohne die Langeweile vergangen, die ich gefürchtet hatte. Doch wäre ich in Paris gewesen und hätte mir Damilaville einen Brief meiner Freundin übergeben, auf den ich immer noch warte, so hätte dieser mir viel mehr Freude bereitet, tausendmal mehr. Ich will hoffen, daß jemand ihn mir heute im Laufe des Tages bringt, oder schlimmstenfalls schickt Grimm, der heute abreist, ihn mir am Abend.

Wo sind Sie augenblicklich? Etwa in Châlons? Vergessen Sie mich dort im Trubel der Feste und in den Armen Ihrer

Schwester? Madame, schonen Sie ein wenig Ihre Gesundheit, und denken Sie daran, daß das Vergnügen in Strapaze ausarten kann.
Wie lange werden Sie noch in Châlons bleiben? Wenn dieser Brief Sie zufällig dort nicht mehr erreicht, was soll dann aus ihm werden?
Nun, sie haben sich also gesehen. Was haben sie zueinander gesagt? Wie sind sie verblieben? Ich hatte Sie gebeten, mich wegen meines Schweigens bei ihm zu entschuldigen; haben Sie daran gedacht?
Wenn sich ein günstiger Augenblick bietet, so nutzen Sie ihn, um Ihre Frau Mutter meiner Ergebenheit und Hochachtung zu versichern. Vergessen Sie auch nicht, mich Madame Legendre zu empfehlen.
Ich fragte Monsieur de Villeneuve nach Neuigkeiten über Monsieur de Sallignac; er antwortete mir, es gehe ihm bestens, und er erwarte Madame Ende Oktober. Ich sagte zu ihm über Madame Berger: „Offen gestanden, diese Ehemänner sind große Tölpel. Dieser Frau, die nur einen Hauch Leben in sich hat, ein Kind zu machen! Mit einem Liebhaber wäre ihr das nicht passiert." Er sah mich aufmerksam an; doch ich blieb tierisch ernst. Ich bin sicher, daß er sich hat täuschen lassen und sich eins ins Fäustchen lachte.
Der Baron muß gestern abend in Paris eingetroffen sein; und wir könnten ihn heute zum Diner durchaus wieder bei uns haben. Wenn er bis zum Mittwoch hierbliebe, kehrte ich mit ihm zurück, und wir durchquerten die große Stadt, ohne abzusteigen. Im übrigen ist alles bereits veranlaßt, und Ihre immer noch an Damilaville adressierten Briefe werden mich sicher in Grandval erreichen.
Ich habe die ganze Familie d'Epinay gesehen. Trotz einiger charakterlicher Unterschiede haben sie etliche vorzügliche Eigenschaften gemeinsam. Monsieur d'Epinay ist die Freundlichkeit in Person. Für Grimm und seine Freundin[3] wird der Tag recht traurig sein, an dem ich scheiden muß. Ich meinerseits nehme weder Ort noch Zeit, noch Umstände, noch Personen richtig wahr. Ihre Abwesenheit hat alles einförmig gemacht. Auf meiner Brust trage ich eine Last, die mich unaufhörlich drückt und mir zuweilen sogar den Atem nimmt. O meine Freundin, fühlten Sie nur die Hälfte meines Kummers, Sie könnten nicht widerstehen. Da es doch

Ihre Rückkehr ist, die mir Erleichterung brächte – wann kommen Sie zu mir?
Als Daphnis seine Chloë[4] wiedersah, nach einem langen, grausamen Winter, der sie voneinander getrennt hatte, wurde ihm schwarz vor den Augen, und ihm wankten die Knie; er taumelte, er wäre gefallen, hätte Chloë nicht ihre Arme um ihn geschlungen, um ihn zu stützen. Meine Freundin, stünden Sie durch irgendeinen Zauber plötzlich neben mir, so gäbe es Augenblicke, in denen ich darüber vor Freude sterben könnte. Ich bin mir sicher, daß mich weder Anstand noch Achtung zurückhielten. Ich stürzte mich auf Sie. Ich umarmte Sie mit aller Kraft und preßte mein Gesicht auf das Ihre, bis mein Herz wieder zu schlagen begänne und ich die Kraft zurückgewonnen hätte, mich ein wenig zu entfernen, um Sie zu betrachten. Ich betrachtete Sie lange, bevor ich mit Ihnen sprechen könnte. Ich weiß nicht, wann ich meine Stimme wieder in der Gewalt hätte und wann ich eine Ihrer Hände ergriffe, um sie an meinen Mund, meine Augen, mein Herz zu führen. Ich fühle, während ich jetzt mit Ihnen über diesen Augenblick plaudere und ihn mir ausmale, überall in meinem Körper ein Beben, ja beinahe eine Ohnmacht. Ach, teure Freundin, wie liebe ich Sie, Sie werden es selbst spüren, werden wir erst einander wiedergeschenkt.
Sind Sie nicht eine grausame Frau? Wenn ich bei Ihnen wäre, ich glaube ... ‚Nun, was täten Sie?' – Ich müßte Sie schelten, doch ich küßte Sie ... Stellen Sie sich vor, mein letzter Brief ist in Châlons, mit Courteille kontrasigniert (es ist auch ein Paket dabei), und dieser hier ginge ebenfalls dorthin, so daß Sie vierzehn Tage lang nichts von mir hörten, wäre Grimm nicht durch seine Begierde zurückgehalten worden, unsere kleine Pianistin noch einmal zu hören. So geschah es, daß er später aufbrach und ich Ihren zwölften Brief erhielt, ich erbat mir also meinen zurück, und nun geht er mit neuem Umschlag und veränderter Adresse an Monsieur Gillet ab. Machen Sie nur ja nicht wieder dergleichen Fehler, ich bitte Sie.
Ei, sagen Sie mir denn nichts zum *Discours sur la Satire des Philosophes* und zur Tragödie *Tancrède*?[5]
Gute Nacht, meine Freundin, gute Nacht.

1 Besitzung von Madame d'Epinay.
2 Madame Legendres Tochter.
3 Grimm war mit Madame d'Epinay intim befreundet.
4 Helden des Hirtenromans *Daphnis und Chloë* des griechischen Erzählers Longos (um 200 u. Z.), der auf die französische Romanentwicklung besonders im 17. Jahrhundert eine starke Wirkung ausübte.
5 Der *Discours sur la satire contre les philosophes*... (1760) von Gabriel-François Coyer richtete sich gegen Palissots aufsehenerregende Komödie *Les philosophes* (1760), mit der die Aufklärer, darunter auch Diderot und Rousseau, lächerlich gemacht werden sollten. – *Tancrède* von Voltaire.

(Grandval, 25. September 1760)

Nun bin ich also wieder an demselben Ort wie im vergangenen Jahr. Bin ich nun glücklicher? Nein. Wie denn! Dreißig Jahre Erfahrung mit der Vergangenheit genügen nicht, um uns über die Zukunft die Augen zu öffnen? Der Kummer überrascht mich stets; wenn aber die Freude kommt, so scheint es mir, als habe ich auf sie gerechnet.
Sonntagabend hatten wir alle La Chevrette verlassen, und Montag zwischen zwölf und ein Uhr sind wir, Madame d'Epinay und ich, in Grandval eingetroffen, wo wir Vater Hoop, den Baron, d'Alainville, Madame d'Aine und Madame Holbach vorfanden.
Madame d'Aine ist immer dieselbe. Wir haben diniert, wie Sie wissen, daß man hier diniert. Es ist das einzige Haus, in dem ich abends viel körperliche Bewegung und morgens Tee brauche.
Nach dem Diner haben sich die Frauen zurückgezogen. Wir überließen sie ihren kleinen Vertraulichkeiten, denn dieses Bedürfnis plagt sie, wenn sie einander eine Zeitlang nicht gesehen haben; wir wagten uns an einen langen Spaziergang, obgleich die Erde aufgeweicht war und der Himmel, der sich gegen Sonnenuntergang zuzog, uns ein Gewitter androhte. Ich habe die Hügel wiedergesehen, an denen ich so viele Male Ihr Bild und meine Träumereien spazierentrug, und auch Chennevières, das das Ufer säumt, Champigny, das es wie ein Amphitheater schmückt, sowie meine traurig sich dahinschlängelnde Wegbegleiterin, die Marne.
In Chennevières werden die beiden Töchter Madame d'Hol-

bachs erzogen. Die ältere ist schön wie ein Cherubim. Ein rundes Gesicht, große, blaue Augen, feine Lippen, ein lächelnder Mund, die weißeste und frischeste Haut, kastanienbraunes Haar, das eine sehr hübsche Stirn umrahmt. Die jüngere ist ein Fettkloß, an dem bis jetzt nur Weiß und Zinnoberrot zu unterscheiden sind.
Gegen sieben waren wir zurück und hatten uns erholt. Unsere Damen hatten sich umgekleidet, und wir begannen das Eröffnungspikett. Nach dem Souper zogen sie sich zurück, und wir philosophierten noch ein wenig im Stehen, mit dem Leuchter in der Hand.
Welch geistvolle Unterhaltung ich Ihnen wiedergeben könnte, hätte ich die Muße dazu! Es ging um die Chinesen. Vater Hoop und der Baron sind von ihnen ganz begeistert, und sie haben allen Grund dazu, wenn das, was man sich von der Weisheit dieser Völker erzählt, wahr ist. Aber ich glaube nicht so recht an weise Nationen.
Um nur etwas herauszugreifen: stellen Sie sich mal ein Volk vor, bei dem die Gesetze Belohnungen für tugendhafte Taten zugestehen und der Monarch einem Rat aus Zensoren untergeordnet ist, der ihn zur Rechenschaft zieht, wenn er unrecht tut, und seine Geschichte zu seinen Lebzeiten aufschreibt.
In China wird dieser Rat aus zwölf Mandarinen gebildet. Sie versammeln sich täglich. An ihrem Versammlungsort steht eine große Truhe mit eisernen Beschlägen, die oben eine Öffnung hat; durch diese wirft man die mit den Namenszügen der Ratsmitglieder versehenen Aufzeichnungen ein, die als Geschichte der Regierungszeit dienen. Die Aufzeichnungen umfassen bereits eine Sammlung von drei- bis viertausend Bänden.
Der Vater des gegenwärtigen Herrschers wollte wissen, wie er in diesen Aufzeichnungen beurteilt wurde. Diese Neugierde verrät den Bösen. Ein guter Mensch wäre nicht von ihr geplagt worden. Er ließ die heilige Truhe öffnen und fand die Ungerechtigkeit seiner Regierung in den lebhaftesten Farben dargestellt. Sogleich gerät er in Wut. Er ruft das Oberhaupt des Rates, wirft ihm seine Tollkühnheit vor und läßt ihm den Kopf abschlagen. Diese Untat wurde in den Aufzeichnungen, die man am folgenden Tag hinterlegte, nicht vergessen, und dem neuen Vorsitzenden wurde

ebenfalls der Kopf abgeschlagen. Der nächste erlitt dasselbe Schicksal. Der vierte begab sich zu der Bestie. Vor ihm ging ein Sklave, der einen Sarg trug, und er sprach die folgenden Worte: „Du siehst, ich fürchte den Tod nicht, denn ich bringe hier meine Totenbahre und meinen Kopf. Vergeblich hoffst du, der Wahrheit Schweigen gebieten zu können. Immer bleibt eine Stimme, die gegen deinen Willen spricht. Befiehl, daß man mich tötet. Ich will lieber tot sein, als unter einem Herrn leben, der beschlossen hat, allen anständigen Menschen seines Reiches den Hals abzuschneiden."
Von der Unerschrockenheit dieses Mandarinen überrascht, hielt der Monarch inne und wurde ein besserer Mensch. Und als er ein besserer Mensch geworden war, ließ er, so wette ich, die Truhe nicht wieder öffnen.
Ihnen, teure Freundin, berichte ich meine belanglosesten Erlebnisse. Wenn ich etwas höre, das mir gefällt, so scheint es mir, daß sich mein Gedächtnis gern damit belasten will, um Sie später daran teilhaben zu lassen.
Man erzählte zu Ehren der Chinesen noch andere Dinge, die zu glauben ich nicht bereit war. Ich behaupte, die Menschen sind überall in etwa gleich, so daß man also stets mit denselben Lastern und denselben Tugenden rechnen muß.

(Der Rest des Briefes fehlt.)

(7. Oktober 1760)

Kein Augenblick der Ruhe, wie Sie am Schluß eines Ihrer letzten Briefe sagen. Nein, kein Augenblick! Ich komme an.[1] Ich werfe im Vorbeigehen meine Reisetasche an meiner Tür ab und eile zum Quai des Miramionnes. Dort nehme ich einen Ihrer Briefe in Empfang. Ich beende einen, den ich in La Chevrette begann. Mitternacht kehre ich nach Hause zurück. Ich finde meine Frau fiebernd und mit starken Halsschmerzen vor. Ich wage nicht, selbst nach ihrem Befinden zu fragen. Auf meine zuvorkommendsten Fragen erhalte ich von ihr so harte Antworten, daß ich sie nie ohne zwingende Notwendigkeit anspreche. Aber ich fragte das Kind, das mir sehr schön antwortete, sodann die Dienerin, und ich habe einiges angeordnet, um Aufmerksamkeit und Interesse zu bekunden. So reibt man sich bei Streit und Arbeit auf.

Ich müßte morgen nach Grandval aufbrechen; dies wäre nun ein Zwischenfall, der meine Reise beträchtlich verzögern könnte.
Wir haben, Grimm und ich, unter einem der Pferde in den Tuilerien diniert. Langer Spaziergang vor dem Diner; fröhliches Diner und guter Appetit; langer Spaziergang nach dem Diner; und die ganze Zeit über Moral und Liebe und Liebe und Moral; und die Schlußfolgerung aus allem: besser zu werden, den Bösen zu verzeihen, die schon durch ihre Bosheit genügend gestraft sind; das Glück aller zu machen und ganz besonders das seines Freundes und seiner Freundin.
Ich trenne mich von Montamy. Ich habe ihn mit einer dicken Wachtel angetroffen, von der man gut und gerne sagen kann, so wie auch vom Priester von La Chevrette, daß man sie zwei Monate lang ununterbrochen küssen könnte, ohne sie zweimal auf dieselbe Stelle zu küssen; sie ist eine Freundin von der Riccobini. Von ihr haben wir schon gesprochen. Sie wird Sie diesen Winter mit zwei neuen Romanen ergötzen. Ich bekomme sie bestimmt zu sehen, bevor sie gedruckt werden, und Sie auch, sofern Sie in Paris sind. Sagen Sie mir doch bitte, daß Sie da sein werden, so Sie nicht wollen, daß ich zugrunde gehe. Ich habe, wie Sie meinem letzten Brief entnehmen, mir Ihre Abwesenheit sowohl mit Madame de Sallignacs Reise als auch mit Madame Legendres Beschwerden und schließlich sogar mit Ihrer Gleichgültigkeit erklärt.
All diese Daten sagen mir nichts. Ich wollte wissen, ob auch keiner meiner Briefe verlorengegangen ist.
Hier ist die Geschichte meines Unfalls. Ich habe bei Le Breton einen ehemaligen Oratorianer kennengelernt, einen Mann von Geist, der mich leidenschaftlich verehrt, doch nicht mich allein und auch nicht am heißesten. Dieser Mann heißt Destouches. Er ist Sekretär beim Finanzpachtamt. Er wohnt dort. Er hatte sich angeboten, mich zu der Werkstätte zu führen, in der man den Tabak herstellt, damit ich diese Arbeit kennenlerne und dann beschreiben könne.[2] Ich war mit meinem Zeichner zu ihm gefahren, um ihn zu bitten, sein Versprechen einzulösen. Es war früh am Morgen. Er ist jung. Ich treffe ihn im Gespräch mit einem Mädchen an. Ich schicke meinen Zeichner weg. Ich nehme Platz und be-

ginne mit den beiden Narren zu plaudern. Die Zeit verstreicht. Die Mittagsstunde rückt heran. Wir fahren los, Destouches und ich, um bei Le Breton zu dinieren. Unterwegs sollen wir sein Fräulein in der Rue des Prouvelles absetzen. Doch – krach! –, beim Einbiegen in die Straße reißt ein Hängeriemen, und Destouches stößt mit dem Kopf gegen den des Mädchens und ich mit meinem an eine Wand der Kutsche. Destouches steigt auf der durchhängenden Seite aus; ich und das Fräulein auf der anderen, und dies vor den Augen einer zahlreichen und alles andere als vornehmen Gesellschaft. Glücklicherweise sah das Mädchen ehrbarer aus, als es vielleicht war. Den Rest erzählte ich Ihnen schon. Von Zeit zu Zeit habe ich noch sonderbare Empfindungen oben in der Nase, als fiele etwas darauf; aber dieses Symptom wird vergehen wie die anderen auch.

Es wird wenig Szenen in meiner Familie geben. Die Zeit ist vorbei, da mich die Unvernunft zur Raserei brachte und da ich in meiner Verzweiflung darüber, meine Hände nicht gegen jemand anders richten zu können, sie gegen mich selber erhob und mich selbst schlug oder mit meinem Kopf gegen die Wand anrannte. Ich habe mich dreingeschickt.

Ich bitte es mir als Gnade aus, mit unserer teuren Schwester Nachsicht zu üben. Wenn wir nun vielleicht nur die Mitte zwischen den vollkommensten Wesen und den unvollkommensten Wesen einnähmen und voller Verachtung auf jene herabblicken, welche die Natur ganz unten auf der Leiter plazierte, müssen wir dann nicht dasselbe Recht denjenigen zugestehen, die sie auf der obersten Sprosse plazierte und die genausoviel über uns stehen wie jene, die wir verachten, unter uns? In einem Räderwerk, in dem alles miteinander verbunden ist, gibt es nichts Unnützes; nicht einmal der dicke Bauch, der große Appetit und die vielen Bedürfnisse Madame de Gillets sind unnütz; sollte dennoch etwas bedeutungslos oder verwerflich sein, so ist dies eine Folge unserer Unwissenheit. Zuweilen vertreibe ich mir die Zeit damit, all diese Dinge auf eine Leinwand zu bannen, um mich an dem Anblick zu ergötzen. Ich vermag Ihnen nicht zu sagen, wie sehr mich dann die Einfalt, die Unverschämtheit, die Dummheit, die Gefallsucht, die Selbstgefälligkeit etc., etc. amüsieren.

Diese Eifersucht von Freund zu Freund, von Schwester zu Schwester, von Mutter zu Tochter, von Tochter zu Mutter übersteigt mein Vorstellungsvermögen. Ich verstehe mich nicht darauf. Wüßte ich irgendein Wesen in der Welt, das mich vor Ihnen in den Schatten stellte und unendlich besser als ich zu Ihrem Glück beitragen könnte: welch größeres Verdienst bliebe mir zu erstreben – wenn ich schon nicht das zu sein vermöchte, was jenes Wesen für Sie wäre –, als es Ihnen herbeizuschaffen? Ist es mir nicht gegeben, der Beste, der für Sie möglich wäre, zu sein, soll ich mich dann um den Vorzug bringen, Ihnen diesen Besseren zuzuführen, sofern ich ihn irgendwo wüßte? Das sind Vernunftgründe, welche die Liebe nicht versteht; aber ich glaube nicht, daß die Freundschaft sich ihnen verschließen darf.
Die Clairon hat in der ersten Vorstellung schlecht gespielt.[3] Sogar ihre Verehrer sind dieser Meinung. Doch sie sagen, sie habe sich in den folgenden sehr verbessert. Ich merke nichts davon.
Wie lieben alle einander von ganzem Herzen. Es gibt sehr wenige Leute, vor denen wir uns nicht den Vorzug geben. Mit niemandem auf der Erde würden wir das Los tauschen wollen. Monsieur de Villeneuve ist wie die anderen, die ihre Unverschämtheit etwas weniger offen zeigen. Sie sind mit meinen Briefen einigermaßen zufrieden, besonders mit den Stellen, an denen ich Ihnen sage, daß ich Sie liebe. Um so besser, ich interessiere mich nur für diese Passagen. Und wie könnten sie schlecht sein?! Das Modell, nach dem ich zeichne, ist so gut!
Alle unsere Porträts, die in La Chevrette angefertigt wurden, sind gelungen, nur Madame d'Epinays nicht. Grimm nimmt diese Panne gelassen hin. Ich berichtete Ihnen doch, daß wir gemalt und gezeichnet wurden. Ich bat ihn um eine Kopie der beiden Zeichnungen, und ich werde sie bekommen.
Die zehn Zeilen, in denen Sie mir sagen, es stünde nichts in Ihren Briefen, sind wertvoller als alle von mir. Hätte ich die Dinge zu Ihnen gesagt, die ich in Ihren Briefen lese, und wäre mir das Glück beschieden, Sie davon zu überzeugen, wie ich Ihnen alles glaube, bliebe mir nur noch ein Wunsch offen: nämlich daß die Zeit und mein Verhalten Ihnen immer und ewig diese liebevolle Meinung bewahre.

Das Glück oder das Unglück Ihres Lebens liegt in meinen Händen, sagen Sie? Das stimmt nicht. Das Glück Ihres Lebens liegt in meinen Händen und das Glück meines Lebens in den Ihren.
Uranie will also nicht glauben, daß ich sie hasse; sie will es um keinen Preis. Doch ich habe viele Gründe; und wäre es nur dieser eine, daß sie mich so oft in den Augen jener Frau demütigte, die ich liebe, so reichte dieser bereits, um meine Worte für bare Münze zu nehmen.
‚Verzeihung!' Was haben Sie da gesagt? Sie hat dieses Wort nie gekannt, dessen bin ich sicher. Ich wäre allzu stolz, wollte sie ihre Schuld eingestehen. Gaschon hat also Madame de Sallignac den Hof gemacht? Prysie will weggehen? ‚Ob ich auch weggehe?' Auf Ehre, ich habe weder die Zeit noch die Absicht, noch den Mut. Was auch immer Madame de Sallignac sagen mag, es ist sicher, daß ich nie die Ehre hatte, sie zu sehen.
Sollte nun die Krankheit[4] länger dauern und meine Reise, verflixt, auf die nächste Woche verschoben werden, so stehe ich für nichts ein. Ich kann jene Augenblicke durchaus nicht ausstehen, in denen man herumstammelt, und ich stammele bei jedem ersten Zusammentreffen, aus Furcht. Und dann versandet alles in den üblichen Phrasen, mit denen man sich gegenseitig abspeist, und ich habe für diese Speise nichts übrig.
Adieu, meine zärtlich geliebte Freundin. Ich lege Ihnen nicht mehr Ihre Gesundheit ans Herz. Zur Zeit ist jemand da, der für Sie über sie wachen wird. Meinem letzten Brief hatte ich für Ihre Frau Mutter ein Blatt über Landwirtschaft beigefügt. Haben Sie es ihr übergeben? Adieu, nochmals. Meine respektvolle Empfehlung an Ihre Frau Mutter. Sagen Sie Madame Legendre, sagen Sie ihr, Sie seien wahnsinnig in mich verliebt, und Sie werden sehen, daß diese kleine Lüge sie erblassen läßt.
Und ich soll sie nicht hassen? Ach nein!

Mittwoch, am 7. Oktober 1760

1 In Paris, aus La Chevrette kommend.
2 Diderot verfaßte viele technologische Artikel für die *Encyclopédie*.
3 Die berühmte Schauspielerin Clairon hatte in der Uraufführung von

Voltaires Tragödie *Tancrède* am 3. September 1760 die Rolle der Aménaïde gespielt.
4 Die Krankheit von Madame Diderot.

(Grandval, 12. Oktober 1760)

Warum höre ich nichts mehr von Ihnen? Ach, meine Freundin, die teure Schwester ist bei Ihnen; da vergessen Sie mich, da vernachlässigen Sie mich!
Donnerstag nachmittag bin ich nach Grandval aufgebrochen. Ich hatte richtig vermutet, man rechnete nicht mehr mit mir und redete schlecht von mir. Um so erfreuter war man, als man mich nun sah.
„Ah, da sind Sie ja, Philosoph. Ich bin entzückt. Kommen Sie und lassen Sie sich küssen. Ich bin nicht mehr jung, doch ich bin gesund, und ich rieche nicht immer gut." Dieses ‚*ich rieche nicht immer gut*' ist eine recht boshafte Bemerkung. Sie verstehen, es war Madame d'Aine, die das gesagt hat.
Der Baron und Vater Hoop kamen herab und umarmten mich. Anfangs redeten wir alle auf einmal, wie es geschieht, wenn man einander lange nicht sah und nun die große Wiedersehensfreude zeigen will.
Madame d'Holbach saß über ihrer Handarbeit. Ich ging zu ihr. Oh, wie schön sie war! Welch hübscher Teint! Welch blühende Gesundheit! Und dann – diese Kleidung! Ein Haarputz aus einem roten Tafttuch, das überall mit Tüll belegt war, so daß man durch das Weiß hindurch die Farbe der Rose funkeln sieht...
*„Sie kommen aus La Chevrette zurück?"* – „Ja, Madame..." – *„Haben Sie sich gut amüsiert?"* – „Ja, Madame, zur Genüge." – *„Deshalb also sind Sie so lange dort geblieben?"* – „Grimm und Madame d'Epinay haben mich einen Tag zurückgehalten, und dann noch einen Tag, und dann von Tag zu Tag, bis schließlich eine Woche zusammengekommen war." – *„Während wir auf Sie warteten, hat uns Mama schöne Geschichten erzählt."* – „Das mag schon sein, Madame. Aber es sind eben nur Geschichten." – *„Wieso?"* – „Weil es so ist." – *„Ich verstehe nicht."* – „Sie verstehen nicht, daß es heilige Dinge in dieser Welt gibt?" – *„O doch"*, antwortete sie, die Augen senkend, und mit einem boshaften

Lächeln fügte sie hinzu: *„Aber man hält sich besser von ihnen fern."* Dies war einer jener Aussprüche, die sie von Monsieur Le Roy lernte. Verstehen Sie ihn? Den Rest des Abends habe ich damit zugebracht, mich einzurichten. Am gestrigen Morgen trank ich Tee und räumte mein Studierstübchen ein; denn ich habe viel Arbeit mitgebracht, zweifle aber sehr, daß ich etwas tue. Der Baron und ‚mein Sohn d'Aine'[1] sind nach Grosbois gefahren, um beim ehemaligen Minister Chauvelin zu dinieren. Wir sind ohne sie sehr vergnügt gewesen.

In der Nacht vom Freitag zum Sonnabend hat es stark geregnet, auch noch am Sonnabendmorgen. Die Erde war aufgeweicht, und unsere Damen sind lieber zu Hause geblieben, als sich der Gefahr auszusetzen, mit ihren Schuhen im Tonboden steckenzubleiben und barfuß nach Hause zurückkehren zu müssen. Also sind wir allein spazierengegangen, Vater Hoop und ich, und zwar von halb vier bis sechs. Dieser Mann gefällt mir mehr denn je. Wir haben über Politik gesprochen. Ich habe ihm hundert Fragen über das Parlament in England gestellt. Es ist eine Körperschaft, die sich aus etwa fünfhundert Personen zusammensetzt. Der Ort, an dem es seine Sitzungen abhält, ist ein riesiges Gebäude; vor sechs oder sieben Jahren stand es für jedermann offen, so daß die wichtigsten Staatsangelegenheiten vor den Augen der versammelten Nation erörtert wurden, die in großen Chorstühlen über den Häuptern ihrer Repräsentanten saß. Meinen Sie, liebe Freundin, ein Mensch wagte angesichts eines ganzen Volkes einen schlechten Plan vorzuschlagen oder sich einem nutzbringenden Plan zu widersetzen und sich öffentlich als böse oder dumm abstempeln zu lassen? Sie werden mich ohne Zweifel fragen, warum die Beratungen heutzutage bei geschlossenen Türen stattfinden. „Weil es", so antwortete mir Vater Hoop (denn ich habe ihm die gleiche Frage gestellt), „soundso viele Angelegenheiten gibt, deren Erfolg von der Geheimhaltung abhängt, doch so war es unmöglich, diese zu gewährleisten. Bei uns gibt es Leute", fügte er hinzu, „die eine Kurzschrift[2] beherrschen; ihre Feder übertrifft die größte Zungenfertigkeit. Die Reden in den Kammern erschienen im In- und Ausland in vollem Wortlaut, so wie sie gehalten wurden. Das war sehr unangenehm."

Politik und Sitten gehen Hand in Hand und liefern unendlich viele interessante Themen, mit denen man nie fertig wird.

Als wir auf das Glück im Leben zu sprechen kamen, fragte ich ihn, was er am meisten in der Welt schätze. Nach einem kleinen Augenblick des Besinnens erwiderte er mir: „Was mir immer gefehlt hat: die Gesundheit." „Und die größte Freude, die Sie erlebten?" – „Das kann ich Ihnen sagen; doch um es Ihnen erklären zu können, muß ich Ihnen einiges über meine Familie erzählen. Wir sind zwei Brüder und drei Schwestern. In Schottland ist es so wie in einigen Provinzen Frankreichs: die absurde Gesetzgebung gesteht alles dem Ältesten zu. Mein ältester Bruder war der Liebling meines Vaters und meiner Mutter; das heißt also, sie setzten alle Hebel in Bewegung, um aus ihm einen schlechten Kerl zu machen; es gelang ihnen nur allzu gut. Sie verheirateten ihn so zeitig und so reich, wie sie nur konnten. Sie verzichteten zu seinen Gunsten auf alles, was sie besaßen. Doch das schlecht geartete und erzogene Kind ließ sie bald bereuen, daß sie ihm in ihrer Schwäche alle Freiheit gelassen hatten. Er versagte ihnen die Achtung, ging schroff und unfreundlich mit ihnen um, empfand sie als eine Last, er ließ sie leiden und zwang seinen guten alten Vater und seine gute alte Mutter, ihr Haus zu verlassen und ihre Töchter mitzunehmen; sie hatten kaum etwas zu essen, geschweige denn etwas für ihre schon erwachsenen Töchter, um sie verheiraten zu können. Ihr Bruder hatte alle Vorkehrungen getroffen, daß man nicht einmal ihre Mitgift anfordern konnte. Die Unglücklichen faßten den Plan, Edinburgh zu verlassen und in Carlisle ihr Elend und die Undankbarkeit ihres Sohnes vor der Welt zu verbergen. Doch die Melancholie, die mich beinahe in alle Gegenden der Welt trieb, führte mich auch nach Cartagena. Dort erfuhr ich von dem schweren Mißgeschick und der großen Not meiner Eltern. Ich versuchte, sie zu trösten und im Hinblick auf die Gegenwart und die Zukunft zu beruhigen. Ich verkaufte das wenige, das ich hatte, und schickte ihnen den Erlös. Als ich bemerkte, wie schnell man rings um mich zu Reichtum kam, begann ich, Handel zu treiben. Ich hatte Erfolg. In weniger als sieben Jahren wurde ich reich. Ich beeilte mich zurückzukehren. Ich gab meinen Eltern ihren

Wohlstand wieder; ich bestrafte meinen Bruder; ich verheiratete meine Schwestern und war, glaube ich, der glücklichste Mensch, den es auf Erden gab."
Als er mit diesen Worten seinen Bericht beendete, war Rührung auf seinem Gesicht zu lesen. „Aber womit haben Sie sich", fragte ich ihn, „in den ersten Jahren Ihrer Jugend beschäftigt?" – „Mit dem Studium der Medizin", antwortete er mir. „Und warum haben Sie diesen Beruf nicht weiter ausgeübt?" – „Weil man entweder in der Menge unbekannt bleiben oder aber ein Scharlatan werden muß, wenn man sich von ihr abheben will." – „Es ist doch aber sehr hart, auf einen Stand zu verzichten, den zu erlangen allerhand gekostet hat." – „Es ist auch sehr hart, arm wie eine Kirchenmaus zu sein und auf den Knien herumzurutschen oder aber schändlich zu betrügen." Bei dieser Unterhaltung kamen wir auch auf die sichersten Mittel zu sprechen, um reich zu werden. Ich sagte zu ihm, man müsse sich, wenn man später etwas werden wolle, dazu entschließen, zunächst erst einmal nichts zu sein. Und in diesem Zusammenhang erinnerte ich mich an den Rat, den ich einem jungen Ehrgeizling gab; er wußte nicht, womit er beginnen sollte. „Können Sie lesen?" fragte ich ihn. „Ja." – „Schreiben?" – „Ja." – „Ein bißchen rechnen?" – „Ja." – „Und Sie wollen um jeden Preis reich werden?" – „So in etwa." – „Nun, mein Freund, dann werden Sie der Lakai eines Generalsteuerpächters."
Das war, meine gute Freundin, unsere Plauderei. Sie hat Sie voriges Jahr amüsiert. Warum sollte sie Sie dieses Jahr langweilen?
Was ihm nach seinem Studium noch mehr Spaß machte, das waren seine Reisen. Er würde sogar jetzt noch reisen, so alt, wie er ist. Ich meinerseits, ich kann nur gutheißen, daß man sich im Alter von achtzehn bis zweiundzwanzig Jahren aus seinem Land entfernt. Ein junger Mann muß mit eigenen Augen sehen, daß es überall Mut, Talente, Intelligenz und Geschicklichkeit gibt, damit er das Vorurteil über Bord wirft, außerhalb seines Vaterlandes sei alles schlecht. Ist diese Zeit vorüber, muß er für seine Frau dasein, für seine Kinder, seine Mitbürger, seine Freunde, für die Menschen also, mit denen ihn die zartesten Bande verknüpfen. Diese Bande setzen eine seßhafte Lebensweise voraus. Ein Mann, der sein Leben auf Reisen verbringt, erinnert an jemand, der

sich von morgens bis abends damit beschäftigt, vom Dachboden in den Keller hinab- und vom Keller zum Dachboden hinaufzusteigen, um alles, was die Räume seines Hauses verschönt, aufmerksam zu betrachten, der sich aber keinen Augenblick zu den Seinen setzt, die sie mit ihm bewohnen.
Dies ist im großen und ganzen unsere Unterhaltung auf dem Spaziergang gewesen, wenn man eine frivole Anekdote ausnimmt, die sich, ich weiß nicht wie, unter die recht ernsthaften Dinge eingeschlichen hat.
Er hat einen Entbindungskurs bei einem berühmten Mann namens Grégoire[3] besucht. Dieser Grégoire glaubte ernstlich, ein Kind, das im Mutterschoß stürbe, sei in der anderen Welt sehr zu beklagen, sofern man nicht seinen Kopf mit etwas kaltem Wasser bespritzt und ganz bestimmte Worte ausgesprochen habe. Deshalb taufte er bei allen schwierigen Entbindungen das Kind im Schoß der Mutter, ja wirklich, im Schoß der Mutter. Und wissen Sie, wie er das anstellte? Zunächst sprach er die Formel aus: „Kind, ich taufe dich", dann füllte er seinen Mund mit Wasser, setzte ihn passend an und pustete das Wasser, so weit er nur konnte; worauf er seine Lippen mit einer Serviette abwischte und sagte: „Nur der hunderttausendste Teil eines Tropfens ist nötig, um einen Engel zu machen."[4]
Der Baron und mein Sohn d'Aine sind beinahe zur selben Zeit zurückgekehrt wie wir. Es wurde Pikett gespielt. Mir scheint, der Baron hat gelernt zu verlieren, ohne schlechte Laune zu bekommen. Wir haben gut soupiert. Nach dem Souper noch ein wenig Plauderei und dann gute Nacht.
Ich sagte Ihnen noch nicht, daß ich, bevor ich Paris verließ, Freund Gaschon traf. Gott! Wie haben wir über die Mutter und die beiden Töchter geplaudert! Sie hätten sich recht sehr gefreut, uns heimlich zuhören zu können. O meine Freundin, bewahren Sie sich stets ihren offenen Charakter; verstärken Sie noch diese Offenheit, wenn das überhaupt möglich ist, damit Sie das Vertrauen, die Wertschätzung und Verehrung Ihrer gesamten Umgebung genießen. Denn wenn Sie uns jemals verlassen, sollen alle stolz sein können, Sie gekannt zu haben; sie sollen, Ihren Weggang bedauernd, hinzufügen: Nun, unter allen Männern, die das Glück hatten, sie zu kennen, war der Philosoph Diderot derjenige, den sie am meisten liebte.

Ich habe Gaschon beauftragt, zwischen mir und Mademoiselle Boileau Frieden zu stiften, und er hat mir versprochen, all sein Wissen und Können einzusetzen. Auch die Zwistigkeiten mit Bouret werden ein Ende haben. Mit großem Vergnügen hörte ich ihn alle zum Teufel wünschen, die ein falsches Spiel treiben. Er wird die Reise nach Isle[5] nicht antreten. Er sagte mir, er habe sich dieserhalb bei Ihrer Frau Mutter entschuldigt. Das ist alles, was sich bei mir ereignete, seit ich nichts von Ihnen hörte. Worin nur liegt der Grund für Ihr Schweigen? Füllt Ihre Schwester all die Augenblicke aus, die Sie Ihrer Mutter entziehen, so daß Sie mir keinen einzigen gewähren können?
Ich weiß nicht, wann dieser Brief Sie erreicht. Dennoch schreibe ich Ihnen. Die Abmachung, die ich mit Damilaville traf, ist folgende: Sobald er Ihren Brief erhält, adressiert er ihn an einen seiner Unterbeamten in Charenton. Dieser Beamte nimmt meine Antwort mit und schickt sie in Charenton per Post nach Paris, und zwar unter Damilavilles Anschrift, der sie an Monsieur Gillet umadressiert. Das ist ein Hin und Her! Wäre ich in Paris, läse ich Ihre Zeilen noch in derselben Stunde; ich würde Ihnen antworten; und morgen schon wäre mein Brief im Kasten; von hier aus aber haben Sie ihn erst in drei Tagen.
Adieu, meine zärtlich geliebte Freundin. Sollten Sie nicht mit der gewünschten Pünktlichkeit Nachricht von mir erhalten, so hüten Sie sich, mich der Nachlässigkeit zu bezichtigen. Was könnte ich schon Besseres tun, als mich mit Ihnen zu unterhalten und Ihnen mein Herz zu öffnen? Adieu, adieu.

Grandval, Sonntagabend, 14. Oktober

1 Vgl. den Brief vom 30. Oktober 1759, Anm. 14.
2 In Frankreich war die Stenographie noch unbekannt.
3 Wahrscheinlich ist John Gregory gemeint, geb. 1724 in Aberdeen, der seit 1755 den Lehrstuhl für Medizin an der Universität seiner Vaterstadt innehatte.
4 Die Frage der Taufe des Fötus im Mutterleib wird in der Zeit verschiedentlich erörtert. Vor Diderot hatte bereits Sterne in seinem Roman *Tristram Shandy* (Buch I, Kap. 20), erschienen 1759, einen solchen Fall glossiert. Eine Abhandlung zu diesem Problem wird in der Zeitschrift *L'Année littéraire* (24. Juli 1762) rezensiert.
5 Isle-sur-Marne, Landsitz der Familie Volland.

(Grandval, 14./15. Oktober 1760)

Das anhaltende Regenwetter sperrt uns ein. Madame d'Holbach verdirbt sich die Augen mit Stickereien; Madame d'Aine verdaut, auf ihre Kissen hingestreckt. Vater Hoop träumt mit halbgeschlossenen Augen, den Kopf fest zwischen den beiden Schultern und die Hände unbeweglich auf den Knien, er träumt, wie ich glaube, vom Ende der Welt. Der Baron liest, in seinen Hausrock gehüllt, die Nachtmütze tief in der Stirn. Ich gehe auf und ab, wie ein Automat ... Ich trete ans Fenster, um nachzusehen, wie das Wetter ist; ich sehe, daß der Himmel in Wasser zerfließt, und ich verzweifle.

Ist es nur möglich, daß ich beinahe schon vierzehn Tage lang lebe, ohne etwas von Ihnen gehört zu haben? Haben Sie mir denn überhaupt nicht geschrieben? Oder hat Damilaville unsere Übereinkunft vergessen? Oder wurde der Beamte, der Ihre Briefe in Charenton in Empfang nehmen, sie mir hierher bringen und meine wieder mitnehmen sollte, durch das schlechte Wetter aufgehalten? So wird es sein. Wenn es sich darum handelt, Göttern oder Menschen die Schuld zu geben, so bevorzuge ich die Götter. Es sind fast zwei Meilen von hier bis Charenton. Die Straßen sind unwegsam, und der Himmel ist so unbeständig, daß man nicht einmal für eine Stunde hinausgehen kann, ohne Gefahr zu laufen, völlig durchgeweicht zu werden.

Indessen ist meine Laune übel, wie Madame d'Aine mir ins Ohr flüsterte. Die Gesprächsthemen, die mich sonst, wenn mein Herz zufrieden war, besonders stark interessierten, berühren mich fast gar nicht. Vergeblich sagt der Baron: „He, Philosoph, wachen Sie auf." Ich rühre mich nicht von der Stelle. Unnützerweise fügt er hinzu: „Hören Sie auf mich, amüsieren Sie sich hier, Sie können sicher sein, daß man sich anderswo sehr gut ohne Sie amüsiert." Ich glaube nichts von alledem.

Weil mit mir nichts anzufangen ist, wendet er sich an Vater Hoop: „Nun, alte Mumie, was wälzen Sie da für Gedanken?" – „Es ist eine ziemlich unsinnige Idee." – „Und was für eine Idee ist es?" – „Daß es einen Augenblick gab, da es an einem seidenen Faden hing, ob sich eines Tages in Europa Pontifikat und Königtum in ein und derselben Person vereinigten, so daß dieses auf lange Zeit wieder unter die

Herrschaft der Kirche geraten wäre." – „Wann und wie war denn das?" – „Das war, als man darüber beratschlagte, ob man nun den Priestern die Heirat erlauben könne oder nicht. Die Väter des Konzils von Trient waren in der erbärmlichen Engstirnigkeit der geistlichen Disziplin befangen und deshalb weit davon entfernt, die ganze Bedeutung dieser Angelegenheit zu spüren." – „Auf Ehre, ich spüre sie nicht mehr als sie." – „Hören Sie. Wenn man den Priestern die Heirat erlaubt hätte, wäre dann nicht sicher, daß sich der verheiratete Souverän zum Priester hätte weihen lassen? Und glauben Sie nicht auch, daß einer unter ihnen, der fortgesetzten Schwierigkeiten müde, die die Oberhäupter der Geistlichkeit überall den Herrschern bereiten, allen Ärger damit aus der Welt geschafft hätte, daß er in seiner Person die geistliche und die weltliche Macht vereinigte? Und wenn dieses Beispiel erst einmal gegeben wäre, glauben Sie dann nicht auch, daß es Schule machte?" – „Das hieße also, Vater Hoop, daß der König die Messe läse und die Predigt hielte?" – „Ja, Madame, genau wie ein anderer. Der geweihte Souverän hätte seinen Sohn zum Priester weihen lassen. Die Prinzen von Geblüt hätten sich weihen lassen, sich und ihre Kinder. Alle Großen hätten heutzutage die Weihen empfangen; die Nation wäre in zwei Klassen geteilt: Die eine, die adlig-geistliche, bekleidete die wichtigsten Funktionen der Gesellschaft und verschaffte sich alle Achtung, die man der Würde, der Herkunft und den Talenten erweist. Die andere, die einfältige, stumpfsinnige, sklavische, erniedrigte, wäre zu den handwerklichen Arbeiten verdammt, und die doppelte Autorität von Gesetz und Aberglauben beugte sie unaufhörlich unter ihr Joch. Bald hätte sich die Wissenschaft in den Schoß der adlig-geistlichen Familien zurückgezogen. Als Oberpriester und Richter der Nation wären die Großen außerdem deren Ärzte, Astronome, Theologen, Rechtsgelehrte, Geschichtsforscher und -schreiber, Dichter, Mathematiker, Chemiker, Naturforscher, Musiker. Eifersüchtig auf ihre Bildung bedacht, die sie der Menge nicht gönnten, hätten sie kein sichereres Mittel gefunden, sie ihren Kindern vorzubehalten, als die Geheimsprache und die Heilige Schrift. Die Hieroglyphe wäre im Verein mit der Verschwiegenheit und der Geheimlehre der alten Schulen wiedererstanden. Die Einfältigkeit der Nation nähme mit der Zeit zu, die Hieroglyphe, anfangs nur ein Symbol, würde zum Götzenbild des Volkes, das allmählich in alle Absurditäten des ägyptischen Glaubens hinabstiege, und Gott weiß, wann es sich daraus wieder befreien könnte. Es gibt Revolutionen, die unbedeutendere Ursachen und noch seltsamere Folgen hatten. Wie dem auch sei, der Magierkult der Perser hat vielleicht keinen anderen Anfang gehabt." – „Wäre all dies eingetreten, meine Tochter, dann würdest du mit einem Priester schlafen und kleine Geistliche in die Welt setzen."

Wie vieles – für oder wider diesen Gedanken – hätte ich gesagt, wäre ich imstande gewesen, mich zu konzentrieren. Doch eine Unruhe hatte sich meines Geistes bemächtigt, von der ich mich nicht befreien konnte. So kommt doch, ihr Briefe meiner Freundin. Kommt und gebt mich meinen Freunden wieder, ihren Gesprächen und den anderen Vergnügungen des Hauses, in dem ich weile.

Sie stimmen beide darin überein, daß die Herrschaft der Kirche die schlimmste ist von allen; und die Gründe, die sie dafür anführen, überzeugen mich. „Keine Herrschaft ist härter und unumschränkter als die, welche im Auftrag der Götter ausgeübt wird. Die Masse der Vorurteile und abergläubischen Vorstellungen wächst nach des Priesters Wunsch und Begierde, sie nimmt schließlich einen ungeheuren Umfang an, und sie wird zu einer Last, die unter sich die Freiheit ebenso wie die Vernunft erstickt. Je mehr der Herrschende zwischen sich und dem, der ihm gehorcht, Ungleichheit und Abstand schafft, desto weniger achtet er dessen Blut und Schweiß, und desto grausamer ist die Knechtschaft. Überall, wo Priester zugleich Herrscher gewesen sind, bleiben in der Verehrung, welche die Völker ihnen noch erweisen, Spuren zurück, obgleich sie jetzt lediglich den Titel des Priesters haben, Spuren, die nur zu deutlich zeigen, bis zu welch unwürdigem Exzeß sie einst getrieben wurde, als sich die Geistlichen, das Zepter in der einen und das Weihrauchfaß in der anderen Hand, auf dem Thron und am Altar an die Seite Gottes setzten.

In mehreren Gegenden Asiens kennt man heute noch Arten von Zönobiten, die von Zeit zu Zeit aus ihrer Einsamkeit herauskommen und sich in den Städten zeigen. Sie sind vollkommen nackt. Sie gehen durch die Straßen und läuten ein Glöckchen; und die Frauen jeden Standes kommen in Scharen herbeigelaufen, sie umringen sie, werfen sich ihnen zu Füßen und küssen ihnen ehrfurchtsvoll jenes Körperteil, das die Ehrbarkeit nicht zu nennen erlaubt." – „Und Sie glauben, Vater Hoop, daß ich, wenn ich in jenem Lande lebte, ebenfalls hinginge?" – „Ob Sie hingingen, Madame? Bei Gott, ich glaube es. Sogar die Königin geht hin." Und dann kratzen sie einander beinahe die Augen aus, unser Schotte und Madame d'Aine, und sagen das närrischste Zeug. „Solch ein schmutziges, häßliches Ding wie das, älter, garstiger, faltiger, schmieriger als sonst eins. Und wer weiß, wo es sich schon hinverkrochen hat." – „Die Ehrerbietung stellt solche Betrachtungen nicht an." – „Oh, ich schon, ich, und wenn ich mitmachen müßte, dann, so verspreche ich Ihnen, ließe ich ihn vorher von meiner Kammerfrau abbrühen, wie ein Spanferkel." – „Madame, einen Priester wie ein Spanferkel abbrühen!" – „Ja, ganz bestimmt." – „Sie brauchen aber gar nicht so weit zu gehen", fügte Vater Hoop hinzu, „befragen Sie doch einmal den kleinen Untervikar von Saint-Roch, der nach seinen eigenen Angaben siebenmal in der Woche Gott vom Himmel auf die Erde herabzieht, sich von ihm ernährt und ihm Ostern zehntausend Personen vorsetzt, fragen Sie ihn, was er über sein erhabenes Amt denkt, im Vergleich zu einem öffentlichen Amt und zur Würde eines Fürsten oder eines Herrschers. Sein Richterstuhl ist nicht prächtig; es ist eine jämmerliche Kiste, die an einem kalten Kirchenpfeiler lehnt. Doch sobald er darin steckt, betrachtet er sich als den Stellvertreter dessen, der eines Tages die Toten und Lebenden richten wird; ihm ist es gegeben, zu lösen und zu binden, freizusprechen und gefangenzuhalten. Der Himmel bestätigt seinen richterlichen Spruch, und die himmlischen Türen sind nach seinem Belieben offen oder geschlossen. Sieht er zu seinen Füßen den demütigen Monarchen Sünden bekennen, seine Vermittlung anflehen und die Buße annehmen, die er nach eigenem Ermessen auferlegt, wie könnte dann sein Selbstgefühl jemals zu hoch sein? Und wenn er aus Stolz auf so viele außergewöhnliche Vorrechte sich noch jenes aneignete, Gesetze zu geben, Armeen zu befehligen und zu regieren, was wären wir gewöhnlichen Sterblichen dann vor ihm? Sehen Sie sich

an, wie die Jesuiten, die die weltlichen und geistlichen Herrscher in Paraguay sind, mit ihren Untertanen verfahren: Diese Unglücklichen arbeiten von früh bis spät und besitzen nichts. Und wenn sie sich das kleinste Vergehen zuschulden kommen lassen? Schon ruft sie der Pater und gibt ihnen ein Zeichen. Sie ziehen die Hosen aus, legen sich auf die Erde, erhalten hundert Peitschenhiebe, ziehen ihre Hosen wieder an, danken dem guten Pater, grüßen ihn überaus demütig, küssen den Saum seines Ärmels und gehen zufrieden und fröhlich davon, wenn sie dazu imstande sind."[1]
Aber jetzt kommt ein schreckliches Gewitter: Regen, Graupel und Schnee vermischt; und mitten in diesem Gewitter trifft eine ganze Kolonie aus Sussy bei uns ein. Es sind zehn bis zwölf an der Zahl, sowohl Tiere wie Menschen. Der erste Augenblick war recht turbulent; aber nach den Zärtlichkeiten, die Frauen und Hunde üblicherweise austauschen, wenn sie einander wiedersehen, hat man sich wieder beruhigt und über tausenderlei Dinge gesprochen. Beim Thema Einkäufe und Möbel sagte der Baron, er erkenne den Verfall unserer Sitten und den vorherrschenden Geschmack der Nation gerade auch in dieser großen Menge von Möbeln mit den verschiedenartigsten Geheimfächern. Ich hielt dagegen, ich könne darin nur eines erkennen: nämlich daß man sich genauso liebe wie früher, daß man es sich aber jetzt ein wenig häufiger schreibe als vorzeiten. Und eine Mademoiselle d'Eth, einst hübsch wie ein Engel, jetzt aber nur noch verteufelt gescheit, antwortete, um einander richtig lieben zu können, suche man viel zu sehr die Zerstreuung. Und ich erwiderte, früher trank man mehr als jetzt, man spielte kaum weniger, man jagte, ritt, gebrauchte die Waffe, übte sich im Ballspiel, man lebte in der Familie, gehörte Kränzchen an, besuchte die Kneipe, gewährte jungen Leuten keinen Zutritt zu guter Gesellschaft, die Mädchen sperrte man geradezu ein; auch die Mütter sah man kaum, die Männer waren auf der einen und die Frauen auf der anderen Seite. Heutzutage ist alles bunt durcheinander, man gewährt einem jungen Mann von achtzehn Jahren Zutritt zu einem Klub, man spielt aus Langeweile, man wohnt getrennt; die Kleinen haben Ehebetten, die Großen unterschiedliche Wohnräume; das Leben teilt sich in zwei Beschäftigungen auf: die Galanterie und die Geschäfte. Man ist in seinem Geschäftszimmer

oder in seinem Lusthäuschen, bei seiner Kundschaft oder bei seiner Mätresse.
Nun stellen Sie sich einmal vor, eine Nation würde plötzlich allgemein Geschmack an der Musik finden. Es ist sicher, daß nie zuvor so schlecht komponiert, so falsch gesungen und so schlecht musiziert würde. Doch zum Ausgleich dafür wären alle, die zum Komponieren oder zum Vortragen Talent hätten, nur darauf bedacht, dies zu zeigen; nie zuvor würde man so gut musiziert haben, nie so gut gesungen, nie so viele gute Weisen geschaffen haben. Die Moral von der Geschicht': Wenn der Geist der Galanterie heutzutage allgemein ist und es mehr Betrug, mehr Falschheit, mehr Ausschweifung gibt als je zuvor, so gibt es auch mehr Aufrichtigkeit als in früheren Zeiten, mehr Redlichkeit, mehr wahre Zuneigung, mehr Gefühl, mehr Zartheit, mehr dauerhafte Leidenschaft. Wer dazu geboren ist, herzlich zu lieben und geliebt zu werden, liebt herzlich und wird herzlich geliebt. Und so wird es bei jeder anderen Sache sein. Je mehr Leute sich damit befassen, desto mehr werden sie schlecht machen, und desto mehr werden sie gut machen.
Wenn der Gesetzgeber ein Gesetz erläßt, was erreicht er damit? Er gibt fünfzig Schlechten Gelegenheit, es zu übertreten, und zehn Guten, es zu befolgen. Die zehn Guten werden dadurch ein wenig besser, die fünfzig Schlechten ein wenig schlechter, und die Menschheit verdient ein wenig mehr Tadel wie auch Lob. Stellt man für ein Volk Regeln auf, so vermehrt man seine innere Kraft für das Gute wie für das Böse; man ermutigt es, wenn man so sagen darf, zu großen Verbrechen und großen Tugenden. Bei einem schwachen Volk gibt es keine große Tat. Ein Sybarit[2] ist gleichermaßen unfähig, seinen Nachbarn zu ermorden, wie seine Mätresse durch die Flammen zu tragen. Nehmen wir einmal an, es gäbe unter uns einen Mann, der es gewagt hätte, dem Herrscher nach dem Leben zu trachten; man verhaftet ihn, man verurteilt ihn dazu, mit eisernen Krallen auseinandergerissen, mit siedendem Metall übergossen, in glühendheißes Pech getaucht, auf eine Folterbank gespannt oder durch Pferde gevierteilt zu werden;[3] man verkündet ihm diesen schrecklichen Urteilsspruch, er hört ihn an und antwortet kühl: „Der Tag wird hart werden." Augenblicklich stelle ich mir dann vor, er hauche neben mir eine Seele vom

Schlage des Regulus[4] aus, er wäre also ein Mann, der, ohne zu erblassen, in eine mit Stacheln bespickte Tonne stiege, wenn irgendein allgemeines oder privates Interesse von Bedeutung es erforderte. Was denn, das Verbrechen soll einer Begeisterung fähig sein, die der Tugend völlig fremd ist, oder vielmehr, gibt es etwa unter dem Himmel etwas anderes als die Tugend, das einen dauerhaften und wahren Enthusiasmus bewirken könnte? Unter dem Begriff Tugend verstehe ich, wie Sie sich gut vorstellen können, den Ruhm, die Liebe, den Patriotismus, mit einem Wort, alle Triebfedern großer und hochherziger Seelen. Im übrigen sind vielleicht die Gründe, weshalb die von Natur aus zu kühnen Unternehmungen bestimmten Menschen teils auf die Seite der Ehre, teils auf die Seite der Schande geworfen werden, von ihnen selber völlig unabhängig. Was gibt den Ausschlag für unser Los im Leben? Wer kennt seine Bestimmung?

Diese Mademoiselle d'Eth war früher einmal die engste Freundin von Madame d'Epinay. Jetzt ist sie ihre erklärte Feindin. „Es scheint mir", fügte sie hinzu, „daß es kaum noch starke Leidenschaften gibt." – „Zu allen Zeiten waren die Menschen mit starken Leidenschaften selten." – „Doch nur sie allein bereiten großes Vergnügen." – „Und großen Schmerz." Liebt man eine Frau wirklich von Herzen, muß man Feuer und Flamme sein, meine Freundin, so wie es mir mit Ihnen ergeht.

Doch noch immer warte ich auf einen Brief von Ihnen, und es kommt kein einziger. Meine Fenster gehen auf den Weg hinaus. Mein Blick schweift in die Ferne, und sobald dort jemand auftaucht, halte ich ihn für Damilavilles Boten. Wie oft noch werde ich mich täuschen?

Das schlechte Wetter hat den Aufenthalt der Leute aus Sussy beträchtlich verlängert. Es wurde gesagt, eine Frau, die nie von einem schwachen Mann geliebt worden wäre, kenne die Zärtlichkeiten der Liebe nicht. Eine andere These: Zwischen der Ergebenheit und der zärtlichen Liebe bestehe weit mehr Beziehung, als man denke, und die Ergebenheit sei alles in allem nur der Verzicht auf Dinge, die uns nicht mehr gefallen oder die uns aus den Händen glitten, so daß also der Genuß der Dinge, die man noch liebe und die man sich beschaffen könne, nicht geschmälert werde. All dies wurde, so scheint es mir, viel besser gesagt, als ich es Ihnen hier niederschrieb. Doch inzwischen sind sie wieder fort, und wir kommen auf unser früheres Gesprächsthema zurück.

Es gibt mehrere Gegenden, in denen die ersten Nächte einer Jungvermählten den Priestern gehören, unter der Voraussetzung allerdings, daß die Braut einer berühmten Familie entstammt. Denn nicht allen Ehegatten gewähren die Namburis – wie jene Geistlichen genannt werden – diese Gunst. Man hält sie für unfähig zu sündigen. Alles, was sie tun, ist gut; Gott ist es, der nach seinem Belieben über sie verfügt und für ihre Handlungen verantwortlich ist. Die Juden, die lange Zeit unter der Theokratie lebten, teilten diese Meinung. Der Prophet Hosea sagte zu einer Kurtisane: „Freundin, lege dich dorthin, daß ich durch Hurerei dir ein Kind mache", und niemand entrüstete sich über diese Worte oder die Angelegenheit. Eine unverzeihliche Sünde begeht, wer einen Priester schlägt. Und wer ihn versehentlich tötet, wird verurteilt, sein ganzes Leben lang betteln zu gehen, mit dem Priesterschädel in der Hand.

Ach, liebe Freundin, wo ist die Heiterkeit hin, die im vergangenen Jahr mein Herz erfüllte? Madame d'Holbach ist noch ebenso fein; Madame d'Aine ebenso fröhlich, der Baron ebenso verrückt, der Schotte ebenso originell, doch mir fehlt der Pinsel, mit dem ich sie Ihnen malte.

Noch immer zerfließt der Himmel in Wasser, und noch immer bin ich aufs tiefste betrübt. Meine Briefe liegen in Charenton. Wann werden sie hier ankommen? Wann werden Sie diesen hier haben? Unterdessen werden Sie viel leiden, denselben Schmerz wie ich! Diese Vorstellung verdoppelt den meinen. Sie werden sich bei Ihrer Schwester beklagen, und sie, die nichts sehnlicher wünscht, als mich ins Unrecht zu setzen, wird mir Vergehen unterstellen, und ihre Reden werden mich auf dem Grunde Ihres Herzens treffen und mir dort Wunden beibringen. Das sind Nadelstiche, die, wenn sie sich häufen, tödlich sind. Ich habe Sie gewarnt.

Unser Pikettspiel ist beendet. Der Baron kann zwei neunziger Folgen hinnehmen, ohne ärgerlich zu werden. Wie gut! Wir haben soupiert. Unsere Frauen haben sich auf einem Kanapee niedergelassen, und wir anderen sind um den Kamin versammelt.

Noch ein Wort zu unseren Chinesen und dann weiter. Sie kennen das Spazierengehen nicht. Ginge jemand von zu Hause weg, ohne daß ihn Geschäfte riefen, und wandelte er dann unter den Bäumen auf und ab, so hielte man ihn für verrückt. Sie werden schon im zartesten Kindesalter daran gewöhnt, stundenlang in derselben Haltung zu verharren. Später können sie unglaublich lange wie Statuen dasitzen, Körper, Kopf, Füße, Hände, Beine, Arme, Wimpern und Pupillen völlig regungslos. Sie erwerben auf diese Weise die Fähigkeit, tief nachzudenken. Kaum zu glauben, in welchem Maße sie sich zu beherrschen vermögen. Es gelingt nicht, sie ihrer Erstarrung zu entreißen. Sie übertölpeln einander und den Ausländer und behaupten, die Geprellten seien dumm oder unbesonnen. „Einmal", erzählte Vater Hoop, „war ich einer von diesen Dummen und Unbesonnenen. Das heißt, ich wurde von einem betrügerischen chinesischen Händler begaunert. Ich hielt ihm vor, wie sehr er mich betrog. ‚Das stimmt schon', antwortete er mir, ‚sogar erheblich; aber Sie müssen zahlen.' – ‚Und wo bleibt da die Ehrlichkeit, die Aufrichtigkeit?' – ‚Das weiß ich nicht, aber Sie müssen zahlen.' Nachdem ich es mit sanften Worten versucht hatte, ging ich zu groben über. Ich nannte ihn einen Schuft, Lumpen, Schurken. ‚Ganz wie es Ihnen beliebt; aber Sie müssen zahlen.' Da ich durchaus nichts anderes aus ihm herausbekam, bezahlte ich. Als er mein Geld in Empfang nahm, sagte er zu mir: ‚Fremder, du siehst doch, daß du mit deinem Zorn keinen einzigen Sou gewannst. Nun, warum hast du nicht gleich bezahlt, ohne ärgerlich zu werden? Das wäre viel besser gewesen.'"

Habe ich Ihnen nicht geschrieben oder erzählt, daß dieses Volk insgesamt wunderlich ist? Sieht man sich die Möbel und das bemalte Porzellan an, die aus diesem Land stammen, so überrascht die Extravaganz der Figuren. Wissen Sie, woher das kommt? Weil sie durchaus nicht die Natur als Vorbild nehmen, sondern sogar danach trachten, sich von ihr so weit wie möglich zu entfernen. Sie geben als Grund an, man habe diese unablässig vor Augen, und welches Talent auch immer man besäße, welche Mühe man aufwende, man erreiche sie nie. Daraus schlußfolgern sie, jedes Werk, das eine Nachahmung darstelle, müsse geschmacklos und jämmerlich erscheinen; sobald man sich aber den Eingebungen der Phantasie überlasse, erinnerten die Pflanzen, die Tiere, die Menschen, alle Wesen, die man schaffe, an nichts und könnten deshalb auch keines Fehlers angeklagt werden. Jedoch, so würde ich zu einem Chinesen sagen, ich möchte auch gern wissen, welche Vollkommenheit man dann an diesen Werken loben kann. Es wird indessen versichert, sie vollbrächten nach der Natur erstaunliche Dinge, wenn man es von ihnen fordert, und erfaßten besonders gut die Ähnlichkeiten. Ich meinerseits werde immer Mühe haben zu glauben, daß die naturgetreue Wiedergabe der Farbe, die Korrektheit der Zeichnung und das richtige Verhältnis von Licht und Schatten gerade von einem Volk bis zu einem gewissen Grade beherrscht wird, das diese Eigenschaften verachtet; es sei denn, die Vollkommenheit seiner Leistung ist das Ergebnis seines Reichtums, den es genießt, und seines geduldigen Charakters.

[Hier folgen einige durchgestrichene und zum Teil unleserliche Zeilen.]

Doch ich will die philosophische Faselei lassen, um Sie mit vertrauteren Themen zu unterhalten.
Als wir an einem dieser Nachmittage mit einer Partie Billard beschäftigt waren, hörten wir eine leichte Kutsche auf der Chaussee herangefahren kommen. Madame d'Holbach erscheint in der Tür und fragt uns mit einer Freude, die ihr Gesicht wie ein Heiligenschein umstrahlt: „Erraten Sie, wer uns besuchen kommt?" Da wir niemanden zu erraten wußten, der uns genügend gern hätte, um sich mit uns von diesem augenblicklichen Wetter einsperren zu lassen, erklärte sie uns: „Es ist Monsieur Le Roy." Wir liefen los, ihn zu umarmen. Wenn Sie wissen, wie gern ich ihn habe, wissen Sie auch, wie angenehm es mir war, ihn zu sehen. Seit fast drei Monaten fehlte er mir. Er hatte die ganze Zeit auf seinem Landsitz verlebt, den er sich mitten im Wald erbaut hat.
Dieser Landsitz heißt ‚Das Waldhaus'. Wehe den unschuldigen jungen Bäuerinnen, die sich in der Umgebung vom Waldhaus die Zeit vertreiben! Unschuldige junge Bäuerinnen, flieht das Waldhaus! Dort wohnt der Satyr. Wehe derjenigen, die der Satyr in der Nähe seiner Behausung antrifft! Vergeblich wird sie die Hände zum Himmel ausstrecken

und ihre Mutter rufen. Weder der Himmel noch ihre Mutter werden sie hören! Ihre Schreie werden sich im Wald verlieren. Niemand wird kommen und sie vom Satyr befreien; und wenn sie der Satyr erst einmal in der Umgebung seiner Behausung überraschte, wird sie wiederkommen, um wieder überrascht zu werden. Führt der Zufall die Schritte des Satyrn abermals zu ihr, wird sie wie beim ersten Mal fliehen, doch mit weniger Hast, und vielleicht wird sie auf der Flucht den Kopf umwenden; und wenn der Satyr sie erreicht, wird sie nicht mehr kratzen; sie wird sagen, sie werde gleich schreien, aber sie wird nicht mehr schreien; sie wird nicht mehr ihre Mutter rufen. Doch der Satyr wird sie nicht lange aufsuchen; denn er ist noch unbeständiger als liebestoll. Der Widder, der das Gras rings um seine Hütte abweidet, ist nicht liebestoller; der Wind, der die Efeublätter an den Hauswänden bewegt, ist längst nicht so launisch. Jene, die er nicht mehr aufsucht und die sich vergeblich nahe bei seiner Hütte die Zeit vertreiben (und es werden viele sein), werden traurig und bekümmert zurückkehren und bei sich sagen: „O boshafter Satyr! O unbeständiger Satyr! Wenn ich das gewußt hätte!“ Und ihre Gefährtinnen, die sie so traurig sehen, werden nach der Ursache fragen; und sie werden sie nicht enthüllen; und die anderen unschuldigen jungen Schäferinnen werden sich weiter bei der Hütte des Satyr die Zeit vertreiben; und er wird sie überraschen, wird sie noch einmal überraschen, wird sie nicht mehr überraschen, und sie werden traurig sein und schweigen.

Es ist eine Idylle, meine Freundin, die ich Ihnen da beschreibe, während sich der Satyr das Vergnügen macht, mit gespitzten Ohren unseren Frauen Geschichtchen zu erzählen. Um schöne Augen geht es, er sagt, Saint-Evremond sei eines Tages zwischen zwei Frauen eingeschlafen, die sich darüber stritten, welche Augen man schön nennen müsse. Das Thema war wichtig; jede stellte ihre Behauptungen auf. Sie führten viele feinsinnige und tiefgründige Dinge an, auch bestechende und wohldurchdachte Argumente. Schließlich wurde Saint-Evremond, der im Trubel der Streiterei den sanftesten Schlaf genoß, als Richter angerufen. Eine der beiden Frauen zog ihn am Arm und sagte zu ihm: „Welche sind nach Ihrer Meinung die schönsten?“ Saint-Evremond rieb sich die

Augen und sagte: „Die schönsten? Das sind die kleinen und runzeligen." – „Die kleinen und runzeligen Augen sind die schönsten, denken Sie?" – „Ach so, ach so, Sie sprechen von Augen? Meiner Treu, ich dachte, zwei Hofdamen unterhielten sich von etwas anderem." Da senkt Madame d'Holbach die Augen und spielt die Unaufmerksame, Madame d'Aine aber beginnt wie närrisch zu lachen und sagt: „Das ist gut zu wissen. Aber wieso eigentlich gut? Es ist ja doch zu spät, dieses Wissen anzuwenden." Dies ist ebenfalls eine Stelle, die Sie unserer Schwester Uranie nicht vorlesen sollten.
Aber da ich gerade dabei bin, Ihnen alle Kinkerlitzchen zu schreiben, darf ich nicht vergessen, Ihnen zu erzählen, wie Pouf[5], der Sohn von Thisbe, der so große Hoffnungen geweckt hatte, unter uns Zwietracht gesät hat. Thisbe ist ein Modedämchen; Sibeli sah sie und verliebte sich in sie. Sibeli war am Königshof erzogen worden. Zunächst zierte sich Thisbe. Sibeli setzte seinen Stolz in die Beständigkeit; und nach drei Stunden belohnte Thisbe seine Liebesglut. Drei Stunden Ziererei bei einem Wesen, dessen Leidenschaft nur einige Tage anhält, das ist viel. Ich sage dies, weil es mir leid täte, wenn man eine ungünstige Meinung über Thisbes Sitten faßte. Thisbe brachte nach der von der Natur festgesetzten Zeit zwei allerliebste Zwillinge zur Welt. Pouf war der eine der beiden. Mehrere große Damen bewarben sich um Pouf. Die Dame d'Epinay erhielt den Vorzug, und Pouf wurde in ihrem Schloß untergebracht und herrschte über ihre Kissen und Polster, deren er sich nicht gerade zaghaft bediente, als ein Freund der Dame d'Epinay Pouf in die Augen blickte und verkündete, dieses Kind sei und bleibe trotz allen Geistes des Vaters und aller Anmut der Mutter nichts anderes als ein Dummkopf. Sogleich wiederholte die Dame d'Epinay, die nur durch die Augen ihres Freundes sieht, wie das manchmal üblich ist, Pouf sei und bleibe trotz allen Geistes des Vaters und trotz aller Anmut der Mutter nichts anderes als ein Dummkopf, obgleich sie vorher gesagt hatte, man könne viel von ihm erhoffen. Und dann schreibt sie einen Brief, den sie einem ihrer Leute übergibt, zusammen mit einem Korb, der Pouf enthält; und Pouf, von dem Hausdiener getragen, hat kaum vierzehn Meilen in seinem Korb zurückgelegt, als er wieder an seinem Geburtsort eintrifft. Mit welchen Freuden wird er dort

empfangen! „Ach, du bist's, mein armer Pouf, mein kleines Schätzchen!" Und als man ihn ausgiebig gefeiert, geküßt und liebkost hat, liest man den Rücksendungsbrief, der nichts als Falschheiten, Beleidigungen, Ausreden und Verleumdungen enthält, und man redet der Dame d'Epinay viel Schlechtes nach und beglückwünscht Pouf, daß er nicht mehr einer solch boshaften Herrin gehört.
Ich wollte die Dame d'Epinay verteidigen, da sie die Freundin meines Freundes ist und ich sie zu achten und zu lieben glaube.

[Hier fehlen zwei Blätter, das heißt vier eng beschriebene Seiten.]

... und ich darf darüber nicht verwundert sein. Sie ist auf dem Lande, wo sie sich meinetwegen sehr quält. Es hat nicht den Anschein, daß uns das Schicksal jemals vereint.
Versichern Sie immer Ihrer Frau Mutter meine Hochachtung.
Sicherlich werden Sie Madame Legendre jene Briefstelle vorlesen, an der ich Sie verlasse, um mit ihr zu plaudern.
Das ist wieder ein Riesenbrief. Ich hätte große Lust, ihn noch einmal zu lesen und zu korrigieren; doch ich habe nicht den Mut dazu; er ist gut, wenn Sie ihm entnehmen, daß ich Sie liebe, und das werden Sie gewiß. Ermahnen Sie mich doch immer, mäßig im Essen und Trinken zu sein. Ich ruiniere mir den Magen, weil ich ihn mir immer wieder verderbe.
Adieu, teure und zärtlich geliebte Freundin.

Am 15. Oktober 1760, in Grandval

1 Gegen die Herrschaft der Jesuiten in Paraguay hat auch Voltaire in *Candide, ou l'Optimisme* (1759), Kap. XIV und XV, und im *Essai sur les mœurs* (1761, Versuch über die Sitten), Kap. CLIV, heftig polemisiert. Diese hatten dort unter den Indios ein System der Gütergemeinschaft eingeführt, über das in Europa heftig gestritten wurde. Galt es den einen als zukunftsträchtiges Modell für soziale Gleichheit, so erkannten die anderen darin vielmehr ein System der Unterdrückung, aus dem allein die Patres den Nutzen zogen.
2 Verweichlichter Schlemmer, benannt nach der altgriechischen Stadt Sybaris im heutigen Italien.
3 Anspielung auf Robert François Damiens, der am 5. Januar 1757 ein Attentat auf Ludwig XV. verübte, und auf seine grausame Bestrafung.

4 Marcus Atilius Regulus, römischer Feldherr, der 256 v. u. Z. die karthagische Flotte bei Eknomos (Sizilien) besiegte, in Afrika landete und dann in karthagische Gefangenschaft geriet. Da er sich nicht bereit fand, karthagische Interessen gegen Rom wahrzunehmen, soll er zu Tode gemartert worden sein.
5 Hund von Madame d'Epinay.

Grandval, 20. Oktober (1760)

Hier, meine gute Freundin, sollen Sie erfahren, wie die Tage bei uns verflossen. Ich hätte Ihnen vielleicht einen amüsanten Bericht davon gegeben; doch wie soll man scherzen und lachen, wenn unsere Freunde traurig sind. Ich spreche von Ihrer Mutter, Ihrer Schwester und von Ihnen. Er ist unter einem guten Stern geboren, dieser Freund; wie beneide ich ihn um seinen Charakter! Die Hoffnung bleibt bei ihm stets tief unten in der Lade. Anders bei mir; öffnet der Zufall den Deckel, so ist sie das erste, was entschwindet. Nicht, daß ich nicht einmal die Fäden erblickte, an die ich mich klammern könnte; doch sie sind in meinen Augen so dünn und schwach, daß ich nicht wage, auf sie zu vertrauen. Ich überlasse mich beinahe ebensogern dem reißenden Strom, wie ich nach dem Blatt einer Weide greife.
Wir haben hier viele Leute gehabt: Monsieur Le Roy, wie ich Ihnen schon schrieb; Freund Grimm und den Abbé Galiani; Monsieur und Madame Rodier. Mir gefällt Monsieur Rodiers Physiognomie. Hätte er doch nur die Hälfte von dem Geist, den sie verspricht! Es ist eine Mischung aus Scharfsinn und Sinnlichkeit. Morgens, wenn seine langen braunen Haare in nachlässigen Locken auf die Schultern herabfallen, könnte man ihn für Hymen halten, doch sozusagen am Morgen nach einer Hochzeit, bleich und ein wenig müde. Madame Rodier war dunkelrot gekleidet, was ihr schlecht stand, und unser Baron sagte zu ihr: „Nanu, liebe Schwester, Sie sind ja schön wie ein Osterei!"
D'Alainville und Madame Geoffrin, diesmal fast gar nicht mißmutig, etwas sehr Seltenes. Madame de Charmoy mit den schönen Augen und dem interessanten Gesichtsausdruck. Mein Sohn d'Aine, der Einsilbige; Monsieur und Madame Schistre – Monsieur Schistre mit seiner Mandore und seinem Tympanon – und dann noch zwei oder drei Unbekannte.
Ich lege überall Wert auf Bequemlichkeit, doch auf dem

Lande noch mehr als anderswo. Ich bewohne ein Frauengemach; es ist das angenehmste im Haus. Inmitten dieses Trubels ist es mir geblieben, und ich liebe deshalb unsere Gastgeberin noch um einiges mehr.

Je größer die Gesellschaft ist, desto freier ist man. Ich hatte noch nie soviel Zeit zu lesen, spazierenzugehen, bei Ihnen zu sein, Sie zu lieben und es Ihnen zu schreiben.

Unser Diner verlief fröhlich. Monsieur Le Roy erzählte, er habe einmal Liebeskummer gehabt. „Nur einmal?" – „Nicht öfter . . ." Damals habe er seine fünfzehn Stunden geschlafen und sei zusehends fett geworden. „Aber ein unglücklicher Liebhaber muß doch arg mitgenommen sein." – „Oder es zumindest scheinen; doch es war einfach unmöglich. Ich war darüber ganz verzweifelt." Er ruhte sich aus, weil er diesen Schmerz erlitten hatte, und dann mußte er von neuem leiden, weil er sich ausgeruht hatte. „Ohne diese Ruhe wären Sie dem Ganzen nicht gewachsen gewesen." – „Allerdings. Doch vom Abend bis zum Morgen wurde ich wieder frisch für den Schmerz . . ." – „Aber wenn Sie als Unglücklicher fünfzehn Stunden schlafen, wieviel schlafen Sie dann als Glücklicher?" – „Fast überhaupt nicht." – „Das Glück macht Sie wenig müde." – „Es kann gar nicht weniger sein; und dann, ich erhole mich schnell."

Sie können sich vorstellen, was los ist, wenn zwölf bis fünfzehn Personen am Tisch beim Dessert sitzen, bei Champagner, Witz und Laune all dic Freiheit auf dem Lande genießend.

Madame Geoffrin sah sehr gut aus. Ich habe mit ihr, d'Alainville und dem Baron ein Pikett gespielt. Mir fällt immer wieder der edle, schlichte Geschmack auf, mit dem sich diese Frau kleidet. An jenem Tag war es ein schlichter Stoff in einer strengen Farbe, mit weiten Ärmeln, dazu das glatteste und feinste Linnen, alles überaus reinlich. Sie fragte mich nach der Mutter und dem Kind.[1] Ich antwortete, daß ich fürchtete, das Kind werde ein unruhiges, unglückliches Leben haben, weil ihm das Bedürfnis nach Ruhe fremd sei. „Um so besser", sagte sie zu mir, „dann wird es sich für die Faulenzer abmühen"; und sie ergriff die Gelegenheit, um Madame d'Aines glücklichen und lebhaften Charakter zu loben, die sich fortwährend für uns Nichtstuer abrakkert, um uns alle nur möglichen Gefälligkeiten zu erweisen.

Ach, meine Freundin, wo mögen Sie jetzt sein? Was trieben Sie in Isle, als ich Sie mir hierher wünschte? Überall, wo es vergnügt zugeht, sehne ich Sie herbei. Jetzt greift Monsieur Schistre nach seiner Mandore. Und dann spielt er. Was für eine Musik! Was für eine Darbietung! Diese Sprache, die die Finger den Saiten entlocken! Es ist unglaublich! Madame d'Holbach und mir entgeht kein einziges Wort! „Der hübsche Zorn!" – „Wie wehmütig diese Klage ist!" – „Jetzt wird er ärgerlich; er kommt zu einem Entschluß." – „Das will ich meinen." – „Nun versöhnen sie sich wieder." – „So ist es." – „Wie soll man es anstellen, einem Mann zu widerstehen, der sich so zu entschuldigen weiß?" Tatsächlich, all dies haben wir verstanden.
Monsieur Schistre hat seine Mandore beiseite gelegt, und unser großes Vergnügen an seinem Spiel wird Gesprächsthema. Wir ließen sie reden, sovie sie wollten, und zogen vor, den Rest unserer Erregung schweigend zu genießen. Der Augenblick des Herzklopfens, der einem großen Vergnügen folgt, ist ebenfalls süß, das Herz hämmert vor und nach dem Vergnügen.
Madame Geoffrin schläft nicht in einem fremden Bett. Gegen sechs Uhr abends umarmte sie uns, stieg in ihren Wagen, mit Freund d'Alain(ville), und weg war sie.
Gegen sieben Uhr haben sie sich an die Spieltische gesetzt, und Monsieur Le Roy, Grimm, der Abbé Galiani und ich haben geplaudert. Oh, dieses Mal werde ich Ihnen den Abbé vorführen, der vielleicht bis jetzt in Ihren Augen nur ein angenehmer Spaßvogel war. Er ist mehr.
Bei Grimm und Monsieur Le Roy ging es im Gespräch um das schöpferische Genie und die ordnende Methode. Grimm verabscheut die Methode. Nach seiner Meinung ist das Schulgelehrsamkeit. Wer nur zu ordnen versteht, sollte lieber gar nichts tun; wer nur Aufbereitetes lernen kann, sollte lieber unwissend bleiben. „Aber die Methode ist es, die eine Nutzbarmachung ermöglicht." – „Und die alles verdirbt." – „Ohne sie bliebe alles unbrauchbar." – „Weil man ermüdete, und das wäre um so besser. Wozu ist es notwendig, daß so viele Leute etwas anderes als ihr Handwerk verstehen?" Sie sagten noch vieles, was ich Ihnen nicht berichte, und Sie hätten noch mehr gesagt, wenn Abbé Galiani sie nicht mit folgenden Worten unterbrochen hätte:

„Meine Freunde, ich erinnere mich einer Fabel. Hören Sie sie sich an.[2] Sie mag vielleicht ein bißchen lang sein, aber sie wird Sie nicht langweilen: Eines Tages erhob sich tief im Wald zwischen Nachtigall und Kuckuck ein Streit über den Gesang. Jeder rühmte sein Talent. ‚Welcher Vogel', fragte der Kuckuck, ‚hat einen so ungezwungenen, so einfachen, so natürlichen und so abgewogenen Gesang wie ich?' – ‚Welcher Vogel', erwiderte die Nachtigall, ‚hat einen süßeren, abwechslungsreicheren, helleren, leichteren, rührenderen Gesang als ich?' Der Kuckuck: ‚Ich sage wenig; aber was ich sage, hat Gewicht, hat Ordnung, man behält es.' Die Nachtigall: ‚Ich spreche gern, aber ich lasse mir immer wieder etwas Neues einfallen und werde nie müde. Ich bezaubere die Wälder; der Kuckuck macht sie traurig. Er hält sich so streng an die Lektionen seiner Mutter, daß er nicht den Mut zu einem einzigen Ton aufbringt, den er nicht von ihr lernte. Ich dagegen erkenne überhaupt keinen Meister an. Ich setze mich über Regeln hinweg. Und gerade wenn ich sie übertrete, bewundert man mich. Wie könnte man seine langweilige Methode mit meiner glücklichen Ausgelassenheit vergleichen!'
Der Kuckuck versuchte mehrmals, die Nachtigall zu unterbrechen. Doch Nachtigallen singer immer und hören nie zu; das ist ein wenig ihr Fehler. Von ihren Gedanken fortgerissen, redete die unsere eifrig weiter, ohne sich um die Antworten ihres Rivalen zu kümmern.
Doch nach einigem Hin und Her kamen sie überein, ein drittes Tier die Entscheidung treffen zu lassen.
Aber wo sollten sie diesen gleichermaßen gebildeten wie unparteiischen Dritten finden, der ein Urteil über sie fällen konnte! Einen guten Richter findet man nicht ohne Mühe. Sie machten sich auf, um überall nach einem zu suchen.
Als sie über eine Wiese flogen, erblickten sie einen ungewöhnlich ernsthaften und stattlichen Esel. Seit der Erschaffung seiner Gattung hatte keiner so lange Ohren getragen. ‚Oh', sagte der Kuckuck, als er sie sah; ‚wir können uns glücklich preisen; unser Streit ist eine Ohrenangelegenheit. Da ist unser Richter. Gott hat ihn extra für uns beide geschaffen.' Der Esel graste. Er hätte sich kaum träumen lassen, eines Tages über Musik urteilen zu müssen. Doch die Vorsehung treibt noch mit vielen anderen Dingen ihren Mut-

willen. Unsere beiden Vögel lassen sich vor ihm nieder, beglückwünschen ihn zu seiner Ernsthaftigkeit und seinem Urteilsvermögen, setzen ihm ihre Streitfrage auseinander und bitten ihn sehr demütig, sie anzuhören und dann ein Urteil zu fällen.

Doch der Esel, der kaum seinen schweren Kopf nach ihnen umwandte, um keinen einzigen Bissen zu versäumen, gab ihnen durch ein Zeichen mit seinen Ohren zu verstehen, er hätte Hunger und hielte heute keinen Gerichtstag. Die Vögel ließen nicht locker. Der Esel graste weiter. Beim Grasen legte sich sein Appetit. Am Wiesenrand standen ein paar Bäume. ‚Nun gut', sagte er zu den Rivalen, ‚fliegt dorthin. Ich werde mich ebenfalls hinbegeben. Ihr werdet singen. Ich werde verdauen. Ich werde euch anhören und euch dann meine Meinung sagen.'

Die Vögel fliegen pfeilschnell los und setzen sich auf einen Baum. Der Esel folgt ihnen mit der Miene und dem Schritt eines Gerichtspräsidenten, der die Säle des Gerichtsgebäudes durchschreitet. Er kommt an. Er streckt sich auf dem Boden aus und sagt: ‚Beginnt, der Gerichtshof hört euch.' Er war der ganze Hof.

Der Kuckuck sagte: ‚Monseigneur, es ist kein Wort über meine Ansprüche zu verlieren; erfassen Sie den Charakter meines Gesanges richtig, und geruhen Sie vor allem, die Kunstfertigkeit und die Methode zu beachten.' Dann warf er sich in die Brust und sang, mit den Flügeln schlagend: ‚Kuckuck, Kuckuck, Kuckuckuck, Kuckuckuck, Kuckuck, Kuckuckuckuck.' Und nachdem er dies in allen möglichen Variationen zusammengesetzt hatte, schwieg er. Und die Nachtigall erhebt ohne Umschweife ihre Stimme, schwingt sich zu den kühnsten Modulationen auf, führt die neuesten und auserlesensten Melodien vor. Es sind entweder kunstvolle Kadenzen oder endlos lange ausgehaltene Töne. Bald hörte man den Gesang hinabsteigen und tief unten in ihrer Kehle raunen, wie eine Welle im Bach, die sich stumm zwischen den Kieseln verliert. Bald hörte man ihn aufsteigen, allmählich anschwellen, die Lüfte weit und breit erfüllen und frei im Raum schweben. Er war bald sanft und anmutig, bald brillant und pathetisch, und welchen Charakter er auch annahm, er blieb stets ausdrucksvoll; dennoch war er nicht jedermanns Sache.

Von ihrer Begeisterung mitgerissen, sänge sie vielleicht noch immer, wenn der Esel, der bereits mehrmals gegähnt hatte, sie nicht unterbrochen und zu ihr gesagt hätte: ‚Ich zweifle nicht daran, daß alles, was Sie da gesungen haben, sehr schön ist, aber ich verstehe nichts davon. Es erscheint mir bizarr, verworren, unzusammenhängend. Sie sind vielleicht genialer als Ihr Rivale, aber er ist methodischer als Sie, und ich für meinen Teil bin für die Methode.'"

Und der Abbé wendete sich an Monsieur Le Roy und sagte, mit dem Finger auf Grimm zeigend, zu ihm: „Der da ist die Nachtigall. Sie sind der Kuckuck; und ich bin der Esel, der die Rechtssache zu Ihren Gunsten entscheidet. Guten Abend."

Die Geschichten des Abbés sind gut, und überdies trägt er sie meisterhaft vor. Niemand kann sich ihnen entziehen. Sie hätten viel über ihn gelacht, wenn Sie gesehen hätten, wie er seinen Hals in die Luft reckte und die zarte Stimme der Nachtigall nachahmte; wie er sich in die Brust warf und die rauhe Stimme des Kuckucks annahm; wie er die Ohren emporzog und das einfältige, plumpe Gehabe des Esels imitierte – und all dies ganz natürlich und ohne Anstrengung. Er ist eben ein Pantomime von Kopf bis Fuß.

Monsieur Le Roy entschied sich, die Fabel zu loben und darüber zu lachen.

Da man sich gerade über den Gesang der Vögel unterhielt, wurde gefragt, was wohl die Alten veranlaßt habe zu sagen, der Schwan, dessen Schrei näselnd und rauh ist, sänge im Sterben melodiös.

Ich antwortete, der Schwan sei vielleicht Symbol für den Menschen, der stets im letzten Augenblick etwas Schönes sage, und ich fügte hinzu, sollte ich jemals die letzten Worte eines Redners, eines Dichters, eines Gesetzgebers in Verse fassen, so wählte ich als Titel *Der Schwanengesang*.

Die Unterhaltung nahm darüber eine ernste Wendung. Man sprach von dem Schrecken, den uns allen der Tod einflößt.

„Allen?" rief Vater Hoop aus. „Nehmen Sie mich bitte davon aus. Ich habe mich das erste Mal zu schlecht gefühlt, um noch einmal wiederkommen zu wollen. Man könnte mir die selige Unsterblichkeit für einen einzigen Tag Fegefeuer anbieten, ich wollte sie nicht. Das beste ist, nicht mehr zu sein."

Dies ließ mich in Träumerei versinken, und es schien mir, daß ich, solange ich gesund und munter sei, ebenso dächte wie Vater Hoop; doch im letzten Augenblick erkaufte ich mir vielleicht das Glück, noch einmal leben zu können, mit tausend Jahren, mit zehntausend Jahren Hölle. Ach, liebe Freundin, wir fänden uns wieder! Ich liebte Sie von neuem! Ich redete mir ein, was ein Mädchen seinem im Sterben liegenden Vater einzureden vermochte.

Dieser war ein alter Wucherer. Ein Priester hatte ihm versichert, er sei auf ewig verdammt, wenn er das Wuchergeld nicht zurückerstattete. Er war dazu entschlossen, ließ seine Tochter rufen und sagte zu ihr: „Mein Kind, du glaubtest, ich ließe dich reich zurück, und du wärst es auch tatsächlich gewesen – aber da ist ein Mensch, der dich ruiniert. Er behauptet, ich müßte für immer in der Hölle braten, wenn ich stürbe, ohne zurückzuzahlen." – „Sie belieben wohl zu scherzen", antwortete ihm die Tochter, „wenn Sie von dieser Rückzahlung und Ihrer Verdammung sprechen. Nach Ihrem Charakter zu urteilen, den ich kenne, werden Sie noch keine zehn Jahre verdammt sein und sich schon daran gewöhnt haben."

Das schien ihm zuzutreffen, und er starb, ohne das Geld zurückzuerstatten.

Eine Tochter entschloß sich, ihren Vater in die Verdammnis zu schicken, ein Vater, verdammt zu sein, um seine Tochter reich werden zu lassen; und ein leidenschaftlicher Liebhaber, ein ehrenwerter Mensch sollte davor zurückschrecken! Ist es nicht ungemein süß, verdammt zu sein und seinen Vater, seine Mutter, seine Freundin, seinen Freund, seine Frau, seine Kinder, alles, was wir zärtlich liebten, wiederzutreffen, und sei es auch in der Hölle?

Und dann unterhielten wir uns eingehend über das Leben, den Tod, die Welt und ihren vermeintlichen Schöpfer.

Irgend jemand bemerkte, ob es nun einen Gott gäbe oder nicht, es sei einfach unmöglich, dieses Gebilde in die Natur oder in eine Streitfrage einzuführen, ohne sie zu verdunkeln.

Ein anderer sagte, wenn eine Hypothese alle Phänomene erkläre, so lasse sich daraus nicht schlußfolgern, daß sie wahr sei; denn wer wüßte schon, ob die allgemeine Ordnung nur einen einzigen Grund habe? Was müsse man also von einer Hypothese halten, die, weit davon entfernt, auch nur die Schwierigkeit zu lösen, derentwegen man sie ersann, unendlich viele andere nach sich zieht?

Liebe Freundin, ich denke, unser Geplauder am Kamin bereitet Ihnen Vergnügen, und so fahre ich fort.

Unter all diesen Schwierigkeiten gibt es eine Frage, die man aufgeworfen hat, seit die Welt Welt ist und die Menschen leiden, ohne es verdient zu haben, auf die man aber nie eine Antwort gefunden hat: Es ist die Unvereinbarkeit des körperlichen und geistigen Leidens mit der Natur des ewigen Wesens.

Hier, was man vorbringt: Es ist bei ihm Unvermögen oder böser Wille; Unvermögen, wenn der Ewige das Leiden verhindern wollte und es nicht vermochte; böser Wille, wenn er das Leiden hätte verhindern können und es nicht wollte.

Einem Kind würde dies einleuchten. Deshalb hat man den Sündenfall des Urvaters ersonnen, die Erbsünde, die Strafen und Belohnungen im Jenseits, die Fleischwerdung, die Unsterblichkeit, die beiden Prinzipien der Manichäer,[3] den Ormazd und den Ahriman der Perser,[4] die Emanationen,[5] das Reich des Lichtes und der Finsternis, die Wiedergeburt, die Seelenwanderung, den Optimismus und andere Absurditäten, die bei den verschiedensten Völkern der Erde für glaubwürdig gehalten und verbreitet werden. So erhält man stets eine trügerische Vision als Erklärung für eine klare, deutliche und präzise Tatsache.

Wie entscheidet sich in diesen Fragen der gesunde Menschenverstand? So, meine Freundin, wie wir uns entschieden haben. Was auch immer die Optimisten zu uns sagen, wir werden ihnen erwidern: Wenn die Welt nicht ohne empfindsame Wesen und die empfindsamen Wesen nicht ohne den Schmerz existieren können, dann hätte alles in jener immerwährenden Ruhe bleiben sollen. Schließlich war schon eine Ewigkeit vergangen, ohne daß es diese Torheit gegeben hatte.

Die Welt eine Torheit? Oh, meine Freundin, eine schöne Torheit trotz alledem! Sie ist nach der Meinung einiger Bewohner Malabars eine der vierundsiebzig Komödien, an denen sich der Ewige ergötzt.

Leibniz, der Begründer des Optimismus, ein ebenso großer Dichter wie tiefgründiger Philosoph, erzählt irgendwo, in einem Tempel von Memphis habe es eine hohe Pyramide aus Weltkugeln gegeben, die übereinander angeordnet waren; ein Priester, der von einem Reisenden über diese Pyramide und diese Weltkugeln befragt worden sei, habe geantwortet, dies alles seien mögliche Welten, und die vollkommenste sei auf der Spitze; der Reisende sei daraufhin voller Neugierde, aus der Nähe diese vollkommenste der Welten zu sehen, auf die Pyramide emporgestiegen, und das erste, das ihm auf dem obersten Globus in die Augen fiel, war Tarquinius, der Lucretia vergewaltigte.[6]

Ich weiß nicht, wer diese Geschichte wieder in Erinnerung brachte; ich kannte sie bereits und glaube, Sie mit ihr unterhalten zu haben.

Gespräche sind schon etwas Eigentümliches, besonders wenn die Runde ein wenig größer ist. Sehen Sie sich nur an, wie wir vom Hundertsten ins Tausendste gekommen sind. Die Fieberträume eines Kranken sind nicht wunderlicher. Doch da es weder in dem Kopf eines träumenden Menschen noch in dem eines Irren etwas völlig Zusammenhangloses gibt, so hängt auch in der Unterhaltung alles zusammen; doch es wäre zuweilen recht schwer, die verborgenen Kettenglieder wiederzufinden, die so viele unvereinbare Gedanken nach sich zogen. Jemand wirft ein Wort ein, das er von dem vorangegangenen Gespräch und den in seinem Kopf darauffolgenden Gedankengängen abtrennt; ein anderer tut es ebenfalls; und nun hasche, wer kann! Eine einzige physische Eigenschaft kann den Geist, der sich mit ihr beschäftigt, zu unendlich vielen, unterschiedlichen Dingen führen. Nehmen wir eine Farbe, gelb zum Beispiel, Gold ist gelb, die Seide ist gelb, der Neid ist gelb, die Galle ist gelb, das Licht ist gelb, das Stroh ist gelb; wieviel anderen Fäden entspricht dieser gelbe Faden noch? Der Wahnsinn, der Traum, das Zusammenhanglose der Unterhaltung besteht darin, daß von einem Gegenstand zum anderen übergegangen wird, und zwar durch Vermittlung einer gemeinsamen Eigenschaft.

Der Irre bemerkt nicht, daß er die Gegenstände wechselt. Er hält ein gelbes, leuchtendes Strohhälmchen in der Hand und schreit, er habe einen Sonnenstrahl gepackt. Wie viele Menschen ähneln diesem Irren, ohne es zu ahnen, und vielleicht sogar ich selbst in diesem Augenblick.

Das Wort ‚vergewaltigen' stellte eine Verbindung zwischen der Missetat des Tarquinius und der des Lovelace her. Lovelace ist der Held des Romans *Clarissa*[7], und schon sind wir von der römischen Geschichte zum englischen Roman gesprungen. Man diskutierte viel über *Clarissa.* Jene, die dieses Werk verachteten, verachteten es ganz entschieden. Jene, die es schätzten, waren in ihrer Wertschätzung ebenso unmäßig wie die ersteren in ihrer Verachtung, sie betrachteten es als eine Glanzleistung des menschlichen Geistes. Ich habe ein Exemplar. Es tut mir sehr leid, daß Sie es nicht in Ihren Reisekoffer gesteckt haben. Ich werde weder mit Ihnen noch mit mir zufrieden sein, solange ich Sie nicht dazu brachte, an der Wahrheit der *Pamela*, des *Tom Jones*, der *Clarissa* und des *Grandison*[8] Geschmack zu finden.
Es wurden hier so viele kluge und närrische Dinge gesagt und getan, daß ich nie zu einem Ende komme, wenn ich nicht den Faden zerreiße, um sogleich zu zwei kleinen burlesken Abenteuern überzugehen, die ich Ihnen nicht erlassen kann, obgleich ich sehr wohl weiß, daß sie kindisch sind und einen Einschlag haben, der kaum Ihrer Geisteshaltung entspricht.
Wir sind alle im ersten Stockwerk untergebracht, entlang desselben Korridors, die einen in den Zimmern, die nach dem Eingangshof und den Gräben gehen, die anderen in denen hinten hinaus, nach dem Garten und dem freien Feld.
Oh, liebe Freundin, wie geschwätzig ich doch bin! ‚Sollte es mir denn nie gelingen', wie Madame de Sévigné sagte, die ebenso geschwätzig und gefräßig war, wie ich es bin, ‚zu fasten und zu schweigen?'[9]
Wir hatten uns am Abend alle zurückgezogen. Es war viel über den Brand bei Monsieur de Bacqueville[10] gesprochen worden, und da erinnert sich Madame d'Aine plötzlich im Bett, daß noch ein riesiger Stubben brennend im Kamin des Salons lag. Vielleicht hatte man den Vorsetzer nicht davorgestellt, und der Stubben konnte auf das Parkett rollen, wie das schon einmal geschehen war. Die Angst packt sie, und da diese ein schlechter Ratgeber ist, steht sie auf, schlüpft mit ihren nackten Füßen in ihre Pantoffeln und verläßt ihr Zimmer in Mieder und Nachthemd, eine kleine Nachtlampe in der Hand. Sie steigt die Treppe hinab, als

Monsieur Le Roy, der gewöhnlich lange aufbleibt und sich die Zeit damit vertrieben hatte, im Salon zu lesen, gerade herauskommt. Sie bemerken einander, Madame d'Aine flüchtet; Monsieur Le Roy verfolgt sie, holt sie ein, umfaßt ihre Taille und küßt und küßt sie; und sie schreit und schreit: ‚Zu Hilfe, zu Hilfe, helft mir!' Und die Küsse des Schwerenöters hindern sie, deutlich zu sprechen. Trotzdem konnte man in etwa verstehen: ‚Zu Hilfe, meine Schwiegersöhne! Wenn er mir ein Kind macht, um so schlimmer für euch!' Die Türen werden geöffnet. Wir laufen auf den Korridor und finden dort nur noch Madame d'Aine in beträchtlicher Unordnung, wie sie gerade im Dunkeln ihre Haube und ihre Pantoffeln sucht; denn ihre Lampe war umgestürzt und erloschen, und unser Freund hatte sich in seinem Zimmer eingeschlossen. Ich habe die anderen im Korridor zurückgelassen, wo sie noch um zwei Uhr morgens das Gelächter der Homerschen Götter ausstießen, die gar nicht wieder aufhörten und zuweilen weniger Grund hatten; denn Sie stimmen mir doch zu, daß es amüsanter ist, eine dicke, weiße, üppige Frau beinahe nackt in den Armen eines unverschämten, draufgängerischen jungen Mannes zu sehen als einen hinkenden Tölpel, der seinem Vater und seiner Mutter nach einem ziemlich geschmacklosen Familienstreit zu trinken einschenkt. Das ist das Ende des ersten Gesangs der *Ilias*.
Dieses Abenteuer war das Gaudium des Tages. Die einen behaupteten, Madame d'Aine habe zu früh gerufen; andere, sie habe erst gerufen, nachdem sie sich voll und ganz versichert hatte, daß nichts zu befürchten sei, und sie hätte ebensogern zu ihrem Vergnügen geschwiegen, wie sie zu ihrer Ehre schrie. Und was weiß ich, was sonst noch!
Das andere Geschichtchen ist eine Ungehörigkeit ersten Grades.
Stellen Sie sich vor, wir sitzen zu vierzehn oder fünfzehn am Ende der Mahlzeit am Tisch, mein Sohn d'Aine Madame de Charmoy zur Linken. Er ist plump vertraulich zu ihr. Er nimmt ihre Hand; er will ihren Arm sehen; er hebt die Manschette hoch. Sie läßt es bewußt oder aus Unachtsamkeit geschehen. Er sieht auf der recht weißen Haut große schwarze Haare und beginnt, sie herauszuzupfen. Sie will ihre Hand zurückziehen, er hält sie fest; sie

will ihre Manschette herabziehen, er hebt sie hoch und zupft weiter. Sie schreit: ‚Monsieur, wollen Sie wohl aufhören?' Er antwortet ihr: ‚Nein, Madame; wozu zum Teufel soll das gut sein?' und zupft weiter. Sie wird ärgerlich. ‚Sie sind unverschämt.' Er läßt sie ärgerlich sein und zupft deshalb nicht weniger. Madame d'Aine erstickt fast, halb vor Lachen, halb vor Wut, sie hält sich die Seiten, und um einen ernsten Ton bemüht, sagt sie zu ihm: ‚D'Aine, was fällt Ihnen ein?' Und dann lachte sie. ‚Wer hat jemals einer Frau bei Tisch die Haare ausgezupft?' Und dann lachte sie wieder. ‚Wo ist die Erziehung, die ich Ihnen angedeihen ließ?' Und alle anderen platzten heraus. Mir stürzten die Tränen aus den Augen, ich glaubte, sterben zu müssen.
Doch einen Augenblick später gab die Mutter ihrem Sohn ein Zeichen, er stand auf, warf sich der Dame zu Füßen und bat sie um Verzeihung. Sie behauptet, er habe ihr weh getan; aber das stimmt nicht. Es waren der schlechte Scherz und unser unmenschliches Gelächter, die ihr weh getan haben.
Der Baron ist krank. Er hat Ruhr und Fieber. Ich war gerade in den Salon hinabgestiegen, wo er, Vater Hoop, Madame d'Aine und Madame d'Holbach Tee tranken. Ich trank mit. Und da sagte der Baron, der trotz der Leibschmerzen seinen originellen, schelmischen Tonfall behalten hat: „Mama, kennen Sie den Großen Lama?" – „Ich kenne weder den großen noch den kleinen." – „Das ist ein Priester von Tibet." – „Von Tibet oder von anderswo, wenn es ein guter Priester ist, so achte ich ihn." – „Einmal im Jahr speist er besonders gut und verbringt dann den Tag auf seinem Klosett." – „Wohl bekomm's ihm!" – „Und dann ..." – „Das ist eine Schweinerei." – „Was nennen Sie eine Schweinerei, ich bitte Sie?! Ein – wie mir scheint – recht einfaches, recht natürliches und recht allgemeines Bedürfnis, das Sie trotz Ihres Spiritualismus genauso befriedigen wie Ihre Müllersfrau. Aber da es nun einmal diese Schweinerei gibt – wenn der Große Lama seine Schweinerei gemacht hat, sieht man sie als eine heilige Sache an; man pulverisiert sie und schickt sie in kleinen Päckchen an alle hohen Fürsten, die sie an den religiösen Festtagen als Aufguß zu sich nehmen." – „Was für ein Irrsinn!" – „Irrsinn oder nicht, es ist eine Tatsache. Aber glauben Sie nicht auch,

daß Sie, wenn man Ihnen Kot von Jesus Christus schenkte, sehr stolz darauf wären? Und glauben Sie nicht, daß ein Jansenist[11], dem man den Kot des glückseligen Diakonus[12] schenkte, den Kot in Gold fassen ließe, worauf dieser nicht lange zögerte, ein Wunder zu tun?"

Lesen Sie dies nicht Madame Legendre vor. Sie hat diesen Ton nicht gern. Ihnen aber sage ich, daß die Begebenheit mit dem Großen Lama wahr ist; und trotz seines schlechten Geruches erkennen Sie darin einen der stärksten Beweise dafür, was die Priester über den Verstand vermögen.

Hier ist etwas für Madame Legendre. Damilaville hat mir die *Geschichte des Zaren*[13] geschickt, und ich habe sie gelesen.

Sie hat drei Teile: ein Vorwort über die Art und Weise, Geschichte im allgemeinen zu schreiben; eine Beschreibung Rußlands; und die Geschichte des Zaren von seiner Geburt bis zur Niederlage Karls XII. am Tage von Poltawa.

Das Vorwort ist kindisch. Es ist im Ton einer Posse geschrieben. Der Abschnitt nähme sich nicht einmal in den *Mélanges de Littérature* des Autors gut aus. Letzten Endes gelangt man zu der Auffassung, daß man auf keinen Fall das Privatleben großer Männer beschreiben sollte. Das seltsame Paradoxon wird mit Vernunftgründen untermauert, die sich bei ehrlicher Betrachtung als Scheingründe erweisen; es ist eine falsche Auffassung, oder mein Freund Plutarch[14] ist ein Dummkopf.

Es gibt in diesem ersten Abschnitt nur ein Wort, das mir gefällt; und zwar dies: Hätte es nur eine einzige Schlacht gegeben, so wüßte man die Namen all derer, die daran teilnahmen, und ihre Ahnentafel würde den fernsten Geschlechtern überliefert werden.

Was beweist besser als die Richtigkeit dieses Gedankens, welch seltsame Erscheinung doch die Menschen sind, die sich zusammenrotten und an einen bestimmten Ort begeben, um einander umzubringen?

Wenn die Tiere, für die wir eine Geißel sind, über den Menschen nachdächten, so wie der Mensch über sie nachdenkt, betrachteten sie dann nicht dieses Geschehen als eine besondere Aufmerksamkeit der Vorsehung, und sagten sie nicht untereinander: Ohne diese Raserei, zu der die Natur den Menschen anstachelt und die zu befriedigen sie ihn von

Zeit zu Zeit drängt, ohne diesen Durst, den er nach dem Blut von seinesgleichen hat, bedeckte diese verfluchte Rasse die gesamte Erdoberfläche, und mit uns wär's aus. Könnten die Hirsche denken – wäre das große Ereignis für die Hirsche im Wald von Fontainebleau der Tod Ludwigs XV.? Was würden sie darüber sagen? Und die Fische in unseren Gräben, denen wir zum Zeitvertreib nach dem Diner Brot zuwerfen – was denken sie über dieses Manna, das ihnen im Herbst vom Himmel fällt? Gibt es unter ihnen irgendeinen schuppigen Moses,[15] der sich unsere Wohltätigkeit zur Ehre anrechnet?

Wie dem auch sei, mich kommt die Lust an, Sie ein wenig mit den Kriegen, den Pestepidemien und den anderen Geißeln des Menschengeschlechts zu versöhnen. Wissen Sie, daß es dreimal mehr Menschen gäbe, als ernährt werden könnten, wenn alle Reiche ebensogut regiert würden wie China, das fruchtbarste Land der Erde? Alles, was ist, muß sein, ob gut oder schlecht.

Die Beschreibung Rußlands ist mittelmäßig. Hin und wieder werden naturgeschichtliche Kenntnisse vorausgesetzt, von denen man kein Wort weiß. Was die Geschichte des Zaren anbelangt, so liest man sie zwar mit Vergnügen, fragt sich aber am Schluß: ‚Was für ein großes Gemälde habe ich gesehen? Welche tiefgründige Überlegung bleibt mir nun? Welche erhabene Stelle hat mich beeindruckt? Welchen Abschnitt würde ich noch einmal lesen wollen? Wo ist in alledem die Spur des Genies?' Man wüßte keine Antwort darauf zu geben. Mir ist es lieber, daß ich diesen Brief an meine Freundin geschrieben habe. Er wird zwischen ihr und mir enden. Ihr wird es Vergnügen bereitet haben, ihn zu lesen, so wie mir, ihn zu schreiben, und damit gut.

Es fehlt noch viel, bis sich der Schriftsteller aus Frankreich auf die Ebene des Gesetzgebers von Rußland emporschwingen mag. Doch wenn alle Nachrichten so abgefaßt wären wie diese Geschichte des Zaren, so ließe ich mir keine einzige entgehen.

Es ist darin ein recht schönes Kapitel über die Grausamkeiten der Prinzessin Sofia enthalten. Man liest nicht ohne Rührung, wie der zwölf- oder dreizehnjährige Peter mit einem Bild der Jungfrau in den Armen von seinen tränenüberströmten Schwestern zu einem Trupp grausamer Soldaten geführt wird, die ihn laut herbeirufen, um ihn zu töten, nachdem sie gerade seinem Bruder Kopf, Füße und Hände abgeschnitten haben. Aber was ist das im Vergleich zu bestimmten Stellen bei Tacitus? Man denke an die Bestürzung in ganz Rom, als man dort vom Tod des Germanicus erfuhr, und den Schmerz des Volkes, als man die irdischen Überreste des Prinzen brachte.

Die Beschreibung des Landes enthält eine Stelle über die Sitten der Samojeden, die recht gut ist. Doch ich kann diese Sucht nicht ertragen, hochgeschätzte Werke herabzuwürdigen. An zwei Stellen legt man es darauf an, die *Histoire naturelle* von Monsieur de Buffon verächtlich zu machen. Man spielt geographische Nebensächlichkeiten hoch, und die Kritik ist mit ironischen Lobsprüchen gewürzt.

Und dann, was soll ich in der Geschichte des Zaren mit Cromions Zuchtsau und mit Kaplan Norberg anfangen?

Damilaville hatte das Ganze sehr schön gefunden. Ich habe ihm deswegen den Kopf gewaschen; aber ich milderte die Bitterkeit meiner Lektion, indem ich zu ihm mit derselben Aufrichtigkeit sagte, wie ich es jetzt zu Ihnen und zu unserer Schwester Uranie sage: „Seien Sie nicht allzusehr gekränkt, wenn ich Ihnen in Literatur und Philosophie etwas beibringe. Werden Sie nicht Ihr Leben lang recht stolz sein, meine Lehrmeisterinnen in der Moral zu sein, ganz besonders in der praktischen Moral? Sie kennen das Gute; Ihre Gefühle trügen Sie nicht; Sie haben ein empfindsames Herz und einen scharfen Verstand; Sie sind die Menschen, und ich bin die Grille, die auf dem Feld herumlärmt."[16]

Doch wann werden wir uns wiedersehen? Wird Allerheiligen oder der Martinstag herankommen, bis die Ereignisse mir diejenige zurückbringen, die ich liebe, und bis das schlechte Wetter ihr endlich ihren Philosophen zurückgibt? Der Philosoph läßt sich mit dem schlechten Wetter blicken. Es ist seine Zeit.

Ich war in der Stimmung, Ihnen zärtliche Dinge zu sagen, denn meine Liebe zu Ihnen ist Anfang und Ende für mich.

Wenn Uranie am liebsten die Passagen meiner Briefe liest, in denen ich mich mit Ihnen über meine Gefühle unterhalte, so sind diese Stellen für mich auch diejenigen, die mir am leichtesten von der Hand gingen und mir beim Schreiben am meisten Vergnügen bereiteten.

Aber jetzt läutet es zur Messe. Der kleine Schwarzkittel[17] ist eingetroffen. Ich höre ihn lachen, und zwar, um mich des Vergleiches zu bedienen, den Monsieur Le Roy anstellte, wie ein Hirsch im Monat Oktober. Er behauptet, im Wald wäre die Täuschung vollkommen.
Die eine Hälfte unserer Frauen wird sich die Messe im Billardzimmer anhören, die andere Hälfte in meinem Zimmer, von wo aus man die Tür der Kapelle sieht, die auf der anderen Seite des Hofes steht. Sie behaupten, eine Messe sei im Umkreis von wenigstens fünfzig Schritten wirksam. Was uns anbelangt, so haben wir keine Meinung dazu.
Ich habe Grimm kurz von Ihrer Angelegenheit mit Villeneuve[18] berichtet. Er antwortete mir, alle diese Leute seien Spitzbuben; es gelte als gewiß, daß Villeneuve mehr als tausend Livres Rente habe; man müsse fest bleiben; er sei zaghaft, er hätte niemals den Mut, eine große Niederträchtigkeit zu begehen, und lege, ohne vielleicht allzuviel Ehrgefühl zu haben, ziemlich großen Wert auf das öffentliche Ansehen, so daß er einen Skandal fürchte.
Daraus schlußfolgere ich, man müßte dem Onkel geschickt beibringen, wie unbillig und widerrechtlich sein Gesuch ist und welches Urteil die Welt über ihn und seinen Neffen fällte, sobald ein derartiges Aktenstück bekannt würde. Man sollte es aufheben, und bevor es nicht wieder in Ihren Händen ist, nicht antworten.
Ich werde Ihnen mit der ersten Post auf Ihre Nummern 27 und 28 antworten.
Lange haben Sie mir nichts von Ihren Wehwehchen berichtet. Haben Sie von den Schierlingspillen gehört? Man schreibt ihnen Wunderkraft gegen alle Verstopfungskrankheiten zu: Wolfsgeschwülste, geschwollene Drüsen, Krebsgeschwülste etc.
Ich werde kugelrund. Madame Legendre, wie werden Sie mich verabscheuen! Mein Bauch kämpft mit aller Macht gegen die Knöpfe meiner Jacke und entrüstet sich darüber, dieses Hindernis nicht überwinden zu können, vor allem nach dem Diner.
Adieu, meine zärtlich geliebte Freundin. Ich bin für immer ganz der Ihre. Besonders in unglücklichen Umständen sagt mein Herz mir dies.
Es ist niemand mehr bei uns. Der Lärm im Haus ist ver-

klungen. Wir söhnen uns wieder miteinander aus, der Baron, Vater Hoop und ich. Sie sind fort, Gott sei Dank, die uns trennten.
Ich werde mit diesem Brief hier jenen aufgeben, den Sie mir, an Monsieur de Prysie adressiert, sandten.
Wissen Sie, meine Freundin, daß Sie ihn mit einem zweideutigen Satz beendeten, den ein Geck ausnutzen und der einen Eifersüchtigen beunruhigen könnte? ‚Ich würde die feine Gesellschaft sehen, meine Schwester, ihre Kinder. Ist das alles? O nein; ich fände kein Ende, wollte ich alles sagen.' Darin könnte viel Koketterie stecken oder noch Schlimmeres. Aber ich höre das nicht heraus, und Monsieur de Prysie wird nichts hineinlegen. Er ist kein Geck; und ich bin nicht eifersüchtig.
Damilaville ist ein bewundernswerter Mensch. Dreimal in der Woche schickt er einen Mann zu mir, der mir Ihre Briefe bringt und meine mitnimmt.
Adieu, adieu! Benachrichtigen Sie mich aus der Ferne von Ihrer Rückkehr, damit nicht ein Dutzend meiner Briefe in der Luft hängen und Sie in Isle suchen, wenn Sie nicht mehr dort sind.
Sie sind mir teurer denn je zuvor. Ihre Abwesenheit ändert nichts daran. Doch, sie ändert etwas daran: Sie macht ungeduldig.

Ich las soeben den Brief noch einmal durch. Beinahe hätte ich Lust gehabt, ihn zu verbrennen. Ich befürchtete, die Lektüre könnte Sie langweilen. Sollte sie Sie nur im geringsten ermüden, lassen Sie davon ab. Sie werden sie später wiederaufnehmen. Sie ist nur deshalb so schwierig, weil es unmöglich ist, von dem Gesagten etwas wegzulassen.
Und außerdem sind Ihnen die Gesprächsthemen nicht so vertraut wie uns. Ich brenne vor Verlangen, Sie wiederzusehen.

1 Gemeint sind Diderots Frau und Tochter Angélique.
2 Diese Fabel erschien separat in der *Correspondance littéraire* vom Januar 1787.
3 Vgl. Brief vom 30. Oktober 1759, Anm. 12.
4 Ormazd (Ahuramazda) und Ahriman verkörpern in Zarathustras Religion das gute und das böse Prinzip.
5 „Emanation" bedeutet in der Philosophie (bei Neuplatonikern,

Gnostikern und später in der Kabbala) die Entstehung, das Ausströmen der Welt (des Unvollkommenen) als ein stufenweiser Prozeß aus Gott (dem Vollkommenen).

6 Diderot bezieht sich hier auf Leibnizens *Theodizee* (§ 416), zitiert aber aus dem Gedächtnis, wie Ungenauigkeiten erkennen lassen. – Nach der römischen Sage wurde Lucretia, die ehrsame Frau des L. Tarquinius Collatinus, auf Grund einer Wette von Sextus Tarquinius, dem Sohn des letzten römischen Königs Tarquinius Superbus, geschändet und beging Selbstmord. Man sah darin den Anlaß für den Sturz des Königtums in Rom.

7 Der Briefroman *Clarissa* des Engländers Samuel Richardson erschien 1748. In Frankreich wurde er vor allem in der Übersetzung des Abbé Prévost verbreitet und erzielte als ein Bestseller des Jahrhunderts eine tiefgreifende Wirkung. Ein beredtes Zeugnis dafür ist Diderots *Eloge de Richardson* (1762, Lobrede auf Richardson), die er anläßlich des Todes des Autors verfaßte.

8 Romane Richardsons.

9 Diderot sieht hier seine Korrespondenz mit Sophie offensichtlich in der Tradition der berühmten und häufig aufgelegten Briefe von Madame de Sévigné (1626–1696), die überdies unweit von Grandval, bei einem Onkel im Schloß Montaleau, einst die Sommermonate zu verbringen pflegte.

10 Das Haus Bacquevilles befand sich ganz in der Nähe der Wohnung Diderots. Der Besitzer hatte sich geweigert, sein brennendes Haus zu verlassen, und war darin umgekommen.

11 Anhänger der katholischen Glaubensrichtung des Jansenismus, die von dem niederländischen Theologen Cornelius Jansen (1585–1638) begründet wurde. Unter Rückgriff auf die Gnadenlehre des Augustinus erstrebten ihre Vertreter wie Blaise Pascal (1623–62) eine Verinnerlichung des Christentums. Als entschiedene Gegner der Jesuiten und mit ihrer antiabsolutistischen Gesinnung wirkten die Jansenisten im 17. und teils noch im 18. Jahrhundert über den theologischen Rahmen hinaus auch als Wegbereiter bürgerlicher Bewußtseinsbildung. Die Aufklärer jedoch verurteilten ihren theologischen Spiritualismus. Politischen Einfluß übten sie lange Zeit über die Gerichtshöfe (Parlements) aus, in denen sie tonangebend waren.

12 Gemeint ist der Diakonus von Paris, auf dessen Grab auf dem Friedhof Saint-Médard angeblich Wunder geschahen.

13 Das heißt *L'histoire de l'empire de Russie sous Pierre le Grand* (1759, Die Geschichte des Russischen Reiches unter Peter dem Großen) von Voltaire.

14 Der griechische Schriftsteller Plutarch (46–120 u. Z.) verfaßte vergleichende Lebensbeschreibungen („Parallelbiographien“) berühmter Männer der Antike, in denen jeweils ein Grieche und ein

Römer nebeneinandergestellt sind. Dabei kam es ihm weniger auf historische Genauigkeit als auf genaue Charakterschilderungen an. Seit dem Humanismus galt er als eine wichtige Quelle für die Kenntnis der Antike. Auch von Diderot und anderen Aufklärern wurde er hoch geschätzt.

15 Anspielung auf eine Bibelstelle (2. Buch Mose, Kap. 16), wo das Volk Israel beim Auszug aus Ägypten unter Führung Moses' in der Wüste von Gott mit Manna gespeist wird.

16 Anspielung auf eine Fabel des italienischen Satirikers Boccalini (1556–1613).

17 Es ist der Schloßkaplan von Monsieur de Sussy. Vgl. Brief vom 30. Oktober 1759, S. 54.

18 Pierre-Arnaud Vallet de Villeneuve, geb. 1732, war der Sohn von Nicolas Vallet de La Touche, dem Schwager von Madame de Sallignac, der älteren Schwester Sophies. Dieser war bei seinem Tode 1759 gegenüber Sophie Volland mit 30 000 Livres verschuldet. Sein Sohn erklärte sich ebenfalls unfähig, die Schuld zu begleichen.

(Grandval, 1. November 1760)

Können Sie begreifen, meine Freundin, wie jemand, der ein vortreffliches Herz und einen hohen Sinn hat, wie jemand, dem man ein Unrecht zufügte, wollte man ihm auch nur eine gute Eigenschaft absprechen, wie jemand, dessen Wohltätigkeit und Großzügigkeit bei jeder Gelegenheit hervortritt, sich mir nichts, dir nichts entschließen kann, seiner Schwiegermutter, seiner Frau, seinen Freunden, seinen Hausangestellten, kurz seiner ganzen Umgebung das Leben zur Hölle zu machen? Wie kann es sein, daß man bald ein feines und bald ein grobes Betragen an den Tag legt? Daß man den Menschen verabscheut und doch auch Freude daran empfindet, ihm sein Elend zu erleichtern? Daß man in seinem Kopf kein einziges festes Prinzip zu haben scheint, zuweilen aber das feinste und sicherste Urteilsvermögen in Fragen des Geschmacks beweist und den vornehmsten Anstand in Gefühlsdingen? Daß man harten und empörenden Worten ein gefälliges und sanftes Gespräch unmittelbar vorausgehen oder folgen lassen kann? Daß man eben noch seines Frohsinns und seiner Originalität wegen den reizvollen Mittelpunkt der Gesellschaft bildet, doch schon im nächsten Moment unerträglicher Launen wegen deren Geißel ist?

So ist unser armer Baron. Ich halte ihn für rettungslos verloren. Seine schlechten Augenblicke wurden bislang von seinen guten in etwa aufgewogen; jetzt beginnen die ersteren entschieden die Oberhand zu gewinnen. Ich fürchte, daß sich unaufhaltsam jedermann von ihm abwendet und er allein bleibt; mit mir, versteht sich. Ich habe alles abgewogen und meine Entscheidung getroffen. Lieber leide ich, als daß ich mich dem Verdacht der Undankbarkeit aussetze. Ein Bruch zwischen Freunden hinterläßt stets einen schlechten Eindruck in der Gesellschaft, und ein Mensch mit Herzensbildung, der in der üblen Lage war, Freundesdienste annehmen zu müssen, weiß nie, wann alles abgegolten ist.
Was soll man mit diesem Mann machen? Seit acht Tagen ist er nicht mehr krank, beansprucht aber weiterhin die Privilegien des Kranken, das heißt, er klagt, ohne daß ihm etwas weh tut, er braust auf, er schmollt, er will und will auch nicht essen, er will und will auch nicht allein sein, er wird widerspenstig, wenn man gefällig ist, und er knurrt, wenn man es nicht ist. Vater Hoop, der der beste Mensch der Welt ist, hat es satt. Wir warten alle beide auf das Ende unserer Knechtschaft. Wie auch immer, sie wird für mich am Morgen nach den Festtagen vorbei sein. Der Schotte muß sie noch bis nach dem Martinstag ertragen.
Hätte ich mich auf anständige Weise von Madame d'Aine entfernen können, so wäre ich Allerheiligen in Paris gewesen. Damilaville bat mich zu sich. Doch Madame d'Aine ist keine Frau, mit der man nach Belieben umspringt. Man schuldet ihr zuviel.
Ich hätte mich nach Paris rufen lassen können, entweder von den Verlagsbuchhändlern oder vom Chevalier de Jaucourt[1]; man hätte keinen Grund gehabt, sich über mich zu beklagen. Doch genügt es, die anderen zufriedenzustellen, indem man sie täuscht? Ich wette, daß Sie sich keine Hausherrin vorstellen können, die weniger von ihren Gästen verlangt als Madame d'Aine, oder eine, die sich mehr um Wohlergehen und Unterhaltung der Gäste kümmert. Der Tag besteht aus lauter Aufmerksamkeiten. Hat man Appetit auf ein Gericht erkennen lassen, steht es am nächsten Tag auf dem Tisch, und so ist es mit allem. Sie spielt, ohne gern zu spielen; sie geht spazieren, ohne gern spazieren-

zugehen; sie plaudert gern und schweigt doch, wenn wir lesen. Zudem ist sie von einer erstaunlichen, offenherzigen Fröhlichkeit, die uns von früh bis spät ergötzt. Ob sie über ihren Beichtvater spricht, über sich selbst, ihren Sohn, ihre Frauen, ihre Nachbarinnen, ihre Katzen, ihre Hunde, stets ist sie reizend. In unsere philosophischen Gespräche wirft sie immer ein paar unpassende Worte ein, die ihr Spaß geben. Trotz des Barons schlechter Laune und des dunklen Dunstkreises, der von ihm ausgeht und uns einhüllt, gibt es Augenblicke, in denen wir so laut herausplatzen, daß es im Garten zu hören ist und uns die Tränen kommen. Dann bemerkt man, daß selbst der vermaledeite Mann in seinem Sessel gegen seinen Willen darüber lachen muß.
Madame d'Holbach ist schon immer sehr gut gewesen, doch sie wird von Tag zu Tag noch besser. Wenn sie ihren angeborenen Vorzügen noch einige erworbene hinzufügt, wie sie das anstrebt, wird sie keine gewöhnliche Frau mehr sein. Sie spricht wenig, aber gut. Ihr Urteilsvermögen über Charaktere ist ungewöhnlich. Nichts Lächerliches – und sei es auch noch so geringfügig – entgeht ihr. Sie könnte für ihren Gatten eine recht schlechte Gesellschaft abgeben, bei seinen üblen Eigenschaften, und dies, ohne sich etwas zu vergeben; doch sie läßt es bleiben. Sie hat ihren Wertmaßstab, und ich bin sicher, daß jeder dort an seinem richtigen Platz ist. Sie liest. Sie musiziert. Niemand ist für Harmonie empfänglicher. Ist sie unbesorgt, so hat sie angenehme Gesichtszüge; hört sie gute Musik, so hat sie die interessanteste Miene. Die schönste und sanfteste Seele spiegelt sich in ihrem Gesicht wider. Abends verbringen wir anderen die Zeit beim Spiel; sie nutzt die ihre, um sich zu bilden. Die Stickereien, die Kinderhäubchen und das übrige Putzwerk für die Kleinen füllen den Tag aus. Ihr Arbeitseifer erlaubt ihr keinen Augenblick Muße. Der Ehemann, der ihr schon so viele verdrießliche Tage bereitete, hat sie noch nie ohne ihre gewohnte Sanftmut und Nachsicht angetroffen. Sie hat mit ihrer Schwester, deren Verlust wir lange beklagen werden, eine Eigenschaft gemeinsam: Sie kleidet mit ihren Sachen alle Hausangestellten ein und hält, soweit es in ihren Kräften steht, Kummer von ihnen fern, so wie von ihrem Gatten Zorn und Verstimmungen.

Hätte ich mich nicht fest am Zügel, sagte ich zu ihm: „Was, zum Henker, Sie sind verärgert, wenn Sie beim Spiel verlieren, und vergessen dabei, daß Ihnen das Schicksal zweimal hintereinander die wahre Lebensgefährtin schickte, die Sie brauchten. Sie sind reich; Sie haben wirkliche Freunde; Sie genießen Ansehen; Sie sind gesund; Ihre Kinder gedeihen gut; also, was, zum Teufel, fehlt Ihnen eigentlich?"
Über Vater Hoop sage ich Ihnen nichts: Sie lernen ihn kennen. Nein, liebe Schwester, für ihn bürge ich. Er wird Sie sehr liebenswürdig finden, weil man Sie so findet, wenn man das entsprechende Urteilsvermögen besitzt. Doch er wird Sie nicht lieben. Er ist so alt, so alt, so lebensmüde.
Trotz des schlechten Wetters sind wir täglich ausgegangen; Kälte, Wind und Regen ließen sich besser ertragen als ein langweiliges Haus.
Der Knirps der Baronin ist zu uns auf Besuch gekommen. Er hat ein sanftes und feines Wesen. Ich fürchte, er hinkt ein wenig. Die Baronin ist wohl das beste Mütterchen der Welt. Unser dicker Baron, der empfindet nichts für seine Kinder. Sie sind ihm lästig, noch bevor sie kommen, und dann auch. Ist er nicht sogar gegenüber meiner armen Mademoiselle Anselme feindselig eingestellt, obgleich sie so unschuldig und so hübsch ist? Ohne die Güte ihrer Herrin wäre sie todunglücklich, daß es einen Stein erweichen könnte. Und warum das? Weil sie die Zärtlichkeit eines glatzköpfigen und krüppelhaften alten Kammerdieners zurückwies und weil sie das Klavier verstimmte. Noch eins kommt auf sein Konto, auf das unseres Barons; seine Dienstboten sind nach sechs oder sieben Dienstjahren so arm wie Kirchenmäuse.
Ich wurde hier vom Marquis de Chimène, der seine Mutter verlor und sich nach Fontenay-sous-Bois zurückzog, geradezu verfolgt. Es kostete mich unendlich große Mühe, seine ebenso hartnäckigen wie höflichen Einladungen abzuwehren.
Seit zwanzig Tagen habe weder ich etwas von Madame Diderot gehört noch sie von mir. Trotzdem vermute ich, daß Geschäftliches angefallen ist, daß Besucher da waren, daß sie Rechnungen erhielt und daß bis jetzt einige zwanzig Briefe auf meinem Tisch liegen. Doch das rührt sie anscheinend wenig, und ich verüble es ihr nicht allzusehr. Ich

habe mir in bezug auf sie ein paar Verhaltensmaßregeln zurechtgelegt; noch ein Auftritt mit mir, und ich antworte ihr, daß sie mir kein ungeduldiges Wort entreißen wird, was immer sie tun und sagen mag.
Ich sehne mich ein wenig nach meinem Freund Grimm. Er verstand es, mit dem Baron umzugehen! Dieser hätte gern Vorschriften gemacht, doch Grimm ließ nicht zu, daß ihn der Despotismus auch nur mit der Fingerspitze berührte. Hoffentlich führt uns der Martinstag[2] alle in Paris zusammen; zumindest sollen Sie nicht fehlen. Aber hat Ihnen denn Monsieur de Fourmont[3] immer noch nicht seine Meinung zum fraglichen Gesuch mitgeteilt? Konnten Sie ihm nicht den Gedanken eingeben – und er Ihrer Mutter –, daß Ihre Rückkehr notwendig sei?
Adieu, meine zärtlich geliebte Freundin. Ich habe viele Wünsche: Sie bald wiederzusehen, ist der erste; der zweite der, Grimm wiederzusehen, diesem hätte ich vorangestellt, Ihre Schwester wiederzusehen, doch Sie teilten mir mit, daran sei nicht zu denken; weiter der Wunsch, mich meinen Arbeiten wieder widmen und sie abschließen zu können; und endlich, den Verkauf meiner Bibliothek an Monsieur de Fargès[4] perfekt zu machen, den Monsieur de Chimène in die Wege leitete. Wegen all dieser Dinge müßte man in Paris sein, und wir werden dort nächsten Dienstag eintreffen, so Gott will.
Der Baron bringt sich noch mit der Lektüre von Geschichtsbüchern um, was nur dazu dient, ihm den Geist zu verderben und das Herz zu verbittern. Er prägt sich lediglich die Abscheulichkeiten des Menschen und der Natur ein. Er lernt daraus, seine Mitmenschen von Mal zu Mal mehr zu verachten und zu hassen. Stößt er auf ein paar besonders düstere Seiten, so macht er sich die heimliche Freude, sie mir zum besten zu geben. Soviel ist sicher: Wenn alles dem ähnelte, was er mir zeigt, könnte man aus der Haut fahren. Ich bin nicht gewalttätig, und doch ertappte ich mich beim Durchlesen gewisser Regierungsperioden dabei, daß ich vor Wut schnaubte und am liebsten den Dolch in die Hand genommen hätte.
Der Despotismus, meine Freundin, ist die schrecklichste aller Versuchungen; man kann ihr nicht widerstehen. Wer alles ungestraft tun kann, tut viel Böses. Wie viele Menschen kenne ich, die sich kaum dessen bewußt werden, welche

Gewalttätigkeit in ihrem Charakter liegt und wie ungerecht sie in manchen Augenblicken sind; wie ungeduldig sie werden, wenn wir antworten oder widersprechen; wie hochmütig, hart und verächtlich sie ihre Untergebenen behandeln; mit welch grausamer Tyrannei sie über alles herrschen, was ihnen gehört – und ich wage zu versichern, daß ihnen nur ein größerer Schauplatz sowie die Rechte und Machtbefugnisse eines Schahs oder eines Sultans fehlen, um Hände und Füße abschneiden, Köpfe rollen, Augen herausreißen zu lassen und unter einem französischen Namen jene Seiten mit Untaten zu füllen, die sie unter den asiatischen Namen Suliman und Sefi vor Entsetzen erzittern ließen.
Wie wenig kennen wir uns – und welch guten Dienst hat uns die Natur erwiesen, als sie uns auf die niedrigeren Ränge verbannte! Wäre Caligula nur der Sohn eines römischen Schusters gewesen, er hätte nie etwas anderes getötet als Fliegen. Und ebenso Nero, der sich immer wieder sagte: Ich, ich hätte Trajan sein können.
Wir erwarten Besuch. Das bringt vielleicht Abwechslung. Auf Wiedersehen, meine Freundin. Ich liebe Sie mit ganzer Seele, und ich umarme Sie von ganzem Herzen. Ich habe Ihre Erlaubnis nicht abgewartet, und das ist mir schlecht bekommen. Es war nach dem Souper am Tag vor Allerheiligen, als ich Ihre N° 30 noch einmal durchlas. Ich habe die N° 32 erhalten.

1 Jaucourt war der unermüdliche Mitarbeiter und Sekretär Diderots bei der Herausgabe der *Encyclopédie*.
2 Der 11. November.
3 Fourmont war Justizbeamter in Chaumont und mit den Geldangelegenheiten Volland-Sallignac befaßt. Auf Betreiben ihrer Mutter hatte ihm Sophie einen Brief geschrieben, der ihr Vermögen in Gefahr brachte.
4 Diderot wollte an Fargès de Polizy seine Bibliothek verkaufen, um für seine Tochter Angélique eine Mitgift zu erwerben.

(2. bis 6. oder 8. November 1760)

Was für ein schöner Tag war Allerheiligen! Haben Sie ihn genutzt? Waren Sie um acht Uhr morgens angekleidet? Hatten Sie den Hut auf dem Kopf und den Stock in der Hand? Ich bin mir sicher, daß es nicht so war. Sie schliefen, faul wie Sie sind; und ich schlief ebenfalls, faul wie ich bin, als ich jemand an meine Tür klopfen hörte. Es war der Schotte. Er tritt ein, zieht meine Vorhänge auf und sagt: „Los, raus; auf der Höhe ist die Sonne so schön anzusehen. Monsieur Marchais ist mit von der Partie."

Dieser Monsieur Marchais ist ein junger Seemann, von dem ich Ihnen bereits erzählte. Unterwegs fragte ich ihn, wie alt er ist. „Dreißig Jahre", antwortete er mir. „Dreißig Jahre!" entgegnete ich ihm erstaunt. „Sie sehen mindestens wie fünfundvierzig aus. Was hat Sie so schnell altern lassen?" – „Das Meer und die Langeweile."

Ach, liebe Freundin, welches Bild entwarf man mir vom Leben auf dem Meer! Die Haut wird runzelig und dunkel; die Lippen trocknen aus; die Muskeln treten hervor und werden hart. Nach weniger als drei oder vier Schiffsreisen ähnelt man dem Meergott, wie man ihn auf den Gobelins darstellt. Man ißt nur hartes Brot und Pökelfleisch. Oftmals fehlt es an Wasser; und dann diese Stürme, die einen vierundzwanzig Stunden lang zwischen Tod und Leben schweben lassen. Es ist Ihnen unmöglich, sich ein richtiges Bild von der Mannschaft nach einem Sturm zu machen.

In diesem Zusammenhang erzählte der Schotte: „Stellen Sie sich vor, unsere Segel waren zerrissen, unsere Maste zerbrochen, unsere Matrosen vor Müdigkeit und Anstrengung erschöpft, das Schiff ohne Steuerruder, ein Spielball der Wellen, der Wind trug uns wutschnaubend direkt auf die Felsen zu, ich saß mit zwölf anderen stumm in der Kapitänskajüte, mit gesenkten Köpfen, verschränkten Armen und geschlossenen Augen warteten wir jeden Moment auf den Schiffbruch und den Tod. Man ist steinalt, wenn man einen halben Tag in diesen Todesängsten schwebte. Ein betrunkener Matrose war es, der uns rettete. Im unteren Schiffsraum lag ein altes Segel, das vermodert und völlig durchlöchert war. Er holte es und spannte es, so gut er konnte. Die neuen Segel waren, von der ganzen Kraft des Windes getroffen, wie Papier zerrissen. Dieses jedoch, das einen Teil abfing und einen Teil durchließ, hielt stand und lenkte das Schiff. Zwar wurde der Fuß der schrecklichen Felsen gestreift, doch es gab keinen Aufprall." Nie werden Lehren gezogen; warum führt man nicht für schweres Wetter durchlöcherte Segel mit?

Über diesem Sturm erreichten wir den Gipfel des Hügels und damit die Höhe von Chennevière, wo wir einen Abstecher zu den lieben Kleinen[1] machten, um sie zu herzen, doch sie lagen noch in ihren Wiegen. Wir begnügten uns damit, ihre Bettdecken hochzuheben und sie zu betrachten. Das ist ein rührender Anblick. Wir schäkerten noch ein wenig mit der Amme – die Raffael als Modell für die Madonna genommen hätte, wie Marmontel sagte, als er sie das erste Mal sah –, und nachdem wir sie durch Trinkgelder für unsere schlechten Späße ein kleines bißchen entschädigt hatten, durchquerten wir die Ebene von Champigny nach Ormesson d'Amboile und erreichten wieder Grandval. Dort fanden wir Baron von Dieskau vor, der diesen Schönwettertag genutzt hatte, um das Versprechen eines Besuches einzulösen, das er Madame d'Aine und dem Baron gegeben hatte. Das war ein Wiedererkennen zwischen ihm und dem jungen Marchais! Sie hatten sich in Quebec kennengelernt.
Ich glaube, ich erzählte Ihnen schon von Baron von Dieskau. Läsen Sie die Zeitungen, hätten Sie darin seinen Namen mit einer Lobrede gefunden. Vor vier oder fünf Jahren befehligte er in der Umgebung von Quebec und Montreal eine Handvoll Franzosen und kanadische Wilde. Er wurde von einer stattlichen Truppe aus Engländern und irokesischen Wilden angegriffen. Die ungleiche Stärke schreckte ihn nicht ab. Er hielt sich tapfer. Alle seine Leute wurden zerstückelt. Er selbst lag mit ein paar Schrammen und einem gebrochenen Bein auf dem Schlachtfeld. Für diesmal war er davongekommen; doch als man nach dem Gefecht die Toten plünderte, bemerkte ein französischer Deserteur noch Lebenszeichen an ihm, und statt ihm zu helfen, schoß er ihn mit seiner Muskete in den Unterleib. Seine Blase wurde aufgerissen, die Fortpflanzungsorgane wurden verletzt; und nun lebt er – wenn man dies ‚leben' nennen kann – mit einem um vier bis fünf Zoll zu kurzen Bein und einer in seiner Lende eingepflanzten künstlichen Harnröhre, aus der er den Urin abläßt.
Der feindliche General hatte sich die Rippen gebrochen. Ein schönes Handwerk! Man transportierte alle beide in dasselbe Zelt. Nie wollte der Engländer zulassen, daß seine Wunden untersucht wurden, bevor nicht die seines Feindes verbunden waren. Welchen Augenblick wählen manchmal

angeborene Güte und Menschlichkeit, um sich zu zeigen? Inmitten von Blut und Gemetzel kommen sie zum Vorschein. Ich könnte Ihnen hundert Beispiele nennen.
Dies eben war eines von General zu General. Wollen Sie eins von Soldat zu Soldat? Da haben Sie's, wie es uns der Baron von Dieskau erzählte. Zwei Soldaten, Kameraden, führten gemeinsam eine gefährliche Aktion durch. Von dem Gedanken gequält, daß kein Entkommen sei, sträubte sich der jüngere, weiterzugehen. Der andere fragte ihn: „Was hast du, Freund? Wie denn, zum Henker, ich glaube, du zitterst?" – „Ja, antwortete ihm sein Kamerad. „Ich fürchte, dies endet schlecht, und ich denke an meine arme Frau und meine armen Kinder." – „Beruhige dich wieder", antwortete der alte Korporal. „Hör mal, wenn du fällst und ich davonkomme, dann gebe ich dir mein Ehrenwort, daß ich deine Frau heiraten und mich um deine Kinder kümmern werde." Und tatsächlich, der junge Soldat wurde getötet, und der andere hielt Wort. Dies ist eine wahre Begebenheit, denn der Baron lügt nicht.
Aber wissen Sie eigentlich, was sich gleich zu Beginn des Scharmützels zwischen Monsieur de Castries und dem Erbprinzen[2] vor den Mauern von Wesel ereignete? Dieser Monsieur de Castries ist ein Freund Grimms. So können Sie sich vorstellen, wieviel Freude dieser Sieg – der bedeutendste, den die Franzosen in diesem Krieg errangen – bei jenem auslöste. Monsieur de Ségur, der den linken Flügel befehligte, wurde in der Dunkelheit von dem jungen Prinzen angegriffen. Die beiden Truppen standen in Reichweite voneinander. Monsieur de Ségur drohte die Gefahr, niedergemetzelt zu werden. Da hörte der junge Prinz seinen Namen nennen. Er eilt ihm zu Hilfe. Als Monsieur de Ségur, der dies nicht weiß, ihn neben sich sieht und erkennt, schreit er ihm zu: „Oh, mein Prinz, was tun Sie da? Meine Grenadiere stehen in zwanzig Schritt Entfernung, sie werden das Feuer eröffnen." – „Monsieur", antwortete der junge Prinz, „ich habe Ihren Namen gehört und bin herbeigeeilt, um zu verhindern, daß diese Leute Sie niedermetzeln."
Während dieses Gespräches eröffnen die beiden Truppen, zwischen denen sie sich befinden, zu gleicher Zeit das Feuer. Monsieur de Ségur kommt mit zwei Säbelhieben davon und wird Gefangener des jungen Prinzen, der jedoch den Rück-

zug antreten und zwei Tage später die Belagerung von Wesel aufheben muß. Sind Sie nicht erstaunt über den Edelmut dieser beiden Männer, von denen ein jeder die Gefahr für den anderen sieht und dabei vollkommen vergißt, daß es ein Wunder ist, wenn sie nicht zu gleicher Zeit getötet werden?

Man hatte Grimm diese Begebenheit erzählt. Er konnte ihr kaum Glauben schenken; doch sie wurde ihm von Madame de Ségur selbst bestätigt, die er vor einigen Tagen bei Madame Geoffrin traf. So gibt es also überhaupt keinen Zweifel mehr daran.

Nein, liebe Freundin, die Natur hat uns nicht schlecht erschaffen; es sind die schlechte Erziehung, das schlechte Beispiel, die schlechte Gesetzgebung, die uns verderben. Sollte dies ein Irrtum sein, so freue ich mich doch zumindest darüber, daß diese Meinung tief in meinem Herzen ruht, und ich wäre recht ärgerlich, wenn mich die Erfahrung oder die Überlegung jemals etwas anderes lehrte. Was sollte aus mir werden? Man müßte entweder für sich allein leben oder sich ständig von Schlechten umgeben glauben; weder das eine noch das andere behagt mir.

Das edelmütige Verhalten des englischen Generals, das der beiden Soldaten sowie der Vorfall zwischen Monsieur de Ségur und dem Erbprinzen sind einander ebenbürtig. Es wurde noch die Frage gestellt, wer von beiden sich edelmütiger gezeigt hätte, Monsieur de Ségur oder der Erbprinz. Ein hübsches Problem für eine Diskussion zwischen Uranie und ihrer Schwester.

In seiner Erzählung fortfahrend, berichtete Baron von Dieskau weiter: kaum seien General Johnson und er verbunden gewesen, als die Häuptlinge der irokesischen Wilden in das Zelt eindrangen. Es kam zu einer überaus lebhaften Unterhaltung zwischen ihnen und Johnson. Baron von Dieskau, der die irokesische Sprache nicht beherrschte, verstand nicht, was man sagte; aber er entnahm den Gesten, daß es sich um ihn handelte und daß die Wilden etwas von dem Engländer verlangten, das dieser ihnen verweigerte. Als sich die Wilden unzufrieden zurückgezogen hatten, fragte Baron von Dieskau Johnson, was die Wilden wollten, und der Engländer antwortete ihm: „By God! Was sie wollen? An Ihnen den Tod der drei oder vier Häuptlinge rächen, die im

Kampf schwer verwundet wurden; sie wollen Sie haben, Sie braten, räuchern und essen. Aber fürchten Sie nichts. Dies wird nicht geschehen. Sie drohen, mich zu verlassen. Sie können Schlimmeres tun; doch entweder bleiben Sie am Leben, oder aber sie bringen uns alle beide um. Während sie dieses Gespräch führten, kamen die Wilden zurück. Der Streit begann von neuem, aber weniger hitzig; allmählich beruhigten sich die Wilden. Bevor sie sich zurückzogen, traten sie an den Baron heran, reichten ihm die Hand und schlossen Frieden. Doch sie hatten das Zelt noch nicht verlassen, als der General Johnson zum Baron sagte: „Mein Freund, wenn Sie sich etwa in Sicherheit wiegen, so tun Sie nicht gut daran. Trotz Ihrer Verwundungen müssen Sie das Zelt hier verlassen und in die Stadt gebracht werden." Sogleich läßt er einige Zweige miteinander verflechten; man legt ihn darauf und trägt ihn in einer Eskorte von vierzig Soldaten zur Stadt. Als die Wilden am nächsten Morgen von seiner Flucht erfahren, laufen sie in die Stadt und dringen in das Haus ein, in dem er gepflegt wird. Unter ihren Kleidern versteckt, tragen sie Dolche bei sich. Sie stürzen sich auf ihn, und sie hätten ihn umgebracht, wäre man ihm nicht sogleich zu Hilfe geeilt. Er hatte lediglich zwei oder drei Wunden mehr als zuvor.

Nun also! Sagen Sie mir doch, wo ist die angeborene Güte? Wer hat diese Irokesen verdorben? Wer hat sie zu Rache und Verrat angestiftet? Die Götter, meine Freundin, die Götter. Die Rache ist bei diesen Unglücklichen eine religiöse Tugend. Sie glauben, der Große Geist, der unweit von Quebec hinter einem Berg wohne, erwarte sie nach ihrem Tod, richte sie und bewerte ihr Verdienst nach der Anzahl der Skalpe, die sie ihm bringen.

Wenn also ein Irokese mit einem Keulenschlag einen Feind niederstreckt, wenn er sich über ihn beugt, sein Messer zieht, ihm die Stirnhaut zertrennt, mit den Zähnen die Kopfhaut abreißt, so tut er dies, um seinen Göttern zu gefallen. Es gibt kein einziges Land, kein einziges Volk, in dem nicht irgendein Verbrechen durch die Götter gesegnet wird.

Die Kanadier behaupten, die schottischen Bergbewohner seien die Wilden Europas. Sie verstehen sicher, daß Sie all dies hier wie ein Gespräch lesen müssen.

„Das trifft beinahe zu", sagte Vater Hoop. „Unsere Bergschotten laufen nackt herum. Sie sind tapfer und rachsüchtig. Wissen Sie, wie sie sich zur Beherrschung zwingen, wenn bei einem großen Essen am Ende der Mahlzeit die Köpfe durch den Wein hitzig werden, so daß alte Zwistigkeiten wieder in der Erinnerung auftauchen und die Worte feindselig zu werden drohen? Sie ziehen ihre Messer und legen sie auf den Tisch neben ihre Gläser. Das ist die Antwort auf das erste feindselige Wort."

Der Thronbewerber[3], auf dessen Kopf die Engländer einen Preis ausgesetzt hatten und den sie monatelang von Berg zu Berg jagten, wie man ein Wild zu Tode hetzt, fand Sicherheit in den Höhlen dieser ärmlichen Bergschotten, obgleich sie aus tiefstem Elend zu größtem Reichtum gekommen wären, wenn sie ihn ausgeliefert hätten, woran sie aber keinen Augenblick dachten. Ein weiterer Beweis angeborener Güte.

Unnötig, Sie darauf hinzuweisen, daß ich immer noch unsere Unterhaltung wiedergebe; Sie merken es auch so. Vater Hoop hatte einen Freund, der an diesem Kampf zwischen den vom Thronbewerber befehligten Bergschotten und den Engländern[4] teilnahm. Der Freund gehörte zu den letzteren. Ihn traf ein Säbelhieb, der ihm die Hand abtrennte. An einem der Finger steckte ein Ring mit einem Diamanten. Ein Bergschotte sah etwas am Boden glitzern; er bückte sich, steckte die abgeschlagene Hand in seine Tasche und kämpfte weiter. Also kennen diese Leute den Wert von Gold und Silber, und wenn sie den Thronbewerber nicht auslieferten, so nur, weil sie kein Gold zu diesem Preis haben wollten.

Sie sehen, meine Freundin, daß wir unseren Besuchern alle Ehren des Hauses erwiesen. Wir hatten einen Militär bei uns und haben ihn nach Herzenslust vom Krieg erzählen lassen. Wir erfuhren von ihm Dinge, die wir bisher nicht wußten; und wir waren höflich – was viel wertvoller ist, als wenn wir ihm wiederholt hätten, was wir wußten und er nicht zu wissen brauchte.

Baron von Dieskau hat lange Zeit unter dem Marschall von Sachsen[5] gedient und pflegte mit ihm den Herbst in ‚Piples' zu verbringen, einem Haus in der Nachbarschaft von Grandval, das jetzt Madame de la Bourdonnoye gehört. Diese Frau verlebt das ganze Jahr dort, einzig und allein in Ge-

sellschaft ihres Geliebten. Sie werden bei sich hinzufügen: Was braucht sie mehr?
Er erzählte uns viel vom Marschall, seinen Beschäftigungen, seinen Liebschaften, seinen Feldzügen, von den gefährlichen Aktionen, an denen er teilnahm, von den Völkern, zu denen ihn seine Reisen führten, etc., etc.
Oh, meine Freundin, welch ein Unterschied, ob man die Geschichte liest oder ob man den Menschen erzählen hört! Die Dinge interessieren ganz anders. Woher kommt dieses Interesse? Von der Rolle des Erzählers oder von der des Hörers? Schmeichelt uns der Vorzug des Schicksals, wenn es uns jemandem zuführt, der soviel Außergewöhnliches erlebte, schmeichelt uns der Vorteil, den wir gegenüber den anderen durch den Grad der Gewißheit gewinnen und zu Recht beanspruchen können, sobald wir unsererseits zum besten geben, was wir hörten? Man tut sich etwas zugute darauf, wenn man beim Erzählen hinzufügen kann: Dem das passierte, den kenne ich persönlich, von ihm selbst habe ich das. Eine einzige Stufe nur wäre noch höher, nämlich wenn man sagen könnte: Ich sah, wie es passierte, ich war dabei. Doch weiß ich nicht, ob es nicht manchmal besser ist, seinen Bericht auf die unmittelbare Autorität einer bedeutenden Persönlichkeit zu stützen als auf das eigene Zeugnis; und ob ein Mensch nicht glaubhafter ist, sobald er sagt: Ich habe dies vom Marschall de Turenne oder vom Marschall von Sachsen, als wenn er sagt: Ich habe es erlebt. Wenn er auch in dem einen wie in dem anderen Fall lügen kann, so scheint es mir, daß wir zumindest geneigter sind, solche Lügen, bei denen man sich auf andere beruft, als wahr anzuerkennen. Im ersten Fall müssen zwei Lügner vorhanden sein; im zweiten nur einer; und unter den beiden Lügnern ist der eine eine recht bedeutende Persönlichkeit. Im übrigen könnte jedermann das Buch haben, das ich lese, aber nicht jeder kann mit dem Helden sprechen. Man wird sich nichts darauf einbilden können, daß man ein Buch hat; aber man kann sich etwas darauf einbilden, mit einem großen Mann zusammengetroffen zu sein, mit ihm gesprochen zu haben.
Empfindet man es nicht als tiefe Kränkung, wenn man etwas berichtet und keiner einem Glauben schenkt? Zweifellos. Fragen Sie Mademoiselle Boileau. Erstens zweifelt man unsere Kenntnisse an, und oftmals erzählt man nur, um diese

anbringen zu können. Zweitens bezichtigt man uns des Schwachsinns oder des Betrugs. Des Betrugs, wenn wir anderen einzureden versuchen, was wir selber nicht glauben; des Schwachsinns, wenn wir ehrlich überzeugt sind und tatsächlich etwas Unsinniges glauben. Und ist es nun besser, verlogen oder schwachsinnig zu sein? Das Lügen kann man abstellen, den Schwachsinn aber nicht. Man lügt kaum noch, wenn man den Anspruch aufgibt, andere überzeugen zu wollen.

Oh, was ist das für eine wundervolle Marivaudage[6] geworden! Man brauchte nicht so lange, um auf einem Bein um die Welt zu hüpfen, wie ich, um meinen Gedanken zu folgen und damit zu Ende zu kommen. Immerhin hat die Welt neuntausend Meilen Umfang, und ... Mögen neuntausend Teufel Marivaux und alle seine geschmacklosen Nachahmer holen, mich eingeschlossen!

Baron von Dieskau hat unglaublich viel Mühe, sich aus seinem Sessel zu erheben, und vor zehn Jahren wäre es ihm leichter gefallen, zum Äquator oder zum Pol zu laufen, als heute bis ans Ende einer unserer Alleen zu gehen. Wir leisteten ihm den ganzen Tag über Gesellschaft. Ich spielte Schach mit ihm. Mit dem Baron spielte er Elfern[7]. Was für ein seltsamer Mensch ist unser Baron! Gestern hat er mit den anderen um den doppelten Einsatz gespielt; heute abend wurde er ärgerlich, als man verdoppeln wollte. Ich begreife solche Gedächtnisschwächen nicht.

Wir legten uns zeitig schlafen. Der Himmel versprach einen schönen Morgen; da kommt plötzlich Wind auf, die Sterne verschwinden, Ströme von Regen stürzen herab, die schützenden Bäume auf der Westseite schlagen aneinander und machen ein schreckliches Getöse; wir verkriechen uns ins Haus und drängen uns um den Kamin. Den Sonntag verbrachten wir, so gut wir konnten.

Gegen fünf hat uns Baron von Dieskau verlassen. Wir setzten alle schon unsere Nachtmützen auf und zogen die Nachtgewänder an, mit Erlaubnis der Frauen, die es einrichteten, daß wir mit Rücksicht auf unseren unpäßlichen Baron im Salon soupierten, und zwar im Stehen, und solange wir noch auf das Essen warteten, nahmen wir unser Gespräch wieder auf. Ich hatte geglaubt, Ihnen nie in meinem Leben noch einmal von den Chinesen zu berichten, und nun habe ich's doch

wieder mit ihnen; aber daran ist Vater Hoop schuld. Knöpfen Sie ihn sich vor, wenn ich Sie langweile.
Er erzählte uns, einer der Herrscher sei in einen Krieg mit den Tataren verwickelt gewesen, die im nördlichen China leben. Die Jahreszeit war rauh. Der chinesische General schrieb an den Kaiser, daß die Soldaten stark unter der Kälte litten. Statt jeder Antwort schickte ihm der Kaiser seinen Pelzrock und fügte die Zeilen hinzu: „Sagen Sie Ihren tapferen Soldaten in meinem Auftrag, ich hätte gern für jeden einen gehabt."
Vater Hoop bemerkte, die Chinesen seien das einzige Volk auf Erden, das weit mehr gute Könige und gute Minister gehabt habe als schlechte. „Ei, Vater Hoop, wieso denn das?" fragte eine Stimme aus dem Hintergrund des Salons. „Weil die Kinder des Kaisers gut erzogen werden und es fast nie vorkam, daß ein schlechter Prinz in seinem Bett starb." – „Wie denn", antwortete ich ihm, „das Volk entscheidet also, ob ein Prinz gut oder schlecht ist?" – „Zweifellos, und es täuscht sich darin nicht mehr als Kinder hinsichtlich ihres Vaters oder ihres Vormunds. In China ist der ein guter Prinz, der die Gesetze befolgt; ein schlechter Prinz, der sie übertritt. Das Gesetz steht über dem Thron. Der Prinz steht unter dem Gesetz und über seinen Untertanen. Er ist der erste, der dem Gesetz untertan ist."
Vater Hoop erzählte, die Mandarine hätten eines Tages zum Kaiser gesagt: „Herr, das Volk lebt im Elend, es muß baldigst etwas getan werden." – „Baldigst?" wiederholte der Kaiser. „Unverzüglich, wie bei einer Überschwemmung oder einem Brand." – „Die Hilfe muß sich nach der Notlage richten." – „Dem stimme ich zu, vorausgesetzt, daß die Überprüfung nicht zuviel Zeit in Anspruch nimmt und zu pedantisch durchgeführt wird. Vor allem soll man nicht fürchten, daß die Freigebigkeit meinen guten Willen überschreite."
Er erzählte auch, ein anderer Kaiser habe Nanking belagert. Diese Stadt hat mehrere Millionen Einwohner. Die Einwohner verteidigten sich mit unglaublicher Tapferkeit; dennoch stand ihnen die Erstürmung unmittelbar bevor. Der Kaiser erkannte, daß es angesichts der hitzig und erbittert kämpfenden Soldaten und Offiziere nicht in seiner Macht stand, ein schreckliches Blutbad zu verhindern. Die Sorge verzehrt ihn. Die Offiziere drängen ihn, sie zum Laufgraben zu führen. Er

weiß nicht, wie er sich entschließen soll. Er stellt sich krank. Er sperrt sich in sein Zelt ein. Alle lieben ihn; Traurigkeit breitet sich im Feld aus. Die Belagerungsmaßnahmen werden unterbrochen. Überall werden Wünsche für die Genesung des Kaisers laut. Man fragt ihn selbst um Rat. „Meine Freunde", sagte er zu seinen Generälen, „meine Gesundheit liegt in Ihren Händen. Sagen Sie mir, ob Sie wollen, daß ich am Leben bleibe." – „Und ob wir es wollen! Herr, reden Sie, sagen Sie schnell, was wir tun sollen. Wir sind alle bereit zu sterben." – „Es handelt sich nicht darum zu sterben, sondern darum, mir etwas viel Leichteres zu schwören." – „Wir schwören es." – „Nun", erwiderte er, wobei er plötzlich aufsprang und seinen Türkensäbel zog, „ich bin wieder gesund. Laßt uns gegen die Rebellen losziehen, ihre Mauern erstürmen, in ihre Stadt einmarschieren; doch es soll bei der Eroberung der Stadt kein Tropfen Blut vergossen werden. Das habt ihr mir versprochen, und das fordere ich nun." Und so geschah es dann auch.
Shihuangdi (Vater Hoop spricht immer noch) hat die Große Mauer erbauen lassen, die China von der Tatarei trennt; sie ist sechshundert Meilen lang, hat dreitausend Türme, ist dreißig Fuß hoch, fünfzehn Fuß stark und läßt unter Brückenbögen Flüsse hinein- und hinausfließen, sie überquert einen Meeresarm und verläuft durch meilenweite Sumpfgebiete. Shihuangdi, der sie in fünf Jahren errichten ließ, ist es auch gewesen, der den Chinesen die weisesten Gesetze der Welt gab, der die Nation vom tyrannischen Joch des Geburtsadels befreite und sogar seine Kinder auf den Stand einfacher Untertanen herabsetzte ... Nun! Dieser Herrscher ließ alle Bücher verbrennen und verbot bei Todesstrafe, etwas anderes aufzubewahren als Schriften über Landwirtschaft, Architektur und Medizin. Wäre Rousseau diese historische Begebenheit bekannt gewesen, welch gute Dienste hätte sie ihm geleistet! Wie hätte er die Beweggründe des chinesischen Kaisers gepriesen!
Shihuangdi sagte, wenn es in einem Staat solche Leute gäbe, die man als Talente bezeichnet, so nähmen die Rechtschaffenen den zweiten Rang ein; überall, wo es ruhmvoller sei zu denken als zu handeln, wäre die Zahl derer, die man Denker nennt, im Wachsen begriffen und damit auch die

Zahl der Müßiggänger, Hochmütigen, Nichtsnutze und Faulenzer: und diese Schwätzer, die mit Hilfe von abgeschmackten Lobeshymnen die alten Institutionen heiligten, hätten dem Herrscher die Hände gebunden, so daß er keine Neuerungen einführen könne, ohne die gesamte Nation aufsässig zu machen, obgleich es wahrscheinlich kein Gesetz gäbe, das nicht nach fünfzig Jahren ein Mißstand wäre. Die Erzeugnisse des Geistes wären kalt und pedantisch, wenn das Genie nicht das Sprachrohr der Leidenschaften sei, und dann wären sie gefährlich. Ein schöner Gesprächsstoff! Sie müssen mich wie wahnsinnig lieben!

Und was sagten die Ratsmitglieder von der Eisernen Truhe, die doch alle gebildet waren, zu Shihuangdis Logik? Er gebrauche seinen Verstand wie ein Barbar.

Ich schenke Ihnen alle weiteren Überlegungen, die zu diesen historischen Tatsachen angeführt wurden. Sie werden sie selbst anstellen und viele andere auch noch.

Der Baron, der krank ist, obgleich die Medizin sich seiner bemächtigte, nahm heftig Anstoß daran, daß Shihuangdi die medizinischen Bücher verschonte. Er sagte, man kenne den menschlichen Körper nicht, man kenne die Funktion der Körperteile nicht, man kenne die Beschaffenheit der Substanzen nicht, die man als Arzenei verordne; man kenne überhaupt nichts, und deshalb verstehe er nicht, wie man eine Wissenschaft aus soviel Unwissenheit und Unkenntnis aufbauen könne.

Ich antwortete ihm nach Abbé Galianis Art: Eines Tages landeten Spanier in einer Gegend der Neuen Welt, deren unzivilisierten Bewohnern der Gebrauch von Feuer noch unbekannt war. Es war im Winter. Sie erklärten den Eingeborenen, sie könnten mit Holz und etwas anderem die Sonne nachahmen und auf der Erde ein gleiches Feuer entzünden wie jenes, das am Himmel leuchte. „Ihr wißt also, was das ist, das Holz?" fragten die Eingeborenen die Spanier. „Nein!" – „Ihr kennt aber das Feuer, das am Himmel leuchtet?" – „Nein." – „Ihr wißt aber wenigstens, wieso das Holz Feuer fängt?" – „Nein." – „Und wenn ihr das Feuer entzündet habt, dann könnt ihr es zweifellos auch wieder löschen?" – „Ja." – „Und womit?" – „Mit Wasser." – „Und ihr wißt, was das ist, das Wasser?" – „Nein." – „Aber ihr wißt doch, wie das Wasser das Feuer löscht?" – „Nein." Die

Eingeborenen begannen zu lachen und kehrten den Spaniern den Rücken, die mit Holz, das sie nicht kannten, Feuer entzündeten, das sie nicht kannten, ohne zu wissen, wie das Feuer das Holz verzehrte, und die mit Wasser, das sie nicht kannten, das Feuer löschten, das sie nicht kannten, ohne zu wissen, wie das Wasser das Feuer löschte.

Gegen Ende unseres Gespräches, als wir im Begriff waren, uns zurückzuziehen, fragte ich den Baron, ob er damit rechne, daß er in dieser Woche nach Paris fahre. Er verneinte. „In diesem Fall", sagte ich zu ihm, „werde ich Madame d'Aines Kutsche nutzen, die morgen ihre Herren zurückbringen wird." Er willigte ein, und so bin ich zurückgekehrt und war bereits auf dem Quai des Miramionnes, weil ich verhindern wollte, daß Ihre Briefe nach Grandval abgehen, wo sie jedoch schon sind.

Am Abend hatten Damilaville und ich das Vergnügen, einander in die Arme zu schließen, er war überaus freundlich. Das war Montag. Dienstag morgen hatten Grimm und ich das Vergnügen, einander in die Arme zu schließen, er war überaus freundlich. Wir dinierten gemeinsam. Ich fragte ihn nach Madame d'Epinays Befinden.

Es geht ihr bestens. Kein Wort über Pouf[8]. Er erwartete, glaube ich, daß ich davon anfinge. Wir sprachen viel über Madame d'Aine, unseren Baron und seine Frau, und wir kamen zu der Schlußfolgerung, daß unser Baron allmählich ein Grobian wird. Er lachte schallend, wie er das zuweilen tut, als ich ihm sagte, daß der Baron in meiner Phantasie gelegentlich mit dem Kopf eines Wildschweins auf den Schultern auftauche, hinten ein großes Büschel struppiger Haare und vorne hochgeschobene Mundwinkel, aus denen im nächsten Augenblick die Hauer hervorzustoßen drohen. „Von dieser närrischen Vorstellung", fügte ich hinzu, „habe ich Madame d'Aine erzählt, und ich bat sie inständig, ihn behutsam an der Schnauze zu nehmen und sich wegen der Hauer zu vergewissern; doch statt jeder Antwort ging sie, die Hände auf dem Rücken verbergend, vier Schritte rückwärts."

Über Pouf, Madame d'Aine, Madame d'Epinay, Thisbé und Taupin – ein wichtiger neuer Name, von dem Sie noch gar nichts hörten – könnte ich ihnen schöne Geschichten erzählen, wenn ich die Muße dazu hätte. Taupin ist der Hund des

Müllers. Oh, meine gute Freundin, Hut ab vor Taupin! Ich glaubte, mich auf die Liebe zu verstehen. Taupin lehrte mich, daß ich nichts von alledem verstünde, ich fühle mich dadurch sehr gedemütigt. Sie halten sich vielleicht für geliebt; wenn Sie Taupin sähen, erwachten Zweifel in Ihnen. Er zeigt eine ausgesprochene Vorliebe für Thisbé. Stellen Sie sich vor, bei diesem Wetter, das gerade herrscht, kam er jeden Tag an die Tür und streckte sich in dem feuchten Sand aus; die Nase auf beiden Pfoten, richtete er seine Augen auf unsere Fenster und harrte auf seinem unbequemen Posten aus, obgleich es in Strömen regnete und der Wind seine Ohren zauste; er vergaß das Saufen, das Fressen, sein Zuhause, seinen Herrn, seine Herrin und stöhnte, seufzte nach Thisbé, vom Morgen bis zum Abend. Ich hege freilich den Argwohn, daß auch ein wenig Wollust Taupin dazu bewegt; doch Madame d'Aine behauptet, es sei unmöglich, die zartesten Gefühle zu analysieren, ohne darin eine kleine Schweinerei zu entdecken. Ach, teure Freundin, welch seltsame Namen man hier der Liebe gibt! Ich wage nicht, sie Ihnen wiederzusagen. Wenn die Natur sie hörte, versetzte sie allen einen Nasenstüber.
Madame d'Holbach behauptet, Saurin und die Dame in La Chevrette trieben ihr Spielchen mit uns; sie belögen uns, wenn sie von Wahrheit sprächen. Ich habe mich also jetzt bis zum nächsten Herbst in der Rue Taranne einquartiert. Unser Hausmädchen ist außer Gefahr. Die Herrin[9] muß noch ein paar Tage lang Chinawein trinken. Angéliques Hals ist frei, sie hat Appetit, ist fröhlich, gegen Abend aber fiebert sie noch ein wenig. Ab morgen werden alle nacheinander Abführmittel einnehmen. Das Kind wird den Anfang machen.
Ich glaube ohne weiteres, daß Ihnen Racine großes Vergnügen bereitet. Er ist vielleicht der größte Dichter, der je existierte. Liebe Freundin, hüten Sie sich sehr, über Iphigenies[10] Charakter herzufallen. Ihre Gottergebenheit ist ein Enthusiasmus von wenigen Stunden. Ihr Charakter ist poetisch und demgemäß fast übermenschlich. Hätte der Dichter sie in einem epischen Gedicht auftreten lassen, in dem diese Episode mehrere Tage gedauert hätte, dann hätten Sie gesehen, wie sie von allen Gemütsbewegungen erschüttert wird, die Sie fordern. Sie hat auch in diesem Stück solche Empfindungen, doch sie werden stets gemäßigt durch die

Sanftmut, die Ehrfurcht, die Unterwürfigkeit, den Gehorsam. All Ihre Einwände reduzieren sich auf diesen: Iphigenie und ich sind zwei verschiedene Menschen. Iphigenies Charakter war leicht darzustellen, auch Achilles' und Odysseus', Klytämnestras noch leichter; doch wie steht's mit Agamemnons Charakter, von dem Sie nicht sprechen, wieso haben Sie nicht an ihn gedacht? Ein Vater opfert aus Ehrgeiz seine Tochter und soll doch nicht hassenswert erscheinen. Wie ist dieses Problem zu lösen? Sehen Sie sich an, wie der Dichter dies bewerkstelligt. Agamemnon rief seine Tochter nach Aulis. Dies ist der einzige Fehler, den er beging, und zwar, noch bevor das Stück begann. Gewissensbisse quälen ihn. Er steht in der Nacht auf. Er will ihre Ankunft auf Aulis verhindern. Es gelingt ihm nicht. Er ist verzweifelt über ihr Eintreffen. Die Götter sind es, die ihn täuschen. Durch wen läßt man die Sache seiner Tochter vor ihm verteidigen? Durch einen wütenden Verehrer, der durch seine Drohungen alles verdirbt; durch eine wütende Mutter, die ihren Ehemann unterjochen will. Man überläßt den erregten Vater dem gewieftesten Schurken von ganz Griechenland. Dennoch ist er drauf und dran, seine Tochter vor dem Messer zu retten, als Erephile den Griechen und Kalchas, der lauthals ihr Opfer fordert, ihre Flucht verrät. Und dann, seit zehn Jahren stehen die Griechen vor Troja. Es gibt keinen Heerführer, der nicht einen Vater, einen Sohn, einen Bruder, einen Freund verloren hätte und die Beleidigung rächen müßte, die den Atriden[11] zugefügt wurde. Ist dieses Blut der Atriden das einzige Blut, das den Griechen kostbar ist? Wenn man einmal vom Ehrgeiz absieht – schuldet denn Agamemnon den Göttern überhaupt nichts? Schuldet er den Griechen nichts? Wieviel Aufwand wird getrieben, um den Fehler eines Augenblicks zu beschönigen! Das Geheimnis dieses Blendwerks ist Ihnen entgangen.

Ein wenig Ruhe wird Ihren Damen die Gesundheit zurückgeben. Wenn ich es wagte, erteilte ich ihnen den Rat, den Circe Ascyltos gab: *Si seorsim a fratre unâ nocte, dormieris.*[12]

Ich weiß Abbé Marin Dank dafür, daß er Ihnen die Zeit vertreibt; und der weiße Abbé[13] mischt sich da nicht ein? Ich rechnete kaum damit, die Rolle eines Kirchenvaters zu spielen und auf der Kanzel zitiert zu werden.

*Wie diese Mutter zu beklagen ist!* Ja, weil sie einen so schrulligen Kopf hat. (Sie erraten gewiß, worauf sich dies bezieht.) Wäre sie gerecht in der Austeilung ihrer Gefühle, dann könnte sie glücklich sein, und wir wären ebenso glücklich. Doch Ihr Abbé Marin geht mit der großen Sache recht leichtfertig um, scheint mir. Er hat viel mehr Kraft und Talent als jeder andere. Nur weil er es ein Leben lang gepredigt hat, hält er all dies für wahr. Wie denn, Sie möchten, daß sie sich erst wegen einer Lappalie heiser schreien und dann wieder schön einig sind? Das ist nicht möglich. Es ist wie bei den Reisenden, die zweitausend Meilen zurücklegten; und dies soll gewöhnlicher Dinge wegen sein? Mal sehen, ob sie kommen ...
*Es ist nicht gerade höflich?* Verzeihung, meine Freundin. Sie sind doch noch für einen Monat abwesend. Ich hatte es Ihnen nur bis zum Martinstag zugestanden, und ich habe es nicht gern, wenn Sie meine Planung durcheinanderbringen. Nun muß ich mich von neuem in Geduld fassen.
Wirklich, man ist mit solchen Menschen wie Morphyse[14] recht übel dran. Da gibt es fortwährend Hinterlist, Geheimnisse, dunkle Machenschaften, Tricks, Mißtrauen. Und dann greift die Gewohnheit der Doppelzüngigkeit und der Verstellung um sich; die Offenheit geht zum Teufel. Es ist erstaunlich, daß dieser Charakterzug keine größere Auswirkung auf Ihre jungen Seelen ausübte und daß Sie nicht zur Boheme gehören.
*Sie haben den Namen der Dame d'Epinay unter den anderen nicht gelesen?* Nun, weil sie nicht bei uns war. Haben Sie denn vergessen, sie steht doch in offener Feindschaft mit der alten Fee, ihrer Nachbarin. Sie war nicht in La Chevrette. Die Unpäßlichkeit ihrer Mutter hielt sie in Paris zurück, während ihr Freund in Grandval weilte. Pouf habe ich mit gutem Grund nicht erwähnt. Man hat mich ermahnt, von Pouf zu schweigen. Ich versprach es und hielt mein Wort.
Haben Sie nur nicht gar zu viel Mitleid für die Dame mit den behaarten Armen.[15] Ihr passierte, was allen passiert, die weder charakterliche Würde noch Selbstachtung besitzen, so daß sie jene dreisten Flegel nicht von sich halten, die man ‚junge Leute' nennt. Zuvor hatte mein Sohn d'Aine seinen Arm um sie gelegt und sie auf seine Knie gezogen, er hatte

ihre Arme betastet und ihre zarte Taille mit seinen Händen umfaßt, und sie hatte sich zierend gesagt: „Lassen Sie's gut sein, nun hören Sie doch damit auf, was für ein Kind Sie sind!" Letzten Endes dann hatte mein Sohn d'Aine ihr am Tisch die Haare aus dem Arm gezupft, im Beisein von zwanzig Personen.

Sie haben sich nicht zu Freund Le Roys Aussprüchen geäußert. Und sie waren doch so erheiternd und originell.

Nun, Sie sind sich also dessen völlig sicher, daß Monsieur de Prysie nichts fehldeuten wird? Aber wenn Sie sich schon dachten, daß dieser Satz mir seltsam vorkommen könnte, warum dachten Sie dann nicht, daß er ihm ebenso seltsam vorkommen könnte wie mir? Warum ließen Sie ihn stehen? Wenn Sie mich nun täuschten? Wenn er Mademoiselle Boileau täuschte? Wenn Sie nun zwei Schurken wären? Meiner Treu, so wie Monsieur Orgon[16] möchte auch ich nicht mehr an tugendhafte Menschen glauben. Ich muß in dieser Sache Mademoiselle Boileau zu Rate ziehen. Wir werden sehen, was sie dazu sagen wird. Mit dem Vorbehalt, daß wir aus ihrer Entscheidung vor Ihnen und ihm ein kleines Geheimnis machen werden. Und wenn wir uns erst einmal zusammentun, so seien Sie dessen sicher, daß wir ebensogut solche seltsamen Sätze formulieren können und ebenso gemein sein werden, Sie nach Ihrer Meinung zu fragen.

Ich bitte Sie, meine Freundin: Keinen Vergleich mehr zwischen Grimm und mir. Ich tröste mich über seine Überlegenheit hinweg, indem ich sie anerkenne. Ich bin stolz auf den Sieg, den ich meiner Eigenliebe abrang, und diesen armseligen Triumph sollte man mir nicht nehmen.

*Warum das Lob verwirrt?* Weil es gegen die Gerechtigkeit verstößt, die man sich selbst schuldet, ein Lob zu verweigern, von dem man weiß, daß man es verdient; und es verstößt gegen die gebotene Bescheidenheit, ein Lob anzunehmen, denn auf diese Weise würde man sich mit den anderen verbrüdern, um sich selbst über Gebühr zu loben. Man wird unsicher, wie immer, wenn man antworten muß und weder ja noch nein sagen kann. Ich wünschte mir, dies möge für Sie des Rätsels Lösung sein.

Endlich, Sie werden also von Fourmont[17] nach Paris zurückgerufen. Jenes Zeremoniell, sich morgens um neun zu Ihnen zu begeben, um Sie mit Dingen zu unterhalten, die Ihrer

Schwester bereits bekannt sind, ist überdies von einer Lächerlichkeit, die ich nicht genug preisen kann, so großartig ist sie. Warum sprach sie[18] in Madame Legendres Gegenwart zu Ihnen nicht von Mutterliebe? Was hinderte sie an dieser Vertraulichkeit? Wie lange bleiben Sie fremd in Ihrer Familie? Und Iphigenies Schicksal verwundert Sie? Merken Sie nicht, daß das Ihrige viel härter ist? Agamemnon opferte seine Tochter einmal, Morphyse aber opfert die ihre zehnmal am Tag. Es ist viel leichter, einen großen Schmerz zu erleiden, als sein Leben lang kleine Kränkungen zu ertragen, die in einem fort aufeinanderfolgen.
Kommen Sie doch zurück! Kommen Sie zurück, um die Liebe in persona anzuschauen, von der Sie jetzt nur lesen können. Sie erwartet Sie.
Nein, Damilaville entsiegelt nicht. Auch jener, der an Monsieur Duval adressiert war, hat gemeinsam mit den Ihrigen von Grandval aus die Reise angetreten. Er wurde ihm heute morgen gebracht. Monsieur Duval hat sogleich geantwortet, und diese Antwort ist gegengezeichnet abgegangen.
So kommen Sie doch endlich an, dicker Fourmont. Bemühen Sie sich, Ihren schwerfälligen Gang ein wenig zu beschleunigen, und bringen Sie mir meine Sophie zurück!
Bis jetzt schrieb ich so, daß ich von Uranie gelesen werden konnte. Vielleicht war dies für Sie ein kleiner Verlust; doch ich wollte Ihrem Zartgefühl die kleine Unannehmlichkeit ersparen, Zeilen überspringen und etwas vor derjenigen verhehlen zu müssen, die Sie auf dem Grunde Ihres Herzens tragen. Ich denke, so etwas würde mich einige Mühe kosten, und ich schließe oft von mir auf Sie.
Wenn Sie sich von dieser teuren Schwester trennen, sagen Sie ihr von mir, und zwar mit dem rührendsten Ton, den Sie anschlagen können: „Liebe Schwester, wir werden uns alle drei wiedersehen. Wir werden uns wiedersehen."
Sie erhalten am Montag Nachricht von Monsieur de Saint-Géni. Damilaville hat heute nachfragen müssen.
Übrigens, achtzig Pfund Kaffee! Sechzig für Sie und zwanzig für mich, siebenunddreißig Sous das Pfund. Der niedrige Preis machte mir die Qualität verdächtig. (Das ist ein gezirkelter Satz, der nach der Akademie riecht.) Wenn Sie die ganze Lächerlichkeit nachempfinden wollen, dann sagen Sie ihn mit jenem übertreibenden Tonfall, den Monsieur de

Mairant gegenüber Rendu, seinem Kammerdiener, anschlug, als dieser ihn aus einer Pfütze ziehen sollte: „Rendu, retten Sie mich aus dieser Sintflut, ganz gleich, auf welche Weise."

Ich bin ein gewaltiger Schwätzer, nicht wahr, meine Freundin? Doch wir haben ihn gekostet, Grimm und ich, und wir fanden ihn gut. Fragen Sie Ihre Frau Mutter, ob sie noch welchen haben möchte. Dieser treulose Damilaville hat achtzig Pfund aus Marseille bekommen, würde mir aber keine einzige Bohne abtreten. Handelte ich besser als er? Meiner Treu, ich weiß es nicht.

Sie werden mir gewiß berichten, was Monsieur Duval singt. *Monsieur Duval, Rue des Vieux-Augustins* etc. Was für eine verteufelte Adresse ist dies? Sie hat mich etwas verwirrt.

Aber will sich denn Uranie nicht bequemen, einmal die Feder zu ergreifen und mit eigener Hand ein Wörtchen an den Schluß eines Ihrer Briefe zu setzen? Ein zärtliches Wörtchen an den, der alles tut, um ihr seine Hochachtung zu beweisen, ihr jene hohe Meinung von sich selbst einzuflößen, die er von ihr hat, und ein wenig ihre Wertschätzung zu erringen.

Ich weiß nicht, was in meinem letzten Brief Brauchbares über Tugend und Laster stand, daß Sie wagten, es Ihrer Frau Mutter mitzuteilen. Worum handelte es sich? Was ich Ihnen schreibe, ist so anspruchslos, daß mir von einer Korrespondenz zur anderen nur eines im Gedächtnis zurückbleibt, nämlich daß ich Ihnen von allen Augenblicken dieses Lebens Rechenschaft ablegen wollte, weil es Ihnen gehört und ich Sie auf dem Grunde dieses Herzens lesen lassen möchte, in dem Sie herrschen.

Adieu, meine zärtlich geliebte Freundin. Anbei noch ein Bändchen. Hätte ich die Zeit dazu, schriebe ich noch eine Widmung hinein.

Vorgestern hatte ich bei Damilaville ein kleines Erlebnis, das beweist, daß nichts soviel vermag wie das Beispiel der Güte.

Ein pfiffiger Bursche namens Desmarets sollte zu Forschungszwecken nach Sibirien geschickt werden. Er wird nicht reisen. Man hat ihm einen Dummkopf namens Abbé Chappe vorgezogen. Desmarets, Tillet und ein junger Gerichtsrat, die bei Gaudet diniert hatten, stiegen am Abend

bei Damilaville ab, wo ich mich aufhielt. Ich kannte Desmarets und Tillet. Wir begrüßten uns. Wir umarmten einander, und ich sagte zu Desmarets: „He, was machen Sie denn hier? Ich dachte, Sie klapperten auf Kamtschatka vor Kälte, in der Höhle irgendeines Jakuten."
Hören Sie seine Antwort. „Es tut mir um des Fortschritts der Wissenschaften willen leid, daß ein anderer die Reise unternimmt." Er fügte hinzu, er habe eine große Anzahl von Versuchen vorbereitet, die der Abbé Chappe gewiß nicht durchführen werde. „Und haben Sie detaillierte Aufzeichnungen von Ihren Vorversuchen?" – „Es liegt alles bereit." – „Und wissen Sie, was Sie damit tun müssen? Sie dem Abbé Chappe übergeben. Wenn Sie das Gute nicht selbst vollbringen können, müssen Sie dann nicht mit Ihrer ganzen Kraft dazu beitragen, daß es von einem anderen vollbracht wird?" Alle pflichteten mir bei.
*„Ich könnte den Gedanken nicht ertragen, daß ein Mann diesen Vorteil über mich gewann."* Dieser Mann ist ein Ehrenmann; zumindest ist es anzunehmen. Er ist Ihnen ergeben, mit Leib und Seele. Er lebt nur für Sie. Er liest Ihnen jeden Wunsch von den Augen ab. Sie sind sein Glück, sein Kummer, sein Frieden, seine Sorge. Sein Schicksal ist an das Ihre geknüpft. Er würde um die ganze Welt eilen, um Ihnen ein Nichts herbeizuschaffen, das Ihnen gefiele; und wenn Sie ihm den einzigen Dank gewähren, den er sich erhofft und zu verdienen trachtet, dann nennen Sie dies, einen Vorteil über Sie gewinnen? So wollen Sie es bezeichnen? Ich stelle es Ihnen selbst anheim, die Sie einen gerechten Sinn haben. In jedem anderen Falle hieße es, so scheint es mir zumindest: ‚Wie du mir, so ich dir, es ist nur recht und billig.' Die Koketten lassen zu, daß man Vorteil über sie gewinnt. Die galanten, temperamentvollen Frauen ebenfalls; so wie auch die närrischen und leichtfertigen, in einem Wort alle jene, deren Gunst niedrig im Preis steht, die man also besitzt, ohne sie verdient zu haben. Mit den anderen freilich verhält es sich nicht so.
Erinnern Sie sich jener denkwürdigen Begebenheit, die ich Ihnen von einem meiner Freunde erzählte? Er liebte schon seit langer Zeit; er glaubte, eine Belohnung dafür verdient zu haben, und er erbat sie sich inständig, so wie sie sein muß. Man verweigerte sie ihm, ohne die Gründe dafür zu

nennen. Da erdreistete er sich zu sagen: „Also lieben Sie mich nicht ..." Diese Frau liebte leidenschaftlich. „Also liebe ich Sie nicht?" antwortete sie unter Tränen. „Stehen Sie auf", er lag auf den Knien, „geben Sie mir Ihre Hand." Er erhebt sich, er gibt ihr die Hand; sie führt ihn zu einem Kanapee; sie setzt sich nieder, legt die Hände vor ihre Augen, aus denen noch immer die Tränen rinnen, und sagt zu ihm: „Nun, Monsieur, seien Sie glücklich." Sie vermuten richtig, er wurde es nicht. Nicht an jenem Tag; an einem anderen aber, als er an ihrer Seite weilte und sie mit Blicken ansah, die von Liebe und Zärtlichkeit sprachen, aber nichts von ihr erbaten, schlang sie ihre Arme um seinen Hals, ihr Mund schmiegte sich sanft auf den seinen, und er wurde glücklich. Und er erlebte den Augenblick, der mich erwartet, nicht wahr, meine Sophie; und in diesem Augenblick soll ich einen Vorteil über Sie gewinnen? Nein, nein, nein.
Bei Damilaville liegt ein Brief von Ihnen. Ich eile, ihn zu holen. Adieu, adieu.

Samstag, 6. November, wie ich glaube, 1760

De Saint-Géni geht es bestens. Er ist ein rechtschaffener, vielgeliebter, hochgeachteter Junge. Man erkennt seine Talente an. Doch es mangelt ihm an Eifer und Tatkraft. Man bezichtigt ihn der Gleichgültigkeit und Faulheit. Ihre Frau Mutter und seine sollten ihn von Zeit zu Zeit aufrütteln.
Ich stehe jederzeit dafür ein, daß Monsieur Damilaville ihm behilflich sein wird, denn Monsieur Damilaville ist mir freundschaftlich verbunden und weiß, wieviel Interesse ich an Monsieur de Saint-Géni und überhaupt an allem habe, was mit Ihnen zusammenhängt, und sei es auch nur durch den allerdünnsten Faden.
Meine ergebenste Hochachtung an Ihre Frau Mutter.

1 Die Kinder d'Holbachs aus zweiter Ehe, die zu einer Amme gegeben waren.
2 Prinz Ferdinand von Braunschweig, der Wesel belagerte.
3 Charles-Eduard Stuart, Enkel Jakobs II., geb. 1720 in Rom.
4 Die Schlacht von Prestonpans 1745.
5 Moritz, Graf von Sachsen, genannt der „Marschall von Sachsen" (1696–1750), Sohn Augusts II., wurde 1744 Marschall von Frankreich. Er galt als der beste französische Feldherr seiner Zeit.
6 Entgegen den klassischen Sprachnormen hatte Marivaux

(1688–1763) versucht, durch Neologien und stilistische Raffinessen die Sprache in ihrem Ausdrucksvermögen zu bereichern und sie damit zu einem geeigneteren Instrument für seine psychologischen Analysen und die Darstellung neuer, bisher nicht als literaturwürdig erachteter Wirklichkeitsbereiche zu entwickeln. Seine umstrittene Sprach- und Stilkunst wurde als „marivaudage" bezeichnet.

7 Würfelspiel.

8 Hund von Madame d'Epinay.

9 Madame Diderot.

10 Heldin von Racines Tragödie *Iphigénie* (1674).

11 So bezeichnet werden die Söhne des Atreus: Agamemnon und Menelaos; die Entführung Helenas, der Frau des Menelaos, war Anlaß zum Trojanischen Krieg.

12 Frei nach dem *Satiricon* des römischen Schriftstellers Petronius, das zu Diderots Lieblingsbüchern zählte. Circe gab dort Polyänos (nicht Ascyltos), der sie nicht zu befriedigen vermochte, den Rat: „Recipes nervos tuos, si triduo sine fratre dormieris" („Du wirst deine Kräfte wiedererlangen, wenn du drei Nächte ohne den Bruder schläfst.") (Satiricon, Kap. CXXIX).

13 Laut Jean Varloot wurde bisher hier fälschlich „Blanc" (= weiß) als Eigenname aufgefaßt. Diderot bezeichnet aber den Abbé nach der Farbe seines Gewandes. Es handelt sich um ein Mitglied des Prämonstratenserordens, den Prior der Abtei von Moncetz, unweit von Isle, auf den Diderot schließlich sogar eifersüchtig wird.

14 Diderot nannte so Madame Volland.

15 Vgl. den Brief vom 20. Oktober 1760.

16 Der Geprellte in Molières Komödie *Le Tartuffe ou l'Imposteur* (1664, Tartuffe oder Der Betrüger).

17 Vgl. Brief 210, Anm. 3.

18 Madame Volland.

(19. November 1760)

Ich habe die Kraft nicht, Ihnen zu schreiben. Ein Schnupfen plagt mich; mir schmerzen die Glieder, Arme, Schultern, Beine; und dann diese Hitze, das Fieber. Trotz alledem laufe ich herum. Ich esse keinen Bissen, obgleich ich Appetit habe. Eine scheußliche Sache, ich kann nicht schlafen. Sobald ich im Bett liege, glaube ich, vor Hitze ersticken zu müssen. Ich wälze mich hin und her. Ich werfe meine Arme und meine Beine einmal nach rechts, einmal nach links und suche ein Fleckchen, auf dem ich mich weniger elend fühle.

Am vergangenen Sonntag versuchte mich Damilaville davon zu überzeugen, das Ganze sei mit Champagner und guter Gesellschaft zu kurieren. Sein Mittel gefiel mir. Ich akzep-

tierte. Montag saß ich also am Tisch, mit dem Rücken zum Feuer; ich plauderte, ich scherzte, ich trank, ich aß von ein Uhr bis zehn Uhr abends. Die Nacht vom Montag zum Dienstag war schrecklich. Ich meinte, sterben zu müssen. Am Dienstag war ich Doktor Dubourg, Chirurg Louis und Madame Diderot zum Trotz um neun angekleidet und um zehn auf der Straße. Es ging mir deswegen nicht schlechter.
Um eins stellte ich mich gegenüber von den Kapuzinern[1] ein. Grimm und Madame d'Epinay dinierten mit gutem Appetit, und ich sah ihnen dabei zu. Um vier trank ich zwei Täßchen Tee. Um neun traf Abbé Galiani ein, und ich brach auf. Ich hatte die Absicht, zum Quai des Miramionnes zu gehen. Doch ich hatte keine Kraft.
Diese Nacht war ein wenig besser. Ich esse nichts. Die strenge Diät und die körperliche Bewegung vertreiben alle Krankheit. Ich komme heute um zehn zu Damilaville und erfahre mit Schmerzen, daß Ihre Rückkehr um einen Monat verschoben ist; ich schreibe Ihnen diese wenigen Zeilen, damit Sie sich nicht beunruhigen. Adieu, meine Freundin. Ich umarme Sie von ganzem Herzen.
Wäre meine Unpäßlichkeit nicht gewesen, so hätten Sie noch einen Riesenbrief über unsere Runde am Montagabend erhalten. Es waren viele verdienstvolle Leute anwesend, mehrere Akademiemitglieder. Die Gesprächsthemen waren mannigfaltig, aber immer ausgesprochen fröhlich. Doch zu Damilavilles Ratschlägen habe ich kein Zutrauen mehr. Er aber behauptet trotz alledem, ich wäre noch viel kränker, wenn ich am Montag dem Weißwein maßvoller zugesprochen hätte.
Sie kehren also nicht zurück; ich darf nicht mehr daran denken. Das einfachste ist, sich hier und dort ein wenig Trost zu suchen. Ich weiß nicht, was ich sage. Für einen Mann wie mich kann es keinen Trost geben. Madame d'Holbach sagte angesichts der strengen Diät, die ich zur Zeit einhalte und von der man mich nicht abbringen kann: „Was ich an ihm liebe, das ist, daß er, ob er nun närrisch ist oder weise, stets tut, was er tut." Adieu, meine Freundin. Ich werde Ihnen immer schreiben, daß ich Sie liebe, und sagen werde ich es Ihnen niemals mehr.

Am 19. November 1760

1 Bei Madame d'Epinay.

(1. Dezember 1760)

[Der Anfang fehlt.]

... nichts. Ich warte nicht mehr auf Sie. Ich leide zu sehr, wenn ich enttäuscht werde. Ich habe Mademoiselle Boileau Ihren Brief ausgehändigt. Monsieur de Prysie habe ich mit den letzten Zeilen Ihres Briefes, den ich ihm sandte, gehänselt. Alles verlief ganz nach Wunsch, und ich wurde beauftragt, Sie von jedermann zu grüßen.

Man liebt und schätzt Sie hier sehr; und dies ist nicht nur ein schmeichlerisches Kompliment, das man mir hätte machen wollen.

Nun kündigen sich neue Mißhelligkeiten an.[1] Sie können sich davon an Hand des Gerichtsbeschlusses ein Bild machen, den ich Ihnen sende. Eine weitere Neuigkeit, die vergnüglicher für Sie sein wird: In Marseille wird zur Zeit der *Père de famille*[2] gespielt. Ich bin untröstlich, Ihnen die Gazette nicht senden zu können, die von seinem Erfolg berichtet. Er hat alle Köpfe verdreht. Was da unter anderem zu meiner Freude gesagt wird, ist dies: Kaum sei die erste Szene gespielt, so glaube man schon, tatsächlich in diesem Familienkreis zu sein, man vergäße, daß man vor einer Bühne sitzt. Es sei kein Theater mehr, sondern ein Privathaus. Wenn das, was da zu lesen steht, der Eindruck der Leute ist, so muß er sehr tief gewesen sein. Noch nie ist ein Stück so gelobt worden wie dieses. Man spielt es noch einmal für eine Schauspielerin, der man die Einnahme zum Geschenk machen will. Ein Wort noch darüber: Es wurde ergänzend gesagt, daß die Schwierigkeit des Vortrages und der Darstellung die Schauspieler bei weitem nicht so aus der Fassung gebracht habe, wie man befürchtete.

Gegen meinen eigenen und gegen Ihren Willen mußte ich an den erlauchten Schurken vom See schreiben.[3] Er hat zwei charmante Briefe gesandt, den einen an Thiériot, den anderen an Damilaville. Sie sind in den sanftesten und verbindlichsten Worten abgefaßt. Thiériot hat er beauftragt, mir die zwanzig gebundenen Bände seiner Werke zuzustellen. Ich habe sie am Mittwoch erhalten; am Freitag war mein Dankschreiben fertig, am Samstag war es auf dem Weg nach Genf.

Damilaville und Thiériot meinten, mein Schreiben sei sehr gut. Es enthält eine recht geistvolle Kritik seines *Tancrède*,

ein Lob seiner Werke, insbesondere seiner *Histoire universelle*[4], die ich nach ihrer Meinung famos begutachtet habe, sowie eine Entschuldigung für meine Faulheit und die Ermahnung, uns ein Leben zu erhalten, das in meinen Augen das kostbarste und rühmlichste auf der ganzen Welt sei; denn wohl gäbe es zu allen Zeiten Könige, Herrscher, Richter, Minister, doch es brauche Jahrhunderte, ehe man wieder einen Mann wie ihn zu sehen bekäme etc., etc.
Drei Männer, Monsieur de Limoges, Monsieur Vatelet, Monsieur de La Condamine, haben sich um die Mitgliedschaft in der Akademie beworben, doch nur zwei Plätze waren frei. Monsieur de Limoges, dem der erste zugesprochen worden war, ist zurückgetreten, um seinen beiden Mitbewerbern die Enttäuschung einer Ablehnung zu ersparen; das finde ich sehr anständig. Es werden tagtäglich unzählbare Taten dieser Art vollbracht. Wir haben uns gestern abend beinahe die Augen ausgekratzt, Helvétius, Saurin und ich. Sie behaupteten, es gäbe Menschen, die weder ein Gefühl für Moral noch einen Begriff von Unmoral hätten. Wir debattierten hitzig, wie immer, wenn man Frauen zu Schiedsrichtern hat. Mademoiselle de Valory, Madame d'Epinay, Madame d'Holbach spielten sie. Ich räumte gern ein, daß die Furcht vor der Vergeltung gewiß das stärkste Hemmnis für die Bosheit sei; doch ich forderte auch, daß man diesem Beweggrund einen anderen hinzufüge, der aus dem Wesen der Tugend selbst hervorgehe, sofern Tugend nicht nur ein leeres Wort sei; ich erklärte, diese Eigentümlichkeit werde nie vollständig ausgelöscht, nicht einmal bei den verkommensten Seelen. Ich erklärte weiter, ein Mensch, der sein persönliches Interesse dem öffentlichen vorziehe, spüre mehr oder minder, daß er besser handeln könnte, und achte sich weniger, weil er nicht die Kraft aufbringt, sich selbst zu opfern. Ich sagte, so wie man sich nicht nach Belieben wahnsinnig machen könne, wäre es auch unmöglich, sich schlechter zu machen; des weiteren, wenn die Ordnung einen gewissen Sinn habe, gelänge es einem auch nie, sie völlig zu ignorieren, so als sei sie überhaupt nicht vorhanden; und sollte man sich auch nicht im geringsten um die Nachwelt scheren, so gäbe es doch niemanden, den es nicht unangenehm berühre, wenn man ihm versicherte, daß jene, die er nicht mehr hören wird, von ihm als einem Schurken sprechen werden.

Es ging lebhaft zu. Doch was mir ganz besonders gefiel, das war dies: Kaum war der Streit beigelegt, da lieferten diese Ehrenmänner, ohne sich dessen bewußt zu werden, die stärksten Argumente für jenes Gefühl, das sie soeben bekämpft hatten. Sie widerlegten ihre eigene Meinung; Sokrates an meiner Stelle hätte sie Lügen gestraft; er hätte den Widerspruch zwischen ihren jetzigen Reden und dem vorangegangenen Streitgespräch aufgedeckt und ihnen dann mit einem verschmitzten Lächeln den Rücken gekehrt.
Liebe Freundin, wenn Sie diese Methode mit der Ihnen eigenen Feinheit, Gelassenheit und Gerechtigkeit anwenden wollten, so hätten Sie Erfolg wie sonst niemand, und Sie wären meine Aspasia. Die Aspasia[5] des Sokrates war nicht so klug wie Sie.
Ich habe tausenderlei Dinge zu erledigen. Ich müßte zum Steueramt gehen; ich müßte zu Monsieur de Saint-Juliens Kassierer gehen; ich müßte zu Madame d'Epinay gehen; und ich bin bei Ihnen und weiß nicht, wie ich von Ihnen loskommen soll.
Adieu, meine Freundin. Ach, Sie lieben mich nicht, wie ich Sie liebe. Sie nehmen den Aufschub Ihrer Rückkehr nicht so schwer wie ich. Um so besser! Sie wären zu sehr zu beklagen, wenn Sie ebenso krank vor Liebe wären wie ich.
Nun ist es fertig, das Porträt, das mir sehr ähnlich ist. Morgen wird es bei Grimm eintreffen. Er wird mich haben. Adieu, adieu.

Am 1. Dezember 1760

1 Bezüglich der Publikation der *Encyclopédie.*
2 Diderots Bühnenstück *Le Père de famille* (1758, Der Hausvater), das Lessing ins Deutsche übersetzt hat, war nach dem *Fils naturel* (1757, Der natürliche Sohn) sein zweiter Versuch, das von ihm theoretisch begründete „bürgerliche Drama" zu realisieren. Ihm war aber nur ein kurzer Anfangserfolg beschieden.
3 Gemeint ist Voltaire. Diderot schrieb ihm am 28. November 1760.
4 Ursprünglicher Titel von Voltaires *Essai sur les mœurs.*
5 Zweite Frau des Perikles (5. Jh. v. u. Z.); stand wegen ihrer geistigen Fähigkeiten bei dem Kreis um Sokrates in hohem Ansehen.

12. September 1761

Meine Seele wird von allen Seiten gepeinigt. Etwa fünfundzwanzig Tage hatte ich mein Kind nicht gesehen. Nun fand ich es ganz und gar verdorben.[1] Sie schnarrt das R; sie ziert sich, sie schneidet Grimassen; sie kennt die ganze Macht ihrer Launen und ihrer Tränen; sie schmollt und weint wegen nichts und wieder nichts. Ihr Kopf steckt voller fauler Witze; sie spricht wie ein Gassenjunge; sie ist nachlässig; man wird mit ihr nicht fertig; die ihr angeborene Liebe zur Arbeit und zum Lesen schwindet allmählich. Ich sehe dies alles; und ich wäre ganz untröstlich darüber, wenn die Wirkung, die meine Anwesenheit seit einigen Tagen hervorruft, mich nicht eine gewisse Besserung erhoffen ließe.

Sie ist groß; sie ist recht hübsch von Angesicht; sie hat Geschick zu allen körperlichen und geistigen Übungen; Uranie oder ihre Schwester[2] hätten ein bewunderungswürdiges Geschöpf aus ihr gemacht; doch ihre Mutter, die sich ihrer bemächtigt hat, wird niemals dulden, daß ich etwas aus ihr mache. Nun denn, sie wird hunderttausend anderen gleichen, und wenn sie einen dummen Ehemann bekommt, wie man tausend zu eins wetten kann, wird sie darüber weniger unzufrieden sein, als wenn eine bessere Erziehung sie anspruchsvoller gemacht hätte.

Eine andere Pein: Diese schreckliche Revision[3] ist fertig. Ich habe fünfundzwanzig Tage hintereinanderweg damit zugebracht, bei zehn Stunden Arbeit täglich. Meine Blutsauger haben nun alle ihr Manuskript vorliegen. Das ist eine Unmenge, die sie erschreckt. Sie selbst rühmen meine Arbeit in übertriebener Weise, und daher sagte ich mir: Also werde ich nichts dafür erhalten. Das ist ganz folgerichtig. Wären sie geneigt, die Arbeit zu bezahlen, so würden sie sie herabsetzen.

Ich bin dieser Logik so sicher, daß ich auf nichts rechne, auf reinweg gar nichts. Sollte ich mich zufällig getäuscht haben, so werde ich es eingestehen, ohne zu erröten. Doch ich täusche mich nicht, ich wette um alles auf der Welt.

Grimm kommt heute abend aus La Chevrette zurück. Ich hatte ihm versprochen, zum Salon zu gehen und für ihn eine kurze Kritik zu den wichtigsten Stücken zu entwerfen, die dort ausgestellt sind. Der Verdruß, die Langeweile, die Melancholie hinderten mich daran, Wort zu halten; und das ist noch ein weiterer Kummer für mich.

Gerade als ich gestern den Brief an Sie beendete, traf der Abbé de La Porte ein, der mit dem Direktor der Wasserverwaltung von Passy befreundet ist. Er erzählte uns die folgenden Einzelheiten des Abenteuers von Bertin und der kleinen Hus[4]. Doch meine Laune ist heute zu schlecht, um eine so heitere Geschichte in gebührender Weise wiederzugeben. Ach was! Nach dem Lesen falten Sie den Brief zusammen und machen sich eine bessere Erzählung daraus.

Monsieur Bertin besitzt in Passy ein Häuschen im Werte von fünfzig- bis sechzigtausend Francs; darin verbringt er mit Mademoiselle die schöne Jahreszeit.

In der Nähe dieses Hauses befinden sich alte Brunnen. Der Wasserverwalter ist ein schöner, wohlgestalter junger Mann, der in Worten und Taten gleichermaßen geschickt ist, er hat Geist, ist sprachgewandt und besucht die gute Gesellschaft, deren Manieren er perfekt beherrscht. Er heißt Vieillard. Seit etwa achtzehn Monaten hatte die recht und und billig denkende Mademoiselle Hus den Reizen des Monsieur Vieillard in ihrem Herzen Gerechtigkeit widerfahren lassen, und Monsieur Vieillard hatte den Reizen der Mademoiselle Hus in seinem Herzen Gerechtigkeit widerfahren lassen. Anfangs war Monsieur Bertin entzückt gewesen, daß er Monsieur Vieillard hatte. In der Folge begegnete er ihm frostig, dann unhöflich, schließlich patzig, und letzten Endes ließ er die Tür für ihn verschließen und wies seine Leute an, ihm Beleidigungen an den Kopf zu werfen. Monsieur Vieillard liebte weiter und faßte sich in Geduld.

Vorgestern vor acht Tagen verließ Monsieur Bertin um zehn Uhr morgens Mademoiselle Hus. Auf dem Weg von Passy nach Paris muß er unter Monsieur Vieillards Fenstern vorbeifahren. Kaum hat sich dieser vergewissert, daß sein Rivale am Fuße des Berges ist, als er sein Haus verläßt und zur Tür des Hauses läuft, das Mademoiselle Hus bewohnt; er findet die Tür offen, tritt ein und steigt zu den Gemächern der Heißgeliebten empor. Sobald er eingetreten ist, schließen sich alle Türen hinter ihm. Monsieur Vieillard und Mademoiselle Hus dinieren gemeinsam; die Zeit vergeht schnell; schon war es vier Uhr nachmittags, und noch immer waren nicht alle süßen Worte gesagt, die sie in der unendlich langen Zeit hatten zurückhalten müssen, da sie die

Eifersucht getrennt hatte. Plötzlich hören sie das Geräusch einer Kutsche, die unter den Fenstern hält. Sie argwöhnen, wer dies sein könnte. Um sich zu vergewissern, schlüpft Vieillard in eine Kleiderkammer und klettert auf einer Geheimtreppe zu einer Lustwarte empor, die das Haus krönt. Von dort sieht er voller Schrecken Bertin aus seinem Wagen steigen. Er stürzt das Treppchen wieder hinab; er warnt die kleine Hus und steigt neuerdings empor. Er verläßt durch die eine Tür das Zimmer, und Bertin tritt durch eine andere ein.

Nun ist er oben in seiner Lustwarte, und Bertin sitzt bei Mademoiselle Hus. Er umarmt sie; er erzählt ihr, was er getan hat, was er tun wird. Nicht das geringste Zeichen von Verärgerung in seiner Miene. Sie umarmt ihn, sie erzählt ihm, wie sie sich die Zeit vertrieben hat, und drückt ihre Freude aus, ihn einige Stunden früher als erwartet wiederzusehen. Dieselben Versicherungen, dieselbe Ruhe. Eine, zwei, drei Stunden vergehen. Bertin schlägt ein Pikettspiel vor. Die kleine Hus willigt ein. Unterdessen nutzt der Mann in der Lustwarte die Dunkelheit, um hinabzusteigen und alle Türen zu untersuchen, die er sämtlich verschlossen vorfindet. Er prüft die Möglichkeit, die Mauern zu übersteigen. Es gibt keine, bei der er nicht riskierte, ein Bein oder alle beide zu brechen. Also steigt er wieder zu seiner luftigen Bleibe empor.

Mademoiselle Hus ihrerseits plagen von Viertelstunde zu Viertelstunde gewisse Bedürfnisse. Sie verläßt das Zimmer. Sie läuft von ihrer Lustwarte aus in den Hof, um für den Gefangenen einen Ausweg zu suchen, ohne ihn zu finden. Bertin sieht dies alles, sagt jedoch nichts. Sie beenden das Pikettspiel. Man läutet nach dem Souper. Man trägt auf. Man soupiert. Nach dem Souper plaudert man. Nachdem man bis Mitternacht geplaudert hat, zieht man sich zurück, Bertin in sein Zimmer, Mademoiselle Hus in das ihre. Bertin schläft tief oder tut zumindest so. Die kleine Hus steigt hinab, geht in die Speisekammer, lädt alles, was ihr in die Hände fällt, auf Teller und serviert dieses schlechte Souper ihrem Freund, der dort oben in der Lustwarte vor Kälte und Ungeduld fast umkommt und deshalb in ihr Zimmer hinabsteigt. Nach dem Souper beratschlagt man, was zu tun sei. Das Ende der Beratung war, daß man sich zu Bett

legte, um einander das letzte mitzuteilen, was noch zu sagen war.
Sie legen sich also schlafen. Doch da es für Monsieur Vieillard mehr Unannehmlichkeit brachte, wenn er eine Stunde zu spät aufstand statt eine Stunde zu früh, war er bereits vollständig angekleidet, als Monsieur Bertin, der offensichtlich dieselbe Überlegung angestellt hatte, gegen acht Uhr an Mademoiselle Hus' Tür klopfte. Keine Antwort. Er klopft noch einmal, man schweigt hartnäckig weiter. Er ruft, man hört nicht. Er steigt die Treppe hinab, und während er hinabsteigt, öffnet sich die Tür zu Mademoiselle Hus' Kleiderkammer, und Vieillard klettert wieder zur Lustwarte empor.
Diesmal jedoch findet er zwei Lakaien seines Rivalen als Schildwache vor. Er blickt sie an, ohne Schrecken oder Verwunderung zu zeigen, und sagt zu ihnen: „Nun, was gibt es denn? Ja, ich bin's, warum sind alle Türen verschlossen?" Als er diese kurze, förmliche Ansprache beendet hat, hört er auf den Stufen unter sich ein Geräusch. Er legt die Hand an den Degen; er steigt hinab und trifft auf Monsieur Bertins Haushofmeister, der in Begleitung eines Schlossers ist. Er setzt die Degenspitze an die Kehle des ersteren und schreit ihn an: „Steig hinunter, tu, was ich sage, und mach auf, oder aber ich bring dich um." Durch diese Worte und die bedrohliche Spitze erschreckt, vergißt der Haushofmeister, daß er auf einer Treppe steht, und fällt hintüber auf den Schlosser, den er mit umreißt. Der unerschrockene Vieillard nutzt ihren Sturz, steigt über ihre Bäuche hinweg, springt die restlichen Stufen hinab, erreicht den Hof, läuft zum Eingangstor, wo er auf eine kleine Gruppe leise plaudernder Frauen trifft. Den Degen in der zitternden Hand, ruft er ihnen mit verstörter Stimme und wildem Blick zu: „Aufmachen!" Die erschrockenen Frauen flüchten unter lautem Geschrei. Vieillard erblickt den großen Schlüssel an der Tür; er öffnet, und schon ist er auf der Straße und von der Straße aus in zwei Sätzen bei sich zu Hause.
Zwei Stunden später sah man Bertin nach Paris zurückfahren, und nochmals zwei oder drei Stunden später fuhr auch Mademoiselle Hus, von Paketen umgeben, im Fiaker in die große Stadt zurück; und am nächsten Morgen transportierte ein Packwagen alle Überreste eines Haushalts weg.

Seit fünfzehn Jahren hatten sie zusammen gelebt. Bertin hatte ein ganzes Rudel Kinder von ihr. Diese Kinder, seine alte Leidenschaft, werden wie ein Magnet wirken. Er wird ihnen folgen; er wird darum bitten, in Gnaden wieder aufgenommen zu werden, und er wird für zehntausend Taler erhört werden. Darum wette ich mit jedem, der es möchte.
Ein andermal werde ich Ihre N° 25, die ich bereits erhielt, beantworten. Schreiben Sie gleich; oder vielmehr lassen Sie Uranie auf den ersten Brief, den Sie an Monsieur Vialet richten, schreiben: „Ja, tatsächlich, ja der Anjou, und so bald wie irgend möglich." Er wird diese Worte verstehen; er wird sie küssen. Ich werde umgehend bedient werden und werde Uranie dafür sehr verbunden sein. Fügen Sie hinzu, wenn Sie wollen, daß sein Brief ein ‚der Teufel soll mich holen' enthält, worüber ich vor Lachen beinahe gestorben wäre, und daß er auf meine Ergebenheit in allem und überall rechnen kann.

1 Angélique, geboren am 2. September 1753, war jetzt acht Jahre alt.
2 Madame Legendre oder Madame de Sallignac, die Schwestern Sophies.
3 Die Revision des Textes der letzten Bände der *Encyclopédie*.
4 Louise-Pauline Hus, geboren 1734, war eine bekannte Schauspielerin an der Comédie-Française.

(17. September 1761)

Meine Seele ist vollkommen verstört. Ich schreibe Ihnen nur, um bei Ihnen keine Unruhe aufkommen zu lassen. Sie wissen, welch schrecklichen Schmerz mir Ungerechtigkeit und Unvernunft bereiten. Nun, so stellen Sie sich vor, daß ich einen Ausbruch erdulden mußte, der länger als zwei Stunden andauerte. Sagen Sie mir doch, welchen Nutzen diese Frau[1] davon hat, wenn sie erreicht, daß ein Blutgefäß in meiner Brust platzt oder die Nerven in meinem Gehirn zerrüttet sind? Oh, wie hart ist es, leben zu müssen! Wie oft schon hätte ich das Ende mit Freuden angenommen!
Verübeln Sie mir diese Empfindungen bitte nicht. Sie selbst sind fern von mir, und mein Herz ist übervoll. In drei oder vier Stunden werde ich schlafen. Morgen werde ich auf dem Grunde dieser Seele, die jetzt noch von Erregung und Entrüstung beherrscht und gequält wird, die Liebe wieder-

finden ... Die Furien werden im Schlaf abziehen. Die zärtliche Liebe wird mit ihrem freundlichen Gefolge wieder ihren Platz einnehmen; und ich werde nicht mehr sterben wollen. Ich habe Sie beide bedauert, weil Sie getrennt waren. Ich bedaure Sie, weil Sie nun beieinander sind, ohne dieses Glück genießen zu können.
Was Sie mir über Clarissas Beerdigung und das Testament[2] sagen, habe auch ich empfunden. Das ist ein weiterer Beweis für unsere Seelenverwandtschaft. Nur daß sich meine Augen auch noch mit Tränen füllten; ich konnte nicht mehr lesen; ich erhob mich und gab mich meinem Kummer hin, ich schimpfte auf den Bruder, die Schwester, den Vater, die Mutter, den Onkel, die Tante; dabei redete ich mit lauter Stimme, zu Damilavilles großem Erstaunen, der weder meine Erregung noch meine Worte begriff, weshalb er mich fragte, mit wem ich es denn hätte. Ganz gewiß ist diese Lektüre vor der Mahlzeit sehr ungesund, Sie wählten also einen schlechten Augenblick: Vor dem Spaziergang sollte man dieses Buch in die Hand nehmen. Es enthält keinen einzigen Brief, in dem man nicht zwei oder drei erörternswerte Passagen zur Moral fände.
Uranie, Uranie, teure Schwester, Sie vernachlässigen Ihre Gesundheit. Sie fügen Ihrem Magen und Ihren Kräften nicht wiedergutzumachenden Schaden zu. Sie werden in der Blüte Ihres Lebens krank sein und in einem Augenblick aus diesem Leben gehen, da Ihr Rat, Ihre Nachsicht und Ihre Hilfe für Ihren kleinen Wildfang so wichtig wären. Telemach brauchte Minerva, als er bei Kalypso war[3] – Sie aber riskieren, ihn am Eingang zur Zaubergrotte im Stich zu lassen. Sie haben Urteilsvermögen. Das Leben ist eine schlechte Sache. Darin stimmen wir miteinander überein, Sie, sie und ich. Doch wir müssen es jenen zuliebe bewahren, denen wir es unglücklicherweise schenkten.
Nein, ich habe keine Eile mit diesen Fragmenten; Sie können sie mir zurücksenden, wann immer es Ihnen beliebt. Ich war drauf und dran, wieder in La Chevrette meinen Tauben, meinen Gänsen, meinen Hühnern, meinen Entlein und dem teuren Zönobiten einen Besuch abzustatten. Doch die Sache ist aufgeschoben. Ich erhielt gerade ein tyrannisches Billett von Grimm, das meine allzu zarte Seele verletzt. Ich habe mich verpflichtet, ein paar Zeilen über die im Salon

ausgestellten Gemälde zu verfassen. Er schreibt mir, wenn sie morgen nicht zur Verfügung stünden, so wäre es unnötig, daß ich sie überhaupt noch fertigstellte. Ich werde für seine Härte gerächt werden, und zwar, wie es mir zusteht. Ich habe gestern den ganzen Tag gearbeitet; heute den ganzen Tag; ich werde die Nacht damit zubringen und den morgigen Tag ebenfalls; und um neun wird er eine Mappe handschriftlicher Papiere erhalten.

Er sieht ein wenig betreten aus, unser Freund Saurin.[4]

*Die Cacouacks*[5]? So wurden im vergangenen Winter all jene genannt, die an die Moralprinzipien den Maßstab der Vernunft anlegten; sie erkannten die Dummheiten der Regierung und sprachen sich frei und offen darüber aus, sie zogen Brioché Vater, Brioché Sohn und den Abbé durch den Kakao. Nun fehlt nur noch, daß Sie mich fragen, wer Brioché ist. Das ist der erste Marionettenspieler, der je auf Erden existierte. Wenn Sie all dies gut verstanden haben, so werden Sie auch verstehen, daß ich ganz gehörig ‚cacouack' bin, daß Sie es ein wenig sind und Ihre Schwester ebenfalls und daß es kaum einen guten Geist und ehrenwerten Menschen gibt, der nicht mehr oder minder zu dieser Sippschaft gehört.

Sie meinen, Saurin werde eines Tages alles erfahren? Er wird an diesem Tag keine gute Laune haben.

Ja, die *Clytemnestre* des Comte de Lauraguais[6] ist in Versen geschrieben, und zuweilen sogar in sehr schönen. Als er sie mir vorlas, sagte ich zu ihm: „Oh, Monsieur le Comte, das nenne ich Sprache. Wo haben Sie denn die gelernt?" Es heißt, ein gewisser Clinchamp[7] stünde ihm zur Seite, und dieser beherrsche sie. Aber was kümmert's mich, ob die schönen Verse von Clinchamp oder vom Grafen stammen? Wesentlich ist, daß sie geschrieben wurden, und sie sind es.

Seit einigen Tagen geht das Gerücht um, Mademoiselle Arnould sei gestorben. Es bedarf der Bestätigung.[8] Unterdessen hat Abbé Raynal mir eine Art Leichenrede vorgetragen, indem er mir einige Partien eines Gesprächs zwischen ihr und Madame Portail[9] wiedergab; darin spielte diese, wie mir schien, die Rolle einer liederlichen Dirne und die kleine Schauspielerin die einer ehrbaren Frau. „Aber, Mademoiselle, Sie haben ja gar keine Diamanten." – „Nein, Madame, und ich glaube auch nicht, daß sie für eine kleine Bürgerliche aus der Rue du Four wichtig wären!" – „Sie besitzen aber doch Renten?" – „Renten! Und wieso, Madame? Monsieur de Lauraguais hat eine Frau, Kinder und einen Hausstand zu unterhalten, also glaube ich nicht, mit gutem Gewissen auch nur den geringsten Teil eines Vermögens annehmen zu können, das anderen rechtmäßiger zusteht als mir." – „Oh, meiner Treu, ich an Ihrer Stelle würde ihn verlassen." – „Das mag schon sein. Doch er hat mich gern und ich ihn. Es war vielleicht eine Unvorsichtigkeit, ihn zu nehmen; da ich es aber nun einmal tat, werde ich ihn behalten." Ich erinnere mich nicht mehr an das übrige. Es ist mir nur der Eindruck geblieben, daß das Ganze ebenso ehrlos für die Präsidentin war wie ehrbar für die Schauspielerin.

Ihre Moralbegriffe und religiösen Vorstellungen sind sehr gut. Ich habe keine anderen und lasse es dabei bewenden. Adieu, meine guten Freundinnen. Sehen Sie schon in der Ferne die Möglichkeit Ihrer Rückkehr? Ich küsse Sie alle beide, Madame Legendre auf ihre roten Wangen; sie allein hütet das Geheimnis, wie man bei frischer, straffer Haut und roten Wangen eine schlechte Gesundheit haben kann.

Paris, am 17. September 1761

1 Madame Diderot.
2 Diderot bezieht sich hier offensichtlich auf Stellen in Richardsons Roman *Clarissa* (1747), die in Prévosts französischer Übersetzung von 1751 fehlten.
3 Diderot nimmt hier Bezug auf Fénelons Erziehungsroman *Télémaque* (1699): Wie sein Vater Odysseus gelangte auch Telemach zur Insel der Nymphe Kalypso; die ihn in Gestalt Mentors begleitende Göttin Minerva bewahrte ihn jedoch davor, dem Liebesverlangen der Nymphe in ihrer Zaubergrotte zu erliegen.
4 Die Untreue seiner jungen Frau war in Paris stadtbekannt.
5 Diesen Spitznamen erhielten die Enzyklopädisten von ihren Gegnern. Als der Erfinder gilt Jacob-Nicolas Moreau (1717–1803), der sich nach einer juristischen Karriere als Journalist versuchte und 1774 „Historiograph Frankreichs" wurde.
6 Eine der beiden Tragödien des Comte de Lauraguais, die jedoch nie gespielt wurden.
7 Sekretär des Comte de Lauraguais.
8 Das Gerücht, daß die Schauspielerin Madeleine Arnould gestorben sei, war falsch.
9 Frau des Gerichtspräsidenten J. A. Portail.

(18. Juli 1762)

Nachdem ich mich mit Grimm über seine persönliche Angelegenheit unterhalten hatte, sprach ich mit ihm über Monsieur Vialet, und dies hier sind seine Worte: Es ist nichts verdorben; wenn man den Abbé Breteuil in seinen Entscheidungen umstimmen kann, so braucht man nur die fragliche Bittschrift zurückzusenden, und Madame de Polignac schwebt nicht mehr in der Furcht, sie vorlegen zu müssen. Also schreiben Sie an Monsieur Vialet in diesem Sinne, damit er mit dem Abbé Breteuil verhandeln kann. Der gesamte Erfolg seiner Angelegenheit hängt von der Protektion ab, die ihm von dieser Seite zuteil wird. Doch vor allem soll er nichts verschweigen.

Wahrscheinlich werden Sie einigermaßen neugierig sein und den Fortgang der unangenehmen Geschichte wissen wollen, die man Madame d'Epinay beim Baron und bei der Baronin[1] einbrockte. Wir hatten gehofft, alles würde sich aufklären, wenn wir mit der Ehefrau sprechen, da ihr Mann keine Geheimnisse vor ihr hat. Wir haben uns getäuscht. Wir sind auf Vermutungen angewiesen, und die sind uferlos.

Sie müssen wissen, daß Freund Suard an der Baronin lebhaft Gefallen fand und sie ständig umtänzelte. Anfangs amüsierte sich die Baronin darüber, als sie aber bemerkte, daß ihre Haltung bei ihm Melancholie, Seufzer, Tränen hervorrief, meinte sie, Ernst an den Tag legen zu müssen. Es gibt sogar einen Ausspruch von ihr, von dem ich nicht weiß, ob er scherzhaft oder grausam gemeint ist. „Wenn das so weitergeht", sagte sie, „werde ich, da ich nicht gern jemanden weinen sehe, ihn bitten müssen, den Kopf auf die andere Seite zu drehen."

Obgleich die Baronin gewiß niemandem die Leidenschaft unseres Freundes Suard gestanden hat, muß jemand sie bemerkt haben, denn vor etwa vierzehn Tagen erhielt er einen anonymen Brief, in dem man ihm vor Augen hielt, wie lächerlich er sich mache, da er an einer ehrbaren Frau Gefallen gefunden habe, die ihren Pflichten und ihrem Ehemann treu ergeben sei und wie sehr sein Verhalten an Verrat grenze, da diese Frau die Ehegefährtin jenes Mannes sei, der ihn bei sich empfangen habe, der ihn mit Liebenswürdigkeiten und Freundschaftsbeweisen überhäuft habe und größtes Vertrauen in ihn setze. Kaum hatte Suard diesen Brief erhalten, als er ihn zu Madame d'Holbach brachte. Die Anschrift schien von einer anderen Hand als der Inhalt. Im übrigen müssen Sie wissen, daß dieser Suard darauf versessen ist, sich an anderer Stelle zu binden, und daß man von dieser anderen Stelle aus den Kopf nach ihm zu wenden scheint. Freilich ist man für einige Zeit in der Provinz, und in der Liebe sind die Abwesenden gewöhnlich im Unrecht. Und nun weiter von unseren tugendhaften Leuten.

Eine weitere Entdeckung. Doktor Gatti hat der Baronin Milchtrinken und Reiten verordnet, sie wählte Le Roy zu ihrem Schildknappen. So steht also Freund Le Roy jeden Morgen zu ihrer Verfügung, er reicht unserer Amazone die Hand, hält den Steigbügel und geleitet sie im Zwiegespräch über den Boulevard zum Bois de Boulogne, zum Korso, in die freie Natur, in die Tiefe der Wälder; er spricht mit ihr, betrachtet sie, er ist liebestrunken, daß es eine wahre Lust ist. Die Liebe ist bei Le Roy weder schüchtern noch stumm. Genau in diesen acht Tagen, als Suard der anonyme Brief zugesandt wurde, erklärte sich Monsieur Le Roy der Baronin in aller Form. Eine kaum erwiderte Erklärung bringt zwangsläufig gespielte oder echte Enttäuschung mit sich, Verdruß, Zorn, Klagen, Trennung, Rückkehr, Vorwürfe, Schmollen, bald sanfte, bald bittere Worte, kurz, eine Unmenge von Reaktionen, die eine starke Leidenschaft kennzeichnen und auf die sich Le Roy vorzüglich versteht, die er also in gutem oder in schlechtem Glauben, doch mit größtmöglicher Echtheit vorführt, denn er ist ein Mann, der sich zu benehmen weiß. Bedenken Sie dabei, daß in seinen Augen begünstigte Rivalen für die Geringschätzung verantwortlich waren, mit der man ihn behandelte, und diese begünstigten Rivalen konnten nur Grimm oder Suard sein.

Genau in dieser Zeit will der Baron von einem Mann erfahren haben, dessen Namen er nicht nennt, Madame d'Epinay sei unglücklich durch Grimms Zuneigung zu Madame d'Holbach; er, Grimm, sei unglücklich durch Madame d'Epinays Eifersucht, und man habe ihn davon überzeugt, daß sein eigener Ruf und der seiner Frau kompromittiert sei.

Die Folge von alledem ist, daß die Baronin ihren Schildknappen seines Amtes entsetzte, daß der Baron nichts mehr von Madame d'Epinay hören will, daß sich Grimm die größte Mühe gibt, um die Dinge wieder ins rechte Lot zu bringen; daß sich seine Augen verschlechtern, oder zumindest klagt er darüber, weshalb Doktor Gatti ihm körperliche Bewegung und Reiten verordnete; daß Madame d'Holbach geschickt aus ihrem Mann herausbekommen soll, wer derjenige ist, der ihm diese Flausen in den Kopf gesetzt hat; daß man Freund Le Roy unterdessen verdächtigt, er habe die Bemühungen des einen seiner Rivalen zu unterbinden versucht und den anderen aus dem Haus entfernen wollen; daß Grimm darüber wütend ist, kein Fünkchen Aufrichtigkeit in all diesen Seelen zu finden; daß es durchaus sein kann, Le Roy hat nur den Leidenschaftlichen gespielt; daß die Dame d'Epinay ihres Geliebten[2] überdrüssig war, daß sie sich betrogen fühlte und fürchtete, er könne wirklich blind werden, weshalb sie sich seiner zu entledigen suchte, bevor sie ihn aus Schicklichkeitsgründen behalten mußte; daß Grimm gar kein Augenleiden hat, sondern diese Beschwerden nur ersann, um sich Reiten verordnen zu lassen und abends und morgens mit der Baronin spazierenreiten zu können; und wer weiß, welche traurige Rolle unsere beiden Italiener dabei auch noch spielten, denn soviel steht fest, Gatti liebt die Baronin wie rasend, und der kleine Abbé[3] sagt allzuoft zu ihm, daß er kein Auge zutut, um nicht hin und wieder morgens daran denken zu müssen, zu jener Stunde, da man von Natur aus voller Bosheit stecke.

Man müßte diesen anonymen Brief in Händen haben. Es heißt, der Stil sei der einer Frau; und die zweierlei Handschriften bringen in Erinnerung – ob man will oder nicht –, daß Madame de Maux und Madame d'Epinay zwei ganze Monate in trauter Zweisamkeit auf dem Lande verbrachten. Sie haben nichts voreinander verheimlicht. Sie haben alle beide viel für Intrigen übrig. Gibt es eine Überspanntheit, so überspannt sie auch sein mag, der sie nicht gefrönt hätten?

Folgendes sollte man dabei nicht außer acht lassen, nämlich daß die Dame d'Epinay mitten in diesem Aufruhr die Abgebrühtheit in persona spielt; sie trägt die vollkommenste Gleichgültigkeit gegenüber den Gefühlen der Baronin und der Entrüstung ihres Ehemannes zur Schau; nachdem sie mir geschworen hat, niemandem unter dem Himmel den

Kummer gestanden zu haben, den sie Grimm bereitet und den er ihr voll und ganz zurückerstattet, ist ihr nicht in den Sinn gekommen, daß ich der Schlechte oder Indiskrete sein könnte, der dem Baron den Wink gab; Grimm verbirgt also vor mir, daß er Kummer hat; unter Androhung, sie sofort zu verlassen, verbot er seiner Freundin, irgend jemandem seinen Argwohn und seine Eifersucht zu entdecken; er leugnet mir gegenüber feierlich, daß Madame d'Epinay je etwas Derartiges in den Sinn gekommen wäre. Das ist eine Verquickung von Wahrheiten und Lügen, die mir über den Verstand geht. Ich würde mich freuen, wenn Sie mir über dieses Abenteuer und seine Folgen Ihre Prognosen mitteilten. Das ist wirklich etwas für Frauen. Doch Sie sind kaum eine Frau.

Mitten in diesem Durcheinander bin ich der einzige Unschuldige und der einzige Friedfertige. Oh, wie schwierig ist's, es an Aufrichtigkeit mangeln zu lassen, ohne seinem Glück zu schaden! Was meinen Sie, was dieser Suard sich tief in seinem Herzen sagt, wenn er daran denkt, welchen Schimpf er nicht nur einem Freund antut, dessen Frau er zu verführen suchte, sondern auch einer charmanten Frau, die er täuscht und mißbraucht? Ist es möglich, daß die Meineidigen glücklich sind? Und dieser Le Roy! Nur die Gewohnheit der Intrige, der Falschheit, der Lüge kann ihn beruhigen; doch zumindest seine Selbstliebe wird leiden. Ich sage Ihnen nichts über Grimms Zustand, außer daß ich ihn der geringsten Falschheit für unfähig halte. Sollte im Vorstehenden etwas sein, das den Anschein des Lasterhaften erweckt, so nehme ich es zurück. Ich habe in seine Redlichkeit nicht mehr und nicht weniger Vertrauen als in meine. Wie groß wäre mein Erstaunen, wie laut würde ich aufschreien, wenn sich herausstellte, daß dieser Mensch, mein Idol, ...! Aber nein, nichts dergleichen wird sich herausstellen.

Ich schreibe Ihnen nichts über meine Gesundheit, weil sie gut ist. Und die Ihrige? Auf Ehre und Gewissen, dürfen Sie mir denn schreiben, ohne mich über sie zu unterrichten? Ihre Brust, läßt sie Sie in Ruhe? Und diese Hitzewellen, die uns beiden zu schaffen machen, wie ertragen Sie die? Und diese periodische Unpäßlichkeit, die mal wegbleibt und dann wiederkommt? Ein Wort über all dies bitte. Heute morgen traf ich einen Ihrer Freunde. Ich spendierte ein Frühstück, und er trank auf Ihre Gesundheit. Raten Sie, wer dies sein könnte!

Diese Frau ist noch weit entfernt von dem Glück, das Sie ihr wünschen. Sie merken, ich antworte auf Ihren achten. Wenn man den Namen ihres Freundes mit lobenden Worten erwähnt? Dann kann man sehen, wie ihre Augen lebhaft werden, wie ihre Lippen lächeln, wie sich Heiterkeit auf ihrem Gesicht ausbreitet. Und was bei tadelnden Worten geschieht? Ihre Augen werden traurig, ihre Wangen wirken eingefallen, ihre Haltung wird schlaff, sie leidet. Sie liebt, sie wird lieben. Sie ist für immer verloren.

Was den kleinen literarischen Streit anbelangt, den ich mit dem Baron wegen Rousseau hatte, so hat Grimm es sich einfallen lassen, dieses Werk näher zu prüfen, und er sagte mir, ich hätte vollkommen recht, er habe es überall gut gefunden, wo es wirklich schön war.

Nein, meine Freundin, Rousseaus Affäre wird nicht lange andauern.[4] Er hat die Frömmler auf seiner Seite. Er verdankt das Interesse, das sie an ihm haben, dem Schlechten, das er über die Philosophen sagte. Da sie uns tausendmal mehr hassen, als sie ihren Gott lieben, kümmert sie's wenig, daß er Christus in den Dreck zog, wenn er nur nicht einer der Unseren ist. Sie hoffen immer, daß er sich bekehren läßt; für sie besteht kein Zweifel daran, daß sich ein Überläufer aus unserem Feld früher oder später in das ihre schlägt; oder zumindest ist dies der Deckmantel, in den sie sich hüllen, um ihn schützen zu können, ohne zu erröten.

Da Sie so eilfertig waren, Uranie von den Mühen zu erzählen, die ich mir mit Monsieur Vialets Angelegenheit machte, so können Sie ihr auch sagen, wie bekümmert ich bin, daß diese Mühen vergeblich waren; und sie wird es Ihnen glauben. Sollten Sie selbst meinen, es sei angemessen, ihr zu erklären, daß dies dennoch kein Grund zur Verzweiflung sei und daß unter der Voraussetzung, Monsieur Vialet wäre sich seiner Gönner sicher, die Unseren sofort zum Handeln bereit sind, so tun Sie dies. Ich wünsche mir sehr, daß Sie noch nicht an Monsieur Vialet geschrieben haben, damit Sie ihm mit unserem Mißerfolg sogleich auch unsere Hoffnungen entdecken.

Morphyse ist recht sehr zu beklagen, sieht sie sich doch zwischen ihrem Interesse, das nein sagt, und ihrer Schwäche,

die ihr ein Ja entreißt. Wie sehr wirft sie sich dieses Ja vor. Man nennt dies, geprellt zu werden, alle Kosten der Großzügigkeit zu tragen und in seinem Inneren nur das niedere Gefühl des Geizes vorzufinden.
Gegen Ihr erstes Urteil über *Pamela*[5] erhebe ich Einspruch, Sie sollten es durch eine nochmalige Lektüre überprüfen. Unterdessen mache ich Sie darauf aufmerksam, daß Sie dieselben Vorwürfe äußern wie der große Haufen der kleinen Geister. Bedenken Sie, es handelt sich nicht darum, eine vollkommene Pamela darzustellen, sondern eine wahrhaftige; bedenken Sie, das bäurische Wesen des Mylord verkörpert keinen nationalen Charakterzug, bedenken Sie ... Doch es ist unnötig, noch weitere ‚bedenken Sie' hinzuzufügen. Nur dies eine ist noch notwendig, um Sie auf die richtige Spur zu bringen: Man muß in London sein, wenn man dieses Werk liest, und darf nicht aus dem Hause gehen; so wie man das Rad der Geschichte zweitausend Jahre zurückdrehen und sich in Trojas Mauern aufhalten müßte, wenn man Homer liest; und vor allem sollte man das lächerliche Schema oder das erbärmliche Muster vergessen, nach denen man die heutigen Romane anlegt. Noch ein Wort, über das Sie bitte beim Spazierengehen nachdenken sollten: Alles, was der sittlichen Schönheit schadet, verdoppelt fast immer die poetische Schönheit. Von der Tugend fertigt man im allgemeinen nur ruhige, kalte Gemälde an; die Leidenschaft und das Laster beleben die Schöpfungen des Malers, des Dichters und des Musikers.
Ein weiterer Streit, und zwar mit Suard und Madame d'Houdetot, über ein Bild von van Dyck. Es stellt den blinden Belisar dar, der an einem Baum am Rande eines breiten Weges sitzt, den Helm zu seinen Füßen, in den ein paar barmherzige Frauen einen Heller werfen; auf der anderen Seite steht, auf seinen Degen gestützt, ein großer Soldat, der ihn betrachtet. Man liest heraus, daß dieser Soldat unter ihm gedient hat und sich nun sagt: Nanu, das ist doch der Mann, der uns befehligt hat. O Schicksal! O ihr Sterblichen! etc.
Es ist offensichtlich, daß es die Gestalt des Soldaten ist, welche die Aufmerksamkeit fesselt, und daß sie die übrigen vergessen macht. Suard und die Comtesse meinten, dies sei ein Fehler. Ich dagegen vertrat die Meinung, genau dies ver-

leihe dem Bild sittliche Größe, und dieser Soldat übernähme meine Rolle. Van Dyck hat die Sache selbst dargestellt, und daraus macht man ihm einen Vorwurf. Es wurde noch viel Feinsinniges und Spitzfindiges dafür und dagegen gesagt. Sobald man beim Malen an Zuschauer denkt, ist alles verloren. Der Maler tritt aus seinem Gemälde hervor, wie der Schauspieler, der zum Parkett spricht, aus der Szene heraustritt. Wenn man annimmt, es gäbe auf der Welt nur die Personen des Bildes, so ist das von van Dyck erhaben. Nun, das sollte man stets annehmen. Stünde man neben dem Soldaten, hätte man dessen Gesichtsausdruck und würde ihn nicht an ihm bemerken. Geht also von Belisar nicht die Wirkung aus, die von ihm auszugehen hat? Was tut's, daß man ihn aus dem Blickfeld verliert!

Übrigens, da ist noch eine Frage, zu der Sie mir bitte Ihre Meinung mitteilen möchten, allerdings erst, nachdem Sie ernsthaft darüber nachgedacht haben, denn es ist kein erfundener Gewissensfall, den man zum eigenen Vergnügen und zur Verwirrung der Doktoren der Sorbonne besonders schwierig aufgezogen hat, sondern vielmehr eine wahre Begebenheit. Sollten Sie noch Uranies Meinung hinzufügen können, so wäre dies um so besser.

Ein zweiunddreißig- bis dreiunddreißigjähriges Mädchen, das über Geist, Mut, Erfahrung und eine gute Gesundheit verfügt, das eher ausdrucksvolle denn schöne Gesichtszüge hat und ein ansehnliches Vermögen sein eigen nennt, möchte um keinen Preis heiraten, weil es um das ganze Elend einer schlechten Ehe weiß und um die Wahrscheinlichkeit, durch eine Heirat unglücklich zu werden. Doch sie will unbedingt ein Kind haben, weil sie fühlt, daß es süß ist, Mutter zu sein, und weil sie sich zutraut, ein Kind mustergültig aufziehen zu können, besonders wenn es ein Mädchen wäre. Sie geht besonnen zu Werke. Sie hat einen vierzigjährigen Mann ins Auge gefaßt, den sie lange Zeit beobachtete, dessen Gestalt ihr zusagt und der in überraschend hohem Maße seelische und geistige Werte besitzt. Und dies nun sind die Worte, die sie zu ihm sprach: „Monsieur, es gibt niemanden auf der Welt, den ich so sehr achte wie Sie; doch ich empfinde keine Liebe für Sie und werde sie auch nie empfinden, noch werde ich sie fordern. Und sollten Sie mir Liebe entgegenbringen, so werde ich sie nicht erwidern.

Worum es sich handelt, das ist: ich bitte Sie um die Gefälligkeit, mir ein Kind zu machen. Überlegen Sie es sich, Monsieur, ob Sie mir diesen Dienst erweisen wollen. Ich will Ihnen nicht verhehlen, daß mir Ihre Weigerung den größten Kummer bereiten würde. Meine Eigenliebe nähme dadurch, das schwöre ich Ihnen, keinen Schaden. Ich bin selbstgerecht, ich weiß, was ich wert bin; doch die Mehrzahl der Männer, die mir nur allzu bereitwillig beweisen möchten, daß ich liebenswert bin, entsprechen meinen Vorstellungen nicht; und diese Vorstellungen, die ich für ehrsam halte und denen ich unerschütterlich treu bleibe, muß ich zu Grabe tragen, wenn sich irgendein unsichtbares Hindernis von Ihrer Seite in den Weg stellt. Mir ist keineswegs unbekannt, daß Sie verheiratet sind. Vielleicht ist Ihr Herz überdies einer Leidenschaft ergeben; von ihr sollen Sie um alles auf der Welt nicht lassen. Ja, mehr noch: wenn Sie dazu fähig wären, so hielte ich Sie vielleicht nicht mehr für würdig, der Vater des Kindes zu sein, dessen Mutter ich sein will. Ich fordere nichts weiter von Ihnen als ein Atom Leben, das ich gern auf andere Weise empfangen wollte als so, wie es die Natur will. Gehen Sie mit sich selbst zu Rate. Glauben Sie sich verpflichtet, sonst noch jemanden um Rat fragen zu müssen, so bestehe ich darauf, daß Sie es tun. Nennen Sie meinen Namen. Ich schäme mich meines Planes nicht. Wenn er ausgeführt wird, werde ich mich ebensowenig schämen. Ich werde meine Schwangerschaft nicht verbergen; das ist ausgemacht. Wollen Sie, daß niemand von meiner Verpflichtung Ihnen gegenüber erfährt, so wird auch niemand davon erfahren. Ich werde mich darüber ausschweigen. Erlauben Sie mir, Ihren Namen zu nennen, so werde ich es tun, wenn es mir richtig erscheint. Diesbezüglich verspreche ich Ihnen alles, was Sie wollen, und jeder, der mich kennt, wird Ihnen dafür einstehen. Ich bin eine ehrbare Frau. Ich habe mich noch gegen niemanden vergangen, und das wird mir in meinem jetzigen Alter auch nicht passieren, nicht mit Ihnen zum ersten Mal." Dies war beinahe wörtlich die Rede der Frau.

Derjenige, dem sie sie hielt, ist verheiratet. Er liebt leidenschaftlich eine Frau, die seine Liebe erwidert. Was soll er tun? Soll er ihr den Dienst erweisen, um den sie ihn bat? Soll er seine Geliebte um Rat fragen? Etc., etc.

Damit Sie mir unparteiisch antworten können, will ich vorbeugend sagen, daß ich diese Frau kenne, daß ich aber nicht der Mann bin, um den es geht. Sie brauchen sich nicht zu beeilen. Nehmen Sie sich Zeit, eine Angelegenheit zu prüfen, bei der es leicht geschieht, daß tiefgründige Erwägungen zugunsten frivoler Betrachtungen beiseite geschoben werden.

Nun, meine Freundin, was sagen Sie dazu? Habe ich genug geschwatzt? Ich umarme Sie von ganzem Herzen. Wie würde ich Sie küssen, wie würde ich Sie lieben, hätte ich Zeit und Raum dafür. O nein, nein, glauben Sie nicht, ich hätte zu innerer Ruhe gefunden. Ich werde bis zu jenem Augenblick meines Lebens nicht mehr froh sein, da Sie von Rückkehr sprechen werden; dann wird mein Herz erbeben im Vorgefühl des Vergnügens, Sie wiederzusehen.

1 Baron und Baronin d'Holbach.
2 Grimm.
3 Galiani.
4 Diderot irrt hier. Wegen seines Erziehungsromans *Emile* mußte Rousseau nicht nur aus Paris flüchten. Er wurde dann auch in der Schweiz verfolgt. Vor allem wegen der darin enthaltenen „Profession de foi du vicaire savoyard“ (Glaubensbekenntnis des savoyischen Vikars), das entgegen den christlichen Lehren eine Art Naturreligion verkündete, wurde Rousseau von den Anhängern beider Konfessionen auf das heftigste befehdet.
5 *Pamela oder Die belohnte Tugend*, der erste Roman Samuel Richardsons, erschien 1740, die französische Übersetzung des Abbé Prévost 1742.

(31. Juli 1762)

Ich fahre fort; und um darauf einzugehen, was Sie über das Spielen denken, so bin ich nachsichtiger als Sie. Ich dulde, daß jemand seinen Freund mit dem Ellbogen anschubst. Ich bin darauf eingestellt. Alles, was die Leidenschaft eingibt, verzeihe ich. Nur Unbeständigkeit mißfällt mir. Und dann, Sie wissen es, ich bin jederzeit ein Verteidiger starker Leidenschaften gewesen. Sie allein ergreifen mich. Ob sie mir nun Bewunderung oder Entsetzen einflößen, ich empfinde sie stark. Die Künste des Genies erblühen und verblühen mit ihnen. Sie machen den Schurken ebenso wie den Schwär-

mer, der jenen mit authentischen Farben malt. Wenn sie grausame Handlungen bedingen, die unserer Natur zur Schande gereichen, so führen sie doch auch zu wunderbaren Unternehmungen, die ihr zur Ehre gereichen. Der mittelmäßige Mensch lebt und stirbt wie das vernunftlose Tier. Solange er lebte, tat er nichts, das ihn hervorhob. Es bleibt nichts von ihm, worüber man reden könnte, wenn er nicht mehr ist. Sein Name wird nicht mehr genannt. Keiner kennt seine Grabstätte, die unter hohen Gräsern liegt. Übrigens vergehen auch die Auswirkungen der Bosheit mit dem Bösewicht; die der Güte bleiben. Wie ich schon einmal zu Uranie sagte: Hätte ich zu wählen zwischen Racine als schlechtem Ehemann, schlechtem Vater, schlechtem Freund und großartigem Dichter einerseits und Racine als gutem Vater, gutem Ehemann, gutem Freund und geistlosem Ehrenmann andererseits, so hielte ich mich an den ersteren. Vom schlechten Racine, was bleibt von ihm? Nichts. Von Racine, dem Genie, bleibt das Werk, das ewig ist.
Sie täuschen sich; sie ist keineswegs gefallsüchtig. Doch sie hat herausgefunden, daß jenes echte oder vorgetäuschte Interesse, das die Männer den Frauen bekunden, sie lebhafter, einfallsreicher, freundlicher, fröhlicher macht und daß die Stunden auf diese Weise schneller vergehen und vergnüglicher sind, also gibt sie sich dazu her. Ein Schmetterlingsschwarm umschwirrt ihren Kopf. Abends schüttelt sie den Staub ab, der von ihren Flügeln herabfiel, und schon ist nichts mehr zu merken. Diese Frau ist eigentümlich. Sie ist ganz schön durchtrieben und dabei so naiv. Wenig Gesellschaft, doch dafür nichts von jener sittsam-geschmacklosen Gleichförmigkeit eines Kreises vornehmer Damen, die wie ein Dutzend Marionetten mit Hilfe von Messingdrähten bewegt zu werden scheinen. Als es um die kleine Wohnung ging, die ich im Schloß ‚Madrid'[1] zu bekommen hoffte, sagte ich zu ihr: „Ich werde sie nach Ihrem Geschmack einrichten, Sie werden die Schlüssel erhalten und können sich dann dort ausruhen." Suard fügte hinzu: „Und warum nicht, wenn er dort ist?" Und sie antwortete: „Ich möchte es schon gern, doch daraus wird ja nichts." Und dies mit einer Miene, einem Tonfall und einem Blick! Dann fügte sie, zu Suard gewandt, hinzu: „Aber sehen Sie nur, wie wenig ihn dies berührt." – „Das stimmt", antwortete Suard, „doch warum

eigentlich?" – „Aus einem Grund", sagte sie, „der mich veranlaßt, ihn unendlich zu achten, der Sie aber erröten ließe."

All diese Gedanken, die Sie erwogen, sind mir ebenfalls durch den Kopf gegangen, doch ich habe sie verjagt wie Einflüsterungen des bösen Geistes. Die dunklen Machenschaften eines Menschen verschwelen früher oder später zu Rauch, der auch andere einhüllt.

Der Baron speit Gift und Galle, weil er mich nicht zu Gesicht bekommt. Ich werde morgen hinfahren, obgleich ich eingeladen bin, den Tag in Massy zu verbringen. Die Dame in Massy[2] hat immer noch ihre närrischen Einfälle. In ihrem Geschäftszimmer stand gerade eine ziemlich hübsche Frau neben ihr, die mir auffiel. „Na los doch", flüsterte sie mir zu, „Sie tun geradeso, als verstünden Sie sich nicht darauf." Und die Schultern zuckend, fügte sie hinzu: „Kleine Augen, großer Busen, eine Schönheit vom Lande."

Nicht Gaschon ist es, sondern der Abbé.

Die arme Frau von der Insel hat mir ihr ganzes Mißgeschick erzählt. Es ist ein Jammer, der einem das Herz bricht. Verführt, schwanger, todkrank, verlassen und tausend andere Einzelheiten, die zwar weniger abscheulich, doch um so niederträchtiger sind. Kein Fünkchen Achtung ist geblieben, die Liebe ist auf und davon. Nur die Selbstliebe leidet noch; und der Beweis ist der folgende: Seit ich ihr erklärte, daß ihr Geliebter undankbar sei, leidet sie weniger. Als sie schon seit einigen Tagen krank im Bett lag und er ebenfalls zu kränkeln begann, sagte sie mit charmantem Tonfall zu ihm: „Wer soll Sie pflegen? Sie müssen schon warten, bis es mir besser geht." Unterdessen fangen die vertraulichen Mitteilungen ihrer Nebenbuhlerin wieder an. Was für eine Situation? Wie verhielten Sie sich in einem solchen Fall? – In einem solchen Fall? Wenn Sie von Liebhabern bestürmt würden? Ich suchte mir eine weniger umlagerte Frau.

O nein, Saurin wird nicht länger bei uns sein. Es geht um einen Schwager, dem zu begegnen er sich scheut. Es heißt, seine Frau sei schwanger. Vor seiner Heirat waren ihm die schwangeren Frauen verhaßt. Ein völlig widernatürliches Gefühl! Was sagen Sie dazu? Mich hat dieser Zustand stets gerührt. Eine schwangere Frau zieht mich an. Selbst die aus dem Volke schaue ich nie ohne Ergriffenheit an.

Unser Despot[3] wollte durch das Verbot, das Sie kränkt,

allen Scherereien zuvorkommen, die er voraussah. Seine Dame schrieb mir gerade, man habe ihr viel Unrecht angetan; ich verstehe die ganze Bedeutung dieser Worte.
Sie werden also den feuerroten jungen Fayolle bei sich haben? Und wenn er nun vorwitzig wäre?
Ich schreibe Ihnen heute, am Samstag, damit mein Brief morgen abgeht. Noch ein Gewissensfall, den ich Ihnen vorlegen muß, bevor ich schließe. Dieser Fall beschäftigt mich noch mehr als der erste.
Eine Frau bittet um einen recht hohen Posten für ihren Ehemann. Man verspricht ihn ihr, doch nur unter der Bedingung, die Sie ohne weiteres erraten. Sie hat sechs Kinder, wenig Vermögen, einen Liebhaber, einen Ehemann. Man verlangt nur eine Nacht von ihr. Soll sie jenem Manne eine Viertelstunde Vergnügen verweigern, der zum Ausgleich ihrem Gatten ein gutes Einkommen, ihren Kindern etwas Bildung und ihr selbst einen gewissen Wohlstand garantiert? Was bedeutet schon der Beweggrund, der sie ehebrechen ließ, im Vergleich zu jenen Motiven, die sie dazu bringen, sich gegen ihren Geliebten zu vergehen? Dieser Handel wurde ihr ganz offen von einem bestimmten Mann vorgeschlagen, der einmal einer bestimmten Frau, einer meiner Freundinnen, die Hände drückte; er hat ihr vierzehn Tage Bedenkzeit gewährt.
Wie sich hier alles regelt! Ein Posten ist frei; eine Frau bittet um ihn; die Röcke werden ein wenig aufgeschürzt und wieder fallen gelassen, und schon ist ihr Ehemann aufgestiegen, vom armen Kommis mit hundert Francs Monatsgehalt zum Monsieur le directeur mit fünfzehn- oder zwanzigtausend Livres Jahresgehalt. Doch welche Beziehung besteht zwischen einer gerechten oder großzügigen Handlung und dem wollüstigen Verlust einiger Tropfen Flüssigkeit? In Wahrheit glaube ich, die Natur kümmert sich weder um gut noch um böse. Sie verfolgt nur zwei Ziele: die Erhaltung des Individuums, die Fortpflanzung der Art.
Noch eins, können Sie mir sagen, warum es schöne alte Männer, aber keine schönen alten Frauen gibt?
Anbei der Lotterieschein, um den Sie mich baten.
Nun, wer hat Vialet im Stich gelassen? Sind es seine Gönner? Ist es der Abbé de Breteuil? Wir stehen immer zu seinen Diensten.

Die Verleger bewilligen mir nun endlich außer der Rente von eintausendfünfhundert Livres, die sie mir zahlen, dreihundertfünfzig Livres pro Kupferstichband – und es werden vier werden – sowie dreihundertfünfzig Livres pro Textband – und man kann mit neun rechnen –; außerdem die fünfhundert Livres pro Textband, die d'Alembert immer erhielt. Das sind etwa fünfzehntausend Francs in einem Zeitraum von vier Jahren, ohne meine kleine Barschaft in der Provinz zu rechnen sowie Abbé Raynals Wechsel, der nicht hoffnungslos verloren ist.
Im September trennt sich Sœurette[4] endlich von diesem verwünschten Heiligen[5], der sie bis aufs Blut gequält hat. Wegen dieses undankbaren Verhaltens hat er sich mit seinem Bischof und allen seinen Freunden verfeindet. Er verzieht sich in einen unserer Vororte, mitten unter das gemeinste Lumpengesindel der Stadt, und beschäftigt sich damit, für den Rest seines Lebens von vier Uhr morgens bis mittags und von zwei Uhr nachmittags bis acht Uhr abends die Unverschämtheiten von vielleicht zwanzig Püppchen anzuhören, deren Seelenhirte er sein wird. Ist das nicht ein Leben zum Nutzen der Gesellschaft?
Den bewußten Horaz, dessen Umschlag mir so kostbar sein wird[6] und den ich öfter und mit größerem Vergnügen ansehen werde als das Buch selbst, habe ich noch nicht erhalten. Er wird in der nächsten Woche in meinen Händen sein, wie mir Madame Vallayer mit einem zärtlichen Blick sagte, der nicht lügt.
Adieu, liebe und gute Freundin. Ist die liebe Schwester eingetroffen?
Mir scheint, dieser Brustschmerz ist für sie kein Grund zur Beunruhigung, sondern nur eine vorübergehende Sache. Und was das übrige anbelangt – wer hätte bei der herrschenden Hitze keine geschwollenen Füße gehabt? Wenn unsere Uranie bei Ihnen weilt, werde ich mich nicht mehr nach Ihrer Gesundheit erkundigen.
Um mich herum geht es allen gut. Ich bin von meiner Kleinen entzückt, weil sie mit ihren Gedanken bei der Sache ist. „Angélique, diese Stelle bereitet dir wohl Schwierigkeiten? Sieh auf dein Blatt." – „Der Fingersatz steht nicht auf meinem Blatt, deshalb komme ich nicht weiter." – „Angélique, ich glaube, du hast einen Takt vergessen." – „Wie sollte ich

ihn vergessen haben, ich greife doch eben noch den Akkord!“

Wie schade, daß ihre Erziehung ihrer natürlichen Begabung so schlecht angepaßt ist! Was für eine hübsche Frau sie einmal sein wird! Doch Tag für Tag hört sie nichts anderes als Plattheiten und dummes Zeug. Was auch immer ich später tun werde, stets werden Spuren dieser schlechten ersten Tünche erhalten bleiben. Wäre es Madame Legendres Tochter, welche Freude würde sie empfinden, wenn dieses Kind sie umhalste und zu ihr sagte: „Mama, küssen Sie mich! Ach, ich sehe, Sie sind noch verärgert, denn Sie küssen mich nicht von Herzen!“

Adieu, meine gute Freundin; vergessen Sie den nicht, der sich durch nichts von Ihnen abbringen läßt.

Samstag, 14. Brief

1 Ein Schloß im Bois de Boulogne im Westen von Paris. 1656 wurde darin die erste Strumpfmanufaktur eingerichtet. Im 18. Jahrhundert verfiel es und wurde abgerissen.
2 Madame Le Breton.
3 Grimm oder M. Legendre?
4 Diderots Schwester.
5 Ihr Bruder, der Abbé Diderot.
6 Die Innenseite des Umschlags sollte ein Porträt Sophies von Anne Vallayer (der späteren Madame Coster) enthalten, die 1770 als Malerin in die Akademie aufgenommen wurde. Vgl. Diderots begeisterte Besprechung ihrer Werke im *Salon* von 1771.

(5. August 1762)

Sie machen, daß ich alle Augenblicke meines Tagesablaufes aufmerksam beobachte. Ein Frommer, der seinem Beichtvater Rechenschaft ablegt über das, was er denkt, was er tut und was er läßt, belauert sich auch nicht gewissenhafter.

Ich habe die Woche damit begonnen, daß ich mich mit La Condamine herumstritt.

Ich kann mich mit solchen rigorosen Menschen nicht verständigen. Sie erinnern mich an die Eichhörnchen auf dem Quai de La Ferraille, die ihren Käfig unaufhörlich in Umdrehung halten, die erbärmlichsten Geschöpfe, die es gibt. Ich lasse den meinen eine Zeitlang ruhig stehen.

Ich hatte einem armen Teufel ein Manuskript zum Abschreiben gegeben. Als der Zeitpunkt verstrichen war, für den er es mir versprochen hatte, mein Mann aber nicht erschien, packte mich die Unruhe, und so lief ich zu ihm. Ich fand ihn in einem Loch, so groß wie meine Hand, fast ohne Tageslicht, ohne ein elendes Stückchen Tapete, welches das Mauerwerk verdeckt hätte, zwei Strohstühle, ein schlechtes Bett mit einer von Würmern durchfurchten Decke, keine Bettwäsche, ein Koffer in einer Ofenecke, darüber an Haken Lumpen jeglicher Art, ein Lämpchen aus Weißblech, dem eine Flasche als Ständer diente; auf einem Brett ein Dutzend ausgezeichneter Bücher. Ich plauderte eine Dreiviertelstunde mit ihm. Der Mann war nackt wie ein Wurm, mager, schmutzig, ausgezehrt, doch heiter; er war anspruchslos, aß sein Stück Brot mit Appetit und liebkoste von Zeit zu Zeit seine Schlafgenossin auf der elenden Bettstelle, die zwei Drittel des Zimmers einnahm. Hätte ich nicht schon gewußt, daß das Glück im Herzen wohnt, mein Epiktet[1] aus der Rue Hyacinthe hätte es mich gelehrt.
Nun aber zwei amüsante Aussprüche; der eine von Piron, und zwar im Zusammenhang mit dem Abenteuer des Prince de Beaufremont. Gewiß ist Ihnen dieses Abenteuer bekannt, doch sollten Sie es zufällig nicht kennen, wie soll ich es Ihnen dann erzählen? Er hielt sich mit dem König im St.-Hubertus-Schloß[2] auf. Unter den Wachen befand sich ein junger Schweizer, den er mit aller Gewalt überzeugen wollte, daß es mit einem hübschen Jungen tausend Gelegenheiten gibt, die eine hübsche Frau entbehrlich machen. Der König nahm die Sache schlecht auf. Monsieur de Beaufremont wurde auf seine Ländereien zurückgeschickt. Das blaue Ordensband, das er demnächst erhalten sollte, wurde ihm entzogen, und Piron meinte, nur um Schweizersbreite habe er es eingebüßt.
Vor einigen Tagen sagte der Baron zu seiner gleichmütigen Ehehälfte, die keinerlei Erregung zeigte, sosehr er ihr auch zusetzte: „Madame, Sie können sich weder verteidigen, noch können Sie schreien. Von allen Frauen, die ich kenne, sind Sie diejenige, die sich besonders gut zur Notzucht eignet und besonders schlecht zum Sinnenrausch."
Der Schwarm ihrer Verehrer wird sich jedoch ein wenig lichten. Freund Le Roy kommt nicht mehr. Suard ist im Begriff

zu verschwinden. Wenn der Baron dem trotzigen Grimm nicht Genugtuung gibt, wird man diesen nicht wiedersehen. Also ist sie auf Damilaville angewiesen, der nicht der liebenswürdigste ist, vielleicht aber der am meisten geliebte. Ein Dummkopf trägt gewöhnlich den Sieg über einen Mann von Geist davon. Man beherrscht lieber einen Idioten, als daß man sich einem Stern unterstellt. Der eine verschafft der Eigenliebe jederzeit Geltung, während der andere sie zermürbt. Und glauben Sie nicht, Sie seien eine Ausnahme von dieser Regel. Sie liebten mich vielleicht weniger, wenn ich es mehr verdiente.

Vergangenen Sonntag wollten wir, Suard und ich, nach dem Souper beim Baron ein wenig ausspannen. Es war kühl geworden; der Mond schien; unser Spaziergang machte uns Spaß, und so setzten wir ihn bis ein Uhr nachts fort. Suard findet, Grimm lasse Madame d'Epinay eine geschmacklose Rolle spielen, und die seine könne leicht falsch gedeutet werden. Er ist sicher, daß zwischen der Baronin und der Dame in La Briche[3] nie eine Vertraulichkeit bestanden habe. Er glaubt im übrigen, ein Mann könne sich in die Frau seines Freundes verlieben, ohne sich dessen bewußt zu werden. „Noch eins in diesem Zusammenhang", sagte ich zu ihm, „merkt er denn gar nicht, wenn er abends zu Bett geht, wenn er morgens erwacht, daß sie weiß ist wie eine Lilie, daß sie entzückende Augen hat und eine elegante Statur? Sieht er nicht, wie ihre Brust bebt? Ist er der Erde so fern, daß seine Sinne ruhig bleiben? Nein, nein, wer da blind ist, muß dümmer sein ..." – „Aber finden Sie es denn so dumm?" – „Zweifellos, jedesmal wenn es zur Unzeit erwacht oder einschläft ..." Wenn Sie diese letzteren geistlosen Zeilen verstehen, setzen Sie das einsilbige Wort ein, das da fehlt, und sie werden es nicht mehr sein.

Vor kurzem war ich Zeuge einer guten und gerechten Tat. Eine arme Frau strengte gegen einen Priester von Saint-Eustache einen Prozeß an. Sie war nicht in der Lage, ihn weiterzuführen. Voller Entrüstung nahm sich ein ehrbarer Mann der Sache an. Sie gewann; doch als man zum Priester kam, um den Urteilsspruch zu vollstrecken, fand man weder den Priester vor noch Möbel oder sonst etwas. Das hinderte die arme Frau nicht daran, sich ihrem Gönner gegenüber verpflichtet zu fühlen, und sie kam zu ihm, um ihm zu danken und ihr

Bedauern auszudrücken, daß sie ihm die Kosten der Verteidigung nicht erstatten konnte. Während sie miteinander sprachen, zog sie eine schlechte Tabaksdose aus ihrer Tasche und sammelte mit den Fingerspitzen die wenigen Tabakkrümchen auf, die auf dem Boden lagen. Ihr Wohltäter sagte zu ihr: „Oh, oh, Sie haben keinen Tabak. Geben Sie mir Ihre Tabaksdose, damit ich sie fülle." Er nahm die Dose, legte zwei Louisdor hinein und bedeckte sie mit Tabak. Dies ist eine großherzige Tat, die mir gefällt, und Ihnen ebenfalls, nicht wahr? Geben Sie, doch wenn Sie können, ersparen Sie dem Armen die Schande, die Hand ausstrecken zu müssen.
Grimm und ich hatten am Dienstag morgen ein langes Gespräch. Ich vermag nicht auf den Grund dieser Seele zu blicken, doch ich habe auch keinen Argwohn. Denn zehn Jahre lang hat sich alles Dunkle stets zu seinem Vorteil aufgeklärt. In seinem Verhalten ähnelt er – wie ein Ei dem anderen – Grandison[4] in den ersten Bänden. Er spürt sehr wohl, daß er den Schein und das Urteil der Unbeteiligten gegen sich hat, er kümmert sich aber wenig darum. Im übrigen sagt er, sollten wir jemals nach Rom kommen, so werde er mir im Pantheon das Geheimnis seines Verhaltens erklären. Er ist im Begriff, den Verkehr mit dem Baron und mit Madame d'Epinay abzubrechen.
Soeben erhielt ich ein Billett von der armen Madame Riccoboni. Sie ist verzweifelt. Sie kann über die unverschämten Satiren nicht hinwegkommen, die man auf sie und ihre Werke macht. Sie schreibt: Sobald ein Schurke die Fenster einer Waschfrau zertrümmert, sorgt der Polizeikommissar für Recht und Ordnung. Mich aber bringt man um mein Werk, man beschimpft mich, und keiner sagt ein Wort. Hören Sie nur! So sieht es tief im Herzen eines Schriftstellers aus: er will selbst denen gefallen, die er verachtet. Das Lob von tausend rechtschaffenen Leuten mit Geist und Geschmack tröstet ihn nicht über die Kritik eines Dummkopfs hinweg. Er vergißt die zarte, schmeichelnde Stimme all dieser Menschen, und nur der lästige Schrei des einen hallt unaufhörlich in seinen Ohren wider. Man kann sich nicht mit einer Ungerechtigkeit abfinden, die es zu allen Zeiten gegeben hat; man will von einem Gesetz ausgenommen sein, das zwar hart ist, doch seit der Erschaffung der Welt über

alle Großen herrscht: Der Mensch muß sterben; der geniale Mensch muß verfolgt werden.
Was das kleinen Mädchen anbelangt, dem Sie eine ebenso unglückliche Zukunft wie seiner Mutter voraussagten, so seien Sie beruhigt: es ist nicht mehr. Ich weiß jetzt, was große Mutterliebe ist. Man war so unvorsichtig, diese unglückliche Frau Zeuge des Todeskampfes ihres Kindes werden zu lassen. Sie verlor darüber den Verstand; sie wurde wahnsinnig davon, vollkommen verrückt, so daß man mehrere Stunden fürchten mußte, es würde sich nie wieder geben. Wollte ich Ihnen ihre Reden und Handlungen niederschreiben, so bräche ich Ihnen das Herz. Ich bin von Mal zu Mal weniger zufrieden mit dem Vater[5]. Er hatte einen Wechsel auf hundert Pistolen einzulösen. Und sein Kind starb unterdessen. Die Mutter raufte sich die Haare, und er war nicht da; ich war es, der sie tröstete. Dieses Ereignis, das ihr jetzt soviel Schmerz bereitet, ist vielleicht nicht einmal das schlimmste in ihrem Leben. Ich deutete ihr diesen Trost an, doch sie schrie: „Monsieur, lassen wir das; es ist meine Tochter; fügen wir dieser schrecklichen Gegenwart nicht noch eine grausame Zukunft hinzu."
Anbei sende ich Ihnen ein Paket mit Briefen.
Grimm hat bei Monsieur Vialets Angelegenheit für alles eine Erklärung. Er behauptet, wir hätten gehandelt, ehe es die Gönner, die wir beim Kanzler[6] haben, hätten tun können etc. Das mag sein. So daß also niemandem ein Vorwurf zu machen wäre. Darin stimme ich mit ihm überein.
O nein, der Baron beträgt sich nicht so anständig, wie Sie meinen. Er vergißt, daß die Dame in La Briche unglücklich ist. Die Umstände, in denen sie steckt, haben in mir die Erinnerung an so manche Fehler ausgelöscht.
Monsieur de Prysie ist also in Paris? Man hört von mir nichts mehr, als sei ich in China? Dort bin ich tatsächlich für alle, die ich nicht allzugern treffen möchte. Wenn man mir alles verzeiht – und unter der Bedingung, daß ich nicht etwa Ihnen gegenüber schuldig werde –, nehme ich Sie beim Wort und bleibe zu Hause. Ich will nicht, daß Ihnen die Ohren allzusehr klingen. Wenn Sie wüßten, wie es mir geht: die frische Farbe, die vollen Wangen, die Leibesfülle – alles in allem kerngesund.
Was für eine Nacht, diese letzte Nacht! Lange schon kannte

ich dieses Vergnügen und diesen Schmerz nicht mehr. Aber ist es nicht mehr als seltsam, daß der Traum mir fast immer nur den schmalen, für die Wollust notwendigen Raum zeigt, rundherum aber weiter nichts; ein Etui aus Fleisch, und das ist alles.

Adieu, meine zärtlich geliebte, meine einzige Freundin. Bringen Sie mir alles übrige zurück; bescheren Sie mir glückliche Tage; kommen Sie und sagen Sie mir, daß Sie mich lieben; kommen Sie und beweisen Sie es mir. Ich habe zuweilen Augenblicke der Ungeduld; doch sie sind kurz, und ich spüre, daß sie mich nie zu irgend etwas hinreißen werden, daß ich Ihnen nicht gestehen könnte. Sie sind das Glück meines Lebens und werden es immer sein. Kein Vergnügen, das meine Sophie nicht teilte. *Valeant aliae*[7]. Es gibt nur eine für mich. Ich datiere, um Ihnen zu gehorchen.

Am 5. August 1762

1 Epiktet (60–140 u. Z.), stoischer Philosoph griechischer Abstammung in Rom, lebte in ärmlichen Verhältnissen und vertrat eine Ethik, die in der Überwindung aller Begierden den Schlüssel zur Glückseligkeit sah.
2 Dieses Jagdschloß ließ sich Ludwig XV. am Wald von Rambouillet bauen. In der Französischen Revolution wurde es zerstört.
3 Madame d'Epinay.
4 Titelheld des Romans *The History of Sir Charles Grandison* (1753/54) von Samuel Richardson. Grandison war ein Muster edler Gesinnung.
5 Damilaville.
6 Der „Kanzler" ist der Abbé de Breteuil. Vgl. den Brief vom 18. Juli 1762.
7 Lateinischer Ausspruch. Etwa: Mögen andere stark sein.

(8. August 1762)

Die ganze Woche haben wir damit zugebracht, diese arme Frau zu trösten. Ich glaubte, sie würde den Verstand darüber verlieren. Am ersten Tag öffnete sie den Mund nur ein einziges Mal, und zwar, um ihr Kind zu rufen. Montag abend nach dem Souper hatte sie gesungen, und ihre Kinder hatten in der Runde getanzt. Sie wurden zu Bett gebracht. Das jüngste und liebenswürdigste Mädchen, jenes, das sie nun verlor, schlief wie gewöhnlich. Dienstag morgen wurde es fröhlich, frisch und rosig aus dem Bett geholt. Mittags bekommt es einen Fieberanfall; am Abend verliert es das Bewußtsein, Mitternacht ist es tot. Ich billige es jedem zu, todunglücklich zu sein, der solch ein Kind verliert. Die Kleine war weiß wie Schnee, zum Malen schön, sie hatte überaus reizende Züge; und dann diese Unbefangenheit, diese Zartheit, diese Empfindsamkeit, dieser ausgeprägte Charakter, wie man ihn in diesem Alter sonst nicht kennt. Das Leben ist kein Verlust für dieses Kind, doch das Kind ist ein wahrer Verlust für seine Eltern. Sie hatten sechs, und dieses eine, das ihnen nun genommen wurde, tröstete sie über die Existenz der anderen hinweg. Wirklich, ich weiß nicht, ob dies nicht grausamer ist, als nur eines zu haben und es zu verlieren. Ich fürchte, die Mutter wird krank. Damilaville ist darüber untröstlich. Das einzige Kettenglied, das ihn hielt, ist gebrochen. Aus Ehrgefühl, aus Anstand, aus Menschlichkeit wird er noch eine Weile verbleiben; aber Vorsicht, daß das wenige, das an Liebe übrig ist, nicht mit dem Schmerz vergeht. Eine gute Lektion für alle, die mehrere Kinder haben und eine Vorliebe für eines aufkommen ließen: Die Geschwister hat der Tod der kleinen Schwester nicht im geringsten berührt.

Was noch schlimmer ist: Als das Jüngste davon erfuhr, begann es zu lachen; und alle murrten eifersüchtig über den Kummer ihrer Eltern. Und hier noch ein Beispiel für den Groll eines Kindes, das sich von seinem Vater gehaßt fühlte: Als der Vater starb, peitschte das Kind den Leichnam und beschimpfte ihn. Ich habe es selbst miterlebt. Ich weiß nicht, warum ich mich jetzt daran erinnere und Ihnen dieses Schreckliche schreibe. Kinder sind rachsüchtig und grausam.

Hier eine Textstelle von Metastasio, die sehr zutreffend und ausdrucksstark die Mutterliebe beschreibt. Er führt eine Mutter an, die ihren Sohn verlor. Man versucht sie mit ihrem Schicksal zu versöhnen, indem man ihr das Beispiel Abrahams vor Augen führt, der seinen Sohn auf den Berg brachte, und er läßt sie darauf antworten: „Oh, nie hätte Gott einer Mutter diesen Befehl gegeben!" Ich nahm unsere Ärmste am ersten Tag und geleitete sie aus dem Haus; am zweiten Tag ging ich mit ihr zur Place de l'Etoile spazieren, am dritten nach Vincennes[1], zwei Orte, an denen ich traurige wie süße Augenblicke erlebte. Gestern leistete ich ihr den ganzen Abend Gesellschaft. Damilaville war trotz des schlechten Wetters nach La Briche gefahren. Heute werde ich dort dinieren. Ich trockne lieber die Tränen derer, die unglücklich sind, als daß ich die Freude der anderen teile. Sie müssen jetzt Ihre liebe Schwester und Ihren Neffen bei sich haben. Wenn Sie Uranie tausendmal für sich geküßt haben, so küssen Sie sie dann zwei- oder dreimal für mich, wohin Sie wollen, auf die Augen, auf die Stirn, auf die Wangen. Nein, lieber doch auf die Stirn; denn dort wohnt ihre Seele.

Sollte sie noch an ihrem Entschluß festhalten, Zugeständnisse an die Gesellschaft zu machen, dann sagen Sie ihr, sie möge sich hüten, Blümchen auf einen schönen einfarbigen Wollstoff zu streuen. Man braucht viel Geschmack und Kunstfertigkeit, eine Girlande um eine Säule zu winden, ohne deren Adel zu zerstören. All diese kleinen gesellschaftlichen Tugenden, in die sie sich niemals bedenkenlos fügen wird, vereinbaren sich nicht mit ihrem freimütigen und strengen Charakter. Madame Legendre, meine Uranie, nett, höflich, aufmerksam, zuvorkommend, leutselig, lächelnd, unterwürfig, ehrerbietig? Das kann nicht sein. Oh, sie soll so bleiben, wie die Natur sie geschaffen hat: ernst, aufrichtig, edel und nachdenklich. Von Natur aus ist sie groß und edel; und nun stellt sie sich hin und will sich klein und nett machen. Und wenn sie jetzt vor jedermann dieses charmante Wesen zur Schau trägt, mit dem sie uns hin und wieder erfreut, wie wird uns dies berühren?

Ich habe große Angst, daß dieser kleine Neffe, über dem Sie das Zepter schwingen, oft zwischen seinen beiden Tanten steht, die gern allein wären. Wenn Sie geschickt versuchen, ihm seine lästige Ahnungslosigkeit zu nehmen, entschließt er sich vielleicht, Lehren anzunehmen. Probieren Sie es!

Ob redlich oder unredlich, Roger muß einen Taler erhalten und Mademoiselle Clairet[2] sechs Francs.

*Was ich an Ihrer Stelle täte?* Ich äußerte nicht leichtfertig den schwerwiegendsten Verdacht. Man ist nicht gleich schuldig, nur weil man die Augen nicht zu heben wagt; auch wenn man unschuldig ist, kann es sein, daß man sie senkt, um den nicht anblicken zu müssen, der einen ungerecht anschuldigt und kränkt.

Die Einwohner von Genf haben ihre Behörden in große

Verwirrung gebracht; aber man weiß noch nicht, was daraus wird.

Die Jesuiten wurden Freitag abend abgeurteilt.[3] Mitternacht waren die Kammern noch versammelt. Sobald die Urteilssprüche erscheinen, werde ich sie nach Isle schicken.

Es gibt zwei neue Papiere in der Affäre Calas.[4] Es sind so etwas wie Bittschriften, die von den Brüdern an den Herrn Kanzler gerichtet werden. Sollten sie nicht unverzüglich gedruckt werden, so werde ich sie für Sie abschreiben lassen.

Sie sind über das grausame Urteil von Toulouse erstaunt. Doch denken Sie daran, daß die Priester den Sohn als Märtyrer bestattet hatten; wäre nun der Vater freigesprochen worden, so hätten sie den angeblichen Märtyrer wieder ausgraben und mit Schmach und Schande überhäufen müssen. Einer der Richter geriet darüber aus der Fassung.

Voltaire war es, der zugunsten dieser unglücklichen Familie geschrieben hat. Oh, meine Freundin, welch schöner Gebrauch des Genies! Dieser Mann muß Herz und Feingefühl besitzen, wenn die Ungerechtigkeit ihn empört und er den Reiz der Tugend empfindet. Denn, was sind ihm schon die Calas? Was kann ihn für sie interessieren? Welchen Grund hat er, seine Arbeiten zu unterbrechen, die er liebt, und sich um ihre Verteidigung zu bemühen? Sollte es einen Christus geben, so versichere ich Ihnen, daß Voltaire zu den Seligen gehört.

Adieu, meine gute und zärtlich geliebte Freundin. Ob ich Sie liebe? Von ganzem Herzen; ja, von ganzem Herzen, und während ich dies zu Ihnen sage, verspüre ich tief in meinem Herzen eine Empfindung, die mir bestätigt, daß ich Ihnen die Wahrheit sage. Sie kennen dieses Orakel selbst sehr gut.

Und meine beiden Gewissensfälle, wann werde ich dazu Ihre Entscheidung erhalten?

Ich weiß nicht, was der Mann des ersten Falles dem Mädchen antwortete, als es ihn um den Gefallen bat; aber ich hörte, daß sie ihm erwiderte: „Wenn es Zeit dafür sein wird, werden Sie mir beiwohnen; bis dahin lassen Sie es sich ja nicht einfallen, auch nur meine Tür anzuschauen."

Adieu noch einmal, meine guten und zärtlich geliebten Freundinnen. Sie sind also jetzt zwei Monate lang in meinen Briefen vereint. Nun denn, teure Schwester, ich liebe sie wie ehedem und mehr denn je. Die Männer sind also gar nicht so schlecht, wie man sie macht? Verlockt Sie denn das nicht? Das Glück, das sie genießt, könnte auch Ihnen zuteil werden, wenn Sie nur wollten. Möchten Sie denn sterben, ohne zu erfahren, was es bedeutet, jemanden glücklich zu machen? Ach ja.

Am 8. August 1762

1 In der Festung Vincennes war Diderot 1749 nach der Veröffentlichung seiner *Lettre sur les aveugles* (Brief über die Blinden) mit ihren des Atheismus verdächtigen Thesen mehrere Wochen inhaftiert.

2 Mademoiselle Clairet ist das Zimmermädchen der Damen Volland, Roger vermutlich ein Diener.

3 Am Freitag, dem 6. August 1762, wurde das Gerichtsurteil verkündet, das den Jesuiten die Betätigung in Frankreich verbot.

4 Dabei handelt es sich um die *Mémoires de Donat Calas pour son père, sa mère et son frère* und eine *Déclaration de Pierre Calas*, die das Datum 22. und 23. Juli 1762 tragen. Beide wurden in die Werke Voltaires aufgenommen. – Jean Calas war am 9. März 1762 hingerichtet worden, weil er als Protestant beschuldigt wurde, seinen Sohn ermordet zu haben, um dessen Übertritt zum Katholizismus zu verhindern. In Wirklichkeit hatte sich dieser aus Schwermut selbst erhängt. Dem Eintreten Voltaires für die Sache des Verurteilten ist es zu danken, daß er 1765 rehabilitiert werden mußte.

(12. August 1762)

Anbei, meinen Freundin, das Todesurteil für die Jesuiten.[1] Ich habe es so knapp wie möglich beschnitten, um es gegenüber der Post unkenntlich zu machen, habe aber alle Seiten numeriert. Ich bin also von zahlreichen mächtigen Feinden befreit. Wer hätte dieses Ereignis vor anderthalb Jahren geahnt? Sie hatten viel Zeit, um gegen diesen Schlag Vorkehrungen zu treffen, ihr Einfluß muß also gering gewesen sein, oder aber der König hatte ihre Vernichtung beschlossen. Letzteres ist das wahrscheinlichere. Die Vorgänge in Portugal[2] scheinen auf die Situation in Frankreich einiges Licht geworfen zu haben, das dem Monarchen ein widerwärtiges Bild vermittelte; er wird auf den Moment gewartet haben, sich dieser Leute entledigen zu können, die ihn befehdeten und ständig ihre Hand gegen ihn erhoben; und der skandalöse Bankrott des Paters La Valette[3] wird ihm als günstig erschienen sein. Sie haben sich in allzu viele Angelegen-

heiten eingemischt. In den etwa zweihundert Jahren, seit sie existieren, gab es kaum eines, in dem sie nicht durch einen Skandal Aufsehen erregt hätten. Sie entzweiten Kirche und Staat. Obgleich sie in ihren Häusern dem schlimmsten Despotismus unterworfen sind, traten sie in der Gesellschaft als dessen abscheulichste Lobredner auf. Sie predigten den Völkern die blinde Unterwerfung unter die Könige und den Königen die Unfehlbarkeit des Papstes, damit sie, die Herren eines einzigen, zu den Herren aller würden. Sie erkannten lediglich eine Autorität an, die ihres Ordensgenerals. Er war für sie der Alte vom Berge. Ihre Ordensregeln sind nichts anderes als ein in Vorschriften gefaßter Machiavellismus.[4]
Trotz alledem hätte ein einziger Mann vom Format eines Bourdaloue sie retten können; doch sie hatten ihn nicht. Drollig ist, mit welcher Treuherzigkeit die Jansenisten[5] den Triumph über ihre Feinde feiern. Sie bemerken nicht, daß sie in Vergessenheit geraten. Es ist wie in der Fabel von den beiden Sparren, die sich um den First des Hauses streiten. Über ihre Zänkerei erzürnt, reißt der Meister den einen um, und der andere fällt ebenfalls. Die unzufriedenen Bischöfe verstehen ihre Sache viel besser.
Dieser Jesuiten-Laden enthielt alle Sorten von Waren, gute und schlechte; und er wurde vorzüglich beliefert. Die Inhaber waren große Scharlatane. Sie scharten viele Leute um sich, und so segelte das Boot des heiligen Petrus hochgemut dahin. Diese Ereignisse haben die Philosophen auflachen lassen. Im übrigen haben die guten Patres bis zum letzten Augenblick die Hoffnung nicht sinken lassen; zumindest ist dies aus ihrer Überraschung und Bestürzung zu schließen, die ihnen bei der Urteilsverkündung aus den Gesichtern zu lesen war. Etliche sahen wie Banditen aus, die abgeurteilt werden. Einer meiner Bekannten, der von Amts wegen und aus gegebenem Anlaß bei ihnen eingesetzt war, konnte, obgleich er sie keineswegs liebt, das Schauspiel ihrer Verzweiflung nicht ertragen und zog sich zurück. Heute bedauert man sie noch, morgen wird man auf sie Spottlieder machen, übermorgen wird keiner mehr an sie denken. So ist das Wesen des lieben französischen Volkes.
Am gestrigen Mittwoch brachten sie den ganzen Morgen damit zu, in ihren drei Kirchen Messen zu lesen und lesen zu lassen und Gott um ihre Erhaltung zu bitten [sic!]. Er hat

sie jedoch nicht erhört. Zwischen elf Uhr und Mittag versammelte sich in ihrem Hof eine Herde von Betschwestern, die ihre Hände rangen, sich die Hauben vom Kopf rissen und wie Wahnsinnige heulten. Sie können sich gut vorstellen, wieviel Aufruhr hier herrscht. Man erwartet in einigen Tagen einen dritten Gerichtsbeschluß, doch weiß ich nicht, worum es darin gehen soll, und unmittelbar danach ein Edikt des Königs, das die Beschlüsse des Gerichtshofes bestätigt.
Mich dünkt, ich hörte und sähe Voltaire. Er erhebt Augen und Hände zum Himmel und sagt: *Nunc dimittis servum tuum, Domine, quia viderunt oculi mei salutare tuum.*[6] Der Kauz hat eine Schrift verfaßt, die er *Eloge de Crébillon*[7] nennt; Sie werden sehen, was das für ein seltsames Lob ist. Es ist die Wahrheit, doch aus dem Munde des Neides verletzt die Wahrheit. Ich kann einem so großen Manne eine derartige Schäbigkeit nicht verzeihen. Er kläfft jeden Sockel an. Er arbeitet an einer Corneille-Ausgabe. Ich möchte wetten, daß die Anmerkungen, mit denen er sie vollstopfen wird, ebenfalls kleine Satiren sind. Sein Tun wird vergeblich sein, seine Herabwürdigung nichts fruchten. Ich erblicke ein Dutzend Männer in unserem Volke, die, ohne sich auf die Zehenspitzen stellen zu müssen, ihn immer um einen Kopf überragen. Dieser Mann nimmt in allen Genres nur den zweiten Rang ein.
Doch genug von anderen; ein paar Worte über mich. Ich verbringe meine Tage in zwei Krankenstuben; meine Frau und ihr Bedienter sind unpäßlich, und die Frau von der Insel ist gefährlich erkrankt, wie ich vorausgesehen hatte. Eine Brustbeklemmung plagt sie, die sich durchaus nicht beseitigen läßt. Sämtliche Öle, Gurgelwasser und alle Schwalbennester von der Sainte-Chapelle vermögen nichts auszurichten.
Ob Morphyse Mitleid hatte mit dem jungen Mann und ob sein Kummer Ihren Aufenthalt verkürzte? Ich berichte Ihnen alles weitere bei Ihrer Rückkehr nach Paris.
Das Exemplar von Rousseaus Emile ist in meinen Händen. Was soll ich damit machen? Muß ich ein Paket packen und es Ihnen schicken?
Diesen Comus, dessen Kunststückchen Aufsehen erregen, habe ich noch nicht zu Gesicht bekommen. Er ist gewiß kein Hexenmeister, und das genügt mir.

Unsere liebe Schwester vergißt mich nicht, dessen bin ich mir sicher; doch Sie, Sie selbst, vergessen oft, mir zu sagen, daß sie an mich denkt. Sie wissen doch ganz genau, daß es mir viel Vergnügen bereitet. Sie haben sie geherzt, diese teure Schwester! Wieviel Freude durften Sie genießen! Wie pochten Ihrer beider Herzen! Wie aufmerksam beobachtete Morphyse Sie beide! Wie eifersüchtig sie war! Wieviel kälter wird sie zu der einen sein und wieviel launischer zu der anderen! Wie sehr wird man mich in den nächsten zwei oder drei Briefen, die ich erhalte, mit Kälte bestrafen! Ich versichere Ihnen, es ist kein Kinderspiel, seinen Charakter umzukrempeln und sich klein zu machen, klein, klein, um auf gleichem Niveau wie die anderen zu stehen und sie davon überzeugen zu können, daß sie ebensoviel Geist besitzen wie jemand, dem er offen zugesprochen wird, und sie auf diese Weise zufriedenzustellen.
Völlige Erblindung ist es, was Grimm droht, und ich kündige Ihnen im voraus an, sein Stock und sein Hund stehen bereit.[8]
Die Sache mit dem Abbé Raynal ist zum Teufel.[9] Man verspottet mich und behauptet steif und fest, der Abbé Raynal hätte mir nichts dergleichen versprochen. Ich bin nicht weiter betroffen gewesen, weil ich kaum darauf gerechnet hatte. Bei etwas mehr Muße hätte ich möglicherweise Luftschlösser gebaut, deren Einsturz mir dann einigen Kummer bereitet hätte. Es ist ein großer Glücksumstand für den stark in Anspruch genommenen Menschen, daß er sich weniger mit vagen Hoffnungen trägt; die Gegenwart beschäftigt ihn zu sehr, als daß er sich die Augen aus dem Kopf sehen kann, um in die Zukunft zu blicken. Für einen Menschen, der tief nachdenkt, gibt es weder Zeit noch Raum. Für ihn sind hunderttausend Jahre Nachdenken ebenso wie hunderttausend Jahre Schlaf nichts anderes als ein Augenblick; einzig die Ermüdung gibt ihm eine ungefähre Auskunft über die Dauer der Anspannung.
Adieu, meine guten Freundinnen. Ich umarme Sie von ganzem Herzen. Wie schnell mögen Ihnen jetzt die Tage vergehen! Liebe Freundin, erlassen Sie es mir, die Briefe datieren zu müssen; dafür können Sie damit rechnen, daß ich jeden Sonntag und Donnerstag mit Bestimmtheit an Sie schreiben werde.

1 Vgl. den Brief vom 8. August 1762, Anm. 3.
2 Vgl. den Brief vom 15. Oktober 1759, Anm. 8.
3 Antoine de La Valette (geb. 1707) hatte als Prior der jesuitischen Missionen auf den Antillen im Auftrag seines Ordens Handelsniederlassungen in der französischen Kolonie Martinique aufgekauft und damit den Handel monopolisiert. Als geschäftliche Mißerfolge eintraten, weigerte sich der Orden, Wechselschulden in Höhe von eineinhalb Millionen Livres zu begleichen und Schadenersatz in Höhe von mehr als fünfzigtausend Livres zu leisten. Im Verlauf der darauf folgenden Prozesse wurden den Jesuiten zahlreiche Mißbräuche angelastet. Die vom Generalanwalt Omer Joly de Fleury erhobene Anklage führte darauf zur Verurteilung des Ordens und zur Vertreibung der Jesuiten auch aus Frankreich.
4 So bezeichnet wird die Lehre des italienischen Staatsmanns Niccolò Machiavelli (1469–1527), die besagt, daß der Herrscher zur Erreichung seiner Ziele (womit er jedoch konkret die Herstellung der Einheit Italiens gegen die Sonderinteressen der Feudalgewalten meinte) ohne Rücksicht auf Moral und Religion vorgehen müsse („Der Zweck heiligt die Mittel!"). Seine Schrift *Il principe* (1532, Der Fürst) wurde lange Zeit als „klassisches" Handbuch skrupelloser Machtpolitik mißverstanden.
5 Vgl. den Brief vom 20. Oktober 1760, Anm. 11.
6 Mit diesen Worten beginnt in der Bibel die Lobrede Simeons (Lukas 2,29–30), die in der Luther-Übersetzung lautet: „Herr, nun lässest du deinen Diener im Frieden fahren, wie du gesagt hast; / Denn meine Augen haben deinen Heiland gesehen."
7 Dies war keine Lobrede, sondern eher eine Satire auf den Tragödiendichter Crébillon père, die Voltaire 1762 veröffentlichte.
8 Diderot meinte damit, daß er sich in diesem Falle seinem Freund ganz zur Verfügung hält.
9 In einem in dieser Sammlung nicht enthaltenen Brief vom 28. Juli 1762 schrieb Diderot darüber an Sophie: „Wissen Sie, daß es sich darum handelt, mir beim *Mercure* eine feste Einnahme von fünfzehnhundert Livres zu verschaffen, unter der Bedingung, daß ich jeden Monat einen Beitrag liefere."

Sonntag (22. August 1762)

Ich erwarte Ihren neunzehnten Brief mit großer Ungeduld; denn wer kann die Folgen dieses Brandes vorhersehen?[1] Ein einziger Funke unter der Asche, ein schwacher Lufthauch genügt, und schon naht wieder die Gefahr. Ich sehe Sie mitten unter den Arbeitern, im Wasser, im Schlamm etc. Welche Schrecken mußten Sie erleiden! Welche Strapazen! Es geht Ihnen gut, sagen Sie? Ich kann mich nicht davon überzeugen.

Wären Sie nur zwanzig Meilen von hier, könnte ich in einem Posttag hin- und zurückfahren und holte mir persönlich von alledem Gewißheit. Sie haben recht: in der Nacht wäre alles verloren gewesen; am Abend, wenn die Landleute überall verstreut sind, wäre das Unglück noch viel größer gewesen.

Ihr Bericht enthält Passagen, die mich erschaudern lassen. Wie geht es Ihren Armen, Füßen, Beinen? Und die liebe Schwester? Ich glaube, sie ist in einem ebenso bedauernswerten Zustand wie Sie. Drei Frauen, die eine von ihnen in vorgerücktem Alter, die andere schwach und zart und die dritte mit nur einem Hauch Leben in sich, stürzen sich in schwere Arbeiten, die die Kräfte der stärksten Männer übersteigen! Jetzt werden Sie Ihre Erschöpfung spüren. Am ersten Tag hält sich der Körper durch den Übereifer aufrecht, zu dem ihn die Gefahr zwingt; doch dieser Eifer schwächt sich in dem Maße ab, wie die Sicherheit zurückkehrt, und man ist erschöpft. Zumindest wirken sich bei mir Zornesausbrüche in dieser Weise aus, wenn ich sie mir allzusehr zu Herzen nehme. Ich vermute, Sie haben sich jetzt auf Ihre Betten ausgestreckt, ohne noch ein Glied rühren zu können.

Ich freue mich sehr, daß sich Ihr Dienstpersonal in dieser traurigen Situation so verhielt, wie Sie es sich wünschten. Ich beneide den Abbé du Moncetz darum, daß er Ihnen Hilfe leisten konnte. Nachdem er Ihnen in diesem gefährlichen Augenblick seine ganze Ergebenheit bewies, wird er sich nun aus Höflichkeit verpflichtet fühlen, Ihnen in den folgenden Tagen Gesellschaft zu leisten, und er wird sehr stolz sein, daß er sich Ihnen nützlich machen kann. Ich an seiner Stelle empfände etwas anderes.

Bis jetzt habe ich Ihnen kein einziges Wort an Ihre Mutter aufgetragen. Ich bitte Sie, ihr meine Anteilnahme an ihrem Unglück zu bekunden. Ach, meine arme Freundin, ich stelle Sie mir vor, wie Sie sich mit Ihren mehr denn je geschwollenen Beinen am Stock vorwärts schleppen. Und der Verlust von Heu, Getreide und Gebäuden, er wird hoch sein.

Ich habe keinen Mut, mein Tagebuch fortzuführen. Ich warte, bis Sie es mir befehlen. Sie bitten mich in Ihrem letzten Brief um die *Eloge de Crébillon.*[2] Sie werden sie nun haben. Aus meiner *Eloge de Richardson*[3] und dem *Testament et Pompe de Clarisse*[4] hat man ein Bändchen gemacht. Ich habe mir zwei Exemplare verschafft, eines für Sie, eines für mich. Ich hoffte, diesem Brief die Fortsetzung der tragischen Affäre Calas[5] beifügen zu können; doch der Druck ist noch nicht beendet. Nächsten Donnerstag wird es soweit sein. Adieu, meine guten, meine wahren Freundinnen. Ich möchte gern bei Ihnen sein. Könnte ich Ihnen nur ein wenig nützlich sein, so seien Sie sicher, daß ich es wäre. Sie brauchen nur ein Wörtchen zu sagen.

Übermorgen ist Ihr Festtag! Wenn Uranie daran dächte, Ihnen zwei Blumensträuße zu schenken, den einen für sich und den anderen für mich! Genauso würde ich es an Ihrer Stelle tun. Es scheint für alle Ewigkeit bestimmt zu sein: am Tag des heiligen Louis[6] sind wir stets sechzig Meilen voneinander entfernt. Hören Sie gut auf alles, was unsere liebe Schwester Ihnen sagen wird; es sind meine Wünsche. Sie weiß, wieviel meine zärtliche Liebe zu Ihrem Glück beiträgt; sie wird Ihnen ewige Freundschaft versprechen, und sie wird Ihnen meine ewige Liebe wünschen. Für diese stehe ich Ihnen ein, sie liegt mir so sehr am Herzen. Immer, meine Freundin, immer werden Sie mir teuer sein; sehen Sie nur zu, daß dieses *immer* lange währt. Endlich habe ich das Porträt, in den gescheitesten und feinsinnigsten Autor der Antike eingeschlossen.[7] Am Mittwoch werde ich es morgens beim Aufstehen küssen; und abends beim Schlafengehen werde ich es noch immer küssen.

Es gibt hier keine Jesuiten mehr. Man hat noch einige Beschlüsse veröffentlicht, die ich Ihnen aber nicht zusende. Sie sind nicht von Belang.

1 Ein Wirtschaftsgebäude auf der Vollandschen Besitzung in Isle-sur-Marne war abgebrannt.
2 Von Voltaire. – Vgl. den Brief vom 12. August 1762, Anm. 7.
3 Diderots *Lobrede auf Richardson* wurde zuerst im *Journal étranger* vom Januar 1762 veröffentlicht.
4 Vgl. den Brief vom 17. September 1761, Anm. 2.
5 Vgl. den Brief vom 8. August 1762, Anm. 4.
6 Der 25. August. Sophie war auf den Namen Louise getauft.
7 Vgl. den Brief vom 31. Juli 1762, Anm. 6.

Donnerstag (26. August 1762)

Ihr letzter Brief, in dem Sie mir mitteilen, daß der Brand endlich vollständig gelöscht sei, beruhigt mich keineswegs. Bei einer solch schlechten Gesundheit, wie Sie beide sie haben, und nach all den Aufregungen, schlaflosen Nächten, Strapazen, die Sie ausstehen mußten, ist es unmöglich, daß Sie nicht erschöpft sind. Sie werden nicht leugnen, daß Ihre Beine noch geschwollen waren, als Sie durch Schlamm und Wasser gewatet sind.

Alles, was Sie taten, mußten Sie tun; aber mußte man zulassen, daß Sie es taten? Hätte man Sie nicht nach dem ersten Schrecken unter den Arm nehmen und in einen der Wohnräume des Schlosses führen müssen, hätte man Sie dort nicht einschließen und von Stunde zu Stunde davon unterrichten müssen, was sich draußen tat, nur darum besorgt, daß sich Ihre verwirrten Sinne wieder beruhigten? Wäre ich dabeigewesen, so gestehe ich Ihnen, daß ich als erstes erklärt hätte, nicht eher meine Hände zu rühren, als bis Sie weggebracht worden seien.

Alles ist aus, die Gebäude sind zerstört; Heu, Korn, Hafer, Getreide sind Asche. Doch ehe es geschieht, daß eine Lungenentzündung unsere teure Schwester heimsucht und dahinrafft oder einer dieser bekannten Katarrhe Sie selbst auslöscht, wäre es da nicht besser, das Feuer erfaßte auch noch die restlichen Gebäude und verzehrte sie und das Schloß obendrein? Schlösser und Wirtschaftsgebäude lassen sich wieder aufbauen, wenn man will; nicht wiedergutmachen aber kann man den Schaden an Menschenkindern, deren Leben man aufs Spiel setzte, um Dinge zu retten, die, so kostbar sie auch sein mögen, vergleichsweise nur Nichtigkeiten sind.

Wie hätte ich Ihnen zugerufen: „Oh, lassen Sie alles verbrennen, aber entfernen Sie diese zarten Hände von hier, diese schwachen Glieder, die nicht dafür geschaffen sind, Wassereimer und verbrannte Dachsparren zu tragen. Betten Sie Ihre beiden geschwollenen Füße auf Kissen, wo es ihnen viel besser gehen wird als in Schlamm und Mist. Ich kann mich erst dann um dieses schreckliche Unglück kümmern, das sich hier abspielt, wenn ich Sie in Sicherheit weiß.“ Oh, Uranie, wie schmutzig müssen Sie gewesen sein – und bis wohin? Doch noch ist keine Zeit zum Scherzen. Zuerst muß ich wis-

sen, welchen Verlust Sie erlitten, und Sie müssen mir alle beide geschworen haben, eine jede bei ihrer Ehre, daß es Ihnen gut geht.
Ich habe keine Zeit, länger mit Ihnen zu plaudern. Die drei Festtage habe ich darauf verwandt, wie ein Galeerensklave für ein paar ehrliche Leute zu arbeiten, die ich flüchtig kenne. Sie haben eine wichtige Entdeckung gemacht, und ich konnte ihnen den Dienst nicht verweigern, eine Erläuterung dazu zu schreiben. Doch solange ich mich mit ihrer Angelegenheit befaßte, blieb meine liegen. Ich schreibe Ihnen bei Le Breton vor einem Stapel durchzusehender Korrekturbögen, auf die man wartet. Dennoch hat Grimm sicher recht, wenn er sagt, die Zeit sei kein Ding, über das wir nach Herzenslust verfügen könnten; wir müßten sie zunächst unseren Freunden, unseren Eltern, unseren Pflichten widmen; und in der Verschwendung an Gleichgültige liege ein lasterhaftes Prinzip. Bin ich aber wahrhaft wohltätig gewesen, warum sollte ich es bedauern? Entweder sündige ich durch mein Handeln oder aber in meinem Gewissen, und ich möchte mir lieber sagen können, mein Handeln sei sündhaft.
Adieu, meine lieben Freundinnen, Ihr beiden Frauen, die ich von ganzem Herzen liebe. Jetzt, da Sie Ruhe haben, erholen Sie sich, putzen Sie sich, säubern Sie sich. Ich bin sicher, daß Sie kohlrabenschwarz sind, daß Sie nach Schmutz, Mist und Rauch riechen, daß man nicht wüßte, wo man Sie anfassen sollte, ohne selbst schmutzig zu werden.
Ich weiß nicht, was ich da sage; möge man sie mir in die Arme werfen, so wie sie ist oder in einem noch schlimmeren Zustand.
Adieu, adieu. Versuchen Sie mitten in Ihren Arbeiten und in Ihrer Betriebsamkeit einen Augenblick zu finden, um mir zu sagen, daß es Ihnen gut geht. Tausend Küsse Ihnen beiden, auf Ihre schwarzen, schmutzigen, verräucherten Hände, teure Schwester; überallhin, wo Sie es erlauben, teure und liebe Freundin.

Sonntag (29. August 1762)

Ich habe Damilaville von Ihrem Unglück berichtet, und wir dachten uns beide, Sie sollten uns eine Aufstellung Ihrer

Verluste senden – wenn nötig, etwas übertrieben –; danach setzen wir eine Bittschrift auf, die jemand Monsieur de Courteilles vorlegt, um die Erlaubnis zu erwirken, daß Ihr Zins für ein, zwei, drei, vier oder fünf Jahre herabgesetzt wird. Der Minister, der alles von seinen Beamten erledigen läßt, wird uns die Bittschrift zur Entscheidung zurückschikken, und wir können sodann die Angelegenheit nach unserem Belieben regeln. Also, wenn es Ihnen recht ist, so lassen Sie uns den ganzen Schaden wissen, den das Feuer bei Ihnen anrichtete, möglichst etwas aufgebauscht, und teilen Sie mit, wie hoch der Zins ist, den Sie zahlen. Alles übrige ist unsere Sache.
Ich habe gerade das Gutachten für diese armen Teufel abgeschlossen, die eine nützliche Sache erfunden haben. Mitternacht ist vorüber, und ich kann mich trotz meiner Müdigkeit nicht entschließen, mich schlafen zu legen, ohne meinen Brief für morgen vorbereitet zu haben. Ich werde meine Antwort auf Ihren achtzehnten Brief an der Stelle wiederaufnehmen, an der ich abgebrochen hatte.
Uranies Bewertung scheint mir sehr streng zu sein.[1] Wie denn, besteht für sie etwa kein Unterschied zwischen einer ungesetzlichen und einer schlechten Handlung? Sollte es nicht erlaubt sein, aus Vernunftgründen zu tun, was man schon aus Leidenschaft tat? Wenn man für sich selbst alles aufs Spiel setzte, soll man dann nicht auch etwas für seinen Ehemann und seine Kinder wagen? Hat man schon einen Vorwurf zu fürchten, wäre es dann nicht eher jener, daß man mit etwas weniger Kleinmut das Elend hätte vermeiden können, in das man geraten ist?
Besäßen wir unsere Unschuld noch, so müßten wir vielleicht näher hinsehen, bevor wir sie gegen Gold eintauschen. Aber ach, wir besitzen sie nicht mehr. Es handelt sich nur um einen kleinen Makel mehr oder weniger; um eine Übertretung des bürgerlichen Gesetzes, die unbedeutendste und wunderlichste von allen; um eine so allgemein gebräuchliche, so fest in den herrschenden Sitten der Nation verankerte Handlung, daß der Reiz des Vergnügens allein genügt, sie zu rechtfertigen und jede weitere Überlegung beiseite zu schieben; um eine Handlung, derentwegen man unser Geschlecht lobt und derentwegen man das Ihrige in Wahrheit kaum noch zu tadeln wagt; um die kurze Berührung zweier

Organe, von der der Wohlstand im Leben abhängt; um eine Verfehlung, die weniger sträflich ist als die kleinste Lüge. Es ist schon seltsam, teure Schwester: Sie erlauben also einem Manne, der durch einen freien Liebesschwur mit einer geliebten Frau verbunden ist, einer anderen, die er nicht liebt, ein Kind zu machen, doch Sie verbieten ihm, einer Ihrer Geschlechtsgenossinnen, die sich aus einem der schwerwiegendsten Beweggründe an ihn wendet, einen Augenblick lang gefällig zu sein. Überdies, wenn es darum ginge, ein unvergleichliches Vergnügen zu genießen, einen köstlichen Sinnenrausch, einen Taumel der Verzückung, einen Augenblick unvorstellbarer Glückseligkeit, mäßigten Sie vielleicht ein wenig Ihren Jansenismus[2], bedenken aber dabei nicht, daß uns unerträglicher Ekel hinterher erwartet und daß genaugenommen dies die wahre Sühne für das verbotene Vergnügen sein dürfte, das man genoß. Hin und wieder hörte ich Frauen über dieses Thema sprechen. Alle waren sich darüber einig, daß es eine schreckliche Marter ist. Nun denn, wir sind also dazu entschlossen. Wenn das Heldentum um so größer ist, je mehr einem das Opfer selbst widerstrebt, wieviel werden wir dann erst gewinnen, wenn sich Ihr Vorurteil nicht mehr entgegenstellt. Bedenken Sie doch, daß der Mann, den man in seinen Armen empfängt, ein Mensch ist, den man verachtet und haßt; bedenken Sie, daß er für alle Kosten der Sünde aufkommt; bedenken Sie, daß man selbst kein einziges Atom beisteuert; bedenken Sie, daß man passiver und bewegungsloser sein wird, als eine Marmorstatue es ist; bedenken Sie, daß die geringfügigste Bewegung, das kleinste Lebenszeichen, das man von sich gibt, nur Ungeduld ausdrückt und nicht Vergnügen; bedenken Sie, daß es ein vollkommen reines Werk der Vernunft ist, daß Herz und Sinne unbeteiligt sind. Wenn es je einen Akt der Buße gab, so ist dies einer. Würde man von einer Krankheit befallen, wäre man dann nicht wahnsinnig, wollte man sich dem Operationsmesser verweigern, das unumgänglich ist – und gibt es denn eine Krankheit, die schlimmer wäre, als dreißig Jahre lang vor Durst und Hunger zu sterben? Und welcher Unterschied besteht für Sie in diesem Fall zwischen einem Mann solchen Schlages und einem chirurgischen Instrument? Und könnte man nicht meinen, mit dieser Angelegenheit verhielte es sich genauso wie mit einem Diebstahl, einer Verleumdung, einem Mord und einer Unzahl anderer Handlungen, die zu jeder Zeit und überall schlecht sind? Kehren Sie für einen Augenblick zum Naturzustand zurück, und sagen Sie mir, um Gottes willen, was das ist.

Jetzt kommen wir zur Mademoiselle. Nun, Sie wollen also nicht, daß man diesem ehrbaren Geschöpf, dessen gesunder Menschenverstand die Ehe als töricht und verdrießlich verwirft und dessen gutes Herz nach Mutterschaft strebt, die Gefälligkeit erweist, ein Kind zu zeugen. Sie nennen sie eine *überspannte Person*? Sie fürchten, sie könnte Gefallen am Vergnügen finden, man könnte an ihr Gefallen finden? Sie halten sie für dünkelhaft, weil sie meint, ein Kind gut erziehen zu können.

Halt bitte! Sie hat Erfahrung in diesen Dingen; und nachdem sie drei oder vier Kinderchen, die ihr nicht gehörten, vorzüglich erzogen hat, kann sie, glaube ich, davon träumen, ohne allzu dünkelhaft zu sein, eines, das ihr gehören wird, gut zu erziehen.

Ich sagte Ihnen bereits: dies ist keineswegs eine Angelegenheit des Herzens noch eine des Temperamentes. Was die öffentliche Mißbilligung anbelangt, die sie möglicherweise erregen wird, so setzt sie sich darüber hinweg. „Niemals", erklärte sie, „werde ich mich davon überzeugen lassen, daß es eine Schande sei, wenn man, bevor man aus der Welt geht, den frei werdenden Platz mit einem ehrbaren Mann oder einer ehrbaren Frau ausfüllen will; wenn man sich der Gefahr aussetzt, das Leben zu verlieren, um es einem anderen zu schenken – eine Verpflichtung, die der Unterschied der Geschlechter auferlegte, noch bevor irgendein Sakrament gestiftet, ein Gesetz veröffentlicht wurde; wenn man sich aufopfert, um im Verlauf vieler Jahre einer jungen Seele die Prinzipien der Ehre und Gerechtigkeit einzuschärfen und einen guten Bürger, einen guten Vater, eine gute Mutter, einen guten Freund auf die Gesellschaft vorzubereiten. Sollte all dies eine Schande sein, weil man sich nicht irgendwelchen konventionellen Formalitäten unterwirft, die nichts bedeuten und die sich von Volk zu Volk wandeln; weil man die Leichtfertigkeit des menschlichen Herzens kennt und fürchtet, meineidig zu werden, wenn man ein unbesonnenes Gelöbnis abgibt; weil man keinen Tyrannen akzeptieren will; weil man nicht in der Lage ist, mehrere Kinder zu erziehen und zu ernähren, und deshalb zu dem einzig möglichen Mittel Zuflucht nimmt, nur eines zu bekommen; weil man aus hundert mehr oder weniger berechtigten Gründen nicht zur Ehe taugt und deshalb nicht heiratet; und weil man das Gesetz des Königs umgehen muß – nach dessen Willen man nur zu bestimmten Bedingungen fruchtbar sein darf –, um dem Gesetz der Natur zu gehorchen, die mir gebietet, fruchtbar zu sein, da sie mich nun einmal nicht unfruchtbar geschaffen hat? Es sind keine kleinkarierten, niedrigen Beweggründe, die mich leiten. Es sind große und edle. Ich will Mutter sein, weil ich würdig bin, eine zu sein. Sollten Sie, Monsieur, den ich dazu auserwählte, mir diese erhabene Würde zu verleihen, nicht ohne die Zustimmung einer anderen über sich selbst verfügen können, dann befragen Sie diese andere. Widersetzt sie sich meinem Wunsch, so kann ich Ihnen nicht verhehlen, daß ich eine höhere Meinung von mir habe als von ihr und daß sie Sie nicht genügend schätzt. Ich fürchte nicht, meine Ehre zu verlieren – was ich meine wahre Ehre nenne –, wenn ich mit ihrem Geliebten schlafe; sie aber fürchtet, ihren Geliebten zu verlieren, wenn sie ihn mit mir schlafen läßt. Sagen Sie ihr ein für allemal, daß ich Sie nicht liebe und daß ich Sie nur bis zu dem Augenblick haben will, da ich Sie nicht mehr brauche. Mit der ganzen Aufrichtigkeit eines ehrbaren Mädchens beteure ich Ihnen, daß ich, sobald ich um den Erfolg des ersten Versuches weiß, nie in meinem Leben einen zweiten erlauben werde. Er würde mich zu sehr herabwürdigen. Es wäre nicht mehr der Titel der Mutter, den ich erringen wollte, es wäre der der Mätresse. Es wäre nicht mehr ein gutgeartetes Kind, das ich haben und aufziehen möchte, es wäre das Vergnügen. Es wäre keine von der Natur auferlegte Pflicht, die ich zu erfüllen suchte, es wäre ein ungesetzliches Verhältnis, das ich angeknüpft hätte."

Dies also sagte sie zu ... ich weiß nicht, wie ich ihn nennen soll, da er weder ihr Gatte ist noch ihr Freund. Ich war der Meinung, ich müßte Sie diese Frau besser kennenlernen lassen, bevor ich mich mit Ihrer Meinung zufriedengebe. Bitte noch eine kurze Antwort dazu.

Durch die Unterbrechung, die Ihr Unglück in meinem Tagebuch verursachte, habe ich einen reichlichen Vorrat an Gesprächsstoff. Doch ich hoffe, daß ich den größten Teil ver-

gesse und gezwungen bin, die Dinge aufzugreifen, die sich im Augenblick des Schreibens gerade ereignen, so daß ich sogleich wieder auf dem laufenden bin.
Adieu, meine guten Freundinnen. Seit ich mit Ihnen beiden spreche, scheint es mir, als plauderte es sich leichter, angenehmer.

1 Vgl. den Brief vom 18. Juli 1762, wo Diderot den „Gewissensfall“ darlegt.
2 Gemeint ist hier der Rigorismus in ethischen Fragen, wie ihn der Jansenismus vertrat. – Vgl. auch den Brief vom 20. Oktober 1760, Anm. 11.

(Donnerstag, 2. September 1762)

Bevor ich mein Tagebuch wiederaufnehme, möchte ich Ihnen gern über eine Unterhaltung Bericht erstatten, die durch das Wort *instinct* ausgelöst wurde, jenes Wort also, das man fortgesetzt in den Mund nimmt, das man auf den Geschmack und auf die Moral anwendet und das nie definiert wird. Ich behaupte, der Instinkt ist nichts anderes als das Resultat einer Unzahl von kleinen Erfahrungen, die in dem Moment begannen, da unsere Augen das Licht der Welt erblickten und sich bis zu jenem erstrecken, da wir, insgeheim von unseren wiederholten Versuchen geleitet, auf die wir uns im einzelnen nicht mehr besinnen, das Urteil abgeben, irgendeine Sache sei gut oder schlecht, schön oder häßlich, nützlich oder schädlich, ohne daß uns ein Grund für dieses positive oder negative Urteil gegenwärtig wäre.
Michelangelo sucht nach der Form, die er der Kuppel des Petersdoms in Rom geben könnte. Es ist eine der schönsten Formen, die man wählen konnte. Ihre Eleganz erstaunt und begeistert einen jeden. Die Breite war gegeben; nun handelte es sich zunächst darum, die Höhe zu bestimmen. Ich sehe, wie sich der Architekt herantastet, ich sehe ihn Höhe hinzufügen, wieder wegnehmen, bis er endlich jene findet, die er suchte, und er ruft aus: *Das genau ist sie.* Nachdem er die Höhe gefunden hatte, mußte er die Rundung für diese Höhe und diese Breite entwerfen. Wieviel neues Tasten! Wie oft kratzte er seinen Federstrich aus, um einen anderen, runderen, flacheren, bauchigeren, zu ziehen, bis er schließlich den fand, nach dem er sein Bauwerk vollendete! Was lehrte

ihn, im rechten Augenblick innezuhalten? Welchen Grund hatte er, unter so vielen aufeinanderfolgenden Figuren, die er auf das Papier zeichnete, dieser vor jener den Vorzug zu geben? Um diese schwierigen Fragen zu klären, rief ich mir ins Gedächtnis zurück, daß ein gewisser Monsieur de la Hire, ein großer Mathematiker von der Akademie der Wissenschaften, auf seiner Italienreise nach Rom kam und wie jedermann von der Schönheit der Kuppel von Sankt Peter überwältigt war. Doch seine Bewunderung blieb nicht ohne Früchte. Er wollte die Kurve haben, die diese Kuppel bildete. Also ließ er sie nachmessen und ermittelte mit Hilfe der Geometrie ihre Eigenschaften. Wie groß war sein Erstaunen, als er feststellte, daß es die der größten Widerstandsfähigkeit war. Michelangelo war, als er seinem Dom die schönste und eleganteste Form zu geben suchte, nach einigem Tasten auf die Form gekommen, die er der Kuppel hätte geben müssen, wenn er ihr die größte Widerstandsfähigkeit und Standfestigkeit hätte geben wollen. Dazu zwei Fragen: Wie kommt es, daß die Kurve der größten Widerstandsfähigkeit in einer Kuppel, einem Gewölbe gleichzeitig die eleganteste und schönste ist? Wie kommt es, daß Michelangelo diese Kurve der größten Widerstandsfähigkeit fand? ‚Das ist nicht zu begreifen', wurde gesagt; ‚es ist eine Sache des Instinktes.' Und was ist der Instinkt? ‚Oh, das versteht sich doch von selbst!'
Ich sagte dazu, Michelangelo sei in der Schule ein Lausebengel gewesen und habe im Spiel mit seinen Kameraden, wenn er sich balgte oder jemanden mit der Schulter schubste, bald gemerkt, welche Haltung er einnehmen mußte, um seinem Gegner den größten Widerstand zu leisten; gewiß sei er hundertmal in seinem Leben in der Verlegenheit gewesen, schwankende Dinge stützen zu müssen und die günstigste Neigung der Stütze herauszufinden; so manches Mal habe er Bücher aufeinandergestapelt, die nach allen Seiten überhingen, so daß er die widerstrebenden Kräfte ins Gleichgewicht bringen mußte, damit der Stoß nicht umstürzte; und daraus habe er gelernt, der Kuppel von Sankt Peter die Kurve mit der größten Widerstandsfähigkeit zu geben.
Eine Mauer droht einzustürzen; lassen Sie einen Zimmermann holen. Sobald der Zimmermann seine Stützen angebracht hat, lassen Sie d'Alembert oder Clairaut holen, geben

den Neigungswinkel der Mauer an und veranlassen den einen oder den anderen dieser Mathematiker, den Neigungswinkel für die Stütze herauszufinden, der ihr die größte Standfestigkeit verleiht, und Sie werden sehen, daß der Winkel des Zimmermannes und der des Mathematikers übereinstimmen.

Es wird Ihnen nicht entgangen sein, daß die Windmühlenflügel schräg gestellt sind und einen bestimmten Winkel mit der Achse bilden, die sie hält; sonst könnten sie sich nicht drehen. Dieser Winkel hat die Größe, bei der sich der Flügel am leichtesten bewegt. Wie kommt es, daß die Mathematiker bei der Überprüfung herausfanden, daß dieser von Gewohnheit und Gebrauch bestimmte Winkel genau derjenige ist, den die höchste Mathematik bevorzugt hätte? Eine Frage der Berechnung auf der einen Seite, eine Frage der Erfahrung auf der anderen. Also ist es unmöglich, daß das eine gut ist, ohne mit dem anderen übereinzustimmen.

In der Tat, wie kommt es, daß wir das, was in der Natur dauerhaft ist, in den nachahmenden Künsten als schön beurteilen? Das liegt daran, daß die Haltbarkeit oder allgemeiner die gute Beschaffenheit stets der Grund für unsere Billigung ist. Diese gute Beschaffenheit kann in einem Werk stecken, ohne daß es den Anschein erweckt; dann ist das Werk gut, doch nicht schön. Es kann aber auch den Anschein erwecken, ohne es zu sein; dann ist das Werk nur scheinbar schön, so wie es auch nur scheinbar gut ist. Doch wenn die gute Beschaffenheit tatsächlich gegeben ist und auch sichtbar wird, dann ist das Werk wirklich gut und schön. Man glaubte sich in einer anderen Welt, wo alle Naturgesetze verändert sind, wenn das, was in der Natur als gut erscheint, in der Kunst nicht schön wäre. Doch um Sie ein wenig für alles Trockene und Abstrakte zu entschädigen, das im Voranstehenden enthalten sein könnte, will ich den Rest der Unterhaltung in ein paar Worten sagen. Ich fragte: „Was gibt es Geheimnisvolleres und Unerklärlicheres als die Schönheit einer Kuppel? Man bedenke: Sie wird durch ein Naturgesetz bestätigt.“[1]

Jemand fügte hinzu: „Doch wo soll man in der Natur einen Grund finden, um die verschiedenen Urteile zu rechtfertigen oder zu widerlegen, die wir über Gesichter fällen, namentlich über die der Frauen? Das scheint mir sehr willkürlich zu sein." – „Keineswegs", antwortete ich. „Wie unterschiedlich auch der Geschmack in dieser Beziehung sein mag, alles ist erklärlich. Man kann darin Wahres und Unwahres erkennen und es beweisen. Beziehen Sie diese Urteile auf die Gesundheit, auf die Lebensfunktionen und auf die Leidenschaften, und Sie werden stets den Grund dafür finden. Diese Frau ist schön; ihre Brauen zeichnen die Konturen ihres Auges nach; heben Sie diese Brauen in der Mitte ein wenig an, und schon haben Sie ein Zeichen des Stolzes, und Stolz verletzt. Lassen Sie die Brauen, wo sie waren, aber machen Sie sie recht buschig, so daß sie die Augen beschatten, und schon sind diese Augen hart, und Härte stößt ab. Lassen Sie die Brauen jetzt in Ruhe, doch ziehen Sie ihre Lippen etwas nach vorn, und schon schmollt sie und hat schlechte Laune; rücken Sie ihre Mundwinkel etwas ein, und schon ist sie eitel oder überheblich; ziehen Sie ihre Lider ein wenig herab, und schon ist sie traurig; lassen Sie bestimmte Wangenmuskeln anschwellen, und schon ist sie wütend; machen Sie ihre Pupillen starr, und schon ist sie dumm; geben Sie dieser starren Pupille Feuer, und schon ist sie schamlos. Das ist der Grund für den unterschiedlichen Geschmack."

Hat die Natur einige dieser äußeren Merkmale in ein Gesicht geprägt, die ein Laster oder eine Tugend kennzeichnen, mißfällt oder gefällt einem dieses Gesicht; fügen Sie noch die Gesundheit hinzu, von der alles übrige abhängt, und des weiteren die Gewandtheit, mit der man die beruflichen Aufgaben erfüllt. Ein schöner Lastträger ist kein schöner Mensch; ein schöner Läufer ist kein schöner Mensch; ein schöner Tänzer ist kein schöner Mensch; ein schöner Greis ist kein schöner Mensch; ein schöner Schmied ist kein schöner Mensch. Ein schöner Mensch ist jemand, den die Natur hervorbrachte, damit er mit größtmöglicher Leichtigkeit die beiden wichtigen Funktionen erfülle: die Erhaltung des Individuums, die sich auf vieles erstreckt, und die Fortpflanzung der Art, die sich nur auf dies eine beschränkt.

Wenn wir durch Gebrauch und Gewohnheit einige Glieder auf Kosten anderer mit einer besonderen Fertigkeit ausstatten, so haben wir nicht mehr die Schönheit des Naturmenschen, sondern die Schönheit eines Berufsstandes; ein krummer Rücken, kräftige Schultern, kurze, sehnige Arme, stämmige Säbelbeine, ein durch schwere Lasten breit gewordenes Kreuz machen einen schönen Lastträger aus. Der Naturmensch tut nichts weiter, als daß er lebt und sich fortpflanzt; erschuf ihn die Natur als schönen Menschen, dann bleibt er so. Es scheint, als wollten uns die Alten diese beiden Extreme in zwei Hauptwerken ihrer bildenden Kunst vor Augen führen: Der antike Apollon ist der müßige Mensch, der Herkules im Farnese-Palast ist der arbeitende Mensch. Alles ist bei letzterem überbetont, nichts beim ersteren hervorgehoben, nicht das geringste verrät einen bestimmten Beruf. Er hat noch nichts getan, doch er scheint für alles geeignet zu sein. Will man, daß er kämpft, so wird er kämpfen; soll er laufen, so wird er laufen; soll er eine Frau liebkosen, so wird er sie liebkosen. Um gut zu malen, muß man zunächst den Naturmenschen kennen; erst dann muß man den Menschen jeder Berufsgruppe studieren.

Doch lassen wir die Lebewesen; wenden wir uns den Kunstwerken zu, wie zum Beispiel der Architektur.

Ein Werk der Architektur ist schön, wenn es fest und stabil ist und man ihm dies ansieht; wenn es seinem Zweck entspricht und man dies erkennt. Stabilität ist auf diesem Gebiet das, was im Reich der Lebewesen die Gesundheit ist; die Zweckmäßigkeit ist auf diesem Gebiet das, was bei der Gattung der Lebewesen besondere Anlagen sind. Doch beachten Sie hierbei den Einfluß der Sitten. Es scheint so, als spiele er eine maßgebende Rolle. Fahren Sie nach Konstantinopel, so finden Sie dort hohe, dicke Mauern, flache Gewölbe, kleine Türen, kleine Fenster, die hoch oben eingelassen und vergittert sind. Es hat den Anschein, als sei ein Gebäude, ein Haus um so schöner, je mehr es an ein Gefängnis erinnert. In der Tat sind diese Häuser Gefängnisse, in welche die eine Hälfte des Menschengeschlechtes die andere sperrt.

Bereisen Sie Europa, das Gegenteil ist der Fall: große Türen, große Fenster, alles ist offen, denn es gibt keine solchen Sklaven, und das Klima ist günstig. Um beurteilen zu können, wer den guten Geschmack hat, muß man bestimmen, wer die guten Sitten hat; ob man die Frauen sich selbst überlassen darf oder ob man sie einsperren sollte; ob man in der Glut der Tropen beziehungsweise im Eis der Polarzone leben sollte oder ob sich die gemäßigte Zone

besser mit Gesundheit und Lebensdauer des Menschen vereinbart.
Ein junger Schürzenjäger geht im Palais-Royal spazieren. Er sieht dort ein Stupsnäschen, lächelnde Lippen, blitzende Augen, einen kessen Schritt, und er ruft aus: „Oh, wie reizend sie ist!" Ich jedoch kehre ihr voller Verachtung den Rücken und lasse meinen Blick auf einem Gesicht verweilen, in dem ich Unschuld, Aufrichtigkeit, Reinheit, Erhabenheit, Würde, Anstand lese. Glauben Sie nicht auch, daß schwer zu entscheiden ist, wer unrecht hat, der junge Mann oder ich? Sein Geschmack läßt sich auf den einen Nenner bringen: Ich liebe das Laster. Und der meine: Ich liebe die Tugend. Und so ist es mit fast allen Urteilen. Man kann sie letzten Endes aus dem einen oder aus dem anderen dieser Sätze herleiten.
Das ist im großen ganzen unsere Unterhaltung gewesen. All diese Einzelheiten könnten ein hervorragendes Werk über den Geschmack abgeben und ein Loblied auf meinen eigenen, den ich an Ihnen, teure Schwestern, fand.

1 Die Theorie vom Schönen als Reflex des Nützlichen hatte Diderot zuerst 1745 in Anlehnung an Shaftesbury in einer freien und kommentierten Übersetzung von dessen Abhandlung *Enquiry concerning virtue or merit* (Essai sur le Mérite et la Vertu) dargelegt. In dem Enzyklopädie-Artikel *Beau* (Schön), der 1750 entstand, ging er jedoch von dieser utilitaristischen Auffassung ab und leitete das Schöne aus den Beziehungen der Dinge untereinander her. Hier nun, zwölf Jahre später, knüpft er wieder an seine frühere Auffassung an.

Sonntag (19. September 1762)

Kein Wort von Ihnen seit acht oder zehn Tagen. Das ist eine lange Zeit für einen Menschen, der sich Ihr Schweigen stets mit Ihrer schlechten Gesundheit erklärt. Wenn ich tagelang nichts von Ihnen höre, halte ich Sie für krank. Bedenken Sie das immer!
Ich halte unsere Unterhandlung vom 20. für perfekt. Aber verraten Sie Ihrer Frau Mutter keine Silbe, solange es noch nicht sicher ist. Es ist unangenehm, sich zu täuschen und getäuscht zu werden. Man wird die Steuerauflage für drei Jahre aussetzen, einschließlich der abgelaufenen Jahre, so-

fern es welche gibt (und es wäre sehr zu wünschen, daß es mehrere sind).[1] Das ist alles, was die Verordnungen und die Vorschriften der Ämter hergeben. Freilich werden wir nach drei Jahren eine neue Bittschrift für drei weitere Jahre vorlegen und darauf wieder eine für drei weitere und so fort, je nachdem, ob wir mit viel oder wenig Bescheidenheit aufwarten, und es wird wenig sein. Lassen Sie uns nur machen!

Es geht hier ein wenig besser. Mehr Blut. Mehr Eiweiß. Doch eine teuflische Laune ist zu ertragen – von mir, vom Kind, vom Gesinde.

Endlich ist der heilige Bruder[2] von der Schwester getrennt. Es ist sehr gut abgelaufen. Bei der Teilung forderte er nichts, doch sie hat ihm alles zugeschoben.

Heute war ich eingeladen, mit Suard und Damilaville nach Grandval zu fahren. Ich habe diese Partie abgelehnt, um nicht die Rolle zu spielen, die Sie leicht erraten werden. Suard hat Madame d'Aine nie besucht.

Morgen fahren wir nach Marly. Ich weiß nicht, ob ich Ihnen schon erzählte, daß wir vor ungefähr vierzehn Tagen in Meudon waren. Dies ist ein schönes Fleckchen, das ich noch nicht kannte.

Anfang Oktober werde ich es mir leisten, mich völlig zurückzuziehen, um Arbeiten zu erledigen, die ins Stocken geraten sind, und um mich ein wenig um die Erziehung meines Töchterchens zu kümmern. Die Mutter weiß nicht mehr, was sie machen soll, und läßt nun endlich zu, daß ich mich einschalte.

Es ist beinahe einen Monat her, daß ich Sie zu fragen mir vornahm, ob Monsieur de Neufond die geplante Reise in die Provinz unternommen hat, und für den Fall, daß ja, ob sein Mantelsack gut mit Wäsche ausgestattet war.

Kürzlich ist mir etwas passiert, das mich zur Vorsicht mahnt, auch wenn die vielen armen Teufel darunter zu leiden haben, die herbeiströmten und von mir empfangen wurden, die jetzt aber meine Tür verschlossen finden. Unter diesen Leuten, die mir der Zufall und das Elend sandten, war einer mit Namen Glénat, der in der Mathematik bewandert war, gut schreiben konnte und kein Brot hatte. Ich tat mein Möglichstes, um ihm aus der Patsche zu helfen. Von allen Seiten erbettelte ich für ihn Schreibaufträge. Kam er zur Essenszeit, forderte ich ihn zu bleiben auf. Fehlten ihm Schuhe, schenkte ich ihm welche. Von Zeit zu Zeit gab ich ihm auch eine 24-Sous-Münze. Grimm, Madame d'Epinay, Damilaville, der Baron, alle meine Freunde nahmen sich seiner an. Er wirkte wie der ehrbarste Mensch der Welt; selbst seine Armut ertrug er mit einer gewissen Fröhlichkeit, die mir gefiel. Ich plauderte gern mit ihm. Er legte anscheinend wenig Wert auf Vermögen, Ehren und die meisten Annehmlichkeiten des Lebens.

Vor sieben oder acht Tagen schrieb mir Damilaville, ich möchte ihm diesen Mann schicken, da einer meiner Freunde ein Manuskript abzuschreiben habe. Ich schicke ihn hin. Man vertraut ihm das Manuskript an. Es ist eine Arbeit über die Religion und die Regierung. Ich weiß nicht, wie es dazu kam, jedenfalls landet das Manuskript in den Händen des Polizeileutnants. Damilaville gibt mir Bescheid. Ich gehe zu meinem Glénat, um ihn davon zu unterrichten, daß er nicht mehr mit mir rechnen könne. „Und warum, Monsieur, kann ich nicht mehr mit Ihnen rechnen? Ich habe mir nichts vorzuwerfen. Aber wie dem auch sei, wenn Sie mir Ihre Güte entziehen, so werden mir andere mehr Gerechtigkeit widerfahren lassen." – „Weil Sie kein unbeschriebenes Blatt sind." – „Unbeschriebenes Blatt? Was wollen Sie damit sagen, Monsieur?" – „Daß die Polizei ein wachsames Auge auf Sie hat und deshalb keine Möglichkeit mehr besteht, Sie weiter zu verwenden. Ich habe Sie nie etwas Strafbares abschreiben lassen. Es hatte nicht den Anschein, daß mir dies passieren könnte; doch man wird bei Ihnen, ohne einen Unterschied zu machen, ein harmloses Werk ebenso beschlagnahmen wie ein gefährliches, und dann muß man zu Polizeioffizieren, zu einem Leutnant oder sonstwohin laufen, um es zurückzubekommen. Solchen Unannehmlichkeiten setzt man sich nicht gerne aus." – „Oh, Monsieur, man setzt sich ihnen nicht aus, wenn man mir nichts Strafbares anvertraut. Die Polizei kommt nur zu mir, wenn etwas für sie da ist. Ich weiß nicht, wie sie es anstellt, aber sie täuscht sich nie." – „Ich weiß, ich weiß, Sie haben mir viel mehr verraten, als ich von Ihnen zu erfahren gehofft hatte." Und mit diesen Worten kehre ich meinem Scheusal den Rücken.

Ich hatte Gelegenheit, den Polizeileutnant[3] aufzusuchen, und so ging ich zu ihm. Er empfängt mich aufs freundlichste. Wir sprechen über die verschiedensten Dinge. Ich komme auf

diese Angelegenheit. „O ja“, sagt er zu mir. „Ich weiß. Dieses Manuskript ist hier. Es ist ein äußerst gefährliches Buch.“ – „Das kann sein, Monsieur, doch derjenige, der es Ihnen ausgehändigt hat, ist ein Schuft.“ – „Nein, er ist ein braver Junge, der nicht anders handeln konnte.“ – „Nochmals, Monsieur, ich kenne das Werk nicht. Ich kenne auch den nicht, der es Glénat anvertraut hat. Es ist eine Schreibarbeit, die ich ihm auf Umwegen zukommen ließ; doch wenn ihm das Werk nicht zusagte, hätte er es ablehnen müssen und sich nicht zu dem niedrigsten und verächtlichsten Metier des Denunzianten hergeben dürfen. Sie brauchen diese Leute. Sie benutzen sie. Sie vergüten ihre Dienste, aber es ist unmöglich, daß sie in Ihren Augen etwas anderes sind als Dreck.“
De Sartine begann zu lachen. Wir brachen unser Gespräch ab, und ich dachte auf meinem Heimweg bei mir, daß es abscheulich sei, die Wohltätigkeit eines Menschen zu mißbrauchen, indem man einem Spion Zutritt zu seinem Hause verschafft. Stellen Sie sich vor, daß dieser Glénat vier Jahre lang diese Rolle bei mir spielte. Glücklicherweise kann ich mich nicht entsinnen, ihm jemals irgendwelche Anhaltspunkte gegeben zu haben; doch wie leicht war es möglich, daß mir ein unbedachtes Wort über Dinge und Personen entschlüpfte, die mehr Respekt erfordern, als sie verdienen; daß dieses Wort boshaft ausgelegt und weitergesagt wurde und man mir einen Strick daraus drehte? Ist es nicht ein überaus glücklicher Zufall, daß ich seit einer Ewigkeit nichts Kühnes mehr schrieb? Eines ist sicher: Hätte ich selbst einen Abschreiber benötigt, so hätte ich mir keinen anderen gesucht als den, welchen ich meinen Freunden besorgte. Wenn ich daran denke, daß er im Begriff war, bei Grimm als Sekretär für die ausländischen Korrespondenzen anzufangen, zittere ich vor Entsetzen.
Ob ich will oder nicht, wer auch immer in Zukunft zu mir kommen wird, mit schmutzigen und zerrissenen Manschetten, durchlöcherten Strümpfen, abgelatschten Schuhen, strähnigem, zerzaustem Haar, einem zerlumpten Regenmantel oder irgendeinem schäbigen schwarzen Anzug, dessen Nähte allmählich aufgehen, mit dem Gesicht und der Stimme des Elends und der Ehrbarkeit – ein jeder wird mir als der Kundschafter des Polizeileutnants erscheinen, als ein

Schurke, den man mir schickt, um mich zu beobachten. Adieu, meine Freundin. Bleiben Sie schön gesund. Ich werde heute, Sonntag, auf der Insel[4] dinieren und hoffe fest darauf, dort zwei oder drei Briefe von Ihnen vorzufinden. Ich werde eine miserable Laune bekommen, wenn ich nur einen in Empfang nehmen kann; wie werde ich mich aufführen, wenn gar keiner da ist? Was für ein großes Vergnügen wäre es für mich, Sie wiederzusehen und Ihnen die Hände zu küssen, Ihnen allen beiden.

1 Vgl. den Anfang des Briefes vom 29. August 1762.
2 Der Abbé Diderot.
3 Monsieur de Sartine.
4 Bei Damilaville.

Donnerstag (23. September 1762)

Für diesen Blutfluß kann die Brechwurzel nicht das richtige Mittel sein. Eine Pille, die nur ein halbes Gramm davon enthielt, hat Übelkeit, Leibschmerzen, Krämpfe hervorgerufen und all die anderen unangenehmen Symptome wieder auftreten lassen.[1]
Ich hörte einmal, wie jemand sagte, man kenne einen Menschen nicht richtig, bevor man nicht mit ihm auf Reisen gewesen sei. Da muß man hinzufügen: und bevor man ihn nicht während einer langen, schweren Krankheit erlebte. Ich bin weniger von Müdigkeit erschöpft als von innerer Unruhe. Nachts höre ich die schmerzvollsten Klagen. Ich stehe auf. Ich will wissen, was los ist, und es ist nichts.
Sie kann nicht schlafen. Da fällt ihr ein, daß vergessen wurde, ihre Uhr aufzuziehen. Sie läutet. Das arme schlafende Mädchen muß, todmüde, wie es ist, aufstehen und wird um zwei Uhr morgens zu mir geschickt, damit ich diese Uhr aufziehe. Es sind zahllose Unverschämtheiten dieser Art, die man unmöglich mit ihrer Krankheit entschuldigen kann. Die Kranken haben die wunderlichsten Einfälle, das ist bekannt. Ihr Kopf arbeitet; sie versprechen sich zuweilen von Maßnahmen Linderung, die nicht dem gesunden Menschenverstand entspringen. Je mehr Widerstand sie in ihrer Umgebung spüren, desto mehr bauschen sie die Dringlichkeit dieser Grillen auf. Man muß sie zufriedenstellen, aus

Furcht, neben der physischen Krankheit noch eine psychische herbeizuführen; doch was tut es schon, ob eine Uhr stehenbleibt oder nicht?
Noch eins, haben Sie nicht auch schon bemerkt, daß es im Leben Umstände gibt, die uns mehr oder weniger abergläubisch machen? Da wir nicht immer den Grund der Erscheinungen erkennen, denken wir uns zuweilen die seltsamsten Ursachen aus für solche, die wir uns wünschen; und dann unternehmen wir Versuche, aus denen man schließen könnte, wir seien reif fürs Irrenhaus.
Ein junges Mädchen vom Lande nimmt blühende Disteln in die Hand und bläst darüber, um zu erfahren, ob sie zärtlich geliebt werde. Eine andere erforscht ihr Glück oder Unglück im Kartenspiel. Wieder andere sah ich alle Korbblütler auszupfen, die sie auf der Wiese fanden, und bei jedem herabfallenden Blütenblatt hörte ich sie sagen: „Er liebt mich, sehr, ein wenig, gar nicht ...", bis sie beim letzten ankamen, das für sie prophetisch war. In glücklichen Tagen lachen sie über die Prophezeiung. In kummervollen Tagen schenken sie ihr ein bißchen Glauben und sagen: Das Blatt wird wohl recht haben.
Ich selbst habe einmal Platon als Orakel befragt. Seit dreißig Tagen war ich im Turm von Vincennes eingesperrt.[2] Ich rief mir die Orakel der Alten ins Gedächtnis zurück. In meiner Tasche steckte ein Platon-Büchlein, ich nahm mir vor, es aufzuschlagen, um aus der erstbesten Stelle, die mir unter die Augen käme, herauszulesen, wie lange mein Gefängnisaufenthalt noch dauern würde. Ich schlug es auf und las oben auf einer Seite: „Die Angelegenheit ist auf dem Punkt angelangt, daß sie unverzüglich erledigt werden sollte." Ich lächelte, und eine Viertelstunde später höre ich, daß man die Türen meines Verlieses aufschließt. Es war der Polizeileutnant Berryer, der mir meine Entlassung für den nächsten Morgen ankündigte. Wenn es Ihnen im Laufe Ihres Lebens passierte, daß zwei oder drei Vorahnungen durch die Wirklichkeit bestätigt wurden, und dies bei wichtigen Gelegenheiten, so frage ich Sie, welchen Eindruck dies auf Ihren Geist macht und ob Sie nicht versucht wären, ein wenig an Eingebungen zu glauben, vor allem wenn Ihr Verstand bei einem außergewöhnlichen Gedanken Halt befohlen hatte, der weit entfernt war von jeder Wahrscheinlichkeit?

Ich weiß nicht mehr, wo ich mein Tagebuch wiederaufnehmen muß. Ich erinnere mich lediglich, daß man im Zusammenhang mit dem Abenteuer, das sich zwischen dem Präsidenten de Montesquieu und dem Mylord Chesterfield zutrug,[3] noch eines vom ersteren erzählte. Er war in Gesellschaft von Damen, unter denen sich eine Engländerin befand. Er richtete ein paar Worte in ihrer Muttersprache an sie, die jedoch durch eine fehlerhafte Aussprache derartig entstellt waren, daß sich die Dame eines Lächelns nicht erwehren konnte. Worauf der Präsident zu ihr sagte: „Ich habe mich schon einmal zum Gespött gemacht. In Blenheim besuchte ich den berühmten Malborough[4]. Vor meinem Besuch repetierte ich alle Redewendungen, die mir in der englischen Sprache mehr oder weniger geläufig waren, und als ich mit ihm durch die Gemächer seines Schlosses ging, machte ich von ihnen Gebrauch. Fast eine Stunde schon redete ich englisch auf ihn ein, als er plötzlich zu mir sagte: Monsieur, ich bitte Sie, englisch zu sprechen, denn ich verstehe kein Französisch."

Zu Suard sagte ebendieser Präsident einmal in einem Gespräch über Religion: „Sie werden mir zugeben, Monsieur Suard, daß die Beichte eine gute Sache ist." – „Einverstanden, Monsieur le Président", antwortete Suard, „doch Sie werden auch zugeben, daß die Vergebung der Sünden eine schlechte Sache ist."

Jemand erzählte eine Anekdote vom König von Preußen[5], die von viel Scharfsinn und Gerechtigkeit zeugt. Er fuhr von Kassel aus, wie ich glaube, in eine benachbarte Stadt. Er saß in der Kutsche und blickte auf die Straße hinaus, als sein Kutscher plötzlich ohne erkennbaren Grund quer durch ein frisch bestelltes Saatfeld fuhr. Er läßt anhalten. Er ruft den Besitzer des Feldes herbei und fragt, ob er zufällig in irgendeinen Zwist mit seinem Kutscher geraten sei. Der Mann antwortet, sie führten einen Prozeß gegeneinander. Ohne noch zu fragen, wer in diesem Prozeß im Recht sei und wer im Unrecht, läßt der König den Schaden bezahlen und jagt seinen Kutscher davon.

Montag morgen sind wir im Regen nach Marly abgereist und wurden für unseren Mut durch einen wunderschönen Tag entschädigt. Was für ein Fleckchen Erde, meine Freundin! Ich glaube, ich beschrieb es Ihnen schon einmal.[6] Zuerst:

Derjenige, der den Garten anlegte, hat begriffen, daß er eine große und schöne Szenerie geschaffen hatte, die man bis zu dem Augenblick verborgen halten mußte, da sie in ihrer Gesamtheit zu überschauen sei. Unzählige Eiben, in den verschiedensten Formen beschnitten, säumen ein überaus einfach gehaltenes Parkstück und führen, allmählich aufsteigend, zu grünen Bogenlauben, deren Anmut und Eleganz sich nicht beschreiben läßt. Und diese Bogenlauben ziehen den Blick auf einen Wald im Hintergrund. Dort wurde nur der Teil der Bäume beschnitten, der die Bogenlauben unmittelbar überragt. Alles übrige ist naturhaft, dicht belaubt und wildwüchsig. Man muß die Wirkung gesehen haben, die davon ausgeht! Hätte man die oberen Zweige der Bäume ebenso beschnitten wie die unteren, so wäre der ganze Park einförmig, klein und geschmacklos geworden. Doch dieser dicht aufeinanderfolgende Übergang von Natur zu Kunst und von Kunst zu Natur schafft einen wahrhaften Zauber. Verlassen Sie diesen Teil, auf dem sich Menschenhand und -verstand in auserlesener Weise entfalteten, und steigen Sie zu den Höhen hinauf. Dort finden Sie die Einsamkeit, die Stille, die Abgeschiedenheit, den Schauder von Thebais.[7] Wie erhaben das ist! Was für ein Kopf, der diese Gärten erschuf![8]
An den höchsten Stellen zweier großer, rechts und links gelegener Flächen trifft man auf zwei riesengroße achteckige Wasserbehälter; jede Seite ist einhundertundfünfzig Fuß lang, und folglich beträgt der Umfang eintausendzweihundert Fuß. Dorthin gelangt man durch dunkle, einsame Alleen. Erst wenn man vor den Beckenrändern steht, erblickt man sie, diese gewaltigen Bauwerke. Die dunklen, einsamen Alleen sind mit traurigen und heiteren Bronzefiguren geschmückt. Die eine stellt Laokoon und seine Kinder dar, die, wie ich glaube, von der Schlange der Diana umschlungen und getötet werden. Dieser Vater, der solche großen Schmerzen leidet; dieses Kind, das den letzten Atemzug tut; jenes andere, das die eigene Gefahr vergißt und zu seinem leidenden Vater blickt – all das versetzt Sie in eine so tiefe Melancholie, und diese Melancholie paßt so vortrefflich zum Charakter dieses Ortes und zu seinem Zweck!
Wir besichtigten auch die Wohngebäude. Den Mittelpunkt

bildet ein Bauwerk, dessen Frontseite den Gärten zugewandt ist. Es stellt den Palast der Sonne dar. Zwölf einzelne, halb im Walde versteckte Pavillons um den Park herum stellen die zwölf Zeichen des Tierkreises dar. Zwischen allen Teilen herrschen so genau aufeinander abgestimmte Proportionen, daß das mittlere Schlößchen nicht ungewöhnlich groß erscheint; wenn man es aber nachmißt, stellt man fest, daß es viertausendneunhundert Fuß Fläche einnimmt. Öffnet man die Türen, ist man von der Höhe und der Weite überrascht. Die Mitte des Gebäudes nimmt einer der schönsten Salons ein, den man sich denken kann. Ich trat ein, und als ich darin stand, kam mir der Gedanke, dieser Ort müsse es gewesen sein, wohin sich der Monarch einmal im Jahr begab, um mit einer einzigen Karte zwei oder drei Herren aus dem Hofadel ihres ganzen Vermögens zu berauben.
Wieder im Garten und von der Bewunderung hingerissen, die ich Le Nôtre nicht verweigern konnte – denn der Park ist, glaube ich, sein Werk, sein Hauptwerk –, erweckte ich Heinrich IV. und Ludwig XIV. wieder zum Leben. Diesen ließ ich dem ersteren das prachtvolle Gebäude zeigen. Heinrich sagte zu ihm: „Sie haben recht, mein Sohn, es ist sehr schön; doch ich möchte auch gern die Häuser meiner Bauern in Gonesse[9] sehen." Hätte er es für möglich gehalten, daß er rings um diese geräumigen und prächtigen Paläste die Bauern ohne ein Dach über dem Kopf, ohne Brot und auf Stroh anträfe?
Ihre Briefe werden unversehrt und schneller bei mir ankommen, kein Grund zur Beunruhigung also.
Die ständige Aufeinanderfolge nützlicher und abwechslungsreicher Beschäftigungen ist es, die den Aufenthalt auf dem Lande so angenehm macht und die das Stadtleben jenen Menschen so langweilig erscheinen läßt, die Gefallen haben an den Arbeiten auf dem Land.
*Warum man um so weniger am Leben hängt, je ausgefüllter es ist?* Wenn dies stimmt, so hat es seinen Grund darin: Ein arbeitsames Leben ist für gewöhnlich ein unschuldsvolles Leben; man denkt weniger an den Tod und fürchtet ihn weniger; ohne sich dessen bewußt zu werden, ergibt man sich dem allgemeinen Schicksal der Lebewesen, die man unablässig rings um sich sterben und neu geboren werden sieht; nach-

dem man eine gewisse Zahl von Jahren Arbeiten erledigte, mit denen die Natur alljährlich aufwartet, löst man sich von ihnen, wird ihrer müde; die Kräfte lassen nach, man wird schwächer, man wünscht sich das Lebensende herbei, so wie man sich nach fleißigem Arbeiten das Tagesende herbeiwünscht; wenn man im Naturzustand, mitten in der Natur, lebt, lehnt man sich nicht gegen ihre Gesetze auf, die sich, wie man sieht, so notwendig und so universell vollziehen; wenn man so oft in der Erde grub, empfindet man weniger Widerwillen, in sie hinabzusteigen; wenn man so oft auf der Erde schlief, ist man geneigter, auch einen Fuß darunter zu schlummern; um also auf einen der vorstehenden Gedanken zurückzukommen, es gibt niemanden unter uns, der sich nicht bei großer Ermüdung sein Bett herbeiwünscht, der nicht dem Augenblick des Schlafengehens mit größter Freude entgegengesehen hätte; für manche Menschen ist das Leben nur ein langer Arbeitstag und der Tod ein langer Schlaf und der Sarg ein Ruhebett und die Erde ein Kissen, auf das man am Ende behaglich seinen Kopf legt, um ihn niemals wieder zu erheben. Ich gestehe Ihnen, daß mir der Tod unter diesem Gesichtspunkt und nach den vielen Widerwärtigkeiten, die ich ertragen mußte, so angenehm erscheint, wie es nur sein kann. Ich will mich immer mehr daran gewöhnen, ihn so zu sehen.

Da ich nicht weiß, wann meine Kranken wieder genesen werden, da meine Geschäfte noch weiterhin meine Vormittage in Anspruch nehmen und da ein großer Teil des Abends meinen Freunden, der Unterhaltung, Spaziergängen, Angéliques Erziehung vorbehalten ist, bei der ich jedoch, in Klammern gesagt, nichts ausrichten werde, weil in einem Augenblick alles erstickt wird, was ich in einem Monat säe, werde ich Ihren Brief mit der Stadtpost abschicken.

Ich weiß nicht, ob meine Briefe in Isle lange auf sich warten lassen; doch gewiß ist, daß ich es mir zur Pflicht machte, donnerstags und sonntags zu schreiben, und daß ich keine meiner Pflichten pünktlicher und freudiger erfülle.

Sanftheit und Heftigkeit vertragen sich in ein und demselben Charakter aufs beste. Ich vergleiche diese Emotionen mit der Milch, die so sanft ist und die durch Hitze plötzlich anschwillt und überläuft; doch nehmen Sie den Topf vom Feuer, blasen Sie auf die Flüssigkeit, geben Sie ein Efeublatt

hinein, einen Tropfen Wasser, und nichts ist von alledem noch zu merken.
Mademoiselle, Sie warten auf eine sichere Gelegenheit, um Ihre Briefe abzusenden. Ich werde möglicherweise ganze zehn Tage ohne Post sein; ich werde mich drein schicken, aber nur unter der Bedingung, daß ich sie nicht mehr an festgelegten Tagen erwarte, sondern daß ich sie nehme, wie sie kommen. Ich leide zu sehr, wenn ich mich falschen Hoffnungen hingebe. Ich tauge dann zu nichts mehr, weder in der Gesellschaft noch bei meinen Pflichten. Mein Gemüt leidet darunter. Ich murre wegen nichts und wieder nichts. Ich langweile mich bei allem und überall. Ich bin schlecht gelaunt und mache nur dummes Zeug. Dies soll Sie nicht bedrücken; doch Sie sollen mich auch nicht schlimmer machen, als ich bin, denn wenn kein Brief von meiner Freundin kommt, obgleich ich einen erwarte, bringe ich meine ganze Umgebung in Harnisch.
Aber sind denn der Bau des Platzes in Reims und der Bau des Kanals sehr einträglich für uns?[10] Uranie wird also bald reich sein? Bald werden wir also all die kleinen Bequemlichkeiten der Genußsucht haben, die so wesentlich sind für das Glück: das weiche Sofa, die dicken Kissen, die Porzellanvasen, die Parfüms und die Linnen aus Indien? Wir berühren also das höchste Gut mit der Hand?
Es ist ein eitles Unterfangen, zwischen richtig und falsch unterscheiden zu wollen: Die Erkenntnis des Guten und des Bösen fällt einem ewigen Wesen zu, das belohnt und das bestraft.
Gaschon hat sich aus reinstem Herzen angeboten und war gekränkt, als man es abschlug.
Und warum, bitte, wollen Sie nicht annehmen, daß ich es bin, den man als Vater des zur Frage stehenden Kindes ausgewählt hat? Ich wüßte nicht, daß ich gesagt hätte, man versündige sich an der Frau, die man liebt, wenn man sie um ihre Einwilligung bittet. Im Gegenteil, ich denke, daß man sich an ihr versündigt, wenn man sie nicht darum bittet.
Adieu, meine Freundin. Ich grüße und umarme Sie von ganzem Herzen. Es gibt viele Augenblicke, in denen mir Ihre Gegenwart notwendig und süß wäre.
Unserer teuren Schwester tausend zärtliche Grüße. Jedesmal, wenn sie ihre Gesundheit vernachlässigt, erinnern Sie sie bitte

daran, daß sie an ihren Freunden schuldig wird und daß es nur von ihr abhängt, ob ich viel erleiden muß. Doch ich weiß nicht, warum ich jetzt mich nannte, und mich ganz allein.

1 Es handelt sich um die Krankheit von Diderots Frau.
2 Im Jahre 1749. – Vgl. den Brief vom 8. August 1762, Anm. 1.
3 Das wird im Brief vom 5. September 1762 berichtet, der in dieser Sammlung nicht enthalten ist. Der mit Montesquieu befreundete Lord Chesterfield wollte diesen dadurch die Erfahrung machen lassen, „daß ein Quentchen gesunder Menschenverstand mehr wert ist als hundert Pfund Geist".
4 Gemeint ist wahrscheinlich dessen Sohn, da der „berühmte" General Malborough bereits 1722 gestorben ist, Montesquieu aber erst 1729 nach England kam.
5 Friedrich II.
6 Vgl. den Brief vom 10. Mai 1759.
7 In der Antike das Gebiet um Theben in Oberägypten.
8 Diese Anlage stammte von dem berühmten französischen Gartenarchitekten André Le Nôtre (1613–1700), der auch den Park von Versailles gestaltete.
9 Dorf unweit von Grandval.
10 Mit der Leitung dieser Arbeiten war Monsieur Legendre betraut.

Sonntag (26. September 1762)

Bei dieser Krankheit geht es ständig auf und ab, so daß sich die Kräfte und das Körpergewicht immer mehr verringern und allmählich der zarte und durchsichtige Zustand des Schattens erreicht wird. Was ich tagtäglich an Medizin und Medizinern unter die Augen bekomme, kann mir keine Hochachtung abnötigen. Man wird dumm inmitten von Schmerz und Geschrei geboren; man ist der Spielball der Unwissenheit, des Irrtums, der Bedürfnisse, der Krankheiten, der Bosheit und der Leidenschaften; vom Augenblick des ersten Stammelns bis hin zum Greisengefasel lebt man inmitten von Schurken und Scharlatanen jeglicher Art; zwischen einem Mann, der einem den Puls fühlt, und jenem anderen, der einem den Kopf verwirrt, haucht man sein Leben aus; man weiß nicht, woher man kommt, warum man gekommen ist, wohin man geht – und dies wird als das größte Geschenk unserer Eltern und der Natur bezeichnet, als das Leben.

Wir verbrachten einen Teil der überaus angenehmen Tage

mit einem Mann, von dem ich Ihnen noch nie erzählte: Montamy. Niemand ist gebildeter als er. Niemand hat mehr Urteilsvermögen und ein feineres Benehmen. Alles ist seinem Pflichtgefühl untergeordnet, er hält seinem Herrn die Treue und sagt ihm die Wahrheit ins Gesicht, ohne ihn zu kränken; die Feinde und Bösewichter, von denen er umgeben ist, können ihm nichts anhaben; er geht zur Messe, ohne allzu gläubig zu sein; er achtet die Religion, schmunzelt aber, wenn man über sie Späße macht; er hofft auf die Auferstehung, ohne richtig zu wissen, was er von der Natur der Seele halten soll; im übrigen ist er ein dickes Knäuel widersprüchlicher Gedanken, die eine Unterhaltung mit ihm ungemein kurzweilig machen. Ich erzähle Ihnen von ihm, weil wir am nächsten Mittwoch alle bei ihm dinieren werden: Der Baron wird aus Voré zurück sein, die Baronin aus Grandval, Grimm aus Saint-Cloud, Madame d'Epinay aus La Briche; hinzu kommen die anderen wie Suard, d'Alainville und ich, die wir nicht aus Paris herausgekommen sind und uns ebenfalls dort einfinden werden. Ich habe solche Zusammenkünfte gern, nicht nur weil ich Vergnügen daran finde, sondern auch, weil es mir Spaß bereitet, Sie damit zu unterhalten. Der kleine Abbé[1] wird mit seinen Geschichten auch dabeisein. Ich weiß nicht, woher er sie nimmt, seine Quelle ist schier unerschöpflich. Das letzte Mal, als wir mit ihm zusammen waren, erzählte er uns von einer Frau, die im Sterben liege, sie sterbe an einer grausamen Krankheit, die man mit großer Lust aufnehme, und der Priester, der sie auf den Tod zurüstete, habe zu ihr gesagt: „Nun, Madame, ergeben Sie sich in den Willen Gottes; legen Sie Ihr Leiden in Seine Hand." – „Ein schönes Geschenk für Ihn!" war die Antwort der Kranken. Und eines Tages habe einer seiner Freunde die Messe gelesen, er selber habe dabei ministriert. Dieser Freund war ein Mathematiker und folglich ein sehr zerstreuter Mensch. Mit einemmal verliert er das heilige Meßopfer aus den Augen, beginnt, über die Lösung irgendwelcher Gleichungen nachzusinnen und bleibt eine beträchtlich lange Zeit mit erhobenen Armen dastehen, was die einen sehr erheitert, die anderen aber verdrießt. Der kleine Abbé gehörte zu den letzteren. Er zupft seinen zelebrierenden Freund am Meßgewand. Dieser taucht aus seiner Geistesabwesenheit wieder auf, doch er weiß nicht mehr, wie weit er ist. Er dreht sich um und fragt seinen Freund: „Abbé, habe ich schon den Segen gesprochen?“ Der Abbé antwortet ihm: „Bei Gott, ich weiß es nicht.“ Da erwidert der Priester gezornentbrannt: „Und woran, zum Teufel, haben Sie gedacht?“ All das ist gar nicht so witzig, doch der rechte Moment, die fröhliche Atmosphäre mischen ein Riechsalz bei, das sich hinterher verflüchtigt und nicht mehr wahrgenommen wird, sobald der Augenblick vorüber ist.

Gerade wurde dem Abbé Arnaud und Suard die Redaktion der *Gazette de France* übertragen. Dies ist für den letzteren ein sicheres kleines Einkommen. Er hat darauf gewartet, um das Glück einer Frau machen zu können, die ihn wahnsinnig liebt. Er wird sie heiraten, wenn er ein ehrbarer Mann ist und sich von mir nicht raten läßt.

Während der Abwesenheit meiner Freunde, die rings um Paris verstreut sind, verlaufen meine Tage ziemlich eintönig. Ich stehe spät auf, weil ich faul bin, lasse mein Töchterchen ein Geschichtskapitel und eine Klavierlektion wiederholen, gehe an meinen Schreibtisch, sehe bis zwei Uhr die Korrekturbögen durch, dann Diner, Spaziergang, Pikettspiel, Souper, und am nächsten Morgen dasselbe von vorn.

Kommenden Donnerstag werde ich Ihnen die beiden Schriften senden, die zugunsten der Calas verfaßt worden sind. Das Paket wird groß sein, siebenundzwanzig Bögen in Quart. Ich warne Sie jetzt schon, es jemandem weiterzugeben. Sollte es zufälligerweise in bestimmte Hände fallen, so gäbe es mit Sicherheit einen unberechtigten Nachdruck, der den Verleger ruinieren würde.

Ich grüße und küsse Sie von ganzem Herzen. Es ist spät, ich muß zu Le Breton eilen, um die Kupferstiche in unseren zweiten Band[2] einzuordnen, der unverzüglich erscheinen soll. Ich hoffe, er wird noch mehr Beifall finden als der erste. Er ist besser in bezug auf die Stiche; er ist abwechslungsreicher in bezug auf die Themen. Wären unsere Feinde nicht die nichtswürdigsten unter den Sterblichen, sie würden vor Scham vergehen oder vor Ärger platzen.

Der achte Textband[3] geht seinem Abschluß entgegen. Er enthält eine reizvolle bunte Vielfalt. Zuweilen war ich versucht, Ihnen einige Passagen abzuschreiben. Gewiß wird dieses Werk mit der Zeit eine Revolution im Denken bewirken, und ich hoffe, daß die Tyrannen, Unterdrücker, Fanatiker und Unduldsamen das Nachsehen haben. Wir werden der Menschheit einen Dienst erweisen; doch wir werden schon lange Staub und Asche sein, bevor man uns dafür Dank weiß.

Warum werden die guten Menschen nicht zu ihren Lebzeiten gelobt, wo sie doch im Grab nichts mehr hören? Dies ist der Augenblick, Trost in dem Gebet des muselmanischen Philosophen zu suchen: O mein Gott, vergib den Bösen, weil du nichts für sie getan hast, als du sie böse werden ließest. Die Guten können nichts mehr von dir erbitten, weil du alles für sie getan hast, als du sie gut geschaffen hast.

Ich bin sehr froh, daß mir dieser Gedanke zu guter Letzt noch kam, denn ohne ihn wäre ich sehr unzufrieden mit diesem Brief. Wenn er griesgrämig ist, so deshalb, weil mein Leben es auch ist.

Lassen Sie es sich gut gehen, und lieben Sie mich immer inniglich, Sie alle beide. Seit ein paar Tagen habe ich mich in die Lektüre des närrischsten, weisesten, fröhlichsten aller Bücher gestürzt.[4]

1 Galiani.
2 Bildband der *Encyclopédie.*
3 Textband der *Encyclopédie.*
4 Es handelt sich um den Roman *Tristram Shandy* (1759) von Lawrence Sterne.

Sonntag (3. Oktober 1762)

Ich wage nichts über den weiteren Verlauf dieser Krankheit[1] vorauszusagen; gute, schlechte und abscheuliche Tage wechseln einander ab, so wie auch Appetitlosigkeit und Appetit, schmerzhafte, blutige Entleerungen und andere, die nichts Alarmierendes an sich haben. Man kann überhaupt nichts mehr herausfinden, außer daß Betrübnis und Magerkeit zunehmen und alle Kräfte schwinden. Eine Erscheinung aber erschreckt mich mehr als jede andere, es sind ihre sanfte Art, ihre Geduld, ihr Stillschweigen und – was noch schlimmer ist – ihre zurückkehrenden Gefühle der Freundschaft und des Vertrauens zu mir. Weder sie noch sonst jemand aus ihrer Umgebung kann schlafen. Nur der Arzt ist immer zufrieden. Ich glaube, er weiß nicht, was er tun soll, die Krankheit scheint eine andere Ursache zu haben als die, welche er ihr zuschreibt, doch ich wage nicht, dazu den Mund aufzumachen. Dächte ich zufällig falsch, er aber übernähme meinen Fehler, und hätte dann die veränderte Behandlung verhängnisvolle Folgen, so käme ich nie darüber hinweg. Also muß ich vom Morgen bis zum Abend einer Kranken Dinge vorsetzen, von denen ich annehme, daß sie wenn nicht für den Krankheitszustand gefährlich, zumindest aber falsch verordnet und wenig heilsam sind, ich muß die schlechte Wirkung ansehen und schweigen.

Morgen bleibe ich den ganzen Tag zu Hause und gehe erst am Abend fort. Meine häuslichen Pflichten, die ich kaum noch zu erfüllen vermag, ein besserer Gebrauch meiner Zeit und vor allem die vernachlässigte Erziehung meines Töchterchens erfordern dies.

Ich bin allein in Paris; der Baron liest in Vorrey[2] voller Entzücken seine Werke. Die Baronin langweilt sich, fern ihrer Anbeter, in Grandval; Madame d'Epinay wird, wie ich glaube, in La Briche nicht gerade guter Dinge sein, da sie allein ist. Grimm stürzt Hals über Kopf nach Westfalen. Er war mit Monsieur de Castries eng befreundet, der kürzlich schwer verwundet wurde. Er eilt zweihundertfünfzig Meilen weit, um zu prüfen, wie er dem Freund helfen oder ihn trösten kann. So ist er eben. Er ist abgereist, ohne mir Zeit zu einer Umarmung zu lassen, um zwei Uhr morgens, ohne Diener und ohne seine Angelegenheiten geordnet zu haben. Nur die vielen Meilen und die Gefahr für den Freund konnte er noch sehen.

Ihr Gewissensfall lohnt nicht die Mühe, sich mit ihm zu beschäftigen: Kann man sich ein schlechtes Benehmen leisten, ohne irgendeine Ungerechtigkeit zu begehen? Hat man ein schlechtes Benehmen, wenn man seine Schuldigkeit tut? Kann man es an ihr fehlen lassen, ohne in irgendeinem Punkt ungerecht zu werden?

Ich vergaß, Ihnen zu sagen, daß ich vor vierzehn Tagen über den Fürsten Golizyn eine Einladung von der regierenden russischen Zarin erhielt, unser Werk in Petersburg zu vollenden.[3] Man bietet mir vollkommene Freiheit an, Schutz, Ehren, Geld, Würden, in einem Wort alles, was

Menschen, die mit ihrem Vaterland unzufrieden sind und die sich mit ihren Freunden wenig verbunden fühlen, in die Versuchung geraten läßt, ihrer Heimat ade zu sagen und sich auf und davon zu machen.
Ich mußte Voltaire antworten, der sich den Bitten des russischen Hofes angeschlossen hat. Er hatte seinen Kommentar zu Corneilles *Cinna* beigelegt. Ich konnte mich nicht enthalten, ihm zu sagen, all dies sei richtig, interessant und schön, weil es die Wahrheit sei; nur hätte ich ihn nachsichtiger gefunden, als ich es gewesen wäre; er habe nicht alles kritisch gewertet, was mir tadelnswert erschienen sei. Wahrscheinlich weil ihm die Schwierigkeiten der Kunst weniger vertraut sind als mir. Wer nie erfuhr, was es kostet, gut zu sein, muß sich mehr als sonst jemand durch eine Boshaftigkeit verletzt fühlen.
Wir hatten heute morgen eine Besprechung mit Damilaville und Madame d'Epinay, um Grimms Korrespondenz nicht unter dessen Abwesenheit leiden zu lassen.
Ich entnehme den Angeboten, die man uns macht: Man weiß gar nicht, daß unser Manuskript überhaupt nicht unser Eigentum ist, daß die Verleger alle Ausgaben bestritten und daß wir kein Blatt unterschlagen könnten, ohne treulos zu werden. Nun, was sagen Sie dazu? In Frankreich, dem Land der Höflichkeit, der Wissenschaften, der Künste, des guten Geschmacks, der Philosophie verfolgt man uns, und tief aus den barbarischen, vereisten Gegenden des Nordens reicht man uns die Hand? Wenn man diese Tatsache in der Geschichte festhält, was werden unsere Nachfahren darüber denken? Ist dies nicht eine der kräftigsten Ohrfeigen für einen gewissen Omer de Fleury, der uns vor ein, zwei Jahren diese schöne Anklage einbrockte, von der Sie wissen?
In einer anderen Seelenverfassung bereitete mir diese Episode einiges Vergnügen; doch meine Seele hat sich allen angenehmen Empfindungen verschlossen. Es gibt nur wenige Dinge im Leben, die mir momentan ein Lächeln entlocken könnten. Sie haben recht, Uranie; alles ist vergeblich, alles ist trügerisch, und es lohnt sich kaum die Mühe, für all das zu leben. Es ist besser, wenn ich kurzerhand aufhöre, statt diesen Gedanken weiter nachzuhängen, da jene, die ich am meisten liebe, darin eine Unfreundlichkeit erblicken könnten.
Doch muß ich denn wirklich unter diesem Zwang handeln,

aus Angst, sie zu verletzen? Und wenn ich mich dazu zwinge – wird nicht trotzdem das, was ich sage, was ich tief in meinem Herzen empfinde, was ich denke, was ich fühle, was ich beschließe, sie unbewußt verletzen können? Ich verlange nichts weiter, als glücklich zu sein. Ist es meine Schuld, wenn ich es nicht bin? Ist es meine Schuld, wenn ich bei allen Dingen nur die Mängel sehe und ihretwegen bedrückt bin, wenn das ganze Leben nichts weiter ist als eine Lüge, eine Kette trügerischer Hoffnungen? Man begreift dies zu spät. Wir sagen es unseren Kindern, die es uns nicht abnehmen. Sie haben graue Haare, wenn sie zu dieser Einsicht kommen.

Adieu, lassen Sie es sich gut gehen! Werfen Sie dieses verdrießliche Geschwätz weg! Sollte ich einen Augenblick lang Ihre Freude getrübt, Ihr Glück, Ihre Ruhe gestört haben, so gleiche ich jenem Manne, der, dick wie sechs andere zusammen, im Gedränge fast zu ersticken glaubte und deshalb schrie: „Verfluchtes Gedränge! Solch ein Volk!, etc., etc.“ Jemand in seiner Nähe sagte zu ihm: „Nanu, du verfluchtes wandelndes Bierfaß, worüber beklagst du dich? Siehst du nicht, daß dieses Gedränge noch fünfzigtausendmal größer wäre, wenn alle anderen so wären wie du?“

Was fällt mir ein – gerade mir, der ich vielleicht meiner ganzen Umgebung Kummer bereite, der ich das Leben der mir teuersten Menschen vergifte –, das Leben so lautstark anzuklagen? Ach, wenn alle anderen ebenso laut schreien wollten wie ich, man könnte sein eigenes Wort nicht mehr verstehen; es herrschte der unerträglichste Lärm auf Erden! Wenn alle anderen ebenso rappelköpfisch, ungerecht, unbequem, sensibel, argwöhnisch, eifersüchtig, närrisch, dumm, töricht und brummig sein wollten, wäre es nicht zum Aushalten. Wohlan, wenn man nicht mehr wert ist als jene, von denen man behauptet, daß sie nichts taugen, so sollte man sie dulden und sollte schweigen. Ich dulde also und schweige. Adieu.

Anbei Mariettes Verteidigungsschrift. Ich werde Sie letzten Endes noch dazu bringen, am Landleben Gefallen zu finden.

1 Krankheit von Diderots Frau.

2 Das heißt in Voré (Perche) bei Helvétius.

3 Die Zarin Katharina II. hatte vorgeschlagen, die *Encyclopédie* in Rußland fertigzustellen.

Donnerstag (14. Oktober 1762)

Hören Sie sich an, wie der Tag bei mir aussieht, und Sie werden merken, daß er fast ebenso aufreibend ist wie der Ihrige. Meine Gedanken kreisen ständig um eine wichtige Frage, die mich auf Schritt und Tritt tyrannisiert. Sie verfolgt mich auf der Straße. Sie macht mich in Gesellschaft zerstreut. Sie unterbricht mich in den wichtigsten Beschäftigungen. Sie beraubt mich des Nachts meines Schlafes.

Erinnern Sie sich an die Farce vom Meister Pathelin? Zug um Zug werde ich Monsieur Guillaume ähnlicher, der in seinem Plädoyer immerfort sein Tuch und seine Hammel durcheinanderbringt.[1] Meine Frage, das ist das Tuch. Alles übrige, das sind meine Hammel. Spricht man von den Hammeln, so tue ich es auch; doch lange kann ich nicht davon reden, ohne daß sich mein Tuch hereindrängt.

Morgens bin ich bei meinen Hammeln; ich hüte das Haus, ich widme mich der Erziehung des Kindes, ich pflege die Mutter, wenn das Dienstmädchen außer Haus ist. Nebenbei entwerfe ich ein Blatt für Grimm. Ich habe zwei reizende verfaßt, das eine über die Malerei[2], das andere über die Religion[3]. Das erste ist bereits abgegangen, so werden Sie es also nicht zu sehen bekommen. Das zweite werde ich Ihnen schicken. Ich vergaß Ihnen zu sagen, daß mir diese verflixte Frage fortgesetzt einen Bammel einjagt; immer wieder kommt es mir so vor, als hätte ich mich an irgendeiner Stelle geirrt. Ich habe Zweifel an den klarsten Aussagen; von einem Augenblick zum anderen scheint mir alles kaputt oder völlig anders zu sein, und schon bin ich wieder von meinen Hammeln zu meinem Tuch zurückgekehrt.

Doch ist das Wort ‚Bammel', das man in unserer Mundart für eine Herzbeklemmung verwendet, die durch panischen Schrecken hervorgerufen wird, überhaupt hochsprachlich? Hochsprachlich oder nicht, was tut's schon! Es drückt gut aus, was ich sagen will.

Zwischen eins und zwei diniere ich bei mir zu Hause. Um drei bin ich bei Le Breton. Dort arbeite ich bis sieben, halb acht. Dann beeile ich mich fortzukommen, ob meine Arbeit nun geschafft ist oder nicht. Ich will nicht, daß mich diese Leute zum Souper einladen, weil ich mir geschworen habe, nie wieder dort zu essen, und zwar aus dem einen Grund, den ich Ihnen sagen werde, obgleich er die Mühe

nicht lohnt, niedergeschrieben zu werden. Kurz und gut, sie sind geizig und legen allzu großen Wert auf eine schlechte Mahlzeit, als daß man sie um diesen Preis annehmen könnte. Zwischen acht und neun laufe ich zum Quai des Miramiones, um einen Brief zu holen, den ich jedoch nicht vorfinde. Ich gehe bis zur Straßenecke Femme-sans-tête.[4] Es ist fast zehn, wenn ich nach Hause zurückkehre.
Monsieur de Sallignacs Affäre ist abscheulich. Man treibt seine Schulden auf 18 000 000 Francs hoch. Die Begleitumstände bringen seine Frau fast um und drücken Ihrer Frau Mutter schier das Herz ab. Sie sieht, in welches Unglück Madame de la Fargue gerät. Sie fürchtet, Monsieur de la Fargue könnte seine Stellung verlieren; und diese Verkettungen sind leider nur allzu wahrscheinlich.
Dienstag abend traf ich mich mit Ihrer Frau Mutter, und zwar auf ein zweites Billett hin, das sie mir in Le Bretons Haus geschickt hatte. Sie erwarte mich am Abend. Sie sei sich dessen vollkommen sicher, daß ich sie nicht im Stich lassen werde, denn es gehe darum, ihr einen Dienst zu erweisen. Das sind die Worte ihres Briefes und die der Unterhaltung, die sie mit mir führte. Sie erschien mir ein wenig verändert. Ich traf um sechs Uhr ein. Es wurde Feuer in ihrem Ofen gemacht. Wir plauderten anderthalb Stunden recht angenehm über ihre Angelegenheiten, über die meinen, über ihre Gesundheit, über ihr Unglück, über die Zeit, die sie noch zu leben habe, und schließlich über den kleinen Dienst, den ich ihr erweisen sollte.
Monsieur de Sallignac verdankt dem Herzog von Orléans irgend etwas. Deshalb hat Monsieur Duval eine Bittschrift zugunsten von Fayolle an den Herzog gerichtet, und ich soll es übernehmen, sie entweder dem Abbé Omelanne oder Montamy zu übergeben. Es ist sehr schade, daß Grimm abwesend ist. Er ist mit Fontaine befreundet, der viel vermag und der diese Angelegenheit für ihn erledigt hätte, sofern der Rat des Herzogs keine Einwände erhebt, die Sie sich leicht denken können, ohne daß ich sie Ihnen nenne. Die Umstände und der Name sind nicht günstig. Ich gehe heute morgen wieder zu ihr. Wir werden unser Bestes tun.
Madame de Sallignac kennt ihren Gatten. Können Sie sich eigentlich vorstellen, daß dieser alte und niederträchtige

Tropf die Deschamps besessen hat? Sie werden nichts von Ihren dreißigtausend Francs verlieren. Ihre Frau Mutter hätte Ihnen bereits alles genau erklärt, was sich ereignete, seit sie hier ist, sofern sie der Meinung gewesen wäre, es mit gutem Gewissen tun zu können.

Madame de Sallignac habe ich noch nicht besucht. Die gerichtlichen Siegel wurden unterdessen entfernt, und überall in ihrem Haus waren Leute vom Gericht. Ich hoffe und ich fürchte, sie morgen zu treffen. Im Verlauf der Unterhaltung sagte mir Ihre Frau Mutter zweierlei. Das eine: Selbstverständlich überlasse sie ihre Tochter nicht ihrem Kummer und ihren Schwierigkeiten. Das andere: Mit dem Ende dieser Affäre sei erst in vier Monaten zu rechnen. Was schlußfolgern Sie daraus? Wird sie Sie während dieser Zeit allein in Isle lassen? Wird sie Sie nach Paris rufen? Wir werden sehen.

Oh, verzeihen Sie mir, ich habe so viele Glückwünsche empfangen! Ich erhielt einen von Angélique, zusammen mit einem schönen, hübsch kitschigen Geburtstagsgedicht. Ich erhielt einen von Madame Diderot, der sehr freundlich ausgesprochen und entgegengenommen wurde. Ich erhielt einige von Freunden. Ich wurde auf dem Quai des Miramiones und auf dem Quai de Bourbon mit Blumen beschenkt.

Der Morgen war recht schön. Wir haben uns eine Kutsche gemietet und sind nach ‚Maisons' gefahren, um uns das Gebäude anzusehen, das von dem Präsidenten gleichen Namens und vom berühmten Mansart erbaut wurde. Dem letzteren war gesagt worden: „Hier ist Platz, hier ist Geld, machen Sie damit was Ihnen gefällt."[5] Ich kannte diese Anekdote bereits vor unserer Fahrt und stellte mir vor, der Architekt hätte einen riesigen Palast erbaut. Er hatte viel Besseres geschaffen, denn was ich sah, ließ mich vor Scham vergehen und flößte mir eine hohe Meinung von diesem Künstler ein. Das Schloß Maisons ist nicht das Haus eines Königs, eines Fürsten, eines Financiers, eines reichen Privatmannes, sondern genau das eines Ersten Präsidenten.

Der Baustil ist ganz schlicht. Unmöglich, Türen und Fenster zu finden, die mehr Schönheitssinn beweisen. Keine Säulen, ausgenommen an der Gartenseite, an der einige wenige die Fassade zweier Erker zieren. Bei aller Schlichtheit ist man

überall von der Eleganz, der Hoheit und der Anmut berührt. Denselben Charakter haben die Gärten. Das Schloß liegt im Mittelpunkt von vier großen, breiten Alleen, die sich allesamt mehr als eine Meile weit erstrecken. Unterhalb der Gärten fließt die Seine, die dort wahrhaft majestätisch wirkt. Wenige oder gar keine beschnittenen Bäume, wenige oder gar keine Rasenplätze, alles völlig natürlich und wildwüchsig. Auf der einen Seite schaut man zum Fluß, auf der anderen fällt der Blick auf die Gebirge.
Eine Empfindung, die ich noch nirgends hatte, war diese: Je länger ich dort verweilte, desto mehr gefiel es mir; je mehr ich betrachtete, desto mehr bewunderte ich, weil ich selbst in den kleinsten Dingen, selbst im Gitterwerk, jene Übereinstimmung der Wohnstätte mit Rang und Charakter des Menschen fand.
Eine einzige Statue sah ich, mittelmäßig zwar in der Ausführung, doch schön in der Idee. Es ist eine *Kleopatra,* die dem Schicksal trotzt; sie ist nackt, sie ist schön, wenn man mit einem wilden Blick schön sein kann; die Schlange schlingt sich mehrmals um ihre Arme und um ihren Kopf, dessen Bedeckung sie zu sein scheint.
Große Wirkungen erwachsen stets aus der Verbindung wollüstiger mit schrecklichen Gedanken; zum Beispiel wenn schöne halbnackte Frauen uns in den blutigen Hirnschalen unserer Feinde ein köstliches Getränk darreichen. Dies ist das Modell aller erhabenen Dinge. Die Seele öffnet sich dem Vergnügen und erschaudert vor Entsetzen. Diese gemischten Empfindungen halten sie in einem wundersamen Zustand; und das Eigentümliche des Erhabenen ist, daß es uns in außergewöhnlicher Weise durchdringt.
Doch sagen Sie mir, wie kann es zwischen einem Steinhaufen und dem Charakter eines Menschen irgendeine Beziehung, irgendeine Übereinstimmung geben? Welches ist das Prinzip dieses Zusammenhanges? Man muß, glaube ich, bis zur Wohnstätte des Herrschers hinaufsteigen; sein Palast ist die Richtschnur. Geben Sie Versailles die Schlichtheit des Palais Maisons, und des Palais Maisons wäre zu prunkvoll als Wohnhaus eines Ersten Präsidenten. Dies betrifft sowohl das Ganze als auch gewisse Details. Andere freilich sind vom Ort abhängig und bringen uns den Menschen näher oder in Erinnerung. Eine wilde Gegend, eine düstere Ge-

gend, eine bevölkerte Gegend passen nicht gleich gut zu ein und derselben Person.
Ich sagte, wenn eines Tages feste Moralprinzipien aufgestellt wären, so gingen aus diesem Stamm unzählige kleine Äste hervor, welche selbst die unscheinbarsten Tugenden wieder anzögen und daran befestigten. Diese wären wie die Blätter eines Baumes, die sich zu Hunderten von ihm lösen können, ohne ihm sichtbaren Schaden zuzufügen, die ihm in Wirklichkeit aber doch ein wenig schaden. Legte man die Geschmacksprinzipien fest, so umspannten sie alles, bis hin zur Borte, die das Kleid eines Modedämchens ziert. Die Welt wird noch viele Jahre bestehen, ehe diese beiden Aufgaben erfüllt sind. Es gibt jedoch keine wichtigeren. Sie schließen alle Einzelheiten ein, die Güte und Schönheit ausmachen.
Adieu, meine guten und zärtlich geliebten Freundinnen, die ich Sie so sehr liebe, daß ich für Sie das tue, was die Gläubigen für Gott tun: alles, um sich bei ihm beliebt zu machen. Sie beide sind das Ziel meiner Gedanken und meiner Handlungen. Gibt es etwas Gutes zu tun, so tue ich es und sage mir: Sie werden es erfahren und mich um so mehr schätzen. Ich könnte aus freien Stücken hochherziger sein, doch Ihr Lob ist mir zu süß, als daß ich mich seiner berauben möchte. Freilich, sobald es gesagt ist, sobald ich Ihr Lob höre, habe ich meinen Lohn empfangen, und die Sache ist vollständig vergessen.
Ich muß schließen, um mich anzukleiden und wegen der Bittschrift zur Rue des Vieux Augustins zu laufen. Ich verspreche mir nicht viel davon, doch wennschon! Ob die Verzögerung dieser Angelegenheit Sie hierher zurückführen wird? Doch man darf einen solchen Gedanken nicht aufkommen lassen. Es wäre zu hart, sich getäuscht zu haben.
Tausend Küsse an Sie alle beide. Ich werde zu Morphyse nie ein herzliches Verhältnis bekommen, noch sie zu mir. Ich weiß nicht, woran das liegt.
Vergessen Sie mich nicht!

1 Die Farce vom Maître Pathelin (niedergeschrieben zwischen 1464 und 1470) zählt zu den Meisterwerken der frühen französischen Literatur. Zwei Fälle von Betrügereien mit Tuch und mit Schafen führen zu komischen Verwicklungen in der Gerichtsverhandlung.

2 Es geht um den Artikel zu den *Recherches sur la peinture* von Webb, der in Grimms *Correspondance littéraire* vom 15. Januar 1763 erschien (Bd. 5, S. 200–206).

3 Ob es sich hierbei um die *Pensées sur la Religion* handelte, aus denen die *Addition aux Pensées philosophiques* hervorging, ist ungewiß.

4 Zu Damilaville.

5 Das Schloß Maisons nordwestlich von Paris wurde 1642 bis 1651 von François Mansart für René de Longueil, den Präsidenten am Pariser Gerichtshof, erbaut.

Sonntag (17. Oktober 1762)

In dem kleinen Bericht, den ich Ihnen von unserer Reise nach Maisons[1] gab, vergaß ich, Ihnen zu erzählen, daß wir, als wir in dem Dorf keine geeignete Herberge fanden, uns an einen Pächter des Gutsherrn wendeten.

Dieser Mann ist fünfzig Jahre alt, seine Frau zweiundvierzig. Sie haben zwölf Kinder und wünschen sich noch mehr. Wir wurden sehr gut aufgenommen. Wir aßen Fleisch und Fisch. Wir ließen unsere Gastgeber am Tisch Platz nehmen; und diese beiden Tischgenossen bescherten uns eine ungezwungene ländliche Fröhlichkeit besonderer Prägung, die unter uns allein nicht aufgekommen wäre. Wir hatten sechs Flaschen Wein mitgebracht, darunter zwei Flaschen Champagner. Sie gaben zwei von dem ihrigen hinzu. Gegen Ende der Mahlzeit waren wir alle in Stimmung. Der gute Pächter schäkerte mit seiner Frau und machte ihr gewisse Vorschläge. Die gute Pächterin sah nur ein Hindernis, nämlich daß weit und breit weder Pate noch Patin auszumachen sei. Madame Duclos und ich räumten dieses Hindernis aus dem Wege, worauf man uns das Ehrenwort gab, daß wir, noch bevor wir über die Seine gesetzt hätten, ein angefangenes Patenkind besäßen; und ich versichere Ihnen, diese gesunden und kräftigen Leute hielten uns eher zwei- als einmal Wort.

Der Herr von Maisons, jener, der das von mir beschriebene schöne Schloß bewohnt, ist ein Monsieur de Soyecourt, ein ehrloser Mann, der sich dorthin verkrochen hat und vor Scham und Langeweile beinahe umkommt. Sein Pächter ist unter seinem Hüttendach glücklicher als Monseigneur unter seinem vergoldeten Deckgetäfel. Weil der Pächter ein gutes und Monseigneur ein schlechtes Gewissen hat. Die Sanftmut, die in Jean-Jacques-Nicolas Bleds Seele ruht, breitet sich auf alles aus, was ihn umgibt; das Gift, das in César-Alexandre-Victor de Soyecourts Seele ruht, breitet sich auf alles aus, was in seiner Nähe ist; deshalb ein Hoch auf Jean-Jacques-Nicolas Bled und pfui über César-Alexandre-Victor de Soyecourt! Bled ist der Name unseres Pächters.

Diese Partie, die bereits fest geplant und kaum noch zu verschieben war, hinderte mich daran, Ihre Frau Mutter auf ihr erstes Billett hin aufzusuchen. Im zweiten sagte sie mir, sie erwarte mich, um ihr einen Dienst zu erweisen, und zweifle nicht daran, daß ich zu ihr eile. Sie hatte recht. Ich eilte tatsächlich.

Es handelt sich darum, Monsieur le duc d'Orléans eine Bittschrift vorzulegen, um Fayolle die Leitung irgendeines Salzsteueramtes zu verschaffen, mit der der Großvater und dann der Vater betraut gewesen war. Doch welche Aussicht auf Erfolg besteht bei dem Ruf, den letzterer hinterließ? Ich werde mein Bestes tun. Montamy ist der erste, der mir dafür nicht zur Verfügung steht. Grimm ist weit weg. Fontaine kenne ich nicht, und der Abbé Omelanne, der mir noch bleibt, ist in Saint-Cloud.

Ich wollte Donnerstag früh die Bittschrift holen. Ihre Mutter hatte sich eingeschlossen. So ging ich zu Madame de Sallignac, obgleich ich mich sehr davor fürchtete, sie zu treffen. Sie saß neben ihrem Feuer, allein. Ich sagte kein Wort zu ihr, noch sie zu mir. Sie begann heiße Tränen zu weinen, und ich gleichfalls. Was ich stammelte, als sich diese erste Erschütterung ein wenig gelegt hatte, weiß ich nicht, ebensowenig, was sie antwortete. Sie sprach dann von dem Herzeleid, das sie von morgens bis abends zu ertragen habe. Durch Mark und Bein ging es mir, als ich sie schreien hörte: „Ich habe weder Haus noch Herd; ich habe kein einziges Hemd mehr; will ich ein Bett für mich und meine Tochter, so muß ich es mir kaufen!" Diese Vorstellung, kein Zuhause mehr zu haben, entsetzte mich ebensosehr wie sie, und so fingen wir von neuem an, tief bekümmert zu sein.

Darüber kam Ihre Frau Mutter mit Mademoiselle Boileau. Ich fand Ihre Mutter sehr gealtert, und Mademoiselle

Boileau machte eine etwas saure Miene. Das ging vorüber. Wir plauderten noch ein wenig. Es wurde Zeit, zum Baron zu gehen. Ich nahm die Bittschrift. Und machte mich davon.
Ihre Frau Mutter bat mich um ein paar Bücher zur Unterhaltung, ich schickte ihr gestern einige. Ich werde heute abend zwischen fünf und sechs wieder zu ihr gehen.
Kommen wir nun kurz zu unseren eigenen Angelegenheiten. Zweifellos bestehen zwei Möglichkeiten, alle Dinge zu regeln. Doch die eine, die unser Glück herbeiführte, setzt Wohlwollen voraus, die andere, die uns auf immer trennte, Abneigung. Nun frage ich Sie, welchem der beiden Gefühle wird man folgen? Wird es etwa das sein, das man nicht besitzt? Sie geben sich falschen Hoffnungen hin, meine Freundin. Wir werden uns lange nicht sehen. Ihre Briefe treffen in großen Zeitabständen bei mir ein, doch es geht kein einziger verloren.
Meine Kranke ist außer Gefahr, ihre Kräfte kehren aber nur langsam zurück. Das Faulenzen und das Liegen, zu dem sie verurteilt ist, die strenge Diät, die eingehalten werden muß, die Tatenlosigkeit, die durchzustehen ist, die Arbeit, die ringsum getan werden müßte, die übermäßigen Ausgaben, die ihrer Meinung nach zu lange nötig sind: all diese dummen Umstände bekümmern sie und bringen sie dazu, wie ein Kind zu weinen.
Ich bedaure Sie sehr, daß Sie auf solches Gesindel angewiesen sind. Clairet[2] muß ein charakterloses Mädchen sein, wenn sie, je nachdem, wie der Wind weht, gut oder schlecht ist; das tut mir leid.
Gehaßt werden, um anderer Interessen zu wahren! Ich finde diesen Ausspruch ebenso drollig wie den einer hiesigen Kokotte, zu der ein Verwalter kam, um in Abwesenheit von Monsieur über einen Prozeß Bericht zu erstatten, von dem das gesamte Vermögen des Hauses abhing. „Lassen wir das, Monsieur, ich mische mich nicht in anderer Angelegenheiten ein." Oder wie jener Rechtsgelehrte, an dessen Bett man schrie: „Monsieur, Ihr Haus brennt!", und der sich auf seinem Kissen umdrehte und antwortete: „Sagen Sie das meiner Frau, ich mische mich nicht in Hausangelegenheiten ein." Was meinen Sie, besteht da nicht eine gewisse Ähnlichkeit?
Ich bin sehr froh, daß Sie alle beide mit meinen Briefen

zufrieden sind. Doch Ihre Frau Mutter ist eine seltsame Frau. Stellen Sie sich vor, sie fand beim Durchsuchen ihrer Papiere heraus, daß sie mit dem Zins ein Jahr im Rückstand ist. Ich lief noch einmal zu Damilaville, um zu sehen, ob eine Möglichkeit bestand, diese Geschichte ins reine zu bringen. Er hatte einen Augenblick lang schlechte Laune, dann aber setzte er für alle Fälle ein Schreiben auf.
Ich berichtete Ihnen in meinem letzten Brief von einer Wahrheit, der ich auf den Fersen bin. Nun, ich glaube, daß ich sie endlich gefunden habe. Doch man muß vorsichtig zu Werke gehen, immer wenn es sein könnte, daß man sich lächerlich macht oder daß man Ruhm erntet. Ich werde meiner Sache völlig sicher sein, sobald ich das erste Wort darüber verlauten lasse. Es ist eine Angelegenheit, die man reifen lassen muß. Es ist alles zu gewinnen, wenn man sich daran hält. Es ist wie bei jenem gewissen de Lironcourt, von dem ich Ihnen wohl schon erzählte; er hatte in seinem Achseltäschchen nur ein schlechtes Stück farbigen Glases, war aber in den zwei oder drei Monaten seiner Reise von Kairo nach Paris davon überzeugt, den berühmten Opal der Königin von Alexandrien zu besitzen. Dies ist ein Irrtum, den man, ohne Folgen fürchten zu müssen, auf sich beruhen lassen kann. In der Tat, was bedeutet's schon für den Menschen und für seinesgleichen, ob er einen Diamanten oder ein Kieselsteinchen in seinem Schmuckkästchen liegen hat?
Adieu, meine Freundinnen, lassen Sie sich's gut gehen. Schätzen Sie den Reichtum weder zu hoch noch zu gering. Und Sie, Uranie, schön, liebenswürdig und jung, wie Sie sind, seien Sie sicher, daß sie und ich einen unschätzbaren Vorteil Ihnen gegenüber haben: Es ist hundert gegen eins zu wetten, daß Sie uns überleben. Wir werden Sie stets hegen und pflegen, und Sie werden uns verlieren.
Adieu noch einmal. Ich weiß nicht mehr, welches zärtliche Wort ich Ihnen sagen, noch welche Liebkosung ich Ihnen anbieten könnte.

1 Diderot unternahm die Reise nach Maisons (heute Maisons-Laffitte) zusammen mit seinen Freunden Damilaville und Madame Duclos.
2 Zimmermädchen der Damen Volland.

(20. Mai 1765)

Meine liebe Freundin, nun fahren wir, Monsieur Vialet und ich, zum dritten Mal seines Projektes wegen zu Monsieur de Samartine, und damit sind drei Vormittage für mich an meinem Schreibtisch verloren.

Obgleich ich Mittag an Ihrer Tür vorüberkomme, werde ich nicht das Vergnügen haben, Sie zu sehen. Derselbe Wagen, der mich zur Rue Neuve-Saint-Augustin fährt, wird mich zurückbringen, da unzählige Verpflichtungen mahnen, die ins Hintertreffen gerieten. Ich bin es leid, durch Zwänge kommandiert zu werden. Wann werde ich von jeder anderen Aufgabe frei sein, um mich nur noch der einen zu widmen, Ihnen zu gefallen? Nie, nie! Ich werde sterben, ohne daß ich Ihnen beweisen konnte, wie innig ich zu lieben vermag.

Entschuldigen Sie mich vielmals bei Madame Legendre. Alles läuft weg, alles sagt sich los. Lauter tyrannische Dinge drängen sich zwischen die Pflichten der Liebe und der Freundschaft; und man tut nichts Gutes; man lebt weder seinem Streben noch seiner Neigung, noch seiner Leidenschaft; man lebt, unzufrieden mit sich selbst. Eines der großen Ärgernisse, die der Zustand der Gesellschaft mit sich bringt, ist die Vielzahl der Verpflichtungen und insbesondere die Leichtfertigkeit, mit der man Pflichten übernimmt, die über Wohl und Wehe entscheiden. Man heiratet; man ergreift einen Beruf; man hat eine Frau, Kinder, ehe man gesunden Menschenverstand besitzt. Oh, könnte man noch einmal beginnen! Diese Worte des Bedauerns hat man ständig auf den Lippen, und ich sage sie allem nach, was ich getan habe, nur nicht, teure und zärtlich geliebte Freundin, der süßen Verbindung, die ich mit Ihnen eingegangen bin. Wenn ich etwas bedaure, so all die Augenblicke, die ihr geraubt werden.

Ich grüße und umarme Sie von ganzem Herzen.

Anbei ein Stoß Briefe, die Sie bitte an ihre Adresse weiterleiten wollen.

(31. Mai 1765)

Morgen, gute und zärtlich geliebte Freundin, wird zwischen acht und neun eine Kutsche vor Ihrer Tür stehen, über die

Sie, Ihre Frau Mutter und Madame Legendre den ganzen Vormittag verfügen können. Ich hoffe, Madame Legendre schlägt mir das Diner nicht aus. Nach dem Diner werden wir, gleich ob schönes oder schlechtes Wetter ist, in Saint-Cloud spazierengehen, wo ich Sie für eine Viertelstunde verlassen werde. Bis auf diesen Augenblick, um den es mir leid tut, werde ich die Freude haben, den ganzen Tag mit derjenigen zu verbringen, die ich liebe, was kein Wunder ist (denn wer liebte sie nicht?!), die ich aber nach acht oder neun Jahren[1] noch mit derselben Leidenschaft liebe wie an dem Tag, da ich sie zum ersten Mal sah. Wir waren allein an jenem Tag und stützten uns beide auf das grüne Tischchen. Ich erinnere mich an alles, was ich Ihnen sagte und was Sie mir antworteten. Oh, wie glücklich war jene Zeit am grünen Tisch!
Guten Abend, gute Freundinnen, tausend Grüße und ebenso viele Empfehlungen.

1 Diderot täuscht sich hier; in Wirklichkeit lernte er Sophie bereits ein oder zwei Jahre früher kennen. (Vgl. die Briefe vom 12. Oktober 1759 und vom 2. September 1760!)

(5. Juni 1765)

Ob ich leide?
Mehr als je zuvor, und ich verdiene es voll und ganz. Ich habe wie eine neunköpfige Raupe gefressen oder wie unser Freund Monsieur Gaschon bei einem auserlesenen Diner. Ich habe die verschiedensten Weine getrunken, eine heimtückisch große Melone wartete auf mich, und meinen Sie, ich hätte einem riesigen Käse widerstehen können? Und dann Liköre und Kaffee und schließlich eine abscheuliche Magenverstimmung, die mich die ganze Nacht auf den Beinen hielt und mich zwang, den Vormittag zwischen der Teekanne und einem anderen Gefäß zu verbringen, das zu nennen nicht schicklich ist. Gott sei Dank, nun habe ich mich für zehn Jahre gereinigt; und vielleicht jagt dieses Mißgeschick den Rheumatismus auf und davon – den ich übrigens gern mein Zipperlein nenne –, denn sobald meine Brust sich besser befindet, ist es mein linker Daumen, der mir einen teuflisch bösen Schmerz bereitet.

All das hat nichts weiter auf sich. Es gibt auf dieser Erde lediglich ein Gutes, das wirklich gut, ein Böses, das wirklich böse ist; und glücklicherweise liegt mein Anteil am Glück, den ich beanspruche, in guten Händen. Immer wenn Sie gesund und liebevoll vor mir stehen, pfeife ich auf mein Schicksal. Es kann mich nur in Ihnen angreifen, doch, meiner Treu, Sie lassen ihm wenig Beute.
Ich habe zu Hause zwei frische Eier gegessen; gegen vier kam ich hierher, wo ich Ihr Billett vorfand, und ich antworte darauf: ein Mensch, dem der Schlüssel zu seinem Hintern abhanden kam und den ein holpriger Weg dazu bringen wird, laute Schreie auszustoßen, kann unmöglich einen Wagen besteigen, so reizvoll auch die Reise und die Begleiterinnen für ihn sein mögen. Sollten Sie die Fahrt auf Dienstag oder Mittwoch verschieben können, werde ich ganz bestimmt dabeisein. Wenn nicht, geben Sie mir kurz Antwort, damit ich Sie hier erwarte und Ihnen für morgen eine Kutsche bestelle.
Friedrichs Werke[1] sollten Ihnen geschickt werden.
Tausend freundschaftliche, tausend respektvolle Grüße. Ich hatte hochheilig versprochen, heute in Ihrer Nähe zu dinieren und habe mich nun wegen meiner Unpäßlichkeit, der man, wie ich einer Gegenbemerkung entnahm, nur wenig Glauben schenkt, mit einem ganzen Haus überworfen. Ich ärgere mich, daß ich einmal durch meinen Gesundheitszustand, ein andermal durch meine Verpflichtungen stets der ‚Verhinderte' bin. Wann werde ich endlich gesund sein und nichts anderes zu tun haben, als Sie zu lieben und Ihnen dafür altbekannte Beweise zu liefern, die Sie immer wieder neu finden werden?
Sie berichten mir nichts von Ihren Damen. Demnach sind sie ohne irgendeinen Zwischenfall aus dem Durcheinander in Sainte-Geneviève zurückgekommen. Darüber freue ich mich.
Gute Nacht, meine Freundin. Ich grüße und umarme Sie wie gestern. Ich werde mich in Zukunft vor dem Appetit in acht nehmen, den man durch die Liebe bekommt. Gute Nacht, gute Nacht.

1 Gemeint sind die *Mémoires pour servir à l'histoire du Brandenbourg* von Friedrich II.

(Sonntag, 21. Juli 1765)

Daß es ein Traum sei, haben sie mit Recht gesagt, aber warum haben sie nicht einstimmig gesagt, daß es ein böser Traum gewesen ist? Gibt es unter ihnen jemanden, dem die Natur einen besseren Geist, eine zartere Seele, eine unverwüstlichere Gesundheit, zuverlässigere Freunde, eine bessere Freundin geschenkt hätte als mir? Nein. Das bedeutet, daß die Natur eine Närrin ist, die mit der einen Hand verdirbt, was sie mit der anderen an Gutem tut; das bedeutet, daß es ihr Spaß gemacht hat, die wenigen Bonbons, die sie ihren Kindern darreicht, mit Bittersaft zu versetzen; das bedeutet, daß das System der beiden Prinzipien, des gutartigen und des bösartigen, jenes System, das sich ganz allgemein über die Erde verbreitet hat, doch gar nicht so ungereimt ist, wie man an der Sorbonne behauptet; das bedeutet, daß man sich damit abfinden oder an Homers Jupiter glauben muß, der alles Gute und alles Schlechte des Lebens in zwei Tonnen füllte, um einen Mischregen daraus zu machen, der unaufhörlich auf die Köpfe der armen Sterblichen niedergeht, so daß die einen etwas mehr, die anderen etwas weniger mit Schlechtem oder mit Gutem benetzt werden, doch alle fast gleichermaßen durchnäßt an der letzten Ruhestätte eintreffen.

Wenn das Leben anders verliefe, wer könnte sich dann entschließen, es zu verlassen? Wenn es ein Faden reinen, ungetrübten Glücks wäre, wer wollte es dann für sein Vaterland in die Schanze schlagen oder für seinen Vater, seine Mutter, seine Frau, seine Kinder, seinen Freund, seine Geliebte opfern? Niemand. Die Menschen wären nichts anderes als eine gemeine Herde glücklicher Wesen. Keine Heldentaten mehr. Sie lebten im Rausch und stürben im Zorn. Dies ist, meine Freundin, eine angemessen lange Vorrede; alles, selbst dieser Brief, muß den Charakter der irdischen Dinge haben.

Ein paar süße Augenblicke ausgenommen, von denen Sie wissen, war seit der Wohltat der Zarin[1] alles nichts anderes als Ärger, Gram und Kummer. Da sind zum einen gute Freundinnen, die man nach Liebe schmachten und vor Ungeduld fast vergehen ließ; und wenn diese guten Freundinnen nicht glücklich sind, dann muß auch ich leiden. Da ist zum anderen die Plackerei ihres Umzuges, die mich für

ihre Gesundheit zittern ließen. Und glauben Sie, ich könnte guter Dinge sein, wenn sie beim Packen, Tragen und Stapeln der Pakete sich das Kreuz verrenken und viel Staub schlukken müssen? Eine Abreise trennt mich von ihnen, und Gott weiß, für wie lange, und läßt mich untröstlich zurück. Seit ich sie nicht mehr um mich habe, ist es eine Verkettung von Ereignissen, die mich letzten Endes wenn nicht aus Paris, so doch zumindest aus der Gesellschaft vertreiben werden.
Wie Sie wissen, wurde Monsieur Tronchin durch die Krankheit seines Teilhabers nach Lyon gerufen, und meine sechzehntausend Francs blieben in Monsieur de Saint-Marcs Händen zurück. Zunächst, es ist unerhört, wieviel kleine häusliche Zwistigkeiten mir meine zu Recht oder Unrecht auf ihn begründete Sicherheit einbrachte. Soweit, so gut, da erhalte ich von Monsieur Tronchin einen Brief für Monsieur de Saint-Marc. Ich lasse ihn sieben oder acht Tage unbeachtet, weil die finanziellen Dinge nicht zu jenen gehören, die mich bewegen. Eines Tages aber, gegen sechs Uhr abends, als ich auf ein Plauderstündchen zur teuren Schwester gehen will, komme ich an der Tür des Hôtel des Fermes vorbei. Ich erinnere mich meines Briefes und trete ein. Monsieur de Saint-Marc befand sich nicht in seinem Büro, mußte jedoch jeden Augenblick zurückkommen. Zumindest sagten mir dies seine Angestellten, denn sie sind sehr höflich. Tatsächlich, er kommt, wie sie es mir sagten. Ich gehe auf Monsieur Colin de Saint-Marc zu, er scheint mich nicht zu bemerken. Ich spreche Monsieur Colin de Saint-Marc an, er hört mich nicht. Den Hut auf dem Kopfe, entfernt sich Monsieur Colin de Saint-Marc, ich folge ihm beinahe im Laufschritt. Er erreicht sein zweites Bürozimmer; er setzt sich in seinen Sessel, ich bleibe vor ihm stehen. Ich überreiche ihm meinen Brief; er nimmt ihn, öffnet ihn, liest ihn; dann starrt er für einen Augenblick zur Decke und wirft mir schließlich den Brief auf die Ecke seines Tisches mit den Worten zurück: „Ich kann mich nicht daran erinnern."
Darauf nimmt er eine Feder, beginnt zu schreiben und läßt mich stehen, ohne noch einmal das Wort an mich zu richten. Während er, unverwandt auf das Blatt blickend, schreibt, nenne ich ihm meinen Namen und erzähle ihm meine Geschichte. Gegen Ende dieser Geschichte hält mein Mann inne, und indem er sich mit einem Finger seinen rechten

Nasenflügel reibt, sagt er zu mir: „Ach ja, jetzt erinnere ich mich daran. Ich habe Ihre Wechsel eingelöst. Ich habe keine Geldanweisungen, die ich Ihnen geben könnte. Alle wollen sie welche, das ist geradezu eine Sucht. Ich weiß nicht, wie das kommt. Ich weiß auch nicht, wann ich welche haben werde. Ich werde kaum den anderen, die welche haben, Ihretwegen das Fell über die Ohren ziehen. Kommen Sie wieder, aber ja nicht morgen. In acht Tagen, in einem Monat, in zweien." Und dann fängt mein Mann wieder zu schreiben an, und ich, ich mache mich davon.

Nun, wie finden Sie dies? Weil Monsieur Colin de Saint-Marc hunderttausend Taler Rente hat, darf er mich wie einen Dummbart behandeln. Ich war in diesem Augenblick wütend, daß ich nicht der Graf von Charolais war oder irgendeine andere wichtige Persönlichkeit und daß ich nicht mit Monsieur de Saint-Marc die Szene wiederholen konnte, die sich zwischen dem Gerichtspräsidenten de Meinières und einem Generalprokurator abgespielt hat.

Es war frühmorgens. Er war im Gehrock und trug eine schlechte, rund geschnittene Perücke, graue Wollstrümpfe und ein Seidenhalstuch, was nicht geeignet war, seinen schlechten Eindruck wettzumachen. Es ging um eine Schuldforderung über eine erhebliche Summe, mit deren Bezahlung der Prokurator keine Eile hatte. Er betritt ohne Umstände das Aktenzimmer, er wendet sich höflich an den Prokurator, denn der Gerichtspräsident von Meinières ist der sanftmütigste und höflichste Mensch von ganz Frankreich, so sagt sein Ruf und so habe ich ihn in seinem Hause wie auch bei mir stets erlebt: „Monsieur, seit langem warte ich schon. Könnten Sie mir sagen, wann ich mein Geld erhalte?" – „Ich habe keine Ahnung."

Der Gerichtspräsident stand, der Prokurator saß; der Gerichtspräsident hatte den Hut in der Hand, der Prokurator die Mütze auf dem Kopf; der Gerichtspräsident sprach, der Prokurator schrieb. „Monsieur, ich bin in Eile." – „Daran bin ich nicht schuld." – „Das mag sein; doch hier sind meine Wertpapiere, und Sie sollten mir die Gefälligkeit erweisen, sie anzusehen." – „Ich habe keine Zeit." – „Monsieur, um Gottes willen, tun Sie mir den Gefallen." – „Ich kann nicht, sage ich Ihnen." – „Monsieur ..." – „Sie stören mich. Glauben Sie denn, mein Freund, ich hätte nur

Ihre Angelegenheit im Kopf? Sie werden mit den anderen Ihr Geld bekommen. Gehen Sie also und belästigen Sie mich nicht länger." – „Monsieur, es tut mir leid, Ihnen lästig zu sein, doch Sie sind nicht der erste." – „Um so schlimmer, aber man sollte niemanden belästigen." – „Das stimmt, doch man sollte auch niemanden vor den Kopf stoßen." – „Sie sind ein Spaßvogel." – „Der größere Spaßvogel von uns beiden, das schwöre ich Ihnen, Monsieur, bin nicht ich. Sie haben Schulden bei mir. Ich brauche das Geld, ich möchte es einkassieren. Ich bitte Sie lediglich, einen Blick auf meine Wertpapiere zu werfen." – „Dann wollen wir sie uns einmal ansehen, diese Wertpapiere. Hätte man jeden Tag mit zwei Männern von Ihrer Sorte zu tun, müßte man seinen Beruf an den Nagel hängen."
Der Gerichtspräsident faltet die Wertpapiere auseinander, und der Prokurator liest: „Gerichtspräsident von Meinières etc." Und schon springt er auf: „Monsieur le président, ich bitte Sie tausendmal um Vergebung; ich hatte nicht die Ehre, Sie zu kennen, sonst . . ."
Der Gerichtspräsident nimmt ihn bei der Hand, zieht ihn aus seinem Sessel, setzt sich selbst hinein und sagt zu ihm: „Maître Soundso, Sie sind der Hochmut in Person. Es geht nicht um mich; ich verzeihe Ihnen. Doch ich habe soeben erlebt, wie unwürdig und grausam Sie mit den Unglücklichen verfahren, die mit Ihnen zu tun haben. Nehmen Sie sich in Zukunft bei allem in acht, was Sie tun. Sollte mir jemals eine Klage über Sie zu Ohren kommen, verlieren Sie den Posten, den Sie so schlecht ausfüllen. Adieu."
Nun, wie denken Sie darüber? Als mich Monsieur Colin de Saint-Marc wie jener Prokurator behandelte, wäre es da nicht sehr wohltuend gewesen, der Präsident zu sein? Sie lachen darüber, jetzt lache ich auch. Madame Legendre sagt, sie hätte sich auf Monsieur Colin de Saint-Marcs Tisch gesetzt. Doch man ist so überrascht, so wenig darauf gefaßt, plötzlich als ein Dienstbote behandelt zu werden . . .
Aber nun eine andere Sache. Thomas bewirbt sich um den Akademiepreis. Er liest mir seine Rede vor; sie verblüfft mich. Unter diesem Eindruck gehe ich zum Baron dinieren. Nach dem Diner sind wir alleine. Wir gehen bis ans Ende der Champs-Élysées spazieren. Da sagt der Baron, als wir gerade über die Redekunst sprechen: „Meiner Treu, es fehlt

uns nicht an Rednern; es gibt siebzehn Lobreden auf Descartes." Ich antworte ihm, daß ich einen kenne, der die sechzehn anderen wie Spielkarten umwirft. „Ist es vielleicht jene Rede, die mit den Worten beginnt: ‚Fünfzehnhundertundsoundsoviel brachte man Descartes' Asche aus Stockholm.'?" – „Genau die." – „Ja, es heißt, sie wäre gut. Sie kennen also den Autor?" – „Ich kenne ihn, und man braucht nicht das geringste Stilgefühl zu besitzen, um so wie ich sagen zu können, was in der zehnten Zeile steht. Sein Name ist überall zu lesen."

Daraus errät der Baron, daß es sich um Thomas handelt, und sogleich schwatzt er allerorten herum, Thomas habe mir seinen Vortrag vorgelesen, und der sei eine sehr hübsche Sache; und er vergißt dabei, daß ein Akademiegesetz bestimmt, jeden vom Wettbewerb auszuschließen, der seinen Namen bekanntgibt. Das Geschwätz des Barons kommt Thomas zu Ohren; Thomas ist völlig verzweifelt. Barthe kommt zu mir und berichtet mir, wie verzweifelt sein Freund sei, und ich überlasse es Ihnen, sich meine Gemütsverfassung vorzustellen.

Die Freude, die mir die Wohltat der Zarin bereitet hat, hält dem Schmerz nicht stand, den ich empfand. Ich trank, aß, schlief nicht mehr; ich schleppte mich dahin, mein Kopf drehte sich. Doch es kommt noch schlimmer ... Barthe selbst ist es, der mich ablenkt, ich soll mir die Lektüre einer Komödie anhören, ich soll lachen.

Nun also, meine Freundin, er hat mir seine Komödie vorgelesen, und ich habe gelacht. Sie ist in Molières Art gehalten, nur der Ton modern. Sie dachten, es gäbe nichts mehr über die Kranken und die Ärzte zu sagen. Sie werden sehen.

Das Schlimmste für Thomas und für mich ist, daß niemand von seiner Bewerbung wußte, daß er Feinde in der Akademie hat, daß es unter den Lobreden einige gab, die hervorragend waren, so daß man sie durchaus der seinigen vorziehen konnte; daß diese Entscheidung berechtigt sein kann, in der Öffentlichkeit vielleicht aber keinen Beifall findet, so daß Thomas immer glauben wird, meine Indiskretion habe ihn des Preises beraubt und halte ihn von der Akademie fern, an der man ihn aufgenommen hätte, wenn er nicht zurückgetreten wäre, als Marmontel sich meldete.

Ich werde Marmontel heute sehen. Ich werde nur ein paar Worte zu ihm sagen, die jedoch geeignet sind, Eindruck zu machen: Wenn Thomas nicht prämiert wird, obgleich er es verdient, laufe er, Marmontel, Gefahr, nicht nur für einen geschmacklosen Menschen gehalten zu werden – ein Vorwurf, den er mit den übrigen Preisrichtern teilen wird –, sondern auch für einen undankbaren – ein noch viel grausamerer Vorwurf, der allein auf ihm lasten wird.

Glauben Sie etwa, dies sei alles? Obwohl es, offen gesagt, mehr als genug ist ... Vorgestern stelle ich mich beim Baron zum Diner ein, statt diesem Gespräch aus dem Weg zu gehen. Nach dem Diner zieht mich Marmontel beiseite und vertraut mir an: „Mein Freund, ich bin verloren." – „Was ist denn los?" – „Ich bin verloren. Es gibt eine Kopie meines Gedichtes. Damilaville hat es Merlin gesagt und Merlin mir. Ich habe es nur Ihnen und noch jemandem geliehen. Haben Sie es niemandem anvertraut?" – „Nein, ich habe es ein paar Freunden vorgelesen, aber ich habe es nicht aus der Hand gegeben. Grimm, Madame d'Epinay, Damilaville, Monsieur de Saint-Lambert haben es gelesen, doch unter meinen Augen. Wer ist der andere, dem Sie es auch anvertrauten?" – „Ich war in einem Haus auf dem Lande. Ich hatte nicht den Mut, es dem Sohn des Hauses zu verweigern; er nahm es für eine Nacht. Am nächsten Morgen reiste er nach Paris. Er war vier Tage fort, und ich weiß, daß während dieser Zeit einer seiner Freunde das Gedicht zweimal für vierundzwanzig Stunden mitgenommen hat. Ich habe diesen Freund aufgesucht, er hat zwar große Lust gehabt, eine Kopie anzufertigen, hat es aber nicht getan." Ich sagte zu ihm: „Lassen wir einen Wagen kommen und fahren wir schleunigst zu Damilaville, denn ich kann nicht leben, solange diese Geschichte nicht aufgeklärt ist." – „Ich auch nicht." Wir fahren zu Damilaville. Er ist nicht zu Hause. Wir verabreden uns für den nächsten Tag. Doch was für eine Nacht stand mir bevor! Und niemand da, dem man seinen Kummer hätte sagen können, der diesen geteilt hätte! Wo sind Sie gewesen, meine Freundin?

Gestern trafen wir Damilaville an. Er hatte die Geschichte von einem gewissen Naigeon, und es war ein gewisser Du Coudray gewesen, der zu Naigeon gesagt hatte, er habe

*La Neuvaine*[2] in Händen gehabt. Und dieser Du Coudray war der bewußte Freund jenes jungen Mannes, dem Marmontel in dem Haus auf dem Lande das Gedicht geliehen hatte.

Was sagen Sie zu alledem? Marmontel hat sich selbst verflucht, dieses Gedicht verfaßt zu haben, und ich habe mich verflucht, ihn darum gebeten zu haben. Er schwor hoch und heilig, daraus Lehren zu ziehen; und auch für mich war es eine, die nie zu vergessen ich mir vornahm.

Beeilen Sie sich! Lassen Sie mich, nahe bei Ihnen, ein Nest bauen, so groß wie eine Hand, in das ich mich vor all diesen bedrängenden Kümmernissen flüchten darf. Mitten im Getümmel von achthunderttausend Leuten kann es für einen einfachen Menschen wie mich kein Glück geben. Man lasse mich im Verborgenen leben, unbekannt, vergessen, doch nahe bei der, die ich liebe; nie werde ich ihr das geringste Leid zufügen, und in ihrer Nähe wird der Kummer nicht wagen, sich mir zu nähern. Steht es bereit, dieses kleine Asyl? Willst Du es mit mir teilen? Wir werden uns frühmorgens sehen; ich werde beim Erwachen wissen, wie Du die Nacht verbracht hast; wir werden plaudern; wir werden uns trennen und danach trachten, uns schnell wiederzusehen; gemeinsam werden wir unser Diner einnehmen; wir werden weit spazierengehen, bis wir einen verschwiegenen Ort finden, an dem uns niemand entdecken kann. Dort werden wir einander sagen, daß wir uns lieben, und wir werden uns lieben; abends dann werden wir in unseren Sesseln die süße und zarte Mattigkeit abwerfen, die Vergnügen hervorrufen, und wir werden spielen, wenn das Souper allzu lange auf sich warten läßt. Wir werden mit Appetit essen, denn wir werden welchen haben. Wir werden auf einem federweichen Lager mit zufriedener Seele, freiem Geist, gesundem Körper einem neuen Tag entgegensehen, der ebenso schön sein wird wie der vorherige, und wir werden auf diese Weise eine Ewigkeit verleben, ohne daß unsere Erwartung je getäuscht wird. Der schöne Traum!

1 Katharina II. von Rußland hatte Diderot seine Bibliothek abgekauft, diese ihm aber dabei auf Lebenszeit zur Nutzung belassen, und bezahlte ihn als Bibliothekar. Damit war er in die Lage versetzt, seinen finanziellen Verpflichtungen nachzukommen.

2 Marmontel hat sein Gedicht *La Neuvaine de Cythère* (Die neuntägige Andacht der Kythera) des frivolen Inhalts wegen nicht veröffentlicht. Es erschien erst 1819 in seinen *Œuvres posthumes.*

(20. September 1765)

Dies ist Ihr zwanzigster, wie ich glaube. Ich werde am Donnerstag Ihren zweiundzwanzigsten beantworten. Wo soll ich beginnen? Ich weiß es ganz und gar nicht. Warum nicht bei unseren Abenden, da sie für sie[1] und für mich köstliche Stunden sind, die Hoffnung des ganzen Tages und der Trost in Langeweile und Überdruß? Warum sind Sie bei diesen Gesprächen nicht dabei? Sie hätten alles gehört, was gesagt wurde, und Sie wüßten alles, was ich unmöglich Ihnen wiedergeben kann.

Nein, ich glaube nicht, daß es unter dem Himmel ein ehrbareres und unschuldigeres Geschöpf gibt als diese kleine Schwester. Trotz ihres Alters, ihres Scharfsinns, ihres Verstandes als Frau und Mutter ist ihr Unschickliches in Gewohnheit, Brauch und Sitten völlig fremd; sie ist wie eine Fünfzehnjährige, sie hat nichts damit zu schaffen, und die landläufigen Dinge sind für sie Rätsel, die man ihr erklären muß und an deren Bedeutung sie nur mit größter Mühe glauben kann.

Ich setzte ihr folgendes auseinander: Sagt ein Mann zu einer verheirateten Frau: „Ich liebe Sie", und antwortet sie ihm: „Und ich Sie auch", so ist alles eingefädelt, und es fehlt ihnen nur noch die Gelegenheit; findet er dann am nächsten Tag diese Frau traurig, kühl, gleichgültig, bekümmert vor, so wird er annehmen, ihr seien Bedenken gekommen, Furcht halte sie zurück und lasse sie von einem festen Versprechen Abstand nehmen; genauso sei es auch bei einem Mädchen und einem verheirateten Manne oder bei einem x-beliebigen Mann und einer Nonne; und es gäbe unterm Himmelszelt keine einzige verheiratete Frau, in deren Mund ‚ich liebe Sie' nicht genau denselben Wert habe wie im Munde ihres Liebhabers; diese Worte hätten jedoch nicht dieses Gewicht bei einem jungen Mädchen gegenüber einem jungen Mann, da sie kein verbotenes Gefühl ausdrückten; es gäbe eine erlaubte Möglichkeit, sich ihren beiderseitigen Gefühlen zu überlassen; doch der Wille

ihrer Eltern und hundert andere unausgesprochene Erwägungen schränkten insgeheim ihr Einvernehmen ein; bei all jenen aber, die durch feierliche, sie voneinander trennende Schwüre gebunden seien, müsse man davon ausgehen, daß sie nur danach trachteten, dieses Hindernis zu überspringen, sobald sie sich erst einmal einander erklärten.
Sie fällt aus allen Wolken, als sie mich so reden hört; und wissen Sie, was es bedeutet, wenn sie zu einem Manne ‚ich liebe Sie' sagt? ‚Ich erkenne an Ihnen nur die Eigenschaften an, die meinem Mann fehlen, und mein Mann ist nicht impotent.' Und sie ist entzückt, dies herausgefunden zu haben. Sie glaubt felsenfest, sie hätte das Geheimnis ihres Herzens entdeckt. Freilich tue ich ihr den Gefallen nicht und lasse ihr etwa lange diese Illusion. ‚Wenn es so ist', sage ich zu ihr, ‚wozu brauchen Sie dann einen Liebhaber? Sie haben mich, der ich Ihr Freund bin, und Ihre Schwester, die Sie so zärtlich liebt – bringen wir nicht gemeinsam oder jeder für sich die Eigenschaften mit, die Ihrem Gatten fehlen?' Und dann führe ich sie allmählich zu der Erkenntnis, daß sie in Wirklichkeit doch mehr wünscht, als was sie eingesteht, Liebkosungen nämlich, die wir beide ihr niemals bieten werden, die ihr aber angenehm wären – sie gibt es zu; und wenn es unterm Himmel einen Mann gäbe, zu dem sie genügend Vertrauen hätte, um erwarten zu können, daß er sich gewisse Schranken auferlegte, so fände sie Gefallen daran, sich auf seinen Schoß zu setzen und sich zärtlich in seine Arme zu schmiegen, in seinen Blicken die heftigste Leidenschaft zu lesen, ihre Stirn, ihre Augen, ihre Wangen und selbst ihren Mund seinen Lippen zu nähern – sie gibt es zu; und nach einigen Proben von allem, was sie von der Zurückhaltung eines solchen Geliebten erwarten könne, werde sie es vielleicht eines Tages wagen, sich der vollständigen Trunkenheit ihrer Seele und ihrer Sinne zu überlassen – sie gibt es zu. Doch was ich ihr voraussage, sie aber weder zugibt noch gänzlich bestreitet, das ist dies: Früher oder später wird sie spüren, daß sie glücklicher sein könnte; dieser Sinnenrausch, so wollüstig sie ihn auch erlebt haben mag, wird ihr unbefriedigend erscheinen; diese Zurückhaltung, die sie so feierlich forderte und die man selbst in schwierigen Augenblicken so gewissenhaft befolgte, wird sie schließlich verletzen; je ehrsamer sie ist, desto mehr

wird sie es ihrem Liebhaber verargen, daß er sie unbarmherzig zwischen ihrer Leidenschaft und ihrer Tugend kämpfen läßt; sie wird von da an schmollen, ohne richtig zu wissen, warum; doch wollte sie einen kurzen Blick auf den Grund ihres Herzens tun, so könnte sie sehen, daß sie einerseits die gewissenhafte Treue lobte, mit der er sich an sein Versprechen hielt, andererseits ihm aber verübelte, daß er es nicht gebrochen hatte, als sie selbst sich kaum noch zu mäßigen vermochte und die ungewollte Schwäche, der Verrat ihrer Sinne sie in ihren eigenen Augen genügend entschuldigt hätten. Und dann – findet sich die Selbstliebe mit soviel Erinnerungsvermögen ab? Verzeiht man einem Manne, daß er sich so gut zu beherrschen weiß, wenn man sich selbst völlig vergaß? Wird man eigentlich genug geliebt? Ist man schön genug in seinen Augen? Ich schwöre, daß ich keine Frau kenne beziehungsweise daß es keine gibt, die nicht eines Tages mit einem solchen taktvollen Geliebten bräche, und zwar unter dem Vorwand, daß die Vergnügen, denen man sich hingab, schließlich doch nicht unschuldig seien. Man habe Gewissensbisse, sich weiter der Gefahr auszusetzen, während man in Wirklichkeit ohne jede Hoffnung ist, in eine zu geraten. Man wird eines Mannes überdrüssig, wenn er von sich aus nie den Platz einnehmen wird, an dem man ihn, ohne es sich einzugestehen, gern haben möchte; und man wird nicht aufhören, die verschiedensten scheinbar triftigen Gründe anzuführen, um vor sich selbst den unehrenhaftesten Bruch zu beschönigen. Viel lieber will man am nächsten Tag untröstlich sein, Tränen vergießen, ihn, sich selbst mit Vorwürfen überhäufen, seine Entschuldigungen anhören, sie billigen und sich von neuem in seine Arme werfen; denn insgeheim weiß man, daß nach dem ersten Fehltritt der Rest von selbst kommt; und man ärgert sich, weil man immer darauf wartet, daß dieser Fehltritt, der einen von einem harten Kampf befreien und eine Reihe ungeteilter, ununterbrochener Vergnügen gewähren könnte, endlich begangen werde, aber doch nicht begangen wird.

Nun, meine liebe Freundin, finden Sie nicht auch, daß seit Crébillons Fee Taupin[2] bis zum heutigen Tage niemand in Marivaux' Weise geschraubter zu schwatzen verstand als ich?

Der Baron ist aus England zurück. Voller Sympathie für dieses Land ist er hingereist; er wurde überaus herzlich

aufgenommen, und gesundheitlich ging es ihm sehr gut. Indessen kam er unzufrieden zurück, unzufrieden über das Land, das er weder so bevölkert noch so gebildet fand, wie man es ihm nachsagt; unzufrieden über die Bauwerke, die fast alle bizarr und altertümlich aussehen; unzufrieden über die Parks, bei denen die Sucht, die Natur nachzuahmen, schlimmer ist als die eintönige Symmetrie der Kunst; unzufrieden über den Geschmack, der in den Palästen das Ausgezeichnete, das Gute, das Schlechte, das Verabscheuungswürdige in buntem Durcheinander zusammenbringt; unzufrieden über die Vergnügungen, die an religiöse Zeremonien erinnern; unzufrieden über die Menschen, in deren Gesichtern nie etwas von Vertrauen, Freundschaft, Fröhlichkeit, Leutseligkeit zu lesen ist, die vielmehr auf ihrer Stirn die Aufschrift tragen: ‚Was gibt es Gemeinsames zwischen Ihnen und mir?‘; unzufrieden über die Großen, die trübsinnig sind, kalt, hochmütig, geringschätzig und eitel; und über die Kleinen, die hart sind, unverschämt und barbarisch; unzufrieden über die Mahlzeiten im Freundeskreis, bei denen sich ein jeder seinem Rang entsprechend plaziert, bei denen Steifheit und Förmlichkeit allen Tischgenossen im Nacken sitzen; unzufrieden über die Mahlzeiten in den Gasthäusern, in denen man gut und schnell, doch ohne jede Liebenswürdigkeit bedient wird.
Lobend habe ich ihn lediglich erwähnen hören, daß das Reisen so mühelos sei. Er sagt, es gäbe kein Dorf, nicht einmal an einer Nebenstraße, in dem man nicht vier oder fünf Postwagen und zwanzig abfahrbereite Pferde fände. Er hat die gesamte Provinz Kent durchreist, eine der reichsten von ganz England, und behauptet, sie sei mit unserem Flandern nicht zu vergleichen. Er hat auf seiner Englandreise wieder großen Geschmack am Leben in Frankreich gewonnen und gestand uns, er habe sich in jedem Augenblick dabei ertappt, daß er sich tief in seinem Herzen sagte: ‚O Paris, wann werde ich dich wiedersehen? Oh, meine teuren Freunde, wo seid ihr? Oh, ihr Franzosen, ihr seid zwar viel leichtfertiger und verrückter, aber ihr seid hundertmal mehr wert als diese mürrischen, trübsinnigen Pedanten hier.‘ Er behauptet, nur in Frankreich werde Champagner getrunken, nur hier sei man fröhlich, lache man, liebe man einander.

Beim Anblick seiner Frau, die er bei guter Gesundheit und stattlicher Körperfülle antraf, sagte er scherzend: „Aber Madame, das ist ja ein Skandal. So trösten Sie sich also über die Abwesenheit Ihres Gatten? Nun denn, wenn Ihnen meine Reisen so gut bekommen, dann also auf und davon!"
Ja, mein Kind, dieser Kauf ist perfekt.[3] Der Ehemann hat seine Vollmacht erteilt; die Ehefrau mußte nur wegen ihres ungewissen Schicksals, noch hier bleiben. Wird sie ihrer Neigung folgen und nach Isle gehen? Oder verfolgt ihr Gatte die Absicht, daß sie ihn in Alençon aufsuchen soll? Ich riet ihr eine hübsche List, ihm nämlich zu schreiben, daß sie zu allem bereit sei: daß Monsieur Perronet eine Amtsreise in die Lorraine durchzuführen habe und sie nach Isle bringe, wenn sie es wolle; daß Monsieur Perronet auch eine Amtsreise an die Grenzen seines Steuerbezirkes durchzuführen habe und seine Reise in die Lorraine auf einen anderen Zeitpunkt verschieben werde, wenn sie nach Alençon fahren wolle. Ich möchte gar zu gern wissen, auf welcher Route er sich lieber Hörner aufsetzen läßt.
Gestern habe ich mit einer ganzen englischen Kolonie diniert. Diese Leute scheinen alle ihren Dünkel und ihren Trübsinn an den Ufern der Themse zurückgelassen zu haben. Der Baron hat nicht versäumt, unseren Freund Garrick zu besuchen[4] und sich das schöne Mausoleum anzusehen, das er in seinem Garten den Manen Shakespeares erbauen ließ. Es ist in der Tat schön, dieses Mausoleum, und der Garten des Komödianten ist ein schöner Garten, und Shakespeare ist für Garrick wie geschaffen, und Garrick für Shakespeare.
Heute habe ich mit einer charmanten Frau diniert, die nur achtzig Jahre alt ist. Sie strotzt vor Gesundheit und Fröhlichkeit. Es ist Damilavilles Mutter. Diese gute Seele ist noch völlig sanft und zärtlich-liebevoll. Sie spricht über Liebe und Freundschaft mit dem Feuer, der Wärme, der Empfindsamkeit einer Zwanzigjährigen. Wir waren drei Männer bei ihr am Tisch. Sie sagte zu uns: „Meine Freunde, ein feinsinniges Gespräch, ein aufrichtiger, leidenschaftlicher Blick, eine Träne, eine sprechende Miene, das ist das Gute im Leben. Der Rest ist es beinahe nicht wert, daß man darüber spricht. Ich erinnere mich gewisser Worte, die man mir sagte, als ich jung war, und von denen ein einziges

zehn ruhmvollen Taten vorzuziehen ist. Auf Ehre, ich glaube, wenn ich sie jetzt hörte, klopfte mein altes Herz." – „Madame, Ihr Herz ist eben nicht alt geworden." – „Nein, mein Kind, du hast recht, es ist ganz jung, es ist nur zwanzig Jahre alt. Ich bin Gott dankbar, nicht nur weil er es mir erhalten hat, sondern weil er es mir gut, sanft und empfindsam erhalten hat." Und während sie so sprach, hatte sie eine ungewöhnlich interessante Physiognomie.

Wirklich, dieses Gespräch war mehr wert als die ganze Philosophie und Politik, über die wir einige Tage vorher mit unseren Engländern gesprochen hatten. Immerhin ist aber einer unter ihnen gewesen, der uns eine drollige Geschichte erzählte. Ein Geizkragen wurde von Straßenräubern überfallen. Er steckte den Kopf aus der Tür der Kutsche und sagte: „Meine Freunde, ich heiße Soundso. Wenn Sie von mir gehört haben, so müssen Sie wissen, daß mein Geld mir mehr bedeutet als mein Leben. Also los, wenn Sie mich umbringen wollen." Die englischen Straßenräuber brachten ihn nicht um, und der Geizkragen behielt sein Gold und sein Leben.

Gute Nacht, meine Freundin. Ich beschließe die Nacht mit Ihnen. Schlafen Sie ein Weilchen bei mir. Mademoiselle Boileau will nicht glauben, daß ich während Ihrer Abwesenheit brav bin. Warum nur dieser Unglaube?

1 Madame Legendre.
2 Gestalt aus einer Feenerzählung von Crébillon dem Jüngeren.
3 Des Hauses in der Rue Sainte-Anne.
4 Garrick hatte in Mampton-Court eine Besitzung am Ufer der Themse.

(6. Oktober 1765)

Sonntag

Ich habe Dich nicht mehr; ich habe niemanden mehr, dem ich von Dir erzählen könnte. Die Einsamkeit, in die ich gestürzt bin, ist schrecklich für mich. Ich muß [. . .][1] Ach, Sophie, Sophie! Zart, wie Du bist, hieltest Du nicht stand, wenn Du die Hälfte meines Schmerzes ertragen müßtest.

Ich versprach Ihnen, die Betrachtungen des Barons über England weiter auszuführen, und ich kann nichts Besseres

tun, wenn es mir Ablenkung bringt und für Sie lehrreich und unterhaltsam ist.
Glauben Sie ja nicht, die Verteilung des Reichtums sei nur in Frankreich ungleich. Es gibt zweihundert englische Grundherren, die jeder sechs-, sieben-, acht-, neun- bis achtzehnhundert Livres Rente haben; einen zahlenmäßig starken Klerus, der wie der unsere ein Viertel der Staatsgüter besitzt, doch proportional zu den öffentlichen Abgaben beisteuert, was der unsere nicht tut; Kaufleute, die über unmäßigen Reichtum verfügen. Urteilen Sie selbst, wie wenig den übrigen Bürgern bleibt!
Der Monarch scheint nur für das Gute freie Hand zu haben, während ihm für das Schlechte die Hände gebunden sind; trotzdem ist er ebensosehr Herr über alles wie jeder andere Souverän, ja sogar noch mehr. Anderswo befiehlt der Hof und verlangt Gehorsam. Dieser aber verdirbt alle und tut, was ihm gefällt, und die Verderbtheit der Untertanen ist auf die Dauer vielleicht schlimmer als die Tyrannei.
Es gibt keine öffentliche Erziehung. Die Colleges[2] sind luxuriöse Gebäude, an unser Tuilerien-Schloß erinnernde Paläste, in denen sich reiche Nichtsnutze eingenistet haben; diese verschlafen einen Teil des Tages oder verbringen ihn im Rausch; den anderen benutzen sie dazu, oberflächlich ein paar langweilige und stümperhafte Prediger auszubilden.
Das Gold, das aus allen Gegenden der Erdkugel in die Hauptstadt und in die Provinzen fließt, treibt den Arbeitslohn in schwindelnde Höhe, fördert den Schmuggel und richtet die Manufakturen zugrunde. Vielleicht ist es dem Klima zuzuschreiben, vielleicht auch dem Genuß von Bier und starken Likören sowie fettem Fleisch, vielleicht auch den ständigen Nebeln, dem Rauch der Steinkohle, der fortwährend alles einhüllt, daß dieses Volk trübsinnig und melancholisch ist. Die Parks werden von gewundenen schmalen Alleen durchschnitten; überall sind Spaziergänger zu beobachten, die sich versteckt halten und allein sein wollen. Bald trifft man auf einen altertümelnden Tempel, bald auf eine Grotte, einen chinesischen Pavillon, auf Ruinen, Obelisken, Höhlen, Gräber. Ein reicher Bürger ließ eine große Fläche mit Zypressen bepflanzen; zwischen diese Bäume ver-

streute er Büsten von Philosophen, Urnen, antike Marmorarbeiten, auf denen *Diis Manibus*, Den Manen, zu lesen ist; und was der Baron als einen römischen Friedhof bezeichnet, nennt dieser Bürger Elysium. Am besten wird die Melancholie der Engländer durch die Art und Weise charakterisiert, wie sie sich in diesen unermeßlich großen, prachtvollen Gebäuden bewegen, die sie zur Vergnügung errichteten. Man könnte dort eine Maus laufen hören. Hundert Frauen wandeln kerzengerade und schweigend um ein Orchester, das in der Mitte sitzt und die lieblichste Musik spielt. Der Baron vergleicht diese Rundgänge mit den sieben Prozessionen der Ägypter um das Mausoleum der Osiris.
Sie haben öffentliche Parks, die wenig besucht werden; doch dafür drängt sich das Volk in den Straßen, ganz besonders in Westminster, wo jene berühmte Abtei steht, die mit den Grabmälern aller namhaften Persönlichkeiten der Nation geschmückt ist. Ein reizendes Wort unseres Freundes Garrick ist dies: London sei gut für die Engländer, doch Paris sei für jedermann gut. Als der Baron diesen berühmten Komödianten besuchte, führte der ihn durch ein unterirdisches Gewölbe zur Spitze einer Insel, die von der Themse umspült wird. Dort erblickte er eine Kuppel, die auf Säulen aus schwarzem Marmor ruhte, und unter dieser Kuppel aus weißem Marmor stand Shakespeares Statue. „Dies ist", sagte er zu ihm, „der Tribut meiner Dankbarkeit gegenüber einem Manne, dem ich mein Ansehen, mein Vermögen und mein Talent verdanke."
Der Engländer ist ein Spieler. Er spielt um erschreckend hohe Summen. Er spielt, ohne zu sprechen. Er verliert, ohne zu klagen. In einem Augenblick verbraucht er alle Geldmittel seines Lebens. Nichts ist dort alltäglicher als ein Mann von dreißig Jahren, der für Reichtum, Gaumenfreuden, Frauen, Studien, ja sogar für die Wohltätigkeit unempfindlich geworden ist. Der Überdruß packt sie mitten im Genuß und lenkt sie in die Themse, es sei denn, sie ziehen es vor, die Pistolenmündung zwischen die Zähne zu stecken. An einer abgelegenen Stelle des St.-James-Parks gibt es einen Teich, der das ausschließliche Privileg der Frauen ist. Dorthin gehen sie, um sich zu ertränken.
Hören Sie sich eine Geschichte an, die dazu angetan ist, eine empfindsame Seele mit Traurigkeit zu erfüllen. Der

Baron wurde bei einem Mann eingeführt, der charmant, gütig, höflich, freundlich, gebildet, vermögend und angesehen war. Dieser Mann war ganz nach seinem Herzen. Die innigste Freundschaft entspann sich zwischen ihnen. Er wohnt bei dem Engländer, und sie trennen sich unter Schmerzen. Der Baron kommt nach Frankreich zurück. Es drängt ihn, dem Engländer für die freundliche Aufnahme zu danken und die Gefühle der Freundschaft und der Achtung, die er für ihn hegte, wieder aufzufrischen. Sein Brief ist zur Hälfte geschrieben, als man ihm mitteilt, daß zwei Tage nach seiner Abreise aus London sich dieser Mann eine Pistolenkugel in den Kopf gejagt hat.
Doch das Seltsame ist, daß dieser Lebensüberdruß, der sie von Land zu Land treibt, sie nicht wieder losläßt und daß ein umherreisender Engländer oft nur mit dem einen Ziel aus seinem Lande ging, nämlich sich anderswo umzubringen. Hat sich nicht gerade erst einer in die Seine gestürzt? Man hat ihn lebendig herausgefischt. Man brachte ihn zum Grand Châtelet[3], und der Botschafter mußte seine ganze Autorität einsetzen, um zu verhindern, daß man ein Strafgericht über ihn ergehen ließ. Monsieur Hume sagte uns vor einigen Tagen, keine politische Verhandlung habe ihn derartig in Verlegenheit gebracht wie diese Affäre, x-mal habe er zum Ersten Präsidenten laufen müssen, ehe er diesem verständlich machen konnte, daß kein Abkommen zwischen Frankreich und England einen Artikel enthalte, der einem Engländer bei Todesstrafe verbiete, sich in der Seine zu ertränken. Und er fügte hinzu, wäre sein Landsmann unglücklicherweise eingesperrt worden, so hätte er in der Gefahr geschwebt, sein Leben schmählich zu verlieren, weil er sich ertränkt oder doch nicht ertränkt hatte. Wenn die Engländer töricht sind, so sind die Franzosen – Sie werden mir zustimmen – mehr als lächerlich.
Die Engländer sind wie wir von der Sucht besessen zu missionieren. Ihre Missionare dringen tief in die Urwälder ein, um den Wilden unseren Katechismus zu bringen. Es hat da einen Stammeshäuptling gegeben, der zu einem dieser Missionare sagte: „Mein Bruder, sieh meinen Kopf an; meine Haare sind ganz grau. Offen und ehrlich, glaubst du, man könnte einem Mann in meinem Alter all diese Torheiten glauben machen? Ich habe aber drei Kinder. Wende

dich nicht an das älteste, du würdest es zum Lachen bringen; doch nimm dir das jüngste, du wirst es von allem überzeugen, was du willst."

Ein anderer Missionar predigte anderen Wilden unsere heilige Religion, und die Predigt wurde von einem Dolmetscher übersetzt. Als die Wilden eine Zeitlang dem Dragomanen zugehört hatten, ließen sie den Missionar fragen, was er damit erreichen wolle. Der Missionar sagte zum Dragomanen: „Antworten Sie ihnen, daß sie Gottes Diener werden." – „O nein", erwiderte der Dragomane dem Missionar, „sie wollen niemandes Diener sein." – „Nun gut", erklärte der Missionar, „sagen Sie ihnen, daß sie Gottes Kinder werden." – „Wenn es so ist, dann ist es gut", entgegnete der Dragomane. Und tatsächlich, die Antwort bereitete den Wilden Vergnügen.

Weil ich gerade bei diesem Kapitel bin, noch eine Geschichte, die ich von Monsieur Hume habe und die Ihnen zeigen wird, was man von diesen angeblichen Bekehrungen der Kannibalen und Huronen halten muß. Ein Priester meinte, diesbezüglich ein kleines Meisterwerk vollbracht zu haben; er war so eitel, seinen Neubekehrten vorführen zu wollen; also brachte er ihn nach London. Man fragt den kleinen Huronen aus. Er antwortet wunderschön. Man führt ihn in die Kapelle; man läßt ihn zur Kommunion oder zum Abendmahl zu, das, wie Sie wissen, in beiderlei Gestalt eingenommen wird. Nach dem Abendmahl sagt der Priester zu ihm: „Nun, mein Sohn, fühlen Sie sich nicht von der Liebe Gottes durchdrungen? Wirkt nicht die Gnade des Sakraments in Ihnen? Wird es in Ihrer Seele nicht warm?" – „Ja", antwortete der kleine Hurone. „Der Wein tut sehr gut; aber ich glaube, wenn man mir Schnaps gegeben hätte, das hätte mir noch besser getan."

Die christliche Religion ist in ganz England beinahe verloschen. Die Deisten sind nicht zu zählen. Es gibt kaum Atheisten; wer einer ist, verbirgt es. Atheist und Schurke sind beinahe Synonyme für sie. Als Monsieur Hume zum ersten Mal beim Baron zu Tisch geladen war, saß er neben dem Hausherrn. Ich weiß nicht, bei welcher Bemerkung der englische Philosoph darauf kam, zum Baron zu sagen, er glaube nicht an Atheisten, er habe noch nie einen gesehen. Da erwiderte der Baron: „Monsieur, zählen Sie, wieviel

Leute wir hier sind." Wir waren achtzehn. Der Baron fügte hinzu: „Es ist ein Glücksumstand, daß ich Ihnen mit einem Schlag fünfzehn zeigen kann. Die drei übrigen wissen nicht recht, was sie darüber denken sollen." Wenn ein Volk meint, es sei der Glaube an einen Gott – und nicht eine gute Gesetzgebung –, der die Menschen ehrenhaft mache, so scheint es mir ziemlich unreif zu sein. Die Existenz Gottes für ein Volk ist in meinen Augen vergleichbar mit der Ehe. Das eine ist ein Stand, das andere eine ausgezeichnete Vorstellung für drei oder vier kluge Köpfe, jedoch verderblich für die Allgemeinheit. Das Gelübde der unauflöslichen Ehe hat – und das muß so sein – fast ebensoviel Unglückliche wie Ehegatten zur Folge. Der Glaube an einen Gott hat – und auch das muß so sein – fast ebensoviel Fanatiker wie Gläubige zur Folge. Überall, wo man sich einen Gott denkt, gibt es einen Kult; überall, wo es einen Kult gibt, wird die natürliche Ordnung der moralischen Verantwortung auf den Kopf gestellt und die Moral verdorben. Früher oder später kommt ein Augenblick, in dem das Gebot, das den Diebstahl eines Talers verhinderte, hunderttausend Menschen erwürgen läßt. Ein schöner Ausgleich! Dies war, dies ist und dies wird zu allen Zeiten und bei allen Völkern das Ergebnis einer Lehre sein, auf die man sich unmöglich einigen kann und die man für wichtiger hält als sein eigenes Leben.

Ein Engländer kam darauf, ein Werk gegen die Unsterblichkeit der Seele zu veröffentlichen. Er erhielt in den Zeitungen eine ungewöhnlich scharfe Antwort. Es war ein Dankschreiben folgenden Inhalts: „Wir alle, die B., Dirnen, Zuh . . ., Straßenräuber, Mörder, Steuerpächter, Priester, Herrscher danken demütigen Herzens dem Verfasser der *Abhandlung gegen die Unsterblichkeit der Seele,* uns gelehrt zu haben, daß wir, sofern wir geschickt genug sind, den Strafen dieser Welt zu entwischen, in der anderen nichts zu fürchten haben."

Damit genug von unseren Engländern; mich kommt jetzt die Lust an, ein paar Worte über die Spanier zu sagen. Ich habe sie vom Baron von Gleichen, der dänischer Botschafter in Madrid war und jetzt dänischer Botschafter in Frankreich ist. Wir haben vor einiger Zeit bei ihm eines jener feinen Diners genossen, von denen ich Ihnen zuweilen

erzählte. Nach diesem Diner, das fein in Hinsicht auf das Geschirr, köstlich in Hinsicht auf die Speisen, anregend in Hinsicht auf die Unterhaltung war, lauschten wir der schönsten Musik. Auf die Musik folgte die Rezitation der drei ersten Gesänge eines Gedichtes in Ariosts Manier. Nach dieser Rezitation wiederum Musik, dann Unterhaltung und Spaziergang.
Um uns eine Vorstellung von der spanischen Literatur zu geben, analysierte uns der Baron eines der besten geistlichen Schauspiele, dessen Aufführung er gesehen hatte. Das Theater zeigte: einen Tempel, eine Darstellung des Heiligen Sakramentes und ein ganzes Volk im Gebet. Das Bühnenbild wechselte, und das Theater zeigte einen Markt mit Verkaufsständen; darunter befanden sich drei, von denen der erste der Stand des Todes war, der zweite der der Sünde und der dritte, der zwischen den beiden eingefügt war, der Stand Jesu Christi. Jeder hatte sein Aushängeschild; jeder warb um Kunden. Die Sünde hatte Erfolg, der Tod ebenfalls; doch der arme Händler Jesus wartete vergeblich an seinem Stand. Dessen müde, nichts zu verkaufen, packte ihn die Wut. Das Bühnenbild wechselte, und man sah ihn nun, wie er mit einer Peitsche in der Hand gemeinsam mit der Jungfrau Maria, die ebenfalls eine Peitsche schwang, den Tod, die Sünde und alle ihre Kunden beschimpfte und verjagte.
Der derzeitige Nuntius des Papstes war der Auffassung, diese Art von Stücken machten die Religion verächtlich, und so forderte er bei der Staatsanwaltschaft deren Verbot. Statt jeder Antwort schickte man ihn ins Theaterparkett zur Uraufführung des Stückes, von dem ich Ihnen soeben erzählte. Wirklich, fügte der Baron von Gleichen hinzu, die Gespräche des Volkes, das vor dem Heiligen Sakrament in Anbetung niederkniete, waren von größter Erhabenheit und Ausdrucksstärke; und die Zuschauer vergossen voller Reue heiße Tränen und schlugen sich mit der Faust an die Brust. Was uns heute lachen macht, hat uns einst weinen lassen; und was die Spanier jetzt weinen macht, wird sie eines Tages lachen lassen. Und wer glaubt schon ... dies hier sei der Brief eines zärtlichen, leidenschaftlichen Liebhabers an die Frau, die er liebt? Niemand. Nichtsdestoweniger ist es wahr.

Ich dachte, Sie seien England und die Engländer los. Doch ich führe Sie wieder zu ihnen zurück, um Ihnen zu zeigen, wie wenig ein Reisender dem anderen gleicht. Helvétius ist aus London zurückgekehrt, er ist reinweg verrückt auf die Engländer. Der Baron kam nur allzugern wieder zurück. Ersterer hatte an ihn geschrieben: „Mein Freund, wenn Sie, wie ich nicht zweifle, ein Haus in London gemietet haben, dann schreiben Sie es mir schnellstens, damit ich Frau und Kinder packe und zu Ihnen komme." Und der andere antwortete: „Dieser arme Helvétius hatte in England nur die Verfolgungen vor Augen, die ihm sein Buch in Frankreich eingebracht hat."
Zweimal haben wir bei der lieben Schwester mit Monsieur de Neufond gemeinsam diniert. Das erste Mal war er guter Dinge; er trank, lachte, scherzte, plauderte, spielte, gewann und war fröhlich. Das zweite Mal war er traurig, doch so traurig, wie man es einfach nicht ist. Bei Tisch redete er kein Wort. Als man sich erhob, schwieg er. Er setzte sich in einen Winkel, der Gesellschaft den Rücken zukehrend, und starrte mit erhobenem Kopf zur Tür. Sein Gesicht war gerötet, und sein Blick war der eines Rasenden. Verstehen Sie das? Können Sie sich denken, auf wen er böse ist? Mademoiselle Boileau behauptet immer, er sei eifersüchtig. Die liebe Schwester war seinetwegen sehr in Sorge. Sie behauptet, meine gute Laune habe ihn traurig gestimmt.
Jetzt schlägt es Mitternacht. Gute Nacht, meine Freundin, gute Nacht. Wann nur wird es sein, daß ich es Ihnen zur selben Stunde aus der Nähe sagen kann?
Ich bin es müde, so fern von Ihnen allen zu schlafen. Wenn dieser Brief morgen früh abgeht, könnten Sie ohne weiteres vier zur gleichen Zeit erhalten.

1 Hier folgt eine unleserliche Stelle.
2 Es handelt sich um die Colleges an den Universitäten Cambridge und Oxford.
3 Sitz des königlichen Gerichtshofs in Paris.

(10. November 1765)

Endlich, liebe Freundin, bin ich nach vierzehn Tagen äußerst beharrlichen Arbeitens frei. Grimm, der jeder Sache

gerecht zu werden versucht, macht sich Vorwürfe, weil er unseren Briefwechsel unterbrochen hat, den er mit Fug und Recht für die einzige Annehmlichkeit hält, die uns bleibt; weil ich unserer ‚Synagoge'[1] in der Rue Royale fernbleiben mußte, wo sich meine Freunde nach mir sehnten; weil er, wie er behauptet, meine Gesundheit durch eine so lange Abgeschiedenheit gefährdet habe und weil man solche Gewaltakte in keinem Alter ungestraft durchführen könne, noch weniger aber in meinem Alter und nach zwanzigjähriger Arbeit. Im übrigen ist er verblüfft. In zwei oder drei Briefen schwört er Stein und Bein, kein einziger Mensch unter dem Himmel habe jemals eine solche Arbeit vollbracht, noch werde sie jemals von jemandem vollbracht werden, und offen gesagt war ich insgeheim so eitel, dies ebenfalls zu denken.
Es ist sicherlich das Beste, was ich tat, seit ich mich der Literatur widme, von welcher Seite auch immer man es betrachtet, sei es in Hinsicht auf den abwechslungsreichen Stil, die verschiedenartigen Themen und die Fülle der Ideen, die, wie ich mir einbilde, nie zuvor ein anderer Kopf hervorbrachte. Es ist eine Fundgrube bald leichtverständlicher, bald tiefsinniger Bonmots. Manchmal ist es reine Unterhaltung, wie man sie am Kamin pflegt. Ein andermal ist es der Inbegriff dessen, was man sich an Ausdrucksvollem und Tiefgründigem denken kann. Zuweilen fühle ich mich von den widerstrebendsten Empfindungen hin und her gerissen. Es gibt Augenblicke, in denen ich mir wünsche, diese Arbeit möge mitten in die Hauptstadt gedruckt vom Himmel fallen; öfter jedoch, wenn ich mir den tiefen Schmerz vorstelle, den sie einer Unzahl von Künstlern bereiten wird, während diese nicht verdienen, so grausam dafür bestraft zu werden, daß sie sich unnützerweise um unsere Bewunderung bemühten, bin ich untröstlich, daß sie erscheint.[2]
Ich bin sehr weit davon entfernt, in meinem Herzen das unangebrachte Gefühl der Eitelkeit zu nähren, wenn ich mir vorstelle, daß es nichts weiter braucht, um arme Künstler in Verruf zu bringen und ihnen das Brot aus der Hand zu reißen. Freilich machen sie erbärmliche Dinge, doch sie sind nicht mehr jung genug, um den Beruf zu wechseln, und haben eine Frau und eine große Familie. Dann verdamme ich insgeheim ein Schaffen, aus dem ich mit Leichtigkeit

Ruhm und Profit schlagen kann. Dies ist ein weiterer Kummer für Grimm: ansehen zu müssen, daß meine Arbeit in seinem Laden, wie er es nennt, begraben liegt, obgleich sie gewiß nicht dazu angetan sei, unbekannt zu bleiben. Dieser Essai war mir eine erquickliche Genugtuung. Ich habe mich davon überzeugt, daß mir noch voll und ganz die Phantasie und das Feuer des Dreißigjährigen geblieben sind, daß ich darüber hinaus aber über einen Fond von Kenntnissen und Urteilen verfüge, den ich damals noch nicht besaß. Ich nahm die Feder in die Hand; ich schrieb vierzehn Tage hintereinanderweg von morgens bis abends und füllte mehr als zweihundert Seiten mit Ideen und Stil, und zwar in jener winzig kleinen Schrift, in der ich – und übrigens auf demselben Papier – meine langen Briefe an Sie schreibe; was ungefähr zwei gute Druckbände ergäbe.

Zugleich erfuhr ich, daß meine Eigenliebe keine öffentliche Belohnung braucht, daß es mir sogar ziemlich gleichgültig ist, von jenen, mit denen ich gewöhnlich verkehre, mehr oder weniger geschätzt zu werden, und daß ich schon zufrieden wäre, wenn es auf der Erde einen Menschen gäbe, den ich schätze und der genau weiß, was ich wert bin.

Grimm weiß es, und vielleicht hat er es nie so genau gewußt wie jetzt! Mir ist auch der Gedanke lieb, daß ich meiner Wohltäterin in Rußland[3] ein paar vergnügliche Augenblicke bereitete, indem ich hier und da dem Fanatismus und den Vorurteilen eine Abfuhr erteilte und bei dieser Gelegenheit den Herrschern einige Lektionen gab, obgleich sie dadurch nicht besser werden – doch nicht etwa, weil sie die Wahrheit nicht vernommen oder nicht deutlich genug gehört hätten. Hin und wieder werden sie als Urheber von Unglück und Täuschung gescholten und dargestellt, als Händler von Furcht und Hoffnung.

Meine lange Abgeschiedenheit hat Gaschon beunruhigt; er machte sich die Mühe und kam zu mir. Er fand sich zur selben Zeit ein wie Monsieur Legendre. Sie werden letzteren bald wiedersehen. Ich selbst, ich werde bei Ihnen wieder erscheinen, wenn Sie vollkommen einsam sind und das schlechte Wetter Sie ins Haus einsperrt. Ich werde bei Ihnen mit dem Eis, dem Schnee, dem Reif eintreffen.

Auf Wiedersehen, meine Freundin. Möge es Ihnen weiterhin gut gehen. Übermitteln Sie Ihrer Frau Mutter und allen

ihren lieben Kindern und Enkeln meine Empfehlungen. Ich liebe Sie von ganzem Herzen und Ihre Schwester ebenfalls.
Wie auch immer Sie diese letzte Zeile verstehen, sie stimmt. Auf Wiedersehen, auf Wiedersehen.

1 Mit „Synagoge" bezeichnete Diderot den Pariser Wohnsitz des Barons d'Holbach, wo die Enzyklopädisten ihre Zusammenkünfte abhielten.
2 Diderot hat soeben seine kunstkritischen Betrachtungen zum „Salon" (Pariser Kunstausstellung) von 1765 abgeschlossen.
3 Katharina II.

(18. Dezember 1765)

(Schreiben Sie mir bitte, wieviel Briefe, diesen eingerechnet, Sie von mir erhalten haben.)
Meine gute Freundin, lassen Sie mich bitte wissen, warum ich erst dienstags Ihre Briefe empfange. Was kann der Grund für diese Verzögerung sein? Ich bin todmüde; doch was mich sowohl über diese Müdigkeit als auch über meinen Kummer hinwegtröstet, das ist, meinem Freund[1] Erleichterung zu verschaffen und ihm die Augen zu erhalten.
Nun, sind Ihre Kranken wieder gesund? Haben Sie einen Teil Ihres Glücks verloren, und sind Sie nun wieder in die Einsamkeit gesunken? Ich kann mir gut vorstellen, daß diese Trennung schmerzlich war und daß Sie sie noch lange spüren werden.
Wir haben ebenfalls eine Kranke. Es ist die Baronin. Ich fürchte sehr, daß diese Frau es nicht mehr lange machen wird. Ihre Brust wird schwächer und immer enger; sie nimmt tagtäglich ab, und der einzige Mensch, der ihr die Gesundheit zurückgeben könnte, indem er ihr das Leben angenehmer, vergnüglicher, ihrem Charakter angemessener gestaltete, ist genau derjenige, der nichts von der Gefahr ahnt, daß er sie verlieren und dann ganz unglücklich werden könnte.
Ich habe einen Plan geschmiedet, der freilich einige Hindernisse in sich birgt; ich verhehle sie mir nicht, doch scheint mir, daß der schlimme Ausgang meines Planes weniger zu befürchten ist als der schlimme Ausgang ihres Zustandes, wenn er noch ein Jahr andauert. Diese Frau wird von Vapeurs geplagt; und Sie werden mir zustimmen, daß die

ständige Gesellschaft von etwa zwanzig Männern, die sie von morgens bis abends mit Politik und Philosophie vollschwatzen, nicht das richtige Mittel gegen ihr Leiden ist. Also habe ich nun beschlossen, beim erstbesten Spaziergang, den der Baron und ich allein unternehmen, diesen unmerklich dahin zu bringen, daß er seinen akademischen Freundeskreis in seinem Arbeitszimmer empfängt und seine Frau in den übrigen Wohnräumen bei De Cothe[2], ihrer Laute und einer kleinen Zahl vertrauter Freunde zurückläßt, die ihr abwechselnd Gesellschaft leisten und sie mit angenehmeren und fröhlicheren Dingen unterhalten, als es unser ewiges Moralisieren ist.

Glauben Sie, meine Freundin, ich hätte mir dabei nicht dasselbe gesagt, was Ihnen jetzt durch den Kopf geht? Doch wenn die arme Baronin noch ein Jahr lang an diese verfluchte philosophische Lebensweise gefesselt ist, stirbt sie. Ich fragte Grimm diesbezüglich um Rat. Ich wage nicht, Ihnen seine Antwort mitzuteilen; Sie müßten allzusehr darüber lachen. Schließlich beging ich eine kleine Bosheit. Ich berichtete Madame d'Epinay Grimms Antwort und fragte sie wegen meines Planes um Rat, sie fand ihn sehr gut, wie ich erwartet hatte; doch sie behauptet, es sei unmöglich, ihn dem Baron schmackhaft zu machen, und deshalb ziemlich unnütz, einen Versuch zu unternehmen, dessen Erfolg so aussichtslos sei. Das war ebenfalls eine Überlegung, die ich erwartet hatte.

Ich denke, in diesem Augenblick, da ich Ihnen schreibe, wird die liebe Schwester vielleicht in Paris sein; trotz der Eile, die mich drängt, sie wiederzusehen und mit ihr über Sie und Ihre Frau Mutter zu sprechen, glaube ich aus Ehrgefühl gegenüber Mademoiselle Boileau, mindestens acht Tage lang mir dieses Vergnügen versagen zu müssen. Ich habe Madame de Blacy soviel zu sagen.

Vor kurzem habe ich die Bekanntschaft eines Monsieur Dubucq gemacht; er ist jener Marinebeamte, der die Kolonialabteilung leitet, und ich glaube nicht die geringste Mühe zu haben, um seine Protektion für Fayolle[3] zu erwirken. Es wäre recht angenehm für uns alle, wenn es mir gelänge, ihm diesen Posten zu sichern, so daß er von allen Mißlichkeiten unbehelligt bliebe, die beim Regieren der Insel auftreten können. Wir werden sehen.

Wir erwarten Rousseau aus Genf hier. Aus Môtiers-Travers von einem fanatischen Priester vertrieben, der darauf aus war, ihn von seinen Pfarrkindern durch Steinwürfe totschlagen zu lassen; aus dem Kanton Bern durch die Behörden vertrieben, die durch politische Interessen mit den Genfern verbunden sind; aus Straßburg durch den französischen Hof vertrieben, der sich nicht wegen einer Nichtigkeit mit dem Gerichtshof anlegen wollte, als dieser eine Verfügung gegen ihn erließ – zieht er sich nun nach England zurück, wo ihm ein wohlhabender Lord[4] auf einer seiner Ländereien – zwei Meilen von London – eine Zufluchtstätte angeboten hat. Paris liegt an seinem Wege, und so warten wir hier auf ihn.

Adieu, meine Freundin. Bleiben Sie hübsch gesund. Solange Sie von mir nur diese kleinen Billetts erhalten, bedauern Sie mich, daß ich meine Zeit langweiligen Beschäftigungen widmen muß, statt sie für köstliche Dinge zu verwenden, nämlich Ihnen zu sagen, daß ich Sie liebe, und Ihnen Rechenschaft über alle Augenblicke eines Lebens abzulegen, das Ihnen teuer ist. Doch es geht Ihnen nichts verloren. Ich versäume nie, wenn ich nach Hause komme, mir von allem, was ich tue, sehe und höre, auf meiner Schreibtafel Notizen zu machen.

Adieu, meine zärtlich geliebte Freundin. Ich küsse Sie tausendmal. Vielleicht bringt die heutige Nacht etwas Neues.

1 Gemeint ist Grimm.

2 Es handelt sich um J. Kohaut, einen deutschen Komponisten und Lautenspieler.

3 Erst 1767 erhält Fayolle durch Vermittlung Dubucqs sein Patent als Unterleutnant der Milizen von Cayenne.

4 Rousseau reist 1766 auf Einladung David Humes nach England, wo es aber auch mit diesem bald zum Zerwürfnis kommt. – Mit Diderot und den Enzyklopädisten hatte Rousseau wegen grundsätzlicher Meinungsverschiedenheiten, die durch persönliche Konflikte verschärft wurden, schon 1757 gebrochen. Dennoch nimmt Diderot, wie die Briefstelle zeigt, lebhaften Anteil an dem traurigen Schicksal seines ehemaligen Freundes und Kampfgefährten.

(Freitag, 7. März? 1766)

(Ein Brief für Sie, und zwar für Sie ganz allein, verstehen Sie?)

Je öfter ich Ihren Brief durchlese, desto weniger begreife ich Sie. Sollten Sie etwa alles, was ich über die Krankheit Ihrer Schwester[1] schrieb, als Spaß aufgefaßt haben? Meine Freundin, streichen Sie kein einziges Wort. Sie war in Lebensgefahr, und sie ist ihr noch nicht entronnen, es fehlt viel daran. Der gestrige Donnerstag gefiel mir ganz und gar nicht. Mittlerweile war der Appetit zurückgekehrt, das Fieber gesunken, der Stuhl wieder fest, beinahe wie in gesunden Zeiten. Man konnte kaum noch bessere Erfolge von der Ziegenmilch erwarten. Am Morgen aber hatte sie einen sehr langen, erschreckenden Schwächeanfall, einen sehr trockenen Husten, und dieser verfluchte Schmerz in der Seite hatte sich beinahe so heftig wie am Anfang wieder eingestellt. Ich mag diese glanzlosen Augen nicht, diese eingefallenen Wangen und diese stark hervortretenden Backenknochen, die fast wie bei einem Skelett aussehen. Ich weiß nicht, was ich dafür gäbe, wenn ich ein schlechter Prophet wäre; doch es fällt mir schwer zu glauben, daß Sie jemals Ihre Schwester bei guter Gesundheit wiedersehen werden. Ich hatte mir vorgenommen, beim Baron zu dinieren; die Abwesenheit ihres Gatten veranlaßte mich jedoch, bei ihr zu bleiben; sie braucht jemanden, der die Hände um ihre Seiten legt, wenn sie hustet; dies ist die Aufgabe des Gatten, wenn er da ist, und meine, wenn er nicht zu Hause ist. Der erste Teil des Nachmittages verlief ziemlich ruhig; gegen vier Uhr war der Puls unregelmäßig, und sie hatte wieder einen recht langen Schwächeanfall. Ich war Zeuge, und es langte zu, um mir Kopf und Magen durcheinanderzubringen, die Verdauung zu stören und die Brust mit einer Zentnerlast zu zermalmen. Ihre Arme liegen leblos neben ihr; ihr Gesicht ist totenbleich, ihre Hände sind kalt, die Augen geschlossen. Mittendrin kann es sein, daß sie meinen Kummer wahrnimmt, sich darüber lustig macht und mir sagt, ich sei ein Kind und verstünde nichts vom Elend der Frauen.

Über ihre Auswürfe will ich nicht reden. Die Doktoren kamen bei einbrechender Dunkelheit und erklärten beide, es sei unmöglich, aus ihnen Schlüsse zu ziehen. Mir schienen sie zäher zu sein. Die Pflaster haben kräftig gewirkt und

viel Lymphe gezogen. Die Ärzte verordneten die doppelte Milchmenge, womit wir nicht noch am selben Abend anfangen konnten; die Ziege hatte keine Milch mehr, da man mit dem Melken aufgehört hatte.
Wenn diese Frau zugrunde geht, so gibt es zwei Menschen auf Erden, die sich einige Vorwürfe machen müssen. Der eine ist Perronet. Den Grund nenne ich Ihnen nicht, und ich glaube nicht, daß Sie ihn erraten werden. Der andere ist Ihre Frau Mutter. Genau in dem Augenblick, da sie den festen Entschluß verkündete, nicht mehr im Haus am Palais-Royal zu bleiben, begann ihre Krankheit einen ernsten Verlauf zu nehmen. Ich las ihre beiden letzten Briefe, den einen an Madame de Blacy, den anderen an den Gatten. Der an Madame de Blacy ist von einer Gefühllosigkeit, einer Kälte, die eine hundertmal weniger empfindsame Seele als die unserer lieben Schwester in tausend Stücke zerreißen würde. Ich sah, wie sich ihr Herz zusammenkrampfte, wie ihre Lippen bebten. Sie sprach kein Wort, doch sie zeigte mit ihrem Finger auf ihr Herz.
Ich erinnerte sie an ihren Gatten, mit dem sie voll und ganz zufrieden ist; an ihre Tochter und ihren Sohn, die sie alle beide brauchen. Sie antwortete mir mit einem schmerzlichen Seufzer: „Ich muß ihnen meine ganze Liebe geben, da andere sich weigern, es zu tun." Ich hätte mir gewünscht, daß sie weinte; es hätte sie erleichtert. Doch ihre Augen blieben trocken; und ihre Haltung war die eines Menschen, der vor Schmerz vergeht. Jeder Gesichtszug sagte: ‚Ist das eine Mutter, eine Mutter, die mich liebt?' Meine Freundin, schätzen Sie selbst ein, was aus dieser Frau wird – so wie Sie sie kennen –, wenn die Erstickung aus Kummer mit der vom Atmungsorgan ausgehenden Erstickung zusammentrifft. Am Abend war ihr Puls so schwach und der Schmerz in der Seite so heftig geworden, daß die Ärzte warme, mit Amber beräucherte Flanelltücher verordneten.
Wer wäre auch jemals auf den Einfall gekommen, einen Brief an eine todkranke Tochter mit den Worten ‚Mein Herz ist zerrissen' zu beginnen und dann mit dummem Zeug zu beenden? Sie selbst, Sie haben es kaum besser gemacht. Sie haben in einer unfreundlichen, kühlen, leichtfertigen, unbesonnenen Art und Weise geschrieben, die unbegreiflich ist. Mir scheint, Sie haben alle beide den Dolch im Herzen

dieser armen Kreatur noch tiefer hineingestoßen. Um Gottes willen, meine Freundinnen, glauben Sie mir, Sie, die Sie ihre Mutter sind, und Sie, die Sie ihre Schwester sind, entweder sehen Sie sie nie wieder, oder wenn es geschehen sollte, daß Sie sie wiedersehen, so werden Sie vielleicht zuschauen müssen, wie sie im Verlauf von zwei oder drei Jahren allmählich an Lungenentzündung oder Schwindsucht dahinsiecht.

Doch nun zu dem an den Gatten geschriebenen Brief. Er enthält zwei oder drei Zeilen, aus denen eine völlig unangebrachte Härte spricht. So fertigt man einen Mann nicht ab, den der Zustand seiner Frau kopflos macht und der deswegen die achtundzwanzigste Nacht ohne Schlaf verbracht hat.

Ihre Ohnmachten scheinen mir ein schlimmes Zeichen zu sein. Unter dem Vorwand, Bordeu hinausbegleiten zu wollen, öffnete ich die Tür zum Nebenzimmer und fragte ihn, was er von dem Ganzen hielte. Ich weiß nicht, ob er Mitleid mit mir hat, ob er ehrlich zu mir ist oder ob er mich täuscht. Für ihn sind es Nachwehen von Vapeurs. Aber sagen Sie mir, warum ich ihm nicht glauben kann, obgleich ich es so gern möchte?

Die Rolle, die wir vor ihr zu spielen haben, ist recht schwierig. Uns ist es schwer ums Herz, und sie verlangt von uns, sie mit fröhlichen Reden zu unterhalten. Gestern kam ich nahe an ihr Kopfkissen heran und fragte sie, was sie täte, um mir ihre Gesundheit wiederherzustellen, die mir ebenso köstlich sei wie ihre Krankheit grausam. „Nichts", antwortete sie mir. „Sie haben meine Krankheit kennengelernt, und Sie werden meine Gesundheit kennenlernen." Über Perronet sagte sie zu mir: „Oh, wie sehr habe ich mich getäuscht! Dieser Mann hat ein Herz aus Stein. Er hat nicht den Schatten der Empfindsamkeit, die ich bei ihm vermutete. Stehen Sie mir bei, wenn Sie können, und ich verspreche Ihnen, daß Sie alle sehr zufrieden sein werden."

Wir haben hier eine ungeheuer hohe Ausgabe. Die Milch, die wir trinken, ist übermäßig teuer. All das beunruhigt sie. Doch Sie bezieht sie nicht in ihre Klagen ein. Sie weiß, daß Sie ein armer kleiner Satellit sind, der dazu verurteilt ist, der Bahn des Hauptsatelliten zu folgen und sich um diesen Planeten zu drehen.[2]

Aber sagen Sie mir auch noch, warum haben Sie mir gestern kein Zeilchen geschrieben? Um Gottes willen, meine Freundin, bemühen Sie sich, besser auf Ihr Herz zu hören, und lassen Sie aus Ihren Zeilen ein wenig mehr Ihre Liebe zu dieser Schwester und Freundin sprechen. Wir sind die einzigen, die ihr blieben. Sie ist aufs tiefste gerührt von den Diensten, die Madame de Blacy ihr erweist; doch ohne daß sie es ausspricht, hört man sie ständig sagen: ‚Warum muß es sein, daß diese Dienste mir nicht von den Menschen erwiesen werden, von denen ich sie so gern empfinge?'
Madame de Blacy kommt um sieben Uhr morgens. Um zwei holt sie ihre Tochter. Ich komme um drei. Die Ärzte um sechs. Um neun hat sie ihre Milch getrunken, und um zehn setze ich Mutter und Tochter an ihrer Tür ab und kehre zu mir nach Hause zurück. Jetzt ist die Stunde gekommen, da ich wieder zu ihr gehe. Ich zittere, die gestrigen Briefe könnten ihr Kopfschmerzen und eine sehr schlechte Nacht bereitet haben.
Der Gatte ist ein sehr seltsamer Mensch. Hören Sie sich zwei charakteristische Aussprüche an. Ich saß in einem Sessel, er in einem anderen, er schien vor sich hin zu träumen. „Nun", fragte ich ihn, „und Ihr Projekt, wie steht's damit?" – „Von welchem sprechen Sie", erwiderte er mir. Récolin kommt aus Anhänglichkeit, aus Freundschaft; er kommt alle Tage. Als er eines Abends Récolin nach Hause brachte, sagte er zu ihm, da er seine Frau nicht mehr in unmittelbarer Gefahr glaubte: „Ach ja, Monsieur Récolin, ich hoffe, Sie besuchen uns, sooft Sie nichts zu tun haben." Ich meinerseits steige und sinke in seiner Gunst, je nach Bedarf. Doch ich verzeihe ihm alles, seines ausgezeichneten Betragens wegen, das er unserer Kranken gegenüber zeigte und auch weiterhin zeigen wird.
Fanfan[3] verhält sich sonderbar. Er ist bald das netteste und bald das boshafteste Kind, das man sich vorstellen kann. In den besorgniserregenden Tagen sagte er: „Wenn sie davonkommt, schließe ich mich für wer weiß wie lange hier ein. Wenn sie stirbt, gehe ich sofort aufs Gymnasium."
Auf Wiedersehen, meine Freundin. Ich werde Sie wieder lieben, wenn ich nicht mehr leide. Dann werde ich zu meiner Hauptleidenschaft zurückkehren.

1 Madame Legendre.
2 Diderot charakterisiert damit das Verhältnis Sophies zu ihrer Mutter, in deren Abhängigkeit sie lebt.
3 Der Sohn Jean-François Legendre, genannt „Fanfan", war dreizehn Jahre alt.

(14. März? 1766)

Meinen letzten Brief schrieb ich zu Hause; diesen schreibe ich bei ihr.[1] Ich hatte richtig vorausgesehen, daß Ihr Schweigen und die beiden letzten Briefe Ihrer Frau Mutter irgendein Unglück heraufbeschwören mußten. Die Nacht war schlecht und der Tag abscheulich. Sie war niedergeschlagen und zu Tode betrübt. Die mit Amber beräucherten Flanelltücher haben – oder vielleicht waren sie es gar nicht – einen Teil des Schmerzes vertrieben. Zumindest ist er schwächer. Das Fieber aber hält an. Es bleibt beständig hoch, doch trotz dieser Beständigkeit hat sie kurze Kälteschauer, die sie zu Eis machen und ihr Gesicht mit Blässe überziehen, und bald darauf Hitzewellen, die sie geradezu verbrennen und zum Glühen bringen. Ihrem Magen war zum ersten Mal die Last von Milch und Bouillon zuviel.

Um Gottes willen, wenn Sie uns schon nicht helfen wollen, so bemühen Sie sich wenigstens, uns nicht zu schaden. Sie müßte tot sein, um nicht mehr die Zeit und Neigung zu haben, sich zu grämen. Wenn Ihre Frau Mutter schreibt, so flößen Sie ihr mit größtmöglicher Vorsicht alle Sanftmut und Anteilnahme ein, die ihre Tochter in ihrem jetzigen Zustand braucht. Sollten die Umstände Ihnen nicht erlauben, ihr den einzigen Trost zu bringen, nach dem sie lechzt, so bemänteln Sie wenigstens Ihre abschlägige Antwort mit etwas Geschick.

Ich war bei Grimm, wo ich ein paar Zeilen von Ihnen vorzufinden hoffte; und ich kann Ihnen nicht sagen, wie sehr ich gelitten habe, als ich ohne die Zeilen zurückkam, auf die sie noch mehr wartete als ich. Jeden Tag, jeden Augenblick taucht eine neue Sorge auf. Gestern sagten die Doktoren, am Abend könnten sie die Auswürfe nicht beurteilen. Mir scheint, dies sollte eine Erklärung dafür sein, daß sie am Tag gekommen waren, ohne darum gebeten worden zu sein. Trotzdem haben sie nichts unternommen. Ich erbebe bei dem Gedanken, daß sie nicht wissen, was sie anfangen sollen.

Diese Auswürfe, meine Freundin, sind wichtige Indizien, jetzt da die Symptome an Heftigkeit nachgelassen haben. Ich begreife nicht, wie kleine erbärmliche Auseinandersetzungen, Umzüge, Räume, Wohnungen, Straßen – die lächerlichsten Anlässe – die ehrbarsten und sanftesten Seelen in einen störrischen Zustand versetzen können, so daß man beinahe meinen könnte, die Liebe – was sage ich! – die Menschlichkeit sei ihnen fremd geworden. Meine Freundin, mein Herz zürnt. Sollte diese Frau in unseren Armen sterben, ohne daß ihr das Glück zuteil wurde, einen letzten Blick auf ihre Mutter und ihre Schwester werfen zu können, so weiß ich nicht, was aus mir wird. Nehmen Sie sich in acht.
Vor ein paar Tagen ist Fanfan ein kleiner Unfall zugestoßen, der mich Freudentränen hätte weinen lassen, wären nicht die anderen Dinge vorher gewesen, die mir mißfallen hatten. Er war im Begriff hinaus- oder hineinzugehen, und im gleichen Augenblick wurde die Tür geöffnet, sie wurde so heftig aufgerissen, daß sie gegen seine Nase prallte. Er stieß einen Schrei aus. Die Mutter fuhr zusammen. Der Vater und ich hielten ihm vor, er nähme so wenig Rücksicht auf seine Mutter. Er ging ins Vorzimmer. Dort weinte er, und als er viel geweint hatte, schrieb er das folgende Briefchen an seinen Vater, ich habe das Original aufbewahrt: „Mein lieber Papa, ich sterbe vor Kummer, daß ich diese Dummheit begangen habe, so zu schreien. Ich wage nicht zurückzukommen, solange Sie mir nicht verziehen haben. Verzeihen Sie mir bitte. Sagen Sie Mama, sie möchte mir ebenfalls verzeihen. Ich warte im Vorzimmer auf Ihre Antwort.“
Das ist entzückend.
Gute Nacht, meine Freundin, es ist neun Uhr. Madame und Mademoiselle de Blacy warten auf ihren Begleiter. Die Kranke schläft. Ich versprach dem Baron vorbeizukommen. Grimm und Madame d'Epinay erwarten mich, um Nachricht von der lieben Schwester zu erhalten, für die sie die lebhafteste Anteilnahme aufbringen, ohne sie zu kennen.
Manchmal durchfährt mich der Gedanke, Sie könnten krank sein. Das fehlte mir gerade noch. Eine Riesenlast drückt auf meinen Magen, die sich dadurch nicht gerade verringerte. Der Herr und Gebieter will immer noch nicht, daß unser Werk hier erscheint.[2] Doch meinen Sie, ich könnte

mich unter den augenblicklichen Umständen von hier entfernen, wenn er uns die Aufhebung des gerichtlichen Beschlages gewährte? Es fehlte ihr nur noch dieses Zeichen von Gleichgültigkeit, und Sie werden mir gewiß nicht raten, ihr dieses zu geben. Gute Nacht.

Freitag

1 Bei Madame Legendre.
2 Anspielung auf das Verbot, die nunmehr erscheinenden letzten Bände der *Encyclopédie* an die Subskribenten in Paris auszuliefern.

(Grandval, 28. September 1767)

Ich bin noch immer in Grandval. Damilaville hatte zugesagt, herzukommen und mich am heutigen Montag wieder mit zurückzunehmen; da er aber keine Kutsche auftreiben konnte, ist die Sache auf Mittwoch aufgeschoben. Mittwoch werde ich also wieder in Paris sein, wo Sie beide vielleicht schon vor mir eintreffen werden.

Ich brauche Ihnen nicht von dem Leben zu berichten, das wir hier führen. Ein wenig Arbeit am Morgen, eine Partie Billard oder ein Schwätzchen am Kamin, während wir auf das Diner warten; ein endlos langes Diner und dann Spaziergänge, bei denen ich in den acht bis neun Tagen meines Hierseins bis nach Isle und noch weiter gekommen wäre, wenn man die Strecken aneinandergefügt hätte.

Heute haben wir das Haus und die Gärten von Monsieur d'Ormesson d'Amboile besichtigt.[1] Er hat unermeßliche Summen ausgegeben, um sich die traurigste und langweiligste Wohnstätte zu schaffen, die es zwanzig Meilen in der Runde gibt. Stellen Sie sich ein altertümliches Schloß vor, das zwischen Gräben eingepfercht und nach allen Seiten von Höhenzügen umzäunt ist; Terrassen ohne Aussicht, Wege ohne Schatten, überall das Bild des Chaos. Sollte ich jemals diesen Mann treffen oder aber seinen Haushofmeister, so könnte ich mich nicht enthalten, ihn durch ein Projekt zu ruinieren, das diese Wohnstätte zweifellos verschönerte, jedoch nicht weniger als sieben- bis achttausend Francs kostete. Dem Schloß gegenüber erhebt sich ein kleiner Berg; auf diesem Berg erstreckt sich eine Ebene, wo es Wasser gibt, soviel man nur will. Mein Rat, der seinen Ruin bedeutete, wäre also, dieses Wasser anzustauen und von der Berges-

höhe herabzuleiten, um so eine Kaskade zu schaffen, wie Sie eine in Brunoi gesehen haben. Dieses Wasser würde am Fuße des Berges in einem schönen Kanal aufgefangen, der extra dafür ausgehoben zu sein scheint.
Der Baron, der in alles die Moral hineinbringen muß, schwört, er könne es mir sein Leben lang nicht verzeihen, wenn diese Kaskade angelegt werde, es sei denn, ich schnappte die Kinder des Monsieur d'Ormesson und ließe sie alle beide im Kanal ertrinken. Nach diesen riesigen Spaziergängen, über deren Länge wir durch mannigfaltige Gesprächsthemen politischer, literarischer und metaphysischer Art hinweggetäuscht werden, machen wir es uns bequem; wir fangen ein Pikettspiel an, bei dem wir aufschreiben und das wir nach dem Souper beenden; und dann begibt sich ein jeder mit dem Leuchter in der Hand zu seinem Schlafraum. Ich vermag Ihnen nicht zu sagen, wie sehr mir dieses unschuldige, ruhige und gesunde Leben behagt. Als wir heute nach Hause zurückkamen, fanden wir Cohault vor, neben der Baronin auf dem Kanapee liegend. Er war aus Paris mit einem Fiaker weggefahren, der ihn bis Charenton gebracht hatte. Von Charenton aus hatte er den Rest seiner Reise zu Fuß zurückgelegt. Er war um halb sieben eingetroffen. Er wird die Laute der Baronin höher stimmen; er wird ihr und ihren Kindern eine Stunde geben; er wird mit uns soupieren und morgen nach Isle-Adam reisen. Wenn er in sie verliebt ist, so hat er sich nicht anders verhalten, als ich es getan hätte; wenn nicht, dann ist es toll.
Er hat an der Tür des Barons einen Brief von Madame Legendre in Empfang genommen, der von Koketterie strotzt, doch die Koketterie ist vergebens. Könnte ich in ihre Netze gehen, so wäre es schon längst geschehen. Ich versichere Ihnen fest, zärtlich geliebte Freundin, wenn sie tausendmal mehr Reize, mehr Geist, mehr Anmut und mehr Talent besäße, so wäre es auch nicht anders. Sie können sich gar nicht vorstellen, was für eine ehrbare Seele man mit fünfzig Jahren hat und mit wieviel Mut man sich den Vergnügen entzieht, die zu genießen man nicht mehr in der Lage ist. Und wäre eine junge Frau geneigt, mich zu erhören, könnte ich dann vor mir verhehlen, wie wenig ich ihr zu sagen hätte? Wenn Sie nicht allzusehr auf die Treue der Männer rechnen, dann rechnen Sie um so mehr auf ihre Schwäche.

Ich werde Ihnen meine beiden Pfötchen ohne Fehl und Tadel zurückbringen, ohne daß sie auch nur das kleinste Stückchen Strick hinter sich herzögen. Ich weiß nicht, was man in der Rue Saint-Thomas-du-Louvre über meine nächtlichen Besuche denkt; gewiß ist, daß ich Madame de Blacy unbändig liebe; und sollte sie sich in den Kopf gesetzt haben ... Was dann? Nun, sie wird für mich nicht gefährlicher sein als jede andere. Es ist immer dasselbe Schamgefühl, das einen veranlaßt, sich seine Weibsbilder andernorts zu suchen als dort, wo man sie gern für sich gehabt hätte. Dieses Motiv ist nicht gerade edel, doch ich fürchte, es ist das wahre. Mehr wert sind wir eben nicht, und deshalb habe ich morgens nach einem ruhigen Schlaf und einer friedlichen Verdauung etwas weniger Gewissensbisse als in jedem anderen Augenblick des Tages. Es gibt nun einmal kritische Momente für die Tugend; glücklicherweise sind sie kurz.
Oh, wir sind alle so vernünftig, wenn wir nicht mehr die Möglichkeit haben, eine Narrheit zu begehen. Wir sind voller Achtung für die Frauen, wenn es nur noch eine auf der Erde gibt, vor der wir keusch und züchtig erscheinen können. Es läge bei mir, anders zu denken; denn ich hätte, ohne eitel zu sein, ein paar Abenteuer zur Hand, die sich ein anderer als hohe Ehre anrechnete. Doch bevor ich mir eine Trophäe eroberte, müßte ich alles gut unter die Lupe nehmen. Tausend Fragen müßte ich mir stellen, wie diese zum Beispiel: Gefällt sie dir besonders gut? Bist du dir ihrer Gesundheit sicher? Steckt hinter deinem Verzicht vielleicht ein Sparsamkeitsprinzip? Fürchtest du nicht, daß man mehr von dir fordert, als du zu bieten hast? War es dir nicht immer lieber, man hatte eine hohe Meinung von dir, als daß du einen glücklichen Augenblick erlebtest? Kommt dir nicht das Sprichwort ‚Viel Geschrei und wenig Wolle' in den Sinn? Schämst du dich nicht, weil die Erfüllung so wenig der Verheißung entspricht, und ziehst du deshalb die Ehre dem Vergnügen vor? Oh, gute Freundin, wer sich erkühnt, die Heldentaten der Menschen auf die Probe zu stellen, weiß nie, wie sie daraus hervorgehen, und so mancher hält viel von dem, was er tut, während er es geringschätzen würde, sobald er sich ernsthaft bemühte, den Grund aufzudecken. Nehmen Sie der einen Ihrer Schwestern die Klugheit; geben Sie der anderen ein wenig Offenheit, und dann

werden wir sehen, was passiert. Ich weigere mich nicht, mich selbst zu loben; aber erst, nachdem ich fünf- oder sechsmal Robert d'Arbrissels[2] Probe durchlaufen habe. Da man, um sich kennenzulernen, keine Gelegenheit auslassen darf, die sich bietet, so werde ich mir auch keine entgehen lassen. Oh, wie stolz werde ich am Morgen sein, freilich nur unter der Bedingung, daß ich am Morgen nicht bedaure, mich so gut oder so schlecht aus der Affäre gezogen zu haben; denn Reue einer guten Tat wegen schmälert das Verdienst beträchtlich. Denken Sie etwa, ich schliefe tief und fest zwischen zwei jungen Sunamiten? Denken Sie etwa, es täte mir kein bißchen leid, wenn mir das passierte? Es kommt mir sehr schwer an, eine so gute Meinung von mir zu haben. Vielleicht bin ich viel mehr wert, als ich annehme. Es ist möglicherweise eine Frage der Bescheidenheit bei mir. All das wird eines Tages aufgedeckt werden; doch dieser Tag braucht nicht in weiter Ferne zu liegen. Unterdessen liebe ich Sie von ganzem Herzen, ich liebe nur Sie, und die Vorstellung, ich könnte eine andere lieben, bringt mich zur Verzweiflung. Dies ist keineswegs ein Scherz. In Wahrheit, gute Freundin, sind Sie eifersüchtig, und ich brauchte nur in diesem Ton fortzufahren, um Sie noch mehr zu quälen. Ist es möglich, daß Sie mich nach zwölf Jahren Liebesbindung immer noch nicht kennen? Ich werde in der Rue Saint-Anne neben den Mund küssen, wie es meine Gewohnheit ist, und in der Rue Saint-Thomas-du-Louvre alles, was man mir darbietet.
Ob es mir in dem Speisehaus schmeckt? Ja tatsächlich, und zwar ausgezeichnet. Es ist ein bißchen teuer, doch wird man gut bedient, zudem zur gewünschten Zeit. Die schöne Wirtin fängt nie ein Gespräch mit ihren Gästen an; sie ist zu ehrbar und anständig dafür. Doch ihre Gäste plaudern mit ihr, soviel es ihnen gefällt; und sie antwortet sehr hübsch. Man speist für sich allein. Jeder hat sein kleines Kabinett, über das ihre Aufmerksamkeit wacht. Sie kommt selbst nachschauen, daß einem nichts fehle; das ist wunderbar, und mir scheint, ein jeder ist des Lobes voll.
Vanloo geht es nicht gut. Madame Vanloo und Madame Berger werden von Ihrem Gedenken sicherlich sehr gerührt sein. Haben Sie nichts an Mademoiselle Vernet auszurichten? Ich besorge so gern Aufträge für sie. Ich werde Ihren Äsku-

lap ankündigen, der nicht viel Talent hat, wenn er nicht mehr kann als La Mothe.
Oh, kein Mitleid mit Fürst Golizyn. Jeder hat jemanden, der ihm ein Dorn im Auge ist, bei mir sind es die Eifersüchtigen. Es tut mir sehr leid, daß die schöne Dame Ihnen nicht geschrieben hat; Sie hätten einen hübschen Brief bekommen. Doch ich weiß schon, woran es liegt: Sie werden ihr Angst gemacht haben.
Ob ich nach Sainte-Périne zurückkehre? Ich denke schon. Doch Sie wollen allzuviel wissen, und Sie selbst antworten nie auf die Fragen, die man Ihnen stellt. Entweder muß man zu seiner Tochter gehen oder bei seinem Liebhaber bleiben. Das ist der springende Punkt. Wofür würden Sie sich entscheiden?
Ob der Fürst ihr entgegenfährt oder nicht? Das weiß ich nicht; das weiß er selbst nicht. Er wartet von einem Tag zum anderen auf Depeschen, die ihm Anweisungen geben. Ich bin sicher, daß meine Abwesenheit ihn sehr bekümmert. Er hat mir noch einen Brief seines Hofes zur Beantwortung geschickt. Ich habe große Angst, daß diese Russen ein bißchen niederträchtig sind. Ich nehme davon die Zarin aus, wie Sie sich denken können. Über sie gibt es nur eine Meinung; sollte sie, sie ganz allein, alles besitzen, was es an Aufklärung und Seelengröße in ihrem Reich gibt? Wenn es so sein sollte – wie sehr muß ich sie beklagen! Sie verdiente gewiß, über eine bessere Nation zu gebieten.
Es ist Mitternacht. Ich falle vor Müdigkeit um; doch Cohault muß morgen diesen Brief wegbringen, und ich schließe ihn nicht, bevor ich Sie nicht alle beide geküßt habe, zunächst Mama, dann Sie; bevor ich Ihnen beiden nicht versichert habe, daß jenes Gefühl, das ich stets mit der größten Freude tief in meinem Herzen verspüre, die zärtliche, aufrichtige und ewige Liebe zu Ihnen ist. Sie werden meine Freundin sein, meine einzige Freundin, solange ich lebe; sie wird immer meine verehrungswürdige Mama sein, solange sie lebt; und ich hoffe immer, daß sie uns überlebt. Sagen Sie ihr, sie möge sich gesund erhalten, und sie habe Sorgen genug gehabt, um keine neuen auf sich zu laden. Wir handelten sehr schlecht, wollten wir nicht unablässig um ihr Glück bemüht sein.
Gute Nacht, gute Nacht, alle beide.

1 Das Schloß Amboile (Seine-et-Oise) wurde unter Heinrich IV. für die schöne Gabrielle de Santeny errichtet und ging 1630 in den Besitz der Familie Lefebvre d'Ormesson über.

2 Robert d'Arbrissel (1047–1117) war der Begründer und erste Abt des Klosters Fontevrault. Von ihm wird berichtet, er habe mit seinen Nonnen geschlafen, um deren Tugend zu erproben und gleichzeitig festzustellen, wie lange er selbst fleischlichen Versuchungen zu widerstehen vermochte. (Vgl. *Vénus dans le cloître, ou la Religieuse en chemise*, Düsseldorf 1746.) Aus Diderots *Salon von 1765* geht hervor, daß dieser genanntes Buch bei einem Buchhändler bestellt hat.

(4. Oktober 1767)

Ich lasse meinen kleinen Liebling[1] allein, der gerade wie ein Engel auf seinem Instrument spielt, um mit Ihnen zu plaudern. Ich bin also von Grandval zurück, obgleich alle dagegen waren, der Baron, die Baronin, die Enkel, die Enkelinnen, Madame d'Aine und die Hausangestellten. Ich überlasse sie alle der schlechten Laune des Hausherrn, der sich die Zeit damit vertreibt, seine Familie zur Verzweiflung zu bringen, wenn ihm ein Freund fehlt, der ihn glücklich stimmt. Ich laufe, schreibe nach allen Himmelsrichtungen, um ihnen jemanden zu schicken, der ihnen hilft.[2] Doch Galiani liebt die Stadt, wo er ständig im Blickfeld der Welt steht. Doktor Gatti hängt an Madame de Choiseul wie ihr Schatten. D'Alainville macht Quartier in Fontainebleau. Grimm langweilt sich aus Anstandsgründen in La Briche. Wenn Morellet nicht in Voré[3] ist, so ist er zumindest auf dem Weg dorthin. Die schöne Madame Helvétius hat sich ihn an ihre Rockschöße geheftet. Unser Orpheus[4] ist in Isle-Adam. Suard hat es mit so vielen Frauen zu tun, daß er kaum noch an die Baronin denkt.

Vergeblich drang ich in Monsieur Le Romain, den man mit großem Vergnügen empfinge, doch seine Melancholie hält ihn in der Dunkelheit seiner elenden Hütte zurück, wo er lieber finstere Gedanken brütet, mit denen er die ganze Natur verdunkeln könnte, als daß er deren Reize auf dem Lande genießt. Den dicken Bergier könnte man leicht verleiten, doch an ihm ist allen nur wenig gelegen, weil er traurig, schweigsam, verträumt ist und überdies einen verdächtigen Umgang hat. Damilaville nimmt immer seine Ge-

schäfte als Vorwand und erledigt sie doch nicht. Naigeon käme vor Langeweile um, wenn er nicht emsig die Vanloos aufsuchen könnte, wo er mit Sicherheit Madame Blondel antrifft, die er gar nicht liebt, von der er aber ständig spricht, und wenn er nicht pünktlich zu der Zeit zum Palais-Royal gehen könnte, in der sie spazierengeht.
Der Abbé Raynal fühlt sich nirgends wohl, wo er nicht des langen und des breiten über Kolonien, Politik und Handel predigen kann. Monsieur de Saint-Lambert klebt in Montmorency fest. Mein Sohn d'Aine läuft sich die Beine nach dem Intendantenposten in Auch ab,[5] den er ebenso verachtet wie der Fuchs die sauren Trauben. Der Baron von Gleichen hält sich lieber bei den Ausgrabungsarbeiten von Herculanum auf als in den schönsten Gärten der Welt. Freund Le Roy lebt für sich und geht nur dann anderswohin, wenn er sich dort mehr Amüsement erhoffen kann; und außerdem ist jetzt die Zeit der Jagd, die er leidenschaftlich liebt. Croismare braucht viel zuviel Abwechslung, als daß er einen Tag lang still sitzen bleiben könnte; er hat noch nie seine Nachtmütze in die Tasche gesteckt und den Quai de la Ferraille, die Büchertrödler und die Bilderhändler aus den Augen gelassen, wenn kein ungewöhnlich wichtiger und ehrbarer Grund vorlag.
Wir hätten viele Frauen, doch wir wollen keine, weil es sehr selten ist, daß sie Menschen sind. Doktor Roux sucht nach Kranken. Doktor James läuft immer seinem Pferd hinterher. Doktor d'Arset ist anscheinend vom Comte de Lauraguais hinter Schloß und Riegel gesetzt worden, bis er ihm eine Erfindung vorweisen kann. Der Comte de Creutz staunt verzückt seine Gemälde an oder die Frau des Malers, die hübsch ist und gefallsüchtig obendrein. Helvétius, die Nachtmütze tief über den Kopf gezogen, nimmt Sätze auseinander und befaßt sich auf seinem Landgut damit, zu beweisen, daß sein Hundeknecht ebensogut wie er das Buch *Vom Geist* hätte schreiben können.[6] Wilkes steht nicht mehr in Gunst, weil er stetig seinem Ruin entgegenschreitet, weshalb wir unbewußt dem Unglück zuvorkommen und mit ihm brechen, bevor dieses eintritt, weil es unehrenhaft wäre, hinterher mit ihm zu brechen. Der Chevalier de Chastelleux ist irgendwo festgenagelt, und wenn man jung ist, hält dieser Nagel recht fest. Die Baronin sagt, der Abbé Coyer habe vom Nabron-

ner Honig einen Klaps, weshalb man ihn ihr nicht schicken möge. Der Chevalier de Valory spielt seit nahezu sechzig Jahren bei Pierre-Claude de Nivelle die Rolle des Hundes. Das ist in etwa die gesamte Gesellschaft, die Sie beinahe ebensogut kennen wie ich. Wegen dieses Personenmangels habe ich ihnen gerade den Juden Berlize geschickt; er ist der Sekretär von meinem Sohn d'Aine und der Verwalter von dessen Mutter. Er spielt, er faselt herum; man macht sich über ihn lustig, er ärgert sich, und dann macht man sich um so mehr über ihn lustig.

Meine Rückkehr nach Paris hat sich um drei oder vier Tage verzögert, und zwar durch eine kleine Bosheit der Baronin: Sie hat heimlich die Leute bestochen, die fest versprochen hatten, mich mit zurückzunehmen. Ich bin gerade rechtzeitig nach Hause gekommen, um die Folgen unzähliger kleiner Familienzwistigkeiten zu unterbinden, die sich während meiner Abwesenheit zwischen Schwester und Schwester, Mutter und Tochter, Nichte und Tante abgespielt hatten.[7] Jeder kam zu mir, um seine Beschwerden vorzubringen; sie hatten alle unrecht; ich gab allen recht. Das Püppchen versprach, in den Reden zurückhaltender zu sein, und alles beruhigte sich. Mein erster Gedanke, als ich den Fuß auf die Erde setzte, war, Madame de Blacy aufzusuchen, denn obgleich ich gern lache, tröste ich noch lieber die Weinenden. Darauf besuchte ich die kleine Schwester, die ich beim Lesen Ihrer Briefe antraf; sie rümpfte die Nase, jedesmal wenn Sie ihr Ihre Freundschaft beteuerten. Monsieur Digeon war anwesend. Man lud mich für den heutigen Sonntag zum Diner ein; doch dann erinnerte man sich, daß dieser Tag den Sommerfrischlern in Monceau[8] versprochen sei; und diese Überlegung verwickelte uns in ein Gespräch über die Einhaltung von Versprechungen. Unsere liebe Schwester war gerade im Begriff, darüber die schönsten Grundsätze der Welt aufzustellen, als ich mir die Freiheit nahm, sie darauf aufmerksam zu machen, daß es hundert verschiedene Arten von Versprechen gäbe, die nicht weniger verbindlich seien als ausdrückliche, feierliche Versicherungen oder mit Blut unterschriebene Schriftstücke. „Zum Beispiel", fügte ich hinzu, „gibt es Dienste, zu denen sich mein Freund nie verpflichtete, doch mit denen ich rechne, weil sie zu einem Freundschaftsbund gehören, und wenn der Umstand eintritt, sie erbitten zu müssen, so erbitte ich sie, als seien sie mir in jenem Augenblick versprochen worden, da wir uns zum ersten Male als Freunde bezeichneten."

Und nun waren wir mittendrin in den Pflichten der Freundschaft. Diesbezüglich halte ich mich an die Fabel von La Fontaine. Ich wollte, daß man, allein aus der Sorge heraus, ich könnte in meinem Bett keine Ruhe finden, das eigene verläßt und seinen Sklaven mir zur Seite gibt, falls ich allein schlecht schlafe. Monsieur Digeon schüttelte bei dem Sklaven den Kopf; und ich sagte, dies wäre nur für den Fall, wenn ich in Monomatapa lebte, wo ich aber nicht wäre.[9]

Wir verließen dieses Thema und sprachen über meinen langen Aufenthalt auf dem Lande und über die Art und Weise, wie man in Grandval lebt. Man fragte mich, ob die Baronin dort sehr glücklich sei. Ich antwortete, was wahr ist, daß sie überall glücklich sei, wenn nur der Baron sich wohl fühle und sie ihre Kinder und ihre Laute habe. Um das folgende zu verstehen, müssen Sie wissen, daß Madame Legendre Gelegenheit hatte, zwei- oder dreimal Suard bei Madame de Grandpré zu treffen, da er seit fünfzehn Jahren mit Monsieur Digeon und Madame de Grandpré befreundet ist.

Als man äußerte, das Leben, das die Baronin in Grandval führe, unterscheide sich beträchtlich von dem, das sie in Paris führe, bemerkte ich zu ihrer Ehre, sie verzichte auf die schönsten Vergnügungen in der Stadt, sobald sie in der Miene ihres Gatten nicht vollständige Zustimmung läse. Während ich diese Worte aussprach, sah ich, daß Monsieur Digeon und Madame Legendre einander zulächelten. Dies mißfiel mir. Monsieur Digeon entfernte sich, um dem Jungen Unterricht zu erteilen. Wir blieben allein zurück, sie, Madame de Blacy und ich. Da nahm ich einen festeren und ernsteren Ton als gewöhnlich an und sagte zu Madame Legendre, daß diejenigen, die Madame d'Holbach nur aus Monsieur Suards Reden kennten, sie überhaupt nicht kennen, weil Monsieur Suard nicht dafür bezahlt werde, Gutes über sie zu sagen.

Ich erkannte – und ich glaube, ich erkannte es richtig –, daß Suard die Unhöflichkeit besessen hatte, die Baronin bei seinem Freund in Verruf zu bringen, und daß dieser Freund so leichtfertig gewesen war, die falsche Meinung, die ihm übermittelt wurde, an Madame Legendre weiterzugeben. Nach einigen Minuten des Schweigens zündete Madame Legendre ihren Handleuchter an und verschwand, was meinen Verdacht vollends bestätigte. Ich ahnte, daß sie zu Monsieur Digeon gegangen war, um ihm von meinem heftigen Vorwurf zu berichten, und ich zweifle nicht im geringsten, daß meine Vermutung richtig ist. So etwas nennt man ehrbare Leute. Sie werden im Haus aufgenommen; der Hausherr überhäuft sie mit Artigkeiten und guten Diensten, sie erwerben seine Achtung und Freundschaft, er zeigt es ihnen auf jede erdenkliche Weise, und zum Dank setzt man alles daran, seine Frau zu verführen; und wenn es einem nicht gelingt, läßt man keinen guten Faden an dieser Frau. Sollte Monsieur Digeon damit fortfahren, so werde ich energisch einschreiten. Dieser Mann sieht das Menschengeschlecht in den schwärzesten Farben. Er glaubt nicht an tugendhafte Handlungen; er setzt sie herab; er bestreitet sie; wenn er ein Vorkommnis erzählt, ist es ein anstößiges, skandalöses. So hat er die Gelegenheit ergriffen, mit Madame Legendre über zwei Frauen aus meiner Bekanntschaft zu sprechen. Er redete von beiden schlecht. Gewiß haben sie ihre Fehler; aber sie haben auch ihre guten Eigenschaften. Warum die guten Eigenschaften verschweigen und nur die schlechten ans Licht bringen? Darin liegt zumindest eine Art Neid, der mir weh tut, mir, der ich in den Menschen wie in Büchern lese und der ich mein Gedächtnis nur mit Dingen belaste, die mir wissens- und nachahmenswert erscheinen. Die Unterhaltung zwischen Suard, Madame de Grandpré und Madame Legendre war wegen eines Mißverständnisses der letzteren sehr lebhaft geworden. Sie hatten den Grund herausfinden wollen, weshalb sich empfindsame Seelen so schnell, so stark, so köstlich erregen, wenn von guten Taten erzählt wird. Suard hatte behauptet, dies sei eine Auswirkung eines sechsten Sinnes, mit dem die Natur uns ausgestattet habe, um über gut und schön urteilen zu können. Man fragte mich, was ich darüber dächte. Ich antwortete, dieser sechste Sinn, den einige Metaphysiker in England für glaubwürdig erklärten, ist ein Hirngespinst; alles in uns beruht auf Erfahrung; bereits vom zartesten Kindesalter an lernen wir, was in unserem Interesse zu verbergen und zu offenbaren ist; immer wenn uns die Beweggründe für unsere Handlungen, für unsere Urteile, für unsere Beweisführungen gegenwärtig sind, so haben wir das, was man Wissenschaft nennt; immer wenn uns die Beweggründe unbewußt bleiben, so haben wir nur das, was man Geschmack, Instinkt, Takt nennt; die Gründe dafür, daß wir uns für den Bericht über gute Taten empfänglich zeigen, sind ohne Zahl; wir beweisen damit eine hochgeschätzte Eigenschaft; wir stellen unsere Anerkennung in Aussicht, wenn sie diese jemals für irgendeine außergewöhnliche, ehrenvolle Handlung verdienen; wir ermutigen sie auf diese Weise, danach zu streben; die guten Taten lassen uns Hoffnung schöpfen, daß wir unter den Menschen unserer Umgebung jemanden finden, der fähig ist, sie zu vollbringen; durch die hohe Bewunderung, die wir diesen guten Taten zollen, lassen wir die anderen glauben, wir selbst seien dazu fähig, sobald sich nur die Gelegenheit bietet; unabhängig von all diesen eigennützigen Gesichtspunkten haben wir einen Ordnungsbegriff, eine Vorliebe für Ordnung, der wir nicht widerstehen können und die uns gegen unseren eigenen Willen beflügelt; keine gute Tat kann ohne Opfer vollbracht werden, und es ist uns unmöglich, einem Menschen, der sich opfert, nicht zu huldigen; dennoch, obgleich wir uns opfern, machen wir nur das, was uns angenehm ist, wir sind mit Recht geneigt, diejenigen zu ehren, die auf die einträglichsten Vorteile verzichten, um des Vorteils willen Gutes zu tun und sich selbst dafür mehr zu achten oder von anderen mehr geachtet zu werden; wer nach der Wertschätzung der Öffentlichkeit strebt, macht den anderen ein überaus freundliches Kompliment, er sagt zu ihnen dasselbe, was ihnen, ich weiß nicht mehr, welcher Mann aus der Antike gesagt hat: O Römer, wie viele Tage und Nächte habe ich zugebracht, um ein schmeichelhaftes Wort von euch zu verdienen, zu empfangen! Man gibt sich nicht soviel Mühe für diejenigen, die man verachtet.

Madame Legendre ist nicht der Meinung, daß Suard leichtfertig redet. Ich glaube, sie hat unrecht. Das ist das größte Talent, das ich an ihr kenne.

Diese Diskussion brachte mich darauf, darüber zu sprechen, was sich in Deuil zugetragen hat. Der Pfarrer dieses Kirchspiels wurde nach Grosley versetzt. Seine Pfarrkinder liebten ihn so sehr, daß sie, wenn der Seelsorger eingewilligt hätte, trotz ihrer großen Armut zusammengelegt hätten, damit sein Los in Dueil nicht schlechter sei als in Grosley. Vor einigen Tagen nun hatte er seine neue Pfarrstelle übernommen. Mitten im *Te Deum laudamus* erblickte er in der Menge etwa zwanzig seiner Pfarrkinder, die weinten; und plötzlich versagte ihm die Stimme, und Tränen traten ihm in die Augen. Jedermann rühmte den Pfarrer und seine Pfarrkinder; und zu dieser kleinen Begebenheit paßte wunderbar die Anwendung der Prinzipien, die ich aufgestellt habe. Diese Unterhaltung gefiel Madame de Blacy und hielt sie bis halb elf abends zurück; dann reichte ich ihr den Arm und verbrachte den Rest des Abends bei ihr; wir plauderten dort von Mama, von Ihnen. „Wann werden sie zurückkommen?" – „Bald." – „Werden Sie nach Isle fahren?" – „Das hängt vom Fürsten[10] mehr ab als von mir." – „Haben Sie ihn getroffen?" – „Nein." – „Und wieso nicht?" – „Weil er nach Fontainebleau gereist ist." – „Wann kommt er zurück?" – „Ich weiß es nicht, seit vier Tagen ist er dort, und er hat noch nicht einmal seine Pferde angefordert." – „Wir werden also Mama an ihrem Geburtstag nicht hierhaben?" – „Ich glaube nicht." – „Ich werde ihr schreiben." – „Und ich auch. Guten Abend."

Mademoiselle Volland, fügen Sie Ihrer Gratulation meine Wünsche, meine Grüße und meinen Kuß bei. Sagen Sie Mama in meinem Auftrag all das, was Ihnen Ihr Herz an Liebem und Zärtlichem eingibt; und fürchten Sie nicht, über meine Gefühle hinauszugehen.

Das Wetter ist erbärmlich. Die schöne Dame[11] hält Sie beide zu Unrecht in Ihrem traurigen Schloß zurück. Was treibt sie in ihrer Provinz[12]? Wenn sie sich nur halb sosehr langweilte, wie der Fürst es hier tut, so wären Sie schon seit zwei Tagen in Châlons. Madame Duclos hat Damilaville gefragt, ob sie nach Paris kommen solle. Sie bringt ihn hier nur in Verlegenheit und brockt ihm in La Briche Streitereien ein; er liebt sie ebenso in Châlons; und sie wird dort bleiben, wenn sie seinen Rat befolgt. Ich habe ihr nicht geschrieben, aber mein kleiner Liebling tat es für mich; das kommt auf dasselbe heraus; im übrigen, meiner Treu, ist es mir lieber, wenn ich ihre Vorwürfe heraufbeschwöre als die Ihrigen. Ein- oder zweimal habe ich nach der Feder

gegriffen, in der Absicht, ihr zu schreiben, doch an Sie schrieb ich. Beeilen Sie sich doch zurückzukommen. Wissen Sie, daß Sie mir noch ein Geschenk schulden?
Ich denke nicht, daß der Fürst in der ungewissen Lage, in der er sich befindet, seiner Freundin entgegenfahren kann; er erwartet mit jeder Post die Anweisung, Fontainebleau zu verlassen. Zudem gebärden sich alle beide wie launische, argwöhnische, empfindliche, quenglerische Kinder, so daß ich durchaus nicht erstaunt wäre, wenn sie sich in ihren Briefen entzweit hätten. Die Menschen, die in der Freundschaft die besten sind, scheinen in der Liebe zuweilen die dümmsten zu sein. Der Fürst, der bis über beide Ohren Moralist ist, wird auf die Idee gekommen sein, ihr einige Ratschläge für ihr künftiges Glück zu geben; er wird sie so freundlich, so vorsichtig und rücksichtsvoll formuliert haben, wie es sich nur denken läßt; und dennoch wird man sie übelgenommen haben, weil Despotinnen im allgemeinen keine Ratschläge mögen, und hübsche Frauen sind immer Despotinnen. Wirklich, ich kann Frauen nicht leiden, die nach dem ersten Mal ihre Gunst so hochspielen.
Adieu, gute Freundinnen. Ich höre, wie der Himmel in Wasser zerfließt. Ich schreibe Ihnen nicht so oft, wie ich möchte; doch zum Ausgleich dafür finde ich kein Ende. Ich rechne damit, daß Sie einsam und mir in Freundschaft verbunden sind. Ich rechne damit, daß Sie, was auch immer ich sage, stets nur die Worte lesen: Er liebt uns, er liebt uns, weil er überzeugt ist, daß wir uns ohne Widerwillen alle Lappalien anhören, von denen er uns berichtet.
Übrigens, wissen Sie, daß Madame d'Aine ein Freigeist geworden ist? Vor ein paar Tagen erklärte sie uns, sie glaube, ihre Seele müsse in der Erde ebenso verwesen wie ihr Körper. „Aber warum beten Sie dann zu Gott?" – „Meiner Treu, ich weiß auch nicht." – „Sie glauben also nicht an die Messe?" – „Einen Tag glaube ich daran, den anderen nicht." – „Aber, an dem Tag, an dem Sie glauben?" – „An diesem Tag habe ich schlechte Laune." – „Und gehen Sie zur Beichte?" – „Was soll ich da?" – „Ihre Sünden bekennen." – „Ich begehe keine; und wenn ich welche beginge, könnte ich sie damit ungeschehen machen, daß ich sie einem Priester beichte?" – „Fürchten Sie denn nicht die Hölle?" – „Nicht mehr, als ich auf das Paradies hoffe." – „Aber woher

haben Sie denn all das?" – „Aus den schönen Unterhaltungen meines Schwiegersohnes. Meiner Treu, man müßte schon einen erheblichen Vorrat an Religion haben, um bei ihm ein Krümchen zu behalten. Hören Sie, mein Schwiegersohn, Sie waren es, der meinen ganzen Katechismus durcheinandergebracht hat; Sie werden sich dafür vor Gott verantworten müssen." – „Sie glauben also doch an Gott?" – „An Gott? Ich habe so lange nicht an ihn gedacht, daß ich nicht weiß, ob ich Ihnen mit Ja oder Nein antworten soll. Alles, was ich weiß, ist, daß ich, wenn ich verdammt bin, es nicht allein sein werde; doch wenn ich zur Beichte ginge, wenn ich mir die Messe anhörte, wäre ich es nicht mehr und nicht weniger; es lohnt die Mühe nicht, sich für nichts so abzuquälen. Wäre mir das passiert, als ich jung war, hätte ich vielleicht viele angenehme Sächelchen gemacht, die ich so nicht getan habe. Heute aber weiß ich einfach nicht, warum ich nichts glaube. Das ist mir keinen Pfifferling wert. Ich lese die Bibel nicht, ich werde Romane lesen müssen, sonst langweile ich mich zu Tode." – „Aber die Bibel ist ein sehr guter Roman." „Meiner Treu, Sie haben recht. Ich habe sie nie in diesem Sinne gelesen. Morgen fange ich damit an. Da kann ich vielleicht darüber lachen." – „Lesen Sie zuerst Hesekiel." – „O ja, wegen dieser Ohola und dieser Oholiba; und wegen der Assyrer, die ..."[13] – „Die es heute nicht mehr gibt." – „Was macht es mir schon aus, ob es sie noch gibt oder nicht? Es wird keiner zu mir kommen; und wenn doch ein Dutzend zu mir käme?" – „Meinen Sie, Sie würden sie zu Ihrer Nachbarin schicken?" – „Das kommt auf den Moment an." – „Sie haben also noch Momente?" – „Warum nicht? Meiner Treu, ich glaube, die Frauen haben bis an ihr Grab welche; das ist ihr letztes Lebenszeichen; wenn das in ihnen tot ist, ist auch der Rest vollkommen tot. Sie lachen alle; aber glauben Sie mir, daß diejenigen, die es anders sagen, Lügnerinnen sind. Ich enthülle Ihnen hiermit unser Geheimnis." – „Oh, wir werden es nicht mißbrauchen." – „Ich glaube schon, obgleich ich es nicht weiß. Hätten Sie alles in allem nur eine Frau in meinem Alter, so wollte ich tot umfallen, wenn ich sie in Sicherheit glaubte und Sie auch." – „Doch kommen wir auf Ihre Ungläubigkeit zurück." – „Nein, lassen wir das. Mir scheint, daß das, worüber wir sprechen, amüsanter ist." – „Auf Ehre, da haben Sie recht."

Und dann verging der Abend bei dummem Geschwätz, doch was wir Dummes schwatzten, weiß Gott allein.
Schon zehnmal waren die Kerzen in unseren Leuchtern erloschen und wieder angezündet worden. Unterdessen hatte Cohault eine Hand in ihren Rückenausschnitt gleiten lassen, mit der er immer weiter vordrang, und sie sagte sich sträubend: „Nun seht euch diesen hundsgemeinen Musiker an, der immer an die Musikinstrumente gehen muß. Nun, Schluß jetzt. Sie schlafen alle in einer Viertelstunde, und ich, ich muß meine Gebete aufsagen." – „Aber haben Sie nicht erzählt, Sie beteten nicht zu Gott?" – „Oh, muß ich nicht meiner Kammerfrau wegen auf die Knie fallen?" – „Und wenn Sie niederknien, woran denken Sie dann?" – „Ich denke daran, was wir morgen essen werden. Das dauert immerhin seine Zeit, und meine Kammerfrau ist hinterher wieder neu gestärkt; denn sie ist fromm, aber sie taugt deshalb auch nicht mehr."
Hätte ich noch Platz, berichtete ich Ihnen noch weiter von diesem Geschwätz, dessen Sie vielleicht schon überdrüssig sind.
Gute Nacht also, gute Freundinnen.

1 Diderots Tochter Angélique.
2 Im folgenden zählt Diderot die wichtigsten Mitglieder des d'Holbach-Kreises auf.
3 Wohnsitz von Helvétius in der Normandie.
4 Der Musiker Kohaut.
5 Marius d'Aine war „maître des requêtes" (Berichterstatter über die Bittschriften im Staatsrat) und bewarb sich um ein hohes Verwaltungsamt in Auch (Gers).
6 Diderot simplifiziert hier Helvétius' Gleichheitslehre. Ausführlich setzte er sich dann mit dessen Philosophie vor allem in seiner *Réfutation suivie de l'ouvrage d'Helvétius intitulé L'Homme* (verf. seit 1773; Fortlaufende Widerlegung von Helvétius' Werk „Vom Menschen", in: Diderot, Philosophische Schriften, Bd. 2, Berlin 1961) auseinander. Bei aller Kritik schätzte Diderot jedoch stets Helvétius als aufklärerischen Kampfgefährten und konsequenten Materialisten.
7 Zwischen Madame Diderot und Madame Billard, zwischen Madame Diderot und ihrer Tochter Angélique sowie zwischen Angélique und Madame Billard.
8 Wahrscheinlich sind die Legendres gemeint.
9 Diderot bezieht sich auf La Fontaines Fabel *Les deux amis* (Die

beiden Freunde), Buch VIII, Fabel XI. Darin heißt es: „Zwei wirkliche Freunde lebten in Monomotapa ..."

10 Fürst Golizyn.

11 Mademoiselle Dornet.

12 In der Gegend von Metz (Lothringen).

13 Vgl. Hesekiel, 23: Ohola und Oholiba sind zwei der Prostitution verfallene Schwestern, die sich mit den Assyrern abgeben.

(10. September 1768)

Meine Damen und guten Freundinnen, ich tue nichts, überhaupt nichts. Nicht einmal für den Salon[1], dessen Ende weder Grimm noch ich sehen werden, wie ich hoffe. Nicht etwa, daß ich abends, wenn ich mich niederlege, nicht den Kopf voll hätte mit den schönsten Plänen für den nächsten Tag. Morgens aber, wenn ich aufstehe, empfinde ich einen Ekel, eine Betäubung, einen Widerwillen gegenüber Tinte, Federn und Büchern, was entweder Faulheit oder Erschöpfung anzeigt. Mir ist es lieber, mich in den Räumen von Madame und Mademoiselle aufzuhalten, Beine und Arme übereinanderzuschlagen und zwei oder drei Stunden voller Frohsinn zu verbringen, indem ich über alles, was sie sagen und tun, meine Scherze mache. Wenn ich sie in Harnisch gebracht habe, ist es mir zu spät, um mich noch an die Arbeit zu setzen; ich kleide mich an und gehe fort. Wohin? Auf Ehre, das weiß ich vorher selbst nicht. Zuweilen zu Naigeon oder zu Damilaville. Ein andermal zu Mademoiselle Bayon, die sich meinetwegen an ihr Klavier setzt und mir alles vorspielt, was ich mir wünsche. Meine letzte Rettung ist der Bücherquai[2].

Was mich an dieser Zeit ärgert, ist, daß wir weder Trauben noch Wein haben werden. Im übrigen meine ich, sie richtig angewendet zu haben.

Beim Spazierengehen hatte ich zwei Engländer zur Begleitung; als sie alles gesehen hatten, sind sie wieder weggefahren, und ich finde, sie fehlen mir sehr. Sie waren keine Lokalpatrioten. Sie äußerten sich dahingehend, unsere Sprache habe die höchste Stufe der Vollkommenheit erreicht, während die ihre fast barbarisch geblieben sei. „Das hat seinen Grund darin", sagte ich zu ihnen, „daß sich niemand um die Ihrige kümmert, während wir vierzig Gänse haben, die das Kapitol bewachen"[3], ein Vergleich, der ihnen um so

richtiger erschien, als unsere Gänse ebenso wie die römischen das Kapitol zwar bewachen, aber nicht verteidigen.
Die vierzig Gänse haben gerade ein schlechtes Stück des kleinen Sabatin Langeac prämiert;[4] ein Stück, das noch unreifer ist als der Autor; ein Stück, mit dem man bei Marmontel Ehre einlegen will; ein Stück, das dieser auf öffentlicher Versammlung vorgelesen hat, ohne daß seine faszinierende Deklamation dem Stück die Armseligkeit hätte nehmen können; ein Stück, das einem gewissen Monsieur de Rulhière den Preis weggeschnappt hat, dieser Monsieur hatte zum Wettbewerb eine ausgezeichnete Satire über die Nutzlosigkeit von Disputen eingesandt (ausgezeichnet sowohl im Stil als auch in der Themenwahl), die man jedoch unter dem Vorwand persönlicher Anspielungen glaubte ablehnen zu müssen.
Dieses Urteil der Gänse hat eine ziemlich lebhafte Szene zwischen Marmontel und einem jungen Dichter namens Chamfort heraufbeschworen, der ein sehr liebenswürdiges Äußeres hat, ziemlich viel Talent, ein bescheidenes Auftreten und ein gesundes Selbstbewußtsein. Er ist ein kleiner Ballon, aus dem bei einem Nadelstich ein heftiger Wind bläst.
Der kleine Ballon begann auf diese Weise: „Das Stück, meine Herren, dem Sie den Vorzug gegeben haben, muß ausgezeichnet sein." – „Und wieso?" – „Weil es mehr wert ist als La Harpes Stück." – „Es könnte mehr wert sein als La Harpes und trotzdem sehr schlecht sein." – „Ich habe aber das letztere gesehen." – „Und fanden Sie es gut?" – „Sehr gut." – „Das beweist, daß Sie sich darin nicht auskennen." – „Wenn La Harpes Stück schlecht ist und trotzdem besser als das des kleinen Sabatin, dann muß dieses doch abscheulich sein?" – „Das ist möglich." – „Und warum zeichnet man ein abscheuliches Stück aus?" – „Und warum haben Sie diese Frage nicht gestellt, als das Ihrige preisgekrönt wurde? ... etc., etc."
Wie dem auch sei, während Marmontel Chamfort Peitschenhiebe versetzte, kannte das Publikum seinerseits keine Schonung gegenüber der Akademie.
Der Mann aus Genf[5] verfolgt weiter den armen La Bletterie. Hier ist eine neue Passage, die er gegen ihn abgefeuert hat:

Ein Bettler schreit ganz jämmerlich,
Choiseul hat Mitleid und gibt ihm Geld.
Doch da beschimpft der Kerl die Passanten,
Choiseul, der gerecht ist, überläßt ihn den Schlägen.
O lieber La Bletterie, bezähm deinen Zorn,
nimm die Almosen und füg dich den Schlägen.

Der liebe La Bletterie hat versucht, einen Beschluß der Akademie zu erwirken, durch den jeder Enzyklopädist und jeder Anhänger der Enzyklopädie auf immer aus dieser Körperschaft ausgeschlossen werde.
Das war die Geschichte von der Ehrlosigkeit der Académie française; und hier noch die Geschichte von der Ehrlosigkeit der Akademie für Malerei, die ich Ihnen versprochen hatte.
Sie wissen, daß wir hier eine Schule für Malerei, Bildhauerei und Architektur haben, deren Plätze ausgeschrieben werden. Man bleibt drei Jahre an dieser Schule. Man hat Logis, Essen, Heizung, Licht und Unterricht frei und erhält jährlich dreihundert Livres Geldunterstützung. Nach drei Studienjahren wird man nach Rom geschickt, wo eine weitere Schule ist. Die Schüler genießen dort dieselben Vorteile wie in Paris und erhalten jährlich einhundert Francs mehr. Jedes Jahr verlassen drei Schüler die Pariser Schule, um zur römischen überzuwechseln, und machen hier Platz für drei neue Anwärter. Bedenken Sie, wie wichtig diese Plätze für Kinder sind, deren Eltern gemeinhin arm sind, die diese armen Eltern viel Geld gekostet und die jahrelang gearbeitet haben – an ihnen begeht man eine strafwürdige Ungerechtigkeit, wenn die Parteilichkeit der Richter und nicht die Leistung der Bewerber über diese Plätze entscheidet.
Jeder Schüler, ob leistungsstark oder -schwach, kann am Wettbewerb teilnehmen. Die Akademie stellt ein Thema. Dieses Jahr war es der Triumph Davids nach der Niederlage des Philisters Goliath. Jeder Schüler fertigt seine Skizze an und setzt seinen Namen darunter. Die erste Entscheidung der Akademie besteht darin, unter diesen Skizzen jene auszuwählen, die es verdienen, in den Wettbewerb zu kommen. Es bleiben gewöhnlich nicht mehr als sieben oder acht übrig. Die jungen Schöpfer dieser Skizzen, Maler oder Bildhauer, werden angewiesen, ihre Gemälde oder Basreliefs

nach den Skizzen zu gestalten, auf Grund derer sie zugelassen wurden. Dazu sperrt man sie getrennt voneinander ein, und dann arbeiten sie an ihren Werken. Die fertigen Werke werden mehrere Tage lang in der Öffentlichkeit ausgestellt, und am Sonnabend nach dem Ludwigstag entscheidet die Akademie über den Preis oder die Aufnahme in die Schule.

An diesem Tag ist der Louvreplatz angefüllt mit Künstlern, Schülern und Bürgern aller Stände. Schweigend wartet man auf die Ausrufung der Namen durch die Akademie.

Der Preis für Malerei wurde einem jungen Mann namens Vincent zugestanden. Beifallsrufe und Händeklatschen brandeten augenblicklich auf. Die Leistung war tatsächlich anerkannt worden. Der Sieger wurde auf die Schultern seiner Kameraden gehoben und rund um den Platz getragen; und nachdem er diese Art der Ehrenbezeigung genossen hatte, wurde er an der Schule abgesetzt. Dies ist eine traditionelle Zeremonie, die mir gefällt und auch Sie erfreuen wird.

Danach wartete man schweigend auf die Bekanntgabe des Preises für Bildhauerei. Es waren drei erstklassige Basreliefs abgeliefert worden. Die jungen Schüler, die sie angefertigt hatten und damit rechneten, daß einer von ihnen den Preis erhalte, sagten freundschaftlich zueinander: „Ich habe ein recht gutes Stück angefertigt, du aber ein schönes; und wenn du den Preis erhältst, werde ich mich damit trösten." Nun, meine Damen, sie erlebten alle drei eine Enttäuschung. Die Intrige hatte den Preis einem gewissen Moitte zugesprochen, einem Schüler von Pigalle. Unser Freund Pigalle und sein Freund Lemoyne haben ihre Ehre preisgegeben. Der erste sagte zum zweiten: „Wenn mein Schüler nicht prämiert wird, verlasse ich die Akademie." Und der zweite brachte den Mut nicht auf, ihm zu antworten: „Wenn die Akademie Sie nur mit Hilfe einer Ungerechtigkeit halten kann, so ist es für sie ehrenvoller, Sie zu verlieren." Doch kehren wir zu unserem Publikum auf dem Louvreplatz zurück.

Dort herrschte stumme Bestürzung. Dem Schüler namens Millot, dem die öffentliche Meinung, der gesunde Teil der Akademie und seine Kameraden den Preis zuerkannt hatten, wurde übel. Ein Murmeln erhob sich, dann waren Schreie zu vernehmen, Schimpfwörter, Pfuirufe, Wutausbrüche; es war ein schrecklicher Tumult. Der erste, der am Ausgang

auftauchte, war der schöne Abbé Pommier, ein Ehrenmitglied. Die Tür war belagert. Er bat, ihn durchzulassen. Die Menge teilte sich, und während er sie durchquerte, schrie man ihm zu: „Geh schon, H . . . Esel."
Darauf erschien der zu Unrecht prämierte Schüler. Die jüngsten seiner Kameraden hängten sich an seine Kleider und schrien ihm zu: „Du Stümper, du erbärmlicher, niederträchtiger Stümper, du wirst nicht hineinkommen; eher schlagen wir dich tot." Am ganzen Leibe zitternd, sagte Moitte bestürzt: „Meine Herren, dafür bin ich doch nicht verantwortlich, sondern die Akademie." Und man antwortete ihm: „Wenn du nicht genauso niederträchtig bist wie diejenigen, die dich benannt haben, dann gehe hin und sage ihnen, daß du nicht aufgenommen werden willst." Unterdessen erhob sich eine Stimme, und sie sagte: „Stellen wir ihn auf seine vier Pfoten und führen wir ihn mit Millot auf dem Rücken um den Platz herum." Und es fehlte wenig, daß dies ausgeführt wurde. Die Akademiemitglieder jedoch wagten nicht, zum Vorschein zu kommen, da sie fürchteten, ausgepfiffen, beschimpft und verhöhnt zu werden. Sie täuschten sich darin nicht; der größte Tumult, den man sich denken kann, tobte ihnen entgegen. Vergeblich schrie Cochin: „Die Unzufriedenen sollen zu mir kommen und ihre Namen bei mir einschreiben lassen"; man hörte nicht auf ihn. Man verhöhnte, beschimpfte ihn, man pfiff ihn aus. Mit dem Hut auf dem Kopf wendete sich Pigalle in dem groben Ton, den Sie an ihm kennen, an einen einfachen Bürger, den er für einen Künstler hielt, der es jedoch nicht war, und fragte ihn, ob er in der Lage sei, besser zu urteilen als er. Der Bürger drückte seinen Hut tief ins Gesicht und antwortete ihm, daß er sich zwar nicht bei Bildhauerarbeiten auskenne, wohl aber bei Unverschämten, und daß er einer sei. Sie glauben vielleicht, es habe sich alles beruhigt, als die Nacht hereinbrach. Keineswegs. Die aufgebrachten Schüler rotteten sich zusammen und verabredeten für die erstbeste Akademiesitzung einen neuen Krawall. Sie erkundigten sich genau, wer für Millot und wer für Moitte gestimmt hatte, und versammelten sich alle am folgenden Samstag auf dem Louvreplatz, und zwar mit sämtlichen Instrumenten für eine Katzenmusik und der festen Entschlossenheit, sie zu benutzen. Doch diese Entschlossen-

heit hielt gegenüber der Furcht vor Polizei und Gefängnis nicht stand. Sie begnügten sich, ein Spalier zu bilden, durch das alle Lehrer zu gehen hätten. Boucher, Dumont, Vanloo und einige andere, die das Talent verteidigt hatten, tauchten als erste auf, sie wurden sogleich umringt, freundlich begrüßt, umarmt und mit Beifall bedacht. Pigalle trifft ein. Kaum ist er innerhalb des Spaliers, als geschrien wird: „Umdrehen! Macht eine Kehrtwendung und grüßt ihn mit dem Hintern." Dieselben Ehren für Cochin. Dieselben Ehren für Monsieur und Madame Vien. Dieselben Ehren für alle übrigen.

Die Akademiemitglieder hatten sämtliche Basreliefs vernichten lassen, damit keine Spur ihrer Ungerechtigkeit zurückblieb. Vielleicht sind Sie nicht abgeneigt, Millots Arbeit kennenzulernen. Ich habe sie gesehen und werde sie Ihnen beschreiben.

Rechts drei große Philister, in tiefer Zerknirschung und Demut, dem einen sind die Arme auf dem Rücken zusammengebunden, den beiden anderen werden sie gerade von einem Israeliten zusammengebunden. Dann der junge David, der von Frauen zu seinem Wagen getragen wird, eine von ihnen hat sich auf die Knie geworfen, um seine Füße zu küssen, die anderen tragen ihn, die letzte setzt ihm eine Krone auf. Dann sein mit zwei feurigen Rossen bespannter Wagen. Vor den Pferden ein Schildknappe, der diese am Zaumzeug hält und gerade die Zügel dem Sieger zurückgeben will. Im Vordergrund ein kräftiger Israelit, der einen Spieß in Goliaths Kopf stößt, Goliath liegt am Boden, riesengroß, furchterregend, wirres Haar. Links dahinter Frauen, sie tanzen, singen, stimmen ihre Instrumente. Unter den Tanzenden eine Art Bacchantin, die das Tamburin schlägt und mit größter Anmut Beine und Arme durch die Luft schwingt. Im Vordergrund eine weitere Tänzerin, die ihr Kind an der Hand hält. Das Kind tanzt ebenfalls; doch sein Blick ist auf den schrecklichen Kopf geheftet und drückt eine Mischung von Schrecken und Freude aus. Ganz im Hintergrund Männer und Frauen, die den Mund geöffnet und die Arme erhoben haben, um Beifall zu spenden.

Sie behaupteten, dies ginge am Thema vorbei, und man antwortete ihnen, sie würfen einem Schüler vor, daß er Genie habe. Sie beanstandeten den Wagen, der jedoch nicht

gegen die Regeln verstößt. Cochin, der schlauer ist, schrieb mir, jeder urteile mit seinen Augen, und der Schüler, den er prämiert habe, besitze seiner Meinung nach mehr Talent – es sind dies die Worte eines Menschen ohne Geschmack und Aufrichtigkeit. Andere haben gestanden, Millots Basrelief sei tatsächlich ausgezeichnet, Moitte sei aber geschickter, worauf man sie fragte, wozu dann Preise gut seien, wenn man die Person bewerte und nicht das Werk.
Doch hören Sie sich das seltsame Spiel des Zufalls an: In dem Augenblick, da Millot von der Akademie verschmäht wurde, in eben diesem Augenblick las ich einen Brief von Falconet, in dem dieser mir schrieb: „Ich habe bei Lemoyne einen Schüler namens Millot kennengelernt, der Talent und Anstand zu besitzen scheint. Versuchen Sie, ihn mir zu schicken. Ich überlasse alles Ihrem Ermessen." Ich laufe zu Lemoyne. Ich teile ihm meinen Auftrag mit. Lemoyne streckt die Hände zum Himmel aus und ruft: „Die Vorsehung! Die Vorsehung!" Und ich erwidere mürrisch: „Die Vorsehung, die Vorsehung! Glaubst du, die Vorsehung sei dazu da, eure Dummheiten wiedergutzumachen?"
Millot tritt unvermutet ein. Ich lade ihn ein, mich zu besuchen. Am nächsten Tag kam er zu mir. Der junge Mann sah arg mitgenommen aus, wie nach einer langen Krankheit; er hatte geschwollene, gerötete Augen und sagte zu mir in einem herzzerreißenden Ton: „Siebzehn Jahre lang bin ich nun meinen armen Eltern zur Last gefallen, und gerade hatte ich Hoffnung geschöpft! Siebzehn Jahre lang habe ich von Tagesanbruch bis in die Nacht gearbeitet! Ach, Monsieur, ich bin verloren! Wenn ich wenigstens hoffen könnte, den Preis im nächsten Jahr zu gewinnen; doch nichts ist unsicherer. Es gibt einen Stouf, einen Foucou!" (Das sind die Namen seiner beiden diesjährigen Mitbewerber.) Ich schlage ihm die Reise nach Rußland vor. Er bittet mich um Bedenkzeit für den Rest des Tages, um mit sich selbst und mit seinen Freunden zu Rate zu gehen. Vor einigen Tagen kam er wieder, und dies ist seine Antwort: „Monsieur, ich bin von Ihrem Angebot zutiefst gerührt. Ich erkenne, wie vorteilhaft es für mich ist. Doch wir folgen unserem Talent nicht aus Eigennutz. Man muß den Akademiemitgliedern Gelegenheit geben, ihre Ungerechtigkeit wiedergutzumachen. Ich muß nach Rom gehen oder sterben."

So also, gute Freundinnen, entmutigt und quält man das Talent; so entehrt man sich selbst und seine Körperschaft; so stürzt man den einen Schüler ins Unglück wie den anderen, dem die Kameraden sieben Jahre lang die Schande seiner Aufnahme unter die Nase reiben werden, und so wird zuweilen sogar Blut vergossen.
Die Akademie neigte dazu, Schüler zu exmatrikulieren. Boucher, der Dekan der Akademie, hat sich geweigert, dieser Beschlußfassung beizuwohnen; Vanloo erklärte, alle seien gleichermaßen unschuldig oder schuldig; ihre Statuten seien keine militärischen, und er stünde nicht für die Folgen ein. In der Tat, wenn dieser Plan durchgesetzt werden sollte, so werden die Exmatrikulierten fest entschlossen sein, Cochin mit ihren Degen zu durchlöchern. Cochin, der in der Gunst höher steht und mehr Neider hat, bekam den Haß der Schüler und den Vorwurf der Öffentlichkeit am stärksten zu spüren.
Vor einigen Tagen schrieb ich ihm: „Nun, Sie wurden also von Ihren Schülern ausgepfiffen, beschimpft, verhöhnt. Freilich können sie sehr im Unrecht sein, doch es ist hundert gegen eins zu wetten, daß sie im Recht sind. Diese Kinder haben Augen im Kopf, und es wäre zum ersten Mal, daß sie sich getäuscht hätten."
Wirklich, kaum sind die Wettbewerbsstücke ausgestellt, so haben die Schüler schon ihr Urteil gefällt und sagen: „Das ist das beste."
Bei dieser Gelegenheit erfuhr ich etwas Überraschendes über Falconet. Einmal hatte sein Sohn am Wettbewerb teilgenommen. Die Arbeiten wurden ausgestellt, und die des jungen Falconet war nicht gut. Sein Vater nahm ihn an der Hand, führte ihn in den Ausstellungsraum und sagte zu ihm: „Komm, sieh her, beurteile dich selbst." Das Kind stand gesenkten Hauptes da und antwortete nichts. Darauf drehte sich der Vater zu seinen Akademiekollegen um und sagte zu ihnen: „Er hat eine lächerliche Arbeit für den Wettbewerb abgeliefert und bringt nicht den Mut auf, sie zurückzuziehen. Nicht er, Messieurs, sondern ich nehme sie mit." Dann klemmte er das Gemälde seines Sohnes unter den Arm und entfernte sich. Oh, wenn dieser Griesgram, der gerecht ist und Pigalle verabscheut, in Paris gewesen wäre und an der Akademiesitzung teilgenommen hätte!

Nachdem die literarischen Arbeiten, die zum Wettbewerb eingereicht worden waren, gedruckt vorlagen, wurde der folgende Zweizeiler über die Machwerke vom kleinen Sabatin, von Saint-Florentin, Phélypeaux und Langeac verfaßt:

Befehl an unsre großen Geister: Findet diese
Verse grandios!
Signiert von Ludwigs Namenszug und weiter unten
Phélypeaux'.

Nun, Mademoiselle, dies ist mein viertes Blatt; und wenn eine Zeile von mir eine Seite von Ihnen aufwiegt, wo bleiben dann Ihre? Wann werden wir quitt sein? Aber schlafen Sie ruhig auf dieser Schuld. Ich bin nicht herzlos, und ich weiß sehr wohl, daß ein Gramm Gold eine große Menge Scheidemünzen wert ist.

Seit vier Tagen ist Damilaville in der Rue Saint-Honoré, und vor drei Tagen ist Madame Duclos abgereist. Sie rechnet nicht mehr damit, ihren Freund jemals wiederzusehen; tief betrübt hat sie sich von ihm getrennt. Sie ist eine schöne und gute Seele. Sie hat viel gelitten. War Madame de M...[6] anwesend, so behandelte ihr Kranker sie gerade wie eine Krankenwärterin. War sie fort, schlug er wieder einen höflichen Ton an.

Vorgestern habe ich ihn besucht. Die bewußte Dame war anwesend, außerdem die Tochter, der hübsche Dekan, Grimm, d'Alembert, Madame d'Epinay, ich weiß nicht, wer sonst noch, und ich.

Jeder dieser Vögel hatte seinen Gesang, und ich schwöre Ihnen, wären Sie in der Nähe dieser Voliere gewesen, es hätte Ihnen nicht mißfallen. Jemand bemerkte, die Liebeswerbung sei nicht naturwidrig, auch bei den Tieren gäbe es sie; der Mensch müsse dafür seinen eigenen Modus haben, und schon kamen die Sitten der verschiedenen Völker zur Sprache; der Wilde, der sich mit Streichhölzern Brandwunden beibringt, der Muselman, der sich mit seinem Messer Einschnitte in die Haut macht, der Spanier, der, die Gitarre in der Hand, halb erfroren unter einer Dachtraufe steht, der Franzose, der herumtänzelt, pfeift, witzelt, sein Bein und seine Zähne zeigt. Der Herr Dekan ist für die voll-

kommen reine Natur, die frei ist von der schlechten Moral dieser Leidenschaft. Für die Frauen ist es eine Sache des Kalküls: Beweis dafür seien diese Grobiane mit den breiten Schultern, die sie schlecht behandeln, an denen sie aber einen Narren gefressen haben. Ich selbst vertrat die Meinung, die Frauen blieben nur deshalb bei ihnen, weil sie sich nie sicher wären, von ihnen geliebt zu werden. Eine Sache der Eitelkeit. Dieses Thema führt weit. Ich verließ sie an diesem Punkt.
Ich kehrte nach Hause zurück. Der Wind, der die Bäume zu entwurzeln schien, hatte sich gelegt; es war mild. Der Himmel war bestirnt, und ich freute mich, daß er meinen Freundinnen reizvolle Spaziergänge versprach.
Ich habe Ihnen noch kein Wort über den Zustand unseres Kranken[7] gesagt. Er ist schwächer und magerer denn je. Das Fieber hält an. Unbarmherzige Schmerzen. Die Drüsen noch mehr geschwollen. Sogar unter dem Kinn sind neue Geschwülste. Die unter der Achsel sind so dick, daß er die Arme nicht anlegen kann. Bordeu sagt, um so schlimmer. Tronchin sagt, um so besser. Ich habe große Angst, daß Bordeu ein tüchtiger Arzt ist. Madame Duclos hat mir gesagt, die Symptome und Schmerzen hätten sich genauso entwickelt, wie er sie vorausgesagt hätte. Im übrigen hat er das freundlichste Zimmer: die Gartenhecken des Gerichtspräsidenten Hénault und anderes Strauchwerk unter den Fenstern, darüber die dichten Baumgruppen der Tuilerien. Nun, der famose Brief an Saint-Florentin ist nicht nutzlos gewesen. Er hat für den Anfang einige Louisdors geschickt, die man anständigerweise auf einer Kaminecke hat liegenlassen, und versprach Hilfe und einen persönlichen Besuch. Es ist also keineswegs unnütz, schreiben zu können; Worte können Steine erweichen. Zweifeln Sie nicht mehr an der Geschichte von Amphion und Orpheus,[8] meinen Ahnen.
Morgens trinke ich Milch, abends Limonade. Es geht mir gut; ich wundere mich darüber, und der Baron beweist mir mit Hilfe der Herren Stahl und Becher, daß ich unrecht habe ... wenn ich überrascht bin.
Ich müßte Ihnen noch einen weiteren schönen Brief zu lesen geben, eine Bittschrift von Poinsinet schicken und Ihren letzten Brief beantworten. Doch die Zeit fehlt mir dazu. Erinnern Sie mich wieder daran, ich hole es nach, zusammen

mit einer Fabel und einer oder zwei Geschichten nach meiner Art.

Lassen Sie es sich alle drei weiterhin gut gehen; dies ist eine Bedingung unseres Vertrages. Gerade erhalte ich eine Karte; sie ist von einer Mademoiselle Artaud, die mich beauftragt, Ihnen den Tod von Monsieur Dupérier mitzuteilen, der am Tag vor dem Fest der heiligen Jungfrau eingetreten ist. Er starb nachmittags um zwei; um drei lag alles unter Schloß und Siegel.

Meine Empfehlung Ihnen allen. Für mehr ist kein Platz.

1 Gemeint ist die Kunstausstellung von 1767.

2 Das Seine-Ufer in Paris, wo die Buchhändler (Bouquinisten) ihre Stände haben.

3 Diderot verweist damit ironisch auf die vierzig „Unsterblichen", das heißt die Mitglieder der Académie française, denen es oblag, für die Reinerhaltung der französischen Sprache zu sorgen. Zu diesem Zwecke hatten sie das *Dictionnaire de l'Académie française* (1694) erarbeitet, das bis heute 8 Auflagen erlebte. Mit seinem Festhalten an dem klassischen Ideal einer von Archaismen, volkssprachlichen Ausdrücken und Neologien gereinigten Hochsprache trug es jedoch in der Folgezeit der realen Sprachentwicklung, die es nicht verhindern konnte, nur zögernd Rechnung. – Mit seinem Hinweis auf die „römischen Gänse" bezieht sich Diderot auf die Überlieferung, daß bei dem Einfall der Gallier unter Brennus in Rom im Jahre 387 die heiligen Gänse der Juno auf dem Kapitol durch ihr Geschnatter dessen Besatzung geweckt und damit seine Einnahme verhindert haben sollen.

4 Am 25. August 1768 hatte die Académie française das Stück *Lettre d'un fils parvenu à son père, laboureur* (Brief eines emporgekommenen Sohnes an seinen Vater, einen Landmann) von dem damals erst sechzehnjährigen Autor Abbé de Langeac preisgekrönt.

5 Voltaire.

6 Madame de Maux.

7 Damilaville.

8 Der griechischen Sage zufolge vermochte Amphion, der Sohn des Zeus und der Antiope und Zwillingsbruder des Zethos, seine Leier so zu spielen, daß sich durch die Zauberkraft seiner Musik die Mauern der Stadt Theben von selbst zusammenfügten. – Orpheus stieg nach dem Tode seiner Gattin Eurydike in die Unterwelt hinab und rührte durch seinen Gesang Persephone, so daß sie ihm gestattete, jene aus dem Hades in die Menschenwelt zurückzuführen.

(13. Oktober 1768)

Ihr letzter Brief, die N° 8, Mademoiselle, ist vom 29. September; und heute ist Donnerstag, der 20. Oktober. Tun Sie mir den Gefallen und lassen Sie mich wissen, ob ich irgendeinen Fehler begangen habe, der mich der Freundschaft Ihrer Frau Mutter und Madame de Blacys Achtung wie auch der Ihrigen beraubte. Ein zwanzigtägiges Schweigen ist dazu angetan, mir in Hinsicht auf mich oder Sie die quälendste Unruhe zu verursachen. Ich habe an keinem einzigen Tag versäumt, bei Damilaville nach einer Zeile von Ihrer Hand zu fragen. Da es ihm so vorkommen konnte – und seit einiger Zeit scheint es mir selbst so –, daß mich nicht das Interesse an seiner Gesundheit zu ihm führte, wage ich nicht mehr, mich zu erkundigen, ob er mir nichts zu übergeben habe. Ich warte lieber bis neun oder zehn Uhr abends, bis er selbst daran denkt, mir einen Brief von Ihnen auszuhändigen; und ich kann Ihnen den großen Schmerz nicht beschreiben, den ich empfinde, wenn ich den Augenblick der Verabschiedung kommen sehe, ohne daß ich einen erhalten habe.

Sollte jemandem von Ihnen etwas zugestoßen sein, so verschweigen Sie es mir nicht länger. Sie wissen nicht, welche Gedanken mir durch den Kopf gehen. Das wird ihn mir noch verdrehen.

Ich könnte Sie mit einer Unzahl von Dingen aller Art unterhalten, darunter etwas ganz Ungewöhnliches, das mir noch nie in meinem Leben vorgekommen ist, das ich aber vorhergesehen und vorausgesagt hatte; doch ich habe nicht die nötige geistige Verfassung für einen solchen Bericht. Seien Sie doch so gut und geben Sie mir meinen gesunden Menschenverstand wieder. Ich brauche ihn zuweilen noch.

Mademoiselle Volland, wenn Sie oder aber Madame de Blacy oder Mama nicht gefährlich erkrankt sind, so sind Sie sehr grausam; einundzwanzig Tage hintereinander ohne ein einziges Wort, ohne das kleinste Lebenszeichen! Ich begreife es nicht, aber auch überhaupt nicht; und ich begreife lieber überhaupt nichts, als daß ich mich in Mutmaßungen verliere. Unterschlägt man meine Briefe? Gehen Ihre Antworten verloren? Ich habe Ihnen mit größtmöglicher Pünktlichkeit geschrieben. Ich habe Damilaville vorgestern nur kurz besucht, sehr spät. Es war ein harter

Arbeitstag. Gestern habe ich ihn nicht besucht. Wegen der schlechten Gesundheit von Mutter und Tochter ist meine Geburtstagsfeier auf den dreizehnten verschoben worden. O mein Gott, wie zerstreut ich bin! Schauen Sie, ohne diesen Umstand hätte ich nie bemerkt, daß heute erst der dreizehnte ist.
Sie sind um eine Woche weniger schuldig. Das läßt sich hören; das beruhigt mich ein wenig. Heute nachmittag werde ich zu Damilaville gehen, und ich hoffe, mit Ihnen zufriedener zu sein, wenn ich von dort zurückkehre. Die Zeit muß mir grausam lang erschienen sein. Nehmen Sie meinen Ärger nicht als Maß meiner Zuneigung. Das wäre schlimmer als am ersten Tag. Ich will schon, daß es so ist, aber ich will nicht, daß Sie es wissen. Ach, wenn ich einmal aufhören sollte, Sie alle drei zu lieben, so werde ich überhaupt niemanden mehr lieben. Es bereitet allzu große Schmerzen. Doch ich fürchte sehr, daß ich sie mein Leben lang haben werde.
Auf Wiedersehen, Mama. Ich bitte es mir als Gnade aus, daß Sie ein wenig mit Mademoiselle Volland schelten. Ich habe mich gebessert, ich selbst; doch sehen Sie nur, welches Echo ich habe! Ich empfehle mich Ihnen. Ich umarme Madame de Blacy von ganzem Herzen, wenn sie es erlaubt. Das böse Kind aber, das beharrlich schweigt, bekommt nichts, nichts, gar nichts. Oh, ich bin sehr zornig! Was mich in Wut bringt, ist, daß alles nicht lange anhalten wird und daß ich heute abend vielleicht sanfter sein werde als ein Lamm.

(30. November 1768)

Sie kehren also zurück, gute Freundinnen? Nächsten Samstag werde ich also das Vergnügen haben, Sie wiederzusehen und zu umarmen. Sie können sich nicht vorstellen, wie groß mein Verlangen danach ist und wie sehr ich es verspüre. Seit vierzehn Tagen muß ich zusehen, wie ein Freund vor meinen Augen nach und nach zugrunde geht. Ich hatte alle scheußlichen Dienste bei ihm zu verrichten. Ich habe mehr gelitten, mehr Tränen vergossen, als ich Ihnen sagen kann; und um die anderen zu beruhigen – und ein wenig auch mich –, hätte ich mich wahrscheinlich in die lästigsten Ungelegenheiten gestürzt.

Bei alledem erlebte ich auch noch einen Zwischenfall, der unmöglich vorauszusehen war und der dazu angetan ist, den Rest meines Lebens zu vergiften. Sie werden alles erfahren. Ich erkläre Ihnen, daß ich allein sterben will und daß niemand die schreckliche Funktion haben soll, mir mein Ende anzukündigen. Oh, wie viele Lektionen erhielt ich in drei oder vier Tagen!

Damilaville – den Winter überleben? Er überlebt diese Woche vielleicht nicht, vielleicht nicht einmal den heutigen Tag. Mein Leiden wird beginnen, sobald das seine aufhört, denn wer weiß, was mich erwartet, wenn ich seine Papiere durchgegangen bin, womit er mich im vollen Besitz seiner Kräfte und in Gegenwart von Zeugen beauftragt hat? Wer weiß, was ich in den Papieren übersehe, die viel zu umfangreich und ungeordnet sind, als daß sie sorgfältig geprüft werden könnten? Wer weiß, was die Bösen behaupten werden? Wie dem auch sei, wenn ich nicht die Unerschrockenheit besessen hätte, alle Unannehmlichkeiten, die ich voraussah, aus dem Weg zu räumen, wären wir alle in noch größere geraten, deren Folgen noch viel unheilvoller wären. Man muß es an sich herankommen lassen. Es wird sich vielleicht alles in nichts auflösen.

Auf Wiedersehen, meine Freundin. Nehmen Sie meine hochachtungsvollen Grüße entgegen. Ich schreibe Ihnen nach Châlons, weil ich unsicher bin, ob mein Brief womöglich nach Ihrer Durchreise in Vitry ankommt. Das liegt an Gaudets Nachlässigkeit, der unseren gesamten Briefwechsel durcheinandergebracht hat, so daß Sie sehr wohl schon in Paris eintreffen können, ehe ich Ihren letzten Brief erhalten habe. Wie dem auch sei, am Samstag, dem 3. Dezember, werden in Clayes Pferde für Sie bereitstehen. Am Samstag, dem 3. also, wird meine so lange bedrückte Seele ein wenig Erleichterung verspüren. Kommen Sie zurück, gute Freundinnen.

(24. Juli 1769)

Meine Damen und guten Freundinnen!

Schelten Sie ein wenig auf mich; doch bedauern Sie mich sehr! Es geht mir gut, aber ich weiß nicht, wie lange noch. Zu der Bürde der Arbeit[1] kommt noch die Qual der Hitze hinzu. Ich glaube, noch nie in meinem Leben habe ich soviel gearbeitet. Ich lege mich zeitig schlafen; ich stehe früh am Morgen auf; und solange Tag ist, sitze ich wie festgenagelt an meinem Schreibtisch. Ich will unbedingt bei Ihrer Rückkehr frei von jeder Fessel sein. Meine Verleger wollen zwei Bände auf einmal veröffentlichen; so bin ich also von Kopf bis Fuß von Bildtafeln eingehüllt. Grimms Abwesenheit bringt soviel Mühen mit sich, die ich nicht geahnt hatte. Nicht einmal für so viel Geld, wie ich schwer bin, möchte ich diesen Frondienst[2] für den Rest meines Lebens weiter tun. Und dann Abbé Galianis Arbeit, die gelesen, nochmals gelesen und berichtigt werden mußte![3]

Hinzu kommen noch die Unterbrechungen, welche die Pflichten der Wohltätigkeit und die Aufdringlinge verursachen, die in der Gewißheit, mich zu Hause anzutreffen, häufiger als sonst bei mir auftauchen.

Von allen Seiten überschüttet man mich mit Vorwürfen. Aus Isle erhalte ich welche von meiner Verliebten[4]. Aus der Rue des Vieux-Augustins von Madame Bouchard. Und dann aus der Rue Sainte-Anne von Monsieur Digeon. Und die Vorwürfe, die ich mir selber mache, sind, das versichere ich Ihnen, nicht die schwächsten. Wenn Sie mich nicht allzu hart züchtigen wollen, glauben Sie mir bitte, daß ich Ihnen trotz meiner Nachlässigkeit noch ebenso zärtlich zugetan bin wie eh und je.

Bei meinen Beschäftigungen, die meine Zeit in Beschlag nehmen, vergaß ich noch die Fürsorge zu erwähnen, die ich der Erziehung meines Kindes angedeihen lasse. Oh, Mademoiselle Volland, was für ein entzückendes Kind ich doch habe! Ich schwöre Ihnen, sie könnte Ihnen allen den Kopf verdrehen. Es ist unglaublich, wie sich dieser Verstand ganz allein seinen Weg gebahnt hat. Wieviel hat das Kind geträumt! Wieviel gedacht! Wie viele Dinge gesehen! Vor einigen Tagen gab ich ihr ein für ihr Alter ziemlich anspruchsvolles Buch in die Hand. Als sie es zur Hälfte gelesen hatte, sagte sie zu mir: „Bis jetzt hat mir dieser Mann noch gar nichts beigebracht; ich wußte ebensoviel wie er." Und ihre Antworten, die sie mir auf meine Fragen gab, überzeugten mich davon, daß sie recht hatte. Dies ist mein ganzes Glück, solange Sie abwesend sind.

Auf Wiedersehen, meine guten und zärtlich geliebten Freun-

dinnen. Zählen Sie darauf, daß ich Sie für alle Augenblicke, die ich Ihnen zur Zeit verweigern muß, bei Ihrer Rückkehr entschädigen werde. Ich werfe mich flehend vor Mama auf die Knie und bitte sie, mich nicht mehr tadelnd anzublikken. In Zukunft werde ich mich bemühen, ein etwas artigerer Junge zu sein. Ich umarme Madame de Blacy sehr herzlich. Und Sie, Mademoiselle Volland, reichen Sie mir die Hand und lassen Sie uns Frieden schließen. Sooft ich darüber nachdenke, begreife ich selbst nicht, wie ich diejenige, die ich liebe, aufregen, beunruhigen, leiden lassen kann, wenn schon vier freundliche Zeilen genügen, um es ihr zu ersparen, und meine stets gleiche Seele mir sogleich hundert diktieren könnte. Ich bitte Sie, Madame de Blacy zu sagen, daß ich bis jetzt keinen der kleinen Aufträge vernachlässigt habe, die sie mir erteilte. Ich gebe die Hoffnung auf Monsieur Fontaines Gefälligkeit nicht auf. Ein Mensch, der sich scheut, ohne einen Gruß wegzugehen, scheint mir freundschaftlich gesonnen zu sein. Monsieur Fontaine kam schlicht und einfach zu mir, um mich über sein Schweigen und seine Abwesenheit aufzuklären. Ich vergaß Ihnen zu sagen, daß ich es riskierte, Madame Bouchard zu besuchen, und daß ich erschrocken war, als ich ihren Ehemann erblickte. Er muß in den letzten Zügen gelegen haben. Ich fürchte sehr, daß sie die Beleidigungen, die sie mir an den Kopf werfen sollte, noch überboten hat.
Auf Wiedersehen, meine Damen und zärtlich geliebten Freundinnen. Lieben Sie mich immer, auch mit meinen Fehlern. Ich werde mich bemühen, mich zu bessern. Doch bald habe ich schon wieder einen *Salon*[5] am Hals. Es ist schade, daß ich Ihnen nicht mehr wie früher meine Gedanken mitteilen kann. Ich versichere Ihnen, daß uns allen auf diese Weise die angenehmsten Augenblicke verlorengehen. Hatten Sie eine gute Ernte? Werden Sie dieses Jahr viel Geld haben? Wenn ich Ihnen auch nichts von mir berichte, so verschweigen Sie mir bitte nichts von Ihrem Leben; ich wäre der undankbarste Mensch, zeigte ich lediglich ein gewöhnliches Interesse an ihm.

Paris, den 24. Juli 1769

1 Diderot arbeitet an den Bildbänden der *Encyclopédie*.

2 Während Grimms Abwesenheit hatte Diderot die Weiterführunug von dessen *Correspondance littéraire* übernommen.
3 Es handelt sich um die *Dialogues sur le commerce des blés* (Dialoge über den Getreidehandel).
4 Madame Legendre.
5 Die Pariser Kunstausstellung (Salon) von 1769 wurde am 25. August eröffnet.

(23. August 1769)

So ist es gut, meine zärtlich geliebte Freundin, Sie unterrichten mich, wie Sie Ihre Zeit verbringen, welche Freuden Sie haben, wie Ihre Ernten ausfielen. Ihre Scheunen und Speicher sind bis obenhin voll. Sie werden viel Geld bekommen. Nur die Faulenzer werden also dieses Jahr keines haben. Sie können sich nicht vorstellen, wieviel Freude mir dies alles bereitet.

Mamas Fuß beunruhigt mich sehr. Ich weiß nicht, wieso, aber ich sorge mich weniger um Ihrer beider Gesundheit als um die ihrige. Trotzdem liebe ich Sie alle drei gleichermaßen. Oh, das stimmt nicht. Mama und ihre ältere Tochter wollen es nicht. Lesen Sie ihnen, wenn Sie mögen, dies vor; und ich hoffe, sie verstehen so viel Spaß, mich anzuhören und sich nicht darüber zu ärgern. Das ist doch ein freundliches Wort, und ich, ich habe es gesagt. Es werden vielleicht noch andere von meiner Seite dazukommen.

Meine Konzepte sind nicht zu entziffern. Derjenige, der die Kopien für Grimm anfertigt, wird es mir zu verdanken haben, wenn er sein Augenlicht verliert. Doch ich werde sehen. Ich schwöre Ihnen, daß mir ebensoviel daran liegt, Ihnen diese Konzepte zu senden, auf die ich große Stücke halte, wie es Ihnen daran gelegen sein mag, sie zu erhalten. Merken Sie denn nicht, daß nach dem Vergnügen, meinem Freund einen Dienst erweisen zu können, mein schönster Lohn ist, meine Freundinnen ein Weilchen zu unterhalten?

Ich werde den morgigen Donnerstag in Grandval verbringen. Wir konnten bisher nie eine Kutsche auslasten. Mir scheint, dieses Jahr ist für Freundschaften schlecht. Ich hoffe, die unsere kann sich aus dieser Epidemie retten.

Er wurde also gespielt, der *Hausvater*[1]. Molé als Saint-Albin ist großartig; Brizard ist leidlich; Madame Préville als Cécile recht gut; Germeuil schlecht. Auger als Kommandeur ist, ein paar Szenen ausgenommen, mittelmäßig. Madame Doligny als Sophie ist so gut wie nichts. Doch eine Gerechtigkeit muß ich ihnen allen widerfahren lassen: sie haben ihr gesamtes Können eingesetzt und in einer solch vollkommenen Harmonie gespielt, daß das Ganze die Mängel des einzelnen wieder wettmacht. Sodann, und dies sage ich Ihnen ohne jede Voreingenommenheit, das Werk ist so lebhaft, so gewaltig, so stark, daß man es nicht totkriegen kann. Kurzum, dies spürte man, und so fand es Beifall. Ich weiß nicht, welches Attribut ich ihm geben soll, dem Beifall. Es waren, und das bei allen Vorstellungen, ungeheuer viel Leute und ein ungeheurer Tumult. Man kann sich keines ähnlichen Erfolges entsinnen, vor allem nicht bei der Uraufführung, bei der das Stück sozusagen fast neu war. Ich muß mich der einstimmigen Meinung anschließen; es ist, versichere ich Ihnen, ein sehr großes und sehr schönes Werk. Ich war selbst davon überrascht. Auf der Bühne hat es noch eine ganz andere Wirkung als bei der Lektüre. Ihre Abwesenheit hat uns alle eines großen Vergnügens beraubt. Wären alle Rollen so besetzt wie die des Saint-Albin, so könnte man sich nicht fassen. Man soll mir aber nicht noch einmal einen solchen Frondienst abverlangen. Ich könnte ihn nicht bewältigen. Ich habe den Kopf nicht mehr, einer solchen Maschinerie vorzustehen. Duclos sagte im Hinausgehen, drei Stücke dieser Art im Jahr würden die herkömmliche Tragödie töten. Mögen sie sich an derartige Emotionen gewöhnen, und mögen sie danach Destouches und La Chaussée ertragen, wenn sie können. Ich wüßte gern, ob man die Komödie so schreiben muß, wie ich es tat, oder wie Sedaine. Dies ist eine ungemein wichtige Frage für mich wie für jedermann. Meine Freunde sind so glücklich wie noch nie; ich habe mit allen gesprochen. Hätten Sie für möglich gehalten, daß Marmontel weinte, als er mich umarmte?

Meine Tochter war auch dort und kam, trunken vor Staunen und Begeisterung, zurück. Sie werden mich nun für sehr glücklich halten, doch ich bin es nicht. Ich weiß nicht, was auf dem Grunde meines Herzens vorgeht und mich betrübt macht. Ich bin bekümmert.

Der arme Grimm wird gerade rechtzeitig am Tag vor der letzten Vorstellung zurückkommen.

Seine Arbeit drückt mich zu Boden. Wenn Sie den riesigen Berg sähen, zu dem sie sich türmt, und die Lektüre, die sie voraussetzt, glaubten Sie mir, daß ich vom Morgen bis zum Abend gelesen und geschrieben habe.
Nun ist also die Handelsgesellschaft mit Indien zugrunde gerichtet und der Abbé Morellet so gut wie entehrt. Er hat eine Schrift gegen die Gesellschaft verfaßt. Er entpuppte sich als ein schäbiger käuflicher Mensch, der der Regierung seine Schreibfeder gegen seine Mitbürger verkauft. Monsieur Necker hat voller Ernst, Hoheit und Verachtung eine Erwiderung verfaßt, die dem Abbé schwer auf der Seele liegen muß. Dieser ist zu einer Antwort entschlossen; das heißt, nachdem er dem Mann einen Dolchstoß versetzt hat, will er noch das Vergnügen, den Leichnam mit Füßen zu treten. Der Abbé sieht weiter als wir alle. In einem Jahr wird niemand mehr an seine ehrlose Tat denken, und er wird die versprochene Pension genießen.
Auf Wiedersehen, meine gute, zärtlich geliebte Freundin. Bieten Sie Ihre beiden Wangen dar, damit ich sie küssen und Ihnen einen guten Namenstag wünschen kann. Monsieur Perronet, neben dem ich soeben in der Komödie saß, trug mir auf, meiner Gratulation einen Glückwunsch von ihm hinzuzufügen.
Mama, Madame de Blacy, sind Sie beide bitte so gut, Mademoiselle Volland einen Kuß von mir zu geben?
Ich empfehle mich Ihnen allen.

Am 23. August 1769

Ich habe Madame Bouchard ein zweites Mal besucht. Ihr Gatte schien sich besser zu befinden.

1 Nach dem *Fils naturel* (1757, Der natürliche Sohn) stellte Diderot ein Jahr später sein zweites Stück, den *Père de famille* (Der Hausvater), fertig. Mit beiden Stücken suchte er seine neuen Vorstellungen von einem bürgerlichen Theater zu realisieren. In der Gattungshierarchie zwischen Komödie und Tragödie angesiedelt, sollte das *drame bourgeois* (bürgerliches Drama) anders als die Komödie Konflikte aus dem bürgerlichen Leben in ernsthafter Weise behandeln. So bahnbrechend auch Diderots Ideen auf dem Gebiet der Dramentheorie der Aufklärung waren, wie er sie vor allem in seinem *Discours sur la poésie dramatique* (1758, dt. Dramatische Poesie, übersetzt von Lessing 1760) dargelegt hat, seinen danach

verfaßten Stücken blieb nur ein kurzzeitiger Erfolg beschieden. Auch die zunächst begeistert aufgenommene Wiederaufführung seines *Père de famille* in der Comédie-Française – die Premiere hatte bereits 1761 mit mäßigem Erfolg stattgefunden – zeitigte keine nachhaltige Wirkung.

(31. August 1769)

Meine Damen und guten Freundinnen!
Ich bin wie erschlagen. Es wird Zeit, daß Grimm zurückkommt und ich ihm seine Geschäfte[1] wieder übergebe. Ich habe diese Arbeit satt, und Sie werden mir zustimmen, daß dies die geistloseste Beschäftigung der Welt ist, wenn man all die geistlosen Werke lesen muß, die da erscheinen. Man könnte mir mein Gewicht in Gold aufwiegen – und ich gehöre nicht zu den Leichtesten –, ich wollte nicht weitermachen. Freuen Sie sich! Endlich bin ich von der Herausgabe der Enzyklopädie befreit, und zwar dank der Unverschämtheit eines der Unternehmer.[2] Dieser kleine Panckoucke, der die Aufgeblasenheit eines Parvenüs besitzt, meinte mit mir umgehen zu können, wie er wahrscheinlich mit einigen armen Teufeln umgeht, denen er teures Brot gibt, wenn sie gezwungen sind, seine Dummheiten zu verdauen. Er nahm es sich heraus, in meinem Haus zornig herumzuschreien, womit er jedoch keinerlei Erfolg hatte. Ich ließ ihn reden, was er wollte; dann stand ich plötzlich auf, ergriff seine Hand und sagte zu ihm: „Monsieur Panckoucke, wo auch immer auf der Welt, ob auf der Straße, in der Kirche oder an einem üblen Ort, und mit wem auch immer man spricht, man muß stets höflich bleiben. Dies ist um so notwendiger, wenn man mit einem Menschen redet, der, wie ich, nicht lange mit sich spaßen läßt, zumal in seinem Hause. Scheren Sie sich zum . . ., Sie und Ihre Arbeit. Ich will nichts mehr dafür tun. Auch wenn Sie mir 20 000 Louisdor gäben und ich Ihre Arbeit im Handumdrehen erledigen könnte, würde ich nichts tun. Verlassen Sie gefälligst dieses Haus und lassen Sie mich in Ruhe." Auf diese Weise, glaube ich, hat eine Sorge ein Ende.
Der *Hausvater* hat auch weiterhin größten Erfolg. Immer volles Haus, obwohl Paris so menschenleer ist. Übermorgen findet die letzte Vorstellung statt; sie wollen es nicht ver-

schleißen lassen. Sie heben es für den nächsten Winter auf; im übrigen würde Molé nicht länger durchhalten.
Vor acht Tagen saß ich zwischen Monsieur Perronet und Madame de La Ruette im Parkett. Ich kündigte mich an, seine Bauwerke in Neuilly[3] zu besichtigen, allerdings unter der Bedingung, daß wir lediglich zu viert seien, ihn einbegriffen. Gut. Der Tag kam. Treffpunkt bei mir. Doch nicht Monsieur Perronet nimmt mich, wie verabredet, mit, sondern Monsieur de Senneville. Wir fahren los und finden vierzehn oder fünfzehn Personen bei Tisch vor, ohne den Hausherrn mitzurechnen, der nicht auftaucht. Es vierlief sehr gut. Monsieur de Senneville gab sich äußerst fröhlich und liebenswürdig. Wir sprachen kurz von Madame Legendre. Er gab zu, daß sein Herz ein wenig angekratzt sei. Wir kehrten gemeinsam in Monsieur Perronets Wagen zurück. Er setzte mich an der Drehbrücke ab,[4] und wir trennten uns in Eintracht und Zufriedenheit. Ich verbringe einen großen Teil des Tages im Schlafrock. Ich lese, ich schreibe; ich schreibe recht gute Dinge im Vergleich zu den miserablen, die ich lese. Ich sehe niemanden, weil niemand in Paris ist. Monsieur Bouchard hat mich besucht, ich war sehr erfreut, ihn zu sehen. Von der Rue des Vieux-Augustins zur Rue Taranne zu gehen und in ein viertes Stockwerk zu steigen, das kann nur ein Mensch, der gerade bei guter Gesundheit ist.
Solange es keine neuen Bücher gibt, über die ich berichten könnte, fertige ich Auszüge aus Büchern an, die es nicht gibt, und warte darauf, daß sie geschrieben werden.
Wenn mich diese Quelle, die recht ergiebig ist, im Stich läßt, habe ich etwas anderes: die Abfassung kleinerer Werke.
Ich habe einen Dialog zwischen d'Alembert und mir ausgearbeitet.[5] Wir plaudern darin recht fröhlich und sogar ziemlich verständlich, obgleich das Thema trocken und schwierig ist. Diesem Dialog wird ein zweiter folgen, der umfangreicher sein wird und der Erläuterung des ersten dienen soll. Er trägt den Titel *D'Alemberts Traum*. Die Gesprächspartner sind der träumende d'Alembert, Mademoiselle de Lespinasse, d'Alemberts Freundin, und der Doktor Bordeu. Hätte ich den reichen Inhalt der erhabenen Form opfern wollen, wären Demokrit, Hippokrates und Leu-

kippe meine Personen gewesen; doch die Wirklichkeitstreue hätte mich in die engen Grenzen der antiken Philosophie eingezwängt, so daß ich zuviel eingebüßt hätte. Das Ganze ist höchst ungewöhnlich und gleichzeitig zutiefst philosophisch. Es gehörte einiges Geschick dazu, meine Gedanken einem träumenden Menschen in den Mund zu legen. Oft muß man der Wissenschaft das Gewand der Torheit anlegen, um ihr Zugang zu verschaffen. Mir ist lieber, wenn man sagt: „Aber das ist doch gar nicht so töricht, wie man meinen könnte", als daß ich sage: „Hören Sie mich an, hier habe ich ein paar Weisheiten."
Übrigens, wir setzen unsere Spaziergänge fort, mein kleiner Liebling[6] und ich. Auf unserem letzten bemühte ich mich, ihr begreiflich zu machen, daß es keine Tugend gäbe, die nicht zwei Belohnungen nach sich ziehe: die Genugtuung, etwas Gutes zu tun, und die Freude, das Wohlwollen der Mitmenschen zu erlangen; daß es kein Laster gäbe, das nicht zwei Strafen nach sich ziehe: die eine ist die, welche wir tief in unserem Herzen abbüßen, die andere ist das Gefühl der Abneigung, das wir unseren Mitmenschen unweigerlich einflößen. Der Stoff war nicht unergiebig. Wir gingen einen großen Teil der Tugenden durch; hierauf wies ich sie auf den Neider hin mit seinen hohlen Augen und seinem bleichen, mageren Gesicht; auf den Genußsüchtigen mit seinem verdorbenen Magen und seinen gichtkranken Beinen; auf den Schamlosen mit seiner asthmatischen Brust und den Folgeerscheinungen der verschiedensten Krankheiten, die nicht oder nur zum Schaden des übrigen Organismus geheilt werden können. Und so geht es immer weiter. In Zukunft werden wir kaum Vorurteile haben, wohl aber Taktgefühl, Sitten und solide Prinzipien, die in allen Jahrhunderten und für alle Völker allgemein gültig sind. Die letzte Überlegung stammt von ihr.
Mein gestriges Diner war recht ungewöhnlich. Ich verbrachte den ganzen Tag bei einem Freund; dieser verkehrt mit zwei Mönchen, die alles andere als bigott sind. Der eine von ihnen las uns die ersten Hefte einer Abhandlung über den Atheismus vor, die sehr erfrischend und aussagekräftig ist, voll von neuen, kühnen Gedanken; und ich erfuhr – und ergötzte mich daran –, daß dies die Lehre ist, die in ihren Kreuzgängen verbreitet wird. Im übrigen sind diese beiden

Mönche die wichtigsten Personen in ihrem Hause. Sie sind geistreich, fröhlich, rechtschaffen, klug. Welche Meinungen auch immer man vertreten mag, man ist stets ehrbar, wenn man drei Viertel seines Lebens mit Studieren zubringt; und ich wette, diese atheistischen Mönche sind die ordentlichsten in ihrem Kloster. Besonders amüsierte mich, wie sich unser Materialismus-Apostel[7] bemühte, in der ewigen Naturordnung eine Bestätigung für die Gesetze zu finden. Was Sie jedoch noch mehr amüsieren wird, das ist die Biederkeit, mit der dieser Apostel behauptete, sein System, mit dem er alles angegriffen hat, was es in der Welt an höchst Verehrungswürdigem gibt, sei harmlos und setze ihn keinerlei unangenehmen Folgen aus; indessen enthält es keinen Satz, für den er nicht den Scheiterhaufen verdient hätte. Statt jeder Antwort an meine Verliebte[8], schicke ich ihr einen Brief von Monsieur Dubucq, den ich fast im gleichen Augenblick erhielt wie den ihrigen.

Ich grüße Sie alle drei und umarme Sie von ganzem Herzen. Nun, kommen Sie mit Ihren Wangen näher, meine Verliebte; Mama, reichen Sie mir Ihre Hand; Sie, Mademoiselle Volland, alles, was Sie mögen.

Ja richtig, ich vergaß beinahe, Ihnen zu erzählen, daß ich schließlich doch den Mut hatte, zum Diner aufs Land zu fahren, zu Monsieur de Salverte. Der Tag verlief sehr harmonisch, sehr schlicht, sehr schön. Unser Ehepaar liebt sich und lebt in bestem Einvernehmen mit den Eltern. Unterwegs bin ich bei Casanova abgestiegen, Madame Casanova hat immer noch die schönen Wangen, schönen Augen und schönen Zähne, die ich an ihr so gut kenne. Ihr Gatte war so gefällig und wandte von Zeit zu Zeit den Kopf, so daß wir einander ungeniert liebkosen konnten. Beachten Sie bitte, daß sich dies auf dem Lande zutrug und folglich nicht von Bedeutung war.

1 Vgl. Brief vom 24. Juli 1769, Anm. 2.

2 Der Verleger Charles Panckoucke wollte die Supplementbände der *Encyclopédie* publizieren.

3 Perronet hatte 1768 den Bau einer neuen Brücke aus Stein über die Seine in Neuilly in Angriff genommen, die die alte Holzbrücke ablösen sollte. Sie wurde 1772 eingeweiht und bestand bis 1958/59.

4 Die 1717 erbaute „Drehbrücke" mußte man passieren, wenn man vom Tuilerienpark zu den Champs-Élysées wollte.

5 Die geistvollen und witzigen Dialoge *Entretien entre d'Alembert et Diderot* (Unterhaltung zwischen d'Alembert und Diderot), *Le rêve de d'Alembert* (D'Alemberts Traum) und *Suite de l'entretien* (Fortsetzung der Unterhaltung) enthalten Diderots philosophisches Credo, seine materialistische Theorie, die mit ihren Einsichten in die Dialektik der Entwicklung weit über die mechanisch-materialistischen Konzepte von Helvétius und d'Holbach hinausgeht.

6 Diderots Tochter Angélique.

7 Dom Deschamps.

8 Madame de Blacy.

(16. Oktober 1769)

Endlich ist er[1] wieder da, seit letztem Dienstag, wie es heißt. Doch gewisse Vorbereitungen vor längerer Zeit, eine Reise nach La Briche, eine zwar gute, aber schon etwas angeschlagene Gesundheit lassen mich Maßnahmen argwöhnen, die zu rügen ich mich hüten werde. Es verstand sich von selbst, daß wir uns am Mittwoch sehen würden. Und tatsächlich, sein Laufbursche kam, um mir zu sagen, daß er mich um elf erwarte. Doch zu diesem Zeitpunkt sollte ich von Monsieur de Salvertes Kutsche abgeholt werden, um den Rest des Tages auf dem Lande zu verbringen. Ich habe Ihnen noch nie etwas von diesen rechtschaffenen Leuten erzählt. Monsieur de Salverte scheint eine schwache Gesundheit zu haben und ein wenig an Vapeurs zu leiden, er ist unkonzentriert und sucht stets nach unverbindlichen Worten, findet sie jedoch glücklicherweise nicht immer; er liebt den Prunk, das Essen, den guten Wein, sogar ein wenig mehr, als es für seine Verhältnisse angebracht ist. Madame de Salverte redet recht gut, sie ist zurückhaltend, schweigsam; wenn man nach ihrem Gesichtsausdruck urteilt, der abweisend ist, könnte man meinen, sie sei unaufrichtig; sicherlich ist sie kühl, doch ich halte sie nicht für böse. Nach Madame Devaines Meinung gehört sie zu den liebenswertesten Frauen oder vielmehr Kindern, die es gibt; sie sei verständig, lebhaft, fröhlich, unbefangen, ein wenig unüberlegt; sie habe eine angenehme Figur und stecke voller Talente; sie ist so, und dies sicherlich, ohne im geringsten anmaßend zu sein. Ich liebe sie sehr und glaube nicht, daß ich ihr gleichgültig bin. Ich vergaß Ihnen zu sagen, daß Monsieur de Salverte sehr despotisch und selbstsüchtig ist. Monsieur Devaines

verliert allmählich den leichten und charmanten Ton, den er sich in der großen Welt angeeignet hatte; das zur Gewohnheit gewordene Landleben oder aber ernstere Gedanken haben ihn etwas verfinstert.
Wir treffen spät ein. Wir setzen uns gleich nach unserer Ankunft zu Tisch; wir essen gut, wir trinken noch besser; wir sind weder übermäßig fröhlich noch übermäßig traurig. Nach dem Diner machen wir Bewegungsspiele. Wir gehen spazieren, wir plaudern, und schließlich trennen wir uns mit dem Wunsch, uns wiederzusehen.
Da ich Strohwitwer bin – Madame und Mademoiselle sind in Sèvres –, lud ich ihn[2] für Donnerstag zu mir ein. Er kam früh am Morgen, und wir trennten uns spät in der Nacht. Ich sage Ihnen nichts von der Freude, die wir nach fünfmonatiger Trennung beim Wiedersehen empfanden. Ich habe ihn gern, und er hat mich sehr gern, mehr kann ich dazu nicht sagen. Ich fände kein Ende, wollte ich mich in die Geschichte seiner Reiseerlebnisse einlassen. Der König von Preußen hielt ihn drei Tage hintereinanderweg in Potsdam fest, und er hatte die Ehre, täglich zweieinhalb Stunden mit ihm zu plaudern. Er ist entzückt von ihm; aber wie sollte man es von einem großen Fürsten nicht sein, wenn dieser darauf aus ist, liebenswürdig zu sein. Am Ende des letzten Gespräches erhielt er vom König eine schöne goldene Dose zum Geschenk. Wie nett! Der Fürst von Sachsen-Gotha war noch netter. Er hat ihm einen Titel verliehen – ich weiß nicht, welchen[3] – und verknüpfte mit diesem Titel eine Pension von eintausendzweihundert Livres. Stellen Sie sich dann noch einen kugelrunden Bauch und ein Mondsgesicht vor – beides brachte er von seiner Reise mit –, und Sie werden feststellen, daß er seine Zeit auf den Landstraßen nicht ganz vergeudet hat. Doch ich fürchte sehr, das kostbarste all dieser Ergebnisse, die Gesundheit, ist nicht von langer Dauer; Sie werden bald wissen, warum ich dies mutmaße.
Eine weitere Zusammenkunft am nächsten Tag bei mir. An jenem Tage nun übergab ich ihm seine Geschäfte, zusammen mit einer erschreckenden Menge von Papieren. Gemeinsam lasen wir einige durch. Ich hatte die vergnüglichsten ausgewählt; trotzdem färbte die geringe Aufmerksamkeit, die sie erforderten, seine Backenknochen mit einem bedrohlich

wirkenden Rot. Sein Strohstuhl wird ihn umbringen, wenn er nicht aufpaßt. Ich bat ihn um die Gunst, sich mit diesem ganzen Schreibkram, den ich zurückgab, nicht zu überstürzen, damit er hinterher noch einige Zeit lebe; das wäre in der Tat der größte Lohn, den ich für diese mühevolle Arbeit erhalten könnte. Er versprach es mir; ob er mir Wort hält, bezweifle ich.
Er hat seine Mutter wiedergesehen, die fünfundachtzig oder sechsundachtzig Jahre alt ist und sich bester Gesundheit wie auch eines ungetrübten Verstandes erfreut. Er hat seine Geschwister, Neffen und Nichten wiedergesehen, von denen er entzückt ist. Bei all diesen angenehmen Eindrücken erinnerte er sich freundlicherweise an Mademoiselle Diderot; er brachte ihr einen Stoß Notendrucke von den berühmtesten Komponisten mit, die ebenso schön sind wie Notenstiche.
Gestern habe ich meine Frau und meine Tochter besucht. Ich hatte darauf gerechnet, den Tag mit ihnen allein zu verbringen, doch ich fand mich in einer Meute von vierundzwanzig Personen wieder. Am heutigen Montag wollten wir nach Grandval fahren; wir kamen jedoch davon ab, weil eine Gesellschaft denselben Tag gewählt hatte. Wir fahren nun morgen, am Dienstag, dorthin. Wir werden zweieinhalb gemeinsame Stunden auf der Hinfahrt verbringen und zweieinhalb sehr angenehme Stunden auf der Rückfahrt; dies sagten wir uns, und das ist auch wahr; was aber nicht minder wahr ist, obgleich wir es uns nicht sagten, das ist, daß der Baron sich meiner bemächtigen und die Baronin über ihn[4] nach Herzenslust verfügen wird. Sie werden sehen, daß es ganz im stillen so arrangiert wird.
Und Sie, meine Damen, wann bringen Sie mir die anderen Abwesenden zurück, die mir so teuer sind? Die schönen Tage – doch ich verfluche sie aus tiefstem Herzen. Ich führe das zurückgezogenste Leben. Ich bin so sehr daran gewöhnt, daß ich mich einmal ankleidete und sogleich wieder auszog.
Ich grüße und umarme Sie von ganzem Herzen. Wäre Mademoiselle Volland aufrichtig, hätte sie eingestanden, daß sie meinen Namenstag vergaß.

1 Grimm.
2 Grimm.
3 Grimm wurde zum Legationsrat ernannt.
4 Es ist wiederum Grimm gemeint.

(25. November 1769)

Meine Damen und guten Freundinnen!

Ich habe eine zweite Reise nach Grandval unternommen. Das angenehmste Leben habe ich dort geführt: Tage, die aufgeteilt waren auf die Arbeit, den kleinen Liebling, den Spaziergang und das Spiel. Und dazu diese unbegrenzte Freiheit, die die Hausherrin ihren Gästen gewährt und über die man in Wahrheit bei sich zu Hause nicht verfügt.

Vier oder fünf Tage nach dem Martinstag kehrte ich nach Paris zurück, das Herz voller Unruhe. Wäre ich ein Mensch, der an Vorahnungen glaubt, so würde ich zu Ihnen sagen, daß ich welche hatte.

Es ist unglaublich, was ich seit meiner Rückkehr erlitten habe. Ohne die Ablenkung durch meine Arbeiten, zu denen ich mich zwang, wäre ich verrückt geworden.

Erstens: eine heftige Szene zwischen dem Baron und mir; eine Szene, bei der ich im Unrecht war.

Zweitens: alle möglichen unangenehmen Besorgungen für den Fürsten von Golizyn, für Grimm und für andere.

Drittens: meine Nierenkoliken, die zwar schwächer, aber stets lästig sind.

Viertens: und das ist buchstäblich gemeint, mein ständig schlechtes Gewissen, das mir in einem fort sagt: Ich muß meinen Freundinnen schreiben, sie sind beunruhigt, dieses Schweigen verwirrt sie – und ein Tag nach dem anderen vergeht, ohne daß ich es getan habe.

Fünftens: das Ärgernis, meine gesamte Zeit, meine ganze Sorgfalt, meine ganze Mühe auf Abbé Galianis Werk verwendet zu haben und nur Verdruß zu ernten, durch eine kleine zänkische Frau, die sich in alles einmischt und alles durcheinanderbringt, weil sie meint, für alles gut zu sein, während sie in Wirklichkeit für nichts gut ist.[1]

Sechstens: die Erkrankung meiner Tochter, die von häufigem Erbrechen geplagt wird, was mich zur Verzweiflung bringt.

Siebentens: die Ernüchterung, alles Menschenmögliche getan zu haben, um ein großes Unglück abzuwenden, und es doch nicht verhindert zu haben. Der Mann, den ich schätzte, hat sich vor acht Tagen zwei Pistolenkugeln durch den Kopf gejagt,[2] der meinige hat sich danach noch nicht wieder beruhigt.

Ich könnte noch achtens hinzufügen. Das betrifft eine Aufregung, von der niemand hier weiß, weil ich alles allein in Ordnung bringen konnte. Ich arbeite nachts, wie Sie wissen. Ich habe also gearbeitet; müde vor Anstrengung und Mühsal bin ich schließlich, den Kopf auf dem Schreibtisch, eingeschlafen. Während ich schlief, muß meine Kerze auf meine Papiere gefallen sein – oder was sonst passierte –, so daß das Feuer alles in meiner Umgebung ergriff. Die Hälfte der Bücher und Papiere, die auf meinem Tisch lagen, sind verbrannt. Glücklicherweise ging mir nichts Wesentliches verloren. Ich habe diesen Unfall verschwiegen, weil ein unbedachtes Wort genügt hätte, um meiner Frau für immer die Ruhe zu rauben. Ich habe meine Vorsichtsmaßnahmen so gut getroffen, daß nicht die geringste Spur von dem Unglück blieb, das sie und mich bedroht hatte. Verzeihen Sie mir. Ich empfehle mich Ihnen. Bedauern Sie mich, und kehren Sie alle drei zurück, wenn Sie sehen wollen, wie aufrichtig geachtet und wie zärtlich geliebt Sie werden.

1 Diderot gibt hier eine wenig schmeichelhafte Schilderung von Madame d'Epinay.

2 Ein gewisser Desbrosses, der beim Spiel durch seinen Bruder ruiniert worden war. Diderot berichtet darüber in seinem Brief an Grimm vom 19. November 1769.

(Langres, 23. August 1770)

Mademoiselle, nicht zu Ihnen spreche ich, sondern zu denen, die mich lieben.

Ich bin nicht zu meinem Vergnügen in die Provinz gekommen. Ich war auf viele unangenehme Dinge gefaßt, und ich fand mehr vor, als ich erwartet hatte. Wir, Grimm und ich, sind am selben Tag abgereist wie Sie; doch aller Wahrscheinlichkeit nach hatten Sie noch nicht die Hälfte des Weges zurückgelegt, als wir den unseren bereits beendet hatten. Es war eine Angelegenheit von fünfunddreißig Stunden. Grimm hat einmal mit uns diniert und soupiert. Am Tag nach unserer Ankunft reiste er nach Bourbonne weiter. Er hat dort fünf Tage ohne mich verbracht, drei Tage mit mir und ich fünf Tage ohne ihn.

Ich erzähle Ihnen nichts davon, wie es Madame Maux und

ihrer Tochter geht, da Sie sie nicht kennen und sie Ihnen deshalb kein großes Interesse abgewinnen können. Doch ich kann Ihnen recht positive Neuigkeiten über Monsieur und Madame de Solières' Gesundheitszustand berichten. Ich versäumte keinen einzigen Tag, sie zu besuchen; dies war ein großes Vergnügen für sie und ein gutes Werk von meiner Seite!

Madame de Solières geht es sehr gut. Sie ist so fröhlich, wie es ihr Zustand erlaubt. Als ich ihr Gesicht und ihre Laune von Paris damit verglich, wie ich sie in Bourbonne[1] erlebte, konnte ich nicht feststellen, daß eines von beiden durch die Reise gelitten hätte. Monsieur de Solières ist in etwa derselbe, der er war. Er behauptet, sein Arm sei beweglicher geworden; doch in Wahrheit erspart man ihm nur allzu gern den Beweis, den er dafür gibt; das anzusehen, bereitet einem unendliche Pein. Er braucht gut zwei Minuten, um seine Hand zum Kinn zu führen, und dies ist eine lange Reise für diese Hand. Wären die Schmerzen in seinem Bein und seiner Hüfte nicht, spürte er deren Existenz nicht. Diese Schmerzen haben jedoch an Heftigkeit nachgelassen. Er kann eine Treppe hinaufsteigen; doch es ist eine so schreckliche Qual für ihn, sie hinabzusteigen, daß man, wenn er zur Zeit des Spazierganges zu Besuch kommt, sich darein findet, ihn rücksichtsvoll zu behandeln und allein wegzugehen.

Madame de Solières geht es sehr gut. Sie ist so fröhlich, außer Haus; das war im Kapuzinergarten, der für alle Kranken geöffnet ist. Als ich aus Bourbonne wegfuhr, schickte sich Monsieur de Solières gerade an, alle Mittel einer Brunnenkur auszunutzen, indem er die Heilquellen zum Trinken, Baden und Duschen zugleich gebrauchte. Was mir leid tut, ist, daß sein Gewicht stets gleich hoch bleibt. Seine Krankheit gehört, wie ich glaube, zu jenen, die nicht besser, aber auch nicht schlimmer werden. Wenn doch ein heftiges Fieber plötzlich in diesem Klumpen aus Flüssigkeit und Fleisch ausbrechen und ihn kräftig schütteln wollte.

Der Aufenthalt in Bourbonne ist traurig, am Tage, weil man überall auf Kranke trifft, in der Nacht wegen des Trubels bei ihrer Rückkunft; sodann – keine Promenade, ein abscheuliches Pflaster; eine unfruchtbare, häßliche Umgebung; Bewohner, die von fünfzigtausend Talern jährlich nicht reich werden, weil das für den Lebensunterhalt Notwendige zwei Drittel verschlingt; keine Lebensmittel, nicht einmal für Geld; sehr teure Quartiere; geldgierige Vermieter, für die Kranke das sind, was Wachteln und Manna für die Israeliten in der Wüste waren.

Ich habe einen Teil meiner Zeit dafür verwandt, mich über die Heilbrunnen zu unterrichten, über ihre Beschaffenheit, ihr Alter, ihre Wirkung, ihre Anwendungsweise, über die Altertümer des Ortes, und ich schrieb darüber einen Brief, zum Gebrauche für die Unglücklichen, die durch ihre Gebrechen dorthin geführt werden könnten.[2] Zudem ist es nicht nötig, daß ich auf die tausendundeine Frage, die mir Doktor Roux und meine Freunde ganz sicher stellen werden, keine einzige Antwort weiß. Mein Plan war, niemanden zu besuchen; mir zum Trotz mußte ich alle möglichen Leute besuchen. Die ersten Tage in Langres verbrachte ich in meiner Familie und in der meines zukünftigen Schwiegersohnes.[3]

Bei der Ankunft sagte ich zu Grimm: Ich glaube, meine Schwester wird sehr hinfällig geworden sein. Stellen Sie sich meine Überraschung vor, als sie leichtfüßig wie ein Reh zu unserem Wagen gesprungen kam und mir das Gesicht einer Bernhardinernonne zum Kuß darbot.

Die gesamte Stadt wartete auf das Zusammentreffen der beiden Brüder, die einander jedoch noch nicht zu Gesicht bekamen. Nicht etwa, daß es an Vorstößen, an Absprachen, an männlichen und weiblichen Vermittlern gefehlt hätte. Das Ende vom Lied aber ist, daß sich die beiden Brüder nicht ausgesöhnt haben und daß Schwester und Bruder, die sich gut miteinander vertrugen, zerstritten sind. Dies bekümmert mich sehr. Nur ein Mittel fand ich, meinen Schmerz darüber zu betäuben, nämlich, von morgens bis abends zu arbeiten. Dies tue ich und werde ich auch weiterhin tun.

Ihre süße Einsamkeit könnte sehr wohl durch viel Besuch gestört werden. Wenn der Abbé Lemonnier mir Wort hält, werden wir zur gleichen Zeit den Fuß auf den Boden vor Ihrem Tor setzen. Ich werde so frei sein, Sie für meinen Kutscher um Quartier zu bitten; Monsieur und Madame de Solières planen ebenfalls, Sie aufzusuchen. Ich werde nicht eher von hier wegfahren, als bis ich meine Angelegenheiten geordnet habe. Ich hatte Madame de Maux und Monsieur de Solières versprochen, sie nochmals zu besuchen. Sie geben wenig auf mein Wort; doch ich werde es halten; ich opfere damit zwei Tage. Nach Langres werde ich Anfang September zurückkehren, um mich für einen Augenblick im Kreise der Meinen zu erholen; und am 9. oder 10. werde ich zu meiner großen Reise aufbrechen.

Ich habe keineswegs vergessen, daß Mademoiselle übermorgen ihren Namenstag hat. Ich füge, meine Damen, Ihren Wünschen meine Huldigung bei und bitte Sie, sie ihr zu übermitteln. Wenn Madame de Blacy von meiner aufrichtigen Zuneigung überzeugt ist, wird sie nicht an der inneren Unruhe zweifeln, die mich ihrer zerrütteten Gesundheit wegen befallen hat. Ich bitte Sie, meiner Verliebten zu sagen, daß ich mich nie an solche Aufregungen gewöhnen werde. Für mein Glück ist es notwendig, daß sie sich entweder wohl fühlt oder daß ich nicht weiß, daß sie sich schlecht fühlt. Der Ruhm, ihr Heilung zu bringen, könnte mich locken, meinen Aufenthalt hier abzukürzen; doch ich glaube nicht so ohne weiteres, daß meine Person ein Wunder zu bewirken vermag, das eine gute Schwester und eine Mama, wie ich sonst keine kenne, nicht tun können. Sie soll gesund sein, wenn ich eintreffe, und ich habe dann nichts anderes zu tun, als mich über ihre Gesundheit zu freuen.

Können Sie sich vorstellen, daß ich inmitten meiner Sorgen nicht aufgehört habe, der unsicheren Ernten wegen bekümmert zu sein? Es hat fortwährend geregnet. Ich habe die Saatfelder gesehen und wußte nicht, ob man auch nur eine Ähre ernten wird. Hinzu kommt nun der traurige Anblick von Not und Elend. Allmählich beruhige ich mich, seit ich sehe, wie die Felder abgeerntet werden; und nach der Erleichterung zu urteilen, die ich jetzt empfinde, muß die Furcht, meinesgleichen könnten unter einer Teuerung leiden, beträchtlich zu meinem Unbehagen beigetragen haben. Mama, trösten Sie sich über Ihre schlechten Ernten; wir werden Suppe und Rindfleisch haben, wir werden Bier trinken und zufrieden sein. Ein gutes Diner ist eines, das man mit geliebten Menschen einnimmt, und ich liebe Sie ebenso, wie ich Sie achte.

Es wäre eine Freude für Sie, Mademoiselle, wenn Sie hier ein süßes Wort fänden; doch Ihr Brief hat mir zu viel

Schmerz bereitet, um Ihnen nicht zu grollen. Ich liebe Sie sehr; doch, zum Teufel, ich werde es Ihnen nicht sagen!
Monsieur Legendre[4] ist also nicht mehr? Hätte er ein oder zwei Jahre früher geendet, wäre er mehr beklagt worden. Seine Tochter hat also das Kloster verlassen und ist gut verheiratet, und sein Sohn wird demnächst in ein Gymnasium gesperrt werden. Wie sich alles umkehrt!
Leben Sie wohl, meine Damen und guten Freundinnen. Ich sehe mit Freuden dem Augenblick entgegen, da ich Sie umarmen werde. Meine Empfehlungen an Sie alle drei.

1 Der Badeort Bourbonne-les-Bains (Haute-Marne) verfügt noch heute über Thermalquellen, die besonders gegen Gelenkerkrankungen und Rheumatismus eingesetzt werden.
2 Daraus entstand seine Reiseschilderung *Voyage à Bourbonne* (Reise nach Bourbonne).
3 Diderots Tochter Angélique heiratet Abel-François Caroillon de Vandeul.
4 Monsieur Legendre, der seine Frau bereits im Sommer 1768 verloren hatte, starb Ende Juli oder Anfang August 1770.

(28. November 1770)

Ich hatte Sie gebeten, gute Freundin, keinen einzigen Brief abzusenden, ohne mir Nachricht von Mama zu geben, und Sie haben mir kein Wort über sie geschrieben. Dieses Schweigen ist wirklich grausam. Ich weiß nicht einmal, ob Sie das Gutachten von Bordeu erhalten haben, das ich umgehend einholte und am nächsten Tag zur Post brachte. Hätte ich mich des gleichen Fehlers schuldig gemacht, so weiß Gott, wie ich behandelt worden wäre.
Ich nehme meine Wünsche für Gewißheit und hoffe, daß es gut geht. Ich kann mir nicht vorstellen, daß Ihre Ängste noch andauern und Sie sie vor mir verheimlicht hätten. Tauge ich nicht mehr dazu, Ihren Kummer zu tragen? Gute und teure Freundin, Sie wählen einen sehr schlechten Augenblick, um kühler zu werden; ich warne Sie davor. Ich brauche es, brauche es mehr denn je, daß ich jemanden liebe und von ihm geliebt werde. Ich habe auf Sie mein ganzes Leben lang gezählt; wenn Sie mich jetzt im Stich lassen, werde ich allein sein.
Die Gesundheit meines Kindes schwindet von Tag zu Tag

dahin. Sie sagt es mir nicht, weil sie mich zu betrüben fürchtet, doch ich sehe es. Das wirft einen schwarzen Schleier über mich, der mir den ganzen Tag verdüstert. Da meine Gesellschaft beinahe ihr einziges Glück ist, gehe ich wenig aus dem Haus. Ich habe in der Provinz und auf dem Lande Gefallen am zurückgezogenen Leben gefunden, das mich von jeglicher Gesellschaft fernhält. Ich sitze an meinem Schreibtisch, arbeite, träume, schreibe, ich bin nicht glücklich, fühle mich aber wohler als wahrscheinlich anderswo, denn ich leide, wenn ich meinen Hausrock ablegen muß.
Sagen Sie mir doch, daß Sie mich lieben und von meiner unverbrüchlichen Zuneigung überzeugt sind; fügen Sie hinzu, daß Mama ißt, trinkt, schläft, gesund ist – und ich werde Ihnen einen überaus behaglichen Augenblick zu verdanken haben.

Am 28. November 1770

(Den Haag, 18. Juni 1773)

Gute Freundinnen, ich bin Dienstag morgen in Den Haag angekommen.[1] Ich hätte schon Montag abend eintreffen können, doch es war spät, und ich war zu müde. Ich habe mich unterwegs wohl gefühlt. Ich fühle mich auch jetzt sehr wohl. Der Empfang durch den Fürsten[2] war so, wie ich ihn mir erhofft hatte. Die Fürstin ist nicht hier. Sie besucht ihre Eltern in Berlin, und der Fürst schwört, wenn ich sein Haus verließe, ohne ihre Bekanntschaft gemacht zu haben, so wäre dies Anlaß zu einem Streit zwischen ihnen. Wir führen ein Junggesellenleben. Ich habe ein hübsches Zimmer. Man hat noch einen Domestiken im Haus angestellt, über den ich allein verfügen kann. Ich habe den Mordick überquert; dies ist eine Wasserfläche, die eine Vorstellung vom Meer vermittelt.
Noch am Tag meiner Ankunft habe ich Neptun und sein weites Imperium begrüßt, das nur eine halbe Meile von hier entfernt ist.[3] Gestern besuchte ich die Schulen von Leiden. Ich sah Gemälde, Stiche, Fürsten und Gelehrte. Wir haben allerhand Pläne. Wenn wir sie alle durchführen können, werde ich viel sehen, und es wird mir nicht an Vergnügungen fehlen. Ich werde mich wenig zu Hause auf-

halten und kaum arbeiten. Dennoch möchte ich gern arbeiten. Ich schreibe Ihnen nur ein paar Zeilen. Ich werde mich auch in Zukunft kurz fassen. Ich hebe alles für die süßen Augenblicke auf, die wir noch gemeinsam verbringen werden. Ich grüße Sie. Ich küsse Sie alle beide zärtlich. Ich werde Ihnen, Mademoiselle Volland, meine ersten Gefühle bewahren, solange ich lebe. Achten Sie auf Ihre Gesundheit, ich bitte Sie inständig, zärtlich geliebte Freundin. Wir werden uns wiedersehen, und diese Zeit ist vielleicht gar nicht so fern.
Ich bitte Sie, mich Monsieur und Madame Bouchard zu empfehlen sowie Monsieur und Madame Digeon, des weiteren Monsieur Gaschon, wenn er sich bei Ihnen sehen läßt.
Adieu, meine Damen und guten Freundinnen. Vermissen Sie mich nicht so sehr, wie Sie vermißt werden; es brächte Ihnen zuviel Herzeleid. Wahre Freundschaft wird durch Entfernung nicht schwächer, und mein Herz berührt das Ihrige, als säßen wir gemeinsam am Kamin.
Adieu. Adieu, alle beide. Ich wiederhole Ihnen meinen Schwur ewiger, unverbrüchlicher Zuneigung.

Den Haag, am 18. Juni 1773 Diderot

1 Damit beginnt die Reise Diderots über Holland nach Petersburg, die er auf Einladung der Zarin Katharina II. unternimmt.
2 Fürst Dmitri Golizyn.
3 Diderot sah zum ersten Mal das Meer.

(Den Haag, 22. Juli 1773)

Meine Damen und guten Freundinnen!
Je mehr ich dieses Land[1] kennenlerne, desto mehr behagt es mir. Die Seezungen, die frischen Heringe, die Steinbutte, die Barsche und alles, was man ‚Waterfish' nennt, sind die besten Freunde der Welt. Die Spazierwege sind entzückend; ich weiß nicht, ob die Frauen sittenstreng sind; doch mit ihren großen Strohhüten, ihrem gesenkten Blick und den riesigen Tüchern, die sie über ihren Busen breiten, machen sie alle den Eindruck, als kämen sie von der Andacht oder wollten zur Beichte gehen.
Die Männer sind gescheit; sie verstehen ihre Geschäfte sehr gut; sie sind vom republikanischen Geist geradezu besessen,

und zwar von den höchsten bis zu den niedersten Ständen. Ich hörte einen Saumsattler sagen: „Ich muß schleunigst mein Kind aus dem Kloster zurückholen. Ich fürchte, es nimmt dort womöglich etwas von dieser niedrigen monarchischen Gesinnung an.“ Er meinte seine Tochter, die er in Brüssel erziehen ließ. Ich will mich nicht über dieses Land verbreiten. Ich möchte Ihnen an Ihrem Kamin nach Herzenslust davon erzählen, wenn ich das Glück haben werde, mit Ihnen dort wieder zusammen zu sein; denn ich hoffe, Sie tun alles, um sich für Ihre Freunde zu erhalten, für mich, der ich fest entschlossen bin, Sie Ihr und mein ganzes Leben lang zu lieben, und der ich mir aus diesem und aus vielen anderen Gründen ein recht langes Leben wünsche.

Die Fürstin[2] ist von ihrer Reise zurückgekehrt. Sie ist eine sehr lebhafte, sehr fröhliche, sehr geistreiche Frau von ziemlich liebenswürdigem Äußeren, mehr als ziemlich; sie ist jung, gebildet und talentiert. Sie ist belesen, sie spricht mehrere Sprachen; dies ist eine deutsche Sitte.[3] Sie spielt Klavier und singt wie ein Engel. Sie steckt voller treuherziger und geistreicher Aussprüche. Sie ist großartig. Gestern sagte sie bei Tisch, die Begegnung mit Unglücklichen sei so süß, daß sie der Vorsehung gern verzeihe, einige von ihnen in die Straßen gestreut zu haben. Wir hatten einen Einfaltspinsel hier, der es bereute, daß er sich in Paris nicht hatte malen lassen. Sie fragte ihn, ob er etwa zu Oudrys Zeit dort gewesen sei. Sie ist ungewöhnlich empfindsam; sogar ein wenig zu sehr, um glücklich sein zu können. Da sie über Kenntnisse und einen starken Gerechtigkeitssinn verfügt, kämpft sie wie ein kleiner Löwe. Ich liebe sie unbändig und lebe zwischen dem Fürsten und seiner Frau wie zwischen einem guten Bruder und einer guten Schwester.

Man verwendet hier seine Zeit nützlich. Keine Aufdringlinge, die einem den ganzen Morgen rauben. Unglücklicherweise geht man aber sehr spät schlafen und steht sehr spät auf. Unser Leben verläuft ruhig, bescheiden und sehr zurückgezogen.

Ich habe hier zwei Greise kennengelernt, die bislang den größten Einfluß auf die Regierungsgeschäfte hatten. Da sie jetzt nicht mehr soviel arbeiten können, fühlen sie sich – und mit Recht – nicht wohl. Ihre ernste Miene, ihre sentenziöse, strenge Redeweise riefen in mir doch tatsächlich den Eindruck hervor, Fabius und Regulus[4] stünden vor mir. Niemand erinnert so sehr an die alten Römer wie diese beiden ehrwürdigen Personen. Es sind die zwei Bentincks, der eine Charles Bentinck und der andere Graf Bentinck von Rhoon.

Ich habe zwei oder drei kleine heitere Schriften verfaßt. Ich gehe kaum aus; und wenn ich ausgehe, laufe ich stets zum Ufer des Meeres, das ich bisher weder ruhig noch stürmisch erlebte. Die unermeßliche Einförmigkeit, begleitet von leisem Gemurmel, regt zum Träumen an, und dort träume ich gut.

Ganz vergeblich suchte ich nach Büchern. Die Ausländer haben alle, die ich mir zu besorgen hoffte, weggeschnappt.

Ich beginne wieder die böse Stelle in meinem Ranzen zu spüren; das ist, wie Sie wissen, mein Magen. Während des ersten Monats hatte ich den Eindruck, ich sei geheilt.

Ich grüße und umarme Sie von ganzem Herzen. Ehrerbietige Grüße an Monsieur und Madame Bouchard; an Monsieur und Madame Digeon; an Monsieur Duval, dem ich Dank schulde für sein Interesse, das er an Ihren Angelegenheiten zeigt und das er an den meinigen nehmen wollte.

Lassen Sie mich Monsieur Gaschon nicht vergessen, wenn er sich bei Ihnen sehen läßt.

Ich wünsche Ihnen ein baldiges, glückliches Ende Ihrer häuslichen Verpflichtungen.

Ich bin Ihnen treu ergeben, solange ich lebe; und wohin auch immer der Himmel mich führt, ich werde Sie stets im Herzen tragen.

Am 22. Juli 1773, in Den Haag.

1 Diderot hält sich noch in Holland auf.

2 Die Fürstin Golizyn ist eine geborene Gräfin Amalie von Schmettau, die aus Preußen stammte und von dort von einem Besuch bei ihren Eltern zurückkehrte.

3 Alle Gebildeten in Deutschland beherrschten zu jener Zeit zumindest noch die französische Sprache, sehr häufig auch Englisch. Für die Franzosen hingegen bestand kaum eine Notwendigkeit zur Erlernung von Fremdsprachen, da Französisch in ganz Europa verstanden wurde.

4 Quintus Fabius Maximus Cunctator, gestorben 203 v. u. Z., führte nach der Niederlage am Trasimenischen See im Jahre 217 im

Zweiten Punischen Krieg als römischer Diktator einen hinhaltenden Kleinkrieg gegen Hannibal, der ihm den Spottnamen „Cunctator" (= der Zauderer) einbrachte. Dieser wurde zum Ehrennamen, als sich später die Richtigkeit seiner Strategie erwies. – M. Atilius Regulus, römischer Konsul, geriet 255 v. u. Z. in karthagische Gefangenschaft. Als er fünf Jahre später nach Rom gesandt wurde, um Karthagos Gegner zu einem Verzichtfrieden zu bewegen, nützte er im Gegenteil seine Mission, um die Römer zur Fortsetzung des Krieges aufzurufen. Getreu seinem Versprechen kehrte er dennoch nach Karthago zurück, wo er grausam umgebracht wurde.

Den Haag, den 13. August 1773

Meine Damen und guten Freundinnen!

Haben Sie beschlossen, mich zur Verzweiflung zu bringen? Ein Jahrhundert lang habe ich nichts von Ihnen gehört. Haben Sie zufälligerweise meinen letzten Brief nicht erhalten? Mademoiselle Volland, wenn Sie von all den grausamen Vorstellungen wüßten, die mich verfolgen, so hüteten Sie sich gewiß, sie länger andauern zu lassen. Sagen Sie mir doch wenigstens, daß es Ihnen gut geht und daß Sie mich lieben. Einmal noch möchte ich Ihre Schriftzüge sehen.

Nun denn, meine Freundinnen, das Schicksal ist besiegelt. Ich werde die große Reise antreten; aber seien Sie unbesorgt.

Ein Herr von Narischkin, Kammerherr bei Ihrer Majestät der Zarin, läßt mich hier in einem guten Wagen neben sich Platz nehmen und bringt mich sanft und bequem in kurzen Tagesreisen nach St. Petersburg; wir werden unterwegs überall haltmachen, so uns das Ruhebedürfnis oder die Neugierde dazu raten.

Dieser Herr von Narischkin ist ein überaus braver Mensch, der in Paris ein respektvolles, freundschaftliches Verhältnis zu mir anknüpfte. In einer barbarischen Gegend hat er sich die feinen Tugenden eines gesitteten Landes zu eigen gemacht. Er verkörpert sie.

Dies ist noch nicht alles. Im kommenden Januar wird mich ein anderer guter Wagen, in dem ich neben dem Bruder des Fürsten Golizyn und seiner Frau Platz nehme, wenn sie nach Frankreich reisen, an der Ecke der Rue Taranne absetzen.

Ich könnte es eines Tages bedauern, eine Reise ausgeschlagen zu haben, die ich der Dankbarkeit schuldig bin und bei der es – nach Meinung des Fürsten Golizyn – hundert zu eins zu wetten ist, daß ich großen Nutzen von ihr haben werde.
Sollten diese Hoffnungen und die meinigen in Erfüllung gehen, dann bravo! Wenn ich müde, älter und etwas weniger vermögend zurückkomme, so tröste ich mich an der Seite meiner Freundinnen.
Leben Sie wohl, Madame de Blacy. Ich grüße und umarme Sie von ganzem Herzen.
Leben Sie wohl, Madame Bouchard. Ich grüße und umarme Sie ebenfalls.
Adieu, gute Freundin, adieu, Mademoiselle Volland. In vier Tagen werde ich auf dem Weg nach Petersburg sein.[1] Wünschen Sie sich und mir alles Gute!
Die unterschiedlichen Breitengrade ändern nichts an meinen Gefühlen; und Sie werden mir unter dem Pol ebenso teuer sein, wie Sie es mir am Cassini-Meridian[2] waren. Seien Sie nicht beunruhigt! Seien Sie nicht betrübt! Bleiben Sie gesund! Wir werden nur etwas weiter voneinander entfernt sein, als wenn Sie von Paris nach Isle reisten; doch unsere Trennung wird kürzer sein, und unsere Herzen werden stets einander berühren.
Sie werden doch gewiß wichtigen Umständen dasselbe zugestehen, was Sie der Notwendigkeit zugestanden haben, eine geliebte Mutter auf ein Landgut zu begleiten, an dem sie ihre größte Freude hatte.
Ich weiß, daß es hart ist, mit einemmal all der Menschen beraubt zu sein, die man liebt. Doch, meine gute, meine zärtlich geliebte Freundin, wir werden uns wiedersehen!
Wenn Sie mir schreiben, adressieren Sie Ihre Briefe nach Den Haag an den Fürsten Golizyn, der sie nach Petersburg an mich weiterleiten wird.
Ich grüße Sie; ich schließe Sie in meine Arme; mein Herz ist von Schmerz erfüllt; eine einzige Hoffnung hält mich aufrecht: daß ich eines Tages die Frau wiedertreffe, die ich liebe, und ihr alsbald den Mann zurückbringe, den sie stets zärtlich liebte.
Madame Bouchard, ich gehe in eine Gegend, in der ich an Ihre Vorliebe für Naturgeschichte und an die süßen Küsse

denken werde. Ich werde welche bekommen, wenn Gott mich am Leben erhält; doch es wird nicht in den ersten acht Tagen sein. Ich hoffe, daß Sie meine Wangen gern Mademoiselle Volland und Madame de Blacy überlassen werden. Sie werden so froh sein, mich wiederzuhaben.
Leben Sie alle wohl! Denken Sie oft an mich! Sprechen Sie von mir! Sagen Sie Gutes über mich! Sagen Sie Schlechtes über mich! Vorausgesetzt, daß Sie von mir mit lebhafter Anteilnahme sprechen, bin ich's zufrieden.
Ich wiederhole noch einmal meine zärtlichen und aufrichtigen Grüße. Erwarten Sie aus Petersburg nur ganz Allgemeines. Ich werde alles für den Augenblick aufbewahren, da wir am Kamin versammelt sein werden, und dies wird spätestens Anfang Februar sein.
Wir werden den Karneval gemeinsam feiern. Ich verspreche es Ihnen.
Adieu, adieu.
Ich hatte gehofft, Grimm in Petersburg anzutreffen,[3] und zwar im Gefolge der Prinzessin von Darmstadt, deren eine Tochter den Zarewitsch[4] heiraten wird. Doch alles ist verschoben, sowohl der Hochzeitstermin als auch Grimms Reise.
Ich habe diese Nachricht nicht ohne Betrübnis erhalten.

1 In Wirklichkeit reiste Diderot erst am 20. August 1773 ab.
2 Dies ist der Meridian von Paris, benannt nach dem Astronomen Giovanni Domenico Cassini (1625–1712), der 1683 mit seiner Meridianmessung durch Frankreich begann.
3 Grimm kam erst am 17. September 1773, aber noch vor Diderot in Petersburg an, als er den Sohn des Landgrafen von Hessen-Darmstadt dorthin begleitete.
4 Grimm hatte die Hochzeit zwischen Wilhelmine und dem Zarewitsch ausgehandelt, die am 10. Oktober 1773 stattfand.

(Petersburg, 29. Dezember 1773)

Mademoiselle und gute Freundinnen!
Nachdem ich vierzehn Tage lang vom Wasser der Newa gemartert wurde, bin ich wieder obenauf.[1] Es geht mir gut. Ich genieße noch immer die Gunst Ihrer Majestät der Zarin. Ich werde die schönste Reise, die überhaupt möglich ist, hinter mir haben, wenn ich heimgekehrt bin. Wir werden, Grimm

und ich, im Laufe des Februar zurückkommen. Ich grüße und umarme Sie so zärtlich wie eh und je. Tausend zärtliche Grüße an Madame de Blacy, meine Verliebte, an Monsieur und Madame Bouchard, an Abbé Lemonnier und an Monsieur Gaschon. Wieviel werden wir uns an Ihrem Kamin zu erzählen haben!

Am 29. Dezember 1773

Es ist der Vorabend des Silvestertages. Alles übrige versteht sich von selbst.

1 Diderot hatte offensichtlich das Petersburger Wasser nicht vertragen. An seine Frau und Tochter schrieb er einen Tag später: „Machen Sie sich keine Sorgen um meine Gesundheit! Mir geht es wunderbar. Mit dem Wasser der Newa ist es wie mit dem der Seine; ich habe ihm den Tribut gezahlt, den es von allen Ausländern bekommt."

(Hamburg, 30. März 1774)

Meine Damen und guten Freundinnen!

Am 5. März bin ich von Petersburg abgereist. Nach etwa fünfundzwanzigtägiger Fahrt, Tag und Nacht, bin ich in Hamburg angekommen, das heißt, ich befinde mich etwa fünfhundertfünfzig Meilen vom russischen Hof, einhundert Meilen von Den Haag und achtzig Meilen von Paris entfernt, wo ich nicht so schnell eintreffen werde, wie Sie es sich wünschen und ich mir auch. Ich werde noch einige Zeit durch einen Auftrag Ihrer Majestät der Zarin in Holland zurückgehalten. Es handelt sich um eine französische Ausgabe der Satzungen jener verschiedenen öffentlichen Einrichtungen, die sie in ihrem Reich zum Wohl und zum Ruhm ihrer Untertanen geschaffen hat.[1] Madame Bouchard, Sie haben das Blaue vom Himmel heruntergelogen, denn wenn je ein Privatmann eine ehrenvolle und glückliche Reise gemacht hat, so bin ich es.[2]

Ich habe die Herrscherin gesehen. Ich habe sie täglich gesehen. Ich habe sie unter vier Augen gesprochen. Ich habe mit ihr von um drei bis mindestens um fünf gesprochen, oft bis um sechs.

Sie hat mich mit ihren Wohltaten überhäuft.

Ich hätte mich in ihrer Schatzkammer bedienen können,

wenn ich nur gewollt hätte. Doch ich zog dem Geld mein freies Wort vor. Ich wollte nicht, daß die Russen sagen, ich wäre unter dem Vorwand, ihr für alte Wohltaten danken zu wollen, nur gekommen, um mir neue zu erbitten; so wie auch die Franzosen, anstatt die Wahrheit zu begreifen, stets die Argwohn erregende Stimme der Dankbarkeit vernehmen.

Ich wagte es, ihr Bedingungen vorzuschreiben, und sie willigte ein.

Ich bat sie, die Kosten für meine Reise, meinen Aufenthalt und meine Rückreise zu übernehmen, und sie antwortete: „Es sei gewährt."

Ich bat sie um einen ihrer Offiziere als Begleitung, damit ich wohlbehalten überallhin gelangen könne, wohin ich wollte; und sie antwortete: „Es sei gewährt."

Ich bat sie um ein kleines Andenken, dessen ganzer Wert darin bestehe, daß es in ihrem Gebrauch gewesen sei, und sie antwortete lächelnd: „Es sei gewährt."

Sie beorderte eine Kutsche, in der ich sitzen oder liegen konnte.

Sie gab mich in die Hände eines ihrer Offiziere, der mit seinem Kopf für mich haftete.

Am Vorabend meiner Abreise zog sie in Gegenwart ihres Hofes einen Ring vom Finger und ließ ihn mir durch ihren Kammerherrn Narischkin überreichen, nachdem sie ganz laut zu ihm gesagt hatte: „Er wollte ein kleines Andenken, und dies ist eins. Er wollte, daß dieses Andenken in meinem Gebrauch gewesen sein sollte, und deshalb werden Sie ihm sagen, daß ich ihn getragen habe. Ich bin sicher, daß er zufrieden sein wird." Es war ihr Porträt. Ich erzähle Ihnen diese Einzelheiten, weil Sie mich lieben und daran Freude finden werden.

Ich werde Ihnen für den Rest meines Lebens von dieser großen, liebenswürdigen Herrscherin zu berichten haben. Sie besitzt die Seele Cäsars und die verführerischen Reize Kleopatras. Jetzt, da ich sie verlassen habe, gestehe ich Ihnen, daß ich nicht weiß, wie man sich diesen entziehen kann. Wenn Sie meinen, man hätte je seinen Eltern und seinen Freunden einen größeren Beweis der Zuneigung gegeben, so liegt es daran, daß Sie sie nicht kennen.

Sollte sie, wie sie mir versprach, bis zu ihrem achtzigsten

Geburtstag regieren, dann können Sie sicher sein, daß sie das Antlitz ihres Reiches verändern wird.
Wenn Sie irgendeinen Franzosen Schlechtes über Rußland reden hören, so glauben Sie mir, daß dieser Mensch keine einzige Eigenschaft mitbrachte, die ihn der Herrscherin oder den Großen des Hofes empfahl.
Von der Herrscherin mit Ehren überhäuft, traf ich alle Arten von Leutseligkeit auch bei den Großen an. Vielleicht zog einer den anderen mit.
Auf diese Reise, die Sie alle tadelten, bei der Sie sich Madame Bouchards Hand bedienten, um mir einen regelrechten Dolchstoß zu versetzen, möchte ich nicht für die Hälfte meines Vermögens verzichtet haben.
Mir bleibt die Genugtuung, eine Pflicht erfüllt sowie eine vielvermögende Protektion in allen meinen Lebensumständen gewonnen zu haben. Ich möchte beinahe sagen, daß ich eine Herrscherin zur Freundin habe.
Die fünf Monate, die ich an ihrem Hofe verbrachte, habe ich genutzt, um ihr meinen Eifer, meine Ergebenheit und meine Dankbarkeit zu beweisen. Ich mache mir über nichts Sorgen; es bleibt mir immer noch genügend Vermögen, wie turbulent auch immer sich meine Geldangelegenheiten gestalten sollten, sowie ein sicheres Asyl, das ich beziehen kann, wann immer ich Lust dazu habe.
Ich habe Ihre Majestät die Zarin lediglich um die Erlaubnis gebeten, mich im Unglück an sie wenden zu können – und sie antwortete mir, dies sei mir für immer gewährt; und ihre Antwort war nicht so trocken, wie ich sie Ihnen weitergebe. Man müßte Ihnen ihre ganze Person, ihre Augen, ihren Gesichtsausdruck in eben dem Moment beschreiben, um meinen Worten das hinzuzufügen, was ihnen fehlt.
Ich wäre beinahe ertrunken. Ich wäre beinahe gestorben;[3] doch es geht mir gut. Sehen Sie alle zu, daß ich Sie gesund vorfinde, das wäre für mich das höchste Glück.
Ich grüße Sie. Ich küsse Sie. Seien Sie meiner Hochachtung und meiner ewigen, zärtlichen Freundschaft versichert.
Ich freue mich darauf, Sie wiederzusehen, Madame de Blacy, Mademoiselle Volland und auch Sie, Madame Bouchard. Der Augenblick ist nicht fern.

Hamburg, den 30. März

1 Die französische Edition der von Bezkoi verfaßten *Plans et Statuts des différents établissements ordonnés par l'Impératrice Catherine II* (Pläne und Statuten der verschiedenen Einrichtungen, die von der Zarin Katharina II. geschaffen wurden) erschien 1775 in Amsterdam. Ihre Vorbereitung hielt Diderot fünf Monate lang in Den Haag zurück.

2 Madame Bouchard, eine Freundin der Vollands, hatte Diderots Reisepläne heftig kritisiert und ihm prophezeit, daß er in Rußland größte Unannehmlichkeiten haben werde.

3 Diderots Rückfahrt von Petersburg verlief nicht ohne Zwischenfälle. Vgl. den folgenden Brief vom 9. April 1774!

(Den Haag, 9. April 1774)

Meine Damen und guten Freundinnen!

Nachdem ich ungefähr siebenhundert Meilen in zweiundzwanzig Tagen zurückgelegt habe, bin ich am fünften dieses Monats in Den Haag eingetroffen. Ich erfreue mich bester Gesundheit und bin von dieser Riesentour weniger müde, als ich es zuweilen von einem Spaziergang war. Ich werde mit Ehren überhäuft zu Ihnen zurückkommen. Hätte ich mit vollen Händen aus der Privatkasse der Zarin schöpfen wollen, so hätte es mir, wie ich glaube, freigestanden; doch mir war es lieber, die Lästerzungen in Petersburg zum Schweigen zu bringen und mich bei den Ungläubigen in Paris glaubhaft zu machen. All diese Gedanken, die bei meiner Abreise aus Paris durch meinen Kopf schwirrten, verflüchtigten sich in der ersten Nacht, die ich in Petersburg verbrachte. Ich trat dadurch ehrbarer und vornehmer auf. Weil ich nichts erwartete und nichts fürchtete, konnte ich sprechen, wie es mir beliebte.[1]

Wann werden wir die süße Wiedersehensfreude genießen können? Vielleicht innerhalb der nächsten vierzehn Tage; vielleicht auch viel später. Die Zarin hat mich mit der Herausgabe der Statuten ihrer zahlreichen, nützlichen Einrichtungen beauftragt. Wenn der holländische Verleger, wie es gewöhnlich der Fall ist, ein Wucherer sein sollte, lasse ich ihn sitzen und komme nach Paris, um alles in Druck zu geben. Wenn ich ein vernünftiges Honorar erhalten kann, bleibe ich hier, bis diese Aufgabe erledigt ist, was jedoch nicht ewig dauern kann.

Obgleich die Jahreszeit so schön war, daß wir sie uns nicht

hätten besser wünschen können, obgleich wir also die schönsten Tage und auch die besten Straßen hatten, ließ es sich nicht vermeiden, daß wir vier gebrochene Kutschen auf der Strecke zurücklassen mußten. Wenn ich an die Überfahrt über die Düna in Riga denke – über eine rissige Eisfläche, aus der das Wasser rings um uns emporspritzte, die sich unter dem Gewicht unserer Kutsche senkte und hob und auf allen Seiten krachte –, zittere ich noch immer unter dem Eindruck dieser Gefahr.
Beinahe hätte ich mir einen Arm und eine Schulter gebrochen, als wir in Mitau übersetzten und etwa dreißig Männer sich abmühten, unsere Kutsche über dem Wasser zu halten, bei Gefahr, zu fallen und allesamt in buntem Durcheinander in den Fluß zu stürzen.
In Hamburg sahen wir uns gezwungen, unsere Koffer mit einem Postwagen nach Amsterdam zu schicken. Selbst mit wenig Last hätte die Kutsche niemals den Schwierigkeiten der Straßen standgehalten.
Ich habe mich beim Fürsten Golizyn einquartiert, dessen Wiedersehensfreude Sie sich ausmalen können, wenn Sie an die Ihre denken, die Sie ein wenig früher oder später empfinden werden.
Ich habe Ihnen wohl bereits erzählt, daß die Zarin, nachdem sie mir den angenehmsten Empfang bereitet und erlaubt hatte, täglich von drei bis fünf oder sechs Uhr ihr Arbeitszimmer zu betreten, so freundlich war, alle meine Bitten zu erfüllen, die ich an sie richtete, als ich mich verabschiedete. Ich bat sie, die Kosten meiner Hin- und Rückreise sowie meines Aufenthaltes zu bestreiten, wobei ich ihr zu verstehen gab, daß ein Philosoph nicht als ein hoher Herr reist. Sie gewährte es mir. Ich bat sie um ein kleines Andenken, dessen Wert darin bestünde, daß sie selbst es getragen habe; und sie gewährte es mir und gewährte es mit einer Anmut und dem Ausdruck höchster Wertschätzung. Ich werde Ihnen alles erzählen, wenn ich es nicht schon tat. Ich bat sie um einen Offizier ihres Hofes, damit ich wohlbehalten überallhin gelangen könne, wohin ich wollte; und sie gewährte ihn mir, indem sie selbst die Kutsche beorderte und alle Vorbereitungen meiner Reise anwies.
Meine Damen und guten Freundinnen, ich schwöre Ihnen, daß mir dieser Abschnitt meines Lebens die größtmögliche

Befriedigung meiner Selbstachtung brachte. Oh, bei Gott, Sie müssen mir unbedingt glauben, was ich Ihnen über diese außergewöhnliche Frau erzählen werde, denn mein Lob ist nicht bezahlt worden und kommt nicht aus einem käuflichen Mund.
Ich grüße und küsse Sie und versichere Sie meiner zärtlichen Hochachtung. Sie sind sehr ungerecht, wenn Sie nicht glauben, daß ich Ihnen dieselben Gefühle zurückbringe, die ich bei unserer Trennung empfand. Nicht mein Herz, sondern Ihre Seelen werden sich geändert haben.
Meine Empfehlung an Madame Bouchard. Wenn Sie Monsieur Gaschon sehen, bringen Sie mich in Erinnerung! Mademoiselle Volland, ich umarme Sie von ganzem Herzen. Aber, wie denn, ist Ihre Gesundheit immer noch nicht wiederhergestellt?

Den Haag, den 9. April 1774

1 Vgl. den Brief vom 30. März 1774.

(Den Haag, Ende April, Anfang Mai 1774)

Meine Damen und guten Freundinnen!
Es war keine angenehme Reise, die hinter mir liegt; es war eine sehr ehrenvolle. Man hat mich als den Vertreter aller rechtschaffenen und tüchtigen Leute meines Landes behandelt. In dieser Eigenschaft sehe ich mich, wenn ich die Ehrenbezeigungen, mit denen man mich überhäufte, mit dem vergleiche, was ich billigerweise für mich erwarten konnte. Ich fuhr hin mit der auf Wohlwollen beruhenden Empfehlung, die viel sicherer ist als die auf Verdienst gegründete; und hören Sie, was ich bei mir selber gesagt hatte: ‚Du wirst der Zarin vorgestellt werden; du wirst ihr danken; nach einem Monat wird sie dich vielleicht wiederzusehen wünschen, und sie wird dir ein paar Fragen stellen; nach einem weiteren Monat wirst du zu ihr gehen, um dich zu verabschieden, und du wirst zurückreisen.‘
Sind Sie nicht auch der Meinung, gute Freundinnen, daß es an jedem anderen Hof so abgelaufen wäre? Doch nicht am Petersburger, im Gegenteil, dort stand mir an jedem Tag von drei Uhr nachmittags bis fünf Uhr die Kabinettstür der Herrscherin offen, und manchmal sogar bis sechs. Ich trete

ein, man läßt mich Platz nehmen, und ich plaudere mit der gleichen Freimütigkeit, die Sie mir gewähren; und beim Hinausgehen muß ich mir eingestehen, daß ich in dem Land, das man das Land der freien Menschen nennt, die Seele eines Sklaven in mir spüre, und in dem Land, das man das Land der Sklaven nennt, die Seele eines freien Menschen.
Oh, meine Freundinnen, was für eine Herrscherin, was für eine ungewöhnliche Frau! Man wird mein Lob nicht der Bestechlichkeit zuschreiben können, denn ich habe ihre große Freigebigkeit in die engsten Grenzen verwiesen. Man wird mir glauben müssen, wenn ich sie mit ihren eigenen Worten schildere. Sie werden alle zustimmen müssen, daß sich in ihr Brutus' Seele mit Kleopatras Gestalt vereint; die Entschlossenheit des einen und die verführerischen Reize der anderen;[1] eine unglaubliche Festigkeit in der Meinung mit der größtmöglichen Anmut und Leichtigkeit im Ausdruck; die größtmögliche Wahrheitsliebe; eine Kenntnis aller Angelegenheiten, die ihr Reich betreffen, wie Sie sie von Ihrem Haushalt haben.
All dies werde ich Ihnen erzählen, aber wann? Meiner Treu, mir wäre es lieb, wenn es noch im Laufe dieser Woche sein könnte, denn man braucht weniger Zeit, um von Den Haag nach Paris zu reisen, wenn man das Tempo beibehält, mit dem ich von Petersburg nach Den Haag gekommen bin. Doch Ihre Majestät die Zarin und General Betzki, ihr Minister, haben mich beauftragt, den Plan und die Statuten der verschiedenen öffentlichen Einrichtungen herauszugeben, die die Herrscherin für die Unterweisung der Jugend und das Wohlergehen all ihrer Untertanen in ihrem Reich gegründet hat. Ich komme so schnell wie möglich zurück; denn Sie werden nicht daran zweifeln, meine guten Freundinnen, daß es mich ebenso drängt, zu den mir liebsten Menschen zurückzukehren, wie sie, mich wieder bei sich zu haben.
Lassen Sie sich unterdessen sagen, daß sich drei Wunder zu meinen Gunsten ereignet haben. Das erste: fünfundvierzig Tage hintereinander schönes Wetter auf der Hinfahrt; das zweite: fünf Monate hintereinander an einem Hof, ohne Bosheiten zu begegnen, und dies trotz meines ungewöhnlich freimütigen Charakters, der den hinterlistigen Nachstellungen neidischer und boshafter Höflinge Tür und Tor öffnet; das dritte: dreißig Tage hintereinander beispiellos günstiges

Wetter auf der Rückreise ohne andere Zwischenfälle als gebrochene Kutschen. Wir haben sie viermal gewechselt.
Wie viele interessante Einzelheiten hebe ich Ihnen für unsere Plauderei am Kamin auf! Allmählich verschwinden die Spuren des Alterns wieder, welche die Strapazen an mir hinterlassen hatten. Es wäre ein süßes Gefühl für mich, Sie bei der Gesundheit anzutreffen, auf die ich mir Hoffnung mache. Ich rechne sehr auf Madame de Blacys und Madame Bouchards Pflegedienste. Ich grüße und umarme sie alle beide. Madame Bouchard, die nicht so leicht eine Liebschaft verzeiht, wird mir wahrscheinlich erlauben, daß ich einen Schmerz lang und tief empfinde, der mich noch immer nicht verlassen hat.
Sobald Sie Monsieur Gaschon wiedersehen, sagen Sie ihm: Wenn seine Angelegenheit noch nicht erledigt ist, so nicht, weil ich sie vergessen hätte. Die Umstände in diesem Land, in dem die Herrscherin bestimmt, sind wenig erfolgversprechend dafür.
Ich habe Euler mehrmals aufgesucht, den guten, ehrwürdigen Euler; er ist der Verfasser der Bücher, die Ihr Neffe benötigt. Ich hoffe, er wird zufriedengestellt werden. Die Fürstin von Golizyn hatte sich vor meiner Abreise um seine Sache gekümmert; und bei meiner Ankunft nahm sich der Prinz Heinrich ihrer an. Sie werden zu mir sagen: Warum sich auf andere verlassen, wenn man es selbst erledigen kann? Nun, weil die Auflage eines der in Petersburg veröffentlichten Bände vergriffen ist und der andere Band in Berlin herausgegeben wurde, wo ich nicht durchreisen wollte, obgleich der König mich eingeladen hatte.[2]
Nicht das Wasser der Newa hat meine Schmerzen verursacht; vielmehr war es eine zweimalige Attacke einer Darmentzündung auf der Hinreise, es waren Koliken und schreckliche Brustschmerzen während meines Aufenthaltes, die durch die strenge Kälte in Petersburg hervorgerufen wurden; es war ein Sturz in einer Fähre bei meiner Rückkehr, und zwar in Mitau – diese drei Zwischenfälle wären mir beinahe ans Leben gegangen. Doch die Schmerzen nach dem Sturz und die übrigen Nachwehen sind verschwunden; und wenn Ihre Gesundheit nur annähernd so gut ist wie die meinige, werde ich sehr zufrieden sein mit Ihnen.
Ich hatte Grimm krank in Petersburg zurückgelassen. Er ist

auf dem Wege der Besserung und steht kurz vor seiner Heimreise. Er kommt blutenden Herzens zurück. Die Landgräfin von Darmstadt[3], die er begleitet hatte, seine Freundin, die Mutter der Großherzogin, ist gerade verstorben. Ich kann Ihnen nicht beschreiben, wie groß der Verlust dieser Frau für ihn ist.
Meine Tochter teilte mir mit, Sie hätten ihr während meiner Abwesenheit Gutes getan; ich danke Ihnen recht sehr dafür. Fürchten Sie nicht für meine Gesundheit. Wir ziehen uns abends zeitig zurück; wir soupieren nur wenig; ich habe noch keinen Mut zu arbeiten; ich muß meinen verrenkten Gliedern Zeit geben, sich wieder einzurenken; dies soll der Schlaf tun; daher schlafe ich seit meiner Rückkehr acht oder neun Stunden hintereinander.
Der Fürst hat seine politische Arbeit, die Fürstin führt ein Leben, das sich kaum mit ihrer Jugend, ihrem lebhaften Geist und dem unbekümmerten Sinn ihres Alters vereinbaren läßt. Sie geht wenig aus, empfängt kaum Gäste, hat Lehrer für Geschichte, Mathematik, Sprachen, entfernt sich sehr gern von einem großen Hofessen, um zu ihrer Unterrichtsstunde nach Hause zu gehen; sie ist bemüht, ihrem Gatten zu gefallen, wacht selber über die Erziehung ihrer Kinder, verzichtet auf großen Putz, steht zeitig auf und legt sich zeitig schlafen, und mein Leben richtet sich nach dem des Hauses.
Wir haben Spaß daran, wie Teufel zu diskutieren; ich teile nicht immer die Meinung der Fürstin, obgleich wir alle beide eine Vorliebe für die Antike haben; und es scheint, als habe es sich der Fürst zur Aufgabe gemacht, uns in allem zu widersprechen: Homer ist ein Einfaltspinsel, Plinius ein Erzdummkopf, die Chinesen sind die ehrbarsten Menschen auf Erden und so fort; und da all diese Leute weder unsere Vettern noch unsere intimen Freunde sind, ist unser Streitgespräch nur von Fröhlichkeit, Lebhaftigkeit, Witz und einer Messerspitze Selbstliebe erfüllt, die es würzt. Der Fürst, der so viele Gemälde erworben hat, behauptet lieber, sich darin nicht auszukennen, als daß er einem Kunstliebhaber zugesteht, sich darin auszukennen.
Auf Wiedersehen, meine guten Freundinnen; nehmen Sie meine zärtliche Ehrerbietung entgegen und glauben Sie mir, daß ich ganz der Ihre bin, wie ich es bisher war und mein Leben lang sein werde.

1 Eine entsprechende Charakteristik gab Diderot schon in seinem Brief vom 30. März 1774.

2 Diderot hat als einziger prominenter französischer Aufklärer die Einladung Friedrichs II. nach Potsdam ausgeschlagen, obwohl er bereits 1751 als Auswärtiges Mitglied in die Berliner Akademie der Wissenschaften gewählt worden war. Aufschluß über den unüberbrückbaren Gegensatz in den Anschauungen Diderots und Friedrichs II. gewinnt man unter anderem aus seiner erst 1937 von Franco Venturi veröffentlichten Schrift *Pages contre un Tyran* (verf. 1771, Seiten gegen einen Tyrannen). Darin verteidigte er leidenschaftlich den *Essai sur les préjugés* (1770, Essay über die Vorurteile), eine d'Holbach zugeschriebene radikale Kampfschrift der Aufklärung gegen die von Friedrich II. im *Examen de l'Essai sur les préjugés* (1770) formulierte Kritik.

3 Die Landgräfin von Hessen-Darmstadt war am 30. März 1774 gestorben. Grimm hatte es in Petersburg erfahren.

(Den Haag, 31. Mai 1774)

Meine Damen und guten Freundinnen!

Ich setze alle Hebel in Bewegung, um meine Rückkehr zu Ihnen zu beschleunigen. Ich will Geld dafür opfern. Das ist alles, was ich tun kann.

Trotz der liebevollen Freundschaft des Fürsten und der Fürstin Golizyn komme ich vor Langeweile, Sorge und Ungeduld fast um.

Sie werden mich sehr gealtert finden.

In Ihren Gesichtskreis ist ein großes Ereignis getreten, dem zweifellos viele andere folgen werden.[1] Manchmal wäre ich gern ebenfalls Zeuge; manchmal aber beglückwünsche ich mich, da zu sein, wo ich bin.

Ich schreibe Ihnen keine Neuigkeiten, weil ich keine weiß. Ich erwarte auch von Ihnen keine, weil sie mich nicht erreichen, auch wenn Sie mir welche mitteilen wollten.

Sagen Sie mir lediglich, daß es Ihnen gut geht; daß Sie mich voller Ungeduld erwarten, daß ich Ihnen stets teuer bin; dies ist mehr wert als jede Neuigkeit. Ein kleines Billett wie dieses hier. Das ist alles, was ich Ihrer Freundschaft abverlange, und Sie schulden es der inneren Unruhe, die Sie mir mit Ihrer Gesundheit bereiteten.

Ich grüße Sie, spreche Ihnen meine Hochachtung aus und umarme Sie von ganzem Herzen.

Meine Tochter schreibt mir, daß sie den Vorzug hatte, Sie

zuweilen sehen zu können. Lassen Sie sie davon profitieren; und flößen Sie ihr ein wenig von Ihrer Lebensklugheit und Verständigkeit ein.
Grüße an Monsieur Gaschon und eine Empfehlung an Madame Bouchard.
Ich umarme Sie alle, die Damen jedoch etwas herzlicher und Sie noch etwas herzlicher als die übrigen Damen.

Den Haag, den 31. Mai 1774

1 Dies betrifft nach Georges Roth und Jean Varloot den Tod Ludwigs XV. am 10. Mai 1774.

(Den Haag, 3. September 1774)

Meine Damen und guten Freundinnen!
Meine Koffer sind gestern nach Rotterdam eingeschifft worden, und mir ist hier an Gepäck nur das geblieben, was man in einer Reisetasche für eine fünf- oder sechstägige Fahrt verstaut.
Der Fürst und die Fürstin von Golizyn tun ihr Möglichstes, um mich bis zum Monatsende hierzubehalten; sie behaupten, ich müßte bei ihnen die letzte Entscheidung des russischen Hofes über einen Plan abwarten, dessen Durchführung die Zarin selbst für den laufenden Monat festsetzte; doch daraus wird nichts. Die Herausgabe ihres Werkes ist noch nicht abgeschlossen; ich habe bei mir dem Verleger eine Woche zugestanden; ist dieser Zeitpunkt verstrichen, mag die Arbeit vollenden, wer will. Trotz aller Aufmerksamkeiten meiner Gastgeber, trotz des schönen Aufenthaltes in Den Haag vergehe ich vor Ungeduld. Ich muß Sie alle wiedersehen. Wer mir bei meiner Abreise aus Paris gesagt hätte, diese auf fünf oder sechs Monate geplante Reise werde fast dreimal so lange dauern, dem hätte ich wohl geantwortet, er löge das Blaue vom Himmel herunter. Endlich werde ich zum heimischen Herd zurückkehren, um ihn nie wieder in meinem Leben zu verlassen. Die Zeit, da man die Jahre zählt, ist vorüber, jetzt ist jene gekommen, da man die Tage zählt. Je geringer der Besitz, desto wichtiger ist es, davon guten Gebrauch zu machen. Ich habe vielleicht noch zehn Jahre in meinem Beutel. Von diesen zehn Jahren werden

mir Blutandrang, Rheumatismus und die übrigen Mitglieder dieser lästigen Familie zwei oder drei rauben; bemühen wir uns also, die sieben anderen für die Ruhe und für all die kleinen Freuden aufzusparen, die man sich jenseits der Sechzig noch erhoffen kann. Dies ist mein Plan, bei dem ich auf Ihre Hilfe rechne.
Ich dachte, die Fasern des Herzens würden mit dem Alter härter und zäher. Doch es ist nicht so. Ich weiß nicht, ob sich meine Empfindsamkeit nicht sogar noch verstärkt hat. Alles rührt mich, alles geht mir zu Herzen; ich werde der schlimmste Wimmergreis sein, den Sie je gesehen haben.
Adieu, meine Damen und guten Freundinnen. Noch ein kleiner Augenblick, und wir werden uns wiedersehen. Ich grüße und umarme Sie von ganzem Herzen. Madame de Blacy, man sagt mir, es habe mich jemand während meiner Abwesenheit ausgestochen. Sind Sie geblieben, was Sie waren, so hätten Sie auch gut daran getan, mich zu behalten; haben Sie sich von Ihren strengen Grundsätzen losgesagt, so beglückwünsche ich Sie zu Ihrem Abstieg wie auch zu Ihrer Unbeständigkeit.
Wie wird Madame Bouchard mich küssen, wenn sie sich ihren Geschmack an der Naturgeschichte bewahrte! Ich habe Marmor – und ich tausche Küsse gegen Marmor; ich habe Metalle – Küsse gegen Metalle; ich habe Mineralien – Küsse gegen Mineralien. Wie will sie ganz Sibirien bezahlen? Wenn jeder Kuß einen Platz finden soll, so rate ich ihr, sich mit Freundinnen einzudecken, die ihr beistehen. Meine Küsse werden, wie Sie sich wohl denken können, so klein wie möglich sein, doch Sibirien ist sehr groß. Sie haben denselben Fehler gemacht wie ich, wenn Sie mich bei Monsieur und Madame Digeon in Vergessenheit geraten ließen.
Richten Sie Monsieur Gaschon einen Gruß aus, sofern Sie ihn vor mir sehen. Er wird seinen Posten als Vergnügungssatellit noch nicht verlassen haben, den exzentrischsten aller Planeten, der ihn zu allen möglichen Horizonten führt.
Adieu, meine guten Freundinnen. Adieu. Ich werde bald auf dem Ihrigen erscheinen, um mich nie wieder zu entfernen.

Den Haag, 3. September 1774

# NACHWORT

Als Diderot 1755 Louise-Henriette Volland, von ihm stets Sophie genannt, kennenlernte, hatte er bereits die Vierzig überschritten; sie war nur drei Jahre jünger als er. Seit elf Jahren lebte er in wenig glücklicher Ehe mit der ihm geistig nicht gewachsenen Anne-Toinette Champion. Die Liebesheirat mit dem einfachen Mädchen aus verarmter Familie, das seinen Unterhalt als Weißnäherin verdient hatte, war ein Fehlgriff gewesen. Nachdem ihnen drei Kinder in frühem Alter gestorben waren, galt der 1753 geborenen Tochter Marie-Angélique Diderots ganze Liebe. Sie war ein hochintelligentes Mädchen, deren Erziehung er sich selbst mit großer Hingabe widmete.

Bis zu dem Zeitpunkt, da Diderot Sophie erstmals begegnete, hatte er bereits entscheidende Etappen seiner geistigen Entwicklung durchlebt. Als Verfasser zum Atheismus und Materialismus tendierender philosophischer Schriften und als der neben d'Alembert verantwortliche Herausgeber der *Encyclopédie* hatte er sich längst einen Namen als führender Vertreter der französischen Aufklärungsbewegung gemacht. In seiner Jugend aber hatte ihn der unbezwingliche Drang, entsprechend seinen Neigungen einen eigenen Weg zu gehen und damit gegen elterliches Gebot und Sohnespflicht zu verstoßen, in schwere Gewissenskonflikte gestürzt, die noch in seiner Korrespondenz nachklingen, wenn er auf sein Elternhaus zu sprechen kommt.

1713 als Sohn eines wohlhabenden Messerschmieds in Langres (Champagne) geboren, sollte er nach dem Wunsch seiner Eltern gleich dem jüngeren Bruder und einem Onkel die geistliche Laufbahn beschreiten. So besuchte er zunächst die Jesuitenschule seines Heimatortes, erhielt mit dreizehn Jahren die Tonsur und setzte seine Studien als begabter Schüler 1728 in Paris fort, vermutlich am jesuitischen Collège Louis-le-Grand oder am jansenistischen Collège D'Harcourt. 1732 schließlich erwarb er an der Pariser Universität den Titel eines Magisters der Künste. Als er jedoch, statt Geistlicher oder wenigstens Advokat zu werden, sich als „freier Schriftsteller" zu etablieren suchte, kam es zum Zerwürfnis mit seinem Vater, der ihm daraufhin alle Unterstützung entzog. Nur wenige Nachrichten liegen über die

folgenden zehn Jahre vor. Fest steht nur: Er führte das Leben eines Bohemien, verdiente seinen Lebensunterhalt als Anwaltsschreiber, Privatlehrer und Übersetzer und knüpfte in den Pariser Cafés erste Verbindungen zu jungen oppositionellen Intellektuellen, die später seine Kampfgefährten wurden. Der Versuch, sich mit seinem Vater auszusöhnen und für seine Heirat 1743 dessen Zustimmung zu erlangen, stieß auf heftigste Ablehnung und vertiefte den Bruch mit seiner Familie, unter dem Diderot viele Jahre sehr gelitten hat.
Seine literarische Laufbahn begann er mit einer freien Übersetzung von Shaftesburys Abhandlung *An Inquiry concerning Virtue and Merit* (1699), französisch unter dem Titel *Essai sur le mérite et la vertu* (1745, Versuch über Verdienst und Tugend), der er eigene Kommentare und Betrachtungen hinzufügte. Darin verharrte er noch auf dem Standpunkt eines gläubigen Theismus. Demgegenüber zeichnete sich bereits in seiner ersten eigenständigen Schrift, den aphoristischen *Pensées philosophiques* (1746, Philosophische Gedanken), seine weltanschauliche Entwicklung ab, die ihn zu deistischen Positionen führte. Noch aber bewegte er sich dabei im Rahmen des vor allem von Pierre Bayle und Fontenelle geprägten frühaufklärerischen Denkens. In seiner nächsten Schrift, den Dialogen *Promenade du sceptique* (verf. 1747, veröff. erst 1770; Spaziergang eines Skeptikers), verstärkte sich dann diese antichristliche Tendenz: In den Diskussionen zwischen einem Deisten, einem Atheisten und einem Spinozisten über Gott und die Welt verlieh er darin nicht ohne Absicht der Argumentation des letzteren unverkennbar das größere Gewicht. 1748 erregte er sodann in den literarischen Salons Aufsehen mit seinem frivol-lasziven Roman *Les bijoux indiscrets* (Die geschwätzigen Kleinode), der im Stil der unter anderem auch von Crébillon fils praktizierten orientalischen Contes (Erzählungen) abgefaßt war. Hierin entfaltete er erstmals seine Fabulier- und Erzählkunst, die auch seiner Korrespondenz mit Sophie Volland ihr ganz besonderes Gepräge geben wird. Das märchenhafte Geschehen dieses Romans, wo der Zauberring des Sultans gewisse intime weibliche Körperteile zum Sprechen bringt, war verhüllende Einkleidung vor allem für eine Sitten- und Gesellschaftskritik, die Priesterherrschaft und Religion nicht aussparte und nicht zuletzt auch das französische klassische

Theater aufs Korn nahm. Mit der *Lettre sur les aveugles à l'usage de ceux qui voient* (1749, Brief über die Blinden, zum Gebrauch derjenigen, die sehen) vollzog er den entscheidenden weltanschaulichen Schritt vom Atheismus zum Materialismus. Auf der erkenntnistheoretischen Grundlage des Sensualismus entwickelte er darin unter anderem auch seine die Natur und Gesellschaft betreffende Evolutionstheorie in ihren Grundzügen. Diese Schrift brachte ihm eine dreimonatige Haft in der Festung Vincennes ein, aus der er vor allem dank der vereinten Bemühungen der Verleger wieder freikam, die den Fortgang der *Encyclopédie* gefährdet sahen. Denn bereits seit einigen Jahren war Diderot dabei, als verantwortlicher Herausgeber dieses gewaltige Kollektivprojekt, das zum wissenschaftlichen und propagandistischen Hauptwerk der Aufklärung werden sollte, vorzubereiten. Unter ungeheurem Kraftaufwand und bei ständiger Gefährdung des Unternehmens durch Zensurmaßnahmen, die tatsächlich auch zum zeitweiligen Verbot der Arbeit und Drucklegung führten, gelang es ihm, in der Zeit von 1751 bis 1765 die siebzehn voluminösen Textbände mit Artikeln von mehr als 170 Mitarbeitern fertigzustellen und erscheinen zu lassen. Er selbst war daran mit einer Vielzahl von wichtigen Artikeln zur Philosophiegeschichte, zu wissenschaftlichen und technologischen Problemen beteiligt.
Mitten in diesen Arbeiten befand sich Diderot, als Sophie Volland in seinen Gesichtskreis trat und sich ihr inniger Liebes- und Freundschaftsbund herauszubilden begann, der sich in seinen Briefen an die Freundin so hinreißend dokumentiert. Der Beginn ihrer Bekanntschaft läßt sich nur ungefähr aus späteren Äußerungen Diderots erschließen, da die 134 ersten Briefe an Sophie, dazu auch viele spätere – wie man heute annimmt – von der Empfängerin selbst vernichtet wurden. So schrieb er ihr am 14. Oktober 1759: „Vor vier Jahren erschienen Sie mir schön", und am 2. September 1760 sprach er von „nahezu fünf Jahren" ihrer Bekanntschaft. Damit wären sie sich 1755 erstmals begegnet. Spätere, davon abweichende Angaben Diderots, wenn er etwa am 31. Mai 1765 ihr versichert, daß er „nach acht oder neun Jahren" sie noch mit der gleichen Leidenschaft liebe wie am ersten Tage, sind schon durch ihren größeren zeitlichen Abstand weniger stichhaltig.

Louise-Henriette (Sophie) Volland (1716–1784) stammte aus einer wohlhabenden bürgerlichen Familie von Finanzbeamten, die in Paris ein ansehnliches Haus in der ehemaligen Rue des Vieux-Augustins unweit des Palais-Royal bewohnte. In diesem Viertel hatten sich Financiers und reiche Kaufleute niedergelassen. Wie bereits ihr Großvater stand auch ihr Vater Jean-Robert als „inspecteur général" der königlichen Finanzpachten im Dienste Seiner Majestät. Mit Steuergeschäften befaßten sich aber auch sein Schwiegersohn Pierre Vallet de Sallignac, der Sophies ältere Schwester Marie-Jeanne-Elisabeth (geb. 1715) geehelicht hatte, sowie dessen Bruder Vallet de La Touche. In gemeinsamen Geschäften erzielten sie eine Zeitlang gute Erfolge. Nach dem Tode seiner Compagnons machte jedoch Sallignac schuldhaft Bankrott und brachte seine Familie in Not. Die jüngste Tochter Marie-Charlotte, von Diderot „Uranie" genannt, war – „noch minderjährig" – mit Jean-Gabriel Legendre, einem Ingenieur in königlichen Diensten, verheiratet worden. Er wird als eifersüchtig und mißgestaltet beschrieben und in keiner Weise zu seiner hübschen, geistvollen und lebenslustigen Frau passend, die auch Diderot, wie seine Korrespondenz mit Sophie ausweist, in ihren Bann zog.
Als Monsieur Volland Anfang der fünfziger Jahre starb, hinterließ er seiner Familie unter anderem einen schloßartigen Landsitz in Isle-sur-Marne, drei Meilen flußaufwärts von Vitry-le-François, dessen Nutznießung seiner Frau Elisabeth-Françoise, geborene Brunel de la Carlière, zufiel. Der Tatsache, daß Sophie dort – weitab von Paris – mit ihrer Mutter die langen Sommermonate verbringen mußte, verdanken wir in der Hauptsache die an sie gerichteten Briefe Diderots.
Wie dieser mit ihr Bekanntschaft schloß, ist nicht bekannt. Da von ihr keine Briefe oder andere schriftliche Äußerungen erhalten sind, lassen sich nur indirekt Angaben über geistiges Profil und äußere Erscheinung dieser ungewöhnlichen Frau ermitteln, die eine Persönlichkeit wie Diderot noch im vorgerückten Alter zu einer leidenschaftlichen Liebe hinzureißen und ihn bis an ihrer beider Lebensende durch unauflösliche Freundschaftsbande zu fesseln vermochte. Dabei hatte Diderot bis dahin keineswegs den geselligen Verlokkungen widerstanden. Als nach seiner Heirat das erhoffte

Familienglück ausblieb, hatte er sich zunächst in eine mehrere Jahre währende Affäre mit der geistvollen, doch kaum sentimentaler Regungen fähigen Gesellschaftsdame Madame de Puisieux eingelassen, der zu imponieren er bekanntlich seinen frivolen Roman *Les Bijoux indiscrets* geschrieben haben soll. Seit der Begegnung mit Sophie aber blieb sein Denken und Fühlen dieser zugewandt, bewies er ihr – abgesehen von einem vorübergehenden Intermezzo mit Madame de Maux – eine für den geselligen Verkehr der damaligen Zeit ungewöhnliche Treue, die nur aus einer tiefen inneren Übereinstimmung resultieren konnte. Als sicher gilt, daß sie keine äußerlich verführerische Erscheinung war. Sie kränkelte oft, und verschiedentlich wird erwähnt, daß sie eine Brille trug. Daß sie im Gegensatz zu ihren Schwestern unverheiratet blieb und zurückgezogen bei ihrer Mutter lebte, schreiben manche Betrachter einer kompromittierenden Liebesaffäre in ihrer Jugend zu, auf die es gewisse Hinweise gibt. Jedenfalls aber verfügte sie offensichtlich über eine gute Bildung und war allen Diderot beschäftigenden Fragen gegenüber höchst aufgeschlossen, was sie in den nicht erhaltenen Antwortbriefen wohl auch als sachkundige Gesprächspartnerin bewies. Denn nur so ist es zu erklären, daß Diderot ihr seine Probleme so detailliert, freilich auch unter Entfaltung der ganzen Meisterschaft seiner Darstellungs- und Erzählkunst, darlegte und dabei Kenntnis des Lateinischen wie der Mathematik, Interesse an politischen Neuigkeiten wie an gerade erschienenen Büchern oder im Manuskript kursierenden Pamphleten voraussetzte. In Moral- und Gewissensfragen wie in Fragen von Roman und Theater holte er direkt ihr Urteil ein.

Stets aber – und besonders ausgeprägt im ersten Teil der erhaltenen Briefe – ist die leidenschaftliche Liebe zu Sophie, der Wunsch, ihr diese zu bekunden, ihr zu gefallen und ihr Interesse für ihn wachzuhalten, wie Jacques Proust nachgewiesen hat, wesentliches Motiv eigentlich für jede Zeile, die er ihr schreibt. Seine zahllosen Geschichten, Anekdoten und Plaudereien, die er in seinen Briefen mitteilt, reflektieren zwar die ihn gerade beschäftigenden Fragen, erhalten ihren Platz in der Korrespondenz aber keineswegs so zufällig, wie es den Anschein hat.

Der erste erhaltene Brief an Sophie stammt vom 11. Mai

1759, also nachdem ihr Verhältnis bereits vier Jahre währte, der letzte vom 3. September 1774. Von da an fielen durch den Verkauf des Schlosses in Isle-sur-Marne die Landaufenthalte Sophies und damit die monatelange Trennung von der Freundin weg, die ja hauptsächlicher Anlaß für ihre Korrespondenz gewesen war. Mehr als 550 Briefe hat Diderot, der alle sorgfältig zu numerieren pflegte, im Verlauf der drei Jahrzehnte an seine Freundin geschrieben, aber nur ganze 187 sind davon erhalten, von denen wiederum nur 73 aus Raumgründen in unsere Auswahl aufgenommen werden konnten.

Daß Diderot nur ein platonisches Verhältnis zu Sophie unterhalten hat, ist – wie Jean Varloot unterstreicht – auszuschließen. Welche intimen Formen es aber angenommen haben mag, bleibt ungeklärt. So bedauert er in einem Brief an Sophie, daß seine über alles geliebte Tochter Angélique nicht von ihr sei, und macht ihr schließlich sogar Vorhaltungen, wenn er am 16. September 1762 schreibt: „Die Ehre, der gesunde Menschenverstand, die von Mann und Frau zu erfüllende Pflicht, die Natur, die Empfindsamkeit forderten einmal, ein Kind zu zeugen, und Sie widersetzten sich dem." Hatte sich Sophie ihm hier verweigert, so deuten doch zuweilen verwendete Anreden wie „meine liebe Frau" auf durchaus intimere Bindungen hin.

Daß seine Ehefrau ihn wegen dieses Verhältnisses mit heftigen Vorwürfen bedachte, so daß sich seine häusliche Situation zeitweilig fast unerträglich gestaltete, wie er Sophie freimütig bekannte, ist nicht verwunderlich. Nicht nur weil die Ehe nach damaligem Recht unauflöslich war, sondern wohl auch aus einem bei ihm tief ausgeprägten bürgerlichen Pflichtgefühl heraus sorgte er weiterhin nach besten Kräften für den Unterhalt seiner Familie, wobei er besondere Sorgfalt auf die Erziehung seiner von ihm vergötterten Tochter Angélique, der nachmaligen Madame de Vandeul, verwandte, die später entscheidend dafür sorgte, daß Diderots schriftstellerischer Nachlaß der Nachwelt erhalten blieb.

Heftigen Widerstand setzte aber lange Zeit seiner Liebe auch die Mutter Sophies, Madame Volland, entgegen, die er in seinen Briefen mit dem von Ariost entlehnten Beinamen „Morphyse" belegte. Seinem engsten Freund, dem

Baron Melchior Grimm, schilderte er anschaulich die für ihn schreckliche Begegnung, als er bei einem heimlichen Rendezvous mit Sophie von der Mutter überrascht wurde, die daraufhin alles daransetzte, ihre Tochter von dem unerwünschten Philosophen fernzuhalten: „Eines Tages ging ich zu ihr und benutzte dabei die kleine Treppe. Wir hatten vielleicht eine Stunde miteinander verbracht, als wir klopfen hörten. Nun ja, mein Freund, wer da klopfte, war sie, ja sie, ihre Mutter! Den Rest erspare ich Ihnen. Wir waren alle drei ganz betäubt. Sophie und ich blieben wie angewurzelt stehen, ihre Mutter öffnete einen Sekretär, nahm ein Papierstück heraus und verließ das Zimmer. Seither ist die Rede davon, daß sie auf ihr Gut fahren will, und diesmal soll die Tochter mit. Sie verschleppen sie mir aufs Land, damit sie dort vor Langeweile umkommt. Schöne Zukunftsaussichten sind das!" (Zit. nach Hans Hinterhäuser [Hrsg.], Denis Diderot: Briefe 1742–1781, Frankfurt a. M. 1984, Brief zwischen Ende April und 1. Mai 1759.)

Das gespannte Verhältnis zu Madame Volland, die in herrschsüchtiger Weise ihre erwachsene Tochter bevormundete, besserte sich im Verlauf der Zeit, nachdem sie sich mit dem Freundschafts- und Liebesbund zwischen Diderot und Sophie abgefunden hatte.

Eine große Rolle in Diderots Briefen spielt auch „Uranie", wie er Sophies jüngere Schwester Madame Legendre nennt. Das herzliche Verhältnis zwischen den beiden Schwestern rief zeitweilig bei ihm eine regelrechte Eifersucht hervor und hat ihn ernsthaft beunruhigt. Seine Anspielungen lassen kaum Zweifel daran, daß er zwischen ihnen mehr als schwesterliche Beziehungen vermutete. So schrieb er am 15. September 1760 an Sophie: „Vergessen Sie mich dort im Trubel der Feste und in den Armen Ihrer Schwester? Madame, schonen Sie ein wenig Ihre Gesundheit, und denken Sie daran, daß das Vergnügen in Strapaze ausarten kann!" Doch auch er selbst fühlte sich zu der hübschen und liebenswürdigen Uranie hingezogen. So wendet er sich in seinen Briefen zuweilen an beide Schwestern. Er geht sogar so weit, ihnen zu bekennen, er wisse nicht, welche von ihnen er am meisten liebe, da er doch „ebensosehr der Freund der älteren wie der jüngeren" sei (Brief vom 19. August

1762). Als Madame Legendre 1765 von einer tödlichen Krankheit befallen wurde, sorgte er in rührender Weise für sie, während Sophie wie gewöhnlich die Sommermonate in Isle verbrachte. Ihr früher Tod 1768 bedeutete offensichtlich auch einen Einschnitt in den Beziehungen zu Sophie, die immer mehr den Charakter einer weniger leidenschaftlichen, doch dauerhaften Freundschaft annahmen. Indiz dafür sind unter anderem sich mehrende Anreden wie „Mesdames et bonnes amies" („Meine Damen und guten Freundinnen"), mit denen er sich an die Damen Volland wandte. Hinzu kam, daß Diderot 1769/70 nach dem Tode seines Freundes Damilaville eine späte Leidenschaft zu Madame de Maux faßte, die diesem eng verbunden gewesen war. Eine „Rivalität" von Dauer entstand für Sophie aus dieser vorübergehenden Zuneigung jedoch nicht.
Nach dem Tode Uranies gestaltete sich auch das Verhältnis zur älteren Schwester enger, die durch den betrügerischen Bankrott und die Flucht ihres Mannes Vallet de Sallignac seit 1762 schwere Zeiten hinter sich hatte. Ein fast zweiwöchiger Besuch Diderots im September 1770 auf dem Landsitz der Damen Volland in der Champagne zeugt von beständigen und freundschaftlichen Beziehungen zur ganzen Familie. Als Madame Volland 1772 starb, wurde jedoch dieser Landsitz in Isle-sur-Marne verkauft. Sophie nahm mit ihrer Schwester eine Wohnung in Paris in der Rue Montmartre und sicherte sich aus dem Verkaufserlös eine Rente von 7 000 Livres, von der sie angemessen leben konnte. Mit ihrer nunmehr ständigen Anwesenheit in Paris entfiel aber auch die Voraussetzung für den Briefwechsel mit Diderot, der am 3. September 1774 mit einem letzten Brief aus Holland endete, als er die Rückkehr von seiner Rußlandreise ankündigte. Aus dem letzten Jahrzehnt ihrer Beziehungen gibt es nur noch indirekte Zeugnisse. Sophie starb am 22. Februar 1784, Diderot wenige Monate später, am 31. Juli.
Eine Durchsicht der umfangreichen Briefsammlung vermittelt zunächst den Eindruck, daß man es mit einer tagebuchartig dokumentierten Chronik des Lebens Diderots zu tun hat, die – wenn auch durch verlorengegangene Briefe lückenhaft – ihre größte Dichte naturgemäß im frühen Stadium ihrer Liebe aufweist, nämlich vom Mai 1759 bis zum No-

vember 1762. In Rechnung zu stellen ist hierbei der besonders ins Gewicht fallende Verlust der ersten 134 Briefe ihrer Korrespondenz. Vom November 1762 bis Februar 1765 ist sodann wiederum kein Brief erhalten. Daß in dieser Zeit aber nur 25 Briefe verlorengingen, und auch in den ersten nachfolgenden Briefen eine deutliche Kühle zu spüren ist, läßt eine vorübergehende Krise in ihren Beziehungen vermuten. Danach aber gewinnt der liebevolle und freundschaftliche Ton wieder die Oberhand, der bis zum Schluß vorherrscht.

Der Beginn der Korrespondenz ist durch ein Ereignis geprägt, das Diderot zutiefst aufgewühlt hat: der Tod seines Vaters und die daraufhin unternommene Reise in seinen Heimatort Langres im Juli/August 1759 zur Regelung der Erbschaftsangelegenheiten mit seinem Bruder, dem frommen Kanonikus Didier-Pierre Diderot, und der ihm den Haushalt führenden resoluten Schwester Denise. Nicht nur werden wir hier an die Quellen der in frühester Kindheit geprägten bürgerlichen Gesinnung Diderots herangeführt, wir erleben auch die ungebrochene gefühlsmäßige Bindung des Philosophen an seine Familie, der er zwar in intellektueller Hinsicht vollkommen entrückt war, die aber dennoch keineswegs aus seinem Gesichtskreis entschwand. Ohne diesen emotionalen Hintergrund hätten seine Versuche zur Konstituierung des bürgerlichen Dramas in Frankreich, die er gerade in den vorausgehenden Jahren unternommen hatte, schwerlich eine solche Thematisierung wie im *Fils naturel* (1757, Der natürliche Sohn) und im *Père de famille* (1758, Der Hausvater) erfahren. Die impressionistischen Schlaglichter auf das dörfliche Leben um die Mitte des 18. Jahrhunderts in der Champagne, die in Diderots emotional gefärbten Berichten sichtbar werden, sind überdies kulturhistorisch hochinteressant. Dies gilt auch für die lebhafte Beschreibung des Anwesens der Vollands in Isle-sur-Marne, das Diderot, weil es am Wege lag, auf der Rückfahrt von Langres nach Paris aufsuchte und wo er nicht ohne begreifliches Zagen dem Empfang durch Madame Volland entgegensah, hatte sie doch dem unerwünschten Liebhaber ihrer Tochter nach der überraschenden Entdeckung des Verhältnisses wenig Sympathie bekundet.

Besonders hervorzuheben ist aber auch Diderots Aufgeschlossenheit für die Schönheiten der Natur und der Landschaft, die er bei seinen Reisen wie auch bei Ausflügen etwa in Grandval mit vollen Zügen zu genießen vermag, was in seinen Briefen in für die Zeit ungewöhnlich einfühlsamen Schilderungen seinen Niederschlag findet. Darin zeigt er sich deutlich Jean-Jacques Rousseau verwandt, dem er trotz ihres von enger Freundschaft in tragische Feindschaft umgeschlagenen Verhältnisses – wie Jean Fabre nachgewiesen hat – im Denken und Fühlen bis hin zu den plebejisch-demokratischen Zielsetzungen ihrer Bestrebungen in vielfältiger Weise verbunden blieb. Ins Auge fällt hier der Abstand zur aristokratischen Geschmacks- und Bildungstradition, derzufolge die Natur an sich nichts galt, sondern nur das Rohmaterial für den künstlichen Zuschnitt der Parklandschaften mit ihren geometrisch geformten Bäumen und Sträuchern lieferte. Der von Lenôtre kunstvoll angelegte Park von Versailles ist dafür bis heute unübertroffenes Anschauungsobjekt. Diderot hingegen nahm das Erlebnis der natürlichen Landschaft zum Anlaß, ästhetische Betrachtungen über das Verhältnis von Natur und Kunst anzustellen, wie etwa in dem Brief aus Marly vom 11. Mai 1759, oder sich einfach seinen Eindrücken hinzugeben, die er in gefühlvollen und packenden Schilderungen an seine Freundin weitervermittelte (vgl. unter anderem die Briefe vom 3. August, 16. August und 30. Oktober 1759 und vom 23. September 1762).

Den Hauptteil der Korrespondenz aber machen in diesem ersten Jahr wie auch in der Folgezeit die Berichte aus dem Kreis seiner aufklärerischen Freunde aus, mit denen er vor allem auf dem Sommersitz des Barons d'Holbach, dem Schloß Grandval, aber auch an anderen Orten, wie dem Schloß Marly, oder der Besitzung Madame d'Epinays, La Chevrette, geselligen Verkehr pflegte.

Nicht nur werden in den Briefen die Besucher und Akteure im „Hauptquartier" der Aufklärung durch zahlreiche meisterhafte Porträts in aller Lebendigkeit in ihrer äußeren Erscheinung wie in ihrem Denken, Verhalten und Charakter vorgestellt; Diderot macht sich auch ein besonderes Vergnügen daraus, ganze Salongespräche und Abendunterhaltungen mit dem Anspruch protokollarischer Treue wortwörtlich für seine Freundin aufzuzeichnen. Über den Inhalt der

Gespräche hinaus erhält der Leser somit zugleich einen lebhaften Eindruck von der Atmosphäre, die im Salon d'Holbachs herrschte.

Damit aber erreichten die Briefe an Sophie, die er lange Zeit regelmäßig zweimal wöchentlich verfaßte, nicht selten die Länge kleiner Broschüren. Dies stellte kein geringes Problem dar; denn beim normalen Postversand dieser umfangreichen Korrespondenz wären daraus unerschwingliche Portokosten entstanden. Hier griff jedoch Diderots Freund Damilaville helfend ein, der als hoher Steuerbeamter Diderots Post häufig unter seinem Dienstsiegel befördern ließ.

An Diderots im Konversationsstil abgefaßten Berichten vermag auch heute noch zu faszinieren, wie in den aufklärerischen Salons die brennenden Fragen jener Zeit: philosophische, religiöse, moralische, politische und ästhetische Probleme, die auch heute in vieler Hinsicht noch bedenkenswert sind, im Keime entwickelt und vorbesprochen wurden, bevor sie später in den Schriften Diderots und anderer Aufklärer ihren Niederschlag fanden, wie etwa Diderots berühmtes Materialismuskonzept im *Rêve de d'Alembert* (D'Alemberts Traum) (Brief vom 15. Oktober 1759). Umgekehrt bringt Diderot auch Probleme in die Debatte ein, die ihn unmittelbar bei der Niederschrift seiner Enzyklopädieartikel beschäftigen, so vor allem 1759 bei der Abfassung des Artikels *Sarrasins* (Sarazenen). Manch ein aus der Konversation aufgezeichneter Gedanke findet sich in übereinstimmender Formulierung an entsprechender Stelle in der *Encyclopédie* wieder. Dabei mit echt französischem Esprit vorgetragene Thesen und Paradoxa, auf die die Gesprächspartner mit Witz und Schlagfertigkeit reagieren, führten oft zu einem Feuerwerk geistvoller Einfälle und entfachten in diesem Kreis eine lockere und fröhliche Stimmung, die sich zuweilen bis zu frivoler Ausgelassenheit steigern konnte. Im Rahmen dieser Gesellschaft haben auch die zahlreichen von Diderot in die Korrespondenz an Sophie eingebrachten Erzählungen und Anekdoten ihren Ursprung. Über die reine Unterhaltung und den Gesellschaftsklatsch hinaus, die dabei durchaus nicht zu kurz kommen, zielten sie doch zumeist auf philosophische oder moralische Fragen, gaben sie Anstoß zum Nachdenken, sofern sie nicht überhaupt gleichnishaft angelegt sind oder in Form seiner berühmten „Gewissensfälle"

direkt als Stellungnahme und Antwort fordernde Fragen an die Freundin gerichtet wurden.
Als unerschöpfliche Erzähler des im Salon des Barons d'Holbach versammelten Freundeskreises erweisen sich neben Diderot vor allem der skurrile und weitgereiste Schotte „Vater" Hoop, über den bis heute Genaueres nicht zu ermitteln war, und der aufklärerisch gesinnte Italiener Abbé Galiani, der im diplomatischen Dienst des Königreichs Neapel stand und sich vor allem als Nationalökonom einen Namen gemacht hat. Während das Ehepaar d'Holbach eher Zurückhaltung übte, war die Besitzerin des Schlosses Grandval und Mutter der Madame d'Holbach, Madame d'Aine, trotz ihres nicht mehr ganz jugendlichen Alters eine selbst zu den frivolsten Scherzen aufgelegte Dame, die durch ihre witzigen Einfälle und Bemerkungen oft den zündenden Funken nicht nur für zweideutige Späße, sondern vor allem auch für unkonventionelle gedankliche Vorstöße in Philosophie und Moral legte. Zu den häufigen Gästen in diesem Kreis zählten unter anderem auch Diderots bester Freund Friedrich Melchior Grimm, der als literarischer Korrespondent bedeutender europäischer Fürstenhöfe Berühmtheit erlangte, eine Tätigkeit, in die auch Diderot zeitweilig integriert war, sowie dessen intime Freundin Madame d'Epinay, die selbst auf ihrem Schloß La Chevrette häufig als Gastgeberin Diderots und seiner Freunde fungierte.
Wenn Vater Hoop, der Abbé Galiani oder auch Diderot zu erzählen anhoben, fanden sie stets die ungeteilte Aufmerksamkeit ihrer Zuhörer. Als regelrechte Erzählzyklen lassen sich aus den Briefen an Sophie über einen längeren Zeitraum insbesondere die Chinesengeschichten des Vater Hoop und die zahlreichen Erzählungen und Fabeln des Abbé Galiani, natürlich in Diderots Lesart, herausschälen. Viele von ihnen verdienten einen ehrenvollen Platz unter der Literatur der Kurzerzählungen des 18. Jahrhunderts. Einige sind tatsächlich separat erschienen, wie Galianis berühmte Fabel vom Streit zwischen Kuckuck und Nachtigall über die vom Esel zu entscheidende Frage, wer der bessere Sänger sei. Authentisch wird hier belegt, wie die in der französischen Aufklärung in so hohem Maße kultivierte literarische Gattung des *Conte* (Erzählung) ursprünglich ihre Grundlage in der mündlichen Erzählkunst hatte. Wenig

jedoch ist bekannt über die Vortragsweise der Erzähler. Diderot schildert am Beispiel des Abbé Galiani, daß dabei schauspielerisches Talent mit Beifall honoriert wurde. Mit Bezug auf dessen obengenannte Fabel unterstreicht er im Brief vom 20. Oktober 1760 dessen meisterhafte Vortragskunst und fährt, an Sophie gewandt, fort: „Sie hätten viel über ihn gelacht, wenn Sie gesehen hätten, wie er seinen Hals in die Luft reckte und die zarte Stimme der Nachtigall nachahmte; wie er sich in die Brust warf und die rauhe Stimme des Kuckucks annahm; wie er die Ohren emporzog und das einfältige, plumpe Gehabe des Esels imitierte – und all dies ganz natürlich und ohne Anstrengung. Er ist eben ein Pantomime von Kopf bis Fuß.“ Diderot selbst hat im Rahmen der Briefe auch sehr viel Eigenes als Erzähler beigesteuert: von Skandalgeschichten, so über die Affäre der Schauspielerin Hus mit dem königlichen Schatzmeister Bertin (Brief vom 12. September 1761); von lustigen, manchmal auch anstößigen Begebenheiten bei geselligem Anlaß im Kreis seiner Freunde, meist unter Beteiligung von Madame d'Aine (zum Beispiel Brief vom 20. Oktober 1760); dann auch von Anekdoten mit aufklärerisch-kritischer Aussage, zum Beispiel über die Taufe des Fötus (Brief vom 12. Oktober 1760) bis hin zu den sogenannten „cas de conscience“ (Gewissensfällen), wo er Sophie bat, Fragen zu entscheiden wie die, ob sich eine Ehefrau für die Karriere ihres Mannes einem anderen hingeben dürfe, oder auch, ob es vertretbar sei, daß sich eine unverheiratete Frau um den Preis eines Kindes, das sie sich sehr wünscht, vorübergehend einen ungeliebten Mann nehmen darf. Daß fast alle seine Erzählungen in Dialogform abgefaßt sind, macht ihre Lebendigkeit und ihren besonderen Reiz aus.
Hinter der heiteren Kulisse treten aber ständig auch die ernsten Probleme hervor, in erster Linie die Diderot drükkende Sorge um die Fortführung der *Encyclopédie*, für die das Pariser Parlement (Gerichtshof) im März 1759 das Druckprivileg entzogen hatte. Von seinem Mitherausgeber d'Alembert und anderen Mitarbeitern im Stich gelassen, entschloß sich Diderot, das Unternehmen dennoch weiterzuführen und die Gefahren der illegalen Arbeit auf sich zu nehmen. Angesichts dieser bedrückenden Lage erhalten das im Brief vom 14. Oktober 1759 aufgezeichnete Ge-

spräch mit dem abtrünnigen d'Alembert oder die am 19. September 1762 geschilderte Entlarvung eines Polizeispitzels, der sich bei Diderot eingeschlichen hatte, um seine Tätigkeit auszuspionieren, ihren besonderen Stellenwert.
In seinen Briefen an die Freundin tritt uns der große Aufklärer aber auch wie an keiner Stelle seiner Werke sonst als Privatmann entgegen. Nicht nur lernen wir ihn in seinen leidenschaftlichen Briefen an Sophie als glühenden Liebhaber und treuen Freund kennen. Menschlich nahe kommt er uns besonders da, wo er von seinen häuslichen Alltagssorgen, den Problemen in der Familie, der Erziehung der Tochter, den finanziellen Nöten oder auch – zunehmend mit fortschreitendem Alter – von seiner Gesundheit spricht. Tatkräftig greift er ein, als die Vollands durch einen Brand auf ihrer Besitzung in Isle-sur-Marne schweren Schaden erleiden. Er läßt, wie aus mehreren Briefen des Jahres 1762 hervorgeht, seine Beziehungen spielen, um für sie über höchste Regierungsbeamte eine Steuerermäßigung für den Wiederaufbau zu erwirken. Ebenfalls 1762 erwachsen ihm besondere Sorgen aus der Krankheit seiner Frau, die er trotz des gespannten Verhältnisses nach Kräften versorgt. In späteren Jahren stellt sich dann wieder ein freundlicheres Verhältnis auch zu Madame Diderot ein. Geradezu nach bürgerlicher Familienidylle klingt eine Schilderung im Brief vom 10. September 1768, wo er, nachdem all der Streß mit der *Encyclopédie* überstanden ist, über nunmehr mangelnde Arbeitslust klagt: „Morgens ..., wenn ich aufstehe, empfinde ich einen Ekel, eine Betäubung, einen Widerwillen gegenüber Tinte, Federn und Büchern, was entweder Faulheit oder Erschöpfung anzeigt. Mir ist es lieber, mich in den Räumen von Madame und Mademoiselle [gemeint sind Frau und Tochter] aufzuhalten, Beine und Arme übereinanderzuschlagen und zwei oder drei Stunden voller Frohsinn zu verbringen, indem ich über alles, was sie sagen und tun, meine Scherze mache. Wenn ich sie in Harnisch gebracht habe, ist es mir zu spät, um mich noch an die Arbeit zu setzen; ich kleide mich an und gehe fort."
Ein besonders sympathischer Zug an Diderot – und darin gleicht er wiederum Jean-Jacques Rousseau – ist sein warmherziges Verhältnis zu den einfachen Menschen, wo immer er ihnen begegnet, wobei allerdings nicht zu übersehen ist,

daß auch er – wie andere Wortführer des plebejisch-demokratischen Flügels der Aufklärung (Rousseau, Mercier, Rétif de La Bretonne) deren schweres Los verkennt und in verklärtem Licht sieht, etwa wenn er, der gestreßte Pariser Intellektuelle, unter seinem Fenster tätige Arbeiter um ihre Fröhlichkeit beneidet (Brief vom 3. November 1759), Glück und Zufriedenheit eines armen Teufels von Kopisten rühmt (Brief vom 5. August 1762) oder die Gastfreundschaft eines Pachtbauern genießt (Brief vom 17. Oktober 1762). Stets sind solche meisterhaften Situationsskizzen daraufhin angelegt, seine eigenen emotional geprägten Überzeugungen auf seine Adressatin zu übertragen.

Den Schluß seiner Korrespondenz mit Sophie bilden die neun Briefe von seiner Reise nach Holland und nach Rußland, die komplett in unsere Sammlung aufgenommen wurden. Diderot hatte diese Reise 1773 angetreten und war am 15. Juni in Den Haag eingetroffen, wo er sich zunächst drei Monate als Gast bei dem befreundeten russischen Botschafter, dem Fürsten Golyzin, aufhielt. Seit langem wünschte die Zarin, ihn in Petersburg zu sehen. Immer wieder hatte er die Reise mit Hinweis auf dringende Geschäfte mit der *Encyclopédie* hinausgeschoben. Mit sechzig Jahren endlich entschloß er sich widerwillig, dem Drängen seiner berühmten Gönnerin nachzugeben. Im Oktober 1773 traf er in Petersburg ein und blieb dort bis zum April 1774. Während seines Aufenthalts am Petersburger Hof machte ihn die Zarin Katharina II. zu ihrem ständigen Gesprächspartner, mit dem sie einen regen geistigen Austausch vor allem über politische, gesellschaftliche und ökonomische Fragen pflegte. Inwieweit Diderot dabei die Diskrepanz zwischen dem sich „aufgeklärt" gebenden Regime Katharinas und der grausamen Wirklichkeit des russischen Despotismus bewußt wurde, ist heute nicht völlig geklärt. Daß Diderots Kenntnis bedeutend tiefer reichte, als häufig angenommen, erhellt nicht zuletzt aus einem vertraulichen Brief an Madame Necker vom 6. September 1774, wo er gewissermaßen hinter vorgehaltener Hand ein vernichtendes Urteil über den russischen Despotismus fällte, als er schrieb: „Ganz leise will ich Ihnen anvertrauen, daß unsre Philosophen, die den Despotismus aus nächster Nähe kennengelernt haben wollen, nur den Hals einer Flasche gesehen haben. Welch ein Unter-

schied zwischen einem Tiger, wie ihn Oudry malt, und einem solchen auf freier Wildbahn!" (Zit. nach H. Hinterhäuser, a. a. O., S. 436.)
Ungeachtet dessen war er von der Persönlichkeit und den Fähigkeiten Katharinas II. tief beeindruckt. Seine dahingehenden Äußerungen sind keinesweg als bloße Schmeichelei aufzufassen, finden sie sich doch gerade auch in seinen ganz privaten Briefen an Sophie Volland, wo er stets seine Ansichten unverblümt zum Ausdruck brachte. Nicht nur als Streiflichter einer abenteuerlichen Reise, sondern vor allem auch als authentische Zeugnisse von seinen Begegnungen mit der Zarin sind daher gerade die Briefe von großem Interesse, die er noch unter dem unmittelbaren Eindruck seiner Erlebnisse bei seiner Rückkehr nach Holland versandte. Geschäfte im Dienste der Zarin, vor allem die französische Publikation der neuen Schulstatuten, die Katharina erlassen hatte, machten dort nochmals einen mehrmonatigen Aufenthalt erforderlich. Der letzte Brief überhaupt an die Damen Volland stammt vom 3. September 1774 und wurde kurz vor seiner Abreise nach Paris geschrieben. Er ist von der tiefen Sehnsucht geprägt, nach so langer Abwesenheit endlich an den heimischen Herd zurückzukehren, den er nie wieder zu verlassen gedenkt. Doch auch jetzt wieder ist sein Blick vorwärts gerichtet. Im Bewußtsein seines vorgerückten Alters schätzt er die ihm verbleibenden Kräfte ab, um sie so gut wie möglich zu nützen. So heißt es in dem Brief: „Die Zeit, da man die Jahre zählt, ist vorüber, jetzt ist jene gekommen, da man die Tage zählt. Je geringer der Besitz, desto wichtiger ist es, davon guten Gebrauch zu machen. Ich habe vielleicht noch zehn Jahre in meinem Beutel. Von diesen zehn Jahren werden mir Blutandrang, Rheumatismus und die übrigen Mitglieder dieser lästigen Familie zwei oder drei rauben; bemühen wir uns also, die sieben anderen für die Ruhe und für all die kleinen Freuden aufzusparen, die man sich jenseits der Sechzig noch erhoffen kann. Dies ist mein Plan, bei dem ich auf Ihre Hilfe rechne." Diderot ahnte damals noch nicht, daß sich die von ihm vorausberechnete Lebenszeit fast auf den Monat genau erfüllen würde.

Erstmals veröffentlicht wurden Diderots Briefe an Sophie Volland 1830/31 in der vierbändigen Ausgabe *Mémoires, correspondance et ouvrages inédits* bei Paulin in Paris, das heißt nach einem Petersburger Manuskript 139 der heute bekannten 187 Briefe. Voller Begeisterung schrieb darauf aus Paris der revolutionär-demokratische Schriftsteller Ludwig Börne an seine Frankfurter Freundin Jeannette Wohl: „Suchen Sie sich Diderots Briefe zu verschaffen . . . das Vergnügen, sie zu lesen, hört nur mit jeder letzten Zeile auf. Alles ist darin, das Schlechte und Gute, Schöne und Häßliche, Gift und Balsam, Gestank und Wohlgeruch, Ekel und Erquickung des 18. Jahrhunderts" (L. Börne, Briefe aus Paris 1830–1831, Herissau 1835, 24. Brief). In deutscher Übersetzung erschien eine Auswahl aus den Briefen an Sophie Volland, die überdies stark gekürzt waren, jedoch erst 1904 im Insel-Verlag, Leipzig. André Babelon ist es dann zu danken, daß alle noch erhaltenen Briefe in der Standardausgabe *Lettres à Sophie Volland. Texte en grande partie inédit . . .*, 3 Bde., Paris, Gallimard 1930, zusammengefaßt wurden. Seit dem Erscheinen der von Georges Roth und Jean Varloot besorgten ersten Gesamtausgabe der *Correspondance* Diderots (Paris 1955–1970) gibt diese aber auch für die Briefe an Sophie Volland die zuverlässigste Textgrundlage ab; sie wurde daher unserer Ausgabe zugrunde gelegt.

Aus Anlaß des Diderot-Gedenkjahres 1984 hat sodann in jüngster Zeit Jean Varloot als einer der kompetentesten Diderot-Spezialisten erstmals durch eine Taschenbuchausgabe bei Gallimard in Paris eine Auswahl der Briefe an Sophie Volland einem breiten französischen Publikum zugänglich gemacht. Als besondere Zielstellung verfolgt der Herausgeber dabei, ausschließlich die Liebesgeschichte von Diderot und Sophie zu dokumentieren, weshalb er seine Auswahl auf das Dezennium 1759–1769, die Zeit ihres intensivsten brieflichen Verkehrs, beschränkte und nur die dafür relevanten Textstellen aufnahm. Für die deutschsprachigen Leser hat aus gleichem Anlaß der bekannte Diderot-Forscher Hans Hinterhäuser in der BRD erstmals seit der Edition von 1904 wieder eine Sammlung von Diderot-Briefen in Übersetzung veröffentlicht. Seine Ausgabe *Denis Diderot, Briefe 1742–1781* (Frankfurt a. M. 1984) hat jedoch die gesamte sechzehnbändige Korrespondenz zur Grundlage und will mit ihrer vorzüglichen Auswahl von 200, aus Raumgründen allerdings häufig gekürzten Briefen, gleichsam eine Chronik der gesamten Schaffenszeit Diderots nachzeichnen. Die Briefe an Sophie Volland fanden Berücksichtigung, soweit es dieser Rahmen zuließ.

In der vorliegenden Ausgabe nun wird der Versuch unternommen, an Hand einer neuen Auswahl von 73 Briefen Diderots an seine Freundin, der wir zweifellos den originellsten und interessantesten Teil seiner überlieferten Korrespondenz verdanken, die Persönlichkeit des berühmten Aufklärers in ihren wesentlichen Aspekten zu zeigen und diesen als Privatmann wie als engagierten Verfechter progressivster Ideen in seinem Fühlen und Denken, mit seinen Freuden und Kümmernissen, aber auch als unvergleichlichen Liebhaber und treuen Freund vorzustellen.

Die Briefe an seine Herzensfreundin, in denen er sein Innerstes mit großer Offenheit hervorkehrt, wo er rückhaltlos über alles spricht, was ihn in seiner Arbeit beschäftigt, und wo er nicht zuletzt sein erzählerisches Talent voll zur Geltung bringt, doch vor allem, um seiner Freundin zu gefallen, liefern dafür unbestritten das reichste Material. Im Unterschied zu den beiden obengenannten Ausgaben werden die neu übersetzten Briefe hier ungekürzt wiedergegeben, nicht nur, um den Quellenwert zu erhöhen und damit auch besser einem wissenschaftlichen Interesse zu dienen, sondern auch, um Diderot als Briefschreiber zu zeigen, wie er wirklich war, ohne zwangsläufig idealisierende Abstriche. Die dadurch möglicherweise etwas erschwerte Lektüre wird – so hoffen wir – aufgewogen durch die größere Authentizität. So teilt sich dem Leser auch viel von der Atmosphäre mit, die diese gleichermaßen gefühlsbetonte wie gedankenreiche Korrespondenz in unverwechselbarer Weise prägt.

Berlin, September 1985 *Rolf Geißler*

# PERSONENREGISTER

Aufgenommen wurden die Personen, die in Diderots Briefen erwähnt sind. Namen, die lediglich im Kommentar vorkommen, sind nicht berücksichtigt.

# INHALT

In Klammern werden die Nummern angegeben, die die Briefe in der Gesamtausgabe der *Correspondance* Diderots (Paris 1955–1970) erhalten haben.

*Briefe an Sophie Volland*

## Das Theater des Herrn Diderot

Herausgegeben und übersetzt von G. E. Lessing
Anhang: Lessing, Hamburgische Dramaturgie, 84. bis 95. Stück

Neu herausgegeben, mit Einleitung und Anmerkungen von W. Stellmacher

Band 895 · Broschur 2,50 M

Lessings Übersetzung von Diderots beiden Dramen (Der natürliche Sohn oder Die Proben der Tugend / Der Hausvater) samt den „Unterredungen" erschien 1760, in einer Zeit erregter dramaturgisch-ästhetischer Auseinandersetzungen. Vorliegende Neuausgabe würdigt nicht nur Lessing als großen Vermittler – nicht zuletzt als großartigen Übersetzer – und Fortführer bürgerlich-revolutionärer Intentionen auf dem Theater. Sie zeigt, wie im 18. Jahrhundert vor der bürgerlichen Revolution in Frankreich die Kräfte sich auch im Bereich von Ästhetik und praktischer Kunstausübung formierten und in welcher Unmittelbarkeit sie auf die deutschen Bundesgenossen wirkten. Im Anhang sind die auf Diderots Dramaturgie bezogenen Stücke aus der „Hamburgischen Dramaturgie" wiedergegeben; Lessing markiert dort die Punkte, wo er zu fortführenden Überlegungen gekommen ist (Verhältnis Stand – Charakter, Verallgemeinerungswürdigkeit von Eigenschaften eines dramatischen Helden, Einbeziehung der Shakespearschen Dramaturgie u. a.).

## Französische Aufklärung

**Bürgerliche Emanzipation, Literatur und Bewußtseinsbildung**

Kollektivarbeit von: W. Schröder (Leitung), H. Bergmann, B. Burmeister, M. Fontius, R. Geissler, E. Richter, M. Starke

Band 562 · Leinen 6,– M

Untersucht und dargestellt werden die Zusammenhänge zwischen der Herausbildung einer bürgerlichen Produktionsweise, bürgerlichen Bewußtseinsformen und den literarischen, philosophischen historischen Werken. Die Autoren des Bandes, Mitarbeiter des Zentralinstitutes für Literaturgeschichte der Akademie der Wissenschaften der DDR, ziehen in ihrer Darstellung der Wechselwirkungen zwischen den gesellschaftlichen Veränderungen im Frankreich des 18. Jahrhunderts und den ideologisch-literarischen Kämpfen dieser Zeit eine Bilanz bisheriger Aufklärungsforschung und versuchen zugleich, neue Fragestellungen aufzuwerfen.

Universal Bibliothek KUNSTWISSENSCHAFTEN

FRIEDRICH SCHILLER

## Über Kunst und Wirklichkeit

Schriften und Briefe zur Ästhetik

Herausgegeben und eingeleitet von C. Träger
Band 595 · Broschur 3,– M

Friedrich Schiller (1759–1805) wird mit dieser Auswahl aus seinen ästhetischen Schriften als „Theoretiker des Übergangs vom Ideal zur Wirklichkeit" vorgestellt.
Inhalt: Die Schaubühne als eine moralische Anstalt betrachtet / An Körner über das Nationalepos / Über den Grund des Vergnügens an tragischen Gegenständen / Über das Pathetische / Über Anmut und Würde / Gedanken über den Gebrauch des Gemeinen und Niedrigen in der Kunst / Über die ästhetische Erziehung des Menschen in einer Reihe von Briefen / Über das Erhabene / Über die notwendigen Grenzen beim Gebrauch schöner Formen / Über naive und sentimentalische Dichtung / An Humboldt über die Wendung vom Idealismus zum Realismus / Über den Gebrauch des Chors in der Tragödie / u. a.